Erstes Buch

MECHAIL

Pater omnipotens,
mittere digneris sanctum
Angelum tuum de Paradis

1. Kapitel

AM ANFANG WAR STILLE WINTERNACHT, und der große Mond brannte auf dem Schnee. Der gefrorene Boden war so hart wie eine Glaskugel. Zeitlos. Erstarrt lag die Erde da, nicht ein Zweig regte sich im Wald.

Dann ertönte ein Geräusch. Ein dumpfes, fernes Trommeln. Ein wenig Schnee erbebte und geriet ins Rutschen. Das Trommeln wurde drängender, schwoll an und wurde zu einem Donnern. Ein Strom von Reitern ergoß sich aus dem Wald, am weißen Rand der Welt entlang, abgehoben von der Schwärze des Himmels, die Pferde in gestrecktem Galopp, die roten Fackeln ein Riß durch die Nacht.

Die Jagd war eröffnet. Eine wilde Jagd.

Die Gesichter der Männer waren verzerrt und bleich. Einige schrien im Reiten, dann verstummten sie wieder. Die Pferde schnaubten. Die Soldaten gaben ihnen die Sporen, Flammen wogten, hier und da blitzte ein blankes Schwert auf, das inmitten der Fackeln hochgereckt wurde, den Mond zu spalten.

Doch wo war das Wild?

Der vorderste Reiter, ein Hauptmann von neunundzwanzig Jahren, war Carg Vrost. Er schien nicht ganz bei sich zu sein, aber schließlich war es noch keine volle Stunde her, daß er im Gasthof ausgiebig gezecht hatte, und oben im Zimmer wartete ein Mädchen auf ihn... Jetzt hatte er es gewiß vergessen. Er sah aus wie die anderen, rasend, blutdürstig und verängstigt. Und plötzlich stieß er wie die anderen einen Schrei aus und zeigte irgendwohin, mit erschreckten Augen, als erblickte er ein Wesen aus einem Alptraum. Aber was?

Die Fackeln flackerten, und die Schatten der Soldaten

und Pferde malten Muster in den Schnee, und als sie wieder auf den Wald zustürmten, stand der Mond vor ihnen im Westen. Und dort… *dort*… einen Moment lang als Silhouette gegen die Scheibe des Mondes abgehoben…

Der Fackelschein fiel darauf, fügte der Schwärze der im Flug begriffenen Flügel einen Flammensaum hinzu und gab dem langgestreckten Körper das Aussehen einer Spindel. Darüber war deutlich der Kopf mit den Fühlern zu erkennen. Und obwohl das Wesen für seine Art riesig war, erschien es in der Dunkelheit, im Mondschein, doch unglaublich zart im Vergleich zu seinen zahlreichen Verfolgern. Die Fühler am Kopf endeten jedoch in einem glitzernden Funkeln, röter als Feuer. Die Soldaten jagten nichts anderes als eine Motte.

Der Wald wich auseinander. Die Reiter drängten hinein, finsteren, tückischen Pfaden folgend, als wollten sie mit dem untergehenden Mond zusammenstoßen. Sie wurden von Dunkelheit verschluckt. Sie waren verschwunden.

Die alte Sklavin hatte geschlafen. Dies war ihr Verbrechen, für das sie noch vor dem Morgengrauen sterben würde. Das Kind hatte ebenfalls geschlafen, aber das sollte es auch bei Nacht. Es lag in einem kleinen Holzbettchen mit grünen, purpurfarbenen und rostbraunen Vorhängen, in dessen Pfosten in Miniatur der Rabe der Korhlen eingeschnitzt war. Der Sohn des Burgherrn Vre Korhlen, drei Jahre alt, das jüngste mit einer kränkelnden Frau gezeugte Kind und darum vielleicht sein letztes Kind überhaupt, wenn die Kirchenväter dem Burgherrn keine weitere Heirat gestatteten.

Der Junge war brav, er machte keinen Ärger. Er lag da und schlummerte. Und das Feuer im Kamin brannte vor sich hin, der Winter mit seinem nächtlichen Schnee und den Wölfen blieb vor dem Fenster ausgesperrt. Das Fenster war geschlossen, doch der Laden hatte sich ein wenig verzogen. Durch eine Lücke drang die Kälte herein, darum hatte die Frau den Spalt wie gewöhnlich mit einem Wollappen verstopft.

Als sie erwachte, fiel ihr als erstes auf, daß der Lappen unter dem Fenster lag, am Fußende des Betts. Vielleicht hatte sie der kalte Luftzug geweckt. Sie erhob sich schläfrig, nahm den Schürhaken und stocherte im Kamin. Dann wollte sie den Lappen aufheben und ihn wieder in den Spalt stecken.

Als sie am Bett anlangte, schaute die alte Frau durch die Vorhänge zu Vre Korhlens Kind hinein.

Sie erblickte etwas so Schreckliches, daß es über ihren Verstand ging. Ihr erster Gedanke war, der Junge sei enthauptet worden. Sein Kopf lag verdreht auf dem Kissen, und über den Hals zog sich eine hervorstechende Linie aus hellrotem Blut. Noch starr vor Entsetzen bemerkte sie, daß eine Winterblume mit zwei schwarzen Blütenblättern in das Blut hineingefallen war. Die plötzlich erzitterte.

Die blanke Furcht löste ihre Schreie. Sie strömten aus ihr hervor wie ein Schwall Erbrochenes.

Schreiend wich sie zurück, mit ihren mageren, verwelkten Händen wieder und wieder das Zeichen des Kreuzes und noch ein anderes Zeichen der Abwehr schlagend. Doch keins von beiden zeigte Wirkung, nicht einmal das Schreien. Als sie die Schreie aus sich herausgepreßt und die Tür beinahe erreicht hatte, kamen Fußgetrappel und das Klirren und Scharren von Metall die Treppe hoch. Männliche Stärke und die Kraft des Schwertes. Und dennoch.

Und dennoch, was vermochten sie gegen dieses Wesen auszurichten?

Die schwarze Blume der Motte am Hals des bewußtlosen Kindes erbebte erneut.

Die Frau glaubte, sie werde auffliegen, sich womöglich auf sie stürzen, und ein letztes Wimmern entwich ihrer Kehle.

Es geschah jedoch etwas viel Unglaublicheres. Die Motte erhob sich tatsächlich vom Bett, schaffte es aber irgendwie, im Aufsteigen den Körper des Kindes mit anzuheben.

Das Bild überstieg die Grenzen des Möglichen und Begreifbaren. Wäre die Frau am Leben geblieben, hätte es sich ihr fürs Leben ins Gedächtnis eingebrannt.

Die Motte hielt das Kind fest. Wie eine schwere Puppe hing es an ihrem zarten, atmenden, blütenblattbesetzten Leib. Gleich nachdem sie es gepackt hatte, stieg sie hoch, weg vom Bett, bis an die Dachsparren. Und von dort ließ sie es in dem Augenblick fallen, als die Tür aufgerissen wurde.

Der Junge plumpste auf den gefliesten Boden. Er schlug hart auf, durch die Wucht des Aufpralls brachen mehrere Knochen. Dies weckte ihn jedoch nicht auf. Er blieb reglos vor den beiden Soldaten des Burgherrn und der alten Frau mit dem Wollappen in der Hand liegen.

Die Motte flüchtete durch den Spalt, in dem der Lappen gesteckt hatte. Und die Soldaten sahen wie versteinert zu und fluchten, und die Frau plapperte sinnlos vor sich hin.

Überrascht waren sie nicht. Entsetzt, angewidert und wütend, das ja, aber nicht ungläubig. So etwas kam vor. Diese Dinge kehrten wieder wie die Jahreszeiten oder die Nacht.

Einer der Soldaten fiel wie außer sich betend auf die Knie. Der andere rannte Befehle brüllend hinaus.

Die alte Frau beugte sich über das Kind, das sie geliebt hatte, wagte jedoch nicht, es zu berühren. Sie empfand eine neue und ganz persönliche Angst, denn in ihrem Inneren wußte sie bereits, was ihr bevorstand.

Vor ihnen war der Mond in den Tälern aus Dunkelheit versunken. Überall war Wald, die Säulen der Bäume zogen vorbei, die Kiefern inmitten der Schneewehen,

Felsen, Hohlwege, die Flußbetten, die sich in Höllengruben verwandelt hatten. Drei Männer waren gestürzt, einer mit einem Schrei, ein Pferd war ausgerutscht und in den Brunnen der Nacht hinabgerollt und verschwunden.

Zweige peitschten ihnen ins Gesicht. Jemand hatte ein Auge verloren, stürmte jedoch weiter mit den anderen voran, die eine Gesichtshälfte eine tintenschwarze Maske.

Carg Vrost hatte den Kopf auf den Widerrist seines Pferdes gesenkt.

Er schmeckte Galle; ohne in der wilden Jagd innezuhalten, hatte er sich vor einer halben Stunde aus dem Sattel gebeugt und das genossene Bier ausgewürgt.

Darum wußte er auch nicht, war er immer noch betrunken oder bloß außer sich. Er jagte den Teufel, und der Gegner lockte ihn weiter.

Hinter ihm ein Aufprall, Schreie, und wieder ertönte schrilles Gewieher, und ein Pferd ging zu Boden.

Bei Gott, die Männer, die sie verloren, die verletzt, lahm und ohne Pferd liegenblieben, würden ein gefundenes Fressen für umherstreifende Wölfe sein.

Carg Vrost duckte sich fluchend unter einen Ast, der wie eine Schlange nach ihm schnappte, ihm über den Schädel strich.

Vor ihm ein flirrendes Bild, schwarze Asche und zwei mit glühenden Augen besetzte Fühler. Er sah es ständig vor sich. Es war *da*. Aber diese Jagd war eine Tollheit.

Vrost blickte sich über die Schulter um. Zu seiner Verwunderung bemerkte er hinter sich nur zwei Männer. Sie schienen sich im Wald verheddert zu haben, als hätte etwas sie eingefangen und zöge sie von ihm weg, und er gestikulierte heftig und versuchte, sie mit Beschimpfungen anzuspornen. Und als er sich wieder umdrehte, sah er zwischen den Ohren seines Pferdes hindurch, daß der Wald zehn Schritte vor ihm am Rande eines Abgrunds endete.

»Jesus Christus!«

Carg Vrost zog die Zügel des dahinstürmenden Pferdes an, das sich daraufhin aufbäumte, strampelnd und rutschend, das Ebenbild einer wahnsinnigen Schachfigur. Und diese barbarische Erscheinung, Pferd und Reiter, tänzelte auf den Rand des Abgrunds zu und rutschte darüber hinweg, dem Mond entgegen.

Als er ins Zimmer trat, stand sie am Fenster, Vre Korhlens Frau, die Herrin Nilya. Sie stand dort, seit man es ihr vor zwei Stunden gesagt hatte. Wenn sich an ihr etwas bewegt hatte, eine Hand oder die Augen, so fiel es ihm nicht auf. Sie sah noch genauso aus wie bei seinem Weggang, ein Geschöpf der Schneenacht in ihrem weißen Umhang, das schwarze Haar von dreißig Jahren Frost grau gesträhnt. Das erste Grau hatte er am Hochzeitstag bemerkt, obwohl ihre Dienstmagd es unter dem mit Bändern geschmückten Schleier verborgen hatte. Bis dahin mußte sie irgendein Färbemittel benutzt haben.

»Setz dich hin«, sagte er brutal und laut, »oder geh zu Bett. Was nützt es, wenn du steif wie in der Kirche dastehst? Hast du ihn dir überhaupt angesehen? Antworte mir, Nilya.«

»Nein«, sagte sie. »Ich kann ihm nicht helfen.«

Vre Korhlen starrte auf ihr verhülltes Rückgrat, dann wandte er sich der Karaffe auf dem Tisch zu. Diese Frau war der Fluch seines Lebens. Seit der Heirat hatte er nur noch Pech. Obwohl auch seine erste Ehe kaum von Glück überstrahlt gewesen war. *Sie* war eine Schwachsinnige gewesen, unfähig außerdem, in ihrem Ofen etwas anderes als Töchter auszubrüten. Ihr Hirn hatte sich schon bald in Matsch verwandelt, und sie war an einem Erstickungsanfall gestorben. Seine zweite Frau Nilya hatte er sich über Heiratsvermittler in der

Stadt Khish besorgt. Sie stammte aus einem Haus, das sowohl mit der Stadtregierung als auch mit der Kirche verbunden war. Sie gehörte nicht dem wilden Waldadel an, sondern war etwas Besseres, jedenfalls wollte man ihm dies weismachen. Als er sie zum erstenmal sah, begehrte er sie. Er war in die Stadt geritten, um sie sich anzusehen. Man hatte ihr eine gute Erziehung angedeihen lassen, sie konnte lesen und schreiben. Auch davon versprach er sich Vorteile. Ein Feuer baute sich in seinen Lenden auf, und das sprach dafür, daß er mit ihr Söhne zeugen würde. Doch im Bett enttäuschte sie ihn. Sie war kaum anwesend. Als sie Jahre später von ihm schwanger wurde, bekam es ihr nicht, und sie verwandelte sich in ein Skelett mit einem großen Sack anstelle ihres ehedem flachen kleinen Bauchs. Das Kind auszutragen hatte sie fast das Leben gekostet. Hatte sie tatsächlich das Leben gekostet, denn seitdem starb sie jeden Tag ein bißchen mehr. Ihre Hände glichen denen seiner Mutter kurz vor ihrem Tod, sie waren durchscheinend und fleischlos, und an manchen Morgen ähnelte ihr Gesicht einem fahlen Kristall; hätte man es aus der Nähe betrachtet, würde man die Knochen gesehen haben.

Er beabsichtigte nicht, sie von den Worten des Wundarztes in Kenntnis zu setzen, die ihn abgestoßen und über die Maßen aufgebracht hatten. Kern seiner Aussage war, der Junge werde keine dauerhaften Schäden davontragen, wenn man ihn nur sorgfältig pflegte. *Lügen,* ebenso offenkundig wie die kriecherische Feigheit des Lügners.

Was das verfluchte alte Sklavenweib anging, das würde man auf dem Hof erschlagen.

Dem übernatürlichen Aspekt Glauben zu schenken hatte er sich zunächst geweigert und statt dessen tobend und um sich schlagend weitere Soldaten aus den Quartieren holen lassen, die er brüllend losgeschickt hatte, um irgendein Tier oder einen rasenden Unzufriedenen zur Strecke zu bringen. Er weigerte sich zu glauben, daß ein dämonisches Insekt im Blut seines Sohnes gebadet und davon getrunken habe …

Mit solchen Legenden war er, Vre Korhlen, aufgewachsen. Er hatte sämtliche Märchen gehört und sie auch geglaubt. Doch hier, in seinem persönlichen Umfeld, hatten sie nichts verloren.

Die Steine des Hauses und dessen winterlicher Geruch nach Rauch und vermummten Körpern, alten Speisen, Kälte, Feuchte und Geheimnissen lasteten schwer auf dem Fürsten.

Er trank vom Wein und sah mitleidlos seine sterbende Frau wie eine Marmorstatue vor der Mauer der Nacht am Fenster stehen.

Carg Vrost erblickte, wie ihm schien mit geschlossenen Augen, einen Himmel mit nichts darin. Dieser Himmel war sehr hoch und sehr fern, und es mußte ein Leichtes sein, zu ihm hinaufzuschweben und darin zu treiben. Doch er verspürte einen Schmerz; er lag in einem Sarg aus Fleisch und Muskeln, die schmerzten und stachen und ihn an die Erde banden.

Allmählich setzte er sich wieder zusammen, so als formte er sich neu aus Schmerz, sich und den aufgehäuften Schnee (der plötzlich kalt war, wenn er sich bewegte, wie zubeißende Fänge) und den zerschmetterten Körper des Pferdes, der seinen Absturz ins Tal abgebremst hatte.

Die vom Pferd ausgehende Wärme hatte verhindert, daß er erfroren war. Dafür mußte er dem armen Tier dankbar sein. Es hatte ihm gute Dienste geleistet, und das war nun sein Dank.

Vrost stellte fest, daß er würde stehen können. Er stand auf. Er hatte Gewalt über Rumpf und Glieder, nur nicht über die vier Finger seiner linken Hand, die leider gebrochen waren, wenngleich ihn der Schnee gnädigerweise fühllos gemacht hatte. Nachdem er sich schwankend aufgerichtet hatte, starrte Vrost seine Hand einen Moment lang an. Er wußte bereits, daß er sie verlieren würde, falls er es jemals bis zur Burg schaffte. Er erinnerte sich nur undeutlich an den Sturz. Wie war es dazu gekommen?

Dann fiel es ihm wieder ein. Er legte seine gesunde Hand auf das Schwert und zog es aus der Scheide. Vrost trat über das tote Pferd hinweg und blickte sich um. Nichts deutete darauf hin, daß außer ihm noch jemand überlebt oder mit ihm hier herunter gekommen war. Wie eine Wand ragte der Wald über ihm an der Felskante und in unterschiedlichen Höhen ringsumher auf, und dort, wo die verschneiten Bäume spärlicher verteilt waren, lag das Tal. Der Himmel war nicht mehr schwarz, sondern weitete sich mit dem langanhaltenden bleiernen Zwielicht vor Tagesanbruch.

Wenn die Sonne aufging, mußten die Dämonen weichen.

Carg Vrost, der einhändig mit gezogenem Schwert dastand, kam der Gedanke, der Wahnsinn dieser Nacht könnte absichtlich herbeigeführt worden sein. Denn die Motte, als die der Dämon erschienen war, hätte sicherlich auf hundert verschiedenen Wegen entkommen können. Statt dessen hatte er sie wie ein Irrlicht in Tod und Verderben geführt. Und jetzt war er verschwunden.

Ihm blieb nichts anderes übrig als weiterzugehen. Er konnte nicht über die steile Felswand zum Wald hochklettern. Der dornenreiche, beschwerliche Pfad (wie es in der Heiligen Schrift hieß) war erheblich bequemer. Vrost hätte beinahe gelächelt. Dann fiel ihm seine Hand ein, und ein Stich durchzuckte ihn, kein Schmerz, sondern Hoffnungslosigkeit und hilflose Wut. Und dann verdrängte er auch dies und stapfte bloß noch inmitten der Bäume weiter.

Als sich der Wald vor ihm teilte und ganz unvermittelt den Blick auf das ganze Tal freigab, war es keine

Überraschung für ihn, das niedrige, düstere Gebäude zu erblicken, das wie ein steinerner Sarg verlassen am Hang lag, gewissermaßen zu seinen Füßen. Insgeheim hatte er sogar damit gerechnet. Vielleicht war es ihm sogar eines Morgens aufgefallen, als er vorigen Sommer in diesem Teil des Waldes gejagt hatte, und er hatte es so wie jetzt auch als eine der einsamen Kapellen identifiziert, die in der Gegend wie Kieselsteine verstreut waren. Häufig waren sie verfallen, wenngleich sich das von oben nur schwer erkennen ließ. Im Sommer mußten die Mauern in Grün gebettet gewesen sein, bemoost und vielleicht bunt von Blumen. Doch nun war der Schnee darauf gefallen, hatte sie überdeckt und die Umrisse hervorgehoben, weiß über dunkelbraun. Die überwölbte Eingangstür schien verschlossen, doch wahrscheinlicher war, daß nur der Schatten sie verschlossen hatte und daß die Bohlen schon vor Jahren von Banditen oder Bauern, die nichts selbst herstellten, wenn sie es stehlen konnten, in den Wald fortgeschleppt worden waren.

Der Himmel zeigte ein eintöniges Grau. Der Morgenstern war aufgegangen und glitzerte wie ein Eiszapfen über dem Kapellendach. Dort würde die Sonne aufgehen.

Und das, was er gesucht, wonach er gejagt hatte, war ebenfalls dort. Dies wußte er so sicher, als wäre es ihm eingeflüstert worden, als er bewußtlos am Boden gelegen hatte.

Nun war es an ihm, seine Aufgabe zu vollenden.

Carg Vrost schlug bedächtig das Zeichen des Herrn. Als er dies tat, durchzuckte die taube, verletzte Hand ein brennender Schmerz. Der Hauptmann des Burgherrn kniete nieder und steckte die Hand eine Weile in eine Schneewehe, damit die Winterkälte sie wieder betäubte. Nur für einen Augenblick. Er mußte die Kapelle vor Sonnenaufgang erreichen. Wenn er sich sputete, würde die Zeit reichen.

»Keine Schmerzen. Er soll nicht leiden. Schmerz ist nutzlos und schrecklich.«

Der nervöse Wundarzt, ein Bauchaufschneider, der sich um Korhlens dreißig Mann starke Truppe zu kümmern hatte, warf Korhlens Frau, die lautlos und unerwartet wie ein Gespenst in der Kammer aufgetaucht war, einen flüchtigen Blick zu. So selten er sie zu Gesicht bekam, wußte er doch schon seit langem, daß sie ebenfalls einen Arzt brauchte. An diesem gottverlassenen Ort, umgeben von Bäumen, Wölfen und endlosen Nächten, hatte man sich jedoch nicht die Mühe gemacht, einen zu holen. Er selbst war es gewohnt, zu flicken und zu nähen, zu schneiden und notfalls auch zu amputieren. Er hatte den gebrochenen Arm des Jungen gerichtet, die Schulter wieder eingerenkt und die Rippen verbunden. Mit dem Rückgrat stimmte etwas nicht. Das zu erkennen, reichte sein Verstand aus, jedoch nicht seine Kenntnisse – oder, Herrgott noch mal, die Mittel, die ihm zu Verfügung standen –, um den Schaden zu beheben. In dem Moment, als man ihn zu dem Jungen brachte, hatte der Wundarzt damit begonnen, seinen Fortgang aus der Burg zu planen. Es gefiel ihm sowieso nicht hier, und den Fürsten fürchtete er wie die Pest.

Er hatte gehört, daß man die alte Sklavin ausgepeitscht hatte. Sie war erledigt. Sklaven, unfruchtbare Ehefrauen und unfähige Ärzte waren entbehrlich.

»Herrin?« fragte er höflich; in einer kleinen Stadt im Süden hatte er sich wenn schon keine Fachkenntnisse, so doch Höflichkeit angeeignet.

»Ich meine«, sagte sie, »um die Schmerzen meines Sohnes zu lindern – braucht Ihr Arzneien.«

»Ich habe mein Möglichstes getan, Herrin. Die Verletzungen waren ernst.« Er glaubte den verrückten Ammenmärchen nicht, die man sich in der Burg erzählte. War es nicht wahrscheinlicher, daß der brutale Vater das Kind in einem Wutanfall zusammengeschlagen hatte? »Er braucht viel Pflege, aber er ist ein gesunder Junge.«

»Keineswegs«, sagte sie, seinem seichten Trost widersprechend. »Als Säugling war er oft krank. Meine Schuld. Und jetzt dies ...« Ihr Gesicht war gewiß niemals schön gewesen, doch nun lugte aus den tiefliegenden Augen und den geöffneten Lippen ihre Totenmaske hervor. »Bitte. Tut, was in Eurer Macht steht. Laßt meinen Sohn nicht leiden.«

Meint sie etwa, ich soll ihn erlösen, bevor er zu sich kommt? Von dem Gedanken überrascht und erschreckt, beschleunigte sich sein Atem. Er nahm sich zusammen und sagte: »Ihm wird die bestmögliche Pflege zuteil, Herrin. Im Moment schläft er. Möchtet Ihr ...?«

Sie starrte ihn bloß an und schüttelte den Kopf.

Nahezu tonlos sagte sie: »Ich habe ihm schon genug Schmerzen zugefügt. Ich werde nicht zu ihm gehen.«

Dann wandte sie sich um und schwebte wieder aus der Kammer, die Schleppe ihres Kleides über den Fußboden nachziehend.

Sie war verrückt, wie der ganze Rest. (Es wäre klug gewesen, wegzugehen.) Es hatte sich so angehört, als hätte sie sagen wollen, sie sei für den Zustand des Jungen verantwortlich. Mütterliche Schuldgefühle, weil sie ihn vernachlässigt hatte? (Wenn das Eis schmolz und die Winterszeit zu Ende ging – bis dahin konnte er sich herausreden.)

Im angrenzenden Raum stöhnte das Kind plötzlich laut in seiner Qual. Der Wundarzt war froh, daß sie es nicht gehört hatte. *Schmerzen!* Wenn der Junge erwachte, würde man ihn vielleicht festschnallen müssen. Genaugenommen wäre es angebracht, das jetzt schon zu tun. Vom Schwarzen Mohn hatten sie nicht genug. Es könnte sogar ein rascher Schlag nötig werden. Das wäre mitfühlender, als ihn schreien zu lassen. Dem dreijährigen Leib des Jungen war bereits so großer Schaden zugefügt worden, daß man deswegen keine

Bedenken zu haben brauchte. Wäre Vre Korhlens Sohn ein Tier gewesen, hätte man ihm die Kehle durchgeschnitten.

Die Tür war eine Schattentür.

Der Soldat näherte sich ihr durch den Schnee, in einem Licht, das ebenfalls aus Schatten bestand. Das Tal umgab ihn wie ein Kelchglas; aber vielleicht bildete er sich das auch bloß ein.

Das Schwert in seiner Hand wog schwer, und ihm schien, als bewege sich sein Körper mit schleppender Schwerfälligkeit, während er selbst ungehindert, gewichtslos und hellwach irgendwo in seinem Kopf hinter den Augen saß.

Als er die Schattentür erreicht hatte, bekreuzigte er sich unwillkürlich und vom Schwert behindert ein weiteres Mal, dann trat er über die Schwelle.

Trotz der entwendeten Tür war das Innere der Kapelle nicht verfallen. Es war nur fürchterlich kalt und stockfinster darin. Vier massige Säulen stützten das Dach, und vor ihm umrahmte ein hoher Wandschirm aus durchbrochenem Obsidian das einzige Fenster, das hinter dem Altar aufragte, und verstellte die Sicht darauf. Der Altar selbst wurde vom Lettner verdeckt, auf dem mehrere Heiligengesichter schimmerten, deren alte Vergoldung im Gegensatz zu den Augen aus Perlmutt, nun leere Höhlen, unversehrt geblieben war. Die Räuber hätten die Zwischenwand wohl mitgenommen, überlegte er, wenn sie nicht so schwer gewesen wäre. Die Religion des Waldes war älter, und die handlichen Augen herauszunehmen verstieß nicht gegen ihre Regeln. Ob der Altar wohl entweiht worden war?

»Wer ist da?«

Der geflüsterte Aufschrei stieg wie dünner Rauch von seinem Urheber hinter dem Schirm auf. Carg Vrost stand wie vom Donner gerührt und wiederholte die Worte im Geiste immer wieder von neuem, wobei er sich fragte, ob er sie wirklich gehört hatte. Eine ängstliche Mädchenstimme oder sprechender Nebel.

Er wartete wie versteinert.

»Wer immer Ihr seid«, flüsterte die Nebelstimme, »helft mir.«

Dann trat sie hinter dem Wandschirm hervor.

Im Wald gab es Schwesternschaften, davon hatte er gehört. Das Mädchen trug das gebleichte Gewand einer Nonne, jedoch keine Kopfbedeckung. Ihr Gesicht ähnelte den Heiligengesichtern auf dem Lettner, es war bleich und leuchtend, die Augen wie Krater, bis ein Lichtstrahl hineinfiel. Sie blitzten auf, geweitet von wahnsinnigem, mühsam beherrschtem Entsetzen. Und mit ihnen auch zwei Rubine in ihrem Haar.

»So *furchtbar*«, hauchte sie. »*Helft* mir.«

Carg Vrost lauschte angestrengt auf seine Stimme, die ihr antwortete.

»Hat sie dir etwas getan?«

»Nein, aber ich … kann nicht …«

»Wenn Gott hier zugegen ist«, sagte Vrost, weiterhin lauschend, »dann wird Er über uns wachen. Verhalte dich ganz still. So still wie die Toten.«

Als er auf sie zutrat, zuckte sie zusammen, doch dann zwang sie sich zu der von ihm verordneten Stille. Sie schloß die Augen und biß sich fest auf die Unterlippe. *Nicht,* dachte er mit wirrer Heftigkeit, *zerreiß nicht die Haut.* Im Geiste sah er einen Blutstropfen auf ihrer Lippe und wie die schwarze Motte in ihrem schwarzen Haarschopf schwirrte, Haar und Motte an ihrem Mund festgeklebt …

Er näherte sich ihr unendlich langsam und mit hallenden Schritten, das Schwert aus Granit nachziehend und ohne den Blick von der Haarlocke abzuwenden, worin sich die Motte eingesponnen hatte. War sie hierher geflogen, um Zuflucht zu finden, oder war dies Teil eines geheimen, teuflischen Spiels, das im Wald veranstaltet wurde? War es Zufall, daß sie sich verfangen hatte, gleichsam ein makabrer Scherz der Winternacht, ein Märchen, oder ein Traum?

Er durfte sich darüber nicht zu viele Gedanken machen. Die Aufgabe war klar, der Ausgang offen. Seinen eigenen Worten zum Trotz wußte er, daß das Mädchen sehr wohl zum Opfer werden konnte.

Eine Handbreit von ihr entfernt, nah genug, ihren Frauenduft zu riechen, farnartig, kostbar, und darunter das saure Aroma der Angst… nah genug für einen Kuß, blieb er abermals stehen. Tränen rannen wie Seide über ihr Gesicht, jedoch kein Blut.

Auch die Motte verharrte reglos. Er betrachtete ihre fremdartige Erscheinung. Die Flügel waren zusammengefaltet. Sie wiesen keine Zeichnung auf, ihr Schwarz glich verkohltem Papier. Der gekrümmte Leib und die Fühler mit den rubinfarbenen Spitzen waren so zierlich wie ein erlesenes Schmuckstück. Sich der Betrachtung allzulange zu widmen, war jedoch nicht angebracht.

Er nahm das Haar des Mädchens in die linke Hand – einen unwirklichen Moment lang *vergessend* …

Carg Vrost schrie vor Schmerzen auf, ein Taumel blutroter Qual. Die gebrochenen Finger, die betäubte Handfläche, zum Leben erwacht, unbenutzbar – irgendwie lösten sich die Haarsträhnen, die sich an einem Hindernis aus Panzer und umhülltem und gesplittertem Knochen verfangen hatten. Geblendet und ohne zu wissen, was er tat, hob Vrost das Schwert aus Granit, welches das Gewicht der ganzen Welt in sich barg, und *schlug zu*.

Die junge Frau stieß einen schrillen Schrei aus. Sie stürzte wie ein Licht durch sein Gesichtsfeld. Und an seinen gebrochenen Fingern hing die Strähne mitsamt der flatternden Motte.

Er schüttelte sie ab, und mit ihr schien sich seine Hand zu lösen. Wieder und wieder brüllte er vor Schmerz, doch er stampfte auf das Haarbüschel und hob seinen Stiefel – und sah eine schwarze Blume auffliegen und hinter dem Lettner verschwinden.

Er stürzte vor. Der Rand des Lettners traf ihn an der Schulter. Er blieb daran hängen und blickte auf den Altar.

Das Fenster war eine klaffende Öffnung voll weißer Luft, umrahmt von einem eisernen Flechtwerk aus Rosen und Dornen. Der kahle Altar stützte einen eisernen, gekreuzigten Christus, eine Silhouette vor dem hellen Hintergrund. Und darüber schien eine geheimnisvolle gelbe Flamme im Nichts zu schweben. Es war das Ewige Licht der Kapelle. Vielleicht war das Mädchen, das so still hinter ihm lag, hergekommen, um nach dem Lämpchen zu sehen. Nun machte er auch die dünne Kette aus und die flache Schale, in der die Flamme glomm.

Die Motte flog hinein. Die Motte flog ins Feuer und wurde von ihm verzehrt.

Vrost stand da und sah, mit einem unbeteiligten und fernen, noch unverfälschten Teil seiner selbst, wie der Dämon aufloderte, eine schwarze innerhalb einer gelben Flamme. Und dann ergoß sich etwas aus dem Ewigen Licht, etwas wie der Atem der unbesiegbaren Nacht.

Die verkrümmte, unveränderliche Ikone mit ihren zwischen den peinigenden Nägeln ausgebreiteten Armen wurde überlagert vom Bild eines Mannes. Es schwoll an, hüllte das Kreuz und den Christus ein. Die Haltung war jedoch die gleiche. Beine und Rumpf gestreckt, der Kopf zurückgeworfen, die Arme ausgebreitet. Und in der Brust ein einzelner Nagel aus scharlachrotem Licht, der in zahllose Splitter zerbarst.

Carg Vrost schaute losgelöst von seinem schmerzgequälten Körper zu, wie der Schauer feurigen Lichts und die Bruchstücke der zersplitterten Lampe zu Boden fielen. Und die Morgendämmerung lugte durch das Fenster mit seinen Krallen. Und es war Tag.

2. Kapitel

DER WINTER HATTE IM WALD eine gewaltige Kathedrale errichtet, mit Mauern aus Eis und einem Orgelspiel aus Wind. Die winzigen Handwerker der Füchse und Hermeline hatten ihre Gänge ausgehöhlt und verziert, den Boden geprägt. Ihre Fenster hatten Scheiben aus kaltem Mauve und Blau und gelblichen Himmeln und den blassen Rottönen eisiger Sonnenuntergänge. Die Kathedrale hatte Bestand. Dann durchstreifte der Frühling, dieser zerstörerische Engel, die Wildnis mit gezogenem Schwert. Der Frühling schleifte die Kathedrale. Ihre Dächer aus Schnee stürzten ein. Nach dem Tauwetter sickerte Grün in die Pulsadern des Waldes, und Speere aus Sonnenlicht trennten die Bäume voneinander.

Ein Wolf trottete durch die grüne Kirche des Waldes, ein Schatten, der sich, von Sonnenstrahlen getroffen, unvermittelt verfestigte. Seine Augen musterten wie die eines grimmigen jungen Mannes das Unterholz und das Blätterdach darüber. Vögel zwitscherten und huschten im Dickicht der Blätter umher. Andere kleine eßbare Geschöpfe stöberten im Gras nach Futter.

Dort, wo ein Bach über eine Baumwurzel plätscherte, hielt der Wolf inne, um zu trinken, dann sprang er übers Wasser und trottete weiter.

Am Fuße eines Hanges, inmitten der Findlinge, lag etwas. Es lag dort seit dem Winter vor achtzehn Jahren. Als der Wolf es erreicht hatte, hielt er abermals inne und schnüffelte daran, an einer Ansammlung von Knochen und Metallstücken, die matt geworden und auseinandergefallen waren. Ein menschlicher Totenschädel in einer Hülle aus rostigem braunem Eisen verhöhnte den Wolf: *Zu spät gekommen!* Das Fleisch war seit fast zwei Dezennien verschwunden. Der Wolf trat mit seinem langen Fuß auf die Rabenspange im Farn.

Eine halbe Meile oberhalb der Stelle, wo einer von Korhlens Soldaten unentdeckt oder unbeachtet seit der nächtlichen Vampirjagd geschlafen hatte, traten die Bäume auseinander. Diesen Weg schlug der Wolf ein und folgte ihm bis zum Rand des Hügels, wo er anhielt und dorthin zu blicken schien, wo ein riesiger schwärzlicher Kamin aus der Erde emporragte. Die Burg, um deren Mauern sich ein Bienenstock lebensnotwendiger Gebäude drängte, das Burgdorf, die holprige Straße und der schmuddelige Gasthof, alles verschönt vom knospenden Grün, den blühenden Bäumen und den schwarzen, von keimendem Getreide getüpfelten Feldern.

All dies überblickte der Wolf. Dann trottete er durch den Zaun der Kiefern davon und wurde wieder zu einem Schatten.

Sein Sterben begann an einem Tag im Frühling, als er einundzwanzig Jahre alt war. Er wußte nichts davon. Als er erwachte, war er auf eine andere Art von Schrecken vorbereitet.

Boroi, der Sklave, klopfte an die Tür. Als er eintrat, hatte er die üblichen Dinge dabei, das Wasser und das Rasiermesser, Wein und Brot.

Mechail sagte: »Glaubst du etwa, für all das hätte ich Zeit, Dummkopf?«

Mechail fiel auf, daß er den Tonfall und die Wortwahl seines Vaters gebraucht hatte. Kurzzeitig wunderte er sich: *Wie kommt es, daß ich ihn nachahme, wo ich ihn doch hasse?*

Der Sklave hatte seinen Worten jedenfalls keine besondere Beachtung geschenkt. Er setzte die Frühstücks- und Rasierutensilien ab, und dann stand er da, bereit, ihn zu bedienen oder sich erneut ausschelten zu lassen.

Boroi war all die vierzig Jahre seines Lebens über Haussklave gewesen, er trug den Halsring mit dem Raben der Korhlen darauf, und sein Gesicht erinnerte an verwelktes, saftloses Gemüse.

»Also, dann mach schon! Rasier mich!«

Während die Klinge emsig über seine Wangen glitt, saß Mechail auf dem mit Schnitzereien verzierten Stuhl, der einmal seiner verstorbenen Mutter gehört hatte. Körper und Geist hielt er still. Als Boroi ihm das Gesicht abwischte, griff Mechail nach dem Wein und trank. Wein hatte ihm auch gestern abend geholfen. Nach dem fünften Becher hatte er aufgehört, sich Sorgen zu machen. Etwas hatte ihn innehalten lassen, bevor er vollständig betrunken gewesen war. Heute morgen verspürte er lediglich eine leichte Übelkeit, die angesichts dessen, was vor ihm lag, sowieso unvermeidlich gewesen wäre.

Boroi kleidete ihn an. Vor allem dazu brauchte Mechail den Sklaven. Das Anlegen des Gewands mit dem häßlichen Einsatz, der ungeschickt angenäht worden war, um die unförmige dumme Schulter aufzunehmen, und das Hantieren mit dem steifen Arm und der wohlgeformten, kraftlosen Hand daran bereiteten ihm noch immer gewisse Schwierigkeiten. Boroi streifte Mechail die Stiefel über und band ihm den Gürtel um, der in der Nähe des Kamins gelegen hatte. Im Schild über dem Kamin erblickte Mechail plötzlich sein Spiegelbild, einen mit Haut bedeckten Totenschädel, zwei blasse Augen mit schwarzen Brauenbögen, einen schwarzen Haarschopf.

Wer bin ich? Der Nachkomme eines Burgherrn. Der für dessen Sünden büßen muß. Und für meine eigenen.

Er war von Trübsal erfüllt. Daran hatte er sich gewöhnt. Niemand brauchte es zu bemerken. Sie alle waren seine Feinde, der Vater, der all dies von ihm verlangte, der Halbbruder, der ihm nach dem Mund redete, dessen Freunde und Gefolgsleute. Die Dienstboten und Sklaven, vor denen er sich keine Blöße geben durfte.

Sein Sklave beobachtete ihn. Mechail bemerkte den Blick im Schild und wandte sich zu ihm um. *»Was ist?«*

»Das Messer meines Herrn.«

»Ach, das. Ja. Ich werde es wohl brauchen, meinst du nicht?«

Der Sklave trat herbei und legte das blankpolierte Messer in Mechails gesunde Hand.

Irgend etwas, Mechail wußte nicht, was es war, ließ ihn plötzlich an seine Mutter denken, die letzte rechtmäßige Ehefrau seines Vaters. Ihr Gesicht hatte er schon vor langer Zeit vergessen, jedoch nicht ihr schwarzes, wallendes Haar mit dem silbernen Schimmer und ihren Geruch, den Geruch einer süßen, vergehenden Blume – er war gerade erst vier Jahre alt gewesen. Jemand hatte ihm gesagt, Gott habe sie zu sich genommen, und er hatte geschrien und Gott gelästert. Und dann hatte ihn der Priester geschlagen. Ja, am Todestag seiner Mutter hatte ihn der Priester mit der Rute gezüchtigt, stets darauf bedacht, nur die gesunde Seite seines Rückens zu treffen. Er erinnerte sich noch an die seltsame Zweiteilung: die gesunde Schulter hatte stärker geschmerzt als die, die ansonsten weh tat.

»Mein Gebieter«, sagte Boroi.

Mechail funkelte ihn an, ohne diese braune Rübe mit ihren Augen aus Feuerstein überhaupt zu sehen.

»Um Himmels willen – du *treibst mich an*? Ich weiß. Ich habe eine Verabredung mit einem Feind aus dem Hause der Widersacher meines Vaters. Mit einem Esnias.« Unversehens versetzte Mechail dem Sklaven einen Hieb über den Kopf. Das hätten sein Vater, sein Bruder Krau – und alle anderen ihres Schlages – auch getan. So verhielt man sich eben, wenn ein Sklave über die Stränge schlug, und sei es nur ein wenig.

Boroi nahm den Hieb demütig hin.

In der Burg war vom Frühling noch wenig zu spüren, doch als er vom Tafelsaal über die Treppe zum Hof hinunterschritt, zwischen den beiden steinernen Raben hindurch, da merkte er doch, daß der Frühling bereits Einzug gehalten hatte.

Er hatte den Frühling am Abend zuvor gerochen, prickelnd und sanft zugleich. Er hatte etwas mit Mechail angestellt, das weniger leicht faßbar gewesen war als die Wirkung des Weins und keinen schlechten Nachgeschmack hinterlassen hatte.

Der Hof war in Sonnenschein getaucht. Überall dort, wo sie nicht sollten, sprossen Pflanzen, und die Sklaven harkten sie zwischen den Steinen hervor. Ein heller Glanz fiel auf die efeuüberwucherte Mauer zum Frauengarten. Darüber wölbte sich ein fahlblauer Himmel mit strahlendweißen Federwölkchen.

Unten auf dem Hof standen zehn von seines Vaters Soldaten, zusammen mit dem energischen Hauptmann und dem ältlichen Priester mit den wäßrigen Augen und den zitternden Händen.

Niemand sprach zu Mechail. Sie kannten ihre Aufgabe und erwarteten, daß er die seine kannte.

Was er auch tat. Er kannte sie seit fünf Jahren. Bis jetzt hatte er nie ganz daran geglaubt.

Die Sklaven auf dem Hof fuhren mit Jäten fort, beobachteten jedoch alles mit ihren hündischen Augen, denen nichts entging, auch wenn sie häufig kalt und leblos wirkten. Der Stallbursche brachte Mechails Pferd, die fügsame Stute, die man ihm gegeben hatte, weil er nicht für allzuviel zu gebrauchen war, so verkrüppelt wie er war. Dennoch fürchtete er sich vor der Stute, und das wußte sie. Sie verdrehte ihr kastanienbraunes Auge nach ihm. Er schwang sich von der untersten Treppenstufe unbeholfen in den Sattel, wobei er sich der verminderten Kraft seines Oberkörpers anvertrauen mußte. Wie jeden Morgen und spät abends hatte er Rückenschmerzen. Im Sommer war er manchmal frei von Schmerz, doch nie für lange. Jede Anstrengung brachte ihn zurück, den fordernden Gast, der den Weg zu seiner Türe kannte. Er war jedoch so an den Schmerz gewöhnt, daß dieser ihn nur selten aus der Fassung brachte.

Er gab der Stute die Hacken, und sie setzte sich in Bewegung, ganz steif vor Verachtung. Das Tor hatte man weit geöffnet, und draußen lag die holprige Straße, die vom morgendlichen Regen aufgeweicht war.

Mechail ritt hindurch. Der Hauptmann und die Soldaten schlossen sich ihm an. Der Priester ging zu Fuß, den Rosenkranz in der Hand, ein Geschenk von Vre Korhlens Hurenweib. Bemalte Porzellankügelchen oder kleine farbige Glasperlen, ein Opal, der für Keuschheit, und ein matter, erlesener Smaragd, der für Frömmigkeit stand.

Die Felder lagen ausgebreitet unter dem Himmel, und an ihrem Rand erhob sich der Wald wie die Buckel eines schlafenden Drachen.

Die Sklaven auf den Feldern hielten für einen Augenblick mit der Arbeit inne, um herüberzuschauen und zu glotzen. Länger trauten sie sich nicht, das hätten die Aufseher nicht erlaubt.

Alles in Ordnung, dachte Mechail, *ihr stinkendes Geschmeiß. Alles ist so, wie es sein sollte. Der rechtmäßige Nachfolger des Burgherrn zieht aus, um zum Mann zu werden.*

Um zum erstenmal zu töten.

Krau, der uneheliche Sohn, hatte es bereits getan. Im letzten Jahr. Krau, damals fünfzehn Jahre alt, war ins Gehölz gegangen und hatte sein Messer gebraucht. Damals hatten sie mit den Esnias noch in Fehde gelegen. Die Fehde hatte zehn Jahre gedauert. Mechail erinnerte sich noch an den Pferdediebstahl und den Raub weiblicher Feldsklaven, mit dem sie begonnen hatte.

Hier draußen war die Geltung des Gesetzes eingeschränkt, und es wurde selten angerufen. Selbst die Religion wurde mißachtet. Die Kirchenväter hatten es Vre Korhlen nach dem Tod der Herrin Nilya untersagt, ein drittes Mal zu heiraten, und dennoch hatte er sich Veksa genommen, sie geschwängert und geheiratet. Der Priester hatte sie getraut. Mechail hatte der Hochzeit ebensowenig beigewohnt, wie man ihn an der Beerdigung seiner Mutter einige Monate zuvor hatte teilnehmen lassen. Nur die geschlossene Gruft hatte er hinterher gesehen. Als Kind hatte er sie bisweilen besucht. Zu einer Grabmauer zu sprechen, hatte ihm jedoch nicht geholfen. Obwohl sich die Bauern erzählten, der Wind führe die Stimme der Toten mit sich, und obwohl er diese Geschichten geglaubt hatte, war es ihm nicht gelungen, mit Nilya zu reden.

Sie bogen auf den Mühlenweg ein, kamen an der qualvoll knirschenden Mühle vorbei und ritten zum Waldrand hoch.

Eine Frau an einem Brunnen bekreuzigte sich, dann zog sie weiter Wasser herauf, die kräftigen Arme und den Hals über die dunkle Öffnung gebeugt.

Mechail hätte ihre Arbeit einhändig bewältigen müssen.

Man hatte ihn kämpfen gelehrt und gezwungen, den gesunden Arm zu trainieren, darum war er geschmeidig und hart von Muskeln. (Auch ein wenig Lesen hatte man ihm beigebracht und ihn wegen jeder Kleinigkeit geschlagen, wenn er nachlässig war oder sich dumm anstellte.)

Anfangs hatte er gemeint, sein rechter Arm habe teuer für den linken bezahlen müssen. Er hatte seine linke Seite gehaßt, von der Hüfte bis zum Hals. Vielleicht haßte er sie noch immer, das arme Ding, eine nutzlose Last, die er mit sich herumschleppte.

Krau, der illegitime Sohn der dritten Frau, hätte der Erbe sein sollen. Dann hätte der Krüppel seine Ruhe gehabt.

Nur ganz selten hatte Mechail als Kind daran gedacht, aber wenn ihn nicht in früher Kindheit der Hund angefallen hätte, wäre er wie andere Männer auch gewesen.

Der Pfad wurde schmaler und hörte ganz auf, als sie in den Wald eindrangen. Vor ihnen lag die Lichtung mit dem Gehölz weißer Birken, die fast nackt wirkten in ihrem frischen Grün.

Natürlich war es ein heidnischer Ort. In früheren Zeiten hatten die Angehörigen des Rabengeschlechts alljährlich scharenweise Sklaven und Feinde auf dem schwarzen Stein geopfert. Herrschte weder Krieg noch Fehde, wurden die Männer mittels Los ausgewählt. Das Ritual sollte den Feldern Fruchtbarkeit schenken.

Mechail ertappte sich dabei, daß er auf die Geräusche lauschte, die aus dem Gehölz drangen. Vielleicht hatte er erwartet, der Esnias werde fluchen oder schreien. Außer dem hellen Gesang der tiefer in den Bäumen verborgenen Vögel war jedoch nichts zu hören.

Die Stute trottete weiter, der Farn streifte ihre Brust, und die schwarzen, verfaulten Kiefernzapfen zerbarsten unter ihren Hufen.

Dann stimmte Gottesbruder Beljunion, der alte Priester, seinen zittrigen Singsang an. Mechail straffte sich, sein Mund war zusammengepreßt, seine Augen blickten starr, als wäre er blind; vor diesem ›bösen Blick‹ hatte Beljunion ihn als Jungen gewarnt und ihn deswegen verdroschen und noch anderweitig bestraft. Beljunion war im Jahr nach Nilyas Tod in Mechails Leben getreten, ein perfektes Gegengewicht, ein hartnäckiges Salz in einer unauslotbaren Wunde.

Im Geiste sah Mechail den Priester mit der Rute in der Hand vor sich stehen, schon damals ein alter Mann. »Wir sind alle Geschöpfe Gottes. Er möge mit uns verfahren, wie es Ihm gefällt.« Das Kind hatte geschrien, Gott habe ihm seine Mutter geraubt und kein Recht dazu. »Verbanne diese Blasphemie aus deinen Gedanken. Du mußt ein für allemal begreifen, Gott ist Gott. Füge dich Seinem Willen, du kleiner Teufel.«

Niemals. Das habe ich niemals getan. Allmächtiger Heiland. Der Wille Vre Korhlens ist schwer genug zu ertragen. Höre mich, Gott, ich kämpfe gegen Deine Ungerechtigkeit und Deinen blutrünstigen Willen.

Die schlanken Birkenstämme wichen auseinander, und der Jüngling ritt in das uralte Gehölz hinein, den Kopf voller unsichtbarer Flammen.

Das Gras war hoch gewesen, jedoch kürzlich mit der Sense abgemäht worden. Der schwarze Stein stand schief in der Mitte. Vielleicht war er noch älter als der Wald. Der Vogelgesang erstarb, das Licht veränderte sich, wurde bleich und grell. Der Himmel schien grundlos.

Das Opfer war am Stein festgebunden. Der Mann gehörte zur Besatzung der Burg Esnias. In den letzten Wintertagen hatten ihn Vre Korhlens Männer am Waldrand aufgegriffen. Er gestand, einem Mädchen aus Korhlens Dorf nachgestiegen zu sein und ein Huhn gestohlen zu haben. An einem anderen Tag hätte man ihn wahrscheinlich gegen Lösegeld freigelassen und so zwischen Esnias und Korhlen einen Waffenstillstand begründet und womöglich eine Fehde beendet, die noch nicht offen erklärt war und ständigen Krieg bedeutete. Doch es war der falsche Zeitpunkt. Das hätte er wissen müssen und fernbleiben sollen, denn zahlreiche Burgen des nördlichen Waldes hielten an den alten Bräuchen fest.

Er war in mittleren Jahren und in der Gefangenschaft zu einem menschlichen Wrack geworden. Er hatte einen Siebentagebart, und ein paar Schneidezähne waren abgebrochen, was gut zu erkennen war, da sein Mund offenstand. Seine Augen hingegen waren nahezu geschlossen, obwohl sie sich bewegten und nach Mechail sahen. Der Soldat wirkte wie ein Mensch an der Schwelle des Schlafes, der etwas Ungewöhnliches erblickte oder hörte, das ihm im Grunde gleichgültig war.

Er war nur mit einer Unterhose bekleidet. Ein strenger Geruch ging von ihm aus. Irgendwann hatte er sich vor Angst wohl selbst beschmutzt, doch nun schien er darüber hinaus zu sein.

Mechail saß auf dem Pferd. Er dachte: *Ich muß ihn töten.*

Zwei von Korhlens Soldaten standen neben dem Stein, und unter einem Baum wartete der zweite Kämmerer des Burgherrn, der außer dem Hauptmann und dem Priester als Zeuge anwesend sein mußte. In der Nähe stand der letzte Helfer, der für das morgendliche Ritual vonnöten war, der Burgschlachter, den man abkommandiert hatte, das Werk notfalls zu vollenden.

Die Soldaten nahmen in dem Wäldchen Aufstellung. Der Priester trat zu dem benommenen, schmutzigen Mann und bot ihm mit widerwärtiger und aufreizender Überheblichkeit das silberne Kreuz an der hübschen Perlenkette zum Kuß.

Und mit gleichermaßen widerwärtiger Fügsamkeit wandte der Mann den Kopf und drückte seinen schlaffen Mund auf das Kreuz.

Beljunion trat zurück und senkte seinen inbrünstigen Blick, den Smaragd wieder und wieder in den Fingern wendend.

»Kann ich Euch helfen, Herr?«

Mechail sah überrascht auf den Soldaten hinunter, der die Stute hielt und dem Krüppel unhöflich und frech angeboten hatte, ihm beim Absitzen zu helfen.

Ein sengender Schmerz fuhr durch Mechails Bauch, sein Geschlecht und seine Eingeweide. Es war soweit. Der Moment war gekommen. Es war kein Gerücht und keine Drohung, keine Befürchtung und kein Alptraum mehr. Es war Realität, und es gab kein Entrinnen.

Er stemmte sich hoch und ließ sich vom Pferd gleiten.

Der Esnias hatte den Kopf auf die Schulter sinken

lassen und die Pose des sterbenden Christus eingenommen. Das war abstoßend komisch. Er schien jetzt bewußtlos zu sein und atmete wie ein erschöpfter Schläfer.

Mach's richtig. Verpfusche es nicht.

Der Mann bedeutete Mechail nichts, er war nicht einmal sein Feind. Er würde jedoch schreien, und der Todeskampf und die Krämpfe mußten abgekürzt werden.

Wenigstens war Krau nicht da. Bestimmt war er bei einem Mädchen, vielleicht bei einer seiner Halbschwestern, den Töchtern der ersten Frau, die Mechail nie kennengelernt hatte. Die erste Frau war verdorben gewesen, und ihre Nachkommen waren ausschweifend. Sie machten, was sie wollten, genau wie Katzen.

Trödel nicht herum. Tu es endlich.

Er hatte das Messer gezogen, hielt es in der rechten Hand. Er trat vor. Er wollte darum beten, daß der Soldat bewußtlos war und nicht wieder die Augen aufschlug, um zu sehen, wer da kam. Aber Mechail betete nicht. Es hätte nichts genutzt.

Und tatsächlich, bei seinem letzten Schritt hob der Mann die Lider und schaute ihn an.

Ihre Blicke trafen sich.

Mechail hatte gewußt, daß es so kommen würde.

Der Mann grinste. Sein erschlaffter Mund murmelte: »Das erste Blut, wie?«

Mechail brauchte darauf nicht zu antworten.

Er stand jetzt dicht vor dem gefesselten Mann, zwischen ihm und den anderen, der Frühlingssonne, den Bäumen, dem bleichen, sakralen Licht und allen Dingen.

Mechail hörte sich sagen: »Es dauert nicht lange.«

»Es wird trotzdem verflucht weh tun. Und dann die Hölle, wegen all meiner Missetaten.«

»Du Narr, es gibt keine Hölle«, sagte Mechail und trieb sein Messer in den Körper des Mannes, entsetzt und überrascht vom Widerstand des Fleischs und der Muskeln, empfindungslos gegenüber dem hervorschießenden Blut, das ihm ins Gesicht spritzte und das ihm in den Augen brannte, dem langgezogenen Heulen des Mannes und dem schrecklichen Brodem, der seinem Leib entwich. Das Messer drang immer weiter nach oben vor, also war der Magen durchschnitten. Die weißen Rippen traten häßlich hervor, er sah die aufgerissene Bauchhöhle und das Zucken des vergehenden Herzens.

Von der Anstrengung tat ihm die gesunde rechte Schulter weh. Das Messer steckte fest, er bekam es nicht mehr heraus. Der Mann starb. Sein Körper entspannte sich. Die Hülle seines Leichnams, die im Leben verschlossen gewesen war und ihm Schutz gewährt hatte, war nun bis auf die inneren Organe entblößt.

Mechail hatte geglaubt, ihm werde übel werden, doch er fühlte sich bloß matt und schwach, wie bei Einsetzen eines Fiebers.

Langsam wandte er sich um, und der Schlachter seines Vaters kam durchs Gras, um den Tod des Mannes zu bestätigen. Noch ehe er den Leichnam erreicht hatte, hob Vre Korhlens Hauptmann die Hand, und die Soldaten stießen ein heiseres Gebrüll aus. Dies war reine Formsache.

Als Mechail sich das Blut aus den Augen wischte, überlegte er, woraus es wohl bestehen mochte.

Beljunion verstellte ihm den Weg.

»Geht heim und wascht Euch«, sagte der Priester. »Kommt dann ordentlich gekleidet in die Kapelle.«

Nach dem Fruchtbarkeitsritus – dem Ritualmord – eine Buße vor Gott. Vermutlich nur eine leichte Buße.

Die Sklaven würden ihn heimreiten sehen mit all dem Blut – das Blut war es, was so naß war und was klebte und stank –, dem Symbol seines Mutes und seiner Männlichkeit.

Aus der Maske aus Haut, Knochen und Blut fixierten

seine Augen, die so klar wie Winterwasser waren, den Priester, der ihm als Kind den Hintern versohlt hatte.

»Mein Messer steckt noch in dem Mann. Jemand muß es mir holen.«

Der Priester fuhr leicht zusammen. »Sagt den Soldaten Bescheid.«

»Ihr sagt es ihnen, Vater.«

Das Gesicht des Priesters zuckte nervös, wurde wieder starr.

»Sehr wohl, Herr. Ihr müßt eilen und das Blut abwaschen, sonst beschmutzt es Eure Seele.«

Ich habe keine Seele. Na los, sag es ihm.

Diese äußerste Unverschämtheit wollte jedoch nicht heraus, nicht nach all den Jahren unter seiner Knute.

Mechail trat zu seinem Pferd. Die Stute schreckte vor dem Aasgestank zurück. Er packte sie bei der Mähne und am Zaumzeug, um sich daran festzuhalten, wobei er so tat, als bereite ihm sein Arm Schwierigkeiten.

Er spürte jetzt, wie die Erschöpfung in Wellen auf ihn eindrang. Was Körperbeherrschung und das Zurückhalten von Tränen und Fragen, von Träumen, Wünschen und Verzweiflung anging, so hatte er viel Übung darin.

Sein Innerstes weinte ständig, wie eine Glocke am Grund eines Sees. Ihr Wehklagen kannte er so gut wie seinen Herzschlag. Jedoch kein Heilmittel, das dagegen geholfen hätte.

Als Mechail zur Kapelle hinüberging, war es früher Nachmittag, und er hatte Beljunion warten lassen. Im Grunde hatte er nicht vorgehabt, Gott und den Priester zu kränken. Nachdem er in seiner Kammer angelangt war, hatte er die Kleider abgestreift, sich gewaschen und die Übelkeit mit dem Wein verscheucht, der auf der Truhe bereitstand. Dann hatte er sich auf das schwankende Bett geworfen und geschlafen. Er war mit einem Schmerz hinter den Augen aufgewacht, mit dem Gefühl, am falschen Ort zu sein, und hatte kurzzeitig geglaubt, alles läge noch vor ihm. Er hatte es jedoch bereits getan. Es war vorbei.

Die Kapelle lag hinter dem Frauengarten, an einem kurzen Weg, der nach den Pfirsichbäumen hinter der Mauer duftete.

Im kühlen Schatten eines Torwegs hatten sich ein paar Frauen versammelt, um sich den frischgebackenen Mann anzuschauen. Beim Näherkommen vernahm er ein dummes, schwereloses Gelächter. Er hatte keine Freundinnen unter den Frauen. Drei der Töchter seiner Stiefmutter trödelten herum, und Veksa selbst saß auf einem Schemel, ohne ihre Neugier zu verhehlen; sie war gekommen, ihn zu sehen.

Mit vierzehn war sie vom Vre geschwängert worden und seitdem niemals mehr, wenngleich sie mit Krau ihren Wert unter Beweis gestellt hatte. Es hieß, ihre wunderliche Art im Bett habe den Burgherrn seitdem bei Laune gehalten. Außerdem hatte sie eine große Mitgift in die Ehe eingebracht. Sie war kein Burgfräulein, sondern die Tochter eines Müllers. Der eifrige Vater hatte sie seinem Herrn eines Abends angeboten, als dieser an der Grenze seines Besitzes gejagt hatte. Sie war ein gutentwickeltes Frauenzimmer, schlank, mit üppigen Brüsten, einem füchsischen Gesicht und blondem Haar, das im Norden selten war. Ein anderes Leben gewohnt, hatte sie auf der Burg abgenommen und war schlanker geworden. Während ein Bauernmädchen mit zwanzig ein altes Weib sein konnte, war Veksa mit über dreißig immer noch jung. Ihr Haar, das sie teils offen trug, teils mit bernsteinfarbenen Nadeln hochgesteckt hatte, war noch voll und safrangelb. Für Mechail, der sie seit seinem fünften Lebensjahr kannte, wurde sie eigentlich nicht älter, nur reifer. Heute trug sie ein verschwenderisch mit Vögeln und Kornblumen besticktes weißes Leinenkleid, und ihre Handgelenke bestanden aus Armreifen. Die schmalen, schräggestellten rauchblauen Augen waren es, die ihr Gesicht so gefährlich machten. Ihrem Blick begegnete er ebenso ungern wie ihr selbst.

Als er auf Höhe der Frauen angelangt war, überlegte er, ob Veksa ihn wohl ansprechen werde. Sie tat es nicht, und er ging vorbei.

Er hatte die Kapellentür erreicht, als sie ihn anrief.

»Keine Artigkeiten? Weder für den Priester noch für die Gemahlin des Burgherrn?«

Mechail blieb stehen. Ohne sich umzusehen, sagte er: »Ich wünsche Euch einen guten Tag, Herrin.«

»Ich wünsche *Euch* einen guten Tag, Herr.«

Und die Mädchen riefen im Chor: »Guten Tag, Fürst Mechail.«

Er legte die Hand auf die Kapellentür.

»Mechail!« rief Veksa. »Meinen Glückwunsch zum ersten Blut.«

Die Frauen sollten das Ritual eigentlich nicht erwähnen.

Außerdem wußte er, daß Krau gewettet hatte, der Erbe des Burgherrn werde versagen. Als er sechzehn war, hatte sich der damals elfjährige Krau mit einem vom Blut eines getöteten Schweins besudelten Messer vor ihm aufgebaut und gesagt: »Weißt du, was es mit dem ersten Blut auf sich hat? Du mußt jemanden töten. Nicht im Zweikampf, sondern einen wehrlosen Mann, der am Stein festgebunden ist. Und du wirst dir in die Hose machen. Du wirst in Ohnmacht fallen.«

Mechail drückte gegen die Tür. Sie gab nach. Er erblickte das Innere der Kapelle, das helle Fenster und Beljunions Gestalt am Altar.

Plötzlich rief Veksa aus: »Die Hunde meines Vaters hatten bessere Manieren!« Sie brüstete sich immer mit ihrer niederen Herkunft.

Mechail trat in die Kapelle, wo sein nächster Gegner bereits auf ihn wartete.

Gottesbruder Beljunion hatte einige Zeit darauf verwandt, sich auf dieses Gespräch vorzubereiten. Mechails Verspätung hatte er vorausgeahnt. Dem Geistlichen war ein wenig bang zumute, wie es auch in der Vergangenheit bisweilen vorgekommen war, wenn er mit Mechail Korhlen, dem von Gott Verfluchten, zu tun gehabt hatte.

Der Priester kannte den Aberglauben der Waldbewohner gut, denn er war im nördlichen Wald geboren. Seine Erziehung und die religiöse Ausbildung in Khish hatten ihm die Prinzipien eines strengen Glaubens und eine nüchterne Einstellung gegenüber okkulten und profanen Geschehnissen vermittelt. Er glaubte nicht an die Ereignisse, die man ihm geschildert hatte – an das geflügelte Wesen am Hals des Kindes, den Sturz, die Flucht, die anschließende Jagd, von der nur Versprengte ohne Nachrichten zurückgekehrt seien und bei der der Hauptmann in der verschneiten Winterwüste verschwunden sei. Das war nichts weiter als eine Anekdote, die solange aufgebauscht worden war, bis man ihr Glauben geschenkt hatte. Vampire, diese Diener der Hölle, gab es an sich nicht, dennoch waren sie als Symbole, als Warnung, in der Welt weit verbreitet. Was tatsächlich in jener Nacht vorgefallen war, wollte Beljunion gar nicht ergründen, aber er war überzeugt davon, die Deutung zu kennen. Das Kind war von einem Dämon besessen. Er konnte jederzeit zum Ausbruch kommen, so wie es der unwissende Burgherr in seiner Angst vorausgesagt hatte. Es war jedoch nicht so, daß sich der Junge in einen Dämon verwandeln würde. Das Böse hatte ihn bereits – vielleicht unwiderruflich – in seiner Gewalt.

Gottesbruder Beljunion hatte sich damals nach Kräften bemüht, das Böse einzudämmen, es mit der Rute aus dem Jungen herauszuprügeln und mit Fasten auszuhungern.

Jetzt wartete der Priester beim Altar, unter dem brennenden Lämpchen, das Gottes Anwesenheit symbolisierte, und aus dem Fenster ergoß sich helles Nachmittagslicht über den jungen Mann, der sich ihm langsam näherte.

Mechail wußte nichts. *Ihm* hatte man die geheimnisvolle Geschichte nie erzählt, aus Angst, den Ausbruch der Krise zu beschleunigen.

Offenbar wußte er auch in anderer Beziehung nur wenig über sich Bescheid.

Ein unschuldiger, blankpolierter Apfel, der sich nur der Made bewußt war, die an ihm nagte.

Von der verkrüppelten linken Seite einmal abgesehen, war er hochgewachsen, schlank und muskulös, während sich ein flüchtiges Versprechen von Einzigartigkeit, die im Kind angelegt gewesen war, nun erfüllt hatte. Ein Tiergesicht, angesiedelt zwischen Katze und Wolf, mit den Zügen menschlicher Schönheit versehen, mit wilden Augen, halb wahnsinnig, unwiderstehlich. Nicht nur eine stattliche Erscheinung, sondern die Verkörperung irgendeiner Art von Macht, männlich und zügellos.

Auch dagegen hatte Beljunion sich wappnen müssen. Das Bedürfnis, den Jungen zu berühren und ihn zu liebkosen, hatte im Schlagen mit der Rute sein Ventil gefunden.

Auch dafür hatte er natürlich eine Erklärung. Weder schämte er sich deswegen, noch fühlte er sich in Verlegenheit gebracht. Zu fürchten brauchte er einzig und allein den Teufel.

»Habt Ihr Euch gereinigt?«

»Aber sicher, Vater.«

»Habt Ihr gebetet?«

»Nein. Ich habe mich betrunken und mußte den Rausch ausschlafen.«

Dies betrachtete Beljunion als kindlichen Trotz, wie ihn der unsichere Junge auch früher schon an den Tag gelegt hatte.

»Dann laßt uns jetzt beten.«

Mechail sah ihn an. Einen Moment lang spürte der Priester bei Mechail einen Drang, sich zu widersetzen, der weit stärker war als je zuvor. Doch das ging vorbei.

»Kniet nieder«, sagte der Priester ernst. Er war erleichtert, als Mechail gehorchte.

Beljunion blickte auf den geneigten Kopf mit dem üppigen Haar hinab, auf die eine gerade Schulter und den verunstalteten Klumpen, der die andere Schulter war. Der stattliche Körper schien sich in diesem Moment verhärtet zu haben, der Arm wirkte wie versteinert – er erinnerte kaum noch an einen Arm.

Der Priester begann sein Gebet für die Vergebung der Sünden, und Mechail antwortete an den richtigen Stellen.

»Ihr habt einen Menschen getötet, Mechail Korhlen. So ist es hier Brauch, doch es wurde Blut vergossen. Gesteht Ihr Euer Vergehen ein?«

»Wenn Ihr es sagt.«

»*Gesteht Ihr Euer Vergehen ein?*«

»Ich gestehe es.«

»Ihr werdet drei Tage lang kein Fleisch essen. Ihr werdet drei Tage von maßlosem Trinken Abstand nehmen. Fünf Tage lang werdet Ihr jeden Morgen das Bußgebet sprechen, das mit den Worten ›*Vater, in Deiner Schuld stehe ich*‹ beginnt. Dies dient dem Schutz Eurer Seele.«

»Habt Ihr auch Kraus Seele auf diese Weise geschützt?«

Der Priester war erschüttert. Er mochte den illegitimen Sohn des Burgherrn nicht und fürchtete ihn, den halben Bastard Krau, auf herkömmliche Weise. Krau war ein Rüpel. Hatte Beljunion *ihm* für sein erstes Blut eine Buße auferlegt? Wenn ja, dann hatte dieser sie nicht befolgt – oder vielleicht hatte sie sein gräßlicher Zwerg (der seit drei Jahren sein Spielzeug war) an seiner Stelle vollzogen.

»Hier geht es um Eure Sünden und Bedürfnisse, Mechail, nicht um die Eures Bruders.«

Beljunion trat vom Altar zurück, ging zum Lettner und trat hinter ihn. An der Wand, flankiert von den vergoldeten Gesichtern zweier Heiliger, stand der mit Schnitzereien verzierte und bemalte Schrank mit dem geweihten Wein.

Der Priester bekreuzigte sich, öffnete den Schrank und nahm den Kelch heraus. Er war aus Eisen, kalt und schwer. Der Bodensatz darin sah schwarz aus, und ein scharfer, saurer Geruch stieg davon auf. Er bedauerte, daß der Wein von so armseliger Qualität war. Andererseits war auch das, was bei Tisch aufgetragen wurde, kaum erlesener.

Als er sich zu Mechail umwandte, um ihm den Versöhnungstrunk zu reichen, wurde der alte Priester von alten Erinnerungen überwältigt. Sie veranlaßten ihn stehenzubleiben, den Kelch in Händen.

Wozu daran denken? An dieses absonderliche, betörende, verwirrende und unschickliche Wesen? Es lag nicht am Opferritus – den hatte er längst verdrängt, als etwas, womit er sich abfinden mußte, um die Korhlen in anderer Beziehung zu retten. Das war es nicht. Es war der kniende Mann, das Gewicht des Kelches …

Seine Aufnahme in die niederen Ränge der Priesterschaft hatte in Khish stattgefunden. Damals war ihm die Stadt bedeutend vorgekommen. Seltsamerweise hatte er inzwischen, mit der Distanz der Jahre und nachdem man ihn wieder in die Wildnis der Wälder zurückgeschickt hatte, eingesehen, daß Khish nichts Besonderes gewesen war.

Die Kirche war grau, durchlöchert und bröckelig wie frischer Käse. Drei Stunden lang hatte er während der Nachtwache zusammen mit den anderen auf dem eiskalten Boden vor dem düsteren Hochaltar gekniet. Dort mußten sie ausharren, bis die Priesterweihe wie ein goldener Wind über sie kam, mit Kerzen und Gesang.

Dann die Wandlung, in deren Verlauf sich der Wein auf magische Weise in das Blut Christi verwandelte, die Verwandlung von Männern in Priester.

Wochenlang hatte er gefastet und gebetet. Endlosen Prüfungen hatte man ihn unterzogen, seinen Glauben auf die Probe gestellt und ihn gefoppt, bis man sich seiner sicher war.

Benommen und frierend kniete Beljunion auf dem Kirchenboden, manchmal fürchtete er, in Ohnmacht zu fallen, dann wieder verspürte er lediglich Ungeduld und schwitzte. Seine Beine waren eingeschlafen und kribbelten. Verstohlen versuchte er immer wieder, sie ein winzig kleines Stück zu bewegen.

Und die ganze Zeit über sehnte er sich nach einer Offenbarung, er *lechzte* danach, nach irgendeinem besonderen Zeichen Gottes, dem er sein Leben überantwortete.

Er hatte geglaubt, es sei eine Vision. Vielleicht war es aber auch nur ein Wachtraum. Hinterher war er abwechselnd stolz darauf – und entmutigt. Es paßte nicht zu seiner Vorstellung von Frömmigkeit. Er brauchte Zeit, um die symbolischen Aspekte zu begreifen, um es wegzuerklären, als etwas, das es eigentlich nicht war.

Heute erstand das Bild mit fast der gleichen (wenn auch nicht derselben) Intensität vor ihm wie damals, einer Blüte gleich, die im Wasser nach oben trieb.

Auf einmal befand er sich in einem ausgedehnten Wald. Es war jedoch nicht der Wald seiner Kindheit. Die Bäume waren gewaltig und schienen meilenweit in einen vollkommen schwarzen Himmel emporzuragen. Die niedrigeren Büsche, das Blätterwerk und das Unterholz waren dicht und eigentümlich miteinander verwoben. Es schien keinen Weg durch diesen Wald zu geben, und in der Dunkelheit war zwar alles sichtbar, jedoch undurchdringlich.

Er kniete auf dem Erdboden, so wie er vor so langer Zeit vor dem Kirchenaltar in Khish gekniet hatte. Nach wie vor verspürte er Schmerzen in den Knien, den Schenkeln und im Rückgrat. Er versuchte jedoch nicht, sie zu lindern.

Tief erregt, doch ohne sich zu bewegen, wußte er, daß etwas aus dem Wald auf ihn zukam.

Der Vordergrund wich zur Seite. Auf einmal erblickte er einen Baum, der noch größer war als die anderen, ein Stamm wie eine Säule aus Basalt, der in die Ewigkeit oder ins Nichts aufragte.

Unter dem Baum stand ein junger Mann. Er war vollständig nackt, sein makelloser und wohlgestalteter Körper war jedoch eine Hülle ganz eigener Art, die an Kopf und Hals eine Haube aus leuchtendem Haar zierte.

Als der Jüngling die Hand hob, sah Beljunion, daß an seinem wie gemeißelten Handgelenk ein Band aus scharlachrotem Blut entlanglief und daß er in der anderen Hand einen Kelch hielt, um das Blut damit aufzufangen. Alles trat scharf und deutlich hervor, selbst der Kelch war spiegelglatt und schwarz wie Kohle.

Das Blut, dachte der Priester verzückt, *das Blut des Erlösers …*

Und in dem Augenblick, als das Bild verblaßte, ergriff er den Kelch und trank das Blut des heidnischen, leibhaftigen jungen Gottes aus dem Wald, dieses Abbilds des Heilands und keineswegs eines Gottes, sondern eines wunderbaren, schrecklichen, unerklärlichen Wesens – seit langem schon erklärt und ausgetrieben.

Der alte Priester stand da und umklammerte den eisernen Kelch aus der Kapelle der Korhlen.

Er schauderte und murmelte einen Bannspruch.

Und vernahm Mechails Unruhe jenseits des Lettners, wo dieser ebenfalls wartend kniete.

Enthalte ihm den Kelch vor. Er hat ihn nicht verdient. Seine Seele ist verdorben.

Doch es waren bloß ein paar Tropfen Wein, kam es

darauf denn an? Nein, nein, der herabbeschworene Geist des Herrn weilte darin.

Der Priester bog fast im Laufschritt um den Lettner und eilte zu Mechail.

Mit heiserer Stimme sprach er das letzte Gebet, und Mechails blasse Augen blickten ihn forschend an.

»Trinkt«, sagte der Priester, »denn dies ist der Wein des Opferlamms.« Er sagte nicht: *Dies ist mein Blut.*

Er setzte den eisernen Kelch an Mechails Mund.

Mechail nippte am Wein. Sein Kopf war auf einmal angefüllt mit schlagenden roten Schwingen, und das Wort *Blut* flog in vielerlei Gestalt darin umher. Der Wein war jedoch bloß Essig, und er schluckte ihn hinunter.

Die Abenddämmerung glitzerte vom Regen. Die Sonne versank im Wald. Im Dorf Korhlen wie in den Katen und Hütten des Waldes warf man nun wohl eine Handvoll Speisereste ins Kochfeuer, um der Sonne zu opfern, damit sie wiederkam. Auch in der Burgküche verfuhr man so, wenn der Aufseher nicht zugegen war.

Undeutlich wie an einen Geist erinnerte sich Mechail noch an die Sklavin, seine Amme, die immer Speisen oder Brotkrumen in den Kamin geworfen hatte. In anderer Beziehung war sie nachlässig gewesen. Der bissige Hund hatte Mechail erwischt, weil sie so unachtsam gewesen war. Man hatte sie ausgepeitscht, und sie war gestorben. Davon hatte er nichts mehr behalten. An dieser Stelle war in seinem Gedächtnis eine Art Loch. Die frühen Ereignisse seiner Kindheit waren noch da, und nach der Leere begannen gewundene Tunnel aus Schmerz und Fieber. Aber als Kind war er häufig von Krankheiten heimgesucht worden. Irgendwie hatte sein Verstand die Vergangenheit neu geschrieben. Denn im Rückblick schien es ihm, als habe er nie einen gesunden linken Arm gehabt; als sei er schon vor dem Zwischenfall mit dem

Hund verkrüppelt gewesen, obwohl dies nicht der Fall gewesen war.

Im Anschluß an die Anstrengung in der Kapelle schlief er wieder. Der Tag ging vorüber, wie er es, von bösen Vorahnungen erfüllt, niemals für möglich gehalten hätte.

Am Abend im Tafelsaal würde er bestimmt Anerkennung ernten. Als Krau sein Opfer getötet hatte, wurde herumgeprahlt, all seine Bewunderer und Anhänger hatten ihn gerühmt, hatten geschrien und gebrüllt. Der Zwerg hatte Purzelbäume geschlagen. Und der Burgherr hatte es gestattet. Er hatte sogar erlaubt, den Vorgang beim Namen zu nennen, in Anwesenheit der Frauen und nachdem man das Tischgebet gesprochen hatte.

3. Kapitel

Der Tafelsaal der Burg Korhlen schien aus gelbem Bernstein gemeißelt. Die Kerzen waren vor einer Stunde angezündet worden und von herabtropfendem Wachs auf die Größe einer Faust angeschwollen. Die Fackeln brannten und qualmten. Über den Mauern aus Stein ein Skelett aus Kiefernsparren, und von diesen hölzernen Knochen hingen die Schwerter und Lanzen herab sowie das rostrote und grüne Banner mit dem purpurfarbenen Raben über der hohen Tafel. Dieser Saal hatte die ersten wilden Triumphe miterlebt, als das Land erobert wurde und Schwüre geleistet wurden. Feste und Verrat, ein paar Dutzend Morde, eine Reihe von Auseinandersetzungen, nach denen die Wassergräben voller Toter gelegen hatten. Der Wald war noch immer ein wilder Ort, und selbst jetzt noch ging es in manchen Nächten recht zwanglos zu, wenn sich die Frauen erst einmal zurückgezogen hatten. Dann verwandelte sich der Saal in eine Höhle aus Feuerschein und männlichem Getöse, es wurde getrunken, gewürfelt und gerauft.

An der erhöhten Tafel hatte sich der Burgherr zum Mahle niedergelassen, mit dem Hauptmann zu seiner Rechten. Offenbar erörterten sie gerade die Vorzüge eines Paars Panzerhandschuhe, die zwischen dem Salzfäßchen und dem Wein lagen. Der Priester saß wie gewöhnlich in ihrer Nähe, spielte mit dem Rosenkranz und bereitete sich darauf vor, das Tischgebet zu sprechen. Auf der Seite der Frauen, zur Linken des Burgherrn, war die Herrin Veksa in eine kichernde Unterhaltung mit zwei Vertrauten vertieft. Die Töchter Korhlens waren diesmal nicht nur geistig, sondern auch körperlich abwesend.

An der rechten Seite der Tafel befanden sich die Plätze von Korhlens Söhnen, und beide waren unbesetzt.

Der Rest des hohen, weitläufigen Raums wurde von Korhlens menschlichen Kreaturen in Anspruch genommen, die sich anschickten, die Speisen aufzutragen. Als erstes brachten die Dienstboten Wein und Brot. Und am gewaltigen Kamin auf halber Höhe des Saals lagerten sechs oder sieben schwarze und braune Hunde, Rudelführer und Lieblingshunde, die vom aufsteigenden Duft der Speisen erbebten. Zwei der glutäugigen Hunde gehörten unübersehbar Krau, denn er hatte ihnen Maulkörbe angelegt, da er sie scharf abgerichtet hatte.

Mechail, der guten Grund hatte, Hunde nicht zu mögen, beachtete sie nicht, als er durch den Südeingang eintrat, am Kamin vorbeikam und den Saal entlangschritt.

Die Dienstboten bildeten für ihn Gassen, und die Männer und Frauen nickten ihm gewohnheitsmäßig zu und senkten die Lider. Mechail blickte starr geradeaus, als sähe er sie nicht; sonst hätte er den allabendlichen Gang nicht durchgestanden.

Die ockerfarben und rot bemalten Steinplatten unter seinen Füßen, deren Muster er so oft gesehen hatte, daß es nichtssagend geworden war, zogen sinnlos seinen Blick an. Auch ohne hinzusehen spürte er, daß ihn sein Vater musterte. Mechail spürte es auch, als dieser den Blick von ihm abwandte.

Kraus Platz war leer; der Zwerg war ebenfalls nicht anwesend.

Mechail hatte die hohe Tafel erreicht.

»Mein Herr, mein Vater.«

Er sprach die erwartete Anrede rasch und laut aus. (In seiner Kindheit hatte er sie für gewöhnlich undeutlich gemurmelt, dadurch, daß er gezwungen war, Aufmerksamkeit auf sich zu lenken, in Verlegenheit gebracht. Mangelnde Höflichkeit konnte einem jedoch Schläge einbringen. Vre Korhlen hatte seine Söhne bei Tisch mehrmals geohrfeigt. So war das bei Vätern eben. Krau hatte sich nicht viel daraus gemacht. Mechail hatte die Zurechtweisung anders aufgenommen, mehr innerlich.)

Wieder fiel der Blick des Vaters auf ihn, schwenkte ab.

»Ja. Setz dich, Mechail.«

Setz dich. War das alles?

Verblüfft stellte Mechail fest, daß er seinem Vater ins Gesicht geblickt hatte, nur um das darin zu finden, was er immer darin fand.

Korhlen hatte die helle Hautfarbe des Nordländers, einen schwarzen Bart, schwarzes Haar ohne jede Spur von Grau darin und tiefe Furchen auf der Stirn und um den Mund herum. Ein Steingebilde, abgesehen vom beweglichen Mund, ein rosafarbenes Tier im Gestrüpp des Bartes. In klugen Büchern stand, man könne vom Gesicht eines Menschen auf seinen Charakter schließen, doch außer dem Mund gab es keinerlei Hinweise darauf, vielleicht abgesehen von der Anwesenheit Veksas, der Hurenfrau.

»Na los, setz dich. Setz dich, habe ich gesagt.«

Der Stein wandte sich wieder dem Hauptmann und den Panzerhandschuhen zu.

Der Hauptmann war im Wäldchen dabeigewesen. Er mußte ihm Bericht erstattet haben.

Mechail griff nach dem Krug mit unverdünntem Wein. Sein Arm und seine Hand zitterten heftig, wie nach einer anstrengenden Übung. Er bemerkte Beljunions Blinzeln – alkoholische Getränke waren ihm verboten worden –, aber wenn es keine Anerkennung für die Tat gab, dann auch keine Buße. Mechail füllte seinen Becher, und währenddessen hörte er, wie der Dienstboteneingang hinter seinem Rücken geöffnet wurde.

»Einen guten Abend, Herr und Vater!« tönte die Stimme.

Krau, der zweite Sohn, war durch die Tür hinter dem Tisch eingetreten. Diesen Weg benutzte er meistens.

Als er um die Tafel herumeilte, wurden im ganzen Saal die Becher gehoben, und ein Begrüßungschor schallte ihm entgegen, was Krau mit einer protzigen Handbewegung zur Kenntnis nahm. Er näherte sich Veksa und küßte ihr die Hand. Und sie streichelte seine glatte Wange.

Krau war schon immer ein gutaussehender Junge gewesen. Von seiner Mutter hatte er das blonde Haar und die schräggestellten, rauchfarbenen Augen. Er war athletisch und kräftig gebaut und wies keinerlei Makel auf. Heute trug er seine besten Kleider, als erschiene er zu einem Fest: das scharlachrote Gewand, das Veksas Mädchen ein halbes Jahr lang mit gelben Früchten und silbernen Bären bestickt hatten, dazu ein dunkelrotes Hemd, das durch goldumwirkte Gucklöcher hindurchschimmerte. Goldene Armreifen und als Schnalle am kalbsledernen Gürtel ein goldenes Kreuz. Seine Bundhose war aus Rehleder, das er selbst erjagt hatte. Die Stiefel hatte er letzten Sommer einem gutgekleideten Hauptmann der Esnias nach einer Auseinandersetzung auf feindlichem Gebiet abgenommen.

Krau richtete sich neben seiner Mutter auf. Er lächelte Mechail ins Gesicht.

Das Lächeln drückte Komplizenschaft aus. Es besagte: *Nun, wir beide wissen Bescheid, nicht wahr?*

Als kleiner Junge hatte ihn Krau oder Kraus Jungenlächeln oder seine vertrauensvoll ausgestreckte Hand, die beiläufig Mechails Hand suchte, um plötzlich und unerwartet etwas mit ihm zu teilen, Mechail mehrmals verleitet. Einen Tag oder einen Moment lang hatte er geglaubt, Krau sei verwundbar. Bis ihn der kleine Krau dort gehabt hatte, wo er ihn hatte haben wollen, worauf sich der Vorhang hob und die Wahrheit zum Vorschein kam, so klar umrissen wie ein angespitzter Stock.

Heute wußte Mechail, daß das Lächeln ein Versprechen beinhaltete.

Er erwiderte den Blick des sechzehnjährigen Krau,

und das Fleisch brannte ihm unter der Haut. Krau wollte ihm seine Anerkennung aussprechen.

»Wo ist der Zwerg?« fragte Veksa wie auf ein Stichwort hin. Ihre Augen, die denen Kraus so sehr glichen, wanderten zu Mechail, und ihr eigentümliches Lächeln kringelte sich wie ein Wurm um ihren Mund.

»Ach, der Gnom kommt gleich.«

»Was er macht, ist ja so komisch«, sagte sie.

»Ja, ich hoffe, er wird uns ein bißchen kitzeln.«

»Krau«, sagte der Burgherr, »setz dich!«

Sein Tonfall war ausdruckslos und knapp. Kein Tadel lag darin, keine Frage.

Krau verneigte sich vor seinem Vater. Er ging zu seinem Platz, der eine Stuhlbreite von Mechail entfernt war.

»Wie schmeckt der Wein heute?« sagte Krau zu seinem älteren Bruder. »Neulich gab's ein widerliches Zeug. Der gute alte Beljunion schenkt besseren aus.«

Der nervöse Priester hatte die Worte aufgeschnappt und leitete sie an seinen Rosenkranz weiter.

Ohne Krau noch einmal anzusehen, sagte Vre Korhlen vernehmlich: »Wenn du dein Spielzeug zu Tisch mitbringst, dann paß auf, daß es sich benimmt.«

Nach Ansicht der Burgbewohner war das Spielzeug (der Zwerg) nicht menschlich, sondern ein magisches, teuflisches Wesen, halb Tier, halb Kobold. Krau hatte ihn an irgendeiner Waldschenke Fahrenden abgekauft oder weggenommen. Genaues wußte man nicht. Zunächst hatte der Burgherr Krau verprügelt, doch dann hatte sich gezeigt, daß der Zwerg für Unterhaltung sorgte. Er vollführte akrobatische Kunststücke und vermochte die Sprache von Tieren und Menschen nachzuahmen. Diejenigen, die in der Burg in Ungnade fielen, waren ein gefundenes Fressen für ihn. Obschon seine Späße manchmal hintergründig waren und von niemand anderem als vom Betroffenen selbst verstanden wurden, waren sie dennoch gefürchtet. Seit über einem

Jahr hatte Krau den Zwerg nicht mehr zu Späßen auf Mechails Kosten benutzt. Vielleicht hatte Veksa ihren Sohn davon überzeugt, daß dies zur Zeit nicht ratsam sei.

Wie oft hatte Mechail sich gewünscht, den Saal zu verlassen. Wenn er den Druck von Kraus unbeugsamem Willen verspürte, hätte er am liebsten Reißaus genommen. Aber mit der Zeit lernte man, seine Instinkte zu beherrschen.

Der Priester erhob sich und sprach das Tischgebet. Nun wurden die Speisen aufgetragen. Ein gegrilltes Schwein, das im eigenen Fett brutzelte, für die hohe Tafel, Soßen aus grünen Äpfeln und rosigen Beeren, dazu Knödel und Wurst. Ein erlesenes Mahl; als ob es etwas zu feiern gegeben hätte.

Das heiße Schweinefleisch roch nach Tod, doch irgendwie mußte es hinuntergeschluckt werden.

Krau stieß Mechail an. »So ist's richtig. Stopf dir nur den Wanst, Bruder. Hab ich dir nicht gesagt, daß du einen starken Magen hast?«

Kraus Hand lag neben seinem Teller, geschmückt mit Armreifen und einem goldenen Ring. Mechail verspürte den Wunsch, die zweizackige Gabel in diese Hand zu treiben.

Im tiefergelegenen Saal erhob sich neuer Lärm. Er brandete in Wellen gegen den Tisch des Vres.

»Was geht da vor?« hörte Mechail seinen Vater mit tiefer, unbeschwerter Stimme sagen. »Hat das was mit dir zu tun, Krau?«

»Mit mir, Herr? Mit mir?«

Mechail sah auf.

Der Lärm war zu einem Gemurmel herabgesunken, worin sich Verwunderung und vorsichtige Ablehnung miteinander mischten. Köpfe wandten sich herum, die sehen wollten, wie der Herr Kraus neuesten Scherz wohl aufnähme.

Zwei von Kraus engsten Gefährten hatten den Saal

betreten, die Söhne des Waffenschmieds. Sie trugen lederne Jagdkleider und blickten unterwürfig und hoffnungsvoll zu Kraus Platz empor. Mit vereinten Kräften schoben sie ein monströses Ding auf Holzrädern. Darauf war eine schwarze Erhebung, aus der abgeschälte junge Birkenzweige ragten. Die Erhebung bewegte sich jedoch leicht, und es stand zu vermuten, daß unter dem Tuch zwei weitere Männer verborgen waren. Nichtsdestoweniger war offensichtlich, was das Ganze darstellen sollte, denn an der Erhebung aus Tuch und Männern und Zweigen war eine aufgeblähte Puppe festgebunden, ein Strohmann, wie man sie als schalkhaften Ersatz für entflohene Gefangene verbrannte. Die Puppe hatte derbe Gesichtszüge, einen Haarschopf aus schwarzer Wolle, und ihr enormer Bauch war mit dem rötlichen Gewand eines Esnias bedeckt.

Krau stand auf.

»Was soll das bedeuten?« schrie er zu seinen Kumpanen hinunter.

»Nun, Herr«, sagte der stämmigere der beiden, der jetzt, da Krau die Führung übernommen hatte, kühner geworden war. »Das ist ein Feind der Korhlen, den wir im Wald gefangen haben.«

»Für einen Wicht der Esnias ist der Tod die einzig angemessene Strafe«, sagte Krau. »Aber wer soll sie vollstrecken?«

Mechail war sich undeutlich bewußt, daß er nach außen hin keinerlei Regung zeigte. Sein Körper war gelähmt. Nicht einmal den Kopf vermochte er zu wenden, um zu sehen, wie sein Vater reagierte, ob Vre Korhlen dies bestrafen würde. Im Saal war es vollkommen still. Einige Frauen wirkten bestürzt, jedoch keine von ihnen ablehnend. Sie warteten ab, wohin der Hase laufen würde.

Und Vre Korhlen sagte kein Wort.

»Also gut«, sagte Krau. »Wer soll es sein? Unser Meister?« Aus den Augenwinkeln bemerkte Mechail Kraus forschenden Blick, der über ihn hinwegglitt und gleich wieder verschwunden war: ›Aufgepaßt. Gleich ist es soweit.‹

Und in der Südtür, vorwärtsgeschoben von einem weiteren schelmischen Kameraden Kraus, erschien ein grauenhaft mißgestaltetes Wesen, das einem Alptraum entsprungen zu sein schien.

Die Anwesenden brachen in Gelächter aus, sie konnten nicht anders. Die Darbietung war einfach zu komisch.

Der Zwerg ritt auf einem von Kraus bösartigen Hunden, einer braunen Hündin, die gezäumt und gesattelt war wie eine braune Stute. Er war dunkel gekleidet und trug einen langen Dolch an der Hüfte – er war aus Zinn, denn in den Tafelsaal fanden allenfalls Tranchiermesser Einlaß. Ungeachtet des Zinns sollten das Gewand und die Waffe die morgendliche Erscheinung des Erben wiedergeben. (Sie mußten sich erkundigt haben.) Den kleinen, buckligen Rücken des Zwergs hatte man auf der linken Seite stärker ausgepolstert, eine Anspielung auf Mechails Schulter. Das schwarze Haar des Zwergs war verfilzt. Sein Gesicht war grünlich bemalt. Erst als Reiter und Hundepferd im Saal angelangt waren und das Gelächter in Erwartung eines neuerlichen Tumults verebbte, zeigte der Zwerg Anzeichen extremer Furcht.

Auf einen Tisch gestützt begann er vor Angst zu würgen, und aus seinem Mund sprang ein brauner Frosch hervor und flitzte durch das Chaos aus hochschreckenden Menschen, zurückzuckenden Ärmeln und Flüchen davon.

Einer von Kraus Männern quiekte: »Och, der Arme! Wie er zittert und kotzt!«

Und auf der anderen Seite des Tisches war es dann eine Maus, die sich zwischen das Brot und die Blutwürste flüchtete. Mit fliegenden Röcken sprangen kreischende Frauen auf. Männer lachten schallend und schlugen nach dem Zwerg.

Der Zwerg wich ihnen aus und ritt weiter. Er hatte den am schwarzen Stein aus Tuch und Zweigen und Kraus Freunden festgebundenen Strohmann erreicht. Der Zwerg konnte nicht absitzen. Er verrenkte die Glieder und zappelte. Der Saal grölte.

»Helft einem armen Krüppel!« plärrte Kraus Wortführer.

Mechail, dessen Körper eine gewundene Eisenkette war, saß ausdruckslos und unbewegt da, Krau als blonden, hellhäutigen Schemen an seiner Seite.

Kraus Kameraden hoben den Zwerg behutsam vom Hund hinunter, während das Tier den Kopf verdrehte und sie durch den Maulkorb hindurch zu beißen versuchte. Das Gelächter war gewaltig. Inzwischen wurde mit den Bechern auf die Tische geklopft. Die Gesichter der Frauen waren gerötet.

Der Zwerg näherte sich der gefesselten Puppe.

Der Zwerg weinte. Aus seinen Augen sprangen Bleimünzen und prasselten auf den Steinboden.

Plötzlich zog er sein Dolchschwert aus Zinn und stürzte sich auf den gewaltigen Strohbauch, der aufplatzte, explodierte. Der Zwerg sprang mitten in eine Wolke aus Weizenspreu hinein und begann irgendwelche Sachen aus dem Inneren herauszureißen. Sie fielen wahllos auf Tische und Oberteile von Kleidern nieder – Süßigkeiten, Federn, Glöckchen.

Der Tafelsaal hallte wider von Freudenschreien. Es war schwer, eine einzelne Stimme herauszuhören. Doch Mechail schaffte es. Neben Kraus aufmerksamem, lächelndem Schweigen vernahm er die Parodie eines Geräuschs. Das laute, herzhafte Gelächter ihres Vaters.

Als er sich mühsam erhob, versagten Mechails Augen, sein Gehör und sein Verstand. Er bahnte sich einen Weg durch einen Tumult von Farben und Hindernissen, von Händeklatschen und Grunzen. Er benutzte den Dienstboteneingang, wie zuvor sein Bruder. Niemand hielt ihn auf. Er war die Zielscheibe ihrer Witze, und doch schienen sie seine Anwesenheit vergessen zu haben.

»Was ist los mit dir? Wen habe ich eigentlich großgezogen? Ein Mädchen, würde ich sagen, aber ein Mädchen hätte mehr Verstand, bei Gott, das hätte es. Deine verrückten Schwestern haben mehr Mumm als du. Mit *ihnen* würde er nie seine Späße machen.«

Vre Korhlen sprach in beschwörendem Ton, grob und schonungslos offen, sein Körper war ein Schild zwischen ihm und diesem Mann, seinem Sohn. Als er Mechail (ihn nach einem Heiligen zu benennen, war *ihre* Idee gewesen, verflucht sollte sie sein, auch wenn sie schon tot war) ins Gesicht starrte, sah der Burgherr keineswegs Mechail, sondern nur dessen Hülle. Die Enttäuschung. Und ein paar andere verborgene Dinge, für die Vre Korhlen niemals Worte gefunden hatte.

»Er hat einen Narren aus mir gemacht.«

Mechail stotterte leicht. Als Kind hatte er das häufig getan.

»Ja. Zum Gespött der Menschheit hat er dich gemacht. Und was tust du? Du läufst weg.«

»Was hätte ich im Saal denn tun sollen…«

»Irgend etwas, Herrgott noch mal.«

In seinem bleichen Gesicht wirkten Mechails Augen nahezu schwarz.

»Ich habe«, sagte Mechail, »ich habe dich lachen gehört.«

Nun wandte Vre Korhlen sich körperlich ab. Er war verlegen und wollte es nicht zeigen. Unter seiner harten Schale regten sich im Kompost der Jahre eine Unmenge widersprüchlicher Empfindungen. Ein Teil des Vres begriff, daß er sich zu schützen und zu trösten versuchte, indem er sich über seinen unglücklichen Sohn lustig machte. Daß er, wenn er ihn im Geiste beiseiteschob, eigentlich etwas anderes, Schrecklicheres meinte. Und noch tiefer im Morast verborgen war auch die Erinnerung, gegen die er andere als Wache aufgestellt hatte. Die Narbe, die der Dämon Mechail zugefügt hatte. Darüber zu lachen bedeutete, sie zu verdrängen, sie in eine Lüge zu verwandeln.

Vre Korhlen schenkte sich Wein nach und durchmaß mit ausgreifendem Schritt die Kammer, um den massigen, kräftigen Körper zu beschäftigen, der nicht gern unbeschäftigt blieb.

»Du bist wie deine Mutter«, sagte er. »Wie Nilya. Das gleiche käsige Gesicht, kummervoll und vergrämt. Mit Milch in den Adern anstelle von Blut. Sie starb, weil sie dich gebar. Du hast sie zugrunde gerichtet. Du machst nichts als Ärger. Reiß dich zusammen! Setz dich zur Wehr, wie es dir paßt, aber komm nicht winselnd zu mir gelaufen. Denk dir etwas aus, damit ich über *Krau* lachen kann.«

»Krau läßt sich nicht so leicht erschüttern.«

»Krau ist ein Mann.« Vre Korhlen schmetterte den Becher auf den Tisch und verschüttete den Wein. »Glaubst du, du bist der einzige, der je entstellt war? Dein Großvater hatte ein krummes Bein. Er konnte es mit den Allerbesten aufnehmen. Auch im Bett mit einer Frau hat es ihn nicht gestört. Von irgendwelchen Rüpeln ließ er sich nicht zweimal verspotten.«

»Herr, wollt Ihr damit sagen, ich solle Krau töten?«

Vre Korhlen trat zu seinem Sohn und versetzte ihm eine leichte Ohrfeige.

»Solches Geschwätz will ich nicht hören.«

Mechail stand vor ihm. Er war größer und besser gebaut als jeder andere, den er kannte. Die verkrüppelte Schulter klebte wie ein Abzeichen an ihm, ein Witz, den die Schönheit ihm aufgesetzt hatte, um sich über das Geschöpf aus Staub lustig zu machen. Aber er wußte nichts, und wenn er es gewußt hätte, so würde er es nicht geglaubt oder nichts darum gegeben haben.

»Dann soll ich es also nach eigenem Ermessen regeln«, sagte er, während ihm das Orakel den Atem verschlug, denn er sollte Krau weder verletzen noch seine Späße weiterhin dulden. Er mußte den Spott dulden und ihn gleichzeitig beenden. Rätsel und Wunder. Ein Wunder wäre es auch gewesen, hier unter Feinden zu leben und eines Tages, wenn dieser stinkende Bär an den Folgen seiner Ausschweifungen oder vom vielen Trinken starb, selbst die Stelle des Burgherrn einzunehmen. *Er,* Mechail. Wenn es soweit käme, dann würde es keinen Tag dauern, bis Krau ihn beseitigte. Vielleicht hatte Mechail dies wie in einem zerbrochenen Spiegel schon immer vor sich gesehen, jedoch noch nie so deutlich.

Mechail verneigte sich vor seinem Vater, was nötig war, damit er sich entfernen durfte. Selbst in der Bärenhöhle hielt man auf Etikette.

Du hast sie zugrunde gerichtet. Nilya, seine Mutter. Er erinnerte sich noch, daß sie auf dem harten Bett eines Nebenraums gelegen hatte, von ihrem Ehemann ausgesperrt, damit sie ihn nicht störte. Und Mechail hatte sie zugeflüstert: »Faß mich nicht an ...«, als habe sie sagen wollen, er werde sich verletzen, wenn er sie berührte, so als trüge sie ein schreckliches Fieber oder ein Gift mit sich herum.

Das also war Liebe – was er für sie empfunden hatte. Über einen Abgrund von Zeit hinweg. *Das* war Liebe. Ihre Sorge um ihn. Kummer und Verlust und Angst ... waren *Liebe.*

Die Frauengemächer der Festung Korhlen, ein Labyrinth aus Stein und Holz, erstreckten sich bis hinter den Garten, während sie früher strikt abgetrennt gewesen waren. Unter den Fenstern der Gemächer, von denen viele unbewohnt waren, hingen bemalte Holzbalkone, die unteren Stockwerke waren den weiblichen Sklaven vorbehalten.

Die allmählich länger werdende Dämmerung war in Dunkelheit gemündet. Auf den Grasflecken unter den

Balkonen huschten Ratten und Mäuse umher. Im Dachstroh schliefen Vögel. Wer diesen Weg einschlug, bewegte sich vorsichtig, zumal bei Nacht.

Im Moment war Boroi unterwegs. Man hatte ihm erlaubt, eine Frau zu besuchen, denn bei den Sklaven war das Kinderzeugen organisiert und wurde gefördert. Ob er die kurzen, pflichtgemäßen Zuckungen genossen hatte, war nicht zu erkennen.

Von einem der Balkone vernahm er ein leises Rascheln. Vielleicht war es der Efeu, das sich im Rhythmus des Nachtwinds bewegte. Boroi wurde nicht langsamer. Auch als ein unsichtbares Wurfgeschoß ins Gras plumpste, hielt er nicht an noch schwenkte er ab, um seinen Ursprung herauszufinden.

Ein Band wortloser Geräusche entwand sich der Dunkelheit.

Zwei bleiche Mädchenfrauen schmiegten sich wie bleiche Katzen an zwei Pfosten. Sie hatten auch Namen, wurden jedoch passenderweise mit Katzennamen gerufen: *Pussi* und *Miez*.

Eines Tages würde man eine von ihnen oder beide verheiraten (obwohl sie über das übliche Heiratsalter schon hinaus waren), um irgendeinen Bund mit anderen Burgen zu festigen. Die Bräutigame würden dabei eine magere Ernte einfahren. Bis dahin taten Korhlens Töchter, wonach ihnen gerade der Sinn stand.

Boroi war verschwunden, doch das kümmerte sie nicht. Sie warteten auf Krau. Er hatte gesagt, er werde kommen und nach ihnen rufen, und sie hatten gehorcht, denn manchmal schenkte er ihnen Lust. Ihre Mätzchen brachten ihn zum Lachen, und auch das mochten sie auf eine unbestimmte Weise. Andere Burgbewohner bewarfen sie regelmäßig vom Balkon aus. Einem Sklaven hatten sie einmal ein Auge ausgeworfen. Pussi war deswegen betrübt gewesen, aber Miez hatte sich nicht darum geschert.

»Kommt er da über den Weg?« fragte Pussi gerade,

die sich wie ihre Schwester über das Balkongeländer beugte.

»Ist er das?« erwiderte Miez.

Vielleicht befragten sie in Wirklichkeit die Nacht.

Doch Krau war es nicht, noch nicht.

»Ich setze mich auf seinen Schoß; dann wird er mich streicheln«, sagte Pussi.

Beiden sah man ihr Alter nicht an. Ihre Schrullenhaftigkeit hatte sie jung gehalten. Ihr Haar war heller als das Kraus oder Veksas. Sie waren Albinos und im Abstand von wenigen Minuten zur Welt gekommen.

Es war zu dunkel, als daß man ihre rötlichen Augen hätte sehen können.

Das Schicksal hatte es nicht nur in bezug auf Mechail mit Vre Korhlen nicht gut gemeint.

Der Obstgarten war eine dunkle Ansammlung von Pfirsich- und Maulbeerbäumen, durch die ein schmaler Mond mit seiner Silbersichel schnitt. Manchmal sang dort ein Nachtvogel, jedoch nicht heute.

In der Burg und an ein, zwei Stellen im Umkreis brannten trübe Lichter, doch die Menschen hatten sich in Kuhställen oder Betten zur Ruhe gelegt. Blind geworden und abgestumpft seit Einbruch der Dunkelheit, schliefen die Menschen.

Unter den Obstbäumen wartete Mechail. Er lauerte seinem Bruder auf. Krau würde auf dem Weg zum Frauenhaus, nachdem er im Tafelsaal ausgiebig gezecht hatte, höchstwahrscheinlich hier vorbeikommen. So hielt er es für gewöhnlich, nach einem Erfolg suchte er Dienstmägde oder seine Schwestern auf.

Mechail hatte noch nie mit einer Frau geschlafen, noch nicht einmal im Traum. Tagsüber brannte er, wie es in der Heiligen Schrift hieß, weil ihn der Haß auf seinen Körper daran hinderte, ihm wohlzutun.

Was Krau machte, wenn er auf einer Frau lag, kannte Mechail nur vom Viehhof.

Doch daran oder an den Wein, den er getrunken hatte, dachte er nicht, als er wartete. Er hatte keine Ahnung, was er tun würde. Sein Geist war eine leere, sengende Wunde. Er brannte vor Wut. Wieder und wieder spürte er den Widerstand des Messers, als es dem Soldaten den Leib aufgeschnitten hatte. Eine Waffe hatte er jedoch nicht dabei.

Dreimal ertönte aus dem Tafelsaal lautes Gebrüll. Es klang wie die Laute eines fremden Wesens aus einem anderen Land.

Und im Schutze des dritten Aufschreis näherte sich endlich Krau.

Er hatte keine Lampe dabei. Er bewegte sich geschmeidig, sicher und vorsichtig, für den Fall, von allem anderen einmal abgesehen, daß ihm sein Vater seine Heldentaten, von denen er ansonsten wenig Aufhebens machte, verübeln sollte. Er selbst, der verwegene, stattliche Krau, wirkte sehr klein, als er sich im gespenstischen und durchbrochenen Mondschein zwischen den Baumstämmen hindurchstahl.

Das in seinen Ohren pochende Blut hatte Mechail vielleicht taub gemacht, oder seine Konzentration war zu sehr auf einen Punkt ausgerichtet.

Auf einmal raschelte und knackte das Laubwerk um ihn herum, wurde schwer und fiel herab. Der Aufprall warf Mechail von den Beinen. Er stürzte zu Boden und quetschte sich den nutzlosen Arm. Er schrie nicht. Irgend etwas kratzte und klammerte sich an ihn – es war das Tier, das aus dem Baum hervorgeschossen war. Mechail schlug danach. Es verschwand.

Über ihm stand Krau, sein Grinsen war im Mondschein grau. An seiner Seite tollte der Zwerg herum, Blätter im Haar. Der Zwerg trug immer noch sein Spottkleid, war immer noch ›Mechail‹.

»Guten *Abend*, Bruder«, sagte Krau. »Der Gnom hat dich richtig gut getroffen. Ein heimliches Stelldichein? Oder hast du mir aufgelauert?«

Mechail, der nur seinen rechten Arm gebrauchen konnte, stemmte sich vom Boden hoch, auf den der stürzende Zwerg ihn geworfen hatte. Krau beugte sich vor, um ihm zu helfen.

»Da«, sagte Krau, zog Mechails Kopf zu sich heran und küßte ihn auf den Mund.

Mechail schlug nach ihm. Der Schlag verfehlte sein Ziel. Krau war ihm ausgewichen.

»Schlag mich nicht«, sagte Krau sanft. »Ich kann doch nichts dafür, daß er dich nicht geehrt hat. Unser Vater ist ein versoffenes Schwein.«

Mechail hatte Krau schon früher Beleidigungen gegen ihren Vater aussprechen hören. Sie waren unwürdig.

Die Sichel des Mondes stand über den Bäumen. Sie leuchtete dem Zwergenmann an Kraus Hüfte in die Augen. Die Augen des Zwergs waren alt, kalt und leblos, selbst wenn er Grimassen schnitt und wortlose Gesten der Freude vollführte.

»Und, was willst du?« fragte Krau.

»Kämpfe mit mir«, sagte Mechail.

»Narr. Ich könnte dich töten. Aber dann gäbe es einen unnötigen Wirbel.«

Die Welt schien sich um ihn zu drehen. Mechail zuckte vor seinen Peinigern zurück; im Dunkeln waren sie verwandelt.

»Na los, komm mit zu deinen Schwestern«, sagte Krau. »Ich bin betrunken. Betrink du dich auch. Komm mit und spiel mit Miez und Pussi. Und dann jagen wir Esnias. Zeig's unserem Saukerl von Vater. Töte richtig, nicht bloß einen gefesselten Sklaven.«

»Esnias«, wiederholte Mechail. Auf einmal drängte es ihn, Krau zu erzählen, wie es gewesen war, den Soldaten am Stein zu töten. Aber er wußte es besser. Außerdem hatte Krau es bereits selbst getan. Er wußte Bescheid.

»Der Wald ist voller Dreckskerle, hat Gaj gesagt. Nach Mitternacht gehen wir jagen. Im Wald gibt es auch

Frauen ... Hast du das gewußt? Teuflische Mädchen, die in Weihern baden. In Schutzhütten eingeschlossene verängstigte Mädchen, die die Tür nicht aufsperren wollen und dir dann ins Gebüsch folgen, mit mageren, heißen Gesichtern. Laß uns den verfluchten Wein ausschwitzen, was meinst du, Bruder?«

Der Zwerg war an Mechail herangetreten und sah mit unheimlichen Augen zu ihm auf. Es war, als habe Mechail den Zwerg und seinen Halbbruder noch nie im Leben gesehen.

Wenn ich mit ihm gehe, dann muß ich damit rechnen, daß er mich bloß wieder anführen will. Was macht das schon? Was bleibt mir anderes übrig? Soll er doch. Vielleicht kann ich ihm im Wald den Bauch aufschneiden. Vielleicht kann ich jetzt alle Esnias töten.

Veksa, die Müllerstochter, trat leise ins Schlafgemach. Das üppige Haar floß ihr über die Schultern, von denen der Umhang ein wenig herabgerutscht war. Indessen gab sie sich sittsam und hatte die Hände vor dem Busen verschränkt. Sie fürchtete sich nicht im geringsten, obwohl die Aufforderung zum Erscheinen zwingend gewesen war.

Ihr Gemahl, der Burgherr, erwartete sie trinkend und vollständig bekleidet, das Gesicht vom Wein gerötet. Er blickte sie finster an.

»Jetzt möchte ich hören, was *du* zu sagen hast«, meinte er.

Veksa empfand die gewohnte geringschätzige Zuneigung, die sie stets so geschickt zu verbergen verstand. Noch nie hatte sie Angst vor ihm gehabt, nicht einmal beim ersten Mal im Bett ihres Vaters. Mit Männern ließ sich fertigwerden. Und der Burgherr war auch nur ein Mann. Er hatte sie erhoben; sie tat, was er von ihr verlangte.

»Mein Gemahl«, sagte sie, wie stets die unter Bauern gebräuchliche Anrede verwendend, »wenn Krau sich vergangen hat, dann werdet Ihr ihn züchtigen, und er wird kein Theater machen. Das wißt Ihr. Er verehrt Euch. Ich bin bloß die Frau, die Mutter. Seine Späße haben mich überrascht. Dann allerdings, ich gestehe es – habe ich gelacht.«

Ebenso wie ihr Herr. Darauf hatte sie geachtet, hatte es gesehen und sich daran geweidet. Ihr Sohn war gerissen. Schließlich war er nach seiner Mutter geschlagen. Einzig sein Wagemut war männlich und dumm. Andererseits war seine Darbietung gut angekommen. Dieses Eingeständnis mußte sie ihrem schwarzbärtigen Gatten nun entlocken, er brauchte es nicht einmal auszusprechen.

»Mechail ist mein Erbe. Man hat ihn zum Narren gemacht.«

»Ach, Krau ist bloß eifersüchtig. Wenn er meint, Ihr schenktet Mechail mehr Beachtung als ihm, versucht Krau Eure Aufmerksamkeit zu erringen. So sind Jungen nun mal.«

»Über den Steinritus darf man sich nicht lustig machen.«

»Ich finde, man hat sich über Mechail lustig gemacht, nicht über den Ritus. Andererseits«, fügte sie mit einschmeichelnder Milde rasch hinzu, »meinte Krau vielleicht, Ihr und Eure getreuen Männer wärt in Verlegenheit gewesen, wie Ihr die Bedeutung des Ritus öffentlich anerkennen solltet … in Mechails Fall.«

Vre Korhlen wandte sich ihr zu und funkelte sie an. Verständnislos. Wie sollte sie ihn, den sie besser kannte, als seine eigene Mutter ihn gekannt hatte, erweichen? Aber sie senkte die Augen und schwieg.

»Mein rechtmäßiger Erbe, Veksa. Das weißt du, und unser verfluchter Junge ebenfalls …« (Sie nahm den vertraulichen Ausdruck *›unser Junge‹* zur Kenntnis. In jeder anderen Beziehung als der rechtlichen war der andere der Bastard.) »Er muß bestraft werden.«

Nach außen hin lächelte Veksa nicht. Sie registrierte jedoch, wie freundlich und flüchtig der Groll auf ihren

Sohn war, der nun lediglich einen symbolischen Klaps nach sich ziehen würde.

»Gewiß, mein Gemahl. Es war ein Spiel, aber er wird den Grund einsehen. Vielleicht wollte er Euch entlasten, die Angelegenheit auf die leichte Schulter nehmen, aber er wird annehmen, was immer Ihr als Strafe für ihn vorsehen mögt. Schlagt ihn. Ganz wie Ihr wollt. Krau liebt seinen Vater. Er ist standhaft und treu.«

Vre Korhlens Gesichtsausdruck war genau so, wie sie es erwartet hatte. Er war so leicht zu beeinflussen. Doch es war nicht schwer, einen Mann dahin zu bringen, wo er sowieso hinwollte. Wenn der Zeitpunkt gekommen war, würde Krau der letzte Schritt ebenfalls leichtfallen. Außerdem war er in der Burg beliebt und gefürchtet, und man sah zu ihm auf, alles Dinge, um die sich der andere, der Krüppel, nie bemüht hatte. Während ihr Gemahl den Wein in sich hineinschüttete, ging Veksa der Krüppel durch den Sinn, der ganz in der Nähe in seiner Schlafkammer lag. (*Morgen hat er dann einen schweren Kopf. Ich werde Arznei brauen müssen.*) Der geheimnisumwitterte Mechail und die seltsame Geschichte, die sie nie ganz ans Licht gebracht hatte, so sehr sie sich auch bemüht hatte. Er war wie ein Schatten, fast wie ein Geschöpf des Waldes – als Kind hatte sie viele solche Geschichten gehört. Mechail war weniger formbar als die anderen. Unter seinem trugerischen Deckmantel aus Scham und Arroganz verbarg sich ein abgründiges Wasser. Wäre er irgendein Bediensteter gewesen und hätte sie eine andere Stellung innegehabt, wäre es vergnüglich gewesen, herauszufinden, aus welchem Holz er geschnitzt war.

»Wo steckt er?« *(Er meint Krau.)* »Läßt er sich immer noch in meinem Saal vollaufen? Damit muß endlich Schluß sein.«

»Ich glaube, er versammelt seine Freunde dort – zur Jagd«, sagte Veksa. »Er erzählt mir nie etwas davon, aber man sieht es ihm an.«

Vre Korhlen stellte seinen Becher ab. »Esnias?«

»Sie haben das Dorf auf unserem Land in Angst und Schrecken versetzt. Es ist noch zu früh, um Eure Soldaten ausschwärmen zu lassen. Ich glaube, er möchte im Wald ein wenig für Euch aufräumen, Gemahl, bevor Ihr Euch wieder in eine Fehde verwickelt. Wie ich gehört habe, fürchten die Esnias Euren Sohn fast ebensosehr wie Euch.« Sie rückte verstohlen näher, als werde sie unwiderstehlich von ihm angezogen. »Soll ich Euch noch einen Becher einschenken?«

»Ja. Und bring ihn mir ans Bett.«

Plötzlich streichelte er ihre Brust. Veksa drückte sich an ihn und leckte ihm über die Lippen. Er zog sie an sich und küßte sie, füllte ihren Mund mit seiner Zunge. Es war geschafft.

Gleich würden sie im Bett liegen, und sie würde ihm sagen, es gelüste sie nach einem ganz besonders verruchten, sündigen Trank, den ihr die Priester verweigerten. Und abermals würde sie ihren Mund anfüllen, auf andere Art, mit der Knospe seines Geschlechts. Sie würde lecken und saugen, und dieser strenge und gefährliche Mann würde sich hilflos winden, Obszönitäten stammeln und wehklagen zu Gott. Vor langer, langer Zeit hatte ihr die alte Tante, die sie unterrichtet hatte, versichert, daß sich kein Mann über einen Mangel an Nachkommen beklagen würde, solange sie ihm dies gewährte. Und indem sie so täte, als sei sie selbst außer sich, würde sie den Samen, der sie anfangs hatte würgen lassen, hinunterschlucken. Sie würde ihn schlucken voller Verachtung und im Bewußtsein ihrer Macht.

Als sie am Werk war und ihre Gedanken schweifen ließ, überlegte sie, ob wohl ihr zügelloser Sohn in der Burg eine Frau gefunden hatte, die ihm einen solchen Kitzel verschaffte.

Was den anderen, den mönchischen, kühlen Mechail anging, so bezweifelte sie, daß er es einer Frau gestatten würde, sich auf diese Weise an ihm zu schaffen machen.

Er würde sich fürchten vor den Mündern der Frauen, den apfelroten Lippen, den schlängelnden Zungen, den beißenden Zähnen.

Sie erreichten das Gemach über eine überwachsene Treppe. Pussi hörte ihre Schritte auf den wuchernden Ranken. Sie erschien zwischen den Balkonpfosten.

»Miau«, machte Pussi. Die Schwestern wußten selbst, daß sie Katzen waren.

»Pussi, bist du's? Komm her und zeig dich«, sagte Krau. Pussi näherte sich ihm, und er vergewisserte sich ihrer so wie jedesmal, indem er das Mieder aufknöpfte und ihre rechte Brust mit dem Nippel suchte, der so weiß wie Zucker und von winzigen Sommersprossen umgeben war. Pussi schnurrte und liebkoste ihrerseits Krau, wie er es ihr gezeigt hatte. »Heute«, sagte Krau, »habe ich meinen gierigen Bruder mitgebracht.«

An Kraus Schulter hob sich Pussis Mondgesicht in einer Wolke aus Haar. Ihre Augen waren wie flüssiges Gift. Mechail erwiderte ihren starren Blick.

»Wer ist das?« fragte Pussi.

»Ich hab's doch gesagt. Kennst du ihn nicht? Böse Pussi. Ihr seid miteinander verwandt.«

Pussi fletschte die Zähne und zischte Mechail an wie eine Schlange.

Krau, der sich prächtig amüsierte, schüttelte sie. »*Böse* Pussi.«

Mechail wartete, bis die beiden, gefolgt vom Zwerg, im Zimmer hinter dem Balkon verschwunden waren, dann zwängte auch er sich zwischen den offenen Läden hindurch. Trüber Lampenschein, der von draußen kaum zu sehen war, enthüllte eine große, niedrige Kammer, die unglaublich unaufgeräumt und verwahrlost war. Nicht nur Katzen ähnlich, horteten sie nach Art der Elstern alle möglichen nutzlosen, glitzernden Gegenstände. Zerbrochene Gefäße und Glasscherben lagen in Haufen herum, dazu Unmengen billiger Perlen, die sie den Küchenmägden abgenommen hatten, selbst Schädel von Eidechsen und kleinen Säugetieren sowie längst vertrocknete Blüten und Früchte. Von einem Deckenbalken hing eine mumifizierte Zibetkatze, die haarte und stank; das war ihr Spielzeug. Ein zerwühltes Bett deutete an, wo die Schwestern inmitten des Unrats und der Trophäen schlafen mochten.

Für Mechail waren sie Fremde, die er hin und wieder von ferne zu Gesicht bekam. Er konnte sich nicht erinnern, sie in den letzten drei Jahren auch nur einmal aus der Nähe gesehen zu haben. Jedenfalls erschienen sie ihm, wie alles in dieser Nacht, fremd und bedeutungslos.

Der Zwerg öffnete ein splittriges Holzschränkchen, das auf dem Boden stand, und holte eine Weinkaraffe heraus. Er brachte sie Krau. Seine Worte über das Trinken Lügen strafend, hob Krau sie hoch und reichte sie nachlässig an Mechail weiter.

Mechail nahm die Karaffe und trank.

Krau lachte.

Miez saß auf einem Stapel alter, fadenscheiniger Kissen, die mit grellbunten Pailletten besetzt waren. Im Schoß hatte sie eine Kithara, die an einen kranken, braunen Knochen erinnerte. Sie zupfte an den Saiten und klimperte darauf herum, offenbar in dem Glauben, sie brächte damit Musik hervor. Sie schaute Mechail an, ruhig und ohne zu blinzeln. Miez fragte nicht, wer Mechail sei.

»Probier sie aus«, sagte Krau und nickte in Miez' Richtung. »Ich habe ihr ein paar Dinge beigebracht. Pussi will *mich*, hab ich recht?« Er wälzte sich aufs Bett, und Pussi glitt mit ihm mit, wobei sie sich so mühelos wie ein Fisch im Wasser aus ihrem Kleid löste, das sie anscheinend nie richtig angezogen hatte. Darunter war sie nackt.

Wie eben im Tafelsaal sah Mechail zu.

Krau machte es offenbar nichts aus, vor Mechails

Augen ohne Hosen auf dem Rücken zu liegen, mit diesem bleichen, schlaffen Ding zwischen den Beinen. Da richtete es sich auch schon auf und schwoll an. Den hochaufragenden Phallus aus Haß und Wut, so schwarz wie die Nacht und so brennend wie die Unzucht, schien er nicht zu beachten.

Miez hatte aufgehört, auf der Leier zu klimpern. Sie saß auf ihren Kissen und schaute Mechail an. Er spürte ihren Blick auf seinem Körper.

Der Zwerg grabschte nach der Zibetkatze und gab ein seltsames Miauen von sich.

»Hör auf mit dem Krach, Gnom«, murmelte Krau. Er zog die nackte Pussi über sich. Zwischen ihren Beinen und in ihren Achselhöhlen wuchs ein dünner weißer Pelz. Krau stieß sein Ding in sie hinein. Sie stöhnte und wand sich. Kraus Gesicht war scharlachrot. Als er seinen Penis untergebracht hatte, packte er Pussi bei den Hinterbacken und bewegte sie.

Mechail sah ohne Erregung auf sie hinunter.

Der Zwerg hatte sich an einen Wandpfosten gesetzt. Er legte den Kopf auf seine verkrüppelten Knie. Sein leerer Blick schien auf einen inneren Vorgang gerichtet. Er war nur noch körperlich anwesend.

Miez wiegte die Kithara. Sie hatte nicht einmal geblinzelt. Mechail spürte, daß sie ihn nicht aus den Augen ließ. Er beobachtete weiterhin Krau. Krau machte jetzt Geräusche, so laut, daß die Kammer davon erfüllt war. Vom Bett kam ein scharfer, animalischer Geruch. Sogar die Luft schien zu flackern von hellen, kleinen Stäubchen, die sich von den zuckenden Leibern lösten.

Pussi quietschte. Auf einmal schrie sie durchdringend: *»Mama! Mama!«* Sie verkrampfte sich und fiel auf Krau nieder, dann wollte sie sich losmachen. Krau hielt sie jedoch fest gepackt und stieß weiter in sie hinein, während seine Laute gutturaler und tierhafter wurden. Pussi wurde auf seinem Unterleib hin und her geworfen. Sie weinte. Als er zur Ruhe kam, löste sie sich von ihm und rannte weg, duckte sich in einer Ecke unter das Spinnennetz ihrer Locken und schluchzte eine Weile vor sich hin, bis irgendein Gegenstand sie ablenkte. Sie nahm ihn in die flache Hand, die Überbleibsel einer Schnalle oder eines Ohrrings, und begann gedankenlos daran zu zupfen.

Krau drehte matt den Kopf zu Mechail herum.

»Du hast deine Vorstellung gehabt. Jetzt laß mal sehen, wozu du imstande bist.«

Wie auf ein Stichwort hin erhob sich Miez und glitt auf Mechail zu.

Sie kam ganz dicht an ihn heran, und er hinderte sie nicht. Aber sie berührte ihn nicht. Sie sah zu ihm auf, und diesmal erwiderte Mechail, der die glühendrote Schlaffheit seines Bruders nicht mehr sehen wollte, ihren Blick. Die Farbe ihrer Augen hatte sich merklich vertieft, sie glichen wäßrigem Rosenquarz und waren röter als ihr Mund oder die Brustwarzen ihrer Schwester.

»Im Wald, im Wald«, murmelte Miez tonlos und vollführte eine Geste mit den Händen, als wollte sie der weggelegten Kithara eine Melodie entlocken, »ist er ein Mann oder ist er ein Herr? Gibt er mir Haut oder gibt er mir Blut? Im Wald, im Wald …«

»Was für einen Unsinn plapperst du da?« wollte Krau vom Bett aus wissen.

»Wald«, sagte Miez. »Im Wald.«

Der Raum stürzte auf Mechail ein. Er war immer noch von umherfliegenden Luststäubchen durchsetzt, doch in seiner Mitte schüttelte sich der schwarze Stein und spuckte die glänzenden und ineinander verknäulten Innereien des Toten aus.

Mechail zwängte sich zwischen den Läden hindurch, stützte sich auf das baufällige Geländer auf und erbrach sich in die Dunkelheit.

Mit jeder quälenden Zuckung schien er seine eigenen

Eingeweide auszuwürgen. Er kam sich aufgeschlitzt, ausgeweidet vor, der Nacht in einem Aufruhr von Schmerz und Entsetzen willenlos ausgeliefert. Von ferne hörte er, wie Krau ihn auslachte.

Als er dann fertig war und an der Wand lehnte, war Krau an seiner Seite, und Krau sagte: »Komm, laß uns Esnias jagen, Bruder.«

»Ja«, sagte Mechail. Er hustete und spuckte in die Nacht.

»Es sind bestimmt welche im Wald«, sagte Krau.

Im Wald ist Gott. Vielleicht erledigen es die Esnias für mich. Hörst Du mein Gebet? Mach ein Ende! Ach Gott, laß mich sterben, noch ehe es tagt.

Im Wald ...

Der Wolf stand über dem Bächlein, und von seiner Schnauze tropfte diamantklares Wasser. Im durchbrochenen Mondschein waren seine Augen inmitten ihrer blattförmigen Schatten wie die grau-grünlich-gelben Trauben zarter, kieselharter Rebstöcke. Bei seinem Erscheinen waren die Frösche im Tümpel verstummt. Seine Ohren waren jedoch aufgerichtet. Er lauschte.

Vor einer Stunde hatte der junge Wolf einen pelzigen Bewohner des Unterholzes getötet und verspeist. Jetzt war er gekommen, um zu trinken, und später würde er umherstreifen. Er hatte kein Rudel, und es war Frühling, ein Flüstern war ringsum, am Himmel stand der Mond.

Jenseits des Bachbettes jedoch, im Kieferngehölz, hatten sich Menschentiere versammelt. Sie hatten ebenfalls getötet oder etwas gefangen, das sie nun am Feuer brieten. Obwohl sie sich bemühten, leise zu sein, machten sie eine Menge Lärm.

Der Wolf durchquerte das flache Wasser und lief mit federnden Schritten an einer Schneise im Wald entlang. Von seiner höhergelegenen Position aus, im Schutz der zum Boden geneigten Kiefernzweige, wollte er das Lager der Menschen betrachten.

Der Wolf schaute ihnen eine Weile zu. Ihre rötlichen Umhänge und bunt zusammengewürfelten Rüstungen, die gedämpfte Unterhaltung, die Prahlerei und Beschränktheit, ihr ungeschickter Umgang mit dem gebratenen Hasen interessierten den Wolf nicht besonders, wenn er auch ein-, zweimal mit den Brauen zuckte oder lautlos den einen oder anderen Fuß hob. Er witterte sie und das verbrannte Festmahl.

Und dann, in weiterer Ferne, vernahm der Wolf – jedoch nicht die Männer am Lagerfeuer – mit gespitzten Ohren die leise, *unbeholfene* Annäherung anderer Menschen, ein Tappen und Knirschen im Wald.

Wie ein Dämon hatte sich der Wolf verzogen und war verschwunden.

Als etwas Blasses im Unterholz aufleuchtete, war einer der Schmausenden offenbar im Begriff, Alarm zu geben. Er schnaubte fragend – sah aber nichts und grub seine Zähne wieder ins Fleisch.

»Da sind sie«, sagte Gaj, der Sohn des Kämmerers. »Diese Teufel. Laben sich an unseren Hasen.«

Gaj gab die Kommentare ab, aber Gralice, sein verschlossener Vetter, hatte die Fährte der Esnias entdeckt. Er hatte gewußt, auf welchem Weg sich die Korhlen-Krieger anschleichen mußten, und hatte sie geführt. Die anderen beiden Mitglieder der Gruppe – fünfzehnjährige Jungen – waren niederer Herkunft, Stallburschen, die sich mit Kraus Männern herumtrieben, Boten und Schmeichler, die jedoch mit dem Messer umzugehen verstanden.

Die Esnias waren acht an der Zahl. Sie zu töten wäre ehrenhaft.

Die Esnias schienen sich im Wald der Korhlen wohlzufühlen. Ganz so, als hätten sie von einer Fehde noch nie etwas gehört. Wenngleich nicht laut, waren sie doch lebhaft in Anbetracht der Umstände, und das Feuer auf der Lichtung war kaum getarnt. Sie hatten keine Pferde dabei, danach verlangte es diesen Pöbel nicht. Kraus

Gruppe war ebenfalls zu Fuß, um inmitten der Bäume rascher flüchten zu können und um beweglicher zu sein. Sie waren eine Stunde unterwegs gewesen. Sprudelnde Wasserläufe kreuzten im Mondschein ihren Weg, und kleine Tiere wandten sich zur Flucht. In tiefster Nacht in den gottlosen, finsteren Wald zu gehen, schien für Krau und seine Männer nichts Ungewöhnliches zu sein. Für Mechail hatte es etwas traumhaft Übernatürliches. Überall konnte man auf geheimnisvolle Zeichen treffen, auf leuchtende Pilze, sternenerhellte Bäche, einen im Wipfel einer Kiefer verborgenen Vogel, der sein Gefieder schüttelte. Zum erstenmal kam ihm sein Körper nebensächlich und leicht vor. Er war nicht behindert. Er wollte Gott nicht danken; und dennoch, indem er sein Schicksal in Gottes Hände legte, hatte er seine Fesseln abgestreift. Auf diese Unterwerfung konnte eigentlich nur der Tod folgen.

Krau war neben ihm. Trotz der Kühle war er erhitzt, und Mechail roch immer noch seine Lust.

»Was meinst du, Bruder?« schmeichelte ihm Krau. »Sollen wir sie angreifen?«

Mechail antwortete nicht.

Gaj flüsterte: »Ja, Herr. Seht, sie haben gegessen, und sie trinken auch. Gestohlenen Schnaps, möchte ich wetten. Die rechnen nur mit einem guten Schlaf.«

»Gaj«, sagte Krau, »geh zu dem Baum dort drüben. Nimm Schielauge mit. Und Gralice, du gehst zu dem gespaltenen Findling. Du, Popel, zu dem Baumstumpf. Ich greife mit Mechail an. Wir laufen direkt auf sie zu. Auf mein Kommando.«

Seine Kameraden schlichen sich folgsam davon. Sie waren vollkommen entspannt, ebenso sorglos wie ihre acht Gegner am Lagerfeuer.

Mechail sah nach unten; die Flammen zogen seinen Blick an. Er wurde von einer Art Schläfrigkeit erfaßt. Dann umarmte ihn Krau freundschaftlich. »Bist du bereit?«

»Ja«, sagte Mechail. Er richtete sich auf und trat in dem Moment aus dem Gebüsch hervor, als Krau an ihm vorbeisprang und brüllend den Hang hinunterstürmte.

Mechails erster Gedanke war, daß die Esnias überrascht wirkten – eine pedantische Beobachtung.

Als sie in ihren roten Umhängen und ramponierten Rüstungen vom Lagerfeuer aufsprangen, glichen sie explodierendem Feuer.

»Korhlen!« schrie Krau. Er rammte einem Mann den Kopf in den Bauch und trieb ihm sein Messer unter den erhobenen Arm. Während der Esnias davontaumelte, rannten zwei andere Männer auf Krau zu. Gralice brach auf der gegenüberliegenden Seite der Lichtung aus dem Unterholz und stieß in dem Moment mit ihnen zusammen, als sich Schielauge und Popel in den Tumult warfen. Ein Mann schrie auf und fluchte.

Als Mechail vorstürmte, empfand er nichts weiter als leichte Verwunderung. Er prallte gegen einen Mann, der ihn packen wollte. Und das Messer in Mechails Hand glitt an den acht Fingern des Soldaten ab und drang in dessen Kehle.

Der Esnias kippte rücklings ins Feuer und erstickte es. Es wurde nahezu dunkel.

Orientierungslosigkeit setzte ein. Auf einmal rührte sich niemand mehr auf der Lichtung.

Dann krachte ein bleierner Schlag gegen Mechails Rücken. Als er mit dem Gesicht am Boden aufschlug, wußte er, daß er gestürzt war. Er fühlte nichts.

»Was soll das heißen, Korhlen? Das war nicht abgemacht!«

»Erspar mir dein Gejammere, Scheißkerl. Hast du etwa gedacht, ich würde damit durchkommen, wenn ich nicht außer seiner unbezahlbaren Leiche auch noch ein paar von euch Halunken vorweisen könnte?«

»Unsere Kameraden.«

»Ich werde in der Kapelle für sie beten lassen. Habe ich dich oder deinen Freund dort etwa verletzt?

Und ihr habt mehr Leute mitgebracht, als vereinbart war.«

Ein anderer junger Kerl meldete sich schroff zu Wort. »Das stimmt. Gib ihm, was ihm zusteht, Onkel.«

»Ich werde in der Burg der Erste sein, nach meinem Vater, dem Vre. Vergeßt das nicht. *Euch*, liebe Feinde, werde ich auch nicht vergessen.«

Krau hatte die Esnias bezahlt. Sie hatten alles im voraus geplant. Keinem Korhlen würde das Blut eines anderen Korhlen an den Händen kleben. Ein weiterer Sieg für den tapferen Sohn und ein trauriger, angemessener Tod für den Krüppel – sogar ein *ehrenhafter*, was das betraf. Er würde an der Seite seines Bruders im Kampf gegen die Esnias sterben.

Zwei von ihnen hoben ihn hoch. Von dem Schlag in den Rücken waren seine Beine taub. Er hing schlaff zwischen ihnen, und sein Kopf hob sich ohne eigenes Dazutun, denn weder wollte er etwas zu sehen, noch bestand Veranlassung dazu.

»Wie sollen wir es machen, Krau Korhlen?« fragte einer der Esnias, der am Rand des gelöschten Feuers stand.

Krau wandte sich um und beäugte Mechail. Er lächelte vergnügt. Hinter ihm bohrte Popel in der Nase, und Schielauge schielte nach seinem Messer. Gaj und Gralice machten finstere Gesichter. Sie hatten Mechail noch nie gemocht; keine Burg konnte mit einem solchen Erben gedeihen. Sie waren *im Recht.*

»Nicht in den Rücken«, meinte Krau. »Das würde meinem Vater nicht gefallen. Nein. Machen wir ihm ein Abschiedsgeschenk, verleihen wir ihm den Mut, den er niemals hatte. In den Bauch. Es kann ruhig eine Weile dauern. Er lebt sein verfluchtes Leben schon lange genug.«

Die beiden Männer, die ihn festhielten, schleppten Mechail zu einem Baum. Sie drückten ihn gegen den Stamm.

Mechail verspürte einen Vorgeschmack der kommenden Schmerzen, dann ließ er los. Alles war Schmerz, und dies war das Ende der Schmerzen. Er schaute in den Baum hoch. Dort stand der Mond, er wanderte nun nach Westen. Schnell, macht schnell und löscht den Mond aus.

Krau sagte: »Wir gehen da lang, Freunde. Wir sollten nicht zusehen. Wenn wir's nicht sehen, dann geht's uns auch nicht nach.«

Einer der sechs Männer am erloschenen Feuer ging zu Mechail hinüber. Mechail dachte an den Soldaten am Stein, an dessen sich verengende Pupillen, und sah ihn nicht an.

Krau hatte sich nicht einmal von ihm verabschiedet.

Der Soldat zögerte kurz, vielleicht aus Unsicherheit, vielleicht, weil er irgendeine Reaktion erwartete. Dann murmelte er: »Verzeih mir, Gott. Für meine *Burg* ...« Ein Vorstoßen des Arms, ein Licht ...

Der zweite, gewaltige Stoß schmetterte Mechail ins schwarze Zentrum des Baums. Der Esnias hatte zuletzt genau auf sein Herz gezielt. Ein kurzes Splittern und Fließen, ein geistiger Fall, als wenn ein Vogel vom Himmel stürzte. Und dann eigentlich nichts mehr.

Nichts.

Als die Münzen übergeben und die Leichen geschultert waren, gingen die Männer getrennter Wege.

Erst jetzt kehrte der nächtliche Schatten des Wolfs von der Anhöhe zurück. Unter dem Baum leckte er das Blut auf.

Und der Mond versank hinter der Welt.

4. Kapitel

ALS DER SKLAVE DIE WASCHUNG der Ikone (des Leichnams seines Herrn) beendet hatte, richtete er sich auf und trat zurück.

Boroi kannte kein anderes Leben als sein Sklavendasein. Wenn er sich je dagegen aufgelehnt oder von Freiheit geträumt hatte, so war dies lange her. Angesichts von Mechails Tod empfand er weder Unbehagen noch Triumph. Mechail Korhlen, den er von Kindesbeinen an hatte aufwachsen sehen, hatte Boroi stets ferngestanden. Dennoch war ihm der Leichnam vertraut. So weiß wie Wachs lag er da, mit dichtem schwarzem Haar auf Haupt und Lenden und der riesigen, blutunterlaufenen Höhlung über dem Herzen, deren Farbe von Rot über Violett bis ins Schwärzliche changierte, ein Sonnenuntergang des Lebens.

Die verkrüppelte Schulter nahm Boroi kaum mehr wahr, so sehr war er daran gewöhnt. Doch eigenartig, selbst jetzt noch, wo es nicht mehr darauf ankam, faßte er die Schulter besonders behutsam an.

Auf die Waschung folgten die Ölung und dann das Ankleiden. Der andere Sklave, eine ältere Frau, die kaum noch etwas sah, war bereits mit den Fläschchen beschäftigt und rieb mit den Handflächen über das tote junge Fleisch. Offenbar empfand Boroi dabei ebensowenig wie sie, wenngleich er ihr einmal, als sie verbotenerweise einen leisen Laut des Vergnügens oder des Spotts von sich gab, einen Klaps mit der flachen Hand versetzte.

Sie kleideten Mechail in ein gebleichtes Hemd, eine dunkle Hose und einen Umhang, alles Dinge, die er auch selbst angelegt haben könnte. (Man glaubte, es brächte Unglück, wenn man die Toten in die Farben der Burg kleidete.) Als Boroi Mechail den Gürtel mit der Rabenschnalle anlegte, fühlten sich dessen leblose Hüften seltsam an. Und auch die Füße waren kalt an diesem sonnigen Nachmittag, als er ihnen die Stiefel überstreifte. Später würde der Vre kommen und festlegen, welchen Schmuck sein Sohn mit ins Grab nehmen würde.

Trotz des warmen Tages roch der Leichnam nicht, obwohl er schon seit mehreren Stunden abgestorben war. Desgleichen war von Steifheit nichts zu merken, nicht einmal beim Penis, der manchmal als erster davon betroffen wurde.

Mechails Gesichtsausdruck war unnahbar wie der aller Toten.

Beschämt darüber, daß der Ritus nicht gefeiert worden war, hatte Mechail Krau dazu herausgefordert, mit ihm im Wald Jagd auf Esnias zu machen – und die Esnias waren zu zahlreich gewesen und hatten ihn getötet. Krau war mit zwei Leichen als Entschädigung zurückgekehrt. Jemand hatte berichtet, der Herr habe geweint. Wenn er es recht bedachte, wollte Boroi es nicht glauben. Der Fürst weinte nicht. Er hatte bekommen, was er wollte.

Boroi vermutete, daß man ihn als entbehrlichen Sklaven nun zu niederen und anstrengenderen Arbeiten einteilen würde. Krau würde ihn weder haben wollen noch brauchen, und andere legitime Söhne gab es nicht. Boroi bedauerte die Herabstufung nicht einmal.

Unter dem goldenen Tageshimmel nahm das Leben in der Rabenburg seinen gewohnten Gang. Von der Schmiede ertönte das Klirren von Metall, das Stampfen und Wiehern von Pferden. Auf dem Garnisonshof übte eine Gruppe Soldaten: nach allem, was geschehen war, würden schon bald offene Kämpfe ausbrechen. Tauben kreisten über ihrem Schlag. Und jenseits der Mauern arbeiteten die Sklaven auf den Feldern, an der Mühle drehten sich die Flügel im Wind. Auch im Gasthof ging der Betrieb weiter.

Hatte sich ein Schatten darübergelegt? Er würde schon bald wieder weichen. Vielleicht gab es einige abergläubische Besorgnis. Oder man erinnerte sich.

Zwei Männer hatten den Leichnam des Erben die Burgtreppen hinuntergetragen. Der Leichnam war mit einem grünen, rostbraunen und purpurfarbenen Leichentuch bedeckt, darunter war er jedoch schlicht gekleidet und trug keinen Schmuck, denn außer einem Ring aus geflochtenem Silber, ehemals im Besitz seiner Mutter, der Herrin Nilya, hatte er nie welchen besessen. Der Ring lag vergessen in einer Schatulle.

In der Kapelle, vor dem Altar, stand ein Gestell. Darauf legten sie den Toten ab, eine Opfergabe. Das Tuch war unter seinem jugendlichen Kinn gefaltet, seine Arme, der kräftige und der verkümmerte, waren ausgebreitet, und die Hände ruhten auf einem eisernen Schwert. Auf dieses Zeichen der Wertschätzung hatte er Anspruch, denn er war im Kampf gefallen, seine Wunde war nicht die eines Feiglings. Vor dem Begräbnis würde man das Schwert, ein Erinnerungsstück der Burg, wieder entfernen.

Am Kopf- und am Fußende der Bahre stand je ein großer Kerzenständer aus Zinn mit jeweils einer brennenden Kerze. Vor dem Hintergrund des leuchtenden Glasfensters wirkten die Kerzenflammen blaß. Im Lauf des Tages würde das Feuer heller werden. Die Kerzen mußten bis zum Morgen brennen. Und bei Einbruch der Dunkelheit, wenn dem Toten der für notwendig erachtete Respekt erwiesen war, würde der Priester kommen und beten, und vier gepanzerte Soldaten würden Kopf und Fuß, Altar und Tür bewachen. Dies war die Totenzeremonie für einen Erben.

Sein Gesicht zeigte nicht die erwartete Farbe, sondern eine fleckige, gräuliche Röte. Das Spätnachmittagslicht, das durchs westliche Fenster fiel, ließ sich, glühenden Insekten gleich, auf seinen maskulinen Schätzen nieder, den Bechern aus dickem, goldgeränderterm Glas, den alten Schwertern und Messern, dem Schmuck eines Mannes, den Halskrausen und Ringen in einer offenen Truhe, dem mit zwei Granaten besetzten goldenen Kreuz. Das große Bett, das er so oft mit Veksa geteilt hatte, war hinter den schweren Vorhängen mit dem in Falten gelegten purpurfarbenen Raben verborgen. Wie gewöhnlich stand ein Krug mit Wein bereit, von dem heute geopfert worden war. Krau stand einfach nur da und schaute seinen Vater an.

Krau fürchtete sich nicht. Selbst als er bei Sonnenaufgang in Begleitung von Gralice, Gaj und den Stallburschen, welche die Leichen schleppten, beschmutzt wie nach einem Kampf zurückgekehrt war, nicht einmal da hatte Krau Angst verspürt. Im Haus hatte natürlich helle Aufregung geherrscht. Krau hatte verfolgt, wie sich der anschwellende Tumult bis zur Kammer seines Vaters fortgesetzt hatte. Veksa hatte geschrien – das sah der Hexe ähnlich. Der Vre brüllte. Er machte sich jedoch nicht die Mühe, Mechail anzuschauen. Erst später begab er sich zu ihm, als man den Leichnam für ihn herausgeputzt, gewaschen und wie einen Bräutigam hergerichtet hatte. Die Türwachen hatten erzählt, Vre Korhlen habe seinen erstgeborenen Sohn ganze zwanzig Herzschläge lang angestarrt. Dann war er wieder hinausmarschiert, seine Leute beiseite drängend. Und seit dieser Morgenstunde, während Krau seine Version der Ereignisse unzählige Male nacherzählen mußte, hatte der Burgherr nicht nach ihm verlangt. Bis jetzt.

Und nun saß er da, der alte Mann, in seinen Schlupfwinkel verkrochen wie ein verdammter Bär. Krau vermochte seinem Gesicht nichts zu entnehmen, allerdings war er der Meinung, daß dahinter auch gar nicht viel versteckt sei. Veksa hatte sich um die Erziehung ihres Sohnes gekümmert. Er hatte gelernt, daß sich dieser Mann auf zahllose Weisen manipulieren ließ.

»Krau«, sagte Vre Korhlen.

(Endlich.)

»Vater, mein Herr.«

»Einen nochmaligen Vortrag möchte ich dir ersparen. Du hast mit meinen Kämmerern gesprochen.«

»Ja, Herr. Aber ...« Krau trat mit geziemender Vorsicht vor, als wollte er es vermeiden, allzu aufdringlich oder unverfroren zu erscheinen. Wie erwartet fiel ihm Vre Korhlen ins Wort. Jedoch nicht in der erwarteten Form.

»Nun, Krau, du hast ihn getötet.«

Von seiner Offenheit verblüfft, verhielt Krau sich stumm.

»Ich sage, du hast ihn getötet. Oder ihn umbringen lassen. Antworte.«

»Vater, ich weiß nicht ... was Ihr von mir hören wollt.«

»Bestimmt keine verdammte Lüge.«

»Vater ... wenn ich geglaubt hätte ...«

»Muß ich erst aufstehen und dich schlagen?«

Krau kniete nieder. Der Weg war unsicher, und noch unsicherer war, wohin er führte.

»Herr, er hat ständig darüber gejammert, daß Ihr das Opfer nicht gewürdigt hättet. Er meinte, ich müsse mit ihm Esnias jagen, Krieger töten, damit er beweisen könne, daß er zu etwas tauge. Und er hat sich ungeschickt angestellt.«

»Das hast du in der Burg erzählt, meinen Kämmerern. Vielleicht sogar deiner Mutter. Jetzt sag mir die Wahrheit.«

»Vater ... es gab einen Moment, da ich ihn hätte retten können, aber ich war zu langsam – deswegen werde ich mir ewig Vorwürfe machen. Ich habe nicht gewußt, daß er Euch teuer war.«

»Er mir teuer?« Vre Korhlens Stimme schwoll zu einem fürchterlichen Brüllen an. Sein Gesicht war flammend rot. Er erhob sich, und der Sonnenschein erbebte. »Er war mein Unglück. Ein Unglück für mein Geschlecht. *Das weißt du, Junge.* Und jetzt sag mir die Wahrheit.«

Krau blickte in sein gerötetes und häßliches Gesicht empor. Er antwortete leise, einfühlsam. »Herr, ich weiß nicht… Ich habe Mechail gehaßt. Alles war so, wie ich gesagt habe. Er wollte mit mir und meinen Männern Esnias töten. Und im Wald, im Wald – ließ ich zu, daß sie Mechail ermordeten. Wenn er nur halbwegs gut gefochten hätte – aber er hat bloß herumgefuchtelt. Zwei habe ich getötet. Aber ich ließ es zu. In dem Moment, als er darum bat, mich begleiten zu dürfen, habe ich daran gedacht. Das wird mich in die Hölle bringen. Aber es ist mir gleich. Jetzt ist er Euch nicht mehr im Weg, Herr. Ihr seid ihn los. Und Ihr seid ohne Blutschuld. Es war *meine* Schuld. Wenn Ihr mich fortschicken wollt…« Krau hielt inne, senkte den Blick. Das Spiel, das er spielte, war ein wenig riskant. Sein Vater war aufgebracht. Nach einer Weile des Schweigens sagte Krau zerknirscht: »Wißt Ihr, Herr, ich habe gehört, wie sie, Eure Feinde, die Burg Korhlen schmähten – wegen Mechail. Als ich einmal einen überwältigt hatte, spie er mir ins Gesicht und meinte: *Wo steckt dein verkrüppelter Bruder? Wenn der erst mal regiert, kriegen wir euch alle.*«

Krau hörte, wie sein Vater seufzte. Er meinte, die schwere Hand werde sich auf seine Schulter legen, doch er irrte sich.

Vre Korhlen hatte sich zu seinem Stuhl begeben.

»Du hast deinen Kettenpanzer für den Sommer fertig gemacht«, sagte er. »Laß ihn holen und lege ihn an.«

Krau sah überrascht auf. »Ja, Herr?«

»Zur vollen Stunde gehst du zur Kapelle hinunter und löst einen aus der Totenwache ab.«

Krau blinzelte. Etwas, für das es keinen Namen gab, glitt über ihn hinweg wie eine Eidechse durchs hohe Gras.

»Wenn Ihr es wünscht, Herr.«

»Er war dein Bruder. Wenn du dir etwas aus ihm gemacht hättest, würdest du von selbst darum gebeten haben. Es muß sein. Du mußt auch bestraft werden. Beljunion traue ich das nicht zu. Ich werde darüber nachdenken. Einstweilen mag dies reichen. Geh jetzt, mach dich bereit. Eines Tages wirst du für *mich* die Totenwache halten müssen.«

Krau bemerkte in den Augen seines Vaters eine unübersehbare Spur von Zweifel und Feindseligkeit. Um ihr zu begegnen, platzte er vorschnell und unbeholfen heraus: »Möge der Tag in weiter Ferne liegen. Vater… wollt Ihr nicht sagen… daß Ihr mir vergeben habt?«

»Vergebung täte mir selbst jetzt not.«

Daraufhin bekam Krau leichter Luft.

Doch als er sich zur Tür wandte, setzte Vre Korhlen hinzu: »Aber ich werde dir ebensowenig vergeben, wie ich mir vergebe. Er war mein Sohn. Mein erstgeborener Sohn. Er war besser als du oder hätte es jedenfalls sein können. Irgendein Zauber – *ach, gebe Gott …*« Er wurde leiser und verstummte.

Krau wurde von Wut, Unglauben und wiedererwachter Furcht überwältigt. In gesenktem, flehentlichem Ton sagte er: »Ich ertrage es nicht, Euch weh getan zu haben, Vater. Bitte sagt mir, wie ich das wiedergutmachen kann.« Dann floh er, wie ein geschlagenes Kind.

Erst auf der Treppe richtete er sich auf. Und dort überwältigte ihn die Wut, er schnitt Grimassen und biß sich auf die Lippen und schwitzte unter dem Ansturm der Gefühle. *Besser als ich …*

Er wollte zu seiner Mutter gehen und ihr Vorhaltungen machen. Ihre Dummheit hatte ihn dazu verleitet, sie hatte ihm wortlos begreiflich gemacht, daß die Zeit zum Handeln gekommen sei.

Für irgendwelche Besuche war jedoch keine Zeit, wenn er am stinkenden Leichnam die Totenwache halten sollte.

Krau gelangte zu seinem Zimmer, das sich in einem

abgelegenen Winkel der Burg befand, unter der Schirmherrschaft seiner Mutter jedoch hübsch eingerichtet worden war. Vielleicht besaß er sogar ein paar wertvollere Dinge als der Vre.

Der Zwerg, den er zuvor zu sich befohlen hatte, lag zusammengerollt auf der gewölbten Truhe unterhalb des Fensters und schlief.

Wie niedere Tiere schlief der Zwerg viel, wenn er sich selbst überlassen war.

Krau wollte eine Frau, hatte jedoch keine Zeit, da er sich eilen mußte, um Mechail zu betrauern. Gegen einen Schluck Wein war jedoch nichts einzuwenden. Sein Leibsklave mußte ebenfalls kommen, um nach der gottverdammten Rüstung zu sehen – die ganze Nacht! Bis zum Morgen Wache stehen – *seinetwegen*. Jedenfalls war dies das letzte Mal, daß ihm Mechail Scherereien bereiten würde.

Krau beugte sich über seinen gehätschelten Zwerg. Eine Stummelhand lag ausgestreckt auf dem Holz der Truhe. Einer der Nägel war eingerissen. Krau nahm die Hand und streichelte sie, und der Zwerg straffte sich im Schlaf, ohne zu erwachen. Krau packte den abgebrochenen Nagel und riß ihn unvermittelt ab, worauf er die Hand losließ. Der Zwerg stieß einen Schrei aus, einen entsprechend tierhaften Laut, und rollte vom Deckel der Truhe herunter.

»Ich habe einen Auftrag für dich«, sagte Krau einschmeichelnd.

Wie ein schwarzer Kobold hockte der Zwerg in seiner Qual da und umklammerte die verletzte Hand, hatte sich aber bereits wieder gefaßt. Sein von Schmerz und Überraschung verschleierter Blick war flach. Hinter den Pupillen lag das Nichts. Eine wissende Leere, die nichts überraschen konnte.

»Herrgott noch mal! Wie verrottet du bist, Gnom. Verrotteter als das scheckige Gesicht meines alten Vaters. Widerlicher als mein stinkender Bruder. Hol den

Sklaven, Gnom. Sag ihm, ich will Wein. Und beeil dich. *Ach*, hab ich dir *weh getan*, mein Liebling?«

Der Zwerg wimmerte leise. Er sprach niemals und weigerte sich aus irgendeinem Grund, seine Zunge zu gebrauchen.

»Lauf schon«, sagte Krau.

Er wandte sich zu seinem Spiegel aus stumpfem Glas um. Es war der beste in der ganzen Burg; früher hatte er einmal Nilya gehört, bis Veksa ihn an sich genommen hatte. Seine Mutter zog inzwischen ihren Kupferspiegel vor, der ihr mehr schmeichelte.

Krau würde in der Rüstung eine gute Figur machen; er würde den Umhang in den Farben der Korhlen tragen, dazu die Ringe … Er würde sich auch etwas Wein mitnehmen. Die anderen drei Totenwächter würden kaum Einwände erheben, und was Beljunion meinte, war ihm einerlei.

Ein blattgoldener Sonnenuntergang, und dann sickerte die Dunkelheit hinein, kroch allmählich vor wie Wasser aus dem Wald.

Wie viele hatten tags zuvor noch gelebt, die nun aufgebahrt waren?

Die Windmühlenflügel drehten sich noch und löschten die Sterne aus, aber wenn sich die Flügel weiterbewegt hatten, waren die Sterne immer noch da.

Drei Soldaten traten aus dem Vordereingang der Burg und gingen wortlos zur Kapelle hinüber. Den Rosenkranz befingernd, eilte Beljunion unter dem malvenfarbenen Himmel dahin. Krau kam als letzter den Gartenweg entlanggeschritten, wo er einen blühenden Pfirsichzweig pflückte, um die Nachtwache mit seinem Duft zu verschönern. Unter seinem Umhang trug er einen Krug Wein.

Die Lichter der Festung brannten trüb. Im Tafelsaal wurde ein karges Mahl aufgetragen; kaltes Fleisch, Brot und Rosinen. Die Frauen speisten für sich.

In ihrer Kammer suchte Veksa im Kupferspiegel bekümmert nach Falten, die sie nicht zu finden hoffte. Droben trank ihr Herr, wanderte unruhig auf und ab und sehnte sich nach einem Ausritt über Land, woran ihn seine Auffassung von Anstand jedoch hinderte.

Im Frauenhaus spielten Pussi und Miez ihr planloses Spiel.

Der Zwerg saugte in einer Nebenkammer von Kraus Zimmer wie ein grausiger Säugling an seinem eingerissenen Daumen.

Boroi legte die Ausrüstung seines Herrn bereit.

Eine Eule strich unter den Sternen vorbei.

Im Wald schrie ein Fuchs vor Verlangen wie ein gequältes Mädchen. Die Kiefernnadeln tuschelten miteinander.

Er lag an einem hohen Ort, und darüber wölbte sich eine Kuppel aus Luft, aus durchscheinender Dunkelheit, und darin schwebten dünne Wolkenstränge, die wie Perlmutt schimmerten, als beschiene sie der Mond, doch da war kein Mond, kein einziger Stern. Er vernahm ein schwaches Rauschen, ein Wind wehte, weit über ihm, im All. Ein angenehmer Duft war um ihn, wie die offene Weite über einem Hügel.

Er bewegte sich nicht, konnte es vielleicht auch nicht. Das schien überhaupt nicht wichtig zu sein.

Ohne sich umgeschaut zu haben, so als hätte er ihn sich vor langer Zeit eingeprägt, war er sich bewußt, wo er lag und wie er aussah, der Ort, an dem er ruhte.

Aus einer fernen Ebene hatte sich eine Plattform erhoben. An das Aussehen der Ebene erinnerte er sich nicht mehr, nur noch daran, daß sich Wesen ungehindert darauf bewegten, kamen und gingen, ständig auftauchten und wieder verschwanden. Von der Plattform führte eine Treppe hinunter. Er glaubte, daß sie aus Stein bestand, schmal und gewunden war und um eine zentrale Säule umlief.

Auf der Plattform stand der große Altar. Ein gewaltiges Kruzifix sprang daraus hervor und ragte in die Luftkuppel auf, wo sich manchmal Wolkenfäden an seiner Spitze, einem riesigen Holzbalken, zu verfangen schienen.

Er lag unter dem Kruzifix. Es warf einen Schatten auf ihn. Der Schatten hatte ein Gewicht, er war ein Balken aus gnädigem Blei, der ihn zu ruhiger, gedankenloser Reglosigkeit zwang.

Seinetwegen kehrte sein Bewußtsein so allmählich zurück, daß es in ihn einsickerte wie ein mildes Licht. Kein jähes Erwachen, keine drängenden Fragen, keine Angst. Er erinnerte sich an nichts und war es zufrieden.

Der Priester schloß die Finger um den Opal der Keuschheit und betete für Mechails Seele. Der Opal, glatt, aber leicht zerkratzt, hatte sein inneres Feuer unter einer Schicht Abrieb verloren. Der Priester betastete die Kratzer. War Mechail unschuldig gewesen? So schien es. Aber kam es auf seine Tugendhaftigkeit überhaupt an? Er war gestorben mit Blut an den Händen. Beljunion schüttelte die unterschwelligen Ahnungen, Krau und dessen Pläne betreffend, rasch ab. Das ging einen Priester nichts an, es sei denn, man wandte sich an ihn, um zu beichten.

Und womit konnte er dieser Seele nun helfen?

Ach Gott, erhöre mein Flehen, auf daß er nicht von Deinem Zorn verschlungen werde. Seine schweren Sünden und Missetaten stehen vor Dir. Vergib, o Herr, seine Sünden. Und nimm auf seinen Geist in Deinem grenzenlosen Erbarmen und überantworte ihn nicht der bitteren Wüste des ewigen Todes.

Hinter ihm, an der Wand, ertönte ein gedämpftes Klicken. Es mochte vom Heft eines Schwertes stammen, das unabsichtlich gegen die Steinmauer gestoßen war. So glaubte er. Doch da vernahm er es wieder, und außerdem ein geräuschvolles Schlucken, das laut in der Stille tönte, sowie ein zufriedenes Ausatmen.

Krau hatte sich dort aufgestellt, in der Nähe des Kapelleneingangs. Die drei Soldaten hatten ohne viel Aufhebens ihre Plätze eingenommen, zwei von ihnen wenige Schritte vom Kopf- und Fußende der Bahre entfernt, wo die Kerzen auf den Zinnleuchtern glommen, und einer beim Lettner, an den er sich zu späterer Stunde mit der Schulter würde anlehnen können. Es war eine schlampige Gruppe, für die Totenwache denkbar ungeeignet. Vielleicht würden der eine oder andere oder sogar alle irgendwann zu Boden gleiten, einschlafen und schnarchen. Beljunion war darauf vorbereitet und enthielt sich eines Kommentars. Mit Krau hatte er allerdings nicht gerechnet.

Krau trank Wein, hier in der Kapelle, er schüttete ihn in sich hinein, so daß alle es mitbekamen.

Unter den metallenen Helmen, die im Kerzenschein glänzten, waren die Blick der Soldaten zu Krau hinübergewandert.

Und nun kam er den Gang entlanggeschwankt.

»Uns steht eine ziemlich schwere Nacht bevor«, sagte er vergnügt. »Wer möchte einen Schluck?« Der Mann am Kopfende der Bahre näherte sich Krau nach einem kurzem Blick auf sein Gegenüber. »Ts-ts. Wo bleiben die guten Manieren? Der Priester zuerst.«

Beljunion begann zu zittern. Sollte er die Sticheleien dieses Teufels übergehen? Einfach weiterbeten, als wäre er in seine Aufgabe vertieft und unempfänglich für alles andere?

Krau bedrängte ihn jedoch, beugte sich vor und reichte ihm den Krug. Er hielt ihm das Gefäß vor die Nase, so daß der Priester den starken Alkoholgeruch wahrnahm. »Vater? *Wollt* Ihr etwas?« Besorgt, wohlmeinend. Ein Grinsen, als stecke ein Dolch in der Scheide seines Gesichts.

Es war lächerlich und sinnlos, weiterhin so zu tun, als bete er.

»Nein. Nehmt das weg.«

Sein Tonfall, der unnachgiebig hätte sein sollen, klang nur verängstigt.

Krau richtete sich auf. »Er will nicht.« Er sah zu dem Soldaten an Mechails Kopf. Der Soldat nahm den Krug und trank. Dann reichte er den Krug über den Leichnam hinweg an seinen Kameraden weiter.

Beljunion wurde von Selbsthaß verzehrt. Er mußte sie aufhalten, dem Sakrileg und der Blasphemie Einhalt gebieten. Er würde es nicht schaffen.

Er erhob sich mit knackenden Knien und wandte ihnen seine tränenden und furchtsamen Augen zu.

»Dies ist nicht der rechte Ort dafür.«

»Aber Vater, es ist doch schon geschehen. Ihr werdet doch nichts dagegen haben, daß wir uns mit ein, zwei Schlückchen trösten. Die Nachtwache ist lang. Kein Abendessen, keine Vergnügungen. Keine ... weibliche Gesellschaft.« Krau zögerte, und einer der Soldaten lachte. »Aber ein kleiner Schluck. Um uns warm zu halten.«

»Nein. Ihr müßt aufhören. Dies ist ein Gotteshaus.«

»Aber Ihr trinkt hier doch auch Wein«, sagte Krau. »Gebt es ruhig zu, ich hab's schon selbst getan. Dieses Zeug aus dem Schrank.«

Beljunion kämpfte mit seinen Muskeln, er zitterte jetzt, ohnmächtig und unbeherrscht.

»Wie Ihr wißt, Krau, ist das kein Wein ...«

»Nein? Ist es *nicht*? Es hat geschmeckt wie Wein.«

»Kraft seines Willens hat Gott ihn in das Blut Christi verwandelt, des vollkommenen Opferlamms, das für uns am Kreuz gestorben ist.«

»Aber es hat nicht wie Blut geschmeckt«, sagte Krau einfach.

Einer der Soldaten, der am Lettner, bekreuzigte sich unvermittelt. Krau sah ihn an und schüttelte lächelnd den Kopf. »Fall nicht darauf rein«, sagte Krau. »Es ist wirklich bloß Wein, mein Lieber. Beljunion weiß das.

Wenn er allein ist, pichelt er manchmal einen. Stimmt's, Vater? Und schmeckt er dann wie Blut?«

Der Priester fühlte, wie etwas in ihm nachgab. Etwas wie eine Säule, die das Fundament seines physischen Seins stützte.

»Du erzählst Lügen, Krau!« schrie er schwankend, und als er seine Narrenstimme vernahm, wünschte er, alle Dinge und er selbst wären anders.

»Krau?« sagte Krau. »Ich glaube, Ihr solltet mich mit *Herr* anreden. Ich bin ein Mann. Und ich bin der Sohn des Vres. Mechail hat zugelassen, daß Ihr ihn wie einen Trottel behandelt habt, aber Mechail war kein Mann. Seine Mutter war eine Hexe, nicht wahr, und darum war er verflucht.« Krau starrte einen Moment lang die Leiche an. Dann packte er den Saum des Leichentuchs und zog es ein Stückchen weiter herunter. Er tippte auf die verkrüppelte Schulter.

Der Priester schnappte nach ihm. Krau entzog sich ihm, weiterhin lächelnd.

»Seid Ihr von Sinnen, Vater?« fragte Krau. »Ihr geifert, und die Augen tränen Euch.«

»Du bist des Teufels!« schrie der Priester. »Hinaus! Hinaus mit dir!«

»Aber das kann ich nicht. Mein Vater, der Burgherr, hat mich hierher bestellt. Ich muß die ganze Nacht Wache halten.«

Als hätte er den Verstand verloren, fiel der Priester wieder auf die Knie nieder. Er verkroch sich in sich selbst, senkte den Kopf und verschränkte die Arme, eine menschliche Schildkröte. Er betete brabbelnd vor sich hin, während Schaum von seinen Lippen spritzte.

Krau zuckte die Achseln. Er bedeutete dem Soldaten, ihm den Krug zurückzugeben, und ging mit ihm wieder den Mittelgang entlang. Er spürte die Kameradschaft der Soldaten. Krau öffnete die Kapellentür einen Spaltweit und spähte hinaus. »Ein wunderschöner

Abend«, bemerkte er. Er schloß die Tür und ging zur Wand hinüber. Er setzte sich und holte eine Kerze heraus, zündete sie an und stellte sie auf. Als nächstes brachte er Würfel zum Vorschein und begann mit ihnen auf den Steinplatten zu spielen.

Es dauerte fünf Minuten, bis der Soldat vom Kopfende der Bahre es wagte, sich ihm anzuschließen. Bei den anderen beiden dauerte es eine halbe Stunde.

Kurz nach Mitternacht erwachte Miez, das Albinomädchen, aus ihren wirren Träumen. Sie wollte etwas. War sie durstig oder hungrig? Neben ihr im Bett hatte sich ihre Schwester auf den Bauch gerollt und rieb sich stöhnend. War es das, was Miez wollte? Sie faßte sich versuchsweise an. Die Reaktion war schwach. Das war es also nicht.

Sie stand auf und tappte im großen Zimmer umher. Sterne leuchteten durch die offenen Fensterläden herein. Es war kalt. Miez hob ihr Unterhemd und ihr Kleid vom Boden auf und zog sich im Gehen an. Sie gelangte zur Zibetkatze und tätschelte sie. Der Gestank machte ihr nichts aus, und sie hatte sie gern, obwohl sie ihr, anders als Pussi, niemals Kosenamen gab.

Irgend etwas war geschehen in der Burg. Die Dienstboten hatten unter den Fenstern des oberen Stockwerks miteinander getuschelt. Selbst die Sklavinnen hatten sich seltsam verhalten. Miez hatte eine von ihnen unten auf den Grasflecken gesehen, im Schatten einer Weide. Mit unbewegter Miene hatte sie eilig irgend etwas getan. Als sie weg war, ging Miez nachsehen und stellte fest, daß um den Baumstamm herum eine dunkle Flüssigkeit verspritzt war. Den Grund all dessen kannte Miez weder, noch wollte sie ihn kennen, auch wenn er sich in der allgemeinen Atmosphäre niederschlug.

Miez trat auf den Balkon hinaus und schaute umher, zum klobigen Turm, den angrenzenden Gebäuden, den Wipfeln der Obstbäume, den Sternen. Unter ihren Händen blätterte Indigofarbe vom Geländer ab, und die Pfosten knackten bedrohlich in ihren Sockeln.

»Wald«, sagte Miez. »Im Wald. Wer kommt da? Er reitet auf einem weißen Pferd. Auf dem Schild ist ein Totenkopf. Sein Umhang ist rosenrot. Können Rosen weinen? Ja, an den Dornen.«

Sie stützte sich auf das schwankende Geländer und sang halblaut in die Nacht: »Uuh-aah, uuh-aah.«

Die ziehenden Wolken erzeugten eine Art von Musik. Jetzt hörte er sie. Sie war wie das Rascheln von Seide. Und noch weiter weg ein anderer Laut, unübersetzbar und noch ohne Bedeutung.

Doch was vom Altar aufragte, auf dem er lag, war kein Kreuz. Es war ein Baum. Sein mächtiger Stamm ragte bis ins All hinauf, und irgendwo dort oben breiteten sich die Äste aus.

Am Baum hing ein Skelett. Der weiße Schädel lag auf der rechten Schulter auf, ein Wunder, daß er noch nicht heruntergefallen war. Das Gebein war von unerhörter Reinheit und Sauberkeit. Auf dem Schädel saß eine Krone. Sie schien aus schwarzem Eisen zu bestehen, aus scharfen, gebogenen Formen.

Der Baum hatte keine Blätter.

Meilenweit darunter schien sich in der Dunkelheit etwas verändert zu haben. Ein leuchtender Ring, ähnlich dem Glanz des Alabasters, trat ganz allmählich aus dem Schatten hervor und nahm dessen Stelle ein.

Und dann ertönte wieder das Geräusch, ein Schritt in tausend Meilen Tiefe.

»Er ist eingenickt«, sagte Krau, auf Beljunion deutend, der neben der Bahre zusammengeklappt war. Zwei der Soldaten lachten. Alle drei hatten die Helme abgenommen. Und Krau hatte inzwischen ihre Namen erfahren; bis dahin war er sich nicht sicher gewesen, wie sie hießen. Der andere Soldat war ebenfalls eingeschlafen. »Du bist dran«, sagte Krau.

Der Zwerg hockte in dem Verschlag, in dem ihn sein Herr zur Nacht einschloß, und leckte bedächtig an seinem verletzten Daumen. So machte es das fahrende Volk, das ihn ausgebildet hatte, Vagabunden des Waldes und seiner schäbigen Dörfer. Speichel enthielt ein wirksames Heilmittel. Er vermochte die meisten Verletzungen zu heilen. Tiere leckten ihre Wunden, um sie zu säubern und zu heilen. Der Zwerg leckte ebenfalls. Der Daumen hatte schon vor einer ganzen Weile aufgehört zu bluten. Der Schmerz war zu einem dumpfen Pochen geworden.

Der Zwerg hatte keine Erinnerungen an bessere Zeiten. Für ihn waren alle Abschnitte gleich. Seine Kindheit hatte er in einer elenden Waldsiedlung weiter im Norden verbracht, an die er sich kaum noch erinnerte und aus der man ihn irgendwann fortgejagt hatte. Er war ein Wechselbalg: der gesunde Säugling seiner Mutter war gestohlen und durch die abgestreifte Haut eines Dämons ersetzt worden. Das fahrende Volk hatte ihn kurz vor dem Winter halbtot gefunden. Sie nahmen ihn auf in ihren verwegenen, gesetzlosen Stamm. Einige von ihnen waren ebenfalls mißgestaltet oder geistesschwach, obwohl jeder über einige besondere Fertigkeiten verfügte und alle gerissen waren.

Der Zwerg lernte akrobatische Kunststückchen. Das fiel ihm leicht. Die Fahrenden klatschten Beifall und belohnten ihn mit wildem Honig und dem selbstgebrauten Bier, das einem aufs Gedärm schlug. Sie hatten von Anfang an gewußt, daß er zu irgend etwas taugte. Fünfzehn Jahre lang blieb er bei ihnen. Ab und zu verdiente er für sie etwas Geld. Sie verkauften ihn ohne zu zögern an Krau (den Sohn eines Burgherrn, der sich in einem Gasthof, dem die Vorräte ausgegangen waren, mit ihrem Gesöff betrunken hatte).

Der Zwerg war alles in allem einundzwanzig Jahre alt. Sein runzliges, knorriges Gesicht war das eines Zweihundertjährigen. In seinen Augen schwamm das Wasser eines sonnenlosen Sees. Er konnte nicht sprechen, denn im Gegensatz zu den Purzelbäumen und zum Radschlagen hatte er es niemals gelernt. Die Menschen schauten ihm zu, aber wer hätte ihm jemals zugehört?

Krau sagte dem Zwerg immer genau, was er von ihm wollte; die Lektionen waren einprägsam. Der Zwerg lernte sie rasch auswendig und führte sie ohne Zaudern fehlerlos aus. Anfangs hatte Krau ihn jedesmal bestraft, wenn er sich ungeschickt anstellte. Das Abreißen des Daumennagels war keine Bestrafung gewesen, sondern fast schon eine Liebkosung. Über die richtigen Bestrafungen dachte der Zwerg nicht lange nach. Mit Erinnerungen hatte er nicht viel im Sinn. Er brauchte kein langanhaltendes Gedächtnis, es war zu nichts nütze. Vergangenheit und Zukunft zählten nicht. Er lebte in der Gegenwart. Und im Moment war diese Gegenwart der Verschlag neben dem Zimmer seines Herrn, dunkel und stickig, mit einer Schüssel Wasser darin und einem Topf, in den er sich erleichtern konnte, falls er einmal mußte. Obwohl Krau ihn dann mit einem dünnen, furchtbaren Stock, den er ihm einmal, nach einem besonders abscheulichen Fehler, sogar in den After gestoßen hatte, auf Knöchel und Zehen schlagen würde.

Nachdem Krau ihn gekauft hatte, kam es auf dem Weg zur Burg zu einem Vorfall, der dem allgemeinen Gedächtnisschwund des Zwerges widerstanden hatte. Kraus Kameraden hatten getrödelt, und daraufhin verbrachten sie eine weitere Nacht in einem verfallenen Steingebäude in einem Tal. (Auf einer Zwischenwand waren Gesichter gewesen, die Krau mit Steinen beworfen hatte.) Am nächsten Morgen gelangten sie zu einer Hütte im Wald. Niemand antwortete auf die fordernden, drohenden Rufe von Kraus Männern. Darum tranken sie an einem Rinnsal, das zwischen den Felsen entsprang, warfen einen Stapel Holzscheite nahe der Tür um, zerbrachen ein, zwei Tonkrüge und urinierten auf das Gemüsebeet. Eine Stunde später schien ihnen jemand durch den Wald zu folgen. Im Gebüsch waren Augen, die sie unbemerkt beobachteten. Kraus Gruppe bemerkte sie nicht. Es war kein Tier. Es folgte ihnen schon zu lange und verschwand allzu plötzlich. Der Zwerg, dem es an Worten fehlte, trachtete nicht danach, sich einen Reim darauf zu machen. Und dennoch haftete dieses Vorkommnis ohne Grund wie eine Klette an ihm. Und ohne Grund sah er diese Einzelheit nun, während er an seiner Wunde leckte, wieder vor sich, so wie er manchmal das bittere Gesicht seiner Mutter vor sich sah oder irgendeine Szene aus der Zeit beim fahrenden Volk; eins wie das andere gleichermaßen bedeutungslos.

Als er mit dem abgerissenen Nagel fertig war, ging der Zwerg zu der Schüssel Wasser und nippte ein wenig daran, da er seine Blase nicht füllen wollte. Jetzt hatte er keinen Namen mehr. Er streckte sich auf dem Boden des Verschlags aus und legte die Wange auf seinen Arm, um zu schlafen.

Auf dem kahlen Totenschädel lösten sich die Dornen aus schwarzem Eisen. Sie bewegten sich in einem langsamen Tanz, streckten sich und wurden länger. Schwarze Blätterzungen zuckten.

Er schaute zu, und als wäre dieses seltsame Bild ein Zeichen, wußte er, daß er tot war.

Und die Knospen schwollen an, bis sie wie blutrote Perlen waren.

Auf der Treppe, eine Meile weit unter sich, vernahm er Schritte. Sie näherten sich rasch.

In seinem Gesichtsfeld befanden sich nur die roten Knospen, welche die Dornen um den Schädel zierten. Gleichzeitig sah er jedoch auch die Frau, die ohne erkennbare Eile und Mühe die gewaltige Treppe zur Plattform hochgestiegen kam. Sie trug einen Umhang von nichtssagender, fader Farbe. Ihr Haar war dunkel, voller hellgrauer Strähnen. Ihr Gesicht, das sie von ihm abgewandt hatte, vermochte er nicht zu erkennen, doch bei der Hand führte sie ein Mädchen, dessen helles Haar mit jedem seiner Schritte wippte.

Die Knospen an der Dornenkrone erblühten zu flammendroten Rosen. Von den entfalteten Blütenblättern tropfte Flüssigkeit.

Er verspürte eine Art Hunger, vielleicht nach dem Leben, das er verloren hatte.

Die Frau erklomm die letzte Stufe, ließ das Kind los und näherte sich ihm allein. Sie beugte sich über ihn, in den Schatten des Baums. Und mittels des Schattens, wie in einem starken Licht, erblickte er das vergessene, vom vertrauten, wenn auch veränderten Haar umrahmte Gesicht. Die Frau war Nilya. Dann war dies also das Reich der Toten.

Sie sprachen nicht miteinander. Kein Zeichen des Erkennens wurde zwischen ihnen gewechselt. Auf einmal hob sie die linke Hand und legte sie auf seinen Leib, über das verwundete Herz. Körperlich spürte er nichts, nur eine leichte Wärme. Und ein paar Blütenblätter fielen aus der Rosenkrone herab. Mit den Tautropfen sahen sie aus wie Blut.

Auf Nilyas Nicken hin trat das Kind näher, ohne zu zögern oder irgendwelches Interesse zu bekunden. Als es ihn erreicht hatte, trat Nilya beiseite. Das Mädchen griff nach ihm. Sein Arm und seine Hand mit den Vogelknochen schimmerten vor ihm, und ein weiteres Blütenblatt fiel auf die bläuliche Vene an seinem Handgelenk. Nach einer Weile bemerkte er, daß es nicht mehr das Blütenblatt einer Rose, sondern tatsächlich Blut war, das aus der Haut hervorquoll und wie eine Feuerträne davon abtropfte. In der Luft verwandelte es sich in einen hellroten Funken. Er fiel wie ein Stück glühender Kohle auf seine Lippen. Und drang brennend in seinen Mund.

Er war sich des Weges, den dieser seltsame Saft nahm, vollständig bewußt. Er schmeckte nichts, verspürte nur eine seltsame Wärme. Das Blut rann geschmolzen über seine Zunge, glitt in seine Kehle, senkte sich wurzelgleich und ohne sein Dazutun in das Gefäß seines Halses und seiner Brust. Und dann wuchs es und bildete Äste aus. Zuletzt fühlte er nur noch, wie sich an den Zweigen Blüten öffneten, während die Rose in seinem Herzen erblühte, anschwoll, aufplatzte und *erstrahlte.*

Alles verblaßte. Der Baum mit dem Skelett wurde zu einem Schatten, der selbst keinen warf. Zwei schemenhafte weibliche Gestalten, die Frau und das Kind, wurden ebenso fortgeweht wie die Wolken, die kein Geräusch mehr machten. Er sank durch den Altar und die Plattform hinab. Er verspürte eine leichte Traurigkeit. Er sank durch die Treppenflucht hindurch, der daruntergelegenen Ebene entgegen.

Wer läuft da im Wald von Baum zu Baum?
Sein Mantel so rot, seine Augen …
Seine Augen …

Beljunion, der eingeschlafen an der Bahre kniete, träumte von den runden schwarzen Pfeilern des Waldes und dem Firmament der Nacht. In jedem Busch loderten die Augen von Tieren. Doch etwas anderes näherte sich ihm. Im Frühling hängten die Mädchen männliche Stroh- oder Stoffpuppen in die Bäume. Die Puppen wurden vor den Männern versteckt, denn sie waren verrucht und schamlos, da sie angenähte Genitalien hatten. Den ganzen Sommer über blieben sie an verborgenen Stellen des Waldes hängen. Eine zu sehen, brachte Unglück. Man mußte die Augen abwenden … die Augen …

Beljunion, der voller Unbehagen in seiner eigenen Bauernvergangenheit umherwanderte, versuchte sich an den Rest des Verses zu erinnern.

Doch die ganze Zeit über kam etwas auf ihn zu, durch die Bäume hindurch, wo es vielleicht gehangen hatte. Ein junger, nackter Mann.

Ich muß den Kelch holen und daraus trinken.

Beljunion nickte, im Wald, im Schlaf, und die Bewegung weckte ihn auf. Verschwommen wurde er sich seiner eingeschlafenen, steifen Glieder bewußt, seiner Pflichtvergessenheit, eines gewöhnlichen Schmerzes und einer bedrückenden Angst.

Die Kapelle. Es war noch dunkel. Die Würfelspieler und Trinker; Krau. Hatten sie mitbekommen, daß er eingeschlummert war? Warum waren sie hier? Ah, ja. Jemand war gestorben. Das war der Grund.

Beljunion trieb auf den Wogen des Schlafs und sehnte sich danach, unterzugehen. In diesem Meer aber wartete das Wesen und kam stetig näher.

Sein Mantel so rot, seine Augen –
Wie Dolche.

Der Priester schreckte zurück, versuchte aufzustehen und zu schreien. Eine Taubheit in den Beinen streckte ihn jedoch augenblicklich wieder nieder. Er sank zu Boden. Er lag mit dem Gesicht nach unten da, mit Armen und Beinen scharrend, verängstigt, und hörte einen der gepanzerten Männer kichern, ohne zu wissen, warum das bedeutungslos war.

Dann war es wieder da. Das Wissen, das er fürchtete.

»Was ist los, Priester? Haben Euch unsere Gebete ermüdet? Na, Lust auf ein kleines Nickerchen?«

Einer der Soldaten lachte höhnisch. Unwichtig.

Beljunion schaffte es, sich aufzurichten. Er schwankte, starrte nach unten. Die dicken Kerzen waren weit in ihre Stümpfe aus gelblichem Wachs heruntergebrannt. Die

Flammen waren größer geworden. Sie erhellten die Bahre, die langgestreckte Gestalt des Toten, die weiße Maske am Kopfende und die weißen Hände auf dem eisernen Schwert.

Der Priester fürchtete sich, weil er im Halbschlaf und beim Aufwachen gemeint hatte, der Leichnam habe sich auf ihn *zubewegt*.

Nur ganz langsam vermochte Beljunion seinen Blick über die weißen Hände und die Klinge zu der weißen Totenmaske des Gesichts zu heben.

Eine Zeitlang wartete der Priester. Und es *war* ein Warten, ein Harren darauf, daß das Wesen endlich zwischen den Bäumen der Nacht hervorträte. Und dann, mit einer zeitlosen und unendlich langsamen Bewegung, wandte sich ihm das Gesicht des Toten zu, und die beiden Fenster der Augen darin waren weit geöffnet.

Der Priester vermochte sich nicht zu rühren. Brachte keinen Laut hervor. Es konnte nicht sein, und dennoch glaubte er es. *Ich träume.* Nein.

Die toten Augen waren eiskalt und leuchtend, und sie sahen ihn an. Noch nie zuvor war Beljunion zwei Augen begegnet, die ihn so vollständig durchschaut hatten.

Undeutlich war er sich bewußt, daß er sich zwischen den anderen Männern und diesem Ereignis befand, daß er ihnen die Sicht verdeckte. Und er versuchte beiseitezutreten, um es ihnen zu zeigen, und versuchte die Lippen zu öffnen, um zu sprechen oder zu schreien. Doch bevor er eins von beidem geschafft hatte, was ihm offenbar gar nicht möglich war, umschlossen die toten Hände fest und lebendig das Schwert, und der ganze Leichnam richtete sich auf.

Das Totentuch rutschte herunter, und Mechail Korhlens Leichnam erhob sich von der Bahre, stand in einem Strahlenkranz – dem Schein der Kerzen – aufrecht da, dann schwankte er wie überschwappende Dunkelheit.

Vom rechten Arm der dunklen Gestalt und dem Heft des Schwertes wurde der Priester davongewirbelt. Er flog weg, ohne sich dagegen wehren zu können, und schlug auf dem Steinboden auf. Das Licht verflüchtigte sich. Er vernahm einen schrillen Schrei und dachte: *Jetzt sehen sie es* – dann wurde er auf das Licht geschleudert.

Die beiden Soldaten, die gewürfelt hatten, lehnten sich zurück, langsam, behutsam, als wollten sie verhindern, daß sich auch nur ein Lüftchen regte. Sie hatte nur für eines Augen. Der Mann, der geschrien hatte, war derjenige, der eingenickt war. Mit einer einzigen Bewegung versuchte er auf die Beine zu kommen und die Tür zu erreichen, schaffte es jedoch nicht. Er war der erste, den der Tod ereilte. Am Boden kniend, schlug der Soldat mit den Armen nach der gewaltigen Eisenklinge. Sie durchstieß jedoch seine Deckung, glitt am linken Arm ab und brach den rechten, worauf dieser ebenfalls ausfiel. Die Eisenklinge spaltete Wange und Hals, durchtrennte die Schlagader und zerbrach seinen Kiefer wie eine Eierschale. Ein Schwall blutigen Schleims spritzte hervor. Sein Schrei stieß ziellos wie eine Fledermaus gegen die Wände.

»Zieht eure Schwerter, ihr Narren!«

Krau hatte den Mittelgang erreicht und rüttelte an der Tür. Sie hatte sich verklemmt. Ein blühender Pfirsichzweig lag zertreten unter seinem Stiefel, sein Duft vermischte sich mit dem Gestank nach Blut und Fäkalien.

»Er lebt – aber er ist doch tot...«

»Haut ihn in Stücke, ihr Narren. *Laßt ihn zum zweitenmal sterben!*«

Die beiden Männer zogen unbeholfen ihre Schwerter. Mit offenen Mündern schwangen sie die schweren Klingen.

Der Tote näherte sich ihnen ohne Hast, das schwarze Schwert tropfte und glühte in seiner Hand.

Wie sollten sie ihn töten?

»Der Teufel… das ist der Teufel…«

»Dann schlagt ihm doch endlich den Kopf ab, verflucht noch mal!« schrie Krau am Kapelleneingang, stoßend und ziehend, auf dem Blütenzweig herumtrampelnd.

Der Soldat, der beim Würfelspiel gewonnen hatte, taumelte vor und holte nach dem Leichnam aus. Das Eisenschwert krachte herab. Es traf die stählerne Waffe des Soldaten mit der Breitseite und schleuderte sie durch die bloße Wucht des Aufpralls davon. Der Soldat sah ein Paar kalter, weißglühender Augen. Ein Teil des Leichnams schwang wie ein Knüppel herum und traf den Soldaten in den Bauch. Er krümmte sich würgend zusammen, worauf die Klinge über dem Panzer in seinen Hals eindrang, Fleisch und Wirbelsäule durchtrennte. Als er zusammensackte, schritt der Tote über ihn hinweg, und der letzte Soldat ergriff die Flucht. Der Tote wirbelte herum und versetzte ihm einen Hieb auf den Kopf. Haar und Schädel klafften auseinander. Brüllend taumelte der Mann weiter und rutschte bäuchlings und zappelnd über die Bahre, den Altar, und lag plötzlich still.

Die Kapellentür knarrte und öffnete sich einen Spaltbreit.

Ein Streifen tiefblauen Himmels kam zum Vorschein, und Krau drückte weiter gegen die Tür. Er grinste wieder, seine Augen quollen hervor.

Er beobachtete Mechail ohne jeden Anflug von Unglauben. Krau dachte nur noch an Flucht.

Mechail wandte sich in dem Moment um, als Krau durch die Tür ins Freie glitt und sie hinter sich zuwarf.

Als er unter dem emporwachsenden Gewölbe der verblassenden Nacht an der Gartenmauer entlanglief, begann es in seiner Kehle zu gurgeln. Doch erst mit dem Krachen der Kapellentür, einem Donnern auf dem gestrafften Trommelfell der Stille, brach der Schrei aus Kraus Mund.

Die Welt vor Tagesanbruch war leer, ein unwirkliches Land der geschlossenen Fensterläden und versperrten Türen. Als er auf den Hof vor dem Tafelsaal rannte, meinte er, eine Bewegung ausgemacht zu haben, irgendeinen Sklaven, der schon jetzt seiner Arbeit nachging, doch im nächsten Moment war die Halluzination verschwunden. Krau schrie ihr hinterher, zum konturlosen Felsen des Turms empor. »Hilfe! Helft mir, um Jesu Christi willen!« Und er stolperte weiter und gelangte zur Treppe, stürmte zwischen den Raben hindurch, die ihm nicht beistehen würden, hinein in die Laibung des großen Tores. Und als er sich dort umblickte, sah er Dunkelheit aus der Dunkelheit treten. Und das Dunkel nahm die Gestalt Mechails an, der das blutende Eisen in Händen hielt.

Niemand existierte mehr in der Burg Korhlen, keine Menschenseele. Die Burg war wie ausgestorben, nur noch Krau und der Tote schienen übriggeblieben zu sein.

Krau warf sich gegen das nachgebende Eingangstor des Tafelsaals.

In früheren Jahrhunderten hatten sich dort Menschen zum Schlafen niedergelegt, und selbst jetzt noch geschah es manchmal, daß sich untere Ränge, wenn sie getrunken hatten, am Kamin zur Ruhe betteten. Doch nicht heute nacht, da man um Mechail trauerte. Eine einsame Hündin hatte nahe der Asche geschlafen und hob nun den schmalen Kopf. Krau schrie sie an: »Hierher, Mädchen, zu mir! Hilf mir, Mädchen…« Doch die Hündin, die ihn und das Wesen, das ihm folgte, fürchtete, erhob sich und entwischte in die Dunkelheit.

Im Saal war es dunkel, und die Dachsparren waren ein Gerippe aus Pech. Krau taumelte auf die Südtür zu, doch wie üblich war sie nach dem Essen verschlossen worden; zwei Männer waren nötig, um den Riegel zu bewegen. Die Tür hinter der hohen Tafel war ebenfalls versperrt. Krau stemmte sich dagegen und zog sein Schwert aus der Scheide. Seine Kehle war wund vom Schreien, darum war er verstummt. Er atmete in rauhen Stößen. Als Mechail noch lebte, hätte er ihn jederzeit schlagen können. Und wenn er jetzt auch von irgendeinem Dämon besessen war, so bewohnte Mechail doch immer noch seinen menschlichen Körper. Das Todesschwert war aus Eisen. Ein kräftiger Schlag mit dem Stahl würde es zerbrechen oder zumindest unbrauchbar machen.

Krau überlegte nicht, er wußte es einfach, trotzdem warf er sich weiterhin schwitzend gegen die Tür, während ihm Urin auf die Schenkel tropfte.

Die andere Wahrheit, die Wahrheit des Teufels, der Rache und der lebenden Toten, kannte er ebenfalls. Und sein Blut war dünn, sein Herz hämmerte ihn fast in Stücke.

Dann trat Mechail aus der vormorgendlichen Bläue in den Saal.

Sah ihn der Untote? Vielleicht nicht.

Abgesehen von den mächtigen Sätzen, die sein Herz machte, verhielt Krau sich still. Sein Atem ging laut; dagegen ließ sich nicht viel tun. Außerdem stank er, vor lauter Angst und deren Folgen. Er hielt das stählerne Schwert zum Schlag erhoben. Seine Eingeweide waren in Aufruhr – das Mechailwesen näherte sich durch die Halle.

Krau hatte Mechail noch nie so gesehen. Es war ihm deutlich anzumerken, daß der Teufel in ihm steckte. Der Himmel hellte sich weiter auf und warf ein gespenstisches Licht in den Saal, in dem Mechails bleiches Gesicht und seine Hände körperlos zu schweben schienen.

Er hatte die hohe Tafel erreicht. Er suchte nicht.

Er trat näher und stellte sich vor die leere Tafel. Und dann stieß der Dämon in ihm einen Namen hervor.

»Krau.«

In Kraus Innerem tobte eine Art Wirbelsturm des Entsetzens. Bevor er seine Gliedmaßen wieder entwirren konnte, hatten sie ihn fast bis über den Tisch geworfen, und die Stahlklinge stieß vor.

Und in diesem Augenblick schlug Mechails nutzlose linke Hand, die noch nie zu irgend etwas zu gebrauchen gewesen war, gegen Kraus Stirn. Er wurde nach hinten geschleudert. Er schlug unter dem Tisch am Boden auf, das Schwert eine Körperlänge von ihm entfernt, und etwas Schwarzes sprang herunter, dann kniete Mechail auf seinen Beinen.

Heulend wehrte sich Krau, und Eisen schnitt in seine Arme, worauf sie wie durchtrennte Blumenstengel zu Boden fielen. Abermals wollte er schreien, doch Mechail steckte den Schwertknauf zwischen Kraus Zähne. Krau hörte, wie seine Backenzähne brachen, und der Schmerz machte ihn benommen, doch er achtete nicht darauf, er versuchte sich immer noch zu wehren, aber der Knauf stieß zum verwundbaren Schlund vor, und würgend, unter Krämpfen, vergaß er alles um sich herum, und es gab nur noch den besinnungslosen Drang zu kämpfen und den Drang seines Körpers, den Eindringling auszuwürgen, und die Unvorstellbarkeit seines eigenen Todes.

Mechail arbeitete mit dem Schwertknauf, bis er das dazwischenliegende Gewebe durchbrochen und ins Gehirn vorgedrungen war. Die Querstreben des Knaufs hatten Kraus Wangen ausgebeult. Sein Gesicht war jetzt das eines Idioten, es grinste mit den abgebrochenen Zähnen, und die Augen quollen aus ihren Höhlen.

Mechail erhob sich von dem toten Ding und ließ es, so wie es war, liegen, zusammen mit dem Schwert, das wie eine eiserne Zunge aus dem Mund vorsprang.

Er schritt wieder den Tafelsaal entlang, ein Weg, den sein Körper oft zurückgelegt hatte, wenn auch noch nie im Morgengrauen.

Als er draußen angelangt war, stand der Morgenstern über dem Hof. Vom Dorf wehten Geräusche von Fensterläden heran, die geöffnet wurden, von Eimern, einem Pflug, der fertiggemacht wurde, einer spät noch jagenden Katze. Im Obstgarten zwitscherte ein Vogelpärchen.

Als er am Gartenweg vorbeikam, stand dort Boroi. Boroi beobachtete ihn. Der Sklave zeigte keinerlei Regung, weder Angst noch Wiedererkennen. Er trat beiseite, und vielleicht war just dies der Grund, daß Mechail wieder durch den Eingang trat. Dahinter blieb er stehen.

Zwischen den Mauern, am Weg unterhalb des Gartens und in Richtung der Kapelle nistete noch Dunkelheit. Boroi wandte nicht den Kopf, um zur Kapellentür zu schauen, die schief in den Angeln hing. Er blickte zum Frauenhaus hinüber, und auf dem Weg näherte sich die bleiche, schlanke Gestalt eines Mädchens.

Das Kind, das Nilya bei der Hand geführt haben mochte und das sich Mechail nun näherte, war herangewachsen. Sein blasses Haar flatterte jedoch im Gehen ebenso, wie es in der anderen Dimension geflattert hatte.

(Irgendwo in der Burgfeste begann eine alte Frau mit zittriger Stimme zu singen, ohne daß sie jemand beachtet hätte.)

Miez schwebte heran. Ihre Augen waren wie Opale, ihre bleichen Lippen spröde. Wie schon einmal näherte sie sich Mechail, ohne zu zögern. Wenn sie ahnte, daß er gestorben war, so schien es ihr nichts auszumachen.

Boroi verschmolz mit der Dunkelheit. Miez glitt durch sie hindurch. Irgendwo hatte sie ein Messer oder einen Dorn gefunden und sich das Handgelenk über der Schlagader aufgeschlitzt. Das Blut tröpfelte nur. Es leuchtete, seine unwirkliche rote Farbe stach ins Auge.

Aus einem See von Dunkelheit hob Miez ihr Handgelenk zu Mechail empor.

»Gib mir sein Blut«, rezitierte Miez zufrieden.

Sie preßte ihr Handgelenk an seinen Mund, und erst jetzt kostete er davon. Er starrte sie mit seinen grauen, wölfischen Katzenaugen an und leckte das Blut von ihrem Handgelenk, und leckte und leckte, ohne Eile, ohne einen Laut.

Als er fertig war, hob er den Kopf, und sie entzog ihm ihren Arm, drehte sich um und trippelte davon. Boroi, der immer noch zuschaute, sah Mechail sich ebenfalls umwenden und über den Hof davongehen. Er war ein Schatten mit dem Gesicht eines Mannes, welches das Gesicht eines Tiergottes aus den Wäldern war.

Das Hoftor war verschlossen. Der Schattenmann schaffte es irgendwie bis auf den Querbalken und hinauf aufs Tor, dann kletterte er hinüber und verschwand. Boroi fiel auf, daß er den linken Arm gebraucht hatte.

Der Himmel war jetzt sehr hoch und mit Wolken gesprenkelt. Vögel zwitscherten, und immer noch sang die alte Frau im Haus.

Boroi ging wieder seiner Arbeit nach.

Er war bereits ein ganzes Stück weit vom Turm entfernt, als er Vater Beljunion schreien hörte. Seine Schreie waren anders als Kraus Schreie, welche die Sklaven als einzige zwar gehört, jedoch nicht beachtet hatten.

5. Kapitel

NACHTS GING DER JÄGER ZUM BACH, bückte sich zum Wasser hinunter und trank. Immer dann, wenn er Beute gemacht hatte. Heute hatte er Pech gehabt. Der Waldhase war ihm entwischt. Beim letztenmal hatte er Glück gehabt, doch diesmal war der Hase schneller gewesen. Der Jäger trank am Bach. Als er anschließend wieder den Hang hinauflief, ließ er sich plötzlich auf die rechte Seite fallen. Seine Augen waren geöffnet, und der Mond, der gerade durch eine Lücke zwischen den Kiefern fiel, spiegelte sich darin. Es hätte tot sein können, so wie es dalag, das Tier. Dann zuckten seine Lider. Ein Gedanke leuchtete darin auf, erlosch wie glühende Kohle. Den Gedanken hatte es sogleich wieder vergessen. So wie jedes Tier erkannte es sich als das wieder, was es war, mittels Instinkt und Gewohnheit. Verfeinerungen gab es nicht. Es brauchte sich über das Wesen seines Ichs nicht den Kopf zu zerbrechen. Menschen taten dies, nicht jedoch ein Tier. Schon bald trübten sich die mondbeschienenen Augen und fielen zu. Inzwischen war es daran gewöhnt, im Dunkeln zu jagen, obwohl es einmal eine lange Zeit gegeben hatte, wo es tagsüber aktiv gewesen und die Nacht dem Schlaf vorbehalten gewesen war. Dann ein Wechsel, ein Übergang.

Das Tier hatte die Gestalt und das seit kurzem bärtige Gesicht eines Mannes. Die Hinterbeine steckten in Männerstiefeln, aber seine Kleidung war zerrissen und schmutzig. Das linke Vorderglied lag eigenartig steif auf dem Boden. Die linke Schulter lag im Schatten. Im Gürtel des Tieres steckte ein schmales, blutbeflecktes Messer. Manchmal wurde es zum Töten benutzt, jedoch nicht immer. Blut war auch im kurzen Bart und unter den langen, schartigen Fingernägeln.

Das Tier schlief, sein Atem pfiff leise zwischen den geteilten Lippen.

Es träumte auch, jedoch nicht die Träume eines Tieres.

Ein blondes Tier, bekleidet mit einem roten Umhang und einem Hemd, rannte vor ihm durch das Dickicht des nächtlichen Waldes. Es schrie im Laufen, und das Unterholz umschlang und packte es, hielt es fest, bis der Jäger es eingeholt hatte und töten konnte. Der Jäger preßte den Mund auf den aufgerissenen Hals und trank. Das Blut brannte wie Feuer. Er saugte es in sich hinein, und ein weißes Glühen verbrannte seine Kehle und seinen Bauch. Er verspürte jedoch keine Sättigung. Darum zerriß er das Fleisch mit den Fängen, und das Fleisch schmeckte salzig und eigenartig, und er aß mit Mühe.

Als er schließlich den Kopf hob, stand eine strahlende Gestalt unter den schwarzen Schwingen des Waldes und beobachtete ihn. Die Augen waren trotz der Entfernung zwar sichtbar, jedoch unergründlich. Die rechte Hand war erhoben, Handfläche und Finger formten eine Art Kelch, aus dem plötzlich eine leuchtende Flüssigkeit tropfte.

Im Traum schaute das Tier jedoch nur flüchtig hin, bevor es weiter seine Beute zerriß. Das Gehirn des Un-Tieres erinnerte sich, daß es dieses Bild schon häufig erblickt hatte, ohne daß es irgendwelche Folgen gehabt hätte. Es schaute nicht noch einmal hin, um sich zu vergewissern, ob der Zuschauer verschwand oder blieb.

Der späte Frühling verwob die unteren Schichten des Waldes mit Bändern aus grünem Schmuck. Auch tagsüber jagte er und schlief. Schattige und düstere Plätze, Wasserläufe und Erlen-, Lärchen- und Birkengehölze waren seine bevorzugten Aufenthaltsorte. Füchse und

Wildschweine begegneten ihm voller Argwohn. Den Menschen im Wald gegenüber war er gleichgültig, fast blind. Einige Tage lang schlief er inmitten von Felsen, dort, wo eine große Schierlingstanne wuchs, die mit den braunen Schädeln von Schafen und Pferden, mit Pferdeschwänzen und alten Bronzeringen behängt war, die aus Dreck zu bestehen schienen. Ihr Klappern im Wind hatte ihn einmal hinschauen lassen, das war alles. Fünfmal stieß er auf eine Ansammlung von Hütten, gelegentlich auf einen Kuhstall, einen Brunnen, niemals auf eine Kirche. Im Schutz der Bäume beobachtete er diese Orte. Er sah Männer und Frauen teilnahmslos ihren Verrichtungen nachgehen, sah ein altes Weib das runzlige Gesicht über einen Topf voller Wurzeln beugen, hörte Kinder ihrer schmutzigen Schafherde nachrufen, sah zwei Männer mit Holzstöcken kämpfen, während die anderen gafften. Niemals näherte er sich ihnen. Nur einmal umkreiste er einen Holzfäller, den er eine halbe Meile weit im Innern des Kiefernwaldes antraf. Dieser Bauer merkte jedoch etwas. Er machte ein Zeichen auf seiner Stirn. Dann hörte er auf, den Stamm zu bearbeiten, und schaute sich um. Als er nichts sah, spuckte er aus und rief einige unverständliche Worte, worauf er sich mit seiner Axt im Laufschritt davonmachte.

Bei Sonnenuntergang starb eine brennende Rose, zerfiel zu Asche und versank im Wald.

Bei Nacht huschten Wesen umher und raunten. Frösche quakten in den Tümpeln. Eulen schwebten über dem Blätterdach des Tales. Junge Füchse gluckten unheimlich.

In manchen Nächten heulte ein Wolf, ein Kristall von Einsamkeit.

Die Dunkelheit wich, wenn mit dem Sonnenaufgang das Licht aus der Erde und den Blättern, die es aufbewahrt hatten, wieder auferstand.

In der Stunde vor Sonnenaufgang ging außerhalb der Jahreszeit ein heftiger Schneefall nieder, und die Wesen des Waldes flohen davor. Doch die Sonne kehrte zurück, und von den Kiefernnadeln tropfte Glas.

Der steinerne Wolf hatte den ganzen Tag über in einer Mulde geschlafen, in der eine Schwarzbuche wuchs. Durch das Blätterdach des Baums kam nur wenig Sonne hindurch, aber der wehende Schnee hatte es durchdrungen. Als er auf den schlafenden Wolf fiel, verwandelte ihn der Schnee. Abgesehen von einer kleinen Stelle am Maul war die pudrige Hülle aus Stein auf dem Wolf nicht geschmolzen. Er glich einer fleckigen Statue, vielleicht einem Wasserspeier in einer Stadt.

Die Rose brannte, und das Aschelicht durchtränkte die Zwischenräume und hüllte die Bäume in Finsternis. Die Buche war eine dunkle Wolke, deren Blätter sich leise raschelnd aneinander rieben. Der Wolf öffnete die Augen, die so frostig und kalt waren wie sein Blut – oder warum sonst war der Schnee nicht geschmolzen? Der Wolf erhob sich und streifte den Schnee ab wie eine Haut.

Der Wolf verließ die Mulde und machte sich oberhalb der Waldtäler mit ihren kreisenden und hinabtauchenden Eulen unter einem sternenbesetzten Himmel auf den Weg.

Das Hochland senkte sich jäh ab. Eine Spalte von der Breite eines Wolfssprungs tat sich auf, tiefer als fünfzig aufeinandergestapelte Wölfe. Der Wolf sprang über die Spalte hinweg, wobei sich seine zottige Gestalt auf geheimnisvolle Weise fügsam streckte. Als er den Boden berührte, verdichtete er sich wieder. Ein Wunder war geschehen, wenn nur jemand zugeschaut hätte.

Der Mensch auf der daruntergelegenen Lichtung hatte nichts bemerkt. Er hatte sich hingehockt und fraß an etwas Erlegtem, schnappte nach dem Hals, schnitt mit Fingernägeln und Messer. Er war beschäftigt.

Der Wolf kletterte behutsam die Böschung hinab. Als er zu einem geknickten Ast gelangte, hüpfte er verspielt hinüber.

Auf die Bewegung hin hob der Mensch den Kopf. Sein Gesicht war blutig, mit schwarzen Klumpen verschmiert, die sich im schwarzen Bart und im Haar verfangen hatten, doch seine Augen leuchteten, und auf der Böschung erwiderte der Wolf mit ebenfalls leuchtenden Augen seinen Blick.

Eine Zeitlang verharrten beide Geschöpfe regungslos. Der Wolf bewegte sich als erster. So behutsam wie zuvor trat er auf die Lichtung hinaus. Er näherte sich dem gebückten Mann mit langsamen, gemessenen Schritten, und eine Handbreit von ihm entfernt senkte er plötzlich die Schnauze und schnüffelte am Fleisch. Es war ein Iltis, wohlriechend und bereits zerlegt. Mit einem höflichen Zucken der Lefzen brachte der Wolf sein Maul an die Beute, riß einen Fleischbrocken davon ab und verschlang ihn. Nach einer Weile schloß sich der Mensch dem Wolf an. Sie zerrten und rissen gemeinsam am Kadaver, füllten ihre Münder, und dann und wann begegneten sich gleichgültig ihre Augen.

Zum Zeichen der Trauer war ihr Kleid schwarz gefärbt, die Nähte hatte sie aufgetrennt und das Scharlachrot und Blau entfernt. Nur die silbernen und kupfernen Ziermünzen waren übriggeblieben. Das Haar hatte sie sich straff aus dem Gesicht zurückgekämmt und wie eine hinterbliebene Bauersfrau mit einem schwarzen Kopftuch verhüllt. Ihre Haut war unbemalt, nicht einmal auf die raffinierte Art, mit der sie sich abends immer geschminkt hatte, wenn der Vre sie zu sich rief. Sie war nicht mehr gerissen. Sie machte sich nichts mehr daraus.

Ihr Mann sollte ruhig tun, was ihm gefiel. Er hatte es soweit kommen lassen. Sie würde ihm niemals vergeben; im Geiste mischte sie bereits eine Pflanzenmixtur, die ihm einen verdorbenen Magen einbringen würde.

Ihr einziger Sohn. Ihr wunderbarer, geliebter Junge.

Das Leben war wertlos geworden.

Sie wischte sich die Tränen mit dem Ärmel ab, nach Art der Dörfler. Und die Frauen, die ihr hilflos und verängstigt Gesellschaft leisteten, gaben leise Klagelaute von sich.

»Seid still«, sagte Veksa. »Was geht euch das an? Das betrifft nur die Mutter. Es ist *mein* Kummer.«

Doch während ihre Tränen sich in den Ärmel ergossen, dachte sie: *Sie haben ihn verehrt. Sie haben von ihm geträumt. So schön war er.* Und einen Moment lang wurde sie von Unglauben überwältigt. Daß er gestorben sein sollte – egal wie – mußte ängstliches, unwahres, abergläubisches Geschwätz sein, ein Irrtum; außerdem war der alte Priester verrückt. Ausgeschlossen, daß er nicht mehr *da sein,* daß er *verschieden* sein sollte – nicht mehr von dieser Welt.

Und nach dem Unglauben die Erkenntnis, daß es doch so war.

Veksa heulte und schaukelte mit dem Oberkörper. Ihre Qual füllte die Kammer aus und drückte wie riesenhafte Hände gegen die Wände.

Gottesbruder Beljunion hatte die Burgherrin schreien gehört, doch sein Schädel war jetzt ständig in Aufruhr. Ihre Schreie und die Schreie der Männer in der Kapelle dröhnten darin. Und schließlich noch der Schrei, den Krau ausgestoßen hatte, als er, lautlos gefolgt von dem vom Tode Auferstandenen, ins flackernde Dunkel davongestürzt war.

Der Priester stand vor Vre Korhlen und teilte seine Aufmerksamkeit zwischen der Stimme des Vres und dem Geschrei in seinem Kopf.

»Hört Ihr mich, Priester? Das solltet Ihr besser. Ihr müßt bezeugen, was geschehen ist.«

Gottesbruder Beljunion zögerte. Er sagte: »Aber was ich gesehen habe – wie soll ich davon Zeugnis ablegen?«

»Wenn Ihr nicht gelogen habt, dann könnt Ihr's auch.«

Vre Korhlen war unerbittlich. Er hatte sogar zu trinken aufgehört. Sechzehn Tage waren seit der Nacht vergangen – seit *jener* Nacht.

Der Priester vermochte sich an die Geschehnisse kaum mehr zu erinnern. Die Zeit schien sich endlos zu dehnen und gleichzeitig stillzustehen. Es hätte ein Jahr her sein können, jedoch zu einer endlosen Stunde zusammengedrängt.

Niemand außer Vre Korhlen hatte ihm Fragen gestellt. Die Burgbewohner schreckten vor ihm zurück. Er ging ihnen aus dem Weg, zitternd und verzweifelt. Die Wahrheit wiederzugeben, hatte sich als schwierig erwiesen.

Und nun sagte Vre Korhlen: »Ihr solltet Euren Bericht besser wiederholen.«

Der Priester bemerkte, daß er nach Worten suchte. Es war ein Alptraum, der mit jeder Wiederholung unwirklicher und unentrinnbarer erschien. Er war erschöpft und wollte nichts als schlafen. Nur um davon loszukommen.

In der Burg behaupteten viele, es habe gar keine Leiche gegeben und Mechail sei nicht tot gewesen, sondern nur schwer verletzt und scheintot. Von derartigen Dingen hatten sie schon gehört. Und als er geistig verwirrt zu sich gekommen sei, habe Mechail um sich geschlagen, weil er sich noch immer von den Soldaten der Esnias umzingelt wähnte. Dann sei er davongelaufen und verschwunden, wahrscheinlich um endgültig zu sterben. Oder vielleicht sei ihm auch irgendwann klargeworden, daß er seinen eigenen Bruder erschlagen hatte. Man hatte die Sklaven verhört und einige von ihnen sogar ausgepeitscht. Keiner hatte irgend etwas von Wert ausgesagt.

Der zweiten Version zufolge waren Soldaten der Esnias eingedrungen und hatten all dies getan, worauf sie den Leichnam des Erben mitgenommen hatten, um ihn zu verstümmeln.

Beljunion hingegen ahnte, was tatsächlich vorgefallen war.

Der zum Schutz vor den anhaltenden Regenfällen während des Winters eine Viertelmeile unterhalb der Burg gelegene Friedhof quoll über. Die Gräber der gemeinen Leute drängten sich darauf, doch beherrscht wurde er von der Gruft der Korhlen, so wie das Dorf und die Felder von der Burg beherrscht wurden. Die Steinplatte wies keinerlei Verzierungen auf und wirkte allein durch ihre stille Beständigkeit. Hier ruhten die Generationen des Rabengeschlechts der Korhlen an der Seite ihrer Ehefrauen. (Nilya lag hier, ein Haufen Knochen unter einem Leichenhemd, und schließlich auch die älteren Gebeine von Korhlens erster, verdorbener Frau.) Krau, bedeckt mit einem purpurfarbenen Leichentuch, das Gesicht unter einer Kapuze verborgen, wurde anstelle des anderen beigesetzt. Es war ein heißer, gewittriger Tag. Beljunion, und daran erinnerte er sich später, stand am Eingang der Gruft inmitten der häßlichen und größtenteils ungepflegten Gräber, um die Abschiedsworte und die Gebete zu sprechen. Kraus tobende Mutter war nicht erschienen. Der Hofstaat des Vres stand da wie Wachtposten. Die anwesenden Dienstboten waren bleich und furchtsam; ständig huschten ihre Blicke zum Waldrand hinüber. Und auf den nahen Feldern lag eine Art Dunst über den schuftenden und nicht eingeladenen Sklaven, als entströmte ihren Mündern Rauch. Für jeden Satz, den Beljunion sich abrang, schien am Himmel ein anderer Satz ausgesprochen zu werden. Und auf den Feldern war ein Säuseln wie von Fröschen oder Grillen oder irgendeinem Gas, das aus der Erde quoll. Und als man Krau in das Totenhaus aus Gestank und Dunkelheit gebracht hatte, worin die Spinnen und Maden warteten, war es, als habe man ihn statt dessen im Freien liegengelassen, auf daß ihn die Raben und Wölfe zerrissen.

Hinter der Kapelle stand eine lepröse Weide. Am Morgen des vierzehnten Tages (nach jener Nacht) hatte Beljunion etwas Helles im Baum hängen sehen. Später war es dann wieder verschwunden. Er hatte es sich nicht angeschaut. Er wünschte keine Bekanntschaft zu machen mit der verborgenen Wahrheit.

»Ihr müßt sprechen.«

Vre Korhlen drängte ihn. Es war wieder wie bei der Beisetzung. Die Zeit stand immer noch und auf ewig still.

In der sinnlosen Lethargie und dem Schrecken seiner eigenen Furcht versunken, versuchte der Priester nun die Kraft zu einer Entgegnung aufzubringen. »Warum muß ich, Herr? Ich habe alles gesagt, was ich weiß. Es ist mehr … mehr als ich …«

»Das reicht mir nicht. Wenn der Magister eintrifft, werdet Ihr mit ihm sprechen.«

»Ein Magister? Aus Khish?«

»Ich habe an die Kirchenväter geschrieben. In der Vergangenheit haben sie mir nichts genützt, Gott ist mein Zeuge. Aber jetzt, was bleibt mir anderes übrig?« Beljunion glotzte bloß. Der Mann aus Granit sagte: »Ihr kennt Mechails Vorgeschichte. Jetzt hat sie uns wieder eingeholt. Dieses … Wesen … aus seiner Kindheit. Das habe ich ihnen geschrieben.« Im Zentrum eines Wirbelsturms dachte Beljunion klar und deutlich: *Sie werden einige Mühe haben, es zu entziffern*. »Und hier ist die Antwort.« Vre Korhlen hielt ihm ein Schreiben auf gröbstem Pergament hin. In der Ecke prangte ein großes wächsernes Siegel. »Man wird einen Magister zur Burg schicken. In ein bis zwei Wochen wird er hier eintreffen.«

»Was kann der schon ausrichten«, sagte Beljunion müde.

»Ich bin zuversichtlich, daß er das weiß. *Herrgott noch mal!* Ihr habt gesehen, daß meine ganze Festung abgeriegelt ist, in jeder Ecke steht ein Soldat. Fühlt Ihr Euch nach Sonnenuntergang noch sicher? Ja, Ihr vielleicht schon. Ihr seid der einzige, den er am Leben gelassen hat.« Vre Korhlen marschierte in der Kammer umher, seine steinernen Arme wirbelten ihn voran. »Ein Dämon«, sagte er. »Ihr und ich, wir sollten ihn in Schach halten. Aber wir haben versagt, und der Dämon hat ihn bekommen. Glaubt Ihr etwa, ich hätte keine Augen im Kopf, Vater? Jeder Sklave und jeder Bauer, der meint, damit durchzukommen, hängt irgendein verfluchtes Amulett ins Gebüsch und beschwört einen schmutzigen Zauber. Ich würde sie alle miteinander kreuzigen, sie bei lebendigem Leib häuten lassen, wenn ich Zeit dazu hätte. Nehmt das und lest.« Er stieß dem Priester das Pergament ins Gesicht.

Beljunion nahm den Brief und las, doch ein Großteil der Worte verschwamm vor seinen Augen.

»*... in dieser Angelegenheit von Hexerei ... unter der Ihr zu leiden habt ... Ihr wart kein braver Sohn der Kirche ... dennoch werden wir tun, was in unserer Macht steht ... der Magister Anjelen, der gegenwärtig unter uns weilt ...*«

Im schwärzlichen Wachs der Abdruck eines Schlüssels, das Siegel von Khish, das Beljunion einmal gekannt hatte, das ihm inzwischen jedoch fremd geworden war.

»Nun, dann geht«, sagte Vre Korhlen. »Ihr braucht es nicht noch einmal mit mir durchzukauen. Geht und sprecht statt dessen Eure Gebete. Aber haltet Euch bereit für diesen Mann. Er wird Euch Fragen stellen wollen. Vielleicht kann er genausowenig ausrichten wie Ihr.« Vre Korhlen verharrte vor der Wand. Er berührte den Stein mit einer Hand, als wollte er seine Dicke und Festigkeit prüfen.

»Tobt sie immer noch herum?«

»Ihr meint Veksa?« sagte Beljunion.

»Das Miststück.«

»Sie hat ihren Sohn verloren.«

»Sie hätte ihn besser schon im Kindbett verloren«, entgegnete Vre Korhlen. »Am besten wären sie alle unfruchtbar gewesen, die ganzen blöden Schlampen.«

Die beiden Wölfe jagten im Wald, bewegten sich hin und her auf einer Landkarte, die sie sich eingeprägt hatten. So ließ sich einfacher töten: der eine hetzte die Beute, der andere sprang sie an. Für gewöhnlich jagten und fraßen sie bei Nacht, doch bisweilen spielten sie tagsüber auch miteinander. Sie schliefen Rücken an Rücken in baumbeschatteten Mulden.

Im Wald gab es noch andere Wölfe, und manchmal übermittelte der wölfische Wolf ihnen Nachrichten. Der Menschenwolf versuchte sich nicht an solchen Schreien. Wenn sie beantwortet wurden, konnte eine Begegnung die Folge sein, oder es handelte sich um eine Herausforderung. (Auch dies ging nur den wölfischen Wolf etwas an, der sich entweder beschwichtigend davonstahl oder kämpfte, je nachdem. Der Menschenwolf hockte passiv, jedoch gleichen Sinnes daneben.)

Der Menschenwolf wußte nur, daß er eine Art Wolf war. Er war auf die normale Art zur Welt gekommen; das hieß, er vermochte sich nur sehr verschwommen an die Vergangenheit zu erinnern, und auch diese Erinnerungen verflüchtigten sich rasch. Nur seine Träume quälten ihn, doch als Tier vergaß er sie beim Aufwachen. Von seinem neuen Leben begriff er nur dies: daß sich jemand zu ihm gesellte, wenn er fraß. Dieser andere, der tötete und fraß wie er, mußte darum derselben Art angehören wie er.

Das Sprechen hatte er aufgegeben. Manchmal stieß er im Schlaf Laute aus. Dabei handelte es sich jedoch um ein tierisches Stöhnen und Knurren, wie es der wölfische Wolf von sich gab.

Der Frühling hatte sich zum Sommer gesteigert. Die Kiefern reckten ihre schwärzlichgrünen Fransen empor, und die Sonne brannte auf Bäche nieder, deren Wasser sich wie glitzerndes Haar über die Steine ergoß. Nachts suchte ein riesiger weißglühender Mond das Land heim. Dort, wo die Bäume auseinandertraten, erblickte man verdorrte Täler, in denen nackter Fels zu Tage trat, und verlassene Dörfer.

Unter dem Blätterdach einer uralten Esche badeten ein paar Mädchen bei Abenddämmerung in einem grünen Tümpel. Die jungen Frauen gehörten zum fahrenden Volk und waren unerschrocken und sorglos.

Der wölfische Wolf näherte sich dem Ort nicht. Der Wolf, der ein Mensch war, ging jedoch dicht heran. Als eine der Frauen sich mit Blättern abrieb, stellte er sich vor, sie zu packen, die roten Blumen, die auf ihrer Haut blühten, und sie zu trinken. Tatsächlich kostete er weder je ihr Blut noch ihr Fleisch. Die Frauen beendeten ihre Waschung und schlüpften wieder in ihre schmutzige Kleidung. Als die Sterne aufgingen, wanderten sie, ein Scherzlied singend, im Zwielicht davon, und der Nachtwind frischte auf.

6. Kapitel

ZWEI MONATE, NACHDEM DAS kaum leserliche Begehren nach Khish abgesandt worden war, erschien die leibhaftige Antwort auf der Straße von Korhlen.

Das Gefolge war klein, aber eindrucksvoll. Drei gepanzerte Vorreiter mit den gelben Schlüsselabzeichen der Garnison von Khish. Zwei bepackte Maultiere und ein dunkelgekleideter Mann, durchschnitten von einem silbernen Kreuz aus drei kurzen Armen auf einem spitz zulaufenden und verknoteten Stab: das Zeichen der Heiligen Kirche. In der Mitte der Gruppe befand sich ein schwarzes Pferd von recht guter Abstammung, mit maulbeerfarbenen Augen, silbernem Geschirr und einer Satteldecke mit aufgesetztem Knotenkreuz. Der Reiter des Rappen war ebenfalls schwarz gekleidet, doch das lange Gewand war aus Seide, und der Halsausschnitt war mit Goldborte besetzt. Das schwarze Haar des Mannes war im Nacken kurz geschnitten und von der breiten Stirn zurückgekämmt, darunter lagen schwarze Brauen und noch schwärzere Augen; dies schienen die einzigen Merkmale des Gesichts zu sein. Gesicht, Hals und Hände waren von der Sonne gelblichbraun gefärbt. Während auf einem Kreuzanhänger aus schwarzem Lack ein schwärzlicher Rubin feurig glühte, waren die Finger unberingt. Sie wirkten streng, ebenso das Gesicht, das außer Stirn, Brauen und Augen keine besonderen Merkmale aufwies und keine andere Bedeutung oder Botschaft enthielt, als daß sich Geist und Verstand dahinter verbargen.

Anjelen.

Der Mann, der als erster den Rabensaal der Burg betrat, war ein Hauptmann aus Khish mit dem Schlüssel auf der Schulter. Er hielt sich nicht mit Förmlichkeiten auf. Er nickte dem Burgherrn zu wie einem beliebigen Gast in irgendeiner Schenke. Er reckte den Kopf und verkündete: »Seine Exzellenz, der Magister.«

Störrisch und widerstrebend wandte Vre Korhlen sich zu der Gestalt um, die durch seine Tür eintrat und durch seinen Saal näher kam. In Begleitung seines Hauptmanns und seines ersten Kämmerers, des Priesters und einer Handvoll naher Verwandter erwartete der Vre den mächtigen Kirchenvater. Und als dieser in seiner ganzen einschüchternden Erscheinung vor ihm stand – hochgewachsen und schlank wie eine Gerte, ein Mann mit der schwächlichen Muskulatur eines Jungen, jedoch innerlich gestählt, der in seinem langen Gewand, mit dem tintenschwarzen Haar und dem von der Sonne geröteten, ansonsten blassen Gesicht eines Schreibers städtische Gewandtheit ausstrahlte –, da knieten der Burgherr und seine Männer nieder. Und eine Hand wie ein elfenbeinernes Lesezeichen schwebte einen Moment lang über seinem Kopf und wurde zurückgezogen.

»Erhebt Euch, Vre.«

»Euer Exzellenz.«

Nach der einschmeichelnden Stimme des fürstlichen Magisters taten sogar die Worte des Burgherrn in den Ohren weh. Der Dialekt des Waldes war rauh. Dies alles spürte Vre Korhlen, ohne es zu wissen, und merkte, daß es ihn verstimmte, daß er trotz seiner Angst irgendeinen niederen Priester aus Khish gewollt hatte und kein Werkzeug der Heiligen Kirche.

Der Magister Anjelen musterte die Reihe der Männer. Er sah sie nacheinander an und forderte sie auf, sich zu erheben. Dem altersschwachen Beljunion, der sich eine Verletzung zugezogen hatte, griff er unter den Ellbogen, sein diamantharter Körper neigte sich vor, zog sich zurück. Diese Geste verblüffte den Priester so sehr, daß er beinahe wieder zurückgefallen wäre.

Anjelens Hüfte war mit einem scharlachroten Band gegürtet, nicht breiter als ein Kinderdaumen, und daran hing ein Rosenkranz. Die Perlen waren aus unbemaltem Holz, das allein vom vielen Gebrauch eingedunkelt und blank geworden war. Auf Anjelens Rücken waren riesige unsichtbare Flügel in unaufhörlicher Bewegung. Sie bedeuteten Macht. Die Macht eines Gottesengels.

»Möchtet Ihr Wein, Magister?« Vre Korhlen gestikulierte ungeduldig, grob. Ein Diener sprang herbei.

»Wasser, wenn Euer Brunnen sauber ist«, sagte Anjelen.

»Sauber – ja. Man wird es für Euch filtern. Holt Wasser für seine Exzellenz.«

Der Kämmerer kümmerte sich darum. Der Diener mischte sich unter das Gefolge aus Khish, das den besten Wein der Burg nicht ausschlug.

»Vielleicht möchten Euer Exzellenz nach der Reise schlafen?«

»Nein«, sagte der Magister. »Ich brauche ein Zimmer, in dem ich die Burgbewohner verhören kann. Wenn Ihr es vorzieht, kann ich Euch und Eure Gemahlin auch in Euren eigenen Gemächern befragen. Dieser Mann wird mir aufwarten und die Aussagen niederschreiben.«

Der Mann, der mit den Packtieren geritten war, stand stumm und unterwürfig dabei, das Schreibgerät unter dem Arm.

Vre Korhlen runzelte die Stirn. Er sagte: »Der Euch zugedachte Raum sollte eigentlich als Schlafzimmer dienen. Aber wenn er Euch nicht paßt ...«

»Ja. Dann laßt mich dorthin bringen.«

Die Männer aus Khish tranken den Wein, und der Magister wartete, die Lippen von keiner Erfrischung benetzt – das Wasser wurde erst noch geschöpft, gefiltert und mit Minze bestreut.

Ein Sklave mit rabenverziertem Halsring geleitete den Magister zu seiner Kammer, die hoch im Turm gelegen war, an der sonnenbeschienenen Südseite, wo einmal Tauben im Gesims genistet hatten.

Beim Eintreten blickte Anjelen sich im Zimmer um, betrachtete den von einer Stellwand abgetrennten Kamin, das Bett mit seinen alten Purpurvorhängen.

Jemand hatte eine Schüssel mit ein paar frühen Pfirsichen auf einen niedrigen Tisch gestellt, die den warmen Raum mit ihrem sinnlichen Duft erfüllten.

Das Gepäck des Magisters wurde hereingebracht, eine möglicherweise mit Kleidern gefüllte Kiste und eine zweite, in der, als sie der Schreiber öffnete, Bücher zum Vorschein kamen, außerdem eine Truhe, die Anjelen aufsperrte und die Pergament, Tinkturen in Flaschen, geheimnisvolle Essenzen, Wachs, Messer, Gerätschaften aus Emaille und Metall, einen Glaskolben, Meßvorrichtungen und andere Utensilien enthielt.

Der Hauptmann aus Khish erschien in der Tür.

»Ist alles nach Eurer Zufriedenheit, Euer Exzellenz?«

»Es wird genügen.«

»Einer von meinen Männern kümmert sich um Euer Pferd, Magister. Den Leuten von hier möchten wir es nicht überlassen.«

»Nehmt Euch einen Pfirsich, Hauptmann Livdis.«

Der Hauptmann ging zur Schüssel, wartete jedoch, bis Anjelen auf einen bestimmten Pfirsich gedeutet hatte, dann erst griff er begierig zu. Dem deutenden Finger kam eine besondere Bedeutung zu. Auf der vierzehntägigen Reise hatten die Soldaten begonnen, den Magister, der selten mit ihnen sprach und kaum jemals etwas anderes tat, als vor ihren Augen zu existieren, zu verehren.

Der Engel Gottes speiste nicht, weder in der Halle noch im Allerheiligsten des Vres; beides hatte man ihm angeboten, doch er hatte es verschmäht. Er verzehrte Brot und Fleisch im oberen Zimmer und trank einen halben Becher, den Rest ließ er stehen. Er verlangte nach weiteren Kerzen. Er arbeitete bis spät in die Nacht, und wer zu ihm gerufen wurde, mußte ebenfalls auf den Schlaf verzichten.

Eine lange Reihe von Besuchern stieg zu der südlichen Kammer hinauf und wieder herunter. Er rief Dienstboten und Soldaten zu sich, die barbarischen Edelleute der Burg Korhlen, die furchtsam in sein Zimmer hineinstolzierten und mit kreidebleichen Gesichtern und fluchend wieder herauskamen. Er befragte keinen der Sklaven, nicht einmal Boroi, der dem Erben aufgewartet hatte, oder den unflätigen Kerl, der Krau meistens bedient hatte. Vre Korhlen hatte er ein Schriftstück überbringen lassen. In der Handschrift des Schreibers stand darauf: *Vor mir liegt Euer Brief, ausgehändigt der Obrigkeit von Khish. Gibt es etwas, das Ihr hinzufügen oder widerrufen möchtet? Gebt mir Nachricht. Zur Zeit besteht keine Veranlassung für Euch, persönlich zu erscheinen.* Diese unglaubliche Arroganz schlug dem Burgherrn geradezu auf den Magen. Seine Antwort bestand aus einem einzigen Wort: *Nein.*

Um Mitternacht wurde an Veksas Tür gepocht.

Die illegitime Ehefrau des Burgherrn lag nicht im Bett, sondern hatte sich von ihren Dienstmägden, die sie nun wieder ankleideten, gerade erst das Nachtgewand anlegen lassen. Die vorlaute Dienstmagd brachte einen Gürtel mit goldenen Kettengliedern und karmesinroten Troddeln. Veksa, die sich vor dem Kupferspiegel drehte, band sich das Haar jedoch mit dem Trauertuch zurück. Ihre Augen im Spiegel waren eingefallen, ihr Gesicht vom Bier, das sie seit zwei Monaten trank, aufgequollen und um Jahre gealtert.

Eine erschreckende Selbstzufriedenheit lag darin. Wer kann mir schon etwas anhaben? fragte das schlaffe, höhnisch grinsende Gesicht. Ich habe schon alles hinter mir.

Gefolgt von einer der Mägde stieg sie zur Südkammer hinauf. In der Burg herrschte bleierne Stille, und aus dem Saal drang kein Laut empor. Die Kerzen, die entlang der Treppe entzündet waren, warfen einen unruhigen Schatten, der um Veksa herumhüpfte wie ein fettes schwarzes Tier.

Das Mädchen klopfte an die Tür. Der Schreiber machte auf. Trotz der zwei oder drei Lichter war die Kammer eine Höhle aus Dunkelheit, die nach den Schattengestalten der Frauen auf dem Gang griff und sie aufsaugte.

»Meine Herrin ist da.«

»Das Weib Veksa«, sagte der Engel Gottes, der Veksa die Anrede ›Herrin‹ offenbar vorzuenthalten gedachte. »Bitte tretet doch ein, Frau.«

Sie trat ein. Ihre Dienstmägde hatten ihr mit parteiischer Empörung zugetragen, wie der Magister sie nannte. Was sie erwartete, falls sie überhaupt über ihn nachgedacht und den Verhören Beachtung geschenkt hatte, ließ sich schwer sagen. Seine Erscheinung ließ sie dennoch stutzig werden. Veksa verfügte nach wie vor über ein gewisses Maß an Schlauheit, und sie war immer noch eine Frau. Die Frau in ihr verspürte ein seltsames, schmerzhaftes Ziehen, das sie früher unzutreffend als *Ach, das ist aber ein Hübscher* gedeutet haben würde. Aber jetzt meldete sich ihre Schlauheit zu Wort. Und zum erstenmal in all der Zeit – seit man zu ihr gestürzt war, sie hinuntergeführt hatte und sie gesehen hatte, wie man ihrem Jungen, der unter der hohen Tafel lag, die lange, schwarze, eiserne Zunge aus dem Mund zu ziehen versuchte – ermahnte sich Veksa zur Vorsicht und erinnerte sich daran, daß die Welt von Männern regiert wurde.

»Euer Exzellenz«, sagte Veksa. Und wünschte, als sie den Blick vom Tisch hob, hinter dem er saß, sie wäre nicht in diesem Kleid hergekommen, an dem allein der goldene Gürtel ihre Stellung verriet, mit ungeschminktem Gesicht, des Haares Fülle unter einem Tuch verborgen.

»Ihr könnt Platz nehmen, edle Frau.«

Sie gehorchte.

An den Kopfenden des Tisches brannten je zwei Kerzen, die seine Augen zu feurigem Leben erweckten. Er war nicht besonders alt. Dreißig vielleicht. Ein Priester, jedoch nicht altersschwach wie Beljunion. Führte er nicht den Namen eines Engels?

Durfte sie es wagen, das Kopftuch unter dem Vorwand abzunehmen, ihr sei warm? Ihr Haar war jedoch ungekämmt und ungewaschen, nicht zum Vorzeigen gedacht.

Abermals meldete sich ihre Schlauheit zu Wort. Sie durfte nicht in Gedanken abschweifen. Und Krau – hatte sie ihn etwa vergessen?

Tränen traten Veksa in die Augen, und sie ließ sie überströmen. Im Spiegel war ihr entgangen, wie weit sie sich hatte sinken lassen. Sparsam eingesetzt, hatte sie Tränen in der Vergangenheit stets als hilfreich empfunden.

»Verzeiht mir, Euer Exzellenz«, sagte sie. Sie wischte sich die Tränen mit den Fingern ab, ohne nach Art der Bauern den Ärmel zu benutzen. »Ihr wißt ja Bescheid. Der Ermordete war mein Sohn.«

Doch der Engel Gottes erwiderte nichts darauf. Er saß einfach nur da; und als er sie betrachtet hatte, schaute er wieder in das vor ihm liegende Buch.

Veksa bemerkte, daß es zu ihr herumgedreht war, so daß sie darin lesen konnte, er jedoch nicht. Nicht, daß sie hätte lesen können. Dennoch vermittelte ihr der große Anfangsbuchstabe und die blaue, samaragdgrüne und blattgoldene Randverzierung einen bestimmten Eindruck. Irgendein religiöser Wälzer. Ein gewöhnliches Buch, wie hochgeschätzt es auch sein mochte, wäre von Rechts wegen nicht dermaßen ausgeschmückt worden.

»Ich bitte Euch, edle Frau«, sagte ihr Befrager, »Eure Hand auf den Namen Gottes zu legen. Dies ist die Bibel.«

Also die Heilige Schrift. Aus Khish war sie nicht – dazu war sie zu kostbar und wirkte zu unbenutzt.

»Wo steht er?« sagte Veksa. »Ihr müßt ihn mir zeigen, Euer Exzellenz. Ich kann nicht lesen.«

»Hier.«

Sie legte ihre Hand, an der die Tränen inzwischen getrocknet waren, auf die bezeichnete Stelle, die hervorgehobenen Großbuchstaben, *GOTT*.

»Ihr werdet meine Fragen beantworten, ohne etwas zu verschweigen.«

»Ja, Euer Exzellenz. Selbstverständlich.«

Er sah sie wieder an, und sie nahm ihre Hand von der Heiligen Schrift.

Sie erwartete, daß er sie nun nach ihrer Herkunft, ihrer nicht anerkannten Ehe, ihrem Sohn befragen werde. Sie überlegte, ob sie sich ihren Ärger anmerken lassen durfte, sollte er Krau einen Bastard nennen.

Statt dessen sagte Anjelen, der Magister: »Ich möchte, daß Ihr mir erzählt, was Ihr über den Erben Mechail wißt.«

Sie war überrascht. Aber wahrscheinlich mußte er zunächst auf die verrückte Geschichte zu sprechen kommen, die besagte, der vom Tode auferstandene Mechail habe die Männer in der Kapelle getötet. Der alte Priester hatte sie in Umlauf gesetzt. Und ihr Gemahl hatte ihr Glauben geschenkt. Sie wußte Bescheid, oh ja. Jemand hatte sich an Krau dafür gerächt, daß er Mechail beseitigt hatte. Und es ging Veksa nicht aus dem Kopf, der zottige Bär könnte dies getan haben, ihr Gemahl. Falls er es getan hatte, war er wahnsinnig. Sie war noch zu keinem endgültigen Urteil gelangt; auf der einen Seite der Waagschale stand die Meinung, die sie sich in den langen Jahren ihrer Ehe von ihm gebildet hatte, auf der anderen die instinktive Abneigung, die sie nach Kraus Tod gegen ihn entwickelt hatte. Eines Tages würde sie es wissen, und dann würde sie handeln. Einstweilen mußte sie sagen, was sie über Mechail wußte.

»Nicht viel, Euer Exzellenz. Wir waren nicht miteinander verwandt. Er war ein abweisender und einzelgängerischer Junge. Die Mißbildung hat sein Herz verhärtet. Anders als mein eigener Sohn war er weder großmütig noch liebevoll.«

»Ihr habt mich mißverstanden, edle Dame. Ich möchte, daß Ihr mir erzählt, was Ihr über Mechails Kindheit wißt.«

Sie dachte: *Wie seltsam er ist, wie ein Großvater, der etwas über den Säugling hören möchte, den er bisher nur aus Briefen kennt.*

»Nichts«, antwortete sie prompt. Es kam der Wahrheit so nahe, daß Gott sie nicht dafür strafen würde. Sie selbst hatte nur Geschichten gehört, seltsame Dinge. Die würde Opa bestimmt nicht hören wollen.

»Die Frau des Burgherrn«, sagte Anjelen. Seine Stimme war leise und dunkel, melodisch, wunderschön – jäh wurde sie sich bewußt, wie sehr die Stimme Teil seiner selbst war, wie gefährlich er war. Daß sie sogar ihre Gedanken im Zaum halten mußte.

Trotzdem sagte sie frech: »Ja?« und hob die Brauen.

»Ja«, antwortete er.

Und auf einmal fürchtete sie sich vor seinen Augen, ihrer unbarmherzigen Schwärze, welche die Kerzen mit Edelsteinen schmückten, vier Lichter in zwei schwarzen Wassern.

Nilya … Veksa dachte stets voller Verachtung an sie. Ein Dummkopf, unfähig, ihren Mann nach ihrem Willen zu formen. Da sie sich mit den Kräutern des Waldes nicht auskannte, hatte sich ihr Leib in Flammen verwandelt und sie verschlungen. »Sie war ein Schwächling. Ihre Krankheit hat sich auf den Jungen übertragen und ihn in seiner Entwicklung gehemmt.«

»Ist das alles, was Ihr wißt?« Anjelen blickte sie unverwandt an. Am liebsten hätte sie ihm die Augen ausgekratzt. »Wie verhält es sich mit den Gerüchten, dem Übernatürlichen?«

»Nilya war eine Hexe, und ihr Umgang mit Dämonen hat auf ihren Sohn abgefärbt«, platzte Veksa heraus.

»Inwiefern?«

»Irgendein Wesen… hat einen Pakt mit ihr geschlossen, und dafür saugte es dem Kind das Blut aus, zum Zeichen, daß es ihm gehörte.«

»Ein altes Gleichnis aus dem Wald. Wie das mit der Müllerstochter, die mit Hilfe eines Kobolds Blätter in Gold einbackt, um den Burgherrn zu umstricken. Als sie dann Mutter wird, kommt der Kobold und nimmt ihr das Kind weg.«

»Es passieren seltsame Dinge«, hörte Veksa sich sagen, seine offensichtliche Ermahnung in den Wind schlagend. Die Lektionen ihrer Tante fielen ihr ein. Vielleicht hatte sie wirklich recht gehabt. Diese Idioten, die glaubten, sie könnten ihre Männerwelt beherrschen. Aber der Wald war voller Tollheiten.

Veksa hatte sich ereifert. Sie wandte den Blick vom Magister ab.

Er sagte: »Euer Priester hier, Beljunion, hat geschworen, Mechail Korhlen habe sich lebend von der Totenbahre erhoben und die Totenwache erschlagen, der auch Euer Sohn Krau angehörte. Der Priester nannte jedoch kein Motiv dafür. Vielleicht gab es leichte Unstimmigkeiten zwischen Eurem und Nilyas Sohn.«

»Aber Mechail ist tot. Wie soll er sich da erhoben haben – und das in einem Gotteshaus?«

»Edle Dame«, sagte der Magister, »versucht keine Spitzfindigkeiten bei mir.«

Zwischen Veksas Brüsten schien sich eine siedendheiße Beklemmung aufzubauen. Verwirrt schlug sie die Hände vors Gesicht und nahm zu ihrem letzten Mittel Zuflucht.

»Mein Sohn wurde ermordet, mein geliebter Junge! Was weiß ich denn schon? Ich bin die Mutter – eine Mutter ohne Kind.«

»Beruhigt Euch«, sagte er. »Ich bitte Euch nur, mir die Wahrheit zu sagen. Versteht Ihr das?«

Sie senkte die Hände und bemerkte, daß er einen der hinter den Kerzen verstreuten Gegenstände hochgehoben hatte. Es war ein Ring aus geflochtenem Silber, nicht kostbar, jedoch elegant geformt.

»Der gehörte Nilya«, sagte der Magister. »Steckt ihn für mich an.«

Unwillkürlich formte Veksa mit der Hand das Schutzzeichen der Waldbewohner. Sie hätte sich die Hand abbeißen mögen.

»Ich stelle fest, daß Ihr Euch vor Nilyas Geist fürchtet.«

»Warum auch nicht? Sie war meine Rivalin, noch nach ihrem Tod.«

»Jedenfalls habt Ihr Euch jetzt bezeichnet. Vielleicht wird Euch die Waldgottheit, die Ihr angerufen habt, anstelle von Christus schützen. Die Verfehlung sei Euch verziehen. Steckt den Ring an.«

Sie nahm den Ring. Er fühlte sich an wie ein gewöhnliches Schmuckstück. Sie schob ihn halb über ihren kleinen Finger, stellte jedoch erleichtert fest, daß er sich nicht weiterschieben ließ.

»Wie findet Ihr ihn?« fragte er.

»In meinem Gemach habe ich kostbareren Schmuck«, fauchte sie.

»Erzählt mir«, sagte der Magister, »wie Euer und Nilyas Sohn miteinander auskamen.«

Eine unerträgliche Hitzewelle schwemmte durch Veksas Kehle in ihren Kopf. Der Schweiß brach ihr aus. Ein tiefer Haß trat an die Stelle der Angst, und ihr Herz pochte in seinem Rhythmus. *Er spielt mit mir: nicht um etwas zu erfahren, sondern zum Spaß ...*

»Mechail war eifersüchtig auf Krau. Wie sollte es auch anders sein, wo der eine hübsch und gesund und der andere ein elender Krüppel war. Der Herr haßte seinen legitimen Sohn und liebte den meinen.«

»Wer hat Euren Sohn getötet?«

»Irgendein *Feind*«, krächzte sie heiser. »Dafür verfluche ich ihn. Möge er auf ewig in der Hölle schmoren.«

»Nehmt den Ring ab, Frau. Legt ihn dorthin. Ihr könnt jetzt wieder auf Euer Zimmer gehen.«

Veksa tat wie geheißen. Hundert ungesagte Sätze lagen ihr auf der Zunge. Keinen davon durfte sie aussprechen, und sobald sie in ihrem Zimmer angelangt war, verschluckte sie alles, was sie hatte sagen wollen, versuchte es zu verdauen, seine Fragen, ihre Antworten, während ihr Herz weiterhin unregelmäßig schlug.

Im Wald gab es keine Glocken, keine Apparaturen, welche die Zeit anzeigten. Zu Mitternacht stand der Mond an einer bestimmten Stelle und schien auf die Erde nieder.

Im Westen lag die Talböschung mit ihrem ausgetrockneten Flußbett und der Ruine, gesäumt von jungen Bäumen. Inmitten der Findlinge töteten die Wölfe und fraßen. Der Durst führte sie weiter, als sie bei Anbruch des schwarzen Morgens dem sich neigenden Mond folgten. Von Wasser waren sie ebenso besessen wie von Blut. Sie kannten Bäche, Tümpel, Urin, Speichel, jedoch keine Tränen. Sie konnten die Wunden eines belebten von denen eines unbelebten Körpers unterscheiden, doch Opferwein kannten sie nicht.

Im Westen, oberhalb des Tals, inmitten der Kiefern, schoß ein Strahl Flüssigkeit aus einem Fels.

Darunter stand ein gesprungener, moosüberwachsener Krug. Für die Wölfe, den wölfischen und den menschlichen, war er nichts weiter als ein Stein.

Sie tranken.

Der Menschenwolf legte sich auf den Bauch, wobei er seine linke Seite schonte. Der wölfische Wolf rannte die Böschung hoch, um an der Erhebung zu schnüffeln; ein aus einem zerbrochenen Schwert zusammengeflicktes Kreuz, das verrostet und von Efeu überwachsen war. Auf dem Grat stand eine von Kiefern umgebene Schutzhütte, die zahllose Male ausgebessert worden war, um sie vor dem Verfall zu bewahren. Wie oft schon hatten sich die Wände verzogen, war das Dach eingebrochen, hatte sich die Tür nach dem Eis und Schnee des Winters gelöst! Sie hatte kein Fenster, nur einen Abzug, aus dem zu so später Stunden noch eine milchige Rauchfahne in den Morgenhimmel entwich.

Der wölfische Wolf schnupperte dem Rauch hinterher, vielleicht roch er auch ein verbranntes Beutetier. Er trottete am Grat entlang bis zum Eingang, wo eine Axt an einer Treppe aus Baumstämmen lehnte. Über dem Türsturz hingen wilder Knoblauch und ein paar Pilze, davor wuchsen Schwarzkohl und ein armseliger Beerenstrauch. Auf einem Holzgestell war ein dünnes Hemd zum Trocknen aufgehängt.

Während der Wolf die Umgebung der Hütte erkundete, beobachteten ihn zwei Augen durch einen Spalt in der Tür.

»Papa«, sagte eine leise Stimme. »Papa, draußen ist ein Wolf, und unten an der Quelle ist noch einer, der wie ein Mensch aussieht.«

»Leg dich schlafen«, murmelte der Angesprochene auf seinem Lager aus Farn, dessen Kissen aus einem alten Mantel bestand, der vor achtzehn Sommern einmal neu gewesen war.

Die Augen am Türspalt waren grün im Feuerschein des Sommers, im Licht des westwärts ziehenden Mondes jedoch farblos. Die Augen des Wolfs hingegen leuchteten bernsteinfarben auf, als er davonlief.

»An Mamas Grab. Ein Wolf und ein Wolfsmensch.«

Munter geworden, stützte sich der Schläfer auf und sah zu seiner Tochter.

»Jascha, du weißt doch, daß die Wölfe einem nichts tun, wenn man gesund ist.«

»Nein, Papa. Aber der eine Arm des Wolfsmenschen war verkrüppelt. Der linke, genau wie bei dir.«

Der Mann hätte den Kopf schütteln mögen. Über solche Gesten war er jedoch seit vielen Jahren hinaus. Manchmal vergaß er alles. Manchmal erinnerte er sich an sein früheres Ich, an die Zeit, als er noch lebendig gewesen war. Mehr schlecht als recht, was man auch von seinem linken Arm sagen konnte. Von dem er die Hand hatte abhacken müssen. Hatte sich das wirklich ereignet? Und das Mädchen, das andere Mädchen, die Mutter dieses Mädchens. Manchmal hatte sie gesungen und manchmal geweint. Warum? Er erinnerte sich noch an die Geburt, an das winzige rote, schreiende Wesen, das wie ein Nagetier aus dem Schoß hervorgekommen war. Das zu dieser schlanken Frau mit dem Gesicht einer Eidechse und den eidechsenfarbenen Augen herangewachsen war. Er hatte sie in irgendein Dorf gebracht, aber später war sie zurückgekehrt. Mittlerweile konnte sie kochen und nähen. Sie bot ihm ihren Körper dar, denn sie vertraute ihm an, sie sei im Dorf mehrmals vergewaltigt worden; da mache es auch nichts mehr aus, wenn sie sich dem Vater hingebe. Er aber hatte sie nicht gewollt. Nur einmal hatte er Lust erfahren, mit der Mutter, am Boden der Kapelle. Nur ein einziges Mal, als er geglaubt hatte, sie seien das dunkle Geheimnis los und in Sicherheit.

Seine Hand starb jedoch ab. Und mit der Zeit gelangte er zu der Überzeugung, die Schnittwunde, die sie bei ihrer Befreiung abbekommen hatte, habe ihren Verstand in Mitleidenschaft gezogen. Sie konnte ihm nicht sagen, wer sie gewesen war. Wahrscheinlich konnte das niemand. Eine Streunerin, die im Gotteshaus Unterschlupf gesucht und sich dort Schutz erhofft hatte.

Wie lautete sein Name? Er hatte *sie*, Jaschas Mutter, Jascha genannt, nach einem Mädchen aus einem anderen Leben. Und dann die Tochter ebenso. Und er hieß Carg. Carg war sein Name. Er war der Hauptmann eines Burgherrn gewesen.

Dorthin zurückzukehren war nicht ratsam, wo immer er hergekommen sein mochte, auf der Jagd nach etwas, was immer es gewesen war. Vielleicht ein Wolf, und wenn schon. Bloß ein schlechter Traum.

Manchmal träumte er, unter ihm läge ein totes Pferd. Er trieb Sodomie mit ihm, und heraus kam seine Eidechsentochter Jascha. Manchmal träumte er auch davon, sie im Schlaf sanft zu töten. Das hätte er mit ihrer Mutter tun sollen. Anstatt sie anschwellen, niederkommen und sterben zu lassen, hätte er sie erschlagen und dann sein Schwert für das Grabmal zerbrechen sollen.

»Im Wald gehen seltsame Dinge vor«, murmelte er. Denn das Eidechsenmädchen hatte ihm mit seiner Vision von Menschenwölfen Angst eingejagt.

Schmetterlinge brachte er stets um. Er fürchtete sich vor ihnen. Einmal war die zweite Jascha diesen Fluginsekten über das Kohlbeet nachgetanzt, einem Schwarm mit Fügeln wie Blütenblätter, und er war brüllend losgerannt und hatte sie erschlagen. Jascha hatte geweint. Damals war sie drei, und anschließend brachte er sie ins Dorf. Aber sie war zurückgekehrt.

Wie lange war sie weg gewesen? Kaum länger als ein Jahr. Nein, er hatte Kerben in den Baum vor der Tür geschnitten. Bei der fünfzehnten hatte er aufgehört. Es waren mehr, mehr als fünfzehn… und jede bedeutete ein Jahr.

Dort, wo er sich die Hand abgeschlagen hatte, war der Knochen zu einem Klumpen verwachsen. Eine Entzündung breitete sich davon aus. Den Winter über und meistens auch im Sommer tat ihm der ganze Arm weh, und nun bekam er auch noch einen steifen Hals. Nachts spürte er seine linke Hand, jede einzelne Sehne und jeden Finger, die ebenso schmerzten wie der Rest.

Aber er hatte die Hütte gebaut oder gefunden und sie repariert. Und er hatte die erste Jascha bis zu ihrem Tod gepflegt. Und dann die Eidechsenratte von einem Säugling.

Er konnte sich nicht mehr erinnern, wie er an sie gekommen war, er wußte nur noch, daß sie bei Sonnenaufgang lachend und weinend bei ihm auf dem Steinboden gelegen hatte, mit einem roten Band aus Blut im Haar.

»Jetzt sind die Wölfe weg«, sagte die Eidechse Jascha.

Es war, als hätten sie lange Zeit unter einer Schneedecke geschlafen und irgend etwas Unbegreifliches, Unwiderstehliches habe sie geweckt. Wie Sterne schwenkten sie ein auf eine andere Bahn, und ihr altes Leben fiel in Flocken von ihnen ab, von Carg Vrost und seiner Tochter.

Als Beljunion die hoch oben im Südteil der Burg gelegene Kammer betrat, meinte er, eine Lanze habe seine linke Seite unterhalb des Herzens durchbohrt. Diese Empfindung hatte es ihm gestattet, sich mit dem Aufstieg Zeit zu lassen und mit dem Betreten der Kammer zu zögern. Doch dann geleitete ihn der Magister zu einem Stuhl, und er mußte vor dem Tisch Platz nehmen.

Durch ein Fenster strömte Sonnenschein herein. Er verwandelte den Tisch in Gold, und alle Gegenstände darauf leuchteten und funkelten. Eine Bibel war darunter – man würde ihn bitten, darauf zu schwören. Er machte noch andere schemenhafte Gegenstände aus. Sie verwirrten das Auge. Einige bedeuteten etwas. Eine Kristallkugel war darunter, die man eher bei einem Magier als bei einem Priester vermutet haben würde.

»Einen wunderschönen Nachmittag, Bruder. Bitte ruht Euch aus. Wir haben schließlich keine Eile. Die Wahrheit ist unausweichlich und kommt immer ans Licht.«

Beljunion zögerte. Zusammenhanglos sagte er: »Euer Exzellenz sind so verständnisvoll. Stammen Euer Exzellenz – nicht aus Khish?«

»Aus einem der Ordenskapitel im Süden von Khish.

Ich werde Euch nicht mit den Namen dieser Städte auf die Probe stellen. Wir haben etwas anderes zu besprechen.«

Beljunion hielt sich die stechende Seite. Er dachte daran, wie er den jungen Mechail geschlagen, ihn über Gottes Vollkommenheit unterrichtet hatte.

Anjelen sagte gelassen: »Habt Ihr persönlich die Geschichte geglaubt?«

»Ich – welche Geschichte, Euer Exzellenz?«

»Daß eine schwarze Motte Mechails Blut getrunken habe, als er drei Jahre alt war. Daß die Motte den Jungen hochgehoben und ihn fallengelassen habe, wodurch er zum Krüppel geworden sei. Daß Mechail als der Erbe der Korhlen solange gelebt habe, bis ihn Soldaten der Esnias ermordeten. Daß er anschließend von den Toten wiederauferstanden sei, die Männer, die er für seine Feinde hielt, erschlagen habe und in den Wald gegangen sei. Wo er angeblich jetzt noch lebt, als eine Bedrohung und ein Schrecken für Euch alle.«

»Ich selbst ...«, hob Beljunion an. Er sammelte sich. »Zunächst habe ich in meiner Angst unvernünftige Dinge gesagt. Aber Mechail war niemals tot. Darum vermochte er sich von der Bahre zu erheben. Ich habe es mit eigenen Augen gesehen. Soll ich auf die Bibel schwören?«

»Das ist in Eurem Fall nicht nötig, Bruder. Ihr meint also, er sei lebendig gewesen, nicht tot?«

»Niemand steht von den Toten wieder auf, Euer Exzellenz.« Der alte Priester sprach, als sei er geistig behindert.

»Ihr irrt Euch natürlich, Bruder. Man hat Jesus ans Kreuz geschlagen, sein Herz durchbohrt, ihn begraben, und er ist auferstanden am dritten Tag. Dies ist ein Glaubensartikel. Wollt Ihr ihn etwa leugnen?«

»Jesus war kein Mensch.«

»Doch, Bruder. Der menschgewordene Gott.«

»Mechail ... war bloß ein Mensch.«

»Vielleicht auch nicht.« Der Magister verrückte auf dem Tisch einen winzigen Gegenstand. Es war ein Kruzifix, das man in eine marmorne Eichel eingeritzt hatte. Währenddessen schwang das größere Kruzifix an seiner Brust bedächtig hin und her, und der düstere Rubin sandte einen seiner roten Blitze aus. »Erzählt mir nun, Bruder, was Ihr für wahr haltet. Des ungeachtet, was Eure Souffleure, Euer Schuldbewußtsein oder Euer Selbsterhaltungstrieb Euch einzuflüstern versuchen.«

Der Schmerz in Beljunions Seite war unerträglich. Die Gegenstände auf dem Tisch wirbelten durcheinander. Von ihren feurigen Umrissen umschlossen erblickte er Mechails Leichnam, der ihn anstarrte und hochhob, und er spürte die Hände des Todes, die ihn wegschleuderten. In seiner Brust schien irgend etwas zu zerspringen, und der Schmerz schwemmte hinaus. Er hatte aufgehört. Beljunion sagte: »Es verhält sich so, wie Ihr ermittelt habt. Einschließlich der Vampirmotte, falls es solche Wesen gibt. Aber ich weiß, daß er tot war. Ich betete neben ihm, während die anderen tranken und würfelten; ja, sie würfelten und tranken unter dem Kreuz des Erlösers. Mechails Götter waren jedoch die des Waldes. Und sie erweckten ihn wieder zum Leben. Auf dem Baum gibt es einen Gott, ich habe ihn selbst gesehen, im Wald, und Mechail war wie dieser Gott. Ich begehrte seinen Leib, und um seinetwillen kasteite ich mein Fleisch. Und ich schlug den Jungen, um ihm meine Liebkosungen zu ersparen. Dieser schrecklichen Sünde bekenne ich mich schuldig.«

Beljunion brach in Tränen aus, wie ein junger Mann. Er erblickte den Waldgott, der Mechail war, und den dunklen Kelch und das Weinblut, das er niemals zu trinken vermochte. Vielleicht sprach er auch dieses aus. Der Magister hatte sich in eine unheimliche Gewitterwolke verwandelt, die über einer von Blitzen erhellten Ebene aufmerksam lauschte, einen scharlachrot glühenden Nagel in der Brust.

Eine Weile schwiegen sie, und anschließend sprach Anjelen leise auf den alten Priester ein.

»Ihr seid vom rechten Weg abgekommen, Bruder. Ihr müßt nach Khish zurückkehren, dort wird man sich um Euch kümmern und Euch helfen. Die Aufgabe war erdrückend, und Ihr wart ihr nicht gewachsen. Die Erlösung ist nah. Indem Ihr Euch mir anvertraut habt, habt Ihr Eure Seele gerettet. Es gibt hier einiges zu tun. Ihr solltet hier mein Werkzeug sein und das Werkzeug der Kirche. Gott hat Euch nicht verlassen, Beljunion. Möge wieder Friede bei Euch einkehren.«

Und vor Beljunion lag die Hand aus gelbbraunem Elfenbein, und er nahm sie und drückte seine Lippen darauf. Die Hand war weder sonderlich warm, noch hatte sie einen Geruch. Dennoch tröstete sie ihn. Er hatte sich so gefürchtet, aber jetzt hatte die Angst ein Ende.

Offenbar brauchte der Magister den Vre nicht zu befragen. *Alles, was Ihr wißt und mir sagen würdet, stand bereits in Eurem Brief.* Mehr hatte Anjelen, der Engel Gottes, Vre Korhlen im Moment nicht mitzuteilen.

Er stand vor dem Kamin im Tafelsaal, unter den Bannern und Waffen, den Rauchspuren und Blutflecken, die sein Geschlecht dort hinterlassen hatte. Für den Abend waren einige Vergnügungen vorgesehen, man würde speisen wie zuvor, und der Magister konnte tun, was ihm gefiel. In den Dörfern und Städten war das Wort der Priester Gesetz, jedoch nicht hier. Hier duldete man nur Priester, die so zahm waren wie Beljunion.

Anjelen hatte den Vre soeben nachdrücklich ersucht, in die Gruft der Korhlen hineinschauen zu dürfen. Darin lag Krau und verpestete die Luft. »Ich will ihn mir ansehen«, hatte Anjelen gesagt. »Ich wünsche Euch viel Vergnügen, Euer Exzellenz«, hatte Korhlen erwidert. Und heute abend würden sie ausgiebig speisen und trinken, und anschließend kämen Männerspiele,

Ringkämpfe, an die Reihe – und dann eine Frau. Nicht unbedingt Veksa, wenn sie nicht wollte (vor lauter Kummer war sie fett und schlampig geworden); sondern irgendeine dralle Sklavin, die blonde vielleicht oder die brünette, auf die er schon seit einem halben Jahr ein Auge geworfen hatte. Einen besseren Abschied von seinen Söhnen, als einen neuen zu zeugen, gab es nicht. So dachte er hinter einer großen Tür aus geballter Gedankenlosigkeit. Der Magister, der es bisher verschmäht hatte, mit ihm zu reden, hatte erneut das Wort ergriffen.

»Ja, Vre, Ihr könnt tun, wie es Euch beliebt. Nach der Gruft bleibt mir nur noch eins zu tun. Ich muß das Wesen aufspüren, das einmal Euer rechtmäßiger Sohn war. Ich muß ihn im Wald jagen.«

Das war zu erwarten gewesen – eine Hexenjagd. War es denkbar, daß man ihn, *Mechail,* finden würde? Es hatte keinen Mechail gegeben. Für Vre Korhlen war der Exorzismus vollständig abgeschlossen; die Toten waren gebannt. Er hatte die Bewachung seiner Festung gelockert, des Nachts schlief er, und niemand versuchte einzudringen. Der Magister würde zu seinem eigenen Nutzen irgendwelche Riten vollziehen. Und was das Wesen selbst betraf ... die Wälder verschluckten alles. Hatten sie nicht ehedem die Hälfte seiner Soldaten verschluckt, zusammen mit dem Phantom, das diese verfolgt hatten?

Obwohl er selbst alles ins Rollen gebracht hatte, wartete er nun begierig darauf, daß es zu einem Ende kam, damit er den tölpelhaften Priester davonjagen und sehen konnte, was er mit seinem Leben anfangen sollte. Gott hatte ihm wenig genug gelassen; es war wirklich ein Jammer. Von einer Buße war keine Rede gewesen, und das war recht so, er war schon genug gestraft, obwohl ihn die Kirchenväter zweifellos zu einer *Geldbuße* verurteilen würden und er den Zehnten würde abgeben müssen. Er würde bezahlen, und dann wäre er sie los, Gott sei Dank.

»Ich werde drei Eurer Männer mitnehmen, Vre. Und meine Reiter aus Khish. Des weiteren werde ich Hunde und Sklaven brauchen, die sich um sie kümmern. Einer der Sklaven sollte der Mann sein, der Eurem Erben aufgewartet hat.«

»Wenn Ihr ihn braucht.«

»Das sagte ich bereits. Außerdem den Vertrauten Eures zweiten Sohns, den Zwerg.«

Vre Korhlen wurde vorübergehend ungehalten. »Das läßt sich leicht machen.« Anjelen schaute ihn unentwegt an. »Was immer Ihr wollt, Euer Exzellenz. Wir stehen ganz zu Eurer Verfügung.«

»Eure Töchter«, sagte der Magister.

»Sie sind beide verrückt«, entgegnete Vre Korhlen schroff, »genau wie die Mutter.«

»Mir wurde gesagt, die beiden Frauen seien krank.«

»Die eine leidet an einem Fieber. Die Magd meint, das Mädchen sei von einem Tier gebissen worden. Von einer Ratte. Ihre Kammer ist voller Ungeziefer. Und wenn die eine kränkelt, dann fängt die andere auch damit an. Ihr Tod wäre kein Verlust, Gott sei mir gnädig.«

»Ja, Ihr solltet Ihn wirklich um Vergebung bitten. Er erschafft, was Ihm gefällt, und Ihr solltet es nicht leichtfertig fortwünschen.«

Vre Korhlen bat Gott ein zweitesmal um Vergebung und bekreuzigte sich. Es erzürnte ihn, dazu gezwungen zu sein. Er hatte schon zu lange im Geiste vor diesem Pfaffen gekniet.

»Wenn Euer Exzellenz die Mädchen sehen wollen ...«

»Nein. Wie so vieles hier, sprechen die Fakten für sich.«

Rätsel, die Saat des Zweifels. Vre Korhlen weigerte sich zuzulassen, daß die Stimme und die Augen des Magisters sie säten.

»Wird meine Anwesenheit bei der Jagd erforderlich sein?« fragte er.

»Es wäre mir lieber, wenn Ihr nicht in der Nähe wärt, Vre.«

Das freut mich zu hören.

Kraus Zwerg, der keinen Namen hatte und der nun den Jagdhund spielen sollte, hatte tatsächlich eine Zeitlang wie ein Hund gelebt. Eine Hundehütte auf dem nackten Erdboden in der Nähe der Küche war seine Wohnung gewesen. In der Burg hatte er seinen Status als Haustier verloren. Er war zu einer Art ausrangiertem Gebrauchsgegenstand geworden.

Sklaven entdeckten ihn fünf Tage nach Kraus Tod, als sie Kraus Zimmer betraten. Ein übler Geruch und Kratzgeräusche aus dem Verschlag machten sie darauf aufmerksam, daß dort jemand eingeschlossen war. Der Kämmerer kam und befreite den Zwerg aus seinem Gefängnis.

Schmutzig und stinkend kam er hervor, von der Dunkelheit halb erblindet, Zunge und Lippen waren vom Durst aufgesprungen.

Zunächst pflegte man ihn wieder gesund, denn es mochte wohl sein, daß er einen Wert an sich darstellte, für Kraus Mutter etwa, die das Haustier zur Erinnerung an ihren Sohn vielleicht würde behalten wollen. Aber niemand wollte Kraus Kreatur haben, und so sperrte man ihn in eine der Hundehütten auf dem Hof. Früher einmal hatten sie Jagdhunden als Unterschlupf gedient. Nun beherbergten die acht Holzverschläge herrenlose Köter, die man nur deshalb duldete, weil sie das Ungeziefer dezimierten. Folglich wurde dem Zwerg sein Unterschlupf von mehreren halbverhungerten Hunden streitig gemacht. Der Zwerg hatte nicht kämpfen wollen. Er wurde von Zähnen und Klauen verletzt, setzte sich jedoch letztendlich durch. Trotzdem kehrten hin und wieder Hunde zurück und bedrohten ihn. Dann kämpfte der Zwerg oder teilte mit ihnen die Brocken, die ihm eine ältere Sklavin manchmal vorwarf. Einer der Hunde zeigte sich dem Zwerg oder den Brocken gegenüber anhänglich. Er war der magerste und schwächste der Aasfresser, doch zusammen mit dem Zwerg stellte er für die anderen ein Hindernis dar.

Der Zwerg und der Hund schliefen Rücken an Rücken in der Hundehütte, auf dem stinkenden, fauligen Stroh.

Der Zwerg, der keine Worte, wenige Gedanken und noch weniger Erinnerungen hatte, hielt sich nicht für einen Hund. Er war er selbst, und ein Tag war für ihn wie der andere.

Daß Krau tot war, hatte er begriffen – selbst im Verschlag hatte er Veksa heulen gehört.

Eines Mittags saßen der Hund und der Zwerg in der Hütte und zerrten an einem Knochen.

Etwas verdunkelte die Sonne. Draußen waren Männer.

Als der Hund hinauslief, stießen sie ihn weg (er duckte sich, legte sich flach auf den Bauch) und zerrten den Zwerg ins Freie. Das Wimmern des Zwergs hielten sie für Furcht und hatten ihren Spaß daran. Die Laute waren jedoch ein bloßer Reflex und verstummten bald. Die ausdruckslosen Augen des Zwerges veränderten sich niemals, sei es im Hellen oder im Dunkeln.

Als man den Zwerg wegtrug, winselte der Hund.

Die letzten Vorbereitungen für den Aufbruch des Magisters wurden getroffen. Zahlreiche Jagden waren nach dem gleichen Muster vorbereitet worden. Daß diese ganz anders war, blieb unerwähnt. Alles, was die Jagd betraf, oblag Anjelen, dem Engel Gottes.

Der Vre ging wieder seinen gewohnten Beschäftigungen nach. Eines strahlenden Sommermorgens wurde ihm berichtet, der Magister, seine drei Soldaten, die Hunde samt ihren Führern, der Zwerg und drei seiner eigenen Männer seien in den Wald aufgebrochen.

Der zweite Kämmerer erschien in der Tür von Veksas Kammer. »Der Vre bittet Euch, Herrin, ihm heute abend bei Tisch Gesellschaft zu leisten.«

Sie lächelte. Zum erstenmal hatte sie sich in ihrem Gemahl gründlich getäuscht.

Veksa begab sich in einem mit cremefarbenen und goldenen Fäden verzierten schwarzen Trauergewand zum Tafelsaal. In ihr frischgewaschenes, parfümiertes und kunstvoll gekämmtes Haar, das sie teils geflochten, teils offen trug, hatte sie zwei Kämme aus himmelblauem Lack gesteckt. An ihren Fingern waren zehn Ringe, Geschenke des Burgherrn. Sie trug den Halsschmuck, den ihr Vater fahrenden Händlern abgekauft hatte. Er bestand aus dreißig Goldplättchen, in deren jedes inzwischen der Rabe der Korhlen eingeprägt war. Ihr Gesicht war gepudert, auf Wangen, Stirn und Lippen hatte sie ein wenig Rouge aufgetragen und ihre Augen mit schwärzlichen Lidstrichen betont. Sie hätte nicht besser aussehen können. Sie glaubte, ihre Drallheit werde ihm gefallen. Seit ihr der Besuch im Südtrakt in Erinnerung gerufen hatte, daß ihre Sicherheit vom Vre abhing, war sie entschlossen, ihm den Kopf zu verdrehen. In Begleitung von dreien ihrer Mägde schwebte sie in den Saal und zur hohen Tafel empor, an der sie mit einschmeichelnder Liebenswürdigkeit Platz nahm.

Kraus leeren Platz würdigte sie keines Blickes. Sie hatte nachgedacht. Sie konnte noch ein weiteres Kind bekommen. Vielleicht konnte sie ihren Jungen zurückholen, ihm wieder seinen Platz verschaffen. Diese Aussicht entzückte sie abwechselnd und stieß sie ab. In mehrerlei Hinsicht mußte sie sich entscheiden.

Vre Korhlen, der sie hatte rufen lassen, war jedoch in eine Unterhaltung mit dem Hauptmann vertieft. Er erwiderte nicht einmal ihren respektvollen Gruß, geschweige denn, daß er auf ihre prachtvolle Erscheinung reagiert hätte. Also schmollte er? Das würde sich schon geben.

Die Speisen wurden aufgetragen, man aß und trank, und es wurde laut im Saal.

Da waren jene, die Veksa, eingedenk ihres Einflusses, gegrüßt hatten. Andere hatten sich diese Mühe nicht gemacht. Dies wurde ihr allmählich klar. Dann blickte sie zu Kraus leerem Platz hinüber und wurde von jähem Schmerz überwältigt. Ihr Gemahl reagierte jedoch nicht auf ihr Stöhnen, obwohl die Weiber sie bemitleideten und selbst der Hauptmann die Stirn runzelte und den Blick abwandte.

Unter der Aufsicht des Kämmerers wartete ihnen ein Mädchen auf. Eine unscheinbare Blondine, eine Schlampe.

Veksa spürte, wie ihre Schenkel unter dem Tisch zu zittern begannen. Vielleicht mußte sie sich beeilen. Oder Zeit zu gewinnen versuchen…

Ein Diener stellte eine große Pastete auf den Tisch, und man schnitt sie an. Veksa fixierte sie und stellte sich vor, Frösche und Mäuse sprängen heraus. Dieser Narr. Glaubte er wirklich, sie ließe mit sich spielen? Sie hatte ihm ihre besten Jahre geopfert und stand in der Blüte ihres Lebens. Seinetwegen hatte sie ihren Liebling verloren. Der verdammte Bär sollte bloß aufpassen…

An der Südtür ertönte ein Geräusch.

Es erinnerte sie an jenen Abend, an Krau, an die Strohpuppe und die Verspottung des blutigen Ritus.

Erwartungsvoll wandte sie sich um. Aber es war nur Beljunion, der schwachsinnige Priester, den sie schon vor langer Zeit mit Geschenken und Schmeicheleien auf ihre Seite gezogen hatte. Vielleicht würde er einen nützlichen Verbündeten abgeben. Bis jetzt hatte er gefehlt; der Kämmerer hatte den Segen gesprochen. Nun stampfte der alte Priester in den Saal. Er wirkte anders als sonst. Sie hatte gehört, er sei krank, doch geschwächt wirkte er nicht. Sein Gesicht war bleich und abgezehrt, jedoch voll schrecklicher Wildheit und Härte, so daß sie auf einmal wieder die beklemmende

Angst zwischen den Brüsten verspürte und ihr an den Handflächen der Schweiß ausbrach.

»Schenke mir Wein nach«, sagte sie, und das blonde Mädchen beugte sich vor und füllte ihren Becher.

Und dann begann Beljunion zu schreien, und der Lärm im Saal verebbte allmählich.

»Herr, ich trete vor Euch im Namen Gottes. Ich bin Gottes Sprachrohr. Ich beanspruche den Schutz meiner Berufung. Ich muß sagen, was gesagt werden muß.«

Vre Korhlen wirkte überrascht. Er schwieg.

Vollkommen still war es im Saal, abgesehen vom Knistern des niedrig brennenden Sommerfeuers und einem gelegentlichen Messerklirren.

Dann begann Beljunion abermals zu schreien.

»Ich trete vor Euch wie ein biblischer Prophet. Ihr habt einen Fluch auf Euch geladen, Herr. Ihr habt Euch gegen die Gebote der Kirche versündigt. Darum sind Euch diese furchtbaren Dinge zugestoßen.«

Veksa starrte den Geistlichen an. Er war verrückt. Das war geschehen, er hatte den Verstand verloren. Der abweisende Priester aus Khish, der Magister, mußte irgend etwas getan, ihm einen Auftrag erteilt haben …

Vre Korhlen sagte laut: »Was habt Ihr zu sagen, Beljunion? Nun? Sprecht es aus.«

»Eure Liaison ist eine Schande und eine Sünde. Ich habe Euch dazu ermutigt und werde schon bald büßen für mein Tun. Trennt Euch von ihr. Ihr müßt es tun. Nilya war Eure Gemahlin. Und diese hier ist keine Ehefrau. Trennt Euch von Veksa. Wegen dieses Fehlers habt Ihr Euren Erben und Euren Bastard verloren und herrscht nun über eine Wüste.«

»Er redet irre«, sagte Veksa. Sie stieß den Becher um, und der Wein ergoß sich auf ihren Schoß. Sie dachte: *Das hat sich der Vre zusammen mit den anderen ausgedacht.*

Vre Korhlen stand auf. »Priester«, sagte er, »Eure Berufung schützt Euch, wie Ihr es gefordert habt. Aber verlaßt diesen Raum.«

»Ich werde gehen«, sagte Beljunion, »doch Ihr müßt Euch eilen.«

Auf einmal schien ihn alle Kraft verlassen zu haben. Er krümmte sich vor ihnen wie ein Blatt im Feuer. Doch es war vollbracht.

Was wird er nun sagen? Wird er zu mir stehen? Veksa wartete vergeblich, während sich ihr Gatte wieder setzte. Er verlangte brüllend nach Wein.

Während der Geistliche aus dem Saal schlich, hob wieder das Geplapper an wie das Zwitschern verängstigter Vögel in einem Strauch.

Veksa blieb noch eine Viertelstunde lang auf ihrem Platz sitzen. Dann erhob sie sich lächelnd und entfernte sich.

Auf ihrem Zimmer angelangt, schickte sie die Mägde weg (ihr Schweigen sprach Bände) und ließ aus Angst, jemand könnte sie hören, ihrem Entsetzen lautlos freien Lauf.

Er würde sie fortjagen, auf diese Ausrede hatte er nur gewartet. Nach allem, was sie ihm bedeutet hatte, warf er sie nun zum Kehricht. Sicher, er konnte sie jederzeit ersetzen. Für einen Vre würde es immer Frauen geben. Und sie würde man in Ungnade in ihr Dorf zurückschicken, zur Mühle ihres Vaters. Als Bedürftige, ohne Mitgift, als Gespött des Dorfes. Das war schlimmer, als eine Hure zu sein, denn die konnte zumindest etwas fürs Alter zusammenkratzen.

Sie preßte sich an einen Stuhl, umklammerte die Lehne, sah alles vor sich. Er würde ein oder zwei Tage brauchen, das Werk des Geistlichen zu vollenden. Womöglich würde er sogar Reue von ihr verlangen, Gebete in der Kapelle, eine öffentliche Aufhebung ihres Bündnisses.

Zeit genug.

Sie hatte die Kräuter stets verwahrt, gepflückt zur richtigen Stunde, in der entsprechenden Mondphase und beim erforderlichen Stand der Sterne. Sie hatte ihre geliebten Kräuter dazu benutzt, ihm zu helfen, Gott sei ihr gnädig. Jetzt sollten sie sein Untergang sein.

Sie war sich sicher. Der Burgherr war an allem schuld. An Kraus Tod. *Ihr Gemahl.*

Ein paar Körnchen hiervon, ein bißchen davon. Zwei Schluck Wein in ihrer Gegenwart. Mehr war nicht nötig.

Zuerst gar nichts. Dann eine leichte Kolik. Aber wenn andere natürliche Substanzen hinzukämen, würde die Metamorphose einsetzen. In einem Monat, lange nach ihrem Fortgang.

Sie hatte einmal miterlebt, wie ihre Tante eine Nachbarin vergiftet hatte, mit der sie in Streit lagen. Ihr Haus fürchtete das Veksas, und es war äußerst leichtsinnig von der Frau gewesen, eines Morgens die Milch aus dem Krug zu stehlen. Später hatte Veksa ihrer Tante geholfen, den Krug zu reinigen. Dies war im Frühjahr gewesen. Noch vor Anbruch des Sommers hatte Veksa die Nachbarsfrau wochenlang im Bett schreien hören, in ihrem Bauch seien Wiesel, die sie bei lebendigem Leib auffräßen. Tagelang schied sie Blut und Eiter aus, bis der Tod ihrem Leiden ein Ende setzte. Anschließend wurde der Streit beigelegt.

Vielleicht wird man dann sagen, jetzt, wo er auf meine Fürsorge verzichten muß, sei er krank geworden.

Veksa lächelte wie eben im Saal. Sie biß sich ober- und unterhalb der Ringe auf die Knöchel.

Wenn er zu ihr käme, um ihr mitzuteilen, er habe sich die Warnung des Priesters durch den Kopf gehen lassen und sei einverstanden, stünde der Becher bereit. Ihre letzte Liebesgabe.

7. Kapitel

DIE SOMMERHITZE HATTE SICH wie eine riesige Messingglocke über den Wald gestülpt. Kiefern verbrannten zu Holzkohle, der Farn war trocken wie Zunder. Im Dunst entlang der Wasserläufe tanzten Mücken. Eine kühle Morgendämmerung kündete vom sengenden Tag. Nachts leuchtete der Mond weißer als Ton in einem Brennofen.

Sie jagten den untoten Wolf aus der Burg, ohne auch nur ein Wort über seine Natur verloren zu haben, darüber, ob er nun existierte oder nicht, ob ein Wesen wie er überhaupt möglich war oder nicht. Wenn sie am Wasser lagerten, sprachen sie über die Annehmlichkeiten des häuslichen Lebens, über Frauen oder über ihre Söhne. Manchmal auch halblaut über den Magister. Jedoch nicht darüber, was sie taten. Und auch nicht über Mechail Korhlen.

Diese Jagd war anders als jene erste Jagd vor achtzehn Jahren. Jene war gottlos gewesen, des Teufels. Doch nun hielt Gott seine schützende Hand über sie.

Gott war anwesend in der schlanken, gegürteten Gestalt Anjelens, dessen Schattenpferd sich einen Weg zwischen den funkelnden Sonnenstrahlen und den Baumstämmen hindurchbahnte. Anjelen, der täglich bei Sonnenaufgang und Sonnenuntergang das Gebet sprach, so wie sie noch nie ein Gebet vernommen hatten, voll Schönheit und Magie, vermittelt durch den Klang seiner Stimme und die reglose Dominanz seiner Augen und Hände.

Das ist mal ein Mann, dem könntest du notfalls bis in die Hölle folgen, Herrgott noch mal, dachte Evra Livdis, der sein Packtier tagein, tagaus durch den Wald führte, im

Gänsemarsch dem Magister, den anderen beiden Männern aus Khish und den drei verrufenen Kerlen aus der gewalttätigen Burg folgend. *Ein geborener Führer. Die Kirche erntet die süßesten Früchte. Wozu wäre der mit einer Armee imstande.*

Der neunundzwanzig Jahre alte Evra Livdis, Sohn eines Soldaten aus der Stadtgarnison, der ebenso selbstverständlich das Soldatenhandwerk gewählt hatte, wie eine Rebe einen Stock emporrankt, hatte seinen fünfzehn Jahre währenden Militärdienst in Khish abgeleistet. Die Garnison hatte im Namen des Fürsten der benachbarten Stadt Chirkess, ein Name, der nur solchen wie Livdis etwas sagte, wenngleich dieser sie noch nie gesehen hatte, in eine Handvoll kleinerer Kriege ziehen müssen. Im Anschluß an die Auseinandersetzungen, während eines langweiligen Friedens, hatte es nichts weiter zu tun gegeben, als die öffentliche Ordnung zu wahren und zu exerzieren.

Den Magister zu eskortieren hatte Livdis gereizt und nervös gemacht. Die Autorität der Kirchenväter reichte nicht so weit, daß sie Magister in Städte wie Khish geschickt hätten. Ob der Priester aus Chirkess stammte, hatte man ihm nicht gesagt.

Jemand hatte erzählt, Anjelen habe Wunder vollbracht. Er habe eine Hand kuriert, die nicht heilen wollte, und habe Wasser in einem Fels entdeckt, als er darauf geschlagen habe. Livdis nahm diese Berichte mit einer gewissen Skepsis auf. Doch jetzt, wo er Anjelen sah und ihn sprechen hörte, erschienen sie ihm durchaus glaubhaft.

Während sie den Wald durchkämmten und nachts im Meer der Bäume lagerten, schärfte sich Livdis' Sinn fürs Phantastische. Wenn er im Dunkeln Wache hielt, war er vorbereitet auf das Ungewöhnliche, und dessen Ausbleiben enttäuschte ihn. Wahrscheinlich würden sie, falls sie den Gesuchten überhaupt fänden, lediglich auf einen Geistesgestörten treffen, auf irgendeinen Kretin, dessen verborgene Stärke eine tödliche Verletzung aufgewogen hatte. Man würde ihn ergreifen, einem Exorzismus unterziehen und ihn verbrennen, um seine Seele zu retten. Nach allem, was Livdis wußte, war dies die übliche Vorgehensweise.

Der Zwerg trottete vorneweg, an einer langen Leine, die der Sklave Boroi hielt. Der Zwerg suchte, falls er überhaupt eine Vorstellung davon hatte, was man von ihm erwartete. Die übrigen fünf Jagdhunde hielt man noch zurück.

Livdis schien es so, als gingen sie im Kreis, andererseits kannte er sich im Wald auch nicht aus. Seine Welt hatte aus bearbeitetem Holz und Stein bestanden.

Trotz der Hitze und der Stechmücken, der Eintönigkeit des Marsches und des geheimnisvollen Drucks, der darauf lastete, war Livdis es zufrieden, dem Magister zu folgen. Sollte er nur machen.

Am zehnten Tag wurde der Zwergenhund fündig. Sie ritten ihm nach, durch einen gemauerten Tunnel hindurch, und gelangten zum inneren Rand eines flachen Tals. Oben am Hang ragte der Wald auf wie eine Wand. Über dem Tal wölbte sich ein weiter, leuchtender Himmel, wo zwei Falken schwebten.

Ein Stück weiter den Hang hinunter lag ein verfallenes Bauwerk, eine Kapelle oder eine Einsiedelei.

Der Zwerg schickte sich an, das Tal zu durchqueren. Sie ritten ihm nach. Es war schon ein seltsamer Anblick, der rübenbraune, vor Ergebenheit gesichtslose Sklave mit der ledernen Leine in der Hand und an deren Ende das hüpfende, einer Schildkröte ähnelnde Monstrum. Evra Livdis stellte sich vor, wie er einem Mädchen aus der Stadt davon erzählen würde. Das Mädchen hatte sich Livdis hingegeben, und er mochte sie auch, jedoch nicht genug, um sie zu heiraten. Im Sattel langsam hinter dem Zwerg einherzottelnd, rief Livdis sich in der brütenden Hitze ihre Bettspiele in Erinnerung. Er verspürte einen Druck in der Lendengegend. Manchmal rasteten sie zu Mittag, und wenn sie es auch diesmal täten, würde er sich entfernen und sich Erleichterung verschaffen können, doch angesichts der Begeisterung des Zwergs schien eine Rast durchaus zweifelhaft. Also mußte er leiden. Livdis fragte sich, wie der Magister Anjelen wohl mit solchen Anwandlungen fertig wurde. Hatte der Priester überhaupt welche? Es war Sünde, seinen Samen zu vergeuden. Wie lange war es her, daß Evra Livdis sich die Mühe gemacht hatte, es zu beichten? Die Waschungen, die sein Mädchen nach dem Beischlaf vollzog, damit sie nicht schwanger wurde, waren ebenfalls Sünde. Er mußte an etwas anderes denken.

Livdis sah, daß der Zwerg die verfallene Kapelle erreicht hatte und sie umging. Sie ritten über den Talboden und gleich weiter zum gegenüberliegenden Hang.

Nach dem Aufstieg, im Wald über dem Tal, erlahmte der Schwung des Zwergs. Bestimmt hatte er eine unwichtige Spur verfolgt.

Sie hielten an. Die Männer verzehrten ihren Reiseproviant. Hauptmann Livdis wanderte in den Wald.

Er gelangte zu einer einsamen Lichtung mit einem Felsen, aus dem eine glitzernde Fontäne hervorschoß. Aus irgendeinem Grund erregte ihn das Geräusch des Wassers. Livdis setzte sich an einen Baumstamm und holte sein Glied heraus, betastete den Pfahl aus Fleisch, auf der Suche nach den empfindlichsten Stellen. Den Empfindungen nach zu schließen, die seine Hand sogleich auslöste, würde es nicht allzulange dauern.

Über ihm, aus halbgeschlossenen Augen betrachtet, lösten sich die Nadeln der Bäume vor dem Hintergrund des Himmels in Nichts auf, Vögel schlugen mit den Flügeln und hüpften von Zweig zu Zweig, das Wasser verströmte seine endlose Ejakulation. Er stellte sich vor, wie das Mädchen aus Khish den Rock hob, dachte an die Beschaffenheit ihrer Beine und ihres Bauchs mit dem dichten dunklen Pelz darunter.

Und dann veränderte sich etwas. Er bemerkte etwas

Kühles oder einen Schatten oder ein ungewöhnliches Geräusch.

Livdis hielt inne, schlug die Augen auf, schaute umher. Zwischen ihm und der Quelle stand ein Mädchen.

Er sah nur, daß sie Brüste und Hüften hatte. Im gleichen Moment versuchte er sein Glied wegzupacken. Sie jedoch sagte: »Darf ich es für dich tun?«

Und das Blut schoß in sein Glied und versteifte es so sehr, daß ihm nichts anderes übrigblieb, als sich mit den Fingern zu bedecken.

»Was willst du für mich tun?« sagte er.

»Das, oder etwas anderes.«

»Tu, was du magst«, sagte er, entspannte sich und ließ sie zu sich kommen.

Sie roch sauber, nach Wald und Hitze, nach Rinde und Blättern und menschlichem Haar.

»Was gibst du mir dafür?« fragte sie.

Natürlich. Und Münzen würden nichts nützen. Er deutete auf den gerollten Speck und das Brot. »Das da?«

Sie nickte, und dann hob sie den Rock, genau wie das Mädchen aus Khish. Dieses hier war nicht so dunkel, dunkler nur auf andere Art, brünett und braun von der Sonne, überall. Sie hatte grüne Augen. Sie setzte sich behutsam auf ihn, nahm ihn in sich auf wie eine saftige Pflaume und legte ihm die Hände auf die Schultern. Ihre Brüste waren klein, jedoch prall und rund, wie Äpfel. Er brauchte überhaupt nichts zu tun. Sie erwartete nichts weiter von ihm als Nahrung. Er packte sie bei der Hüfte und ließ sich gehen, pumpte in blinder Raserei in sie hinein. Als er sich zurückfallen ließ, dachte er an die Geschichten, die man sich über die Mädchen aus dem Wald erzählte und die offenbar alle stimmten. In jedem Busch eine Elfe.

Sie löste sich von ihm und setzte sich ins Gras. Sie nahm den Speck und riß ein Stück davon ab, das sie abwesend verspeiste. Er hatte gedacht, sie würde alles haben wollen und gleich wieder verschwinden. Vielleicht hatte er ihr gefallen. Sie war allerdings auch ein seltsames Exemplar. Sie hatte eine breite, flache Stirn und eine lange, schmale, gerade Reptiliennase. Die länglichen Augen zeigten das Gelbgrün von Weintrauben oder jungen Blättern. Sie wirkte ursprünglich, sogar seelenlos. Mehr wie eine Schlange denn wie eine Frau.

»Du bist süß«, sagte er aus Höflichkeit.

»Ich werde mit dir gehen«, sagte sie.

»O nein. Es tut mir leid. Ich befinde mich auf einer Mission, zusammen mit einem vornehmen Priester. Das würde er niemals erlauben.«

»Ich habe die Männer gesehen. Ich werde mich hinter ihnen halten«, sagte sie gelassen. »Keiner wird merken, daß ich da bin. Nachts komme ich zu dir.«

Livdis leckte sich die Lippen. Sie hatte etwas an sich, das ihn schon wieder steif werden ließ. Er stellte sich vor, wie sie im Dunkeln unter den Bäumen liegen und sich mehr Zeit lassen würden. Aber er täte gut daran, sie rasch loszuwerden. Ein anhänglicher Typ, begierig darauf, daß jemand sie in die Stadt brachte.

»Hast du hier denn niemanden?« fragte er.

»Meinen Papa. Er ist gestorben. Ich habe ihn neben Mama beerdigt.«

Sie zeigte keinerlei Regung. Als er in die Richtung blickte, in die sie nickte, bemerkte er eine Art Grabhügel zwischen den Bäumen. Weiter hinten mochte eine Hütte sein. Wie hatte er sich nur hier niederlassen können, um mit sich selbst Unzucht zu treiben, ohne ausreichend Abstand von der Bauernhütte zu halten? Aber er hätte schwören können, daß sie eben noch nicht dagewesen war. *Zauberei.*

»Jetzt hör mir mal zu, Kleine«, sagte Evra Livdis, als er sein Geschlecht in der Rüstung verstaute. Er stand auf, während sie reglos sitzenblieb. »Behalte das Brot.

Ich werde nur einen Bissen Speck essen. Ich würde dir mehr geben, wenn ich was hätte.« (Auf seinem Pferd gab es mehr; das brauchte er ihr aber nicht zu sagen.) »Du bist ein braves Kind.«

Ein Wolke verdunkelte die Sonne. Es war, als schlösse der Himmel seine Läden.

So etwas hatte er schon öfters erlebt. Ein Sommergewitter.

»Regen«, sagte er. »Du solltest ins Haus gehen.«

Dann kam der Eiseshauch, vom Himmel herunter und über die Erde.

Er sah das Mädchen durch einen pulsierenden Nebel. Der Himmel verdüsterte sich noch mehr, eine weitere Tür ging zu. Als er nach oben blickte, lag über den Kiefernwipfeln eine Glocke aus unwirklichem Licht. Im Wald war es vollkommen still. Die Vögel hatten aufgehört zu singen. Nur die Quelle sprudelte beharrlich aus dem Fels.

Auf einmal ertönten Rufe, aus der Richtung, wo er den Magister, die Soldaten und die Pferde zurückgelassen hatte.

»Leb wohl«, sagte Livdis zu dem Mädchen aus dem Wald und wandte sich ab, vor Kälte bereits zitternd, und ging die Böschung hinunter.

Das Mädchen Jascha wartete, bis er ein Stück weit in der sich purpurn färbenden Düsternis verschwunden war, dann stand es auf und ging ihm nach.

Noch ehe er beim Lager angelangt war, hatte sich der Himmel verfinstert. Dies verwirrte ihn, aber er sagte sich, daß der Wald die Dunkelheit wahrscheinlich verstärkte. Inzwischen war es schneidend kalt geworden. Livdis bereitete sich innerlich auf den Sturm vor, auf das Ächzen der sich biegenden Bäume, doch die absolute Stille, in der all die kleinen Geräusche untergingen, hielt an.

Als er die Männer erreichte, standen sie erstarrt wie

Statuen da, die Soldaten und die drei Sklaven. Auch die Pferde bewegten sich nicht, rupften kein Gras; die Hunde kuschelten sich aneinander. Nur der Magister Anjelen trat auf ihn zu.

»Ein garstiges Wetter, Hauptmann.«

»Ja, Euer Exzellenz, ein Unwetter …«.

»Laßt Eure Männer aufsitzen.«

Livdis rief einen Befehl. Sie gehorchten ihm. Ihre Bewegungen erinnerten an Sand in einer Schüssel, in der man rührte, sie wirkten abgekapselt und unecht.

Der Zwerg suchte sich am Ende seiner Leine einen Weg, manchmal geriet er ins Stolpern. Auf seinem kleinen, runden Rücken schien ein Stein zu lasten. Wahrscheinlich hatte er zu erkennen gegeben, daß er wieder auf eine Spur gestoßen war.

Anjelen ritt ihm nach, und Livdis folgte ihm.

Sie kamen durch einen dichten Kiefernkorridor. Das dunkle Licht und der Schatten verwandelten sich in Nacht. Jeden Moment würde eine Sturzflut auf sie niedergehen. Livdis dachte daran, daß er gesündigt hatte, als wäre dies nun die Strafe.

Blumen waren spiralförmig aus dem Waldboden gewachsen und hatten sich um die Bäume gewunden. Auf den Ästen gediehen urtümliche Rosen. Es war so kalt, daß Livdis mit den Zähnen klapperte. Er biß sie zusammen. Ein Tropfen fiel auf seine Hand. Die Feuchtigkeit fühlte sich anders an als Regen. Er senkte den Blick, dann legte er den Kopf in den Nacken. Von den Kiefern glitten Schnüre aus Schnee. Die Männer hinter ihm fluchten. Jemand rief Christus an.

Anjelen sprach, ohne sich umzuwenden, und seine Stimme drang mühelos bis zu ihnen nach hinten: »Schert euch nicht darum.« Er selbst zögerte nicht. Auch der Zwerg ging weiter wie zuvor.

Eine Meile weit ritten sie zwischen den Baumwänden einher und dann noch eine, und der Schnee fiel auf sie herab. Er legte sich auf den Boden. Hier war

Winter. Der schmale Himmelsstreifen droben war der einer Winternacht. Abgesehen vom glockenspielartigen Klingen der Rüstungen und Waffen war es still. Auf den Bäumen lastete Schnee, und ihre Stämme waren eisgepanzert. Der Sommerfarn reckte Wedel aus weißer Spitze aus dem Schnee empor, und die Buschrosen hatten sich in Kristall verwandelt. Ein Zweig schlug Livdis ins Gesicht. Als er ihn abstreifen wollte, zerbrach er wie Glas. Er zerschnitt sich die Hand, und das Blut rann brennend an seiner Haut hinunter. Er dachte: *Das ist ein Wunder, eine Vision. Das ist nicht wirklich.*

Ohne es sich erklären zu können, spürte er, daß sie mit Hilfe des Ungeheuers oder mittels Halluzinationen in ein Reich der unbegrenzten Möglichkeiten eingetreten waren. Hier würden sie das Wesen ergreifen.

Dann traten die Kiefern auseinander, und unter dem metallenen Himmel befand sich eine Lichtung. Ein großer Tümpel, der vor einer Stunde noch warm und flüssig gewesen sein mochte, nun aber gefroren als glatte Eisfläche vor ihnen lag.

Evra Livdis schaute wie aus einer großen Höhe darauf hinunter und bemerkte unter der milchigen Oberfläche des Tümpels mehrere dunkle Gestalten, die auf ihn zusprangen und die Böschung heraufgerannt kamen.

»Seht Ihr?« sagte Anjelen. »Ich denke schon. Jetzt entscheidet Euch, Evra Livdis, ob Ihr leben oder sterben wollt.«

Er fror so sehr, daß er kaum die Lippen zu bewegen vermochte. Nuschelnd wie ein Betrunkener sagte er: »Ich wähle das Leben in Euren Diensten, Magister.«

Daraufhin brach der gefrorene Tümpel in Stücke, und schwarze Wölfe stürzten daraus hervor, Hunderte von Wölfen, aber vielleicht hatte das explodierende Prisma aus Eis ihre Zahl auch nur vervielfacht. Sie rannten in den Wald, und die Männer auf dem Hang brachen ebenfalls in schreiende Teile auseinander, sie flogen davon und liefen fort.

Livdis schaute sich nicht um.

Statt dessen sah er im Gefolge der Wölfe einen Mann aus dem Eis hervorkriechen. Hinter dem Vorhang aus Schnee wirkte er ebenfalls wie ein schwarzer Wolf; Wangen, Stirn und Kinn waren von schwarzem Haar bedeckt, der Mund war blau, die Haut wie klarer Aquamarin aus der Tiefe des Wassers. Seine Augen hingegen waren ebenso blaß wie das Eis.

Anjelen, der Magister, ging dorthin, wo er mit dem Gesicht auf der Erde lag, neigte sich ihm ein wenig entgegen und sagte: »Mechail Korhlen, wessen Silberring ist das?«

Und aus dem Wesen aus dem Teich ertönte eine Stimme.

»Ihrer. Der Ring meiner Mutter.«

»Du lebst«, sagte Anjelen. »Komm wieder zu dir.«

Und er beugte sich vor und zog den wolfshaarigen Kopf an seiner Mähne hoch und zeigte ihn der Welt, bis die weißen Augen das Gesicht des Gottesengels erblickten, das Gesicht von Anjelen selbst.

»Ja«, sprach also der Engel Gottes, »sieh mich an. Erkenne mich. Denn jetzt gehörst du mir.«

8. Kapitel

DIE KINDER AUS DEM VIERTEL hielten sie für ein Reptil und fürchteten sich vor ihr. Aber wenn sie in einem ihrer grünen Kleider aus dem schmalen Holzhaus hervorkam und zum Markt spazierte, hielt sich immer ein Bediensteter hinter ihr, so daß die Kinder es nicht wagten, sie mit Steinen zu bewerfen. Sie hatte auch noch eine Dienstmagd, die das Haus versorgte, und das Mädchen würde die Einkäufe schon erledigt haben, doch dies besorgte die Eidechsenfrau lieber selbst. Desgleichen legte sie auf dem Hof hinter dem Haus ein Beet an. An den Trennmauern aus Feuerstein hatte sie Wein gepflanzt, der für den Herbst Trauben versprach. Die Eidechsenfrau war weniger vielversprechend, ihr Bauch wollte einfach nicht rund werden. Schließlich war sie eine Kurtisane und keine Ehefrau, wahrscheinlich traf sie entsprechende Vorkehrungen. Sie trug das Haar zu drei Zöpfen geflochten, von denen zwei unmittelbar hinter den Schläfen begannen und bis unter die Schulterblätter reichten; der dritte und mittlere Zopf, der dickste von allen, reichte ihr bis unter die Knie. Ihr Haar war von nußbrauner Farbe und glänzte. Man konnte sagen, ihre Schönheit lag im Haar, nicht in den schlangengrünen Augen.

Das schmale Haus lag am Rande einer Ortschaft, die weder zum ländlichen Khish noch zum weiter südlich gelegenen Chirkess gehörte. Jedenfalls war es Sommer, und die ärmeren Straßen stanken, wie in jeder Stadt oder Ortschaft im Umkreis. Dort gab es offene Abwässerkanäle, die Buden der Metzger, Fliegen. Hier war es ein wenig besser: bei Einbruch der Dunkelheit, beschirmt von den Mauern des Hauses, denen der anderen Häuser und einem zufällig angrenzenden Baum, konnte man auf dem Hof zuschauen, wie im hitzegrauen Bernstein des Zwielichts die Sterne aufgingen. Doch es gab keinen Wald, darüber vermochte auch der Baum nicht hinwegzutäuschen.

»Warum bist du mir gefolgt, hm?« fragte er sie häufig. »Aus Liebe, wie? Sehnst du dich nicht nach deinem Wald?«

»Nein«, pflegte Jascha dann zu erwidern. Und es stimmte. Sich nach irgend etwas zu sehnen war sinnlos, selbst dann, wenn es etwas war, das man einmal gemocht hatte.

Natürlich sagte er diese Dinge teilweise deshalb, weil er sie loswerden wollte. In dieser Beziehung war er mit sich selbst uneins, so wie er mit seinem neuen Leben insgesamt unzufrieden war.

Wenn sie nach dem Koitus beieinander im Bett lagen, sagte er manchmal: »Du hättest nicht dort sein sollen. Was hast du gesehen? Sag mir, was es war.« »Nichts.« »Kein Eis, keine zerspringenden Blumen? Hast du die schwarzen Wesen gesehen, die aus dem Wasser gestürzt kamen?« »Welche Blumen?« antwortete sie dann.

Vielleicht hatte er sie auch deswegen bei sich behalten, um sie fragen zu können. Als Bestätigung für das, was *er* gesehen hatte. Und was sie ebenfalls gesehen hatte, auch wenn sie sich ihm gegenüber unwissend gab und dumm stellte.

Als sie ihm durch die Baumreihen hindurch zum Lager der Soldaten gefolgt war, hatte sie gewußt, daß im Wald etwas Unheimliches vorging. Die Atmosphäre darin veränderte sich jedoch häufig, so wie die Strömung entlang eines großen Flusses. Von Kindheit an hatte Jascha dazu geneigt, allem Merkwürdigen und allen Wesen, die ihre Aufmerksamkeit erregten, nachzugehen (buchstäblich, indem sie sie körperlich verfolgte). Sie war in ein besonderes Leben hineingeboren worden, das geprägt war von einem Halbmenschen, der ihr Vater war, und der unheimlichen Gegenwart des verrückten Mädchens, das bei ihrer Geburt starb. Jaschas Mutter war ein Erdhügel, ihr Vater ein verkrüppelter Einsiedler, der stumm vor sich hin brütete oder unbeherrscht herumschrie, wenn er wieder einmal einen seiner Wutanfälle hatte, der von einer unbegreiflichen Vergangenheit plapperte und sich im Schlaf herumwälzte. Das erste, woran sie sich noch erinnerte, war ein Trinkschlauch voll Ziegenmilch gewesen, den der Mann auf einen Armstumpf gestützt und mit der anderen Hand festgehalten hatte.

An dem Morgen, als sie ihn tot vorfand, war sie weder überrascht noch gerührt. Ein paarmal hatte er sich über seinen steifen Hals beklagt, so war es wochenlang gegangen. Nachts schwitzte er und schrie. Im Traum jagte er den Mond. Der ließ sich nicht fangen. Dann erzählte er halblaut von einer schwarzen, von einem Nagel aus Blut durchbohrten Motte. Er schlief ein; er starb. Sie schleifte ihn bei Sonnenaufgang aus der Hütte und hob neben dem Erdhügel mit dem verrosteten Schwert ein Grab aus, so tief sie es vermochte. Sie bedeckte ihn mit Erde und legte Steine darüber. Im Dorf, wo man sie auch im Kochen und Saubermachen unterwiesen und sie mit fünf verschiedenen rüpelhaften und gefühllosen Männern, von denen einer erst zehn Jahre alt gewesen war, in die Pflichten der Liebe eingeweiht hatte, war sie bei mehreren Beerdigungen zugegen gewesen.

Tage nach der Beerdigung entdeckte sie bei der Quelle den Soldaten. Sie tat, wozu sie stets bereit war. Dies bedeutete kein Entgegenkommen, sondern war reiner Eigennutz. (Auf dem Weg nach Khish hatte er ihr erklärt, sie gehöre jetzt ihm und dürfe fortan nur noch ihm ihre Gunst schenken.)

Auf der Sommerschneise unter dem Winterhimmel spürte sie die Reiter auf, stellte fest, daß es aus der Höhe schneite, entdeckte die zerbrechlichen Rosen aus scharlachrotem Glas und schließlich den weißen Tümpel aus Eis. Als das Eis zerbrach, sah sie die schwarzen Wölfe wie eine Flutwelle daraus hervorsprudeln.

Die Männer um sie herum schrien, die Pferde wieherten und schlugen aus, und der geordnete Vormarsch verwandelte sich in eine kopflose Flucht. Die Sklaven rannten ebenfalls weg, wenngleich ihre Flucht sich von der der anderen unterschied – sie hatten einen Zwerg an einer Leine dabei und zerrten ihn hinter sich her. Der Wald rauschte wie von mächtigen Wassern, die Leiber der Männer und der Pferde waren heiß in der Eiseskälte. Und die Wölfe hetzten ihnen nach. Sie strahlten keine Wärme aus und waren körperlos, und dennoch spürte sie sie, als sie vorbeijagten und die Ranken des Dickichts, in dem sie sich versteckt hatte, streiften und zerrissen, und sie spürte die Wolke ihres Atems, geruch- und wärmelos und dennoch ebenso stofflich wie Molke. Und als all dies aufgehört hatte, als das Krachen und der Tumult in der Ewigkeit des Waldes versickert waren, sah sie ihn. Am Tümpel, auf dem das Eis nun geschmolzen war, war ihr Soldat, der Hauptmann, als einziger geblieben, wenngleich er kniete, wie vor einem Schrein.

Und der andere, der Priester in seiner rubinroten Schwärze, schien zu leuchten und zu pulsieren, als er sich auf etwas hinunterbeugte, das aus dem Wasser hervorgekrochen war. Ein ertrunkener Wolf, der in Wirklichkeit ein Mensch war.

Der Priester sprach zu ihm und ließ ihn los. Der Priester sprach zum Hauptmann. Und daraufhin beugte sich der Hauptmann und hob den Mann aus dem Wasser und trug ihn zu seinem Pferd – das ebenso wie das Pferd des Priesters geblieben war. Dann blickte der Priester zum Gebüsch. Seine Augen glichen schwarzen Ahlen. Sie wußte, daß er sie deutlich sah, dennoch sagte er: »Wer ist da?«

Und dann kam der Hauptmann herüber und zerteilte

das Dickicht und packte sie – sie half ihm weder, noch wehrte sie sich –, zog sie hervor und zwang sie in die Knie, in die gleiche Haltung, die er eben noch eingenommen hatte und die er für angemessen zu halten schien. »Irgendeine Schlampe, die ich im Wald getroffen habe. Verzeiht mir, Euer Exzellenz … Sie glaubt, sie habe einen Anspruch auf mich.«

»Und hat sie das nicht, Hauptmann, wenn Ihr bei ihr gelegen habt?«

»Nein, Euer Exzellenz, meines Erachtens nicht. Aber wenn Ihr es sagt …«

»Komm her«, sagte der Priester zu Jascha. Worauf sie sich erhob und näher trat, seinen Blick offen erwidernd, denn er war wie die Erde oder das Wetter, an denen es nichts zu deuteln und nichts zu fürchten gab, denn Angst und Argumente halfen nicht dagegen. Der Priester fragte Jascha nicht: *Was hast du gesehen?* Wahrscheinlich war ihm klar, daß sie alles mitangesehen hatte. Er hielt ihr seine offene Hand hin, und auf der langen, schmalen Handfläche lag ein Ring aus geflochtenem Silber. Er sagte: »Was ist das?«

Jascha antwortete: »Der ist von einer Toten.«

»Woher weißt du das?«

Jascha erwiderte: »Ich weiß es eben.«

Der Priester sagte: »Von einer jungen Frau oder einer alten?«

Jascha sagte: »Sowohl als auch.« Und dann blickte sie zu dem bewußtlosen Mann, der quer auf dem Pferd des Hauptmanns lag.

»Sieh dieses Kreuz«, sagte der Priester. Er berührte das Kreuz auf seiner Brust. »Wofür hältst du das?«

Jascha bemerkte, daß das Kreuz wie eine schwarze Motte geformt war, die schlanken Flügel ausgebreitet, der langgestreckte, spitz zulaufende Leib von einem Edelstein wie von einem Nagel aus Blut durchbohrt. Und sie erinnerte sich daran, wie ihr Vater im Todesschlaf gejammert hatte.

»Nein«, sagte der Priester scharf, »du mußt es sagen.«

Der Hauptmann hielt sich abseits bei den Pferden.

Jascha sagte: »Eine gekreuzigte Motte.«

»Du bist klug«, sagte der Priester. »Der Hauptmann dort muß mich begleiten. Du kannst mit ihm kommen. Einstweilen unterstelle ich ihn deinem Kommando.«

Jascha neigte den Kopf. Das Leben konnte auch ganz einfach sein.

Dennoch glaubte Evra Livdis, er habe sich aus Rücksichtnahme gegenüber der Moral des Priesters entschlossen, die Bürde Jascha auf sich zu nehmen. Er fand sie körperlich anziehend, und dies bestätigte ihn in seinem Entschluß, sie zu behalten. Es war jedoch nicht so, daß sie außergewöhnlich geschickt gewesen wäre, sie war nur seltsam – eben ein Mädchen aus dem Wald.

Alles andere deutete auf Veränderungen hin. Der Magister wollte ihn übernehmen; er mußte Khish verlassen.

Als er dorthin zurückkehrte, blieb er nur zwei Tage. Die Stadt erschien ihm bereits so fremd, als wäre er noch nie dort gewesen, denn inzwischen war es beschlossene Sache, daß er weggehen würde.

Die Reise war von Anfang bis Ende verwirrend gewesen. Er war immer noch benommen, nach allem, was im Wald geschehen war. Die Benommenheit wich nicht von ihm; er gewöhnte sich nur daran. Es war, als habe er eine Krankheit gehabt, von der eine Narbe zurückgeblieben war. Weder konnte er sagen: *Ich habe alles bloß geträumt*, noch konnte er es erklären oder akzeptieren. Er mußte das Bild aus seinem Gedächtnis und die bevorstehenden Veränderungen miteinander verschmelzen.

Er erinnerte sich daran, das tote Gewicht des bewußtlosen Mannes hochgehoben zu haben, der bärtig und schmutzig war, bedeckt mit Schürfwunden und

Lumpen und durchnäßt, und von dem ein Wolfsgeruch ausgegangen war ... Als Livdis ihn auf das Pferd wuchtete, hatte sich der Wallach aus Angst vor dem Geruch nicht herumgedreht. Dann war das Mädchen aus dem Gebüsch hervorgekommen, und offenbar war es seine Pflicht gewesen, sie ebenso aufzunehmen, wie der Priester ihn aufgenommen hatte. Livdis hatte sich gewünscht, in die Dienste des Priesters einzutreten. Dann eine verschwommene Erinnerung daran, wie er den Wallach mit dem darübergelegten Mann durch den Wald geführt hatte, wie das Mädchen zu Fuß nebenhergegangen und der Magister auf seinem Rappen dicht hinter ihnen geritten war. Und es war wieder Sommer, die Bäume hatten scharf umrissene Formen, Nadeln und Blätter zeichneten sich ab, es war warm, und die Vögel zwitscherten. Die Hitze vertrieb die Kälte aus seinem Körper und trocknete den durchnäßten Mann auf dem Pferd.

Bald darauf tauchte von irgendwoher ein weiterer Mann auf, entweder vor ihnen oder sich von hinten nähernd. Es war der Schreiber des Magisters, und obwohl es den Anschein gehabt hatte, als sei er wie die anderen in Panik geflohen, kam er mit den Packtieren zurück und hatte unterwegs auch noch den angeleinten Zwerg aufgegriffen. Die Sklaven und die Männer aus Korhlen und aus Khish blieben verschwunden.

Der Magister erwähnte nicht, daß er zum Rabenturm zurückkehren wolle. Livdis hatte den Eindruck, der alte Priester sei dort geblieben, um den Plan des Magisters zu vollenden. Wenn Korhlens verstörte Krieger jemals dorthin zurückkehren sollten, würden sie durch das, was sie zu berichten hatten, nur zu noch größerer Verwirrung beitragen und die Aura des Wunderbaren verstärken. Und so wurde das Vorhaben des Magisters auch ausgeführt.

Statt zur Burg kehrten sie über die schlechte Waldstraße geradewegs nach Khish zurück. Niemand näherte sich ihnen, obwohl man dies bei einem Priester, einem Dienstboten, einem watschelnden Zwerg, einem Mädchen, einem Mann auf einem Pferd, der ständig schlief und ebensogut hätte tot sein können, abgesehen davon, daß er atmete und nicht verweste, und lediglich einem Hauptmann auf einem Packtier als Schutz eigentlich hätte erwarten sollen.

Während Anjelen in Khish seinen Geschäften nachging, worin diese auch bestehen mochten, wurde Livdis aufgetragen, Pferde zu beschaffen und vier weitere Männer anzuheuern. Diese holte er sich aus der Garnison (wobei er das Schicksal der Verschwundenen verschwieg). Es waren brave Männer aus niederen Rängen und ohne jede Zukunftsaussichten. Der Magister versprach ihnen Gold und lockte mit dem Ansehen von Chirkess, denn Livdis meinte, daß sie dorthin gehen würden. Er wußte es nicht, und tatsächlich täuschte er sich. Dennoch sträubten sich die auserwählten Männer nicht, noch murrten sie, nachdem sie sich erst einmal in dem feinen Netz verfangen hatten, das sie alle eingesponnen hatte.

Sie folgten der leidlich gangbaren Straße bis zu deren Ende. Inzwischen befanden sie sich in hügeligem Gelände und waren von blassen, grasbewachsenen Treppen umgeben, von deren höchsten man immer noch den unermeßlichen Wald sah, wie ein nicht auszurottendes schwarzes Moos, das immer weiter nach Norden und Osten wuchs. Auf den Hügeln grasten Schafe und Ziegen, und es standen skelettartige Kapellen darauf, die meisten von ihnen verlassen, so daß es häufig geraten schien, dort zu übernachten. Gelegentlich trafen sie auf Priester vom Schlage der Hügelbewohner. Dem Magister gegenüber verhielten sie sich unterwürfig.

Anjelen mußte diesen Weg allein zurückgelegt haben, nur in Begleitung des Schreibers. Andererseits – konnte es nicht sein, daß Anjelen den Schreiber aus

Luft oder Ton erschaffen hatte oder daß er, der Engel Gottes, mit ausladenden dunklen Schwingen über Land geflogen war, um in Khish zu landen?

In Tagträumereien versunken, wie sie sich auf einer solch unwirklichen Reise zwangsläufig ergeben mußten, dachte Livdis an Legenden von Heiligen, Pilgern und anderen Gottesleuten. Vermutlich hatten sie die fleischlichen Genüsse, die ihm gestattet waren, entbehren müssen. (Er paarte sich jeden Abend mit ihr, einmal in einer Kapelle, hinter dem Lettner, bevor die anderen hereinkamen.) Das Heilige und das Profane vermischten sich.

Alle paar Tage rührte das Mädchen eine Art Schleimsuppe an und fütterte damit den Schlafenden. Einen Teil davon schluckte er, und manchmal öffnete er ein Stück weit die Augen, doch dann hatte er den blinden Blick von Menschen, kurz bevor sie ohnmächtig werden oder niesen, und der nichts bedeutete, da sein Geist anderswo weilte.

Im Verlauf einer Woche sprach Anjelen etwa siebenmal mit Evra Livdis. Praktisch einmal täglich.

Nach den Hügeln gelangten sie in flaches Land, und dort gab es zwei Flüsse und ein paar kleinere Städte, geschützt von provisorischen Mauern und Türmen. Livdis kannte keine mit Namen. Er befand sich in einer unbekannten Welt. Eines Abends trafen sie auf fahrendes Volk, das zur nächsten Stadt unterwegs war. Es war ein bunter, lärmender Haufen, Männer mit ausgebeulten Hosen und hohen Stiefeln, mit ärmellosen Umhängen und Überkleidern aus Fell, mit gelb und orange gefärbten Halstüchern und gegabelten oder mit Bändern verflochtenen Bärten. Die Frauen trugen Ohrringe, Halsketten und Armreifen aus Messing und Kupfer, manchmal auch Silberpflöcke in Nasenflügeln oder Lippen. Das Haar verbargen sie unter schwarzen Perücken, und einige hatten die untere Gesichtshälfte verhüllt. Die langhaarigen Ponys, auf denen sie ritten, und die mit Bäumen und dicken, schwarzen Kreuzen bemalten Wagen waren über und über mit Glücksbringern aus verrostetem Metall behängt. An Stangen, um die sie wilde Rosen geschlungen hatten, führten sie Heiligenbilder mit sich, desgleichen eine Unmenge Pferde- und Schafsschädel, um auf Nummer Sicher zu gehen.

Als sie die kleine Schar herankommen sahen, scherzten und lachten sie. Dann, als sie den Priester bemerkten, änderte sich ihr Verhalten. Mehrere Männer saßen ab und näherten sich ihm wie Kinder, damit er sie segnete. Anjelen war zu Pferd, gleichsam *entrückt*, und hob dann und wann die Hand, um inmitten der Schädel und Amulette das Kreuz über sie zu schlagen. Sie wiesen auf ihre rechtmäßigen Heiligenbilder hin, und dann traten die Frauen vor und zeigten ihm ihre Kreuztätowierungen und eine von ihnen ein kleines Silberkreuz, das in einen Schneidezahn eingelassen war. Sie vermochte Gott zu ›lächeln‹, mußte sich jedoch in acht nehmen. Zweimal hatten Feinde ihr diesen Schutz auszuschlagen versucht.

Die Aufmerksamkeit der Fahrenden verlagerte sich nun vom Priester allmählich auf den Zwerg. So als würden sie ihn als einen der ihren anerkennen, bedachten sie ihn mit Gurr- und Kußlauten.

Livdis hatte keine Ahnung, warum der Zwerg bei dieser Reise dabeisein sollte, andererseits verstand er auch sonst nicht viel. Der Zwerg war nicht mehr angeleint und ritt auf einem Pony, das sie in Khish erworben hatten. Er tat überhaupt nichts, blieb nur bei ihnen, saß wie die anderen Männer ab, um Wasser zu lassen, saß wiederum abends ab, wenn sie rasteten, verrichtete die Arbeiten, welche ihm die Soldaten auftrugen, schlief offenbar, wenn auch sie schliefen, und war im Morgengrauen da, wenn sie sich wieder erhoben.

Nun hockte er auf dem Pony, von den gekürzten Gurten und dem Gewirr der Zügel anscheinend ebenso gesichert wie zuvor von der Leine, das nußbraune Gesicht so alt und leer wie die ewige Verdammnis.

Einer der Männer näherte sich dem Zwerg. Der Magister sagte nichts. Nur die vier Soldaten aus Khish richteten sich kerzengerade auf, um ihre Wachsamkeit zu demonstrieren, aber niemand achtete auf sie, nicht einmal Livdis.

Der Fahrende berührte den Zwerg sanft am Schenkel. »Was du machen?« Livdis vermochte den Dialekt kaum zu verstehen, doch der Zwerg zuckte zusammen wie ein Tier, das seinen Namen vernimmt. »Du kommen. Du machen.« Und der Zwerg löste sich vom Pony und glitt herunter, und auf dem Gras, zwischen dem Pferd des Magisters und dem nächstgelegenen Wagen der Fahrenden, wurde er zu einem Bogen, einem Reifen, und rollte über den Boden.

Die Fahrenden lachten und stießen vor Vergnügen schrille Schreie aus. Sie hatten gewußt, daß er zu irgend etwas taugen würde.

Als der Zwerg dem schwarzen Pferd nahe kam, hörte er mit Radschlagen auf, entwirrte seine Gliedmaßen und wurde wieder zu dem Kobold mit dem Buckel. Der Zwerg schaute zum Magister auf, ihm gerade in die Augen, und auch das sah Livdis zum erstenmal. Und Anjelen erwiderte seinen Blick und nickte, die denkbar winzigste Andeutung eines Wiedererkennens. Livdis hatte natürlich keine Ahnung, was das zu bedeuten hatte.

Inzwischen war jedoch noch etwas anderes geschehen.

Ein Mädchen hatte sich aus dem Gedränge gelöst, eine Jungfrau – das dunkle Haar war nämlich ihr eigenes und wurde nur von einem dünnen roten Tuch bedeckt. Sie war zwischen die Pferde getreten und stand jetzt vor dem Schläfer, der in Tagesstellung am Pferd festgebunden war, mit baumelndem Kopf. In Khish hatte man ihn gewaschen, eingekleidet und ihm Haar und Bart gestutzt. Nach annähernd zwanzig Tagen unterwegs war davon jedoch nicht mehr viel zu merken. Wie ein Säugling hatte er im Schlaf keine Gewalt über seine Körperfunktionen, und obschon das Waldmädchen angewiesen war, sich darum zu kümmern (anscheinend hatte sie ihren kranken und fiebernden Vater gepflegt und war in dieser Hinsicht unempfindlich), zeigte er doch alle Anzeichen von Krankheit und Geistesabwesenheit. Nichtsdestoweniger neigte sich das Mädchen vor, um in sein Gesicht zu blicken, das umrahmt von wirrem Haar auf die Erde hinabhing.

»He, du, geh da weg«, sagte Livdis mit fester, beherrschter Stimme. Er wollte die große Schar nicht unnötig reizen und vergewisserte sich aus den Augenwinkeln, wie der Magister sich wohl verhielte, doch dieser blieb teilnahmslos, sah nicht einmal her. Livdis blickte zu einem großen, ungeschlachten Mann, der seinem Schmuck nach einer der Anführer zu sein schien, und sagte: »Ruft sie weg. Unser Kamerad ist nicht gesund.« Der Mann reagierte unverzüglich und rief das Mädchen zu sich. Folgsam entfernte sie sich, als habe sie ihrem Tun keine besondere Bedeutung beigemessen.

Anschließend trennten sie sich wieder von den Fahrenden, die begleitet vom Quietschen der Wagenräder und lebhaften Rufen weiter ihrem Bestimmungsort entgegenzogen.

An der Biegung des breiteren Flusses lag ein verfallener Gasthof, und hier traf die Schar des Priesters Vorkehrungen zur Nacht. Zwei der Soldaten holten ihre Angelschnüre hervor und setzten sich ans Flußufer, um Fische zu fangen, die im Licht der untergehenden Sonne nach Mücken schnappten. Der dritte entfachte auf dem mit Steinplatten ausgelegten Hof ein Feuer, das er mit jungen Bäumen nährte, die zwischen den Steinplatten Wurzeln geschlagen hatten. Der vierte Mann trug mit Livdis zusammen den Schläfer in die Diele des Gasthofs, wo Jascha und der Zwerg ihn auf sein übliches Lager aus Gras und einem Umhang betteten.

So wie jeden Abend entfernte Anjelen sich vom Lager. Livdis hatte ihm einige Male heimlich nachspioniert und gesehen, wie er gebetet und meditiert hatte, während die glatten, schlichten Perlen des Rosenkranzes durch seine langen Finger glitten. Livdis hatte den Priester noch nie zu einem anderen Zweck weggehen sehen. Unwillkürlich fragte man sich, ob er überhaupt Wasser ließ. Die Priester waren es jedoch gewohnt, ein Geheimnis aus sich zu machen und ihr Menschsein zu verbergen. Ein Engel brauchte sich natürlich nicht zu erleichtern. Wenngleich er beim Essen, das er in asketischen Mengen für sich allein einnahm, durchaus wählerisch war.

Die Sonne brannte auf die westliche Flußbiegung nieder und bildete über dem Wasser eine Barriere aus Karneol. Der untere Rand des Himmels war scharlachrot, doch die Kuppel darüber war bereits verblaßt und enthüllte nun ihre enorme, hohle Höhe. Die Tiefe des Himmels behagte Livdis nicht, er bevorzugte die Wolken oder die Tagesfarbe, eher eine Decke als ein Tunnel, von dem alles mögliche herunterfallen konnte. Als Kind allerdings war er aufs Dach geklettert, um die Sterne zu zählen. Damals hatte ihm die Unendlichkeit nichts ausgemacht.

Die Pferde und Maultiere grasten friedlich. Jascha bereitete in einem Kessel einen Eintopf zu, während die beiden Soldaten dasaßen, sich unterhielten und sie sorglos und gleichgültig beobachteten. Auch der Zwerg saß in einer Hofecke, als wollte er für immer dort bleiben. Ein Teil der Fahrenden würde wahrscheinlich auf der Straße vor der Stadt übernachten, und vielleicht würden die Männer hinübergehen und schauen, ob sie eine Frau bekommen konnten – häufig achtete das fahrende Volk streng auf Moral, doch das kam darauf an. Sie würden darum losen müssen, wer hingehen durfte.

Livdis beabsichtigte nicht, heute nacht auf eine Wache zu verzichten.

Der Himmel entfernte sich immer weiter, und die Sterne gingen auf, blasse, weiße Pünktchen ohne jede Leuchtkraft. Ein Fischreiher erhob sich weiter unten am Fluß in die Luft. Vielleicht hatte man ihm ebenso ein Schnippchen geschlagen wie den beiden Soldaten, die nun leise vor sich hin fluchend mit leeren Händen zurückkamen.

Dann näherte sich jemand über die unbefestigte Straße. Die letzten Sonnenstrahlen brannten rot auf ein rotes Kopftuch nieder.

»Das Schätzchen von den Wagen«, sagte der zweite Soldat, der gerade vom Angeln kam.

Livdis war darüber nicht erfreut. Bestimmt hatte sie sich hergestohlen, um ihnen die Zukunft zu weissagen oder um sich zu verkaufen, was einigen von ihnen den Weg ersparen würde, vorausgesetzt, daß sie allen gefiel und nichts dagegen hatte, von einem zum andern weitergereicht zu werden. Doch irgend etwas stimmte nicht mit ihr, mit ihrer Haltung. Außerdem, würde sie nicht ein paar Schwestern mitgebracht haben, um sich die Arbeit und den Lohn zu teilen?

»Die hat irgend etwas vor«, sagte der andere Soldat und sprach aus, was Livdis dachte.

»Ja«, sagte Livdis.

Sie standen vor dem Gasthof und erwarteten sie, und das Zwielicht färbte sich bläulich-grau, beschattete Himmel und Erde. Und das Mädchen verdunkelte sich im Zwielicht, so daß es seltsamerweise immer verschwommener wurde, je näher es kam. Bis es nur noch dreißig Schritte entfernt war, ein Schatten mit einem bleichen, lichtlosen Stern als Gesicht, und das Blut sogar aus ihrem Kopftuch gewichen war.

»Haltet sie auf«, sagte Livdis zu den Soldaten.

Einer von ihnen trat ihr entgegen und versperrte ihr den Weg.

»Wo willst du eigentlich hin?«

Das Mädchen wich ihm einfach aus und ging weiter. Damit hatte der Soldat offenbar nicht gerechnet; er drehte sich um und blickte ihr überrascht nach. Livdis übernahm es nun selbst, sie abzufangen.

Als er ihr gegenübertrat, sah er ihr ins Gesicht. Ihr Blick war verschleiert, als wäre sie betrunken. Sie blieb nicht stehen, darum packte er sie beim Arm.

»Er hat dich gefragt, wo du hinwillst.«

Sie schwankte in seinem Griff, als bewege sich ein Teil von ihr immer noch weiter. Zunächst dachte er, sie würde überhaupt nicht antworten. Dann sagte sie undeutlich: »Dorthin.«

»Wohin?«

»Hierhin.«

Sie meinte den verfallenen Gasthof. Die Unterhaltung war geistlos und doch auf seltsame Weise mit verborgener Bedeutung aufgeladen.

Auf einmal verspürte Livdis den Wunsch, sie loszulassen. Er tat es, und sie ging unverzüglich weiter.

Er folgte ihr im gleichen verbissenen Tempo und sagte zu den Soldaten: »Sehen wir mal, was sie vorhat«, wobei er sich zum Zeichen, was er von ihrer Geistesverfassung hielt, an die Stirn tippte.

Alle drei schlossen sich ihr an. Auf dem Innenhof sahen die anderen beiden Soldaten interessiert von ihrem Würfelspiel auf. Jascha blickte kurz herüber, dann rührte sie weiter in ihrem Kessel. Nur der Zwerg erhob sich, denn seine alten Augen *sahen*. Mehr tat der Zwerg jedoch nicht.

Am türlosen Eingang zum Gasthof blieb die junge Frau stehen. Sie starrte in die Dunkelheit hinein.

»Sie will wieder zu ihm«, sagte einer der Soldaten. »Liebe auf den ersten Blick, Hauptmann!«

Dann trat sie durch den Eingang, und als sie mit der Dunkelheit verschmolz, sah Livdis irgend etwas bläulich aufleuchten.

»Dieses Miststück – sie hat ein Messer!« Der Soldat stürzte durch den Eingang und verschmolz ebenfalls mit der Dunkelheit. Schatten und Schreie wogten durcheinander, etwas fiel klirrend zu Boden, das Mädchen kreischte, und der Soldat fluchte. Er versuchte sie wegzuziehen, doch sie wehrte sich. Livdis trat ebenfalls ins Dunkel des Gasthofs und sah, daß der Soldat mit dem Mädchen einen grotesken Ringkampf aufführte. Er schwenkte vor Livdis das Handgelenk des Mädchens, während sie kreischte und sich heftig wand, was ihm Probleme bereitete. »Seht, sie hat sich die Pulsader aufgeschnitten. Was hat die verrückte Schlampe eigentlich vor …« Und dann durchdrang das Wehklagen des Mädchens die Kampfgeräusche und die Dunkelheit: »Laß mich, laß mich, laß mich …«

Livdis stürzte vor und ohrfeigte sie.

Hinter ihm, im Eingang, sprach Anjelens wundervolle Stimme eine seltsame Litanei.

»Laßt sie los.«

Livdis und der Soldat traten von dem Mädchen zurück, das auf seinen Beinstelzen hilflos schwankte, keuchend, Arme und Hals wie aus Gummi, während an seiner Hand ein wenig Blut heruntertropfte.

»Komm her zu mir«, sagte Anjelen.

Livdis sträubten sich die Rückenhaare. Die Stimme klang, als habe sie in einer Kathedrale gesprochen. Sie hing über ihm, war vom Himmel herabgekommen.

Das Mädchen stakste mit ihren steifen Eisenbeinen auf den Priester zu, von der Hüfte aufwärts geschmolzenes Wachs.

Livdis bemerkte die Silhouette des Priesters im Eingang, ein heftloses Schwert, eine Aussparung im flackernden Zwielicht. Hinter ihm hätte die Welt zu Ende sein können. Denn dort war nichts mehr, nur formlose Leere.

»Was hast du da?« fragte der Engel, packte das Handgelenk des Mädchens und inspizierte es. »Du hast dich an einem Brombeerstrauch verletzt, nicht wahr? Zerreiß dein Hemd und verbinde dich damit. Das hier ist nichts für dich.« Er nahm seine Hand fort, und sogleich riß sie ihr Hemd in Fetzen. Als sie sich den provisorischen Verband anlegte, sagte Anjelen: »Gebt ihr das Messer.« Livdis faßte es bei der Klinge, ging zu ihr und reichte es ihr. Anjelen sagte: »Jetzt nimm das Messer.« Daraufhin nahm sie es und steckte es sich hinter den Gürtel. Jetzt, wo er näher bei Anjelen stand, mochte Livdis ihn nicht anschauen. Da war eine Art Mauer aus fester Luft und dahinter das Nichts. Livdis neigte den Kopf, und Anjelen sagte zu dem Mädchen: »Geh zurück zu deinen Leuten.« Er trat beiseite, und die Luft erweichte, und draußen lagen das Land und der Fluß, und die Sterne leuchteten auf. Das Mädchen trat ins Freie und ging wieder weg, zurück zur unbefestigten Straße.

Livdis hörte sich schwerfällig sagen: »Eine Verrückte, Magister. Euer Exzellenz haben recht gehandelt.«

Anjelen war jedoch bereits vom Eingang verschwunden, und nun vernahm Livdis das Quaken der Frösche am Fluß und roch den Eintopf, den Jascha bereitete.

Er dachte: *Was sie ihm wohl in den Haferschleim hineintut? Vielleicht ihr eigenes Blut?*

Kaum hatte er dies gedacht, schämte er sich des garstigen Gedankens. Livdis trat ins Freie und schüttelte ihn ab, ging zum Feuer, lachte und sagte: »Tut mir leid, Männer. Wenn ihr heute nacht Gesellschaft haben wollt, müßt ihr losen und ein Stück weit reiten.«

Nach etwa fünfzig Tagen hatten sie die Stadt erreicht.

Sie lag jenseits ausgedehnter Flächen bebauten Landes, ein Flickenteppich von Feldern und Obstgärten, wie er auch Khish umgeben hatte, jedoch ins Riesenhafte vergrößert. Tagsüber ritten sie zwischen Kohlfeldern und den verflochtenen Zäunen der Weizenfelder einher. Die Nächte verbrachten sie unter dem Gitterwerk von Apfelbäumen und Weinreben. Die Straßen waren wieder gut, besser als in Khish. Burgen und ein- oder zweistöckige Holzhäuser tauchten auf, denen in anderen Gegenden, die Livdis kennengelernt hatte, ähnlich und unähnlich zugleich. Nichts war gleich geblieben, selbst die Kleidung der Feldsklaven und der Frauen an den Brunnen wirkte seltsam verändert.

Livdis versuchte der endlosen Herausforderung des Neuen tapfer zu begegnen, aber seit dem Zwischenfall mit dem Mädchen war ihm unbehaglich zumute.

Von überallher kamen Menschen, um sich von dem Priester segnen zu lassen.

Der Stadtrand bestand aus weitläufig vorgelagerten Siedlungen. Hinter der Stadtmauer begann eine zusammengezimmmerte Aneinanderballung von Behausungen, die sich allmählich zu Stein verfestigte.

Am Scheitelpunkt einer stinkenden Straße, auf der zerlumpte Wäsche über einem Abwasserkanal zum Trocknen ausgehängt war, erhob sich eine steinerne Kirche. Sie ritten in den Kirchhof hinein, während die Menschen ringsum aus den Häusern strömten, um den Magister zu schauen.

Livdis folgte Anjelen in die Kirche. Darin war es kühl, doch nahe dem Eingang hatte man einige Ziegen untergebracht. Nur der Bereich um den Altar herum war noch geheiligt; die Kirche diente als Hospital und Stall für das angrenzende Viertel. Ein Laienbruder näherte sich ihnen, kniete vor Anjelen nieder und küßte den schmutzigen Steinboden zu seinen Füßen.

Am Nachmittag fuhr eine überdachte Kutsche vor. Der Magister wurde darin weggefahren, zusammen mit dem Schreiber. Die anderen schlossen sich ihnen an, so wie sie waren, doch außer ihnen ritten noch zehn Kathedralenwächter mit, gekleidet in Scharlachrot, Schwarz und Gold, mit goldenen Knöpfen an den Helmen und überall geschmückt mit dem gestielten Kreuz in geprägter, gestickter und getriebener Form.

Sie klapperten über die verdreckten Straßen, vorbei an Schlachthöfen und Abdeckereien, bis sie in die besseren Viertel gelangten und das aus Stein erbaute, unter einem grellen Himmel vom brütenden Hitzedunst entstofflichte Stadtzentrum erblickten.

Anjelen verschwand zusammen mit dem Schreiber, den Kisten, Mechail und – vielleicht als Kuriosität gedacht – dem Zwerg in der marmornen Kathedrale. Auf einem Hof wurden die vier Soldaten aus Khish ausbezahlt und ihrer Platzangst überlassen. Livdis brachte man in einem Haus unter, das der Kirche gehörte und einige hundert Fuß unterhalb der Kathedrale gelegen war, wo er von fremden Dienstboten und Jascha empfangen wurde, die er gar nicht einmal bedingungslos wollte.

Was hatte Anjelen kurz vor der Vision zu ihm gesagt? *Tod oder Leben*? Etwas derart Simples hatte es bestimmt nicht bedeutet, und es war sicherlich keine bloße Drohung gewesen. Anjelen hatte in ihm etwas Besonderes gesehen.

Livdis tröstete sich mit Jascha, gewöhnte sich an sein jetziges Leben, das nur von kurzer Dauer sein würde. An den Schläfer oder an das Mädchen, von dessen Handgelenk Blut getropft war, dachte er nicht. Er rief sich in Erinnerung, daß er dem Priester etwas bedeutete.

Der Markt, auf dem Jascha ihre Nahrungsmittel einkaufte, lag am Ufer eines mächtigen braunen Flusses, der jeden anderen, dem sie unterwegs begegnet waren, an Breite übertraf.

Das Stadtzentrum bestand aus Stein, aus zahlreichen, auf einer Terrasse errichteten Gebäuden, welche die sich meilenweit im Umkreis erstreckenden Lehm- und Holzbauten überragten. Im Zentrum ragten Zinnen und grünspanüberzogene Zwiebeltürmchen in den Himmel, und wo der Fluß die Terrasse durchschnitt, spannten sich breite, mit geschwärzten Statuen besetzte Brückenbogen. Anschließend senkte sich der Fluß zur Stadt hin ab und brachte an seiner flachsten Stelle Fischerboote und Lastkähne mit schräggestellten Segeln zum Markt.

Die Holzstadt war mit Schnitzereien verziert und farbig bemalt. Im Sommer fing sie bisweilen Feuer, was jedesmal eine Panik zur Folge hatte. Überall waren Kirchen, bemalte Holzkirchen und Kirchen aus Stein und die gewaltige marmorne Kathedrale auf der zentralen Terrasse. Abends, morgens und um Mitternacht läuteten Glocken. Die Nächte waren erfüllt vom Lärm der Zecher und Straßenmusikanten und dem Klappern von Wagen und Karren. Dieser Krach war ganz anders als die ständigen Geräusche des Waldes, der Blätter und der Tiere, die nachts jagten.

Jascha hatte schon öfters Leichenzüge gesehen, sowohl tagsüber als auch nachts. Hinter dem Bezirk, in dem Livdis wohnte, lag ein Friedhof. Gedungene Klageweiber, die ihre Arme schwenkten und spitze Schreie ausstießen, begleiteten jede Bahre wie Krähen. Ein Priester sprach Gebete, die im Geschrei untergingen. Vor ihm, an der Spitze der Prozession, schritt ein Mann, der das langstielige Kreuz der Heiligen Kirche hochhielt. Handelte es sich um ein Begräbnis reicher Leute, war das Kreuz mit Gold und Edelsteinen verziert, und die Klageweiber erschienen in Scharen. Häufig war das Kreuz aus Holz, der Priester, der aus einer der bemalten Kirchen kam, trug grobes Garn, und es gab nur zwei oder drei Klageweiber, deren Schreie vor Anstrengung heiser waren.

Auf dem Markt bahnte sich Jascha, die in Begleitung des männlichen Bediensteten war, einen Weg zwischen dem aufgehäuften Gemüse und den menschlichen Haufen der Bettler und Aussätzigen hindurch. Unwissend erkundigte sie sich nach Fisch, denn der Fisch wurde über den Fluß herangeschafft, war in Salz eingelegt und schmeckte ganz anders als alles, was Jascha bislang gekannt hatte.

Draußen auf dem Fluß lag ein Schiff, das zu groß war für das Hafenbecken. Jascha blickte zu dem Schiff mit den baumhohen Masten und den gerefften mattroten Segeln hinüber. Einen Moment lang hatte sie das Gefühl, sie befände sich an zwei Orten gleichzeitig, hier in der Stadt und wieder im Wald. Wie kam das? Während sie dastand und in sich hineinhorchte, stimmte eine Frauenstimme ein wortloses Lied an, und es war, als ginge die Sonne auf.

Jascha blickte sich um. Das Lied war außergewöhnlich, unbeschreiblich – doch niemand nahm davon Notiz, und der Diener stand taub da und zupfte an seinen Nägeln.

In einiger Entfernung bemerkte Jascha ein etwa gleichaltriges Mädchen, das auf einem Ballen saß. Den von einer Kapuze verhüllten Kopf hatte sie zurückgeneigt. Aus ihrer Haltung schloß Jascha, daß sie es war, die sang.

Livdis' domestizierte Kurtisane wandte ihr Reptiliengesicht und ihren schlanken Körper ganz in die Richtung, aus der die Stimme kam, sie bewegte sich impulsiv und fließend, so wie stets, wenn sie erregt war. Sie dachte an nichts anderes mehr als an den Erdhaufen im Wald, bei dem sie in ihrer frühen und ganz normalen Kindheit manchmal mit einer Puppe aus Kiefernzapfen und Schilfgras gesessen hatte.

»Schöne Fische«, sagte ein Mann und stieß Jascha an, ohne zu erkennen, daß etwas ganz anderes Gewalt über sie hatte als gewöhnliches Kaufinteresse. Sie wäre an ihm vorbeigestürzt – doch wie ausgelöscht von seinem prosaischen Ansinnen, war das unwirkliche Lied verstummt. Das Mädchen mit der Kapuze schien zu verschwinden, als werde eine hauchdünne Oberfläche beiseite geklappt.

»Fische, Fische«, drängte der Fischverkäufer. Jascha

betrachtete ihn abschätzend, kaufte und reichte das stinkende Paket ihrem Diener. Mehr konnte sie im Augenblick nicht tun.

»*Er* wird sich bestimmt freuen«, sagte er.

Jascha schenkte ihm ebensowenig Beachtung wie dem Phantommädchen, das sich verflüchtigt hatte.

Wegen Livdis, der nicht immer über die Fischmahlzeiten erfreut war, machte sie sich keine Gedanken. Heute abend würde er gute Laune haben, so wie stets, wenn Anjelen ihn aufgefordert hatte, ihn auf irgendeinem Ausflug zu begleiten. Anscheinend beschränkten sich die Pflichten des Hauptmanns zumeist darauf, in Vorzimmern, Refektorien und in der Kathedrale zu warten. Livdis erzählte trotzdem ständig von seinen Abenteuern und redete sich hartnäckig ein, er sei für den Magister unentbehrlich. Mechail hatte er kein einziges Mal erwähnt, anscheinend wußte er nicht, was aus ihm geworden war.

Am Rande des Marktplatzes blickte sich Jascha nach der Stelle um, wo sie die Sängerin zu sehen gemeint hatte. Dies sah Jascha gar nicht ähnlich. Sie hätte nicht sagen können, warum sie es tat, außerdem waren die Ballen verlassen, und die Luft war erfüllt von unmelodischen Geräuschen.

Jascha dachte statt dessen an das dreifache Bild von Mechail, das ihr hin und wieder in den Sinn kam. Da war einmal der Menschenwolf an der Quelle, dann der nackte Mann am Bachufer, den sie gewaschen hatte (seinen unverhüllten bleichen Leib mit dem schwarzen Dreieck der Haare, auf dem der Penis ruhte, der sich unter ihren waschenden Händen manchmal kurz versteifte. Aufgewacht war er jedoch nie. Über dem Herzen hatte er eine furchtbare Narbe). Und dann war da ein Mechail, der in einer dunklen Kammer lag, dem sich Gestalten näherten, die ihn wuschen oder fütterten, wie sie es getan hatte. Sie bewegten sogar seine Gliedmaßen, selbst den verkrüppelten linken Arm. Dieses letzte Bild von Mechail beruhte auf ihrer ausgeprägten Vorstellungskraft. Sie sprach nie davon, sann nie darüber nach. Nur einen Augenblick lang wunderte sie sich auf der Straße, die zu ihrem Haus hinaufführte, warum sie die drei Bilder von Mechail, die geschauten und das in ihrer Phantasie entstandene, mit dem Gesang auf dem Markt in Verbindung gebracht hatte, der hinter Bettlern und schrumpeligem Obst hervor an ihr Ohr gedrungen war.

»Läßt man Euch warten, Magister?«

Anjelen hob den Blick von der Bibel in die vertraute Kathedrale. Auf ihre Art war sie recht hübsch, aber die Verzierungen waren ein wenig primitiv, und an der Decke fehlten Edelsteine.

»Leben heißt warten, Abt. Auf diese Weise lernen wir, uns zu gedulden.«

»Gewiß. Ich wollte damit nicht sagen … Ihr wißt doch, Magister, daß wir ganz zu Eurer Verfügung stehen. Treue Diener des Ordens unter der Führung Gottes.«

Der Abt, ein rundlicher Verwaltungsmensch, berührte sein silbernes Kruzifix und verneigte sich. Sein Kopf war wegen der Hitze kahlrasiert, und wenn er in die Stadt ging, trippelte ihm ein Knabe voraus und schwenkte ein Rauchfaß mit wohlriechenden Kräutern. Der Abt hatte sich nie nach dem jungen Mann erkundigt, der wie ein Toter in einer Kammer von Anjelens Wohnung lag, ebensowenig wie nach den Kirchendienern, die zu seiner Pflege abgestellt waren, oder dem Zwerg in der Ecke. Er hatte getan, was der Magister von ihm verlangt hatte, und er würde auch weiterhin seine Pflicht gewissenhaft erfüllen. Selbst seine unsichere und sinnlose Bemerkung (jede Art von Beförderung brauchte Zeit) war wohl eher als Ausdruck des Bedauerns gemeint gewesen, als ein Versuch, sein Mitgefühl zu bekunden; schlimmstenfalls war sie ein Zeichen von Neugier.

Anjelen, der Engel, war diesen Männern, ihren Schwächen und Launen, um Jahrhunderte voraus. Vielleicht hatte er den Abt aus Formgründen zurechtgewiesen, so wie ein Priester es einem Untergebenen gegenüber tun mochte. Der Mensch, ein Universum für sich, bedeutete Anjelen jedoch ebensowenig wie eine Laus, die über eine ferne Galerie krabbelt.

»Dieser verfluchte Salzfisch – fällt dir nicht mal was Besseres ein? Ich sollte dich schlagen...« Die Magd kauerte hinter der Tür und rang die Hände, während Jascha ihren erzürnten Soldaten am Holztisch bediente. »Nun, was hast du zu sagen?«

»Ich mag Salzfisch.«

»Das weiß ich. Und wer bezahlt dafür? Soll ich dir zuliebe von dem elenden Zeug krank werden, du Waldschlampe?«

Nach zehnstündigem Warten in der Kathedrale hatte man ihn ohne jede Entschuldigung wieder heimgeschickt. Anjelen hatte ihn nicht zu sich rufen lassen. Die ganze Warterei war umsonst gewesen. Und jetzt das.

»Habe ich nicht diesen Kerl kommen lassen, damit er deinen Weinstock schneidet und die Erde umgräbt? Kannst du nicht irgend etwas anpflanzen?«

»Es gibt auch Kohl, hier.«

Livdis erhob sich mit finsterem Blick. Anjelens Verhalten hatte ihm das Gefühl vermittelt, dieser spiele mit ihm wie mit einem Käfer, den man irgendwo herumkrabbeln läßt, und dies wollte er sich nicht eingestehen. Er wollte Jascha in ihr häßliches Gesicht schlagen – Anjelen hatte ihm Jascha schließlich überlassen, eine Art von Heirat. Auf einmal war es Livdis einerlei, ob er sie schlug.

Draußen kam gerade wieder ein Leichenzug vorbei, begleitet von Kreischen und Heulen und von winselnden Flöten. Die Sonne war schon untergegangen, doch andererseits hatte es solche Prozessionen auch schon um Mitternacht gegeben. War dies der Grund, warum man ihm das Haus zugewiesen hatte? Weil davor ständig ein Höllenspektakel vollführt wurde?

Livdis stieß nach Jaschas Arm, und der Schöpflöffel schwang herum und verteilte Fischpartikel auf ihrem zweiten grünen Kleid. (Er hatte dafür bezahlt, für den Stoff und die Nadeln.)

Der Lärm des Leichenzugs war sehr laut, und der Versuch, sich zu unterhalten, wäre lächerlich erschienen, selbst im Streit. Jascha stand mit dem Schöpflöffel da, die Magd schnatterte in der Tür, und unten schnarchte der Dienstbote auf seiner Pritsche. Livdis horchte auf den Leichenzug.

So daß der neue Ton, als die Kakophonie nachließ, sogleich an sein Ohr drang, ihn überraschte und verwirrte. Unwillkürlich wandte er den Kopf, so wie Jascha zuvor auf dem Markt. Eine Frauenstimme von eigenartiger Fülle, voller Musikalität, sang eine hohe, wortlose Abfolge von Tönen. Das Heulen entfernte sich. Der wundervolle Gesang blieb zurück.

»Das ist eine Bettlerin vom Markt«, sagte Jascha.

Livdis ging zum Fenster und stieß die Lade auf. Als er hinuntersah, erblickte er in der Dunkelheit der Straße eine Frau, die ihre Arme auf seltsame Weise erhoben hatte, so daß sie an eine Heugabel erinnerte, wobei der mittlere Zinken ihr von einer Kapuze verhüllter Kopf war. Auf ihre untere Gesichtshälfte fiel von irgendwoher Licht, und als sie den Mund weit öffnete, um mit ihrem wundervollen Lied fortzufahren, war darin nichts als Schwärze. Sie hatte weder Zähne noch Zunge.

Livdis wandte sich vom Fenster und von der Nacht ab. Er war sich bewußt, etwas Furchtbares gesehen zu haben, etwas den Schrecken einer Schlacht oder einer schlimmen Krankheit Vergleichliches. Er wollte nicht wissen, was es war. Er verdrängte es.

»Wirfst du ihr eine Münze hinunter?« sagte Jascha.

Er fand, daß sie durchtrieben aussah. Lächerlich.

Doch das Lied hatte aufgehört. Er blickte noch einmal hinunter, und es war niemand mehr da.

Das Schiff zerteilte im Morgengrauen die Fluten, und alles wich ihm aus. Selbst das große Schiff vom Vortag, das über das Wasser geherrscht hatte, beeilte sich, ihm Platz zu machen.

Das neue Schiff ragte massig aus dem Wasser auf, es war voll betakelt, und die sich im Takt bewegenden Ruder brachten es lautlos näher, ein Schatten hinter dem gehörnten Balkon des Bugs, der das Maul eines Meerestieres war, eines Leviathans, aus dessen versteinerten Dornen sich das Kreuz des Herrn und der Heiligen Kirche erhob, schwärzer als der Westen noch vor einer Stunde und so hoch wie ein Haus.

Das Treibgut des Hafens gab ihm seinen Namen: *Schiff Gottes*. Ein Trupp Sklaven erwiderte teilnahmslos die Blicke der Zuschauer. Zu groß, um sich dem Ufer zu nähern, ließ das Schiff Gottes ein schwarzes Boot zu Wasser, das an den Kai gerudert kam.

Man hielt Abstand von dem gewaltigen Schiff und seinem Beiboot. Am Vormittag räumten Wachen aus der Kathedrale den Kai. Man munkelte, das Schiff nehme Passagiere an Bord.

Zu Mittag, als die Sonne wie festgenagelt im Zenit über den weißen Segelbahnen stand, deren jede ein schwarzes Kreuz trug, manövrierte das Schiff aus eigener Kraft und wühlte das Wasser auf. Und als sich die Wogen wieder glätteten, zog es hinter dem Leviathan-Bug und dem haushohen Kreuz von dannen, unterwegs dorthin, wo der Salzfisch herkam und was sonst noch alles.

Düstere Schatten schwankten in der von Kerzen erhellten Kabine, die zu Anjelens Kammer geworden war. Er war überall zu Hause, dachte der Soldat, als er vor ihm stand, benommen und unsicher auf den Beinen, was von der leichten Seekrankheit kommen mochte, welche die Schiffsbewegungen bei ihm ausgelöst hatten. Er und die Frau schliefen unter einem Sonnenzelt an Deck. Die Schiffsbesatzung wuselte lautlos herum, bediente Ruder und Segel, säuberte das Schiff, bereitete das Essen. Zwei Tage waren vergangen, und nun war es wieder Nacht. Vor einer Stunde war der kupferfarbene Sonnenball im Fluß untergegangen. Flaches, gewelltes Land breitete sich um sie herum aus, die Weizenfelder und Weinberge der Stadt wurden seltener, und am Horizont begegnete die Erde dem Himmel.

Seit dem Anbordgehen, bis zu diesem Moment, hatte Livdis seinen Herrn weder gesehen, noch war er zu ihm gerufen worden. Jascha hatte sich nicht einmal um den Schläfer kümmern müssen, der in einer kleineren Kabine ganz in der Nähe lag. Inzwischen wurde Mechail vom Zwerg versorgt, den man in der Stadt offenbar geschult hatte.

»In Kürze«, sagte Anjelen, der vor ihm saß (Anjelen, der inmitten der Veränderungen stets der gleiche blieb), »werden wir an einem Dorf vorbeisegeln.«

»Ja, Magister?«

»Ein stattliches Dorf mit einer ordentlichen Straße, die zu ein, zwei Städten führt. Vielleicht gibt es dort auch Pferde. Ihr könntet von dort aus die Städte erreichen.«

»Was soll ich für Euch tun, Euer Exzellenz?« fragte Livdis. In dem Moment, als er es ausgesprochen hatte, begriff er alles.

»Ja«, sagte Anjelen. »Ihr habt mir brav gedient. Ihr werdet feststellen, daß ich mich angemessen erkenntlich zeige.«

»Ihr wollt mich wegschicken.«

»Ausbezahlen.«

»Aber, ich dachte...« Livdis faßte sich. Er nörgelte wie ein Mädchen, das statt mit der versprochenen Ehe mit dem Bett abgespeist worden war. »Ich habe geglaubt, Euer Exzellenz hätten mich als Leibwächter eingestellt, auf Dauer.«

»Wie kommt Ihr darauf?« fragte Anjelen.

Es war sinnlos. Livdis' Enttäuschung schmerzte beinahe körperlich. Er fühlte sich betrogen. Zusammen mit der Übelkeit machte ihn das rasend. Er suchte in seinem Innern nach dem Zauber des Waldes, nach den Worten, die ihm dort zugeflüstert worden waren – Anjelen hatte doch bestimmt eine Aufgabe für ihn?

»Ich habe in Khish auf eine gesicherte Existenz verzichtet«, sagte Livdis. Er klang jetzt drohend und bockig. »Ich habe geglaubt, Euer Exzellenz hätten – wie soll ich sagen? – einen *Plan*. Irgendein Ziel. Für das Ihr die Unterstützung verläßlicher Männer suchtet, einen Hauptmann, dessen Erfahrung Euch dabei von Nutzen sein könnte. Das habe ich gedacht.«

»Tatsächlich?«

»Und jetzt sagt Ihr, Ihr wollt mich im nächsten flohzerbissenen Nest absetzen, mich loswerden. Monate von meiner Heimatstadt entfernt.«

»Das hat Euch früher keine Sorgen gemacht, Hauptmann.«

»Ich habe gemeint, daß es mir zum Vorteil gereichen würde, Euer Exzellenz.«

»Das wird es.«

Anjelen deutete auf den Tisch. Darauf stand ein Kästchen. Livdis hätte am liebsten nur einmal kurz hingesehen. Andererseits interessierte es ihn aber auch, wie hoch der Engel seinen Wert veranschlagen mochte. Darum trat er näher, klappte den Deckel auf und nahm den Lederbeutel heraus, der sehr schwer war. Als er die Schnur gelöst hatte, stellte er fest, daß Silber- und Goldstücke darin waren. Eine äußerst großzügige Bezahlung. Eigentlich hätte er froh sein und seinen Abschied nehmen sollen. Doch er verharrte mit dem Beutel in der Hand. Nach dem Vonbordgehen sah er nur

Leere vor sich. Er vermochte sich nicht vorzustellen, was aus ihm werden würde, wenn er Anjelen verließ. Und wenngleich ihn eine solche Leere früher ebensowenig geängstigt haben würde wie die sinnlose Zeit in Khish, wollte er nicht mehr in diese Wüste zurückkehren. Er wollte nicht wieder ein Niemand sein.

Und leichthin hörte er sich sagen: »Stellen Euer Exzellenz mich etwa auf die Probe? Glaubt mir, wenn ich einem Mann mit Format begegnete, dann würde ich lieber bei ihm bleiben und das Geld im Schrank lassen. Ihr habt gesehen, wie ich Euch gedient habe. Ohne Fragen zu stellen. Und es gingen wahrlich seltsame Dinge vor.«

Und Anjelen sagte mit seiner wundervollen Stimme: »Ihr verfügt über ein gewisses Maß an seherischer Kraft, Hauptmann, die Euch in die Lage versetzt hat, mehr wahrzunehmen als die anderen. Allerdings über ein sehr beschränktes Maß. Ansonsten weiß ich Eure Loyalität aufrichtig zu schätzen.«

»Nein, nein, Ihr seid auf irgend etwas aus, Euer Exzellenz. Das spüre ich. Ihr verfügt über große Macht. Behaltet mich. Ihr werdet es nicht bereuen.«

»Ihr zieht es vor, mir zu folgen, anstatt Euren Lohn einzustecken und anderswo Euer Glück zu versuchen.«

»Ich *werde* Euch folgen, Euer Exzellenz.« Livdis grinste. Das Wissen darum, daß man ihn auf die Probe gestellt und daß er sie bestanden hatte, stimmte ihn euphorisch. »Wo segeln wir hin? Zu irgendeiner religiösen Hochburg? Nach den Gerüchten am Kai will es mir so scheinen. Wohlan, ich bin Euer Mann.«

Anjelen stand auf. Er ging zur Kabinentür und öffnete sie. Die Nacht war durchzogen vom schimmernden Band des Flusses, und als das Kerzenlicht der Kabine ins Freie strömte, antwortete ihm der Halbmond über der Ebene.

»Da ist das Dorf, Hauptmann. Flußabwärts, kaum eine Meile vor uns.«

Und als gäbe es eine heimliche Übereinstimmung der Symbole, bemerkte Livdis einen Ameisenhaufen von Häusern, eine bedeutungslose Ansammlung trüber Lichter.

Livdis erinnerte sich an die zungenlose Frau, die vor dem Stadthaus gesungen hatte. Sie war ein Vorbote der Reise gewesen, geschickt, um ihn zu warnen. Ihr Gesang war von Worten unbelastet gewesen.

»Gott segne dieses Dorf«, sagte Livdis. Er war stolz auf seine Schnodderigkeit. »Aber ich habe gesehen, wozu Ihr imstande seid. Vielleicht habe ich auch einen flüchtigen Eindruck davon bekommen, wer Ihr *seid*, Magister. Sollen andere Männer Euer Gold nehmen, aber gebt *mir* die Gelegenheit, Ruhm zu erwerben.«

»Oh, Ruhm ist es nicht, was ich Euch biete«, sagte Anjelen. Er wandte sich um, und einen Moment lang vervollständigte sein bleiches Profil die Sichel des Mondes. Dann hatte sich die Tür geschlossen. Die Nacht und das Dorf waren ausgesperrt.

Livdis stand dem Magister gegenüber, nur eine Türbreite von ihm entfernt.

In diesen Sekunden versuchte Livdis, Anjelen, dem Engel Gottes, ins Herz zu blicken, und vermochte es nicht. Denn die Augen des Engels löschten alles andere aus.

»Da Ihr Euch weigert, meinen Dienst zu verlassen«, sagte der Engel, »bleibt mir nichts anderes übrig, als statt dessen Eure standhafte Beharrlichkeit zu belohnen.«

Nun geschah etwas, das Livdis niemals für möglich gehalten hätte.

Der Magister beugte sich vor, legte seine kühlen Lippen auf Livdis' Mund und seine rechte Hand auf Livdis' Herz.

Der Kuß dauerte nur kurz. Der trockene, weiche Mund war kaum wirklich. Von der Hand ging Wärme aus, dann wurde sie gleich wieder zurückgezogen – nur die prickelnde Wärme blieb zurück. Livdis blickte den Engel an, der daraufhin zurücktrat und zwischen den Kerzen zu einem Spalt aus Dunkelheit zu werden schien.

Dort, wo der Priester ihn berührt hatte, brannte es wie Feuer, und darunter raste und stolperte sein Herz.

Abermals versuchte Livdis zu sprechen, schaffte es jedoch nicht. Er konnte wirklich nicht mehr sprechen.

Etwas anderes geschah, das sich vom ehrfürchtigen Schauer, den der Kuß ausgelöst hatte, unterschied. Das Wunderbare verzerrte sich – was war bloß los? Aus Livdis' Mund kam ein feuchter Laut, eine Art Rülpser – der ihn erschreckte ...

Er *fürchtete* sich. Der Schatten des Engels verlief wie schwarze Tinte, und zu beiden Seiten schwollen die Flügel aus Licht an, und durch diese insektenhafte, verflüssigte Gestalt hindurch bohrte sich ein scharlachrotes Auge.

Der scharlachrote Bolzen steckte in seiner Brust, in Livdis' Brust, er verbrannte ihn und stach in ihn hinein – er preßte beide Hände auf die Stelle, wo Anjelen ihn berührt hatte, und einen Moment lang versengte eine furchtbare, unvorstellbare Hitze seine Handflächen, ehe sein ganzer Körper vergaß, daß Fleisch etwas anderes war als Feuer.

Der Soldat versuchte zu schreien, aber aus seinem aufgerissenen Mund schoß nur ein Strahl kochenden Bluts über die geschwärzte, blasige Zunge hinweg. Aus dem Kettenhemd aus Khish, das sich wölbte und so weich wie Talg geworden war, platzten unterhalb des Herzens drei verschmorte Rippenbögen hervor. Die Gestalt, die einmal Livdis gewesen war, fiel um, mit zappelnden Beinen, während glühendheiße, dampfende Körperflüssigkeiten aus ihm hervorsickerten und -spritzten und die Beine eines Holztisches benetzten, worauf diese sich weiß färbten.

Kurz darauf sackte der Kadaver mit einem leisen Zischen in sich zusammen. Er war ausgebrannt.

Anjelen begab sich daraufhin an Deck, und drei Sklaven betraten die Kabine, schlossen hinter sich die Tür.

Unter dem Sonnensegel saß Jascha und nähte im Mondschein an einem Kleid.

Anjelen blickte im Vorbeigehen flüchtig zu ihr hin.

Doch Jascha sah nicht von ihrer Arbeit auf, nahm nichts wahr um sich herum. Heute nacht würde sie allein schlafen, als hätte sie dies immer schon getan. Und am Morgen würde sie ebenfalls allein sein, als wäre sie es immer schon gewesen.

9. Kapitel

DORT, WO DER FLUSS ins Meer mündete, stieg das Land allmählich zu einer Bergkette an. Am Fuß der Berge, die, wenn sich der Herbst dem Winter entgegenneigte, wie aus Blei schienen, erstreckte sich steiniger Boden bis ans Wasser.

Das Meer prallte gegen das Land. Bei Sturm kämpften schaumige Brecher gegen die Ufer der Flußmündung an. Unablässig wechselten die Gezeiten.

An ruhigen Tagen war das Meer hinter den bleiernen Bergen und den Stränden voller grauer Kiesel blau und braun, und der Himmel war blau und weiß, voller monumentaler Wolken.

Wenn es hell wurde, stieß der Osten die Sonne aus dem Ozean empor. Die Tage waren kurz, denn die Berge verschluckten sie vorzeitig wieder.

Die Küste jenseits des Mündungsgebiets, der Strand zwischen der festen, unverrückbaren Höhe und der flüssigen, unbeständigen Tiefe, ruhte in der Stille des unaufhörlichen Lärmens.

Dann gelangte man an eine Stelle, wo sich ein Felsausläufer durch eine öde Sandfläche bis ins Meer erstreckte. Der Sand war so schwarz wie Kohlenstaub. Er war aus schwarzen Muscheln entstanden; er glitzerte und enthielt kleine, messerscharfe Scherben. Die Möwen, die sich hin und wieder dort niederließen, mußten einen Blutzoll entrichten.

Zweimal täglich zog sich das Meer vom Vorgebirge und dem schwarzen Strand zurück, und zweimal kehrte es wieder und bedeckte beide. Um diese Jahreszeit lagen der schwarze Strand und der Fels bei Sonnenaufgang und in der unterschlagenen Abenddämmerung bloß, und es war möglich, wenn man es denn wollte, zu dem Bauwerk zu gelangen, als dessen Fundament Gott das Vorgebirge erschaffen zu haben schien.

Das Christerium wirkte wie ein Tier, das mit zwei untergeschlagenen Tatzen (dem vorgelagerten Tor) auf dem Fels ruhte, und sein massiger Rundturm mit dem gewölbten Dach war der erhobene Kopf. Das einzelne Auge, ein seewärts blickendes Fenster von gewaltigen Ausmaßen, glaslos, jedoch reich mit Gitterwerk verziert, war tagsüber blind, aber gelb bei Nacht und spiegelte sich dann weit unterhalb im Wasser wider, das gegen den Fels anbrandete.

Seine zweite Geburt, seine Wiedergeburt als Mensch, begann mit Schmerzen: mit Schmerzen in den Augen, im ganzen Körper, besonders im linken Schultergelenk und im oberen Teil des Rückens. Der Schmerz wurde auch von einem Geräusch begleitet, einem ständigen und allgegenwärtigen Krachen. Dies war das Meer, doch das wußte er nicht.

Das Licht stach wie Messer in seine Augen.

Er erinnerte sich wieder, wußte alles. Wie zuvor das Meer überschwemmte ihn nun die Vergangenheit mit unglaublichen, unentrinnbaren Erinnerungen, schlug über ihm zusammen und riß ihn mit sich in die Tiefe. Er war Mechail Korhlen. Er hatte gelebt und war gestorben. Er war der Wolf im Wald, im splitternden Eis. Die Gebärmutter aus Eis war zerbrochen, und er war herausgekommen, heulend, lauter schreiend als die Fluten des Meeres …

In einem schmalen Raum, der geschmückt war mit fünf an der Wand aufgehängten Schwertern und mehreren mit Eulen, silbernen und goldenen Reihern, mit Sonnen und Monden auf schwarzem und rotem Grund bemalten Schilden, neigte der hagere Priester den Kopf wie eine Seemöwe beim Trinken.

»Magister, wir waren gezwungen, ihn zu fesseln.«

»Womit?«

»Wie Ihr vorgeschlagen habt. Mit Ketten.«

Der hagere Priester hob den Kopf. Er gehörte der Bruderschaft des Christeriums an, der Kolonie der schwarzen Ameisen.

Der Magister stand vor ihm, und seine Kleidung war nun dem Christerium angemessen.

»Schreit er noch immer?« fragte Anjelen mit gefestigter Sanftheit. Hinter ihm wiesen die purpurnen, orangefarbenen, blauen und koschenilleroten Glasscheiben eines Fensters, das sein Körper in Brand gesteckt zu haben schien, nach Westen.

»Inzwischen weniger, Magister. Ihm versagt allmählich die Stimme. Jetzt brüllt er schon zwei Tage und eine Nacht.«

»Gebt ihm Wasser, wie ich Euch gesagt habe.«

»Wir haben ihm Wasser angeboten, auch die Schleimsuppe und die Brühe. Er stößt sie mit dem Kopf weg, wie ein Tier.«

»Ich sehe Euch morgen mittag wieder.«

»Sehr wohl, Magister.«

Der hagere Priester ging hinaus. Anjelen trat vom Fenster zurück, worauf dessen Bild wiederhergestellt wurde: ein Baum mit brennenden Früchten, um den sich eine Schlange mit weiblichen Brüsten und dem Kopf einer Katze gewunden hatte.

Anjelen war weiß gekleidet, mit einer von Goldstickereien verzierten Jacke, einer weißen Bundhose und Stiefeln. Das Kruzifix aus Lack mit dem funkelnden Rubin hing über seiner Brust, und an seinem linken Arm trug er einen Armreif, der an einen aus Silber und Stahl bestehenden Rückenschild einer Schildkröte erinnerte, mit einem Dolch darin. Eine längere Klinge, ein Schwert, hing an seinem Gürtel aus weißem Leder, in einer schwarz und scharlachrot gemusterten Scheide, die mit goldenen Zeichen besetzt war, darunter Sterne, ein Fuchskopf, ein Rad.

Das bunte Glasfenster färbte Anjelens Kleidung und Haut. Er ging unter den Schwertern und Schilden hindurch und betrat einen weiteren, größeren Raum mit einer mit Balken versehenen Decke. Darin standen Truhen und Schränke. Auf Tischen lagen Bücher, eine von Messinggewichten beschwerte Landkarte, ein Löwenschädel, die Kristallkugel. In einer Ecke senkte eine turmförmige Wasseruhr einen goldenen Mond in den Abend hinab. Ein weiteres Fenster, malvenfarbig und giftgrün, zeigte einen Engel, der auf einem geflügelten wolfsähnlichen Wesen ritt, das jedoch Hörner hatte.

In dem düsteren Zimmer verdunkelte sich Anjelens Gestalt. Er bewegte sich umher, berührte hier und da flüchtig einen Gegenstand, dann nahm er unvermittelt auf einem mit Schnitzereien verzierten Stuhl Platz. Ein ähnlicher Stuhl hatte sich in der Burg der Korhlen in Nilyas Besitz befunden.

Das Fenster trübte sich.

Anjelen sprach, worauf sich die Dochte der drei Lampen auf den Tischen entzündeten. Dies war keine Zauberei, sondern Wissenschaft. Ein austariertes Gewicht wie das in der Uhr, das für die speziellen Schwingungen sechs bestimmter Wörter empfänglich war, verlagerte sich und schlug auf Zunder. Er hatte etliche Stunden seines Lebens darauf verwandt, den Trick zu vervollkommnen. Es gab viele Rituale, einige von ihnen nützlich, andere nicht, die neben seiner großen Leidenschaft einen winzigen Platz einnahmen und sie unterstützten, so wie die Lobpreisungen Gottes dessen Ruhm mehrten.

Nachdem seine Stimme versagt hatte, war die qualvolle Wiederherstellung seiner geistigen Zurechnungsfähigkeit nur noch eine Angelegenheit von Stunden. Instinktiv hatte er das gewußt, und darum hatte er gebrüllt und geschrien, geflucht und getobt, so lange er dazu in der Lage gewesen war. Währenddessen war er wahnsinnig, manchmal sogar bewußtlos oder nur teilweise wach.

Das Bewußtsein kannte jedoch kein Mitleid. Seine Kehle riß, und aus seinem Mund sickerte Blut. Er wurde ohnmächtig, und als er wieder zu sich kam, konnte er nur noch flüstern.

Man hatte ihn in der düsteren Zelle, die er niemals anschaute, an die Wand gekettet. Die Ketten hielten seine Arme seitlich gestreckt, nur wenig erhoben, damit er weiteratmete. Es gab sogar einen Hocker, auf dem er sich ausruhen konnte, wenn er müde war. War er bewußtlos, setzte man ihn freundlicherweise darauf.

Nun lechzte er nach dem Wasser, das er zurückgewiesen hatte, und wollte sich flach hinlegen und schlafen. Wenn sie jedoch wieder in ihn drangen, krümmte er sich und warf sich ihnen entgegen, so weit die Ketten reichten, mit verdrehten Augen und blutigem Schaum vor dem Mund. Er verjagte sie ebenso wie die Realität. Doch alles kehrte zurück, die Dienstboten und sein Leben.

Er hatte darum gebetet, sterben zu dürfen, und das hatte er bekommen. *Das.*

Schließlich bemerkte er etwas Unförmiges, Froschartiges, das ihm auf einem gleichartigen Hocker gegenübersaß. Das Froschwesen gab ein Winseln von sich. Es war Kraus Zwerg.

»Geh weg, du«, flüsterte Mechail.

Worauf der Zwerg auf den Boden hüpfte und mit einer Schüssel Wasser zu ihm gewatschelt kam. Er reckte und streckte sich, um an Mechails Mund zu kommen, und schließlich hatte dieser Mitleid mit ihm, beugte sich vor und trank.

Es war eine Verzweiflungstat. Mechail hatte es aufgegeben, einem Vergessen nachzulaufen, das ihm nicht vergönnt war.

Doch der Zwerg war verschwunden. Statt dessen blickte Mechail in ein von geflochtenem Silber umrahmtes Gesicht. »Sieh mich an«, sagte das Gesicht ohne bestimmte Merkmale. »Du kennst mich.«

Die linke Schulter ... sie brannte und juckte, ließ sich aber bewegen. Der Arm. Die Finger der linken, angeketteten Hand bogen sich.

Dies ließ ihn abermals aufschreien, jedenfalls versuchte er es. Doch alles außer seiner Stimme war inzwischen viel stärker geworden; keine Bewußtlosigkeit brachte mehr Erlösung.

Schließlich setzte er sich auf den Hocker, die gefühllosen Arme grotesk ausgestreckt.

In dem Raum gab es keine Fenster, aber durch eine Scheibe in der Tür strömte von irgendwoher Licht herein. Weil er es zuließ, drang das Licht allmählich aus den Ecken der Zelle vor. Dann wurde die Tür geöffnet.

Er hatte erwartet, der verschwundene Zwerg werde wieder hereinkommen, vielleicht in Begleitung von Gefängniswärtern oder Sklaven, die ihn zu waschen oder zu massieren versuchen würden, und er bereitete sich darauf vor, sich nach Kräften dagegen zu wehren.

Ein Mann trat in den Raum. Er war weiß gekleidet, und dennoch wirkte er dunkel. Die Augen, das Kruzifix – Mechail kannte ihn, so wie er alle Menschen gekannt hatte, die er tagtäglich gesehen hatte, als er noch lebte. Das Gesicht des Mannes war Mechail so vertraut wie sein eigenes Spiegelbild – eher vertrauter, denn er hatte sich nicht oft angeschaut. Diese Vertrautheit beruhte jedoch nicht auf täglichem Umgang oder näherer Bekanntschaft. Mechail war vielmehr mit ihm bekannt *gemacht worden.*

»Hast du dich beruhigt?« fragte er. Seine Stimme war wie ein Instrument, das aus dem Reich des Schlafes herübertönte.

»Nein.«

»So will es mir aber scheinen.«

»Laßt mir Zeit für einen neuen Anfang.«

»Zeit hast du«, sagte der Musiker.

Mechail zuckte zusammen. Er stand wieder auf und zerrte an den Ketten.

»Ich glaube, Mechail Korhlen, es erübrigt sich, dir zu erklären, was mit dir in letzter Zeit geschehen ist. Du erinnerst dich.«

»Das, woran ich mich erinnere, kann nicht sein. Es verstößt gegen das Gesetz Gottes.«

»Wie kommst du darauf? Du mußt Gott zugestehen, daß Er sich auf Sein eigenes Gesetz besser versteht als der fehlbare Mensch, der es vielleicht falsch ausgelegt hat.«

»Ihr redet wie ein Priester«, sagte Mechail.

»Innerhalb meines Ordens bin ich ein Priester.«

»Und ein Zauberer.«

»Diese Bezeichnung ist falsch und wird von denen gebraucht, die in der Alchimie unbewandert sind.«

»Macht mich los«, sagte Mechail. Er legte den Kopf in den Nacken, und seine katzenhaft-wölfischen Augen starrten aus dem Eis seines ausgemergelten, unrasierten Gesichts hervor.

Anjelen trat vor. Ohne zu zögern riß er mit einer geschmeidigen Bewegung Mechails von der Reise mitgenommenes Gewand und dessen stinkendes Hemd auf.

»Sieh dich an«, sagte er. Und Mechail widerstand ihm, der tönenden Glocke seiner Stimme, seiner Macht. Anjelens Augen übten jedoch auf ähnliche Weise Druck auf ihn aus wie damals die Nacht auf das Eis. Wie von einer groben Klaue wurde sein Kopf wieder nach unten gezwungen, bis sein Blick auf seinem eigenen Leib und dessen Blöße ruhte. Und dort, als hätte ihm jemand eine verbrannte Seilrolle über dem Herzen eingesetzt, erblickte er die Narbe.

»Das bist du«, sagte der Engel Gottes. »Sieh hin. Akzeptiere, was du siehst und was du bist.«

»Ein Untoter.«

»Viel mehr als das.«

»Von einem Dämon besessen... ich habe Euren verfluchten Gott verspottet, und deshalb...«

»Schweig«, sagte Anjelen. »Gott läßt sich nicht verspotten, auch wenn du dir vielleicht einbildest, du seiest dessen fähig.«

»Und Ihr seid des Teufels«, sagte Mechail.

Anjelen war zurückgetreten. »Ich stehe mit dir gerade erst am Anfang«, sagte er. »Und mir scheint, die erste Lektion sollte einprägsam sein.«

Vor Mechails gestörtem und verschwimmendem Blick schien sich die Gestalt des Magisters, des Lehrers, in sich selbst zurückziehen, wobei sie noch dünner, noch länglicher wurde, so hart wie Diamant und beinahe ebenso durchscheinend. Die schwarzen Augen waren ausdruckslos.

Etwas anderes machte sich im Raum bemerkbar.

Eine luftige Masse, einer Zusammenballung aus Nebel nicht unähnlich, jedoch seltsam körperlich, ein Nebel, ausgeschwitzt von Fleisch. Er verdichtete sich und bildete ein Gitterwerk aus Knochen und Sehnen, das sich unvermittelt trübte und mit Haar bedeckte. Eine Gestalt wurde sichtbar, ein Tier mit Bauch und Flanken und Gliedmaßen und einem schnauzenförmig vorgewölbten Kopf. Bis sich die menschlichen Augen eines Wolfs durch den Schädel bohrten, funkelnd und lebensvoll feucht. Die Gestalt verfestigte sich, und ehe sie ganz vervollständigt war, noch von Dampf wie aus einem monströsen Kochtopf umgeben, trat sie vor und hob den langgestreckten Kopf, hinter dem die Umrisse einer Wand und eines Stückes Türrahmen allmählich verblaßten. Dann hatte sie sich vervollständigt. War undurchdringlich, berührbar geworden.

Hinter dem Wesen stand Anjelen, eine seelenlose Statue. Denn seine Seele befand sich nun hinter den Augen des Wolfs. Aus ihrem Stoff hatte sich der Wolf geformt.

Mit diesem ätherischen Wesen hatte Mechail während seiner Umnachtung im Wald gejagt, hatte neben ihm gedöst und mit ihm Blut getrunken. Und eben dieses Wesen hatte ihn geleitet, in Phantasmagorien und Illusionen und unter dem halluzinierten Eis – so wie es ihn in seiner anderen Gestalt nun abermals vorantrieb.

Der Wolf fletschte die Zähne, richtete sich mühelos auf und packte Mechails Unterarm, den die Handschelle umschloß. Der Atem des Wolfs war heiß, *lebendig*, und die Zähne bohrten sich in Mechails Haut. In diesem Augenblick stellte Mechail sich vor, daß sie ihn aufreißen würden, so wie die Hand des Mannes sein Hemd zerrissen hatte. In einer Art Ekstase überließ er sich dem fremden Willen, wie schon einmal. Und vom Gewicht der Ketten, die schwer wie Mühlsteine waren, fielen seine Arme herab, und Mechail verlor das Gleichgewicht und stürzte zu Boden.

Der Wolf sprang und landete auf seinem Rücken, grausig-verspielt wie damals im Wald, die vier Pfoten auf sein Rückgrat gepflanzt, ihn mit seinem Gewicht zu Boden drückend.

Jascha hatte das Christerium nicht betreten. Sie war eine Frau, und keine Frau durfte die Tore durchschreiten, hatte ihr der Magister am Tag der Ankunft gesagt. (Dies war die einzige Unterhaltung, die sie mit ihm geführt hatte, seit er sie im Wald angesprochen hatte.) Als sie vom schwarzen Strand eine gefährliche Treppe hochgestiegen waren, blieb Jascha in Gesellschaft zweier Sklaven aus dem Schiff auf dem Treppenabsatz vor der Mauer am Vordereingang zurück. Diesen Männern, die eine Truhe zwischen sich trugen, folgte sie anschließend an der Außenmauer entlang, aus der gewaltige Stützpfeiler vorsprangen und welche die untergehende Sonne, die von den Bergen verschlungen wurde, in scharfgegliederte Abschnitte aus Hell und

Dunkel unterteilte. Über dem Bollwerk ragten manchmal die oberen Teile des Innengebäudes auf, hier und da die bleierne Wunde eines Fensters. Auf der anderen Seite des Klosters veränderte der Fels des Vorgebirges seine Form, fiel ab und verbreiterte sich zu einer zweiten, tiefer gelegenen Terrasse. Von hier verlief der Pfad aus geglätteten Felsblöcken zu einem kleineren, ebenfalls umfriedeten Gebäude hinab, das einen schmalen, niedrigen Eingang hatte. Dieses Außengebäude war die Doma, das weibliche Gegenstück zur Feste der Priesterschaft.

Die Sklaven schleppten die Truhe bis zum Tor und stellten die Last dort ab. Daraufhin machten sie auf der Stelle kehrt und kletterten wieder den Felsen hoch.

Jascha wartete, bis eine weibliche Stimme sie unvermittelt aus der Doma heraus anrief. »Tritt ein! Rasch! Man erwartet dich.«

In einem vom Abendrot erleuchteten Hof trugen mehrere Gestalten die Truhe weg, die Anjelens Träger abgesetzt hatten. Eine andere Gestalt bedeutete Jascha, sich zu beeilen. »Komm, du mußt dich sputen.«

Wie es ihre Art war, gehorchte Jascha, ohne zu überlegen.

Sie folgte ihrer Führerin – eine spindeldürre Kutte mit Kapuze und der Stimme eines Kindes – durch einen Gang, mehrere Stufen hoch und durch einen Saal, worin Sklavinnen gerade mehrere dicke Kerzen entzündeten. Am Ende des daran anschließenden abschüssigen Ganges klopfte die spindeldürre Kutte an eine Holztür, wozu sie eine Faust zum Vorschein brachte. Niemand antwortete, doch das Schweigen schien eine Bestätigung zu sein; die Führerin öffnete weit die Tür und bedeutete Jascha vorzutreten.

In dem niedrigen Raum saß eine dicke Frau hinter einem Tisch, vor sich eine Lampe, Bücher und Rechenperlen. Auch sie war in fahles Schwarz gehüllt und hatte eine Kapuze auf. Um die Stirn trug sie jedoch ein scharlachrotes Band, das lebhafter leuchtete als jeder andere Gegenstand in der Kammer, viel heller als ihre Augen.

»Du bist das Weib Jascha, Dienerin des Magisters Anjelen. Schließ die Tür. Weißt du, wo du bist?«

»In der Doma«, sagte Jascha.

»Ja, das stimmt. Ich bin die Oberin der Doma. Dieses Haus ist dem Dienst am Christerium gewidmet. Männer betreten den eingefriedeten Bezirk nicht, und ausschließlich männliche Sklaven nähern sich ihm. In der Doma gibt es vier Gruppen von Frauen. Die Haussklavinnen. Die Schwesternschaft, die geistliche Aufgaben hat, das unbedeutendere Gegenstück des Klosters. Unsere Dienstmädge, welche die Arbeiten erledigen, die das Kloster der Doma zuteilt; unter anderem obliegt ihnen die Garten- und Feldarbeit, die Herstellung und das Flicken der Kleidung. Die vierte Gruppe besteht aus jenen Frau, die keine Jungfrauen mehr sind, wenn sie zu uns kommen. Sie brauchen sich an den Arbeiten nicht zu beteiligen und werden nur ausnahmsweise aufgenommen. Da du dieser Gruppe angehörst, wirst du getrennt von den anderen untergebracht. In deiner Unterkunft brauchst du nur für dich zu sorgen. Die Teilnahme am Gottesdienst steht dir frei. Mach keine Unruhe, halte dich sauber und ordentlich und verhalte dich brav. Du wirst dir das Haar hochbinden. Laß dir nichts zuschulden kommen und hege reine Gedanken. Möchtest du mich irgend etwas fragen?«

Jascha blickte durch die Maske aus Fett und Augen hindurch in einen von weißlichem Schmelz überzogenen Geist, der einmal selbstgerecht und dann wieder furchtsam war und der seinen Leib mit einer Rute züchtigte.

So als ahnte das fette Gesicht, wie tief ihr prüfender Blick drang, wich es zurück und breitete sich sogleich wieder über die Knochen.

»Bist du von Sinnen, Mädchen? Weshalb starrst du

mich so an? Du bist die Dienerin des Magisters, sonst hätte ich dich niemals in die Doma eingelassen.« Jascha wartete, betrachtete die Oberin unter gesenkten Lidern hervor. Die Oberin sagte: »Hier wird dir der Rang deines Herrn nichts nützen. Hier bist du ein Nichts. Und jetzt geh mit der Schwester.«

Jenseits der Mauer, die das Anwesen umgab, kamen und gingen die blauen Meerestage des gerade einsetzenden Winters. An der anderen Seite des gepflasterten Hofes schloß eine weitere Mauer die Doma ab, wenngleich dort bisweilen die Geräusche des Alltags zu vernehmen waren, die Kapellenglocke und das Flüstern ihrer Bewohner – doch häufig überdeckte sie das ungleich lebhaftere Meer. Oberhalb der Doma und von der Mauerkrone aus sichtbar erstreckte sich das ferne Bergmassiv.

Außer Jascha gab es noch zwei andere Nichtjungfrauen. Es waren zwei ältere Frauen, die wie mechanische Grillen bei Tagesanbruch aus ihren Zellen kamen, um solange in der Sonne zu sitzen, bis es dunkel wurde. Wenn eine der Sklavinnen der Doma zu Mittag und mehrere Stunden nach Sonnenuntergang das Essen brachte, verspeisten es die beiden alten Weiber mühsam mit ihren wenigen spröden Zähnen. Manchmal stritten sie miteinander oder spielten auf einem Brett mit vergilbten Quadraten. Ab und zu gingen sie in die Kapelle, zu den erlaubten Zeiten, wenn die keuschen Frauen der Doma diese freigemacht hatten. Jascha beachteten sie kaum. Sie sprachen nicht mit ihr.

Jascha grub neben ihrer Zellentür, wo sich eine Steinplatte gehoben hatte, ein Stückchen Erde um und tat Kerne und Samen aus dem wenigen Gemüse und dem Obst hinein, das ihrem Essen beigefügt war. Mit Wasser, das sie aus einem Brunnen an der gegenüberliegenden Hofseite holte (zu der die Nichtjungfrauen Zugang hatten), reinigte sie ihre Zelle und den Hof und fegte alles mit einem Besen, den sie von einer Sklavin bekommen hatte.

Seemöwen stolzierten auf der Außenmauer entlang und schenkten ihr mehr Aufmerksamkeit als die beiden alten Weiber. An Salzfisch war kein Mangel.

Jascha beobachtete das Meer. Wie der Wald bewegte es sich und tönte ständig und beherbergte zumeist unsichtbare Wesen.

Am dreizehnten Tag ihres Aufenthalts ging sie Schnüre suchen, Wollfäden oder ein Stück Kordel, um die Schößlinge ihres improvisierten Gartens hochzubinden. Ein Stück weiter an der Mauer lagen ein paar leere Zellen, mit dem Rücken zum Meer, und nachdem sie die verzogene Tür einer dieser Zellen aufgestoßen hatte, entdeckte sie darin die Truhe des Magisters.

Sie erkannte sie unfehlbar wieder, denn sie hatte sie bereits während der Reise und auf dem Schiff gesehen. Die Sklaven hatten sie zur Doma getragen, und die kapuzenverhüllten Schwestern hatten sie fortgeschleppt. Nun stand sie da, geschützt nur von einer verzogenen Tür.

Es mußte irgendeinen Sinn haben, daß sie hier stand. Soviel war Jascha klar. Sie war weder überrascht noch neugierig, hatte jedoch das Gefühl, daß sie die Truhe hatte finden sollen.

Als wenn der Magister in der Zelle, einem winzigen Raum voller Staub, Spinnweben und Salz, anwesend gewesen wäre, lauschte Jascha und schien auch tatsächlich eine Anweisung zu vernehmen. Sie näherte sich der Truhe und legte eine Hand auf den Deckel, der mit einem Metallschloß verschlossen war. Mit dem Messer oder der Gabel, die in ihrer Zelle lagen, hätte sie es vielleicht aufbrechen können.

Jascha hatte den Eindruck, aus der Truhe käme eine Art Summen. Es war jedoch still, und nichts bewegte sich; das Summen war eine übernatürliche Schwingung. Im Wald war Jascha häufig auf solche Signale gestoßen. Manchmal hatte sie sie beachtet, manchmal nicht, je nach den damit einhergehenden Empfindungen; meistens hatten sie keine besondere Bedeutung für sie, sondern es waren Überbleibsel einer früheren, längst verschwundenen Kraft, die lediglich einen psychischen Abdruck zurückgelassen hatte.

Das, was sich in der Truhe befand, war bedrohlich, vielleicht gefährlich. Und dennoch bekam es Gewalt über sie, ähnlich einem Pochen im Ohr.

Jascha trat zurück. Sie hatte den dunkelroten Faden bemerkt, der die Truhe umschloß und über das Schloß lief. Offenbar war das Schloß jetzt unverschlossen, und nur der Faden zeigte an, ob sich jemand daran zu schaffen gemacht hatte. Ein solcher Faden wäre nützlich gewesen, denn genau danach hatte sie gesucht.

Jascha verließ die Zelle. Auf dem Hof schleppte eines der alten Weiber Wasser und blickte sie schief an, als wäre Jascha ein Gespenst.

Eine Woche lang war er ein Säugling und mußte alles von neuem lernen, wie man selbständig aß, wie man ging und längere Zeit sprach, denn seine Kehlmuskeln waren beschädigt.

Doch er war stark in seiner Schwäche, und er war es gewohnt, auch dann schwer zu arbeiten, wenn er Schmerzen hatte. Und in dem Maße, wie sich seine Körperfunktionen wiederherstellten, ließ der Schmerz nach, bis ihn nur noch der alte Fluch der verkrüppelten Schulter quälte. Und als er merkte, daß sie ihm *gehorchte*, daß die Hand packte und festhielt, daß der Arm sich straffte, um zu stützen und zu führen, und daß die Finger sich bogen und Werkzeuge oder eine Schale bildeten – da arbeitete er sich durch den Schmerz unerbittlich voran. Wenn er schon weiterleben mußte, dann lieber mit einem gesunden Körper. Jede neue Bewegung, die der Arm ausführte, erfüllte ihn einerseits mit Siegesfreude, andererseits mit einer Art

Bitterkeit. Er sann vernünftig, nüchtern und schweigend über seine Wiederauferstehung nach. Da er keine Wahl hatte, drang er immer tiefer in den dunklen Brunnen vor.

Anjelen, dessen Name er irgendwie erfahren hatte, den er vielleicht ganz prosaisch irgendwo aufgeschnappt hatte, Anjelen kam nicht wieder. (Irgendwo in der Rumpelkammer der Erinnerung hatten sich die Wolfstatzen von Mechails Rücken zurückgezogen. Zusammen mit ihrem Besitzer waren sie verschwunden.)

Diese Momente, die er sich nie hätte träumen lassen, die *wirklich* gewesen waren, sie entstammten ebenfalls dem dunklen Brunnen.

Zwei, drei Sklaven brachten ihm immer noch Nahrung und Massageöle. Kraus Zwerg beaufsichtigte diese Auftritte, als hätte man ihn zu seinem persönlichen Diener ernannt. Warum ihm das streitig machen?

Mechail machte niemandem irgend etwas streitig.

Von einer hoch gelegenen Maueröffnung neben dem beinharten Bett aus sah er Felsen, Steine, eine Küste und Wasser. Die Menge und die Gewalt des Wassers überzeugten ihn davon, daß es das Meer war. Die Mauern des Gebäudes, das ihn umschloß, bestanden aus grauem Stein und fielen zum Meer hin schräg ab. Wenn sich die Wellen zurückzogen, blieben nur Felsen und eine leere Fläche zurück, die wie Ruß war.

Für gewöhnlich erwachte er bei Sonnenaufgang. Dann stand der gewaltige Himmel in Flammen, und das Meer brandete aus dem Schlund der Sonne hervor.

Meilenweit Meer, wo zuvor meilenweiter Wald gewesen war. Diese Burg statt der anderen.

Der Mann hatte ihn hierhergebracht, die Stimme, die Anspruch auf ihn erhoben hatte.

Mechail stellte keine Forderungen an die Sklaven, verlangte weder ein Gespräch, noch bat er darum, den Raum verlassen zu dürfen. Früher hatte er sich in einer schrecklichen Selbstgenügsamkeit geübt. Diese Angewohnheit war stärker geworden, zusammen mit dem Rest von ihm. Die Disziplin des Verlusts.

Häufig sonderten sein Rücken und seine Schulter kleine Tropfen ab, oder sie platzten auf und bluteten. Manchmal drangen Knochenfragmente hervor. Beim Aufwachen fand er sie auf der Decke, oder sie ragten wie die Stacheln eines Stachelschweins aus der Haut. Da er keinen Spiegel hatte, blieb ihm nur die rechte Hand, um festzustellen, daß sein Buckel kleiner geworden war. Schließlich war er vom Tode genesen – warum dann nicht auch von etwas derart Gewöhnlichem?

Im Schlaf – und er schlief viel – schien er sämtliche Ereignisse seines Lebens noch einmal zu durchleben, als wollte er sich versichern, daß er sie nicht vergessen hatte. Er träumte sogar von dem Baum, gegen den man ihn gedrückt hatte, und von dem Schwert, das sich in seine Brust gebohrt hatte.

Vom Meer kam ein Sturm und überschwemmte die Mauer. Schreiend wie verängstigte Wiesel schlossen sich die beiden alten Weiber in ihren Zellen ein. Jascha beobachtete den Sturm durch die Ritzen in den Fensterläden ihrer Zelle. Sie hatte den Hof vergeblich gefegt und gereinigt. Und jetzt drang Meereswasser unter der Tür herein. Die Setzlinge draußen würden eingehen. Sie kletterte auf das der Matratze vorbehaltene Holzpodest und kämmte sich das Haar mit der Bürste, die Livdis ihr in der Stadt gekauft hatte. Sie wußte sehr wohl, daß Anjelen Livdis ermordet hatte; sie hatte den Mord nahen gefühlt wie ein lautloses Gewitter. (Für Livdis hatte sie ihr Haar gelöst, damit es bis zum Boden reichte, und er hatte ihre Nacktheit dahinter gesucht.)

Als das Unwetter aufhörte und das Wasser zurückging, nahm Jascha den Besen und fegte den Unrat zusammen, den das Meer auf dem Hof in den Pfützen zurückgelassen hatte. Als sie zu der gewissen Zelle kam, drückte sie gegen die widerspenstige Tür, um zu sehen, was aus der mit dem scharlachroten Faden umwickelten Truhe geworden war.

Die Truhe stand noch am Boden und spiegelte sich in einer Wasserlache, der dunkle Kasten und der einzelne rote Faden. Dann bemerkte Jascha, daß der Faden durch die Einwirkung des Wassers oder eines scharfen Gegenstands aus dem Inneren der Truhe zerrissen war.

Jascha legte die Hände auf den Deckel. Er war unverschlossen und ließ sich mühelos anheben, als wäre er erst kürzlich geölt worden. Ein fürchterlicher Gestank drang heraus und füllte die Zelle. Die Truhe war voller zerbrochener Knochen von der Farbe vertrockneter Blätter, die in einem Haufen auf einem Durcheinander von Lumpen lagen. Eine schwarze Spinne hatte dort ihr kompliziertes Netz gesponnen, in dem sie nun verhungert und mumifiziert hing. Der Schädel war zur Seite geneigt, als schliefe er.

Carg Vrosts Tochter schloß den Deckel, rückte den zerrissenen Faden zurecht und verließ die Zelle. Sie spuckte auf den Türrahmen, so wie es die Frauen aus dem Wald immer taten, wenn sie einen Leichnam aufgebahrt hatten. Aber das war nur eine rituelle Geste, die nichts bedeutete.

Eines Morgens, nachdem die aufgehende Sonne ihr schmales wollenes Mosaik in den Teppich auf dem Boden gewoben hatte, öffnete sich die Tür, und ein Mann trat ein. Er trug ein Priestergewand, jedoch keines, wie Beljunion es getragen hatte, vielmehr war es schwarz und mit einem Strick gegürtet, und sein Gesicht war sauber und glattrasiert.

»Ich werde draußen warten, bis du dich angekleidet hast. Dann gehen wir frühstücken.«

»Ich frühstücke hier«, sagte Mechail. »Und wer seid Ihr?«

»Heute wirst du im Gemeinschaftssaal speisen. Ich bin ein Geistlicher und gehöre dem Christerium an.«

»Und wer bin ich?«

Der Priester antwortete jedoch nur: »Hier bist du Bruder Mechail.«

»Und wer hat Euch meinen Namen gesagt und daß Ihr mich anreden sollt wie einen Priester – was eine Beleidigung darstellt – und wo ich heute frühstücken soll in diesen … Sachen?«

»Der Magister Anjelen.«

Mechail nahm das Gewand, das man ihm gebracht hatte, als er noch geschlafen hatte. Es glich dem des Geistlichen, der vor ihm stand.

Bis jetzt hatte man ihm nur notdürftig passende Kleidung gegeben – Bundhosen, Hemden, Unterwäsche, wie sie auch ein wohlhabender Bauer tragen mochte. Oder ein Dienstbote in einer kleinen Stadt. (Er war gereist, durch Dörfer, über offenes Land, durch eine Stadt und übers Meer – er konnte sich nicht mehr daran erinnern, und gleichzeitig tat er es doch. Vielleicht erinnerte sich sein Körper, der eine so weite Strecke zurückgelegt hatte. Und irgendwann hatten ihn die Hände einer Frau berührt … Doch das mußte beim Aufbahren gewesen sein. Vor der Kapelle und der Wiederauferstehung.)

»Dann geht hinaus. Laßt mich diesen Sklavensack anlegen.«

»Das Gewand der Bruderschaft.«

»Der Sklaven Gottes.«

»Du hast recht«, sagte der Mann mit dem sauberen Gesicht.

Mechail zog das Gewand an. Als Gürtel diente ein Strick aus schwarzem Hanf. Anscheinend sollte verborgen bleiben, daß er anders war. Mit ›hier‹ mußte der Priester einen frommen Ort gemeint haben. Darauf war er bisher noch nicht gekommen. Was hatte er eigentlich geglaubt, wo er war? *In einem Kloster.*

Bald darauf geleitete ihn der Gottesbruder wortlos über Gänge, Treppenstufen aus Granit hinunter und zwischen Wänden weiter, deren Kahlheit von Wandteppichen überdeckt und mit Abbildungen von Menschen bemalt und verziert war. Da waren Heilige mit Heiligenscheinen aus uraltem braunem Blattgold, die Hände unter Obstbäumen segnend und wahnhaft erhoben, brennende Paläste. Sie deuteten unmißverständlich auf die Natur des Ortes hin, doch Mechail gönnte ihnen kaum einen Blick. Er war ein ländlicher Edelmann gewesen, und alles Religiöse erzürnte ihn, jetzt mehr denn je.

Der Gemeinschaftssaal war ein zweckmäßiger Raum mit langen Tischreihen, vor denen Bänke standen. Ihm angeschlossen war eine Küche, deren Rauch in den Himmel über einem Hof aufstieg, den sie beim Eintreten durchquert hatten. Der Himmel war blau und manchmal mit Seemöwen geschmückt.

Das Frühstück war von der Art, wie er es bereits kennengelernt hatte, und bestand aus Haferbrei mit Fisch, Schwarzbrot und einem Becher Wasser.

Mehrere Arten von Männern hielten sich im Refektorium auf, einige in schwarzen Priestergewändern, andere in Arbeitskleidung. Es wurde nicht gesprochen. Die Priester saßen an der Innenseite des Saales, wo ein Kamin brannte. Angesichts ihrer großen Zahl wunderte Mechail sich nicht, daß er keine Beachtung fand. Vielleicht wäre er mit einem Buckel aufgefallen, doch inzwischen war die Mißbildung kaum noch zu sehen – der Schnitt des Gewands hatte ihr keine Zugeständnisse gemacht.

Keine Gespräche; nichts Wertvolles auf den Tischen: Steingut, Holz und Zinn.

Mechail schob Schüssel und Becher zurück.

»Was kommt als nächstes?« sagte er zu dem Geistlichen, der ihn hergebracht hatte.

Der Mann antwortete ruhig: »Die Zeremonie des Brotes.«

»Noch mehr Brot? Besseres als das hier?«

»Das Brot Gottes.«

Glockengeläut setzte ein.

Das ist Gerechtigkeit. Gott und seine Stellvertreter auf Erden zu hassen und dann hier zu landen.

Gekränkt dachte Mechail an Anjelen, der eher ein Krieger denn ein Priester war, oder ein springender Wolf...

Die Handwerker an den Tischen standen auf, traten auf den Hof hinaus und verschwanden irgendwohin, und nach ihnen erhoben sich die Priester und mit ihnen auch Mechails Begleiter.

Er spürte, wie sich ein neuer Stachel einen Weg nach oben bahnte und die Haut durchbohrte. Die Luft war scharf von winterlichem Salz, ganz anders als die Luft, die er gewohnt war. Er mußte dem Priester folgen.

Die vielen Männer bewegten sich unter mehreren Torbögen hindurch, durch einen von mehrstöckigen Bauten gebildeten Korridor, dann durch einen Kreuzgang, an dessen gedrungenen Säulen Wein emporrankte. Im Klostergarten wuchs nur eisgrünes Gras. Es gab keine Bäume, nichts, was den Eindruck von Strenge gemildert hätte. Aus den Mauerecken ragten höhnisch grinsende Tiere hervor, ein Stier mit einem Fisch im Maul, eine mit einer fürstlichen Tiara gekrönte Schlange, und da war auch der Kopf eines Mannes, in dessen Haar sich eine Fledermaus festgekrallt hatte.

Unvermittelt fand Mechail sich auf einem gepflasterten Hof wieder, wo die Klosterkirche wie eine Säule emporragte. Weit oben war sie von zwei Fenstern durchbrochen, die mit verschwommenen Glasmalereien ausgefüllt waren. Der Eingang war gemeißelt, gezackt und mit Verzierungen versehen, und dahinter, im Dunkeln, stieg der Geruch des Weihrauchs in die hohe Kuppel.

Die wogende Menschenschlange strömte langsam in den Kirchenturm. Mechail folgte ihr bis zum Eingang, wo sein Führer bereits auf ihn wartete, und harrte der Dinge, die da kommen würden.

Ein düsteres Licht sickerte durch die Glasfenster ins Kircheninnere. »Hier entlang.« Der Gottesbruder ließ ihn nun eine Treppe zu einer Galerie hochsteigen. Aus der Wand sprang ein seltsamer Steinkopf vor. Sein Bart verwandelte sich in eine Hand, die Mechails Ärmel betastete, als er vorbeiging. Er wich ihr aus, dann gab er es auf. Die ganze Galerie war mit steinernen Pflanzen und Blumen bedeckt.

Sie blieben stehen. Es entstand ein Gedränge. Unmittelbar unter ihm zog der große, prächtige Altar gegen seinen Willen seinen Blick auf sich, ein mit schwarzem, golden und scharlachrot gesäumtem Samt bedeckter Altar mit einem riesigen Kreuz darauf, ein furchteinflößendes Prachtstück aus purem Gold, das ihn mit geschliffenen Saphiren und Smaragden blendete, mit einem bleichen Christus aus Alabaster, der an Handflächen und Füßen und an der Seite verkrustete Wunden hatte. Auf der Stirn Jesu war die Dornenkrone mit Rubinrosen geschmückt. Die Galerie lag auf gleicher Höhe mit dem Kreuz, das zu schweben und sich langsam zu nähern schien. Die Wundnägel waren mit Diamanten besetzt.

Mechail wandte sich benommen ab. Nun sah er statt dessen die Fenster, safrangelb, granatrot und chrysoprasgrün, welche die Schlacht im Paradies darstellten, den siegreichen Christus auf seinem Streitroß, das flammende Schwert, die Gewitterwolken, die Verdammten, die zertrampelt wurden, und den Teufel in seiner Grube, die pulsierender glühender Kohle glich. Vorn jedoch, über dem Altar, leuchtete ein weiteres entstofflichtes Fenster, das mit dem Himmel verglast war, mit einem blassen, tönenden Blau, in dem eine weiße Wolke prangte.

Zwischen diesem Fenster und dem Altar verlief von der Wand eine Wendeltreppe herab. Neun Männer standen darauf. Wie die himmlischen Heerscharen auf den Glasfenstern waren sie zum Kampf gerüstet. Auf ihren Rüstungen spiegelte sich die Farbe des Himmels wider, die bunten Feuer der himmlischen Schlacht; es waren Männer aus Metall, das mit einer Flut von Edelsteinen übergossen war. Die Helme, deren Visiere heruntergeklappt waren und die Augen verdeckten, schmückten von farbigen Ringen eingefaßte weiße Pferdeschweife. Die in den Regenbogenfarben schillernden weißen Umhänge waren schmucklos. Die mit Panzerhandschuhen bewehrten Hände ruhten jeweils auf einem Schwert. Die Spirale ihrer Leiber endete unmittelbar über dem Kruzifix, über dem gequälten Haupt und den friedvollen Augen des Gottesmannes, dem Kranz blutroter Rosen.

Mechail betrachtete die über ihm im Raum verankerten Kriegerpriester des Klosters. Etwas kroch in seinen Bauch, etwas, das er nicht zu benennen vermochte, etwas anderes als Abscheu. Er verspürte ein Prickeln, eine Regung so stark wie Zorn. Denn der Krieger, der dem Christusaltar am nächsten stand, war Anjelen, auch wenn er unter seiner Verkleidung kaum zu erkennen war.

Ein Chor junger Männer, gekleidet in das Taubenblau des seewärtigen Fensters, hatte zu singen begonnen. Ein Jüngling schwang ein goldenes Räucherfaß, aus dem würziger Rauch aufstieg. Ein prachtvoll wie ein König gekleideter Mann schritt durch die sich teilende Menge. Sein schwarzes Gewand war mit silbernen Stickereien verziert, um die Schultern trug er ein weißes und scharlachrotes Tuch; den Oberkörper bedeckte eine goldene Brustplatte, und auf dem Kopf trug er ein goldenes Diadem, das wie seine Hände mit Edelsteinen geschmückt war.

»Der Primas«, sagte Mechails Führer. Selbst im tiefen Wald hatte man schon von diesen Wesen gehört.

Der Primas, ein König der Heiligen Kirche, schritt

zum Altar und ließ sich auf ein Knie niederfallen, um diesem, umrahmt von blendendem Licht, seinen Respekt zu erweisen. Das Klingen seines Goldschmucks übertönte sogar den Gesang, der gleich darauf verstummte. Der Primas wandte sich um und hob die Arme, und der goldene Stab, den er bei sich trug, fing ebenso Feuer wie die Krieger hinter ihm.

»Gelobt sei der Name Gottes, unser aller Herr und Schöpfer, Er, der Dunkelheit scheidet von Licht. Wir sind voll Seines Lobes, so wie das Meer voll ist von Seinen Wassern.«

Und im Anschluß an die laut tönende Stimme des Primas stimmten die Männer der Klosterfeste ihr Antwortgebet an, jeder einzelne ohne Ausnahme, ein Stimmengewirr, in dem die einzelnen Worte untergingen. Dennoch fuhren sämtliche Klosterinsassen mit ihren Lobpreisungen fort, ein Raunen wie Meeresrauschen. Jeder, nur Mechail Korhlen nicht. Oder noch jemand?

Anjelen, was hast du hier zu suchen?

Der Primas verharrte vor dem Altar, bis das tolle Geplärr vom Stein verschluckt wurde. Dann rief er: »Unser Sohn, Anjelen, der Gottesritter.«

Und Anjelen, wie von einem Gebet heraufbeschworen, trat von der Treppe herunter und näherte sich dem Altar. Und der Primas wandte sich um und umarmte ihn, so wie man in einem Traum einen Blitz umarmt.

Als Anjelen sprach, trug seine Stimme mühelos bis in die entfernteste Ecke: »Im Namen Gottes.«

Ein Gottesritter. Und ein Zauberer. Mein Teufel.

Mechail starrte auf Anjelen hinunter, der maskiert und gepanzert war, so weiß wie Schnee. *Meiner?*

Der Primas trat beiseite. Er war eine hübsche Puppe, die jetzt überflüssig geworden war. Anjelen war es, der nun vor dem Altar stand. Seine Stimme füllte den Raum, wie es eben noch der Rauch aus dem Räucherfaß getan hatte. Jedes einzelne Wort saß. Es war, als spielte die Stimme eine Melodie.

»Es geschah am Ufer des Meeres, daß sie kein Brot zu essen hatten. Dann brachte man Christus einen Korb mit einem Laib Brot darin. Wie sollte Er es anstellen, eine Menschenmenge mit einem einzigen Laib zu sättigen?« Die Stimme tönte aus Anjelen wie aus einer Statue, seine Lippen schienen sich nicht zu bewegen. Genauso hatte er ausgesehen, als er sich in einen Wolf verwandelt hatte.

Ein Priester verneigte sich vor Anjelen und reichte ihm einen Korb. Darin war ein einzelner Laib Brot.

Anjelen nahm das Brot nicht in seine Hände, denn diese hielten ein Schwert. Er sagte: »Bei Gott ist alles möglich.«

Und dann sah Mechail, wie sich das Brot im Korb in zwei Laibe teilte, und auch diese teilten und verdoppelten sich. Auf einmal quoll der Korb von Brot über. Es polterte über die Altartreppen und ergoß sich zwischen die Männer, die sich davor drängten.

»Er ist ein Zauberer«, sagte Mechail laut. Niemand tadelte ihn.

Hinter dem Visier schienen Anjelens schwarze Augen jedoch zu Mechail hinaufzusehen.

Männer bückten sich und hoben das Brot auf, reichten die Laibe weiter, berochen sie und preßten die Lippen darauf. Und Reihe um Reihe knieten sie nieder. Sie knieten vor Anjelen.

Immer noch quoll Brot aus dem Korb.

Dann entfernte Anjelen sich vom Altar. Er stellte sich vor die unterste Stufe, wo ihn der rosengekrönte gekreuzigte Christus verbarg.

Einhergehend mit einem stechenden Schmerz, der ihn erschauern ließ, bohrte sich der Stachel durch Mechails heilende Schulter. Als er seine Hand auf die Stelle legte, spürte er, wie der Stachel durch sein Priestergewand drang. Er riß ihn heraus. Zu seinem Führer, seinem Bewacher, sagte er: »Euer Gott gefällt mir ebensowenig wie diese Zauberkunststückchen.«

Als er wieder unten im Kirchenschiff angelangt war, zollte man dem Brot allgemein Verehrung, betastete und küßte es geradezu zärtlich.

Mechail mußte sich einen Weg durch die erregte Menge bahnen. Dabei wurde ihm einer der Laibe in die Hände gedrückt. Er nahm ihn mit nach draußen. Er durchquerte den gepflasterten Hof und betrat den Klostergarten mit seinem grünen Gras und den kahlen Rebstöcken.

Er untersuchte das Brot. Es sah aus und roch wie Backwerk, doch er konnte sich nicht dazu überwinden, es an seine Lippen zu bringen. Würde es nach Fleisch schmecken? Nach dem Mann, der sie bewirtet hatte?

Er wußte nicht mehr, wie er zu seinem Zimmer gelangen sollte – aber er war frei.

Aus dem Kirchenturm vernahm er eintöniges Beten. Sie hatten Anjelen wie einen Gott verehrt.

Mechail schleuderte das Brot ins Gras. Durch die Wucht des Aufpralls brach es entzwei. Es sah aus, als lägen dort zwei Steine.

10. Kapitel

DIE DÄMMERUNG KAM (ein Saphir aus dem Diadem des Primas), und er hatte einen Tag lang das Kloster durchstreift, ungehindert und ohne Führer, so als trüge er irgendein geheimes, esoterisches Zeichen, an dem alle ihn erkannten. Das verzweigte Bauwerk war ein kleines Dorf oder eine Stadt für sich. Es verfügte über eigene Keller, Terrassen, Zinnen, Zisternen und Straßen. Nach der Brotzeremonie hatte eine Viertelstunde lang tiefe Ruhe geherrscht, überall war es, abgesehen vom Meer, still und verlassen. Dann setzte allmählich wieder Betriebsamkeit ein. Einige Männer besserten Mauern aus, in der Schmiede fauchte der Blasebalg, Essensdüfte wehten heran, in den Räumen, in denen die Novizen lernten, wurde lautstark debattiert.

Überall huschten Priester umher, wie Teile eines größeren Mechanismus.

Er war versucht, sie nach den Dingen, die er sah, zu fragen: Warum wird in manchen Höfen gerungen oder mit Stöcken gefochten? Heißt das, fromm zu sein? Oder: Was befindet sich hinter diesen verschlossenen Türen? Gibt es hier irgendwelche Geheimnisse?

Wenn er sich erkundigte (indem er sachliche Fragen stellte), wurde ihm höflich geantwortet. Auf diese Weise entdeckte er zwei weitere Refektorien, eines für Novizen, das andere für Geweihte. Im letzteren speiste er zu Mittag, und zwar von einem Teller aus Zinn. An den Wänden waren Darstellungen vom Martyrium der Heiligen, um einem den Appetit am Essen zu verderben, das lediglich aus Salzfisch und Brot mit Gemüse, weichen Früchten und dünnem Honigwein bestand.

An der Südseite des Klosters entdeckte er eine langgestreckte Bibliothek, in der sich alte Priester über dicke Wälzer und Pergamente beugten, als wären sie einem Bibliotheksgemälde entsprungen. Es gab auch einen Glockenturm mit einer großen Messingglocke und drei kleineren Glocken aus Eisen. Zwischen Steinmauern waren Gassen, die im Fels endeten, und Stufen, die auf Dächer führten. Von dort aus sah man das Meer, den Himmel und weiter oben Wetterfahnen, Türmchen, Regenrinnen und Fenster, die, als der Tag verblaßte, topasfarben, violett und im allgegenwärtigen vollen Rot der priesterlichen Macht entflammten. In der Abenddämmerung sah er aus der Höhe auch, wie in der Doma, dem Frauenhaus, die Lichter angingen, doch was es damit auf sich hatte, wußte er weder, noch interessierte es ihn.

Im Zwielicht vibrierten die Wasserspeier, die beobachtend, grollend, amüsiert oder betrübt in jedem Winkel hockten, vor Mitgefühl und verborgenem Wissen. Jeden Moment konnten sie sich davonmachen, geflügelte Köpfe würden über die höhergelegenen Dächer davonfliegen, und Schlangen, die beringte und abgetrennte Hände in den Fängen hielten, würden durch die schattigen Gassen huschen. Ein bemooster Steinfrosch an einem Brunnen sprang unvermittelt davon. Er mußte zum Leben erwacht sein.

Anjelen. Seit er in diesem Labyrinth umherstreifte, dachte Mechail ständig an ihn. Anjelen war mit dem Christerium identisch und dennoch davon losgelöst. Ein Gottesritter. Wolf, Engel, Priester, Zauberer. Und man *kannte* ihn. So gut wie keinen anderen.

Mechail setzte sich auf den Rand des Brunnens. Der Himmel glich inzwischen einem Amethyst des Primas, und im Brunnen war schwarzer Bernstein. Der schwarze Brunnen, dem man alles anvertrauen konnte?

»Mechail Korhlen«, sagte eine sanfte Stimme in der Nähe, »hier ist dein Diener, der nach dir gesucht hat.«

Als Mechail aufsah – wie er vermutet hatte, kannte

ihn hier jeder –, bemerkte er hinter der Schattengestalt des Priesters einen weiteren, größeren Frosch. Der Zwerg.

»Das ist nicht mein Diener.«

Der gesichtslose Schatten entfernte sich jedoch, und der Zwerg schlich sich näher.

»Bleib, wo du bist«, sagte Mechail. »Ich werde dich über den ganzen Hof schleudern. Hast du verstanden? *Er* hätte dich auseinandergenommen; Krau. Hat man dir erzählt, daß ich ihn umgebracht habe?« Der schwarze Brunnen hatte sich in den Augen des Zwerges verdoppelt. Ein Wasserspeier ... »Was willst du?«

Der Zwerg trottete noch näher heran. Er streckte eine verkrümmte Hand aus, als wollte er etwas aus der Luft pflücken.

Mechail sagte: »Du dienst jetzt Anjelen. Dem Wolf, nicht dem Raben. Scher dich weg.«

Der Zwerg gab sein übliches Miauen von sich.

Das Meer war zu hören, das mit langgezogenen Seufzern zum Vorgebirge zurückkehrte. Eine der Eisenglocken begann zu läuten und rief zum Abendgebet.

Nach einer Weile drehte der Zwerg sich um und ging fort, verschwand im Dunkel zwischen den Mauern.

Die Nacht war nicht kalt; es ging kein Wind. Die Sterne leuchteten; diamantene Nägel, mit denen der unsichtbare Leichnam Christi ans Firmament geheftet war.

Mechail lehnte den Kopf an die Wand hinter dem Brunnen. Im Geiste erblickte er klar und deutlich seine Mutter, ihr zartes Gesicht und ihr schütter werdendes, ergrauendes Haar. Sie hatte einen Apfel und ein silbernes Messer in der Hand. Sie schnitt in den Apfel. Er blutete. Mechail beobachtete, wie das flammendrote Blut über ihre Handgelenke lief. Eine Schlange mit einer Krone wand sich um ihren Leib wie ein Baum.

In der Kehle verspürte er einen eiskalten Durst, ein

Verlangen nach Wein. Er verfluchte Gott, der ihm seine Mutter geraubt hatte. Und der alte Priester Beljunion kam aus der Bibliothek gerannt und verprügelte ihn mit einem Buch …

Der Brunnen hatte sich in den Himmel entleert und ihn schwarz gefärbt. Die vom Meeresrauschen untermalte Stille war so tief wie die heranziehende Dunkelheit. Kein einziges Fenster war mehr erleuchtet. War es schon so spät?

Dann regte sich etwas zwischen den niedrigeren Mauern und den Höfen, auf der langen Treppenflucht, die ihn hierhergeführt hatte. Ein Tentakel aus Meeresnebel … Er schlängelte sich von Ecke zu Ecke, stieg empor, umzuckte die drachenartige Figur am Fuß der Treppe – und wo er sie umschlang, blieb der Nebel wie eine Weinranke haften.

Mechail erhob sich. Er stand aufrecht da, während der Schlangenarm aus Nebel über die Treppe zu ihm emporkletterte. Er wälzte sich bis vor seine Füße, schlängelte sich um sie herum wie vergossene Milch und floß weiter. Mechail trat den Nebel beiseite. Er löste sich auf.

Mechail ging die Treppe hinunter und zerteilte die Nebelstrudel mit den Händen.

Vom Mond war nichts zu sehen, nur die Sterne leuchteten in der gewaltigen Höhe, dem Gebäude der Nacht, das größer war als das Kloster. Am Fuß der Treppe stand ein regloser Priester, einen Arm erhoben, die Hand ausgestreckt. Seine Augen waren offen und reflektierten das Sternenlicht, seine Lippen waren leicht geteilt, als schöpfte er gerade Atem, bevor er sich daran machen würde, die Treppe zu erklimmen. Im Moment atmete er nicht.

Mechail ging an dem Priester und dem von Nebelschwaden umhüllten Drachen vorbei.

Die Plätze, an denen er vorüberkam, waren mit Nebelgirlanden behängt. Der menschliche Mechanismus, der sich tagsüber so emsig bewegt hatte, war zum Stillstand gekommen. Die Männer schliefen stehend, in Alltagspositionen erstarrt, die jetzt durch ihre Unbeweglichkeit unheimlich und furchteinflößend wirkten, mit angewinkelten Armen, einen Fuß vom Boden erhoben, den Kopf dümmlich gereckt oder den Mund in lautloser Unterhaltung verzerrt. Der Zauber hatte sie im Freien überwältigt. Auf einigen Gesichter lag ein Ausdruck von Überraschung; die Lähmung hatte zu rasch eingesetzt, als daß ihnen Zeit geblieben wäre, sich zu fürchten.

Den Priestersaal hatten sie nach der Mahlzeit gerade verlassen wollen. Hinter ihnen brannte im ganzen Raum keine einzige Kerze mehr. Hier und da war ihnen ein Becher aus den sich versteifenden Fingern gefallen. Die Männer im Eingang standen dicht zusammengedrängt, als hätten sie herauslaufen wollen, um nach irgend etwas zu sehen – das sie daraufhin in Stein verwandelt hatte.

In einem Durchgang war ein Novize mit gerafftem Gewand im Laufschritt erstarrt. Sein Körper war nach vorn geneigt, er balancierte auf dem Ballen des linken Fußes – aber er stürzte nicht.

Mechail stellte fest, daß er sich an den Weg zum Kirchenturm des Klosters erinnert hatte. Vielleicht hatte ihn auch etwas geleitet, irgendein unsichtbarer Führer. Er wehrte sich nicht. Eine Art Hunger trieb ihn weiter.

Der Turm ragte höher auf als jede andere Erhebung des Christeriums und trat zwischen die Erde und die Sterne. Die Tür inmitten der Krause aus gemeißeltem Stein war verschlossen.

Als Mechail zur Tür gelangte, gab sie jedoch auf seinen leichten Druck hin nach. Natürlich konnte nur jemand eindringen, den der Zauber verschont hatte.

Das Kircheninnere schien dunkel. Dann flammte ein düsteres, flackerndes Licht auf, wie von einer Lampe in einem Fluß. Ein mit polierten Steinplatten ausgelegter Gang führte zum Altar.

Der Altar war von einem schneeweißen Tuch bedeckt, und auf das Weiß war eine schwarze und goldene Dornenkrone gestickt, an der mehrere riesige glühende Rubine heruntertropften. Das Kruzifix darüber und der Kopf des Gekreuzigten verloren sich im Schatten. Die Diamantnägel in den Füßen glitzerten.

Unterhalb des Altars standen die Gottesritter, in Viererreihen aufgereiht wie Säulen und ebenso reglos, jedoch atmend und wach. Die Schwerter steckten in den Scheiden, die Helme hatten sie abgelegt. Acht männliche Gesichter, bedeckt mit dunklem Haar, acht Brüder in der Stille. Das gedämpfte Licht der Kerzen wurde von acht Augenpaaren reflektiert.

Vor dem Altar stand Anjelen, ihr Mittelpunkt.

Der Engel.

Die Hand des Engels winkte, und auf das Zeichen hin wurden in den Steinen Saiten angeschlagen, der Boden selbst schien zu erzittern, sich ihm entgegenzuwölben. Auch Mechail trat einen Schritt vor. Doch zuvor geschah noch etwas anderes. Aus irgendeiner dunklen, vom Licht ausgesparten Nische hatte sich ein junger Mann erhoben. Er näherte sich dem Altar, so wie die Steinplatten und Steine es versucht hatten. Ein jugendlicher Priester oder ein Novize, nackt bis auf ein leinenes Lendentuch und mit Efeu bekränzt.

Mechail sah ihn in das Gespinst der Kerzen eindringen und sich zwischen den säulenhaften Rittern hindurch Anjelen nähern. Vor Anjelen kniete der Jüngling nieder. Mechail konnte sein Gesicht nicht erkennen.

Anjelen sprach, mit einer Stimme, die der Unendlichkeit zu entspringen schien und die wie Musik, wie Stille war.

»Sie hängten Ihn in einen Baum. Er war vollkommen. Um der Sünden der Welt willen hat Er gelitten und ist gestorben. Er sagte: Tut dies zu meinem Gedächtnis.«

Der Jüngling hatte den Kopf zurückgelegt und sah zu Anjelen auf. Anjelen neigte sich leicht vor und zog ein Messer aus seinem linken Ärmel hervor. Er umfaßte den Kopf des Jünglings mit der linken Hand, zärtlich, wie bei einem Kind oder einem Sohn. Und dann, mit einem Streich, der kaum zu sehen war, schnitt er dem jungen Mann die Kehle durch. Blut spritzte hervor, so rot, daß es lebendig schien; der Kopf sank schlaff auf die Hand hinab, die ihn hielt. Nun sah Mechail das Gesicht des Jungen, der noch lebte; er fürchtete sich nicht, seine Augen waren nicht geschlossen und blickten heiter.

»Trinkt«, sagte der Priester und Magier, der Gottesritter, »denn dies ist der Wein des Opferlamms. Hat Er nicht zu ihnen gesagt: *Dies ist mein Blut?*«

Der nächststehende Krieger trat vor. Er hatte einen silbernen Kelch, mit dem er das hervorsprudelnde Blut auffing.

Anschließend trat er zu seinen sieben Brüdern und hob den Kelch, den diese nacheinander nahmen. Jeder einzelne trank vom silbernen Rand, dann reichte er den Kelch wieder zurück. Als die sieben getrunken hatten, trank der achte.

Und dann zog Anjelen, der die ganze Zeit über den friedvoll blickenden, verblutenden Kopf gestützt hatte, den Körper des Jungen an sich, hob ihn hoch, als wäre er der Kelch, und trank aus der durchschnittenen Kehle.

Dunkelheit erstickte die Kerzen wie ein Flügel.

Mechail sah nichts mehr. Er fühlte sich von acht gezogenen stählernen Schwertern umgeben wie von einer Dornenkrone. Doch Anjelen war ebenfalls da und hatte sich inzwischen von dem sterbenden Jüngling gelöst, dessen Blut er geschlürft hatte. Anjelen gehörte nirgendwo dazu, er war wie der Mond, der die Gezeiten bewegt.

»Mechail Korhlen, du Mißgeburt, Nachkomme eines Burgherrn, was willst du?«

Blut. Er wollte das Blut. Sein rotes, lebendiges Lodern, sein inwendiges Feuer …

Sein *Durst*.

Mechail stürzte vor, doch die überkreuzten Schwerter wehrten ihn ab. Anjelen bewegte sich in der Finsternis wie ein schwarzer Planet.

»Das ist nicht für dich. Nicht für dich, der du in Ketten heulend schmollst und dich selbst verleugnest. Bist du im Wald gestorben? Lebst du jetzt?«

Sein Durst … und dennoch, was für eine Blasphemie … selbst vor dem Gott, den er geschmäht und gehaßt hatte. *Nein*. Aber das Feuer, das Brennen, das weiße Handgelenk und der durchschnittene Apfel und der Silberkelch des Halses … Und die feuchte Rose auf der Dornenkrone …

Mechail warf sich gegen die Schwerter; sie wurden hochgeschleudert und flogen davon.

Die große Tür stand weit offen; dahinter eine weniger dichte Schwärze, die Erinnerungen in ihm weckte, an früher …

Träumend oder wachend. Auf dem gepflasterten Hof saß Anjelen, abgehoben vom durchscheinenden Vorhang der Nacht, auf einem schwarzen Pferd, das gemächlich über den Hof schritt, ins Kloster hinein. Mechail vernahm das Geräusch der Hufe auf dem Pflaster, der einzige Laut, abgesehen vom Meeresrauschen.

Im Schatten des Turms wartete noch ein anderes Pferd. Eine nußbraune Stute. Mechail hatte schwer gearbeitet, um wieder zu Kräften zu kommen. Sein Priestergewand hochziehend, so daß Stiefel und Bundhose sichtbar wurden, saß er mühelos auf. Tatsächlich war er noch nie mit solcher Leichtigkeit aufgesessen wie jetzt, wo ihm sein geheilter, beweglicher Rücken zustatten kam.

Nun mußte er dem Magister folgen. Dem Manne, der Blut trank.

Sie hatten auch schon früher zusammen Blut genossen, im Wald. Das Blut von Tieren, das nicht sättigte.

Nicht für dich ...

Seine Schwester war es gewesen, auf dem Weg bei den Pfirsichbäumen, die ihn von ihrem Handgelenk hatte trinken lassen, nachdem er Krau erschlagen hatte. Pussi – oder Miez; wußte er überhaupt, welche von beiden es gewesen war? Und als er todkrank daniederlag, hatte ihn ihr Kinderblut wieder zum Leben erweckt. Seine Mutter, Nilya, hatte ihm das Albinokind gebracht und ihn davon trinken lassen. War das wirklich geschehen, oder hatte er es bloß geträumt?

Er rief Anjelen nicht hinterher, sondern ritt ihm nach, durch das Kloster hindurch, das im Nichts der frühen Morgendämmerung leicht zu betreten und zu verlassen war. Da war die hohe Mauer, das kleine offene Tor, und draußen die Felsen und das Meer und die zweite Mauer der Berge, alles kaum sichtbar, unnatürlich, als wäre es nach seiner Erschaffung unvollendet geblieben. Zum Meer hin war der Himmel wie eine Höhle. Der Morgenstern entstieg unversehrt den Wellen, der Diamant aus den Füßen des Gekreuzigten.

Anjelen ritt über den Fels auf die Berge zu.

Wenn er ein Dämon ist, dann bin ich ... die Sonne wird uns vernichten.

Aber sie waren schon häufig im Sonnenschein gewandelt, er und Anjelen.

Im Vorgebäude (dem Frauenhaus) waren einige wenige Lampen entzündet. Hatte der Zauber keine Auswirkungen auf diesen Ort gehabt?

Ein Windstoß strich über den Fels. Darunter war der schwarze Sand ausgebreitet, als hätte ihn Anjelens geheimer Teufelsorden vergiftet.

Und Mechail folgte Anjelen, während das Meer vor ihm zurückwich.

Ohne Zunge und zahnlos sang die Bettlerin in Jaschas Schlaf, eine liebliche Melodie, die verklang, als Jascha die Lider hob.

Es war Morgen. Sonnenschein fiel in die kärgliche Zelle.

Jascha stand auf und legte ihr zweites grünes Kleid an, dann löste sie die Zöpfe und kämmte sich das Haar mit dem Kamm, den Livdis ihr geschenkt hatte, bevor sie es erneut zu Zöpfen flocht. Trotz der Ermahnung durch die dicke Oberin band sich Jascha das Haar in der Doma nicht hoch.

Vor der Tür hatte auf dem von Salzwasser verdorbenen Erdflecken kein einziges Samenkorn gekeimt.

Über der Zelle mit der Knochentruhe wölbte sich ein blendend heller Himmel.

Jascha ging zu der Zelle, drückte die Tür auf und schaute hinein.

Der Raum hatte sich verändert, was sie nicht überraschte. Die Atmosphäre darin hatte sich mächtig aufgeladen. Was die Knochen betraf, so lagen diese richtig angeordnet auf dem Boden, jedes Teil an seinem Platz, selbst der Kopf, die Hände und die Füße. Am Zeigefinger der linken Hand steckte ein Ring aus geflochtenem Silber. (Im Wald hatten die Frauen manchmal Knochen in den Bäumen festgebunden.)

Jascha ging wieder hinaus und schloß die Tür.

Eine der alten Vetteln kam mit ihrem Wasserkrug auf den Hof geschwankt.

Als Jascha sie sah, sagte sie: »Soll ich dir helfen?«

Die Alte schrie: »Nein, nein!« und bekreuzigte sich, wobei sie den Krug beinahe fallengelassen hätte.

Das zweite Weib beobachtete sie hinter der angelehnten Tür hervor; Jascha spürte ihren Blick auf sich. Das zweite Weib hatte der anderen alten Frau bereits erzählt, daß Jascha eine Hexe sei. Einige Priester des inneren Ordens, die gelegentlich das Kloster aufsuchten, hielten sich Mädchen, entweder um mit ihnen der Fleischeslust zu frönen oder um sie für gottlose Riten zu verwenden. Die Heiligkeit des Tempels war eine ideale Tarnung für Verderbtheit. Solche Gedanken wurden niemals offen ausgesprochen, aber zumal die Dienstmägde, die von der religiösen Gemeinschaft ferngehalten und von dieser recht kurzgehalten und streng beaufsichtigt wurden, waren fest davon überzeugt und trugen zur Verbreitung der Gerüchte bei. Je höher die Stellung eines Priesters, desto größer die Wahrscheinlichkeit, daß er zu Ausschweifungen neigte, der Schwarzen Magie oder zumindest der Alchimie anhing.

Die alte Nichtjungfrau war früher in einem landeinwärts gelegenen Dorf eine dralle Hure gewesen. Sie hatte vom Kloster gehört, dem die Dörfer im Umkreis ebenso wie ihrem Herrn den Zehnten entrichteten. Sie hätte nie gedacht, daß sie einmal in der Doma enden würde. Doch im Alter hatte sie ein unehelicher Sohn mit einer Geldgabe zur Schwesternschaft geschickt, da er meinte, das wäre das Richtige für sie oder ihn – er war ein Räuber.

Jascha gegenüber empfand das alte Weib Abscheu. Denn Jascha war so, wie sie einmal gewesen war (nämlich jung), nur erfolgreicher.

Die Alte murmelte vor sich hin. Sie hatte solange gewartet, bis Jascha verschwunden war. Jetzt würde sie mit ihrer Geschichte zur Oberin schlurfen.

Massiver Fels, die Hänge der Berge. Stellenweise waren sie zu Findlingen abgeschliffen, und diese waren zu Strandkieseln zermahlen worden und diese wiederum zu Sand. Seegras und Wintermoos wuchsen darauf, an sonnigen Stellen auch Flechten. Möwen nisteten in Kolonien und kreischten, wenn die beiden Reiter vorbeikamen.

Die Sonne brannte unerbittlich auf den Fels und die beiden Männer nieder. Es war ein lichter Tag. Weiter oben wehte ein Wind, der das welke falsche Gras in den Spalten schüttelte und die Wolken auseinanderriß.

Der vordere Reiter folgte einem vereinzelten Pfad, der hinter Felsformationen vorbeiführte und sich an Gewitterwolken aus Stein anschmiegte. Wie Automaten behielten beide ihre Geschwindigkeit und ihren Abstand voneinander bei.

Etwa zwei Stunden nach Sonnenaufgang blickte Mechail sich um und sah das Kloster unterhalb des Vorgebirges liegen, mit untergeschlagenen Vordertatzen und den Kopf zum Meer hin erhoben. Als er erneut nach vorn sah, war Anjelen wieder einmal verschwunden. Ein Stück weiter den Pfad hinauf entdeckte Mechail eine in den Steilhang hineingebaute Kapelle. Eine Einsiedelei, irgendein Zufluchtsort. Das schwarze Pferd war an einem in der Mauer befestigten Ring festgebunden. Mechail ritt hinauf, saß ab und band die Stute am selben Ring fest.

Der Sonnenschein bildete einen Halbmond im Eingang, weiter reichte er nicht. Der Rest des Innenraums war dunkel und leer.

Nach der stumm verbrachten Nacht wandte Mechail sich nun an den schwarzen Tag.

»Zauberer, seid Ihr da?«

Keine Stimme antwortete auf die Herausforderung, doch es ertönte ein scharfes Zischen, und inmitten der Dunkelheit entzündete sich eine Kerze, ein gelber Stengel mit einer rotgelben Knospe. Dann verdunkelte etwas ihr Licht, ein schwarzer Schatten huschte vorbei, verschwand wieder, kehrte zurück.

Über der Kerze flog ein Vogel oder ein riesenhaftes Insekt. Mechail erhaschte nur einen flüchtigen Blick darauf – die Flügel bewegten sich geräuschlos, und hinter ihrem Gewebe flackerte die Flamme.

Zwei nutzlose Handbewegungen – zum einen griff er nach dem Schwert oder Messer, das der Erbe eines Burgherrn für gewöhnlich bei sich trug, und zum anderen, weniger angemessen, schlug er über dem Herzen ansatzweise ein Kreuz.

Es war eine Motte. Das sah er jetzt, denn nun klammerte sie sich über der Kerze an die Wand, über dem Steinsockel, der als Altar diente. Eine schwarze Motte mit ausgebreiteten Flügeln und zwei dünnen Fühlern mit funkelnden Spitzen.

Dann erscholl doch noch die Stimme aus dem Dunkel.

»Erinnerst du dich jetzt?«

Und die Erinnerung war wie ein Meer, das ans Ufer seines Geistes schlug, doch er sah nur Brecher, Schaum, ein heilloses Durcheinander zerschellter Gedanken.

»An den Anfang«, sagte Anjelens Stimme. »An das Trinken und an den Schraubstock, der dich umklammert hielt. An die trügerische Jagd, das Insekt und den Mond. An die Soldaten, die in den Wald gelockt wurden.«

Wie von ferne fühlte Mechail sich stürzen, verspürte er den unerbittlichen Aufprall. Schmerz durchzuckte seine linke Schulter, sein Rückgrat, und eine Klaue grub sich langsam in seine Hand und bis auf die Knochen vor. Er schrie jedoch nicht, denn in seinem Mund war ein Geschmack nach unschätzbar kostbaren Rubinen.

Die Motte an der Wand über der Kerze dehnte sich aus und veränderte sich. Sie wurde zu einem Mann an einem unsichtbaren Kruzifix, mit gestrecktem Oberkörper, zurückgeworfenem Kopf und ausgebreiteten Armen. In seiner Brust ein einzelner Nagel aus scharlachroter Glut. Und dann stand dort auf dem Altar Anjelen, ein gepanzerter Krieger, ein Schwert an seiner Seite und auf der Brust ein schwarzes Lackkreuz mit dem Auge eines scharlachroten Steins darauf. Er senkte die Arme, die bleichen Hände. Auf seinem blassen Gesicht die grundlose Undurchdringlichkeit von mindestens dreihundert Jahren unter einer Maske aus Haut.

»Begreifst du, was du gesehen hast?«

Mechail sagte: »Nein.«

»Aber du glaubst, daß du gestorben bist und jetzt lebst.«

»Ja. Das muß ich wohl.«

»Und als was würdest du deine jetzige Lebensform bezeichnen?«

»Als Dämon.«

»Als ein Wesen der Nacht, einen Vampir, den es nach menschlichem Blut verlangt?« fragte Anjelen sanft. Und hinter ihm regten sich die großen Schwingen der Macht. »Vergiß den Aberglauben der Burg Korhlen. Denk an das, was man dir unten in der Kirche gezeigt hat.«

»Das habe ich geträumt«, sagte Mechail. »Und das hier träume ich vielleicht auch.«

»Traum und Wirklichkeit. Im wirklichen Leben ist die Grenze zwischen beiden durchlässig. Das, was die Unwissenden als Magie bezeichnen, ist in Wahrheit die Wissenschaft von den wahren Dingen. Komm her, Mechail.«

Wie zuvor der junge, von Efeu bekränzte Priester in seiner Nacktheit trat nun Mechail vor, und wie dieser fürchtete er sich nicht.

»Was ist mit deinem Vater?« fragte Anjelen, als Mechail unterhalb des Altars vor ihm stand.

Mechail hob die Schultern, die gesunde und die geheilte. Die Schmerzen hatten aufgehört. Er war nur durstig, lechzte danach, zu trinken, und selbst die rote Kerzenflamme, die zu Anjelens Füßen brannte, barg einen Beigeschmack von Wein, desgleichen der rote Juwel an seiner Brust.

»Der Samen eines Burgherrn aus dem Wald hat dich erschaffen«, sagte Anjelen. »Hier nun das Rätsel. Du bist ebenso mein Sohn.«

Anjelen stand nicht mehr auf dem Altar, er war heruntergesprungen. Der Juwel im Kruzifix quoll über.

Flüssigkeit rann über den Edelstein, aus der kleinen Wunde in Anjelens Kehle.

»Dies ist mein Blut. Denn ich werde dich zu dem machen, der du bist. Du gehörst mir. Du wirst sein wie ich, so wie deine Mutter, auf ihre Art. Trinke mein Blut. Und fortan sollst du trinken zu meinem Gedächtnis.«

Und ebenso sanft, wie er das Haupt des sterbenden Priesters gehalten hatte, zog Anjelen Mechails Kopf nach unten, bis das Feuer dessen Lippen verbrannte.

Da war das verschwommene Bild des Handgelenks eines Mädchens, der Geruch von Pfirsichbäumen. Und dann erblühte die scharlachrote Rose in seinem Geist. Erblühte und entfaltete sich, und ihre Blütenblätter wurden zu brennenden Tropfen, die durch seinen Körper strömten.

So wie ihm einmal die Brust einer Frau weiße Milch geschenkt hatte, so schenkte ihm nun die Ader eines Mannes die rote Rose des Lebens. Die Rose aus Blut.

Er trank, bis sein Leib voller Feuer war, bis er kein Mensch mehr war, sondern ein Geschöpf aus Licht, bis in ihm die Sonne loderte. Sein Fleisch schien so durchsichtig wie Glas. Er spürte die Seele, die in ihm war. Die Seele war das, was er war, und das Fleisch eine untergeordnete Beigabe. Es gab nichts an ihm und nur wenig in der Welt, worüber er keine Gewalt gehabt hätte.

Und dann erlosch das Feuer allmählich, die Rose faltete sich zusammen und ruhte.

Mechail riß die Augen auf. Er lag auf einem Felsen unter dem Mittagshimmel. Die braune Stute rupfte in der Nähe Flechten. Keine Kapelle. Kein Gefährte. Nur das Kloster unter ihm und das funkelnde Meer, das kam und ging.

Träumend oder wachend.

11. Kapitel

DIE RUTE KLATSCHTE AUF DEN OBERSCHENKEL der dicken Frau und hinterließ den brennenden Schmerz von sieben Wespenstacheln. Die sieben Widerhaken der Rute ließen augenblicklich das Blut hervorquellen, sie verhakten sich im Fleisch und rissen es auf. Die Oberin biß sich auf die Lippen, holte aus und wappnete sich für den zweiten Schlag.

An der Tür wurde geklopft.

Die Oberin verspürte verständliche Erleichterung und verschwommene Enttäuschung.

»Du mußt warten.« Sie hatte mit fester Stimme gesprochen. Ihre Hände zitterten, als sie wieder die Kutte anlegte, den Gürtel verknotete und die Rute in einen Holzkasten legte. »Komm herein.«

Eine der Novizinnen öffnete die Tür, trat ein und verharrte mit geneigtem Kopf, so als schämte sie sich, in der unterwürfigen Haltung, die von ihr erwartet wurde.

»Schwester Oberin, eines der alten Weiber vom Hof der unreinen Frauen ist hier. Sie möchte Euch sprechen und will nicht weggehen.«

Die Oberin verspürte um ihre schmerzhafte Wunde herum ein seltsames Prickeln.

»Schicke sie herein.«

Die Novizin ging hinaus, und bald darauf nahm die ältere der beiden Frauen ihre Stelle ein. Früher einmal war sie eine Hure gewesen; davon war ihr nichts mehr anzumerken. Sie wirkte wie ein beliebiges altes Dorfweib, nur etwas besser genährt, plump, schmutzig, ein wenig senil.

Die Alte verlieh ihrer Dankbarkeit darüber Ausdruck, daß sie empfangen wurde. Nach Bauernart redete sie die dreißig Jahre jüngere Oberin mit *Mutter* an. Dies und die kriecherische, schmeichlerische Unterwürfigkeit der alten Frau störten die Oberin. Sie bevorzugte die sklavische Untergebenheit der Schwestern, die sie niemals zu umschmeicheln oder einen Vorteil zu erlangen versuchten, da sie wußten, daß dies unmöglich war.

»Nun denn. Du bist hier. In welcher Angelegenheit möchtest du mich sprechen?«

»Es geht um die Hexe«, sagte das alte Weib. »Um die Junge auf dem Hof. Sie tut böse Dinge.«

»Wovon sprichst du überhaupt?« sagte die Oberin. Sie verspürte ein plötzliches Unbehagen.

Das Weib sagte: »Es geht um das Hexenmädchen, das bei uns auf dem Hof untergebracht ist.«

»Meinst du die junge Frau, die Dienerin des Magisters Anjelen?«

»Ich meine das junge Ding mit dem langen Haar und dem eleganten Kleid.«

»Du kannst dich nicht über sie beklagen.«

»Doch, doch, das kann ich!« kreischte die Alte.

»Nimm dich in acht, was du sagst. Das Mädchen steht unter dem Schutz des …«

»Aber ich habe gesehen, was sie tut. Zuerst hat sie Zauberkräuter angepflanzt, aber an diesem frommen Ort wollten sie nicht wachsen.« Die Alte lachte gackernd. Sie sagte: »Nachts treibt sie Unzucht mit sich selbst. Ich habe es selbst gesehen. Sie steckt ihre Finger in sich hinein.«

Die Oberin sagte ernst: »Wie kommt es, daß du ihr dabei zugeschaut hast?«

Die Alte wurde etwas unsicher. Dann faßte sie sich wieder. »Ich habe ihr Stöhnen gehört. Ich dachte, sie wäre krank, darum ging ich nachsehen.«

Die Oberin bezweifelte diese Geschichte. Außerdem stellte die Selbstbefleckung, so schmutzig und entwürdigend sie auch sein mochte, beim weiblichen Geschlecht ein minderes Vergehen dar, da dabei nichts verschwendet wurde. Die Schwestern mußten enthaltsam leben, aber bei einer gewöhnlichen Frau, einer Nichtjungfrau, mochte man darüber hinwegsehen oder allenfalls eine leichte Buße verhängen. Andererseits schien das grünäugige Mädchen kein großes Verlangen nach fleischlichen Genüssen gehabt zu haben. Was das Anpflanzen der Kräuter anging … davon hatte man sie bereits unterrichtet. Höchstwahrscheinlich eine Ergänzung des Speiseplans, ein Zeichen bäuerlicher Geschäftigkeit, die nicht behindert werden sollte. Und während die Oberin, die Jascha vom ersten Moment an verabscheut und gefürchtet hatte, so überlegte, dachte sie: *Nun mach schon, Weib: erzähl mir mehr.*

Und die Alte sagte: »Dann ist da noch die Truhe in der leeren Zelle. Darin sind Menschenknochen, und die Hexe spielt damit, schmückt sie mit Ringen und Blumen. Sie *spricht* mit ihnen. Das ist gottlos.«

Die Oberin bemerkte, daß aus dem Striemen Blut in ihre Kutte sickerte. Hin und wieder plagte sie furchtbarer Selbstzweifel und eine unvernünftige Furcht, die sie zur Rute greifen ließen, mit der sie dann den Dämon der Angst verjagte. Sie wollte nicht, daß andere die Spuren ihrer Kasteiung bemerkten. Daß sie zu Schmerzen Zuflucht nehmen mußte, war für sie kein Zeichen von Frömmigkeit, sondern von Schwäche.

»Du hast dich ausgesprochen. Geh jetzt. Ich werde das Gesagte überdenken. Wenn es stimmt, muß etwas geschehen.«

»Es *stimmt* – es stimmt.«

»Du wärst schlecht beraten, mich anzulügen.«

»Ich lüge nicht. Ich habe sie gesehen. Sie verehrt Knochen und beschwört mit ihnen den Teufel.«

»Schweig! Ich habe dir zugehört, und ich werde das Nötige veranlassen. Geh wieder auf deine Zelle.«

Die Alte machte ein verdrießliches Gesicht, ihre

Augen waren voller Bosheit und enttäuschter Gier. Sie zog sich zurück. Die Oberin bekreuzigte sich. Es ging ihr wieder besser. Jetzt brauchte sie die Rute nicht mehr.

Für Jascha war das Meer der Wald (Tropfen und Blätter), und der Hof war der Platz vor der Hüttentür. Der Besen lehnte dort neben dem Wasserkrug, der Flecken Erde war umgegraben. Am Nachmittag des winterlichen Tages hängte Jascha ihr Unterhemd zum Trocknen über die Zellentür und band es mit dem Saum daran fest. Das Hemd blähte und bauschte sich, als wäre eine dicke Frau hineingeschlüpft. Jascha betrachtete dieses Omen und wunderte sich darum nicht, als die Oberin der Doma hinter zwei Schwestern auf den Hof marschiert kam.

»Was machst du da?« sprach die Oberin Jascha ohne Umschweife an. Ihr Tonfall war vorwurfsvoll. Er war gefährlich: mit derlei Feinheiten kannte Jascha sich wohl aus.

»Ich habe mein Hemd gewaschen«, sagte Jascha. »Der Wind wird es trocknen.«

Als sie antwortete, war sie sich bewußt, daß die beiden alten Weiber in den angrenzenden Zellen ihre ungewaschenen Ohren spitzten. Unheil lag in der Luft. Jascha sah sich nach einem Ausweg um. Der einzige Ausgang wurde jedoch von der massigen Gestalt der Oberin, ihren beiden Schwestern und den beiden dümmlich dreinblickenden Sklavinnen versperrt, die sich hinter ihr aufgebaut hatten.

»Dann bist du also reinlich. Aber du bindest dir das Haar nicht hoch, wie man es dir aufgetragen hat.«

Jaschas Blick bohrte sich durch die linke Brust der Oberin hindurch. Jascha wartete auf den nächsten Tadel.

»Du bist ungehorsam«, sagte die Oberin. »Aufsässig. Was hast du dazu zu sagen?«

Jascha sah zu der Oberin auf.

Nach einer Weile vermochte sich die Frau nicht mehr zurückzuhalten und sagte: »Und wenn ich nun weiß, daß du unrechte und gottlose Dinge tust, was antwortest du dann?«

»Nein«, sagte Jascha.

»Nein?«

»Nein, so etwas tue ich nicht.«

Die Oberin runzelte die Stirn. »Du gibst dich naiv, aber als ehemalige Magd eines Magisters kannst du nicht dumm sein. Es sei denn, du hast ihn getäuscht und warst fromm genug, um in seinen Diensten zu verbleiben.« (Eine der Vetteln murmelte in ihrem Kämmerchen.) Die Oberin hob die Stimme. »Ihr, Schwestern, geht in die dritte Zelle dort. Seht nach, was ihr darin findet.«

Die beiden Schwestern gingen zu der Zelle, in der sich angeblich die Truhe und die Knochen befanden.

Die Tür der dritten Zelle war aufgebrochen. Die beiden Schwestern standen im Eingang, als hätten sie den Verstand verloren. Dann sagte die eine: »Schwester Oberin ...«

Die Oberin stürzte vor und blickte mit erwartungsvoll pochendem Herzen hinein, ein beinahe angenehmes Gefühl. Gleichzeitig war sie entsetzt.

In der Zelle befand sich erwartungsgemäß eine Truhe; das war nichts Besonderes. Auf dem Boden lag ein Skelett, jeder Knochen an seinem Platz, die Fußknochen nebeneinander, die Knochenhände über dem Brustbein verschränkt. Der Schädel ruhte auf einem Kissen, das Jascha – obwohl man sie dort nie gesehen hatte – aus der Kapelle gestohlen haben mußte, wo die Kissen verwahrt wurden, damit die älteren Schwestern darauf knien konnten. Das Skelett war mit einem grünen Gewand bekleidet – das eindeutig Jascha gehörte. Der kahle, elfenbeinfarbene Schädel war mit geflochtenen grünen Winterpflanzen bekränzt. Auf einem dünnen Fingerglied steckte ein silberner Ring.

Die jüngeren Schwestern kicherten. Die Oberin schwankte zwischen Furcht und einer gelassenen Betrachtungsweise, in deren Licht dies alles lediglich als ein makaberer Scherz erschien.

Die Oberin hatte nicht vor, Jascha zu tadeln. Sie wandte sich zu ihr um, gerade noch rechtzeitig, um mitzubekommen, wie die beiden Sklavinnen Jascha erfolglos daran zu hindern versuchten, vom Hof zu laufen.

»In Gottes Namen« – die Oberin vernahm nicht ohne Überraschung, wie ihre Stimme zu einem Kreischen anschwoll – *»haltet sie auf!* Das ist Hexerei!« In sachlicherem Ton fügte sie hinzu: »Nekrophilie. Verschließt diese Tür«, fuhr sie die glotzenden Schwestern an. »Jemand muß den Primas holen.«

Hinter dem Hof ertönte ein Schrei und dann ein lautes Krachen. Das flüchtende Mädchen war gegen ein Hindernis gelaufen.

Die Oberin stieß die nutzlosen Sklavinnen beiseite und sah zwei weitere Schwestern plärrend und blaß inmitten der Scherben eines großen Milchkrugs liegen. Andere standen wie versteinert da, während Jascha wie ein Wirbelwind an ihnen vorbeifegte. Sie war ein sich auflösendes Wesen mit fliegenden Zöpfen, im Begriff, sich in eine Dimension außerhalb der Doma zu flüchten.

»Haltet sie! Sie ist eine Hexe! Ein Geschöpf des Teufels!« kreischte die Oberin, außer sich vor Aufregung.

Schließlich packte sie eine korpulente Schwester, die mit dem winzigen Gebetbuch in Händen gerade aus einem Seitengang trat, und zwar einzig aus dem seltsamen Verlangen heraus, sie zu beobachten, so wie man dem Todeskampf einer ertrinkenden Kuh zuschauen mochte. Als sie Jascha erst einmal gepackt hatte, ließ sie sie nicht wieder los. Jascha wand sich, biß um sich und schlug mit den Fäusten auf sie ein (stumm, ohne Atem zu vergeuden), jedoch erfolglos. Und wie der Bodensatz aus einem Faß ergossen sich weitere Schwestern auf das kämpfende Paar. Jascha wurde von Fleisch und dunklen Kutten eingekeilt. Überall wurde nun gerufen und geschrien. »Eine Hexe! Hexerei!«

»Hexerei«, wiederholte die Oberin. »Knochenrituale.«

Im Geiste begann sie bereits den Brief an den Primas des Christeriums zu schreiben. Seit sie hier war, hatte sie noch nie Grund gehabt, mit ihm zu kommunizieren. Was den Magister, Anjelen, anging, so würde er vom Primas informiert werden. Ihr stand es nicht zu, dem Magister irgend etwas mitzuteilen. (Und er war nicht nur ein Magister, sondern auch ein Ritter der Kirche.) Auf einmal verspürte sie einen Anflug von Furcht. Und ohne sich dessen bewußt zu sein, war sie gleichzeitig unsagbar stolz darauf, sich in die Angelegenheiten der Engel einzumischen.

Ihr Kerker lag irgendwo in der Doma. Alles war so schnell gegangen, daß sie keine klare Vorstellung davon hatte, wo sie sich befand. Genutzt hätte ihr dies auch nur dann, wenn sich eine Möglichkeit zur Flucht geboten hätte, doch das war nicht der Fall. (Jascha war praktisch veranlagt. Für ihre Denkweise war der größte Teil des Lebens bedeutungslos.) Die Tür war verschlossen und verriegelt. Es gab weder Fenster noch sonstige Öffnungen. In einem Tonlämpchen brannte eine Kerze, daneben lagen weitere Kerzen. Jede neue Kerze mußte sie am Talgstummel ihrer Vorläuferin entzünden, und so maß sie die Zeit anhand dieser flackernden, niederbrennenden, erlöschenden und wieder auflebenden Flammen.

Da es keine andere Zeit gab, mit der sie sich hätte beschäftigen können, dachte Jascha an ihre Kindheit.

An ihre Geburt erinnerte sie sich nicht mehr. Das war eigenartig. Es war, als wäre sie plötzlich zum Leben erwacht, als hätte der Mann, Carg Vrost, sie erschaffen, aus Grünzeug vielleicht und aus Lumpen, die in der Hütte herumgelegen hatten. Ihre Seele entwickelte sich in dem Maße, wie ihr Körper wuchs.

Sie erfuhr, daß Carg Vrost ihr Vater war und der Erdhügel, das Grab, ihre Mutter.

Carg Vrost wußte nichts mit ihr anzufangen. Er gab sie ins Dorf zu fremden Leuten.

Erst im Dorf nahm Jascha, ihre sich entwickelnde Seele und die Einzelteile, aus denen sie geformt worden war, allmählich menschliche Konturen an. Jetzt hatte sie andere Wesen als die Tiere und Insekten des Waldes, um sich nach deren Vorbild zu formen.

Jascha versuchte sich anzupassen, bemühte sich nach Kräften, eine Menschenfrau zu sein. So erfolgreich wie ein Chamäleon spürte sie die Unterschiede zwar, hinterfragte sie jedoch nicht, sondern versteckte sie bloß. Zu ihrem Vater zurückzukehren war vernünftig gewesen. Über die Kunst der Verstellung hatte sie soviel gelernt, wie ihr in dieser Lebensphase möglich war, und bei Carg Vrost, dem Verrückten, war es sicherer für sie. Zurückzukehren war auch das, was eine brave Bauerntochter getan hätte. Nach Möglichkeit tat Jascha stets das, was andere von ihr erwarteten. Vielleicht galt dies sogar für ihr Weglaufen in der Doma. Doch daran war auch ihr blinder und törichter animalischer Instinkt schuld.

Die anderen wollten sie verurteilen. Das Weglaufen war ein zusätzlicher Beweis ihrer Schuld gewesen.

Die Knochen in der Zelle waren geordnet gewesen; das hatte sie selbst gesehen. Sie hatte es nicht getan. Zumindest ihr Körper hatte es nicht getan. Jascha, die wie eine Pflanze im Nährboden ihres Fleisches herangewachsen war, wollte für die Taten ihrer Seele keine Verantwortung übernehmen.

Als sich die Gefängnistüren endlich öffneten, kamen gleich zwei Sklavinnen hereingestürzt und packten sie. Jascha wehrte sich nicht. Die Frauen waren aufgrund der körperlichen Arbeit kräftig. Im Eingang stand eine Schwester, die sich sogleich wortlos umwandte und durch einen Gang davonging. Die Sklavinnen zerrten Jascha hinterher.

Bald darauf (ihre Beobachtungen waren lückenhaft, da die plötzliche Helligkeit und die Ausmaße des Gebäudes sie verwirrten) fand sie sich in einem Hohlraum aus behauenen Steinen wieder, in dem nur ein einziges Licht brannte, eine Lampe in den Klauen eines aufgerichteten eisernen Tieres mit einem Löwenkopf und dem bekleideten Körper eines Mädchens. Hinter diesem Kuriosum ragte hinter einem großen Buch auf einem Ständer eine weitere Figur auf.

»Fesselt sie«, sagte die Gestalt über dem Buch. Die Stimme war geschlechtslos oder beiden Geschlechtern zugehörig; es mangelte ihr an Menschlichkeit.

Und die Sklavinnen zerrten Jascha in den Raum hinaus, wo der Lampenschein auf sie herabfiel, beugten sich plötzlich vor und fesselten sie auf seltsame Weise, mit Fußschellen, die sie an einem im Boden verankerten Ring festbanden.

Jascha verhielt sich vollkommen still. Sie schaute ins Licht empor. Das Wesen war eine Frau oder war früher einmal eine gewesen. Sie hatte Brüste, formlose Ausstülpungen, und den Bauch einer Gebärenden, aber ihre Kinder konnten nur Gespenster sein. Ihre Augen waren wie zwei feuchte, gelbe Flecken.

»Man nennt dich Jascha«, sagte die Frau über dem Buch. »Du bist eine Magd des Magisters Anjelen. Dennoch hast du dich der Hexerei schuldig gemacht.«

»Nein«, sagte Jascha.

»Und du streitest weiterhin alles ab. Die Zeit, die man dir zur Selbstbesinnung gelassen hat, hast du ungenutzt verstreichen lassen. Weißt du nicht, daß Gott in jeden verschlossenen Raum hineinzublicken vermag, in jedes Herz? Jetzt sag mir, was hast du damit bezweckt?«

Jascha kam der Gedanke, sie könnte gezwungen sein, einen Zweck zu erfinden für das, was sie gar nicht getan hatte, irgend etwas, das sie mit den braunen Knochen vorgehabt hatte. Denn diese Frauen waren entschlossen, sie wie ein Stück Wild zur Strecke zu bringen.

Aber sie zögerte zu lange, ihr wollte einfach nichts einfallen, und über dem Buch klatschten die Hände zusammen wie eine zuschnappende Falle.

Aus den Augenwinkeln sah Jascha jemanden näher treten. Dem Geruch nach eine weitere Frau, aber ob es eine Sklavin war oder eine Ordensschwester, vermochte Jascha nicht zu erkennen. Es kam auch nicht darauf an. Die Frau packte Jascha beim Hals und bog ihren Kopf zurück. Diesmal versuchte Jascha sich zu wehren – sie stieß gegen eine Brustplatte oder eine Blechverkleidung, und ihre Hände prallten davon ab.

Die Hände der unsichtbaren Frau rochen nach Erde, als hätte sie gerade eben noch Gemüse geschält. Sie krochen über Jaschas untere Gesichtshälfte und zwangen ihren Kiefer auseinander. Ein furchteinflößender Finger wanderte über Jaschas Unterlippe. Erst drang ein schwarzer Fingernagel ein – unsichtbar und unwirklich, so bitter schmeckend wie Medizin –, dann füllte die ganze Faust die weiche Höhlung von Jaschas Mund. Unwillkürlich wollte sie zubeißen, schaffte es jedoch nicht. Sie wurde festgehalten. Als sie sich wehrte, wurden ihre Hände weggeschlagen. Die derben Finger packten zu, zudringlich und grob. Ein unglaublicher Schock und ein Geräusch – mehr gefühlt als gehört –, dann ein Schmerz wie von einem glühenden Messer. Die Hand zog sich zurück. In der Lichtpfütze war sie nun schwarz gefärbt.

»Sie hat dir einen Zahn abgebrochen«, sagte die Frau über dem Buch. »Der nächste wird ihr genausowenig Mühe machen.«

Jascha legte die Zungenspitze auf die schmerzende

Stelle, wo eben noch ein flacher Backenzahn gesessen hatte, gesund und stark.

»Was«, sagte die Frau, »hast du mit den Knochen vorgehabt?«

»Ich wollte zaubern«, sagte Jascha. Blut rann über ihr Kinn.

»Dann sprich. Und ich werde schreiben.«

Nach kurzem Nachdenken sagte Jascha: »Das habe ich von meiner Mama gelernt.«

»Sprich weiter.«

»Man kann damit einen Geist beschwören.«

»Das war deine Absicht?«

»Ja.«

»Deine Mutter hat dich diesen Zauber gelehrt, sagst du?«

»Ja.«

»Wozu hast du ihn praktiziert?«

Jascha sagte: »Ich verstehe Euch nicht.«

»Zu welchem Zweck hast du den Zauber angewandt?«

Darauf war Jascha noch nicht vorbereitet. Als sie zögerte, fühlte sie, wie sich hinter ihrem Rücken etwas bewegte und wie die Körperwärme der Frau mit den schmutzigen Händen abermals näherrückte. Jascha sagte: »Ich habe es oft getan. Einen Geist beschworen.«

»Du mußt sagen, warum du es getan hast.«

Was sollte sie darauf antworten? Was hatten die Frauen aus dem Dorf mit ihren kläglichen Zaubereien bezweckt?

»Er erzählt mir verschiedene Dinge.«

»Ah.« Die Frau über dem Buch schien zufrieden. Aber sie würde vielleicht noch mehr wissen wollen.

In Jaschas Kopf wirbelten die Gedanken durcheinander. Dann formte sich ein Bild. Es war klar und deutlich. Ehe die Frau sie erneut fragen konnte, sagte Jascha: »Der Geist erscheint in der Gestalt einer Motte.

Eine schwarze Motte mit roten Augen, so groß wie ein Vogel.«

Der Schmerz in Jaschas Mund hatte Ableger gebildet, die bis in ihre Augen, ihren Hals und in ihre Brüste reichten. Sie empfand fürchterlichen Zorn über das, was man ihr angetan hatte, der sich jedoch auf kein bestimmtes Ziel richtete, denn auf ihre beiden Peiniger konnte sie sich nicht stürzen.

»Einmal hat mein Papa versucht, den Geist zu töten«, sagte Jascha. Die Worte überschlugen sich. In ihrem Kopf wirbelte ein Durcheinander alter Dorfgeschichten, fast ein Traum. »Er holte die Männer aus dem Dorf, und dann rannten sie ihr durch den Wald nach. Aber«, fügte sie rasch hinzu, »sie ist harmlos. Sie sagt mir, was ich anpflanzen soll und wie das Wetter wird ...«

»Und wird es morgen schön?« fragte die Frau über ihr. »Wird es ein trockener Tag?«

Jascha steckte sich einen Finger in den Mund und tastete nach dem abgebrochenen Backenzahn, zuckte vom Zahnfleisch zurück. Der Zahn war messerscharf.

»Der Magister ist mein Herr«, sagte Jascha. »Was meint er dazu?«

»Nichts. Hier gehörst du uns. Der Magister wird dich nicht schützen.«

Jascha empfand schreckliche Angst.

Sie fragte sich, ob sie ihr vielleicht nur einen Schrecken einjagen wollten, aber ihr Verhalten war gebieterisch und streng.

»Du kannst jetzt wieder auf dein Zimmer gehen«, sagte die Frau mit dem Buch. »Es war klug von dir, daß du den Mund aufgemacht hast. Damit hast du uns beiden Unannehmlichkeiten erspart.«

»Welche Strafe werdet Ihr mir auferlegen?« fragte Jascha.

»Eine Schwester wird dich aufsuchen und deine Gemütsverfassung mit dir erörtern. Vorausgesetzt, du wiederholst vor ihr dein Geständnis, wird sie dich die angemessenen Gebete lehren.«

Gebete allein würden als Buße für die Anrufung von Geistern nicht genügen. Die Befragung war zu kurz und zu oberflächlich gewesen.

Hinter Jaschas Rücken war eine Bewegung. Die Wärme der Frau mit den schmutzigen Fingern entfernte sich. Die beiden Sklavinnen näherten sich, lösten die Fußfesseln und packten sie ebenso grob und sachkundig wie zuvor.

Jascha merkte, daß sie im Begriff war, zum erstenmal ohnmächtig zu werden. Sie ließ es zu, daß ihre Gliedmaßen erschlafften und daß sie das Bewußtsein verlor.

Die Sklavinnen trugen Jascha hinaus. Jaschas Bewußtsein schwebte in ihrem Körper durch die gewundenen Gänge der Doma. An eine Flucht war nicht zu denken. Es gab keine Hoffnung und darum auch nichts, wofür es sich zu kämpfen lohnte.

Wieder in ihrem Kerker angelangt, ließ man sie auf dem Strohlager liegen, und das Licht der Kerze, die in der Lampe weitergebrannt hatte, wurde schwächer.

Jascha lag im Halbdunkel und leckte über den abgebrochenen Zahn. Der weibliche Folterknecht hatte ihr das abgebrochene Stück nicht zurückgegeben.

In Jaschas Schädel erwachte etwas und bewegte sich umher. Sie wußte nicht, was es war, und untersuchte es auch nicht, sondern beobachtete es bloß in ihrem Trancezustand. Es betraf den Magister Anjelen, der sie hierhergebracht hatte, den Magister, der nichts unternehmen würde, um ihr zu helfen. Der Gedanke bedeutete keine Hoffnung, er war formlos und mochte sich als nutzlos erweisen. Dennoch setzte Jascha sich auf, kurz bevor die Flamme erlosch, und zündete eine neue Kerze an.

Da der Primas nicht die Doma und die Oberin nicht das Christerium betreten durfte, verkehrten sie schriftlich miteinander. Insgesamt wurden vier Briefe geschrieben. Im ersten Brief, der recht ausführlich und gewunden war, berichtete sie ihm im blumigen und selbstbewußten Stil eines tugendhaften Kindes, das bestrebt war, seinem strengen Vater zu gefallen, was vorgefallen war.

Die Antwort des Primas war kurz. Die Entdeckung wiege schwer. Das Mädchen müsse vernommen werden. Die Doma solle das Kloster von den Ergebnissen der Befragung unterrichten. Der dritte Brief enthielt diese Ergebnisse – Jaschas freimütiges Geständnis. Welche Strafe solle nun verhängt werden? Doch gewiß die schwerste? Der vierte Brief, die Antwort des Primas, pflichtete der Oberin bei. Da Jascha bereut habe, müsse ihr geistlicher Beistand zuteil werden. Sobald ihre Seele allerdings von Sünde reingewaschen sei, solle man sie von ihrem Körper befreien. Allein mit ihm habe sie sich versündigt.

Ursprünglich hatte der Primas eine andere Todesart empfehlen wollen als die, welche schließlich im Brief festgelegt wurde. Der Primas hatte nämlich jemand anderen zu Rate gezogen. Dieser andere (der Magister Anjelen) verlieh seiner Verärgerung darüber Ausdruck, daß er eine Schlange an seinem Busen genährt habe. Er wies darauf hin, daß der Tod durch Einmauern und Verhungern, der übliche Preis, den man in der Doma für seine Sünden zahlte, allzu langsam, gewöhnlich und schmerzlos sei. Feuer hingegen, sprach der Engel Gottes, den Primas mit seinen Nachtaugen anblickend, sei das passende Bad für die sündige Seele. Es sei in Stadt und Land gleichermaßen die älteste und wahrhaftigste Erziehungsmethode der Kirche. Hier, vor den Toren des Christeriums, würden sie nicht davor zurückschrecken.

Und so schloß der Brief mit folgenden Worten: *Unter sorgfältiger Beachtung aller Vorschriften werdet Ihr die Frau zu einer geeigneten Stelle hinter der Doma bringen und sie dort morgen, bei Tagesanbruch, als Hexe verbrennen.*

Als Mechail am Nachmittag ins Kloster zurückkehrte, begann er nach seinem Mentor zu suchen. Anjelen blieb jedoch unauffindbar. Angefangen vom ersten Priester, dem er begegnete – dem Pförtner am Tor –, bis zu dem Novizen, der ihm auf einer Treppe entgegenkam, kannten sie Anjelen alle. Seinen Aufenthaltsort aber kannten sie nicht. Sie sprachen von ihm wie von einer alles durchdringenden Erscheinung, die überall und nirgends sein konnte, nachweisbar zwar, jedoch unerreichbar. Und auch vom Zauber der vergangenen Nacht wußten sie offenbar nichts mehr, obwohl sie doch daran beteiligt gewesen waren. Man hatte sie verhext. Sie hatten sich Anjelens Macht ausgeliefert und waren von ihr vergiftet.

Mechail versuchte nicht, ihre Amnesie zu durchbrechen. Als er die Klosterpforte vorschriftsmäßig besetzt und die Wege und Gänge von wachen Menschen bevölkert fand, wurde ihm klar, daß er eigentlich nichts anderes erwartet hatte. Ein Stallbursche brachte sein Pferd in den Stall; das jedenfalls war wirklich gewesen. Er hörte die Glocken zu den Mahlzeiten und zum Gottesdienst läuten. Vermutlich war das Kirchengebäude, in dem die Gottesritter das Abendmahl mit Wein gefeiert hatten, der in Wahrheit Blut gewesen war, jetzt von halblauten Gebeten erfüllt. An Blut dachte er auch jetzt wieder.

Er konnte jedoch nicht einfach hingehen und sagen: Es ist etwas geschehen. Er war machtlos.

Und schließlich hob der letzte, der Novize, dem er auf der Treppe begegnete, deutend die Hand, raffte seine Kutte und führte Mechail zu mehreren Zimmern in der Südmauer hinauf. »Dies sind die Gemächer des Magisters Anjelen.«

Die Zimmer waren natürlich leer. (Warum natürlich? Weil er nichts anderes erwartet hatte.) Als der Novize gegangen war, verschaffte er sich einfach dadurch Eintritt, daß er die Tür öffnete.

Mechail brachte eine Stunde in den Räumen des Mannes zu, der ihm Blut zu trinken gegeben hatte. Das Außenzimmer war sehr schmal, und an den Wänden hingen Waffen, das innere war das Zimmer eines Magiers, voller Totenschädel, Bücher und Gerätschaften. Alles war kostbar, und die Fenster hatten grelle Farben. Auf dem schmalen Bett hinter einem Vorhang lagen jedoch nur ein Kissen und eine einzelne Decke.

Achtlos waren überall Spuren von Anjelens Anwesenheit verstreut. Als wenn das Zimmer seinem Körper, seinem Geist *entsprungen* wäre.

Schließlich stieg Mechail wieder hinunter.

Er machte seine Unterkunft ausfindig. Er schloß sich darin ein und wartete. Auf Anjelen. Oder auf ein Wort von Anjelen.

Und er sehnte sich nach Anjelen, wie ein Liebhaber, der an nichts anderes denken konnte.

Doch der Tag verstrich, und es verstrich die Nacht. Am Morgen brachte man ihm zu essen, wie tags zuvor, und mittags, als man ihm keine Speisen brachte, suchte er den Gemeinschaftssaal auf. Unbemerkt wandelte er zwischen den Brüdern, noch immer haftete das Zeichen an ihm und verschaffte ihm fast überall Eintritt. Allerdings ohne daß er seinem Ziel dabei nähergekommen wäre.

Tagein, tagaus wanderte er im Kloster umher. Nach und nach prägte er sich die Lage der Gebäude und der darin befindlichen Abteilungen ein. Dies erschreckte ihn ein wenig, als würde das Opfer dadurch kleiner, weniger bedeutungsvoll. Er stieg zu Anjelens Gemächern hoch – sie waren leer. Er stellte direkte Fragen: Wo kann ich den Magister Anjelen finden? Und nun wurde ihm präzise geantwortet: Er betet in der Kirche. Er ist in der Bibliothek, auf dem Andachtshof… Wenn er jedoch dorthin kam, war Anjelen verschwunden. Mechail schien ihn ständig um Haaresbreite zu verfehlen.

Eines Abends ging Mechail zum Stall, um nach der roten Stute zu sehen, die man ihm in Korhlen gegeben hatte, oder nach ihrer Doppelgängerin, die einem Traum entsprungen war. Und der Stallbursche, ein Laienbruder, brachte sie ihm auf seine Bitte hin, *sein* Eigentum, gestriegelt und geschmeidig und wirklich, auf daß er es einer Prüfung unterziehen möge.

Mechail wich der Kirche aus, aus der der Gesang einer Abendandacht erscholl – man hatte ihn hineingehen und darin stöbern, nach Anjelen suchen lassen. Er ging zum Priestersaal, um dort unter den Augen der Märtyrer das Abendessen einzunehmen. Als er dort allein unter den Brüdern speiste, kam ihm eine Idee. Indem er sein Ziel verfolgt hatte, war er keinen Schritt weitergekommen. Und wenn er es nun aufgab?

Er dachte an die Berge und stellte sich vor, wie er langsam dahinritt, in gemessenem Abstand gefolgt von Anjelen.

An dem Morgen, als sie verbrannt werden sollte, hatte Jascha, die wie jeder Straßenköter wußte, daß der Tod nahe war, um Wasser gebeten und sich am ganzen Körper gewaschen. Sie löste ihr Haar und ließ es wie eine Flutwelle in voller Länge herabfließen, was Livdis immer so gefallen hatte. Vom Hörensagen hatte sie eine Vorstellung von dem Tod, der ihr bevorstand, und ursprünglich hatte sie sich das Haar wieder ganz fest zusammenbinden, es dicht bei sich und aus den Flammen heraushalten wollen, um sich und ihren Leib ein wenig länger zu schützen; eine sinnlose, wenn auch instinktive Verzögerung. Aber sie kamen zu früh, bevor sie fertig war, und banden ihr die Hände, und ihr Haar blieb lose.

Sie brachten ihr Wein, nichts zu essen. (Am Abend zuvor hatte man ihr die Sterbesakramente verabreicht, den Wein des Abendmahls und reichlich Brot und Fisch.)

Am Morgen, in der kerzenerhellten Dunkelheit – die

allerletzte Kerze war halb heruntergebrannt –, kauerte sich eine magere Schwester vor Jascha hin und sagte ihr, Gott werde sie im Anschluß an ihre Schmerzen zu sich nehmen. Sie müsse nur weiterhin bereuen und die Vergebung des Himmels erflehen, dann brauchte sie nichts mehr zu fürchten. Jascha widersprach nicht. Ihre Furcht vor dem Feuer war normal, sie wußte, es gab kein Entrinnen. Sie erleichterte sich mehrere Male und trank den Wein, dann wurde sie mit gebundenen Händen, losem, wehendem Haar und mit vor Anspannung gefurchter Stirn hinausgebracht.

Nach einem langen Fußmarsch durch die gewundenen Gänge der Doma gelangte Jascha mit ihrer aus zwei Schwestern bestehenden Eskorte und den vier Sklavinnen, die sie bewachten, auf den Felsensockel über dem Meer. Fackeln brannten, alles andere war grau, abgesehen vom östlichen Himmel über dem Meer. Dort funkelte der Morgenstern, und der Rand des Himmels hatte sich gelichtet. Es war Ebbe, und die von Fackeln angeführte Prozession folgte dem Meer, bewegte sich an den Felsen über dem Strand entlang nach Süden, vom Kloster weg.

Die Berge traten am Himmel hervor. Der Osten hatte die Farbe von Muscheln. Möwen schrien. Sie kümmerte es nicht, was die Frauen taten, Fackeln und brennende Frauen waren für sie eins, alles gleich unverständlich und uninteressant.

Südlich des Christeriums und der Doma, zwischen dem Meer und den Felshängen, hatte man eine Plattform errichtet.

Etwa zwanzig Schwestern und die Oberin waren dort versammelt.

Wie für die Möwen ergab auch für Jascha nichts mehr einen Sinn. Die bleichen Morgengesichter wirkten grotesk, alles, was geschah, war absurd.

Die Oberin trat vor und las vor dem Hintergrund des Meeresrauschens aus einem Gebetbuch vor.

Jascha schnappte Bruchstücke sinnloser Worte auf. Gott war die Erlösung und Christus der Erlöser, und es gab keinen Tod, Gottes Wille geschehe. Was hatten solche Phrasen in diesem Moment mit Jascha zu tun?

An der Seite der Plattform, die man hastig aus Steinen vom Strand errichtet hatte, lehnte eine Leiter. Darauf waren Holzscheite und Stroh aufgeschichtet. Jascha wurde von den vier Sklavinnen energisch die Leiter hinaufgeleitet, dann zwang man sie in eine sitzende Haltung. Jascha wurde befohlen, sich flach hinzulegen, wie auf einem Bett. Als sie dies getan hatte, banden die Frauen sie mit Stricken fest. Also spielte es überhaupt keine Rolle, daß sie ihr Haar offen trug. Vielleicht taten sie ihr sogar einen Gefallen damit, sie so hinzulegen, daß die Flammen sie um so rascher verzehren würden.

Jascha glaubte an Gott, jedoch nur als einen Dämon, als eines von vielen des Eingreifens mächtigen übernatürlichen Elementen. Über das Leben nach dem Tod hatte sie sich kaum Gedanken gemacht, denn sie war jung. Sie würde durch Qualen hindurch ins Vergessen eingehen. Dieser Gedanke lähmte sie, aber vielleicht war im Wein auch eine Droge gewesen, die sie benommen und fügsam machen sollte.

Gegen den Widerstand der Stricke und des Haars wandte sie den Kopf. Die Sonne ging auf. Jascha fragte sich, wie lange das Sterben wohl dauern würde. Am besten wäre es wohl, sie stürbe so rasch wie möglich, um die Schmerzen möglichst abzukürzen. Diesen Gedanken hielt sie fest.

Die Oberin kam zum Schluß und klappte das Buch zu. Sie bekreuzigte sich.

Eine seltsame Ruhe herrschte unter den Frauen am Strand. Anscheinend verspürten sie weder den leisesten Zweifel noch Reue, nur ein gefaßtes Grauen angesichts des Unvermeidbaren.

Auf einmal war der Himmel rosenrot. Gewaltige Strahlen schossen in die Höhe. Schrecklicher als alles andere erhob sich wie jeden Tag die Sonne aus dem brodelnden Meer.

Eine durch das Los bestimmte Sklavin näherte sich Jaschas steinernem Lager. Sie trug eine Fackel in der Hand, deren Flamme im Licht der Sonne nicht mehr zu sehen war, und indem sie sich vorbeugte, berührte sie mit dieser unsichtbaren Essenz das Stroh und das aufgehäufte Holz. Es roch verbrannt, und donnernd stieg Rauch empor. Die Sklavin trat zurück.

Jascha lag hinter einer Wand aus Rauch. Selbst die Sonne war ausgesperrt, blutigrot und verzerrt.

Ihr wurde heiß. Glühende Funken fielen auf Jascha nieder. Von ferne hörte sie sich wegen dieses überraschend kleinen Schmerzes schreien. War es schon soweit?

Eben noch war sie schweißgebadet gewesen, dann wurde ihre Haut auch schon geröstet. Sie fühlte sich ausgetrocknet bis auf die Knochen, wie ein verdorrtes Blatt. Dann fingen ihr Haar und ihr Kleid Feuer. Die Flammen hüllten sie ein. Und auf einmal war ihr kalt, sie fror. Sie klapperte mit den Zähnen und zitterte wie Espenlaub. Weil ihr so kalt war, konnte sie nicht mehr schreien, doch als die Stricke durchgebrannt waren, sprang sie auf. In ihr war kein Gedanke mehr, kein Wort, das sie hätte sagen können. Sie war zu Feuer geworden. *Jascha* war nicht mehr.

Für Mechail war es ein Morgen wie jeder andere. Auf dem Weg zum Stallhof des Klosters überlegte er, ob man sich wohl weigern würde, ihm das Pferd zu geben. Aber man brachte ihm die Stute. Der Pförtner öffnete das kleine Tor, und der Reiter ritt hindurch.

Unter ihm ging die Sonne auf, und als er zwischen den Bergen und dem Meer entlangritt, sah er sogleich, daß am Rand des schwarzen Strandes etwas vor sich ging.

Es war eine Weile her, seit er zum letztenmal Frauen

gesehen hatte. Obwohl er während seiner Bewußtlosigkeit geträumt hatte, daß ihn eine pflegte. Dies waren leibhaftige Frauen, Angehörige irgendeiner Schwesternschaft – vielleicht aus dem Gebäude unterhalb des Klosters? Sie veranstalteten irgend etwas am Rande des Wassers. Er ritt näher heran.

Sie blickten alle in eine Richtung, aufs Meer hinaus, ohne ihn zu hören oder zu ahnen, daß er bei ihnen war. Auf einem Steinpodest brannte etwas vor dem Hintergrund der aufgehenden Sonne.

Er empfand männliche Gleichgültigkeit, die ihm anerzogen war, und gleichzeitig Neugier. Denn hier mochte alles mögliche einen Hinweis auf Anjelen geben.

Er ritt weiter, und als er weniger als zwanzig Schritte von den Frauen entfernt war, wehte der Morgenwind über das Wasser heran und teilte den Rauch, der die Plattform verdeckte. In diesem Augenblick sprang etwas darauf hoch.

Vor der rauchverhangenen Sonnenscheibe erblickte Mechail eine verschwommene Mädchengestalt mit erhobenen Schwingen aus orangefarbenem Feuer. Sie stand auf der Plattform, so wie die elementare Erscheinung des Magisters auf dem Altar gestanden hatte.

Das Pferd ging weiter, offenbar ohne sich an den Flammen zu stören. Mechail schaute, und der Rauch wehte ihm entgegen und wurde wieder fortgeblasen. Dann stieß eine der Schwestern einen schrillen Schrei aus.

Aus dem lodernden Feuer, über die brennenden Holzscheite hinweg, kam ein Mädchen wie aus Bronze hervor, mit Augen wie aus grünem Glas. Brennende Holzstücke hafteten an ihr und wurden weggeweht. Das flammende Orange ihrer Flügel loderte zum Himmel empor – sie bestanden aus langen Haarsträhnen, die Feuer gefangen hatten und sich nun wie ein Fliegenschwarm verflüchtigten. Das ganze Haar war verbrannt. Ihr Schädel war braun und kahl. Ihre Bräune war eine Folge der Einwirkung des Feuers. Das Feuer hatte sie *geröstet*, jedoch nicht verzehrt.

Sie betrat den Strand. Ihre Augen waren teuflisch, so grün und groß. Er überlegte, ob sie damit überhaupt noch etwas sah oder ob sie jeden Moment tot umfallen würde.

Die Schwestern stoben kreischend auseinander. Inmitten des Durcheinanders taumelte eine dicke Frau, wandte sich um, lief weg, fiel auf die Knie nieder und kroch seitwärts weiter wie eine Krabbe.

Das Feuer loderte empor und verschlang die Holzscheite und den übrigen Zunder, den man auf den Steinen aufgehäuft hatte.

Das Pferd war stehengeblieben, es wollte nicht mehr weitergehen und schüttelte unwillig den Kopf.

Mechail wurde bewußt, daß er abgesessen war. Er ging auf das verbrannte Mädchen zu, als wären sie miteinander verabredet. Vom Scheiterhaufen schlug ihm Hitze entgegen, und noch mehr Hitze strahlte von dem Mädchen aus. Hinter ihr, auf der anderen Seite des Feuers, ergoß sich Wasser über den Strand.

Ihre Lippen teilten sich. Sie waren nicht blasig, sondern metallisch-glatt verschmolzen. Einer ihrer unteren Zähne war abgebrochen. Aus ihrem Mund quoll eine goldene Flammenkugel hervor, die mit einem leisen Geräusch zerplatzte. Das Mädchen streckte wie eine Eidechse die Zunge hervor und gab ein Krächzen von sich.

Mechail vermochte ihren glühendheißen Körper nicht anzufassen. Er zog sich die Kutte über den Kopf, unter der er mit Hemd, Bundhosen und Stiefeln bekleidet war, alles Gaben der Bruderschaft. Er warf ihr die Kutte über, wickelte sie darin ein, hob sie hoch, eine schlaffe, schwere Last, die er mühsam bis zum Wasser trug.

Als er sie in den Wellen wälzte, zischte ihr Fleisch wie Metall, und weißer Dampf stieg davon auf.

(Die Frauen rannten den Strand entlang, ihr Schreien wurde allmählich leiser.)

Jetzt, da das Mädchen im Wasser war, atmete es. Die Augen hatte es geschlossen. Mechail hob ihren heißen Kopf aus den Wellen. Bald darauf hatte sich das Meer, das immer noch der Sonne entgegenstrebte, von ihr zurückgezogen.

Für das, was geschehen war, gab es keine Erklärung. Es war wie mit der Klinge, die man ihm unter dem Baum ins Herz gestoßen hatte. Das war ein und dasselbe.

Obwohl er sie noch nie gesehen hatte, wußte er, daß dies die Frau war, die ihn auf der Reise gepflegt hatte. Er meinte, sie schon ein Leben lang zu kennen, genau wie Anjelen.

Als das Dampfen und Zischen nachließ, berührte er abermals ihren Körper; er war nur noch sehr warm. Er hob sie hoch, trug sie zum Pferd und legte sie quer über dessen Rücken. Die Stute schüttelte wieder den Kopf, protestierend und weniger fügsam als zuvor. Mechail saß auf.

Oberhalb des Strandes traten die Umrisse des Klosters aus dem Himmel hervor. In der Ferne hasteten die Frauen noch immer auf die Doma zu.

Auf der anderen Seite lagen die Berge, so nichtssagend wie eine Wüste. Er hatte vorgehabt, dorthin zurückzureiten, und er beabsichtigte nicht, etwas an seinem Plan zu ändern.

Vor ihm lag das braune Mädchen in seiner unheimlichen Magerkeit, mit dem Gesäß eines Jungen und ohne ein einziges Haar am Leib. Als er über den Strand ritt, achtete er darauf, sie nicht noch einmal zu berühren.

12. Kapitel

VIELLEICHT HATTE NILYA ihm die Geschichte in seiner Kindheit erzählt. Eine kühne Phantasiegeschichte, in der er das verbrannte Mädchen gerettet hatte und mit ihm fortgeritten war. Alles wirkte so selbstverständlich. Und nun erwartete er natürlich, verfolgt zu werden – von den Schwestern, vom Christerium. Eine Hexenverbrennung. Eine Kirchenangelegenheit.

Er hatte keine Vorstellung davon, wohin er sich wenden sollte, und hatte vielleicht gar nicht vorgehabt, weit zu reiten, solange Anjelen nicht an ihn herantrat. Jetzt hatte Anjelen doppelt Grund dazu.

Mechail beugte sich über den Leib des Mädchens, um es vor dem kalten Tag zu schützen. Er selbst zog noch ein Hemd an, das in seiner Zelle gelegen hatte, und wickelte sich in eine Decke vom Bett. Dies war kein ausreichender Schutz vor dem Winter. Aber er würde bald irgendwohin kommen, wo er zusätzliche Kleidung erbetteln oder entwenden konnte. Oder waren die Berge unbewohnt? Jedenfalls hatten sie etwas Unwirkliches an sich. Das Gefühl zu träumen hielt an.

Gegen Mittag ragten um sie herum dunkle, gemaserte Felswände auf. Das Kloster wurde von ihnen verdeckt. Nichts deutete darauf hin, daß sie verfolgt wurden, und selbst aus dieser Höhe war von einer Siedlung nichts zu sehen. Am Nachmittag schwebten keine Möwen mehr am Himmel.

Das Mädchen regte sich nicht, obwohl es atmete, und ab und zu hustete es, ein gesundes Bellen.

Das Meeresrauschen war verstummt.

Die Sonne, die ihnen als einzige gefolgt war, überholte sie und verschwand plötzlich hinter den Felsspitzen.

Gestern nacht hatte er sich aus dem Priestersaal Brot und einen Krug mit wäßrigem Wein besorgt. Ein knapper Vorrat, jetzt, wo sie zu zweit waren.

Als sich der Tag neigte, führte er das Pferd in eine flache Höhle und entzündete nahe des Eingangs ein Feuer, zum Schutz vor der hereinbrechenden Nacht. Er fragte sich, wie das Mädchen wohl reagieren würde, wenn es erwachte und das Feuer sah. Doch es bewegte sich nicht, atmete und hustete nur an der Rückseite der Höhle, wo er es niedergelegt hatte.

Mechail saß am Feuer, während der Himmel über den Bergen erst zu Honig und dann zu Asche wurde.

Es war, als habe er sich endlich hinsetzen müssen, allein mit sich. Das ließ sich nicht vermeiden. Und so schaute er und sah. Er fühlte sich nicht lebendig. Nein, das hatte er nicht getan, seit er aufgehört hatte, sich zu wehren und zu schreien. Einzig seine Besessenheit von Anjelen, eine verschwommene Erinnerung an den Geschmack von Blut und die Visionen schienen Mechail zusammenzuhalten, wie scharlachrote Fäden. Bei genauerem Hinsehen machte Mechail dies angst. Dennoch fürchtete er sich auch davor, darauf zu verzichten, denn ein anderes Ziel hatte er nicht. Sonst waren da nur das bronzefarbene Mädchen und die eisernen Berge.

Am violetten Himmel funkelten Sterne. Von den schieferfarbenen Bergen senkten sich Winde herab.

Sie kamen als Wölfe aus der Nacht hervor, fünf an der Zahl.

Sie machten kein Geräusch, abgesehen vom Tappen der Wolfspfoten auf dem Fels. Sie drängelten nicht und wirkten, abgesehen von ihrer Erscheinung, nicht sehr wölfisch. Dies mochten die Gottesritter sein, Anjelens Bruderschaft oder Streitmacht, die Männer, die sich in der Kirche versammelt hatten, um Blut zu trinken. Keiner von ihnen schien über eine individuelle Intelligenz verfügt zu haben, so als bezögen sie ihr Leben von Anjelen, und dieser Eindruck wurde auch jetzt wieder bestätigt. Die zehn flachen Edelsteine ihrer Augen tanzten um die Höhlenmündung herum. Ein Wolf war der Anführer. Die übrigen Wölfe gingen und setzten sich, bewegten die Pfoten und die Köpfe, wenn er es tat, als wären sie durch unsichtbare Fäden mit ihm verbunden.

Und dann gab es eine Überraschung. Kraus Zwerg erschien, und als er sich innerhalb des Feuerscheins befand, begann er Räder zu schlagen.

Mechail schaute zu und dachte an das bittere Erlebnis im Tafelsaal, an das dumme Gelächter, an Vre Korhlen, dessen Frau Veksa und an seinen Bruder. Sie waren Phantome, und dennoch lebten sie. Vielleicht sogar auch Krau …

Der Zwerg beendete seine akrobatische Vorführung, stand auf und sah Mechail an. Etwas in seinem Blick hatte sich verändert. Mechail vermochte nicht zu erkennen, was es war, doch es war da, wie ein Fisch, der durch ein trübes Gewässer huschte.

Als Mechail den Blick wandte, hatten sich vier der Wölfe zurückgezogen. Anstelle des fünften Wolfs saß ein Mann auf einem Stein. Anjelen, auch das noch.

Er war in ein mattes Rot gekleidet, das die Schlaglichter des Feuers sinnigerweise in Blut verwandelte. Sein Gewand war eher das eines Priesters als das eines Kriegers. Allein daran erkannte Mechail, daß die Gestalt, die er vor sich hatte, nicht der wirkliche Anjelen, sondern wie der Wolf die materielle Kopie einer geistigen Vorstellung war.

Die Anwesenheit eines Magiers bedrückte Mechail jedoch. Anjelens Erscheinen entsprach nicht seinen Erwartungen. Es war distanziert, ärgerlich, denn es beruhte auf einer Täuschung. Es war unbefriedigend.

Und die Erscheinung des Magiers fragte leise: »Was

brauchst du, Mechail Korhlen? Doch gewiß nicht nur Antworten? Du glaubst, es gäbe keine, und das ist vielleicht klug von dir. Außerdem hast du dir weitere Fragen aufgebürdet, indem du fortgelaufen bist, obwohl du hättest bleiben können. Bin ich denn dein Kindermädchen? Habe ich dir nicht in einer Stunde genug gegeben, um dich einen Monat, ein Jahr zu nähren? Ich hatte das Kloster auf dich vorbereitet. Du solltest dort Schüler werden. Aber du bist weggelaufen. Und womit hast du dich für die Reise gewappnet? Mit einer verbrannten Hexe. Du weißt, daß du dich des fleischlichen Akts in jeder Form enthalten mußt.«

Mechail sagte: »Solange ich lebte, hatte ich keine Frau.«

»Du bist ein Priester. Du wirst zumindest das Keuschheitsgebot befolgen. Indem das Kloster dir Unterweisung gewährt, wird es dir den Weg zur Macht offenbaren. Du mußt Geduld haben, Mechail. Du mußt mir vertrauen.«

Unbefriedigend. Eine dumpfe, anwachsende Enttäuschung.

»Warum sollte ich Euch vertrauen?«

»Wie dein alter Priester im Wald zu dir sagte, ist Gott bei dir, auch wenn du ihn nicht siehst. Denk an das, was man dir gezeigt hat. Wie viele Wunder verlangst du eigentlich?«

Mechail sagte: »Ich begreife nichts von dem, was Ihr sagt.«

»Das kommt von deinem Starrsinn. Kehre zum Kloster zurück und lerne.«

»Dann seid Ihr also dort?«

»Wo immer ich sein will.«

»Seid Ihr dort?«

»Ja«, sagte Anjelen. Er lächelte, ganz sanft, wie ein alter Mann, der keinen Wert mehr darauf legte, seine Verachtung oder seinen Spott zu verbergen. »Ich sitze in dem schmalen Raum mit den Schwertern und Schilden. Vor etwa fünfzig Jahren wurde die Kammer für mich erbaut. Das Mädchen, das in deiner Höhle schläft«, sagte Anjelen, »wird Jascha genannt.«

»Ich ... habe den Namen schon einmal gehört.«

»Ja, wahrscheinlich. Sie hat dich unterwegs gewaschen und gefüttert. Du brauchst dir um ihr Wohlergehen keine Sorgen zu machen. Ich habe sie auf die Probe gestellt, und sie hat sie bestanden. Sie ist stark. Aber deine Verantwortlichkeiten liegen woanders. Da.«

Die Hand des Priesters deutete in den vom Feuerschein getönten Schatten, dorthin, wo der Zwerg mit gesenktem Kopf kauerte wie ein Hund und nicht wie ein Wolf.

»Dieses Wesen war einmal das Spielzeug meines Bruders«, sagte Mechail bedächtig; das Gespräch tastete sich an einem tiefen Abgrund entlang.

»Er gehörte schon damals dir, und er gehört immer noch dir.«

»Mir ...«

Der Zwerg, der ebenfalls eine Täuschung sein mußte, hob den Kopf. Das schwarzgelockte Haar umwallte ihn. Das alte Gesicht war nichts weiter als ein Stein in dem unwirklichen Gebirge.

Wie von einem Blitz erhellt, erblickte Mechail plötzlich sein eigenes Gesicht, sein Haar, seine Augen, nur in anderer Farbe, seine Gesichtszüge, seine Gestalt, genauso unzulänglich wie damals in der Burg – alles unverändert, doch verdichtet und komprimiert zu noch gesteigerter Schrecklichkeit.

Er zuckte vor dem Anblick zurück. Die Bewegung schien ihn dem Abgrund entgegenzuschleudern, im Vergleich zu dem der schwarze Brunnen, über den er müßig nachgesonnen hatte, nicht tiefer wirkte als diese flache Höhle, die ihm Schutz gewährte.

»Sich zu fürchten«, sagte Anjelen, »heißt, sich abzulenken. Nimm deine Angst an, so wie alles andere.«

»Sagt mir, was Ihr mit mir vorhabt.«

»Ich habe dir schon gesagt, daß du deine Lektion lernen mußt.«

»Also soll ich zum Kloster zurückkehren? Und das Mädchen?«

»Laß das Mädchen zurück. Was könnte sie dir schon bedeuten? Laß sie ihren eigenen Weg gehen.«

»Was noch?« fragte Mechail.

»Was verlangst du noch?«

Mechail fühlte Hitze in sich aufsteigen.

»Ihr gabt mir Blut«, sagte er.

Und Anjelens Stimme antwortete: »Sprich niemals davon. Du wirst diese Blume abermals pflücken. Jetzt liegt es an dir, zu geben und zu empfangen.«

»Was ist mit Gott?« fragte Mechail. »Mit Eurem Christus, dessen Namen Ihr mißbraucht?«

In dem nachfolgenden Schweigen vermochte er den Blick nicht von Anjelen abzuwenden, doch das Feuer war heruntergebrannt, und am Berghang war kaum noch etwas zu erkennen.

Dennoch wiederholte die Stimme: »Kehre zum Kloster zurück.«

Die Schlange des Windes glitt am Gebirgskamm entlang.

Der Hang war leer.

Etwa drei Stunden vor Sonnenaufgang gelang es ihm, das Mädchen aufzuwecken. Im schwachen Schein des Feuers, das er die ganze Nacht über hatte durchbrennen lassen, hatte sie so seltsam ausgesehen, daß es unvorstellbar schien, sie könnte jemals wieder genesen. Es war die Nacht der Metamorphosen, in der alles möglich schien. Sie konnte jederzeit wie eine Eidechse zischen und auf allen vieren davonlaufen.

Als sie jedoch die Augen aufschlug, waren sie einfach nur grün. Die Haut hatte ihr metallisches Aussehen verloren. Man hätte meinen können, sie habe lediglich einen hartnäckigen Sonnenbrand.

Er sagte ihr, was sie tun würden, und sie verstand ihn, erhob keine Einwände. Sie stand auf und legte das Priestergewand an. Jetzt sah sie aus wie ein sonnengebräunter junger Meßdiener mit einem kahlrasierten Schädel. Sie weinte nicht und flehte ihn nicht an, ihr genau zu erzählen, was geschehen war. Wahrscheinlich wußte sie es. Anjelens Lehre des Nicht-in-Frage-Stellens und der Hinnahme praktizierte sie in vollkommener Weise. War sie ebenfalls in den zweifelhaften Genuß seiner Weisheit gekommen?

Mechail half ihr beim Aufsitzen und setzte sich hinter sie.

Ihr Leib, der gegen seinen drückte, ließ ihn gleichgültig.

Sie erkundigte sich nicht einmal, wohin sie ritten, obwohl sie gleichfalls in Anjelens Plan verstrickt war und eine Frage durchaus angebracht gewesen wäre.

Sie ritten ins Gebirge, nach Südwesten, weg vom Meer und vom Kloster.

Die Berge waren des Teufels. Das war vorherzusehen gewesen. Gewaltige Steinadern traten hervor, es gab natürliche Treppen und Pylone. An manchen Stellen wuchsen dürre Gräser und Moose, die dem Pferd ein karges Mahl boten. Manchmal trafen sie auf Wasserläufe, die aus der Höhe in die Tiefe stürzten, auf stehende Tümpel, dämonische Fußabdrücke aus der Zeit, als die Steine noch jung gewesen waren. Weiter oben erblickten sie Ablagerungen, die Salz sein mochten.

Am zweiten Tag gelangten sie zu einem verlassenen Dorf, dessen Hütten wie Krähennester über ihnen hingen. Jetzt nisteten dort nicht einmal mehr Vögel.

Abgesehen von den Unkrautpflanzen erblickte Mechail nichts Lebendiges.

Er und das Mädchen ernährten sich kärglich vom Brot. Das Mädchen – *Jascha* –, das aussah wie ein kahlköpfiger Junge, pflückte ein paar Gräser und kaute sie. Es hatte aufgehört zu husten.

Sie sprachen nicht miteinander.

Nahmen die Berge denn überhaupt kein Ende? Aber wenn sie eine Halluzination waren, warum sollten sie?

Tagsüber ritten sie, solange sie durchhielten. Das Mädchen war offenbar Strapazen gewöhnt. Sie war Bäuerin gewesen, dachte er, einer der Soldaten, die den Magister bewachten, hatte wohl Gefallen an ihr gefunden. Wieviel sie Anjelen bedeutete, war ihm unklar. Aber keine Fragen. Auch ihr stellte er keine Fragen.

Am Abend suchten sie sich eine Höhle oder Felsspalte. Er machte Feuer. Dem Mädchen schien es gleichgültig zu sein. Sie schliefen getrennt.

Es war kalt. Außer ihnen existierte niemand mehr. Die Berge nahmen kein Ende.

Am dritten Abend, als sie gerade eine Felsleiste überwunden hatten, die so schmal war, daß sie im Gänsemarsch hinübergehen und das Pferd am Zügel nachziehen mußten, brach die bleierne Eintönigkeit auf, und unter ihnen ausgebreitet lagen Findlinge, die sich mehrere Meilen weit in ein anderes Land erstreckten. Die Landschaft war verschwommen, denn das Licht versickerte bereits. Ein Sonnenuntergang, wie sie ihn im Gebirge kein einziges Mal zu sehen bekommen hatten, überflutete die Erde. Vor ihnen lag eine unermeßliche Weite. Sie schreckten davor zurück und lagerten dort, wo sich der Grat verbreiterte und in felsiges Gelände überging. Ausgehungert und erschöpft von der Kälte und der Höhenluft, beobachteten sie, wie sich der Abgrund des offenen Himmels und die weit entfernte Erde dunkel färbten und wie überall Sterne aufgingen, mehr als man zählen konnte.

In dieser Nacht fielen aus dem gewaltigen Himmel Sterne herab. Es schneite.

Die junge Frau an Mechails Seite schwieg, aber sie klammerte sich an ihn, preßte ihren schmalen Leib an seinen, hielt ihn umfaßt. Sie wollte sich wärmen. Sie zog das Pferd am Zügel näher heran. Mechail deckte ihren Kopf mit der Decke zu. Schnee, der nach unbekannten Früchten schmeckte, drang in ihre hungernden Münder.

Bevor es dämmerte, weinte er. Er wußte nicht, warum. Der Kummer oder Schmerz, was immer es war, erschien ihm ebenso lebenswichtig wie das Atmen. Das Mädchen schlief und wachte nicht auf. Mechail wandte das Gesicht von ihr ab, nicht weil er seine Gefühle vor ihr verbergen wollte, sondern um zu verhindern, daß seine Tränen die von Rauhreif bedeckte Decke netzten.

Nun war es die Dämmerung, welche die Berge verhüllte. Als sich der Himmel hob und aufhellte, hörte es auf zu schneien. Der Schnee hatte eine dünne weiße Haut über die Felsen und Steine gebreitet.

Er fror so sehr, daß er sich kaum bewegen konnte, dennoch lösten sie sich voneinander und begannen den gefährlichen Abstieg, wobei sie das Pferd am Zügel nachführten.

Während des Abstiegs weinte er. Er dachte an Nilya. Er vermochte die Gedanken nicht loszulassen, obwohl sie ihm selbst jetzt noch Qualen bereiteten. Er klammerte sich an seinen Schmerz, so wie Jascha sich im Schnee an ihn geklammert hatte, um sich zu wärmen. Vielleicht stärkte der Schmerz seinen Überlebenswillen, vielleicht sättigte er ihn.

Sie rutschten aus, gerieten ins Stolpern, und die harten Barrieren aus Findlingen bewahrten sie vor dem Absturz. Einmal stürzte die Stute, aber sie brachten das Pferd unverletzt wieder auf die Beine.

Als die ersten Sonnenstrahlen über die Felsspitzen drangen, schmolz der Schnee. Rinnsale ergossen sich über den Hang. Am Himmel waren Vögel – so weit droben wie die Sterne, mochte man meinen.

Weiter unten neigten sich Bäume vor, unbelaubt und verkrüppelt, wunderschön anzusehen.

Gegen Mittag rasteten sie. Sie hatten nichts mehr zu essen und nur noch einen Schluck von dem kraftlosen Wein. Mechail gab die wenigen Tropfen der Stute, die sie sanft von seinen Fingern leckte.

»Da ist ein Fluß«, sagte Jascha.

Mechail sah den Fluß. Er glitzerte inmitten der Bäume. Es dauerte mehrere Minuten, bis Mechail die Ansammlung von Hütten entdeckte, von denen dünne Rauchfahnen aufstiegen.

Täglich schien die Sonne eine Stunde lang durch einen hohen Fensterschlitz in die Hütte. Dann öffnete Jascha die Lade, um die Sonne einzulassen. Außerdem kümmerte sie sich um die Hausarbeit, fegte den Boden und kochte in einem Kessel Suppe. Als man es ihr anbot, buk sie mit den anderen Frauen zusammen sogar Brot. Ehe sie am Dorf angelangt waren, hatte er geglaubt, man würde sie für einen Jungen halten, für einen Novizen aus dem Kloster, von dem sie vermutlich schon gehört hatten. Aber so war es nicht. Jascha wurde für das gehalten, was sie war, ein Mädchen im Gewand eines Priesters. Niemand machte eine Bemerkung darüber, auch nicht über Mechails gleichermaßen ungeeignete Winterkleidung.

Ein paar Leute waren aus ihren Hütten gekommen und hatten sie angestarrt, und dann erschien ein stämmiger, bärtiger Mann in einem Schafsfellmantel.

»Wollt ihr hierbleiben? Habt ihr Geld?«

»Kein Geld«, sagte Mechail.

»Ein Tauschgeschäft. Das Pferd«, sagte der Mann.

»Wir brauchen das Pferd«, erwiderte Mechail und dachte: *Wir müssen weiterziehen. Viel weiter.* Er stellte sich vor, daß er verfolgt wurde, doch das war Einbildung.

»Dann den Sattel. Wir geben euch Stroh, darauf könnt ihr sitzen.«

Sie machten es ihm sehr leicht.

Nach Abschluß des Geschäfts führte sie der Mann zu der leerstehenden, aber schmucken Hütte; das Strohdach war dicht und die Kochstelle sauber.

»Bringt uns etwas zu essen und Feuerholz«, sagte Mechail zu dem Mann. Der Mann, offenbar der Dorfvorsteher, nahm seinen Befehl als selbstverständlich hin und schickte jemanden los. Er selbst verließ die Reisenden mit seinem neuerworbenen Besitz, mehr am Sattel interessiert als an ihrer Geschichte.

Niemand forschte sie aus. Die Frau, die ihnen Dickmilch, Käse und Gemüse brachte, zeigte ihnen den Brunnen. Der Junge, der die Holzscheite brachte, hatte nichts zu sagen und stellte keine Fragen.

Am ersten Tag aßen sie und schliefen anschließend auf dem Lager, das Jascha bereitet hatte, auf einer mit Blättern und verdorrtem Farn ausgestopften Matratze. Das Pferd hatten sie im Schuppen untergestellt.

Als Mechail gegen Abend erwachte, schürte Jascha gerade das Feuer. Darüber hing ein Kessel, der einen Duft nach Kräutern und Zwiebeln verströmte.

»Das Essen ist fertig«. sagte sie.

Sie labten sich an der Suppe, die sie gekocht hatte.

Er beobachtete sie. Junge Frauen waren ihm ziemlich fremd; halb genoß er ihre Nähe, halb fürchtete er sie. Ihr Gesicht war schamlos in seiner haarlosen Nacktheit. Selbst die Brauen waren versengt, nicht jedoch die Wimpern – die Augenfeuchte hatte sie vielleicht gerettet. Als sie ihn mit diesen Augen ansah, schaute er weg. Er wollte nicht in sie hineinsehen.

Nach der Mahlzeit saßen sie wieder schweigend da, im rostroten Feuerschein. Und draußen war eine geräuschlose Bedrückung in der Luft. Er sah zum Fenster. Und Jascha sagte: »Es schneit.«

»Wenn der Schnee liegenbleibt, müssen wir vielleicht hierbleiben.«

Sie nickte.

Er sagte: »Ich weiß nicht ... man könnte uns jemanden nachschicken.«

Sie zuckte die Achseln.

Mechail sah ihr in die Augen. »Das glaubst du nicht?«

»Du mußt zu ihm gehen«, sagte sie.

»Wieso sagst du das?«

»Er hat dich aus dem Wald herausgeholt. Einmal reicht.«

Nun, sie war eine Hexe, sie wußte Bescheid. Und er ebenfalls. Es war offensichtlich. Er hatte Anjelen den Rücken gekehrt. Und von Anjelens Anwesenheit war nichts mehr zu spüren.

Was war geschehen? Mechail hatte sich vom Blutrausch abgewandt wie ein Säufer von seiner Flasche. Aber zu welchem Zeitpunkt war der Traum in Niedergeschlagenheit und Verzweiflung gemündet? In eine tiefere Verzweiflung als damals im Wald, als er darum gebetet hatte, sterben zu dürfen. Einstweilen gab es kein Entrinnen. Er mußte fliehen, doch die Flucht führte im Kreis. Sie brachte ihn zum Ausgangspunkt zurück.

Er wollte wieder schlafen, tiefer als zuvor. Er wollte sich in den Schlaf zurückziehen wie in ein anderes Land. Wo ihn niemand finden würde, in dem er sich verlieren könnte. Doch was er wollte, war kein Schlaf, sondern der Tod. Er würde sich mit dem Schlaf begnügen müssen.

Und als er zwei Abende später im Schoß der Dunkelheit erwachte, das Feuer ein blutroter Fleck am Rande seines Gesichtsfelds, stellte er fest, daß sie sich an ihn geschmiegt hatte. Er hatte ihren Körper der Erinnerung überantwortet. Er schien ein Teil von ihm zu sein. Behutsam faßte er sie an. Seine Hände trafen auf die flache, gebogene Flanke, die weiche Wölbung einer Brust. Er erkundete sie, besonders erpicht auf ihre Wärme, ihre Lebendigkeit.

Ihre Augen funkelten füchsisch auf. Sie war ebenfalls wach und leitete nun seine Hände durch die Bewegungen von Gliedmaßen und Becken, erlaubte ihnen, sie zu betasten, von Kopf bis Fuß, wie es ihm gefiel. Sie war vollkommen fügsam. Sie berührte ihn ihrerseits. Erregung durchflutete seine Lenden, ihre Finger ließen sich dort nieder, sanft und flatternd wie ein Vogel. Eine Zeitlang lag er wie gelähmt unter ihren Liebkosungen, er schien emporzusteigen und sich aufzulösen, als umgäbe ihn Wasser. Dann veranlaßte ihn ein angeborener Impuls der Lust, sich auf sie zu werfen, ihre Hände abzustreifen und ihre Schenkel zu spreizen, ein Sieg, der danach verlangte, errungen zu werden. Als er in ihr war, vernahm er ein Singen in den Ohren, das Rauschen von Flüssen. Eine Handvoll Bilder kamen ihm in den Sinn, nackte Frauen in einem Tümpel, ein weißes Mädchen, das sich mit einem roten Mann auf dem Boden wälzte, die Gespenster der Freuden des Schlafs – aber durch sie hindurch brannte sich das feuerumkränzte Bild Jaschas, ihr Haar, ihre Kahlheit, der hohe Hals, die Konturen ihrer Lippen und ihr Fleisch, die Scheide, die ihn barg. Und das Feuer war in ihm und loderte auf. Er drängte sich gegen sie, in sie hinein, versuchte verzweifelt, zum Ende zu kommen. Verzweifelt, verzweifelnd.

Schon bald begann sie ihm zu helfen. Die köstliche Marter ihrer Hände, ihr Streicheln, ihre Liebkosungen wurden unerträglich. Plötzlich bäumte er sich auf. Er löste sich aus ihr, immer noch angeschwollen, vor lauter Wut und Schmerz unfähig, seine Leidenschaft zu verströmen.

Mechail schrie auf. Der Lärm ließ die Hütte erzittern.

Allmählich verebbte der Schmerz, die Erektion, die zu keiner Erlösung gefunden hatte, schrumpfte wie eine heilende Wunde. Sein ganzer Körper, Muskeln und Knochen, zitterte, als wäre er geschlagen worden.

Das Mädchen beugte sich über ihn und reichte ihm

Wasser. Er trank ein wenig. Er sagte: »Habe ich dir weh getan?«

»Nein.«

»Das ist gut.«

»Beim nächstenmal wird es anders sein«, sagte sie mit der Weisheit, die ihrem schmutzigen kleinen Schatz von Erfahrungen entsprang.

Mechail gab keine Antwort, denn das Morgen hatte in ihrer Beziehung keinen Platz. Ihr Morgen war nicht seines, sein Morgen war, wie das Gestern, ein Tal der Finsternis.

Zweites Buch

ANILLIA

1. Kapitel

JEDEN MORGEN GING DIE ALTE MARIKA die Ziege melken. Sonst kam niemand dafür in Frage, denn die Ziege hatte ihren eigenen Kopf und schlug aus. Die anderen Frauen in der Kapelle der Mägde des Herrn fürchteten sich vor der Ziege.

Die Herbstsonne tauchte den Hof und die Kapelle in ein warmes, trügerisches und trauriges Licht. Die Büsche bei der Tür hingegen hingen voller blutroter Beeren. Es würde ein schlimmer Winter werden. Der Wald, der die Kapelle wie eine Armee von Bären umstand, finster und immer noch grün, würde bald einschneien. Marika fürchtete sich vor dem Winter. Die Gelenke taten ihr weh; manchmal erstarrte sie im Bett und konnte sich solange nicht bewegen, bis die Mägde kamen, um sie mit warmem Öl einzureiben.

Es war ein kleiner Orden, der von der Kirche kaum anerkannt war. (Die Stadt war meilenweit entfernt.) Sie waren ausgestoßene, überzählige Töchter, nutzlos für die Familien, die sie hierhergeschickt hatten, und widmeten ihr Leben dem Andenken der Auserwählten, die Christus gedient hatten, indem sie Ihn wuschen, salbten, Ihm auf dem Weg zum Kreuz zu trinken gaben und sich weinend vor dem Grab versammelten, aus dem Er schließlich wiederauferstanden war. Ihre Anzahl variierte in der Heiligen Schrift. Doch in der Kapelle waren sie nur zu fünft, und die jüngste war in den Fünfzigern.

Als Marika, gedankenlos den Rosenkranz herunterbetend, den ganz aus Holz erbauten Kreuzgang entlangging, spürte sie auf einmal etwas, eine Veränderung wie ein Absinken der Temperatur oder die Regung einer fernen Erinnerung. Sie blieb stehen, konzentrierte sich auf das Gefühl. Es war weder angenehm noch unangenehm, dafür aber lästig. Manchmal, wenn sie müde war, sah Marika aus den Augenwinkeln Dinge, die gar nicht da waren – für gewöhnlich laufende Katzen. Jetzt hatte Marika den Eindruck, draußen auf dem Hof, gegenüber dem Ziegenstall, bewege sich etwas. Sie blinzelte. Ohne den Rosenkranz wiederaufzunehmen, ging sie weiter bis zum Eimer und hob ihn hoch.

Als sie die Stalltür öffnete, sprang die Ziege, die ihr sonst immer entgegengehüpft kam, weg und senkte den sandfarbenen Kopf mit den scharfen kleinen Hörnern. »Aber, aber, meine Süße«, sagte die alte Magd einschmeichelnd. »Komm her, laß dich melken.« Die Ziege schlug jedoch aus.

Und nun schien Marika wieder etwas zu sehen, das nicht da war – jedoch so, als hätte sie Augen im Hinterkopf.

Sie war zu steif, um sich rasch umzudrehen, darum schwang sie mit dem ganzen Körper herum. Und ließ den Eimer fallen.

Der Hof hatte einen einzigen Eingang, der die Nacht über von innen verriegelt war. Die Mauern waren zehn Fuß hoch. Die vierte Hofseite schloß die Kapelle ab, an die die Schlafzellen angrenzten, und allein die Kapellentür führte in einen länglichen, von niedrigen Säulen und Wandschirmen aus Kiefernholz unterteilten Raum. Die Außentür der Kapelle wurde nachts ebenfalls verschlossen. Die Fensterschlitze lagen hoch und waren schmal. Dann waren da noch die Küche und das Speisezimmer, aber diese waren nur vom Hof aus zu betreten. In der Küche war noch niemand. Die Magd, die Küchendienst hatte, war faul und frühstückte normalerweise spät. Dennoch stand an der Mauer gegenüber dem Ziegenstall ein Mädchen.

Marikas trübe Augen nahmen etwas Blasses wahr,

die Blässe eines Bildes, das der Fertigstellung harrte. Das Bild war scharf, doch es mangelte ihm an Kontrast, obwohl ein Pferdeschwanz aus dunklem Haar über einer hellen Schulter lag. Das Mädchen war mit einem Leinenhemd bekleidet. Während Marika starr zu ihm hinüberblickte, schienen Stickereien wie ein Fleck aus dem Hemd hervorzutreten. Aber auf Marikas Augen war kein Verlaß.

Sie wollte sich bekreuzigen, dann tat sie es doch nicht. In nörgelndem Ton rief sie: »Wer bist du? Wie bist du hereingekommen? Was willst du?« Und hinter ihr blökte ängstlich die Ziege.

Das Mädchen sprach zögernd, mit wohlklingender, aber belegter Stimme.

»Ich habe … hier geschlafen.«

»Das darfst du nicht. Das ist nicht erlaubt. *Wo* hast du geschlafen?«

Das Mädchen deutete unbestimmt zur Außenmauer der Küche.

»Wie bist du hereingekommen?« wiederholte Marika.

Das Mädchen schaute sie an. Sein blasses Gesicht verhärtete sich in der Luft. Marika schien es jetzt viel deutlicher zu sehen, und die Reinheit des Gesichts, das den Heiligenmasken auf den Wandschirmen glich, rührte sie seltsam an. Sie verspürte das kindische, drängende Bedürfnis, die Lippen des Mädchens rot und seine Brauen braun anzumalen, um sie zu betonen.

»Ich bin im Wald umhergewandert«, sagte das Mädchen. »Dann kam ich zu der Tür.«

Marika blickte argwöhnisch hinüber. Plötzlich fiel ihr auf, daß der Hofeingang nicht verriegelt war. Das erklärte alles. Außerdem erfüllte es sie mit Zorn und Angst. Die ganze Nacht über waren sie Banditen, betrunkenen Bauern und wilden Tieren auf Gedeih und Verderb ausgeliefert gewesen.

»Wie kommt es, daß du im Wald umhergewandert bist?« fragte Marika streng. »Wo bist du zu Hause?« *Sie sieht aus, als käme sie aus einer wohlhabenden Familie.* Marika erinnerte sich an ihr eigenes Zuhause, das sie seit neunundvierzig Jahren nicht mehr gesehen hatte. Sie war die uneheliche Tochter eines Zimmermanns. Sie war in der Küche herangewachsen, bis seine Frau sie eines Tages hinausgeworfen hatte. Dann hatte ihr Vater sie hierhergeschickt. In dem Blockhaus hatte sie sich gefürchtet und elend gefühlt, sie dachte nur höchst ungern daran zurück.

»Ich weiß nicht, woher ich komme«, sagte das Mädchen. Das war eine dumme Bemerkung, aber sie war ernstgemeint und wurde selbstbewußt vorgebracht. »Als ich die Augen aufschlug, befand ich mich im Wald. Es war Nacht. Ich hörte einen Wolf heulen. Ich fand die Mauer und die Tür.«

»Warum hast du niemanden aufgeweckt?«

»Ich wußte nicht, daß jemand hier war. Ich habe mich auf dem Hof hingelegt.«

Nun bekreuzigte sich Marika doch noch. Einmal war ihnen ein Holzfäller von seinen beiden Brüdern auf den Hof gelegt worden. Er sei gestürzt, meinten sie, aber wahrscheinlicher war, daß ihm einer von ihnen im Streit den Schädel eingeschlagen hatte. Er war bei Bewußtsein, wußte aber weder seinen Namen, noch wo er war, und erkannte auch seine Brüder nicht mehr. Das Mädchen wirkte anders. Es war nicht benommen und kannte sich mit Wölfen, Mauern und Türen aus.

Da niemand sie beaufsichtigte, waren die Mägde inzwischen gleichgestellt. Die Aufgabenverteilung bestimmten sie per Los. Marika wünschte sich nichts sehnlicher, als die Verantwortung wieder loszuwerden und das Mädchen an das jüngste Ordensmitglied, die dreiundfünfzigjährige Dora, weiterzureichen.

»Also, dann komm mit, komm mit«, sagte Marika aufgeregt und winkte. Das Mädchen kam näher, bis es vor Marika stand. Und dann stieg Marika ihr Geruch in die Nase. Einem solchen Geruch war die alte Frau noch nie begegnet – er war nicht unangenehm, nicht einmal stark. Er glich jedoch keinem anderen Duft, den Marika jemals gerochen hatte. Marika wich zurück. Sie dachte an den himmlischen Duft der Heiligen, das besondere Aroma der Heiligkeit – dies war gewiß eine Manifestation davon, und das Mädchen war eine Erscheinung, geschickt, die Kapelle auf die Probe zu stellen…

»Geh dort hinein«, flüsterte Marika erschreckt, mit ihren knöchrigen Händen auf die Kapellentür klatschend. »Geh zum Altar, knie dich dort hin und sprich ein Gebet. Und ich gehe jemanden holen.«

Das Mädchen sagte: »Zu wem soll ich beten?«

»Zu Gott – zu wem denn sonst!«

»Zu Gott. Ja, zu Gott.«

Das geheimnisvolle Mädchen trat durch den Eingang und spähte umher, bis es den Altar entdeckt hatte. Marika sah ihm nach, dann eilte sie zu Doyas Zelle.

Doya saß auf einem Hocker, damit beschäftigt, sich ihr graues, strähniges Haar zu flechten und um den Kopf zu binden. Sie konnte lesen und schreiben und hatte das Aussehen eines menschlichen Gauls.

»Auf dem Hof war ein Mädchen. Jemand hat vergessen, die Außentür zuzusperren. Es hat dort geschlafen.«

»Was für ein Mädchen?« fragte Doya mürrisch. Sie haßte ihren zähen Körper und ihr Haar und war der Schlußfolgerungen, die andere daraus zogen, überdrüssig.

Marika begann zu jammern wie ein verängstigtes Kind und versuchte den unheimlichen Eindruck zu schildern, den das, was sie gerade eben gesehen, gehört und gerochen hatte, auf sie gemacht hatte.

Doya fiel ihr ins Wort. »Irgendeine Schlampe, die man aus dem Dorf gejagt hat. Wahrscheinlich auch noch schwanger. Wir haben nicht genug, um solche wie sie durchzufüttern.« Mit wiegenden Schritten steuerte sie unternehmungslustig auf die Kapelle zu.

Im Innern war es dunkel, schwache Lichtstrahlen fielen schräg aus der verheißungsvollen Rosette ein, ohne gegen die Düsternis etwas ausrichten zu können. Auf den Wandschirmen aus uraltem poliertem Kiefernholz blickten die Heiligenmasken ziellos in die Ewigkeit. Ihr Blick war leer. Während der Altarraum nach wie vor sakrosankt war, hatte sich der Rest der Kapelle in ein großes Wohnzimmer der Mägde des Herrn verwandelt. Hier saßen sie tagsüber, nähten und flickten, lasen in der Heiligen Schrift, in der zahlreiche Seiten fehlten, und in Fetzen anderer Bücher, die sie hin und wieder von fahrenden Händlern erhielten, beteten ihre Rosenkränze, bastelten Puppen und tratschten. Manchmal gesellte sich die Ziege zu ihnen. Sie sperrten die Ziege nicht aus, weil sie sich vor ihr fürchteten und weil Marika sie mochte. Wenn die Ziege den Boden beschmutzte, machten sie hinterher lediglich murrend sauber.

In der Kapelle gab es Spuren dieses ursprünglicheren Lebens, die Holzstühle über dem kalten Ofenrost, eine fallengelassene Spindel, einen Kuchen, der ungegessen auf einem Teller stehengeblieben war – obwohl sich Mäuse darüber hergemacht hatten.

Anscheinend ärgerte sich Doya, daß diese Dinge der Streunerin offenbart werden sollten. Doyas Kopf ruckte umher, ihre Nase führte die Suche an.

Das Mädchen kniete vor dem Altar, ein blasser Fleck inmitten der Dunkelheit. Die grünen und roten Stickereien auf ihrem Hemd stellten Früchte und Blätter dar. Die Augen hatte sie gesenkt, doch Marika war sich nicht sicher, ob sie betete.

Doya marschierte zu ihr hinüber. Das Mädchen hob den Kopf und blickte starr auf den Altar, wo sich ein kleiner elfenbeinerner Christus an einem Holzkreuz krümmte.

»Wie nennt man dich?« fragte Doya.

Das Mädchen schien über einen Kristall zu meditieren, der unsichtbar vor ihm im Raum schwebte. »Anillia«, antwortete sie.

»Oho«, machte Doya. »Ein hübscher Name. Aus der Stadt oder von einem Burgherrn. *Anillia*. Wie kommt es, daß du dich an deinen Namen erinnerst und an sonst nichts?«

»Ich weiß nicht«, sagte Anillia, den Kristall anstarrend. »Aber ich erinnere mich noch an andere Dinge. Ich bin fünfzehn Jahre alt. Mein Haar und meine Augen sind schwarz. Ich bin eine Frau.«

»Gewiß, du bist eine Frau, du Schlampe. Bist du deiner Familie im Weg? Bist du in einen Streit unter Bauern verwickelt und hat man dich mit dem fremden Balg im Leib fortgejagt?« Doya war grob. Sie war früher einmal die Geliebte eines Burgsoldaten gewesen und nahm kein Blatt vor den Mund. Mit Streitigkeiten, Burgfehden, Überfällen und Kindern kannte sie sich aus.

»Ich bin Jungfrau«, sagte Anillia. »Ich weiß über all diese Dinge Bescheid. Über meinen Körper und wie ich bin. Ich weiß, daß ich einmal monatlich bluten werde. Aus dem Schoß.«

»Schweig«, sagte Doya, die Grobe, plötzlich schamhaft geworden.

Marika, die von der Tür aus zu ihnen hinübersah, dachte wirr: *Sie spricht, wie das Weib im Paradies gesprochen haben muß. Erschaffen aus der Rippe Adams.* Ein übernatürlicher Schauer ließ Marika bis auf den Grund ihrer Seele erbeben. Auf einmal erhob sich das Mädchen und stand vor Doya, geschmeidig und kerzengerade, aber vorübergehend erstarrt, wie Schmetterlingsflügel oder Lack.

»Ich weiß nicht, wohin ich gehen soll. Ich komme von nirgendwoher. Werdet Ihr Barmherzigkeit üben und mich aufnehmen?«

»Nein, nein«, sagte Doya, die allmählich weich und unsicher wurde.

»Im Wald werde ich verhungern. Die Wölfe sammeln sich schon für den Winter. Was soll nur aus mir werden?« Die wohlklingende Stimme des Mädchens flehte nicht. Sie brachte logisch ihre Argumente vor. *Seht ihr, so ist es.*

»Doya«, krächzte Marika vom Eingang her. Zu ihrer Überraschung war Doya froh, sich zu ihr gesellen zu können. »Doya, wir müssen den anderen Bescheid sagen.«

»Sie redet wie eine Dame«, meinte Doya. »Vielleicht hat sie durch ein furchtbares Ereignis das Gedächtnis und den Verstand verloren. Sie ist keine Bäuerin.«

»Wäre es vielleicht möglich… daß sie eine Heilige ist?«

»Du hast sie nicht mehr alle, alte Närrin«, fauchte Doya.

Das Mädchen wartete am Altar und kämmte sich nun mit den Fingern bedächtig das Haar. Dann bewegte sie das linke Bein, verlagerte ihr Gewicht auf das rechte. Sie stellte den linken Fuß vor, starrte darauf hinunter. Sie bedeckte ihre Brüste kurz mit den Händen, dann legte sie diese auf ihren flachen, jungfräulichen Bauch.

Die erste Frau, geformt aus einer Rippe. Als Frau erschaffen und im Garten Eden ausgesetzt, ohne Vergangenheit, ohne *Gedächtnis*.

Doya und Marika gingen zu den anderen Mägden, die sich im Speisezimmer neben der Küche versammelten. Sie stritten sich über die fehlende Milch, kabbelten sich mit der nachlässigen Urzi, welche die Eingangspforte offengelassen hatte und die bei den Engeln Gottes schwor, sie habe es nicht getan, und ihren Mitschwestern mit einer Pfanne drohte.

Dann sprachen sie über Anillia. Die drei, die sie noch nicht gesehen hatten, waren begierig, das Versäumte nachzuholen. Sie schauten sich das Mädchen an und kamen mit wackelnden Köpfen zurück (auf denen das unbedeckte Haar nach Art alternder Frauen, die ohne den Reiz des Männlichen zusammenlebten, gerichtet war).

Das Mädchen war eine Dame. Sie hatte das Gedächtnis verloren und sprach eigenartig. Ihr Hemd war für den Wald ungeeignet, jedoch reichverziert. Vor allem war sie jung und unerfahren.

Am besten behielten sie sie bei sich, sorgten für sie und labten sich an ihrer Lebendigkeit wie durstige Vögel.

Der Wald. Er brachte alle möglichen Lebewesen hervor, war voller Legenden, Fabeln und Merkwürdigkeiten. Sämtliche Frauen in der Kapelle, die auf die eine oder andere Art im Wald ihren Anfang genommen hatten, waren sich bewußt, daß der Wald ein Eigenleben führte. Jede einzelne war in ihrer Kindheit von den heidnischen Elementen des Waldes geprägt worden. Marika und Urzi hatten unheimliche Kindheitserinnerungen an einen mit Efeu und Blumen bekränzten Mann, der an einen Baum gefesselt war und schrie, als würde er mit Birkenreisig geschlagen; Doyas Mutter hatte einen Korb voll winziger Mäuse-, Eichhörnchen- und Hermelinschädel gehabt. Hin und wieder machte sie sie sauber, brachte sie mit Doya zusammen hinaus und hängte sie bei Mondschein ins Gebüsch.

Anillia, bekleidet mit dem grauen Wollkleid, das die Schwestern ihr gegeben hatten, das Haar zu einem langen Zopf geflochten, der ihr bis zur Hüfte reichte, sagte: »Das hört sich an wie das Meer.«

Keine der Mägde hatte jemals das Meer gehört, wenngleich sie davon wußten. Sie versuchten die an Gedächtnisschwund Leidende auszuhorchen, indem sie sie fragten, warum sich der Wald wie das Meer anhöre, was sie damit gemeint habe und so weiter.

»Die Blätter«, sagte Anillia, »wenn der Wind weht.«

»Aber wie sieht das Meer *aus*?«

»Wie Wasser.« Anillia zögerte. »Nein, wie grüne geronnene Milch. Wie ein Fischrücken. Wie blaues Glas, das sich immer wieder zusammenfaltet.«

»Warst du oft am Meer?«

»Ich weiß nicht.«

Manchmal fügte Anillia hinzu, sie sei *nirgends* gewesen, sondern zum Leben erwacht wie eine Träne, die nachts dem Auge entquoll. »Ich war nirgendwo, und dann war ich auf einmal hier.« Aber das sagte sie immer seltener. Es war, als habe sie sich die Sichtweise der Mägde zu eigen gemacht, um ihnen allen Ärger zu ersparen. Pflanzenkundig, wie sie waren, hatten sie das Mädchen nach Verletzungen untersucht, ihm Breiumschläge gemacht und Heiltränke gebraut. Anscheinend war sie jedoch unverletzt und ganz gesund. Sie aß und trank, schied aus und war noch Jungfrau, wie sie behauptet hatte.

Die Frauen brachten ihr das Nähen bei, und sie erwies sich als gelehrige Schülerin. Doya machte sich daran, ihr das Lesen beizubringen. Hier stockte Anillia zum erstenmal. Dann auf einmal überflügelte sie ihre Lehrerin. Offenbar hatte sie eine gründliche Erziehung genossen. Wenn sie sich daran erinnern konnte, warum nicht auch an den Rest?

Zeitweise versuchten die Mägde, Anillia mit monotoner, aufreizender Hartnäckigkeit auf die Sprünge zu helfen. Sie brachten ihr Gegenstände zum Betrachten, Anfassen und Schmecken. Sie nahmen sie mit auf ihren kurzen Spaziergängen rund um die Kapelle. Der Waldrand vor der hohen Mauer der Kiefern verfärbte sich rötlichgrau und gelb. Der Gemüsegarten und die paar Obstbäume konnten geerntet werden, und Anillia, stärker und tüchtiger als sie, half den Mägden bei der Arbeit. (Wie hatten sie das vor der Ankunft des Mädchens überhaupt geschafft?) Äpfel, Weintrauben und Kohlköpfe waren für Anillia nichts Neues. Die Spuren von Krähen und Tauben, Wieseln und Füchsen waren ihr vertraut. Aber sie erinnerte sich nicht mehr an ihr Zuhause, ihre Kindheit, ihren Vater, ihr Schicksal. Die Verhöre und das Soufflieren der alten Frauen ließ sie ruhig über sich ergehen. Ungeduld und schlechte Laune waren ihr anscheinend fremd. Sie hatte etwas Melancholisches an sich, doch das war zu erwarten gewesen.

Ihr ungewöhnlicher Geruch hatte sich mit der Zeit verflüchtigt. Außer Marika hatte ihn nur Urzi wahrgenommen. Urzi hatte gemeint, er erinnere sie an Fruchtzucker, aber Marika hatte ihr widersprochen. Schließlich roch Anillia nur noch nach Jugend und Mädchenhaftigkeit. Das war in dieser Umgebung schon seltsam genug.

Der Winter rückte unaufhaltsam, unbeirrbar näher. Die Tage waren kurz, mal sonnig, mal verfinstert von Wolken oder von Scharen aufgeregter Zugvögel, die den Hof und die Gemüsebeete heimsuchten.

Die Mägde des Herrn hatten sich an Anillia gewöhnt. Sie stellten ihr kaum noch Fragen und versuchten ihr nicht mehr auf die Sprünge zu helfen. Ohne ihr etwas davon zu sagen, wob Urzi ihr auf dem Webstuhl in der Westecke der Kapelle ein neues Kleid, hinter dem Wandschirm mit den Masken des Heiligen Mechailus und des Heiligen Eda. Das Gewand hatte die Farbe von Hafermehl und war an den Rändern mit rosigen Füchsen und blauen Weintrauben verziert.

»Der Priester ist auf dem Hügel.«

Doya kam mit der Neuigkeit in die Kapelle gestürmt. Alles mußte aufgeräumt werden. Jedesmal überraschte sie der Mann, jedesmal schalt er sie wegen ihrer nachlässigen und pietätlosen Art.

Die Mägde eilten umher und hoben irgendwelche Sachen auf, vor lauter Angst munter geworden. Sie hatten gehofft, der Priester werde bis zum Frühjahr auf sich warten lassen; seit zwei Jahren hatte er sich nicht mehr um sie gekümmert. Aus purem Zufall hatte Urzi ihn auf seinem Maultier am Waldrand entlangreiten sehen, als sie auf dem Hof gerade Spülwasser ausgoß. Er kam aus der Stadt, eine lange Reise, die er nur ungern unternahm, um nachzuschauen, was die Vorposten der Kirche alles falsch machten.

In der Zwölfminutenfrist, die ihnen noch blieb, erreichten sie nur sehr wenig. Außerdem ahnte er wohl, wie es bei diesen unordentlichen, schlampigen Frauen zuging.

Er ritt bis zum Kapelleneingang, wo er das Maultier festband. Doya ging hinaus, um ihn zu begrüßen, den Kopf mit Tuch und Schleier verhüllt, rot im Gesicht von der Anstrengung, zornig auf ihn und um ein bescheidenes und zuvorkommendes Auftreten bemüht.

»Einen guten Tag, Schwester.«

»Seid herzlich willkommen, Vater.«

»Ich bin ganz ausgedörrt, Schwester. Ich bin schon seit dem frühen Morgen unterwegs.«

»Möchtet Ihr ins Speisezimmer kommen? Wir können Euch Milch oder Bier anbieten.«

»Milch, bitte.«

Alter Zimperling.

Sie schenkten ihm Milch ein und reichten ihm Honig- und Mohnkuchen (um ihn milde zu stimmen).

Anschließend inspizierte er die Kapelle. Den Hof, die Ställe und die Küche. Das Kirchenschiff. Der Altar war verstaubt, und aus dem Kerzenvorrat vernahm man Mäusefiepen.

»Wie kommt dieser Kohlenrost hierher?«

»Es wird sehr kalt hier drinnen, Vater.«

»Die Kapelle dient nicht eurer Bequemlichkeit, sondern dem Gebet und der Meditation. Sollte es denn tatsächlich sein, daß ihr diesen heiligen Ort für eure weibliche Kurzweil benutzt? Obwohl ich euch beim letztenmal ermahnt habe?«

Doya runzelte die Stirn.

Der Geistliche hielt einen kurzen Vortrag über die Fehlbarkeit des weiblichen Geschlechts, seine Unzuverlässigkeit und seine Neigung, auf schlechten Angewohnheiten zu beharren. »In eurer Schwesternschaft müßt ihr doppelt wachsam sein.« Er meinte, sie sollten alle Buße tun, fasten und Nachtwachen abhalten. »Nun möchte ich die Zellen inspizieren.«

Er entdeckte zahlreiche Dinge, die ihm mißfielen – es war gerade noch Zeit geblieben, ihre weltlichen Bücher zu verstecken. In der letzten Zelle entdeckte er Anillia, die gerade damit beschäftigt war, die Rindenstücke zu ordnen, die sie gesammelt hatte.

Der Geistliche prallte zurück. »Wer ist diese Frau? Sie gehört nicht zum Orden.«

»Ja, Vater. Wir haben sie aufgenommen, und …«

»Das ist ungesetzlich. Wer hat das Mädchen geweiht?«

»Sie war notleidend.« Doya versuchte zu erklären, was sie selbst nicht verstand.

»Hat das Mädchen eine Zunge? Laß sie sprechen. He, du da. Was machst du hier?«

Anillias dunkle Augen blickten den Priester furchtlos an, ohne Respekt, aber auch ohne Anmaßung oder Zorn.

»Ich hatte mich im Wald verlaufen, und sie nahmen mich auf.«

»Verlaufen? Verlaufen?«

»Sie erinnert sich nicht mehr an ihr Zuhause oder ihre Stellung im Leben, Vater.«

Der Priester meinte, sie sollten in das Speisezimmer hinübergehen, wo er das Mädchen befragen wolle. Wie er sie anreden solle? Anillia nannte ihm ruhig ihren Namen. Der Priester hatte aufgemerkt, und etwas Weltlicheres mehrte seine angeborene seelische Grausamkeit.

Im Speisezimmer angelangt, schickte er die Mägde hinaus. Er setzte sich auf einen Stuhl und befahl dem

Mädchen, auf einem Hocker Platz zu nehmen. Er führte die Befragungen der Mägde fort, jedoch mit einem unangenehmen Unterton, nämlich indem er Anillia mit dummen, verächtlichen Finten zu übertölpeln versuchte. Anillia sagte dem Priester nicht, sie komme von nirgendwoher. Sie hielt sich an die Persönlichkeit, welche die Mägde für sie ausgearbeitet hatten. Sie erinnere sich an nichts, abgesehen von einigen wenigen grundlegenden Tatsachen, die sie beträfen: ihren Namen, ihr Alter. Es wäre so, als sei sie erst damals im Wald zur Welt gekommen.

»Also schön«, krächzte der Priester schließlich, als er mit seiner vermeintlichen Gerissenheit nicht weiterkam, und probierte etwas Neues, »jetzt, nachdem dich die Schwestern unterrichtet haben und du ein, zwei Monate lang über dein Schicksal nachdenken konntest, was würdest du antworten, wenn ich dich nach deiner *möglichen* Stellung fragte?«

»Ich habe keine Ahnung, es tut mir leid.«

»Deine Ausdrucksweise, deine Stimme und dein Benehmen legen den Schluß nahe, daß du von hoher Geburt bist.«

»Vielleicht«, sagte sie.

»In Khish«, sagte der Geistliche, indem er den Namen betonte, als handele es sich um eine himmlische Provinz, »gibt es Akten. Die Kirche wird Nachforschungen über dich anstellen, darauf kannst du dich verlassen. Wenn du ein Verbrechen begangen hast und dich zu verstecken suchst, dann solltest du es besser jetzt gleich gestehen.«

Anillia – lächelte. Damit brachte sie den Priester aus der Fassung. Ihr Lächeln hatte nichts Anmaßendes oder Herausforderndes; tatsächlich senkte das Mädchen sogar die Augen. Und dennoch war dies nicht das Lächeln einer Fünfzehnjährigen, es lag soviel Wissen darin. Wahrscheinlich nicht das Wissen um ihre Herkunft, sondern eher um das sinnlose

Getöse der Menschheit – doch davon wußte sie eine ganze Menge.

Am Nachmittag brach der Priester auf. Ihn zog es zu einem Ort, wo er besser speisen und bequemer schlafen konnte. Er verhängte eine Unmenge von Strafen, die wie ein klebriger Überzug in der Kapelle haften blieben. Aus Angst, sich gegen Gott zu versündigen, würden die Mägde eine Zeitlang versuchen, sie zu befolgen, bis sie sich irgendwann, wie jedesmal, sagen würden, daß es der schäbige Priester sei, gegen den sie sich vergingen, und nicht der Jüngling am Kreuz mit dem bleichen Leib und dem schwarzen, dornengekrönten Haar, der sein Blut um ihretwillen vergossen hatte. Dann würden sie säumig werden. Wegen Anillia sollten sie sich aber auch weiterhin beunruhigen. Sie sahen feindselige Kräfte am Werk. Obwohl das Mädchen so kühl wie Regen war, fürchteten sie, Anillia zu verlieren.

In diesem Winter schneite es heftig, und die Wölfe heulten mit dem Wind. Marika humpelte an zwei Stöcken. Urzi kochte Suppe und buk dünne Pasteten mit ein wenig Pökelfleisch und getrocknetem Gemüse darin, dazu gab es Haferbrei und Brot aus Piniensamen. Um sich zu wärmen, tranken sie Bier. Der Hof sah aus, als sei er mit weißen Kissen ausgestopft. In der Kapelle war es zu eisig, um sich dort zu versammeln. Sie verbrachten den ganzen Tag im Speisezimmer und beteten auch dort; den Christus hatten sie über den Ofen gehängt. Noch nie hatte sie jemand dabei überrascht. Im Winter bekamen sie niemals Besuch.

Am ersten der heiligen Feste schenkte Urzi Anillia das Kleid mit den Weintrauben und Füchsen. Anillia bedankte sich bei ihr und trug fortan das Kleid. Urzi war enttäuscht. Jetzt, wo sie die Puppe in ihren neuen Kleidern sah, wurde ihr klar, daß sie ihr nicht gut genug waren.

An manchen Tagen vernahmen sie das ferne Klacken

einer Axt, in fünf oder sechs Meilen Entfernung, so still war es in der weißen Wüste.

Nachts schien der weiße Mond auf den Schnee.

Die Ziege übernachtete im Speisezimmer.

In der Nähe der Hoftür roch es häufig nach Wolf.

Als der Winter schon eine Ewigkeit währte, begannen sie vom Frühling zu reden, so als käme er nur einmal im Laufe der Weltgeschichte und dann nie wieder. Sie erzählten Anillia von den Knospen und Vögeln und dem Sommer mit seinen Blättern und Blumen, als könne sie sich nicht mehr an ihn erinnern. Sie hörten ihr aufmerksam zu, für den Fall, daß sie irgendeine Bemerkung fallenließ, mit der sie sich letztendlich doch noch offenbart hätte. Doch Anillia erwähnte bloß Eisvögel an Bächen und wilde Minze, Narzissen, Libellen, Rosen und Schwalben. Dann fügte sie hinzu: »Das Meer ist blau, als ob es brennen würde. Die Möwen legen ihre Eier wie Steine im Fels ab.«

»Das Meer«, sagte Doya mit Nachdruck. »Du hast am Meer gelebt.«

Anillia aber entgegnete: »Nein, niemals. Vielleicht hat mir jemand davon erzählt.«

Als es schließlich Frühling wurde und seine grünen Adern entlang des Waldes erglänzten, begrüßten ihn die Mägde mit gemischten Gefühlen. Während der ersten Frühlingswochen, als sie aus dem Winterschlaf erwachten und sich freuten, den Winter überlebt zu haben, waren sie wachsam. Wenn die Hoftür entriegelt war, schauten sie zum Waldrand hinüber. Die Räuber sahen sie jedoch erst in dem Moment, als sie schon vor der Türe standen.

Es waren zwei Männer, in Begleitung einer Eskorte und ihres Bediensteten. Die Kleidung der Männer, die beide recht jung waren, war kostbar und mit dichtem Pelz besetzt; an den Fingern trugen sie Goldringe; sie hatten Pferde.

Der ältere junge Mann kam auf den Hof stolziert und schaute Doya an, wie gewisse junge Männer Frauen betrachten, von denen sie meinen, ihre Blütezeit läge hinter ihnen. Und Doya erwiderte seinen Blick, wie Frauen es eben tun, wenn sie solchen Männern gegenüberstehen.

»Fromme Frau«, sagte der junge Mann, »man nennt mich Tarosar Crel. Das ist mein Bruder. Dies ist die Garde der Crel und unser Bediensteter. Könnt Ihr uns für eine Nacht Unterschlupf gewähren?«

»Nein«, sagte Doya mit Genugtuung.

»Verzeiht mir, fromme Frau. Die Wache und unser Diener können auf dem Hof lagern oder draußen im Wald. Ich meinte meinen Bruder und mich.«

»Wir sind eine religiöse Gemeinschaft von Frauen. Die Mägde …«

»Des Herrn. Ja. Wir haben von Euch und der freundlichen Aufnahme, die Ihr verirrten Reisenden gewährt, schon gehört. Es war ein harter Winter. Mein Bruder und ich, wißt Ihr, sollen uns eines Streitfalls annehmen … diesen Aufsehern ist einfach nicht zu trauen. Dem Hause Crel gehört Land im Wald. Mein Vater ist in der Stadt beheimatet. In Khish. Wir haben unseren eigenen Proviant dabei, den wir als Gegenleistung für die Kochkünste Eures Ordens gern mit Euch teilen möchten. Ein Stück frisches Rindfleisch, etwas Wein …«

Sämtliche Mägde waren zur Tür gekommen, wie Mäuse; das Wasser lief ihnen im Mund zusammen, während ihre Herzen Alarm schlugen.

»Der Geistliche hat uns von Eurer Kapelle erzählt«, fuhr Tarosar Crel fort. »Er meinte, Mildtätigkeit sei ein Merkmal Eurer Berufung.«

Ihr verhaßter Priester war fleißig gewesen. Sie ahnten alles, ohne Genaues zu wissen. Sie humpelten beiseite und ließen die jungen Männer und den Diener eintreten, während sich die Garde entfernte und fluchend unter dem Apfelbaum ihr Lager aufschlug. Gegenüber der Jugend und der Männlichkeit waren diese Frauen machtlos. Und angesichts ihrer eigenen Schuld – süße Früchte waren stets verboten.

Das Rindfleisch war den meisten zu zäh. Mit dem Wein geizten die Männer. Dafür langten sie beim Brot und den Gewürzen, dem Ziegenkäse und dem Bier um so kräftiger zu.

Marika, die noch immer am Stock ging, war zur Kapelle hinübergehumpelt, wo sich Anillia aufhielt. Der Erlöser hing wieder über dem Altar, und Anillia hatte gerade damit begonnen, Frühlingsblumen in einen Krug zu geben. Marika stützte sich leicht auf Anillias Arm.

»Es sind junge Männer gekommen. Doya meinte, du solltest dich verstecken. Am besten läßt du dich nicht blicken.«

Anillia schaute die alte Frau an.

»Warum?«

Marika hatte gewußt, daß Anillia Schwierigkeiten machen würde.

»Es ist riskant«, sagte Marika. »Hochwohlgeborene junge Männer – sie brauchen ein Mädchen nur anzusehen, und schon fallen sie darüber her.«

»Glaubt Ihr das wirklich?«

»Es ist allzu wahrscheinlich. Doya kennt sich aus.«

Anillia erhob keine Einwände. Marika hatte erwartet, daß sie es tun würde, wenn auch nicht in Form eines Streits, denn Anillia war ein braves Mädchen und kräuselte höchstens ein wenig die Stirn.

»Meint Ihr, ich soll auf meine Zelle gehen?«

»Ja, geh jetzt. Sie sind im Speisezimmer und schlagen sich die Bäuche mit unserem Brot und unserem Käse voll, während Urzi das Rindfleisch brät.«

Anillias Zelle war die sechste und grenzte an die Ställe.

Anillia überquerte den morastigen Hof und trat in ihre Zelle, dann schloß sie die verzogene und wacklige

Tür. Marika humpelte ihr unbeholfen hinterher und flüsterte: »Lehne deine Matratze gegen die Tür. Wenn jemand einzudringen versucht, wird er glauben, es sei abgeschlossen.«

Marika wartete ab, ob die Matratze zur Tür gezogen würde; sie hörte jedoch nichts, und bald darauf humpelte sie zum Speisezimmer, wo das zähe Fleisch einen trügerisch köstlichen Duft verbreitete.

Als das Mahl verzehrt oder mit Bedauern stehengelassen worden war, wandten die beiden edlen Söhne von Crel, die sich die meiste Zeit über halblaut unterhalten, gelacht und verstohlen über die alten Frauen gescherzt hatten, ihre Aufmerksamkeit wieder Doya zu.

Der jüngere der beiden Brüder, Gden, rülpste vernehmlich hinter vorgehaltener Hand, dann tat er so, als sei es ihm peinlich, und bat Doya um Verzeihung. Tarosar sagte: »Ja, seht es ihm nach, Schwester Oberin. Wie ich vom Priester erfahren habe, wart Ihr ja einmal an den Umgang mit Männern gewöhnt.« Doya wollte gerade aufbrausen, als Tarosar gleichmütig fortfuhr: »Aber Ihr habt hier eine Jungfrau, nicht wahr? Es wäre wirklich schade gewesen, wenn wir sie beleidigt hätten. Von edler Abstammung, glaube ich, und von einem Geheimnis umgeben.« Auf einmal wirkten seine verdorbenen Jungenaugen wie mit Stahl gepanzert.

»Der Priester«, sagte Doya, »hat mit dem Mädchen gesprochen.«

»Ja, das sagte mir mein Vater. Sie nennt sich – *Anillia*.«

Doya fühlte sich beklommen.

»Worauf wollt Ihr hinaus?« fragte sie.

»Nun, da wir hier nirgendwo vertraulich reden können … Ich nehme an, Ihr leitet die Kapelle, Schwester. Um offen zu sein, es kann sein – muß aber nicht –, daß dieses Mädchen mit unserer Familie in Verbindung steht. Mit dem Hause Crel. Es geht um meine Mutter, wißt Ihr. Seit Jahren schon trauert sie um den Verlust einer Tochter. Sie waren im Wald unterwegs, und das dumme Mädchen lief weg. Damals war ich elf. Aufruhr in den Frauengemächern. Sie war untröstlich. Seitdem kränkelt meine Frau Mutter.« Tarosars stählerne Augen blinzelten leicht, womit er das Thema für beendet erklärte. »Als wir von dieser erstaunlichen Geschichte erfuhren, schickte man mich los, weitere Erkundigungen über Euren Findling einzuholen. Mein Vater möchte nichts unversucht lassen.«

»Aber – wie alt war denn das verschwundene Kind? Das muß doch schon Jahre her sein«, platzte Doya empört heraus.

»Ganz recht. Es ist schon seltsam, nicht wahr, Schwester?«

Doya versagte die Stimme.

Tarosar Crel richtete die Augen erneut eindringlich auf sie und sagte: »Ich möchte mit dem Mädchen sprechen, auf seinem Zimmer.«

»Nein.« Urzi hatte gesprochen.

»Eure Oberin kann selbstverständlich dabei zugegen sein, wenn sie es wünscht. Des weiteren – könnt Ihr lesen, Frau? – habe ich hier einen Brief des Hauses Crel.«

Und da war der Brief, verschlossen mit dem Siegel der Crel, das zwei Schwerter zeigte.

Doya überflog ihn. Er hätte ebensogut in einer fremden Sprache verfaßt sein können. So unverständlich er war, begriff sie dennoch, daß elterliches Zeugnis die Behauptungen des jungen Mannes stützte. Dies dämmerte ihr wie durch Zauberei, denn die einzelnen Worte vermochte sie nicht zu erkennen. Gegen Ende des Briefes entzifferte sie diesen einen Satz: *›Wir tauften unsere Tochter auf den Namen ihrer Großmutter Anillia.‹*

Wie hatte sie so lange im Wald überlebt? Bauern hatten sie bei sich aufgenommen – aber wie kam es dann, daß sie so gut erzogen war, daß man sie nicht mißbraucht hatte? Hatte sie sich zehn oder zwölf Jahre lang in Stein verwandelt, um von Gottes Hand zur vorbestimmten Zeit wieder zum Leben erweckt zu werden?

»Sie hat keinerlei Erinnerungen an die Zeit vor ihrer Ankunft in der Kapelle«, sagte Doya störrisch.

»Aber sie beansprucht einen Namen meiner Familie. Das können wir nicht auf die leichte Schulter nehmen. Vielleicht ist sie die Tochter eines Bauern und führt Böses im Schilde – oder ist vielleicht Hexerei im Spiel?«

»Niemals.«

»Das könnt Ihr nicht wissen, Schwester. Nur Gott und seine Engel sind allwissend.«

Doya machte ein finsteres Gesicht.

»Wann möchtet Ihr sie sehen?«

»Jetzt gleich.«

»Sehr wohl. Ich werde vorgehen und sie auf Euren Besuch vorbereiten.«

»Wie Ihr wollt«, sagte er leichthin, im Bewußtsein seiner Rechte, seiner Autorität und seiner Weisheit.

Es war noch früh im Jahr, und in der Abendluft lag Frost. Über dem Hof funkelten die abweisenden Sterne.

In der Zelle des Mädchens brannte kein Licht, doch auf Doyas Rufen hin wurde geöffnet. Doya sprach schnell. »Diese Männer. Sie behaupten, du trügest den Namen eines verschwundenen Kindes. Aus einer Familie aus Khish. Sie stecken mit dem Priester alle unter einer Decke. Was soll ich tun?«

»Nun denn«, sagte Anillia im Dunkeln. »Wenn es denn sein muß.«

Ihr Tonfall war so fatalistisch, so voller Wissen um die Dinge, die geschehen würden, daß Doya zusammenzuckte.

»Glaubst du, es ist möglich?« fragte Doya. »Wie kannst du zu ihnen gehören? Sie werden dir vielleicht weh tun, wenn sie glauben, du wärst eine Lügnerin.«

»Ich gehöre zu ihnen«, sagte Anillia.

Doya nahm dies hin wie einen Schlag.

»Dann erinnerst du dich also?«

»Nein. Ich kann mich an nichts mehr erinnern. Das habe ich Euch doch gesagt. Ich komme aus dem Nichts. Aber ich werde ihr verlorenes Kind sein.«

Doya bekreuzigte sich. Die Zelle erschien ihr kalt und feucht. Sie wich zur Tür zurück, und draußen näherten sich die schrecklichen Söhne von Crel. Der jüngere hatte eine Lampe mitgebracht.

»Tretet ein«, sagte Doya.

Sie wollte das Pflegekind der Kapelle nicht länger bewachen. Auf einmal wurde ihr klar, wie seltsam es war, daß das bleiche Mädchen unter ihnen aufwuchs, sich um ihre Leben wand wie eine schlanke Rebe.

Die Lampe verschwand in der Zelle, und Doya hörte das Mädchen leise sagen: »Wie kann ich Euch helfen, Ihr Herren?«

Doya dachte: *Ich muß bleiben. Es ist gefährlich, wenn sie mit diesen beiden Rüpeln alleinbleibt.*

Sie humpelte energisch über den Hof zum Speisezimmer zurück, sich gegen den Aufschrei der Schwestern wappnend.

In der Zelle modellierte das Licht der Lampe indessen eine schlanke Frauengestalt, bekleidet mit einem am Ausschnitt, an den Ärmeln und am Saum mit Stickereien verzierten Webkleid, das schwarze Haar lose mit einem blauen Band zusammengebunden. Sie hielt sich sehr gerade, wie eine Statue, senkte aber den Blick und faltete die schmalen Hände.

Die beiden Söhne von Crel aus Khish musterten sie.

Auf einmal platzte Gden, der jüngere, der betrunken war, heraus: »Mein Gott, sie ist es.«

»Halt den Mund«, sagte Tarosar. »Was weißt du schon? Damals warst du noch nicht einmal geboren. Und sie war zwei Jahre alt. Du«, sprach er das Mädchen an, »willst du behaupten, du seiest meines Vaters Tochter?«

»Ich weiß nicht, wer ich bin. Ich erinnere mich nicht mehr. Nur noch an meinen Namen.«

»Sag deinen Namen.«

»Anillia.«

»Kannst du lesen?«

»Ja.«

»Was sonst noch?«

»Ich weiß nicht.«

Tarosar sagte: »Du wirst uns in die Stadt begleiten. Seit unsere Mutter von dir gehört hat, nörgelt sie nur noch herum und jammert.«

Das Mädchen rührte sich nicht, sagte kein Wort.

»Sie ist es«, sagte Gden. »Das Gesicht unserer Mutter, wie auf dem Emaillebild, als sie noch jung war.«

»Willst du, daß ich dich schlage? Sei endlich still.«

Unter den zerbrechlichen Torbögen des Frühlings ritten sie mit ihr davon, die beiden jungen Männer, die vierköpfige Eskorte und der Diener.

Vögel zwitscherten.

Doya schaute mürrisch zu. Urzi schmollte in der Küche und ließ das Essen anbrennen. Die beiden älteren Frauen waren krank geworden. Marika aber war es, die, als sie den munteren Schatten davonhuschen sah, wußte, daß sie keinen weiteren Frühling mehr erleben würde.

Khish war eine befestigte Stadt mit der Garnison als Zentrum, mit Kirchen aus Stein und schmalen Gassen, noch ohne den üblichen Gestank des Sommers.

Schweine tummelten sich auf den tiefer gelegenen Straßen, und weiter oben war ein Markt, über den die kleine Schar ritt. Das mit einer grauen Kutte bekleidete Mädchen saß vor dem jüngeren Bruder. Er hatte sie mit seinen schmierigen Fingern nicht angerührt, hatte sich keine Freiheiten herausgenommen. Er hielt sie bereits für seine Schwester. Der Ritt durch den Wald war ereignislos verlaufen und unbequem gewesen. Abgesehen von belanglosen und unaufrichtigen Höflichkeiten sprachen sie nicht mit ihr. Schließlich hatten sie bloß einen Auftrag erfüllt, eine Besorgung, die ihnen von ihrem Vater aufgetragen worden war, um ihrer Mutter willen, die ihnen ziemlich gleichgültig war.

Die hübscheren Stadtviertel lagen hinter dem Markt, oberhalb einer Kirche, deren steinerne Wasserspeier im verblassenden Licht höhnisch grinsten und Grimassen schnitten. Häuserfronten aus Holz säumten die Straße. Über einer schwarzen Tür waren zwei mit scharlachroten Früchten bemalte Balkone, und zwischen ihnen hing eine bereits entzündete Lampe: dies war das Haus der Crel.

Im Innern war der geräumige Wohnraum mit Wandteppichen und Äxten geschmückt, Kerzen brannten auf einem Leuchter und ein Feuer flackerte im Kamin, vor dem ein paar Frauen bunte Seide sortierten. Den Brüdern, die herumstanden und mit ihren durchfrorenen Füßen stampften, brachte man Becher mit warmem Bier. Anillia hießen sie sich auf eine Bank setzen und überließen sie dort sich selbst, ein Fundstück aus dem Wald – mehr war sie nicht.

Bald darauf kam ein Kämmerer die Treppe herunter, näherte sich Tarosar Crel und teilte ihm mit, sein Vater wünsche sie alle im oberen Arbeitszimmer zu sehen. Gden trat augenblicklich vor, wie ein wohlerzogenes Pferd. Tarosar tat so, als müsse er erst seinen Becher austrinken. »Mir ist kalt. Es war ein langer Ritt.« Der Kämmerer wartete mit gefalteten Händen.

Währenddessen erschienen auf der Treppe drei Frauen. Eine hielt einen Kerzenleuchter in der Hand, der sie in ein seltsames, dramatisches Licht tauchte. Die erste Frau hatte sich das Haar mit einer Schleife aus geflochtener Wolle zusammengebunden. Sie trug ein kostbares Kleid mit Pelzbesatz und zwei funkelnde Ringe. Außerdem war sie im fortgeschrittenen Stadium schwanger, was weder zu ihrem Alter noch zu ihrem Aussehen paßte.

»Ach, Tarosar, Tarosar!« rief sie. Sie hatte eine schwache Stimme, die durch ihren ständigen Jammerton offenbar dünn und unausstehlich geworden war. Tarosar ruckte mit dem Kopf, sogleich verärgert, ungeduldig, eine Reaktion, die ebenso antrainiert war die pferdeartige Bewegung seines Bruders eben.

»Guten Abend, Frau Mutter.«

»Tarosar – ist dies das Kind?«

»Geht auf Euer Zimmer, Mutter. Vater will mich sprechen.«

»Das Kind …«, sagte die weinerliche Stimme, und die von ihrem Bauch aus dem Gleichgewicht gebrachte ausgemergelte Gestalt machte ein paar kraftlose, taumelnde Schritte nach vorn.

»*Nicht*, Mutter.« Die Dienstboten hatten sich in den Eingängen versammelt und schauten zu. *Verdammt noch mal, daß sie sich unbedingt zum Gespött der Leute machen muß.* Tarosar trat energisch vor, als wollte er seiner Mutter den Hals umdrehen.

Die Frau von Crel blieb stehen. »Aber …«

»Ihr müßt abwarten, was Vater sagt, Mutter, genau wie wir alle.«

Erst jetzt blickte sie an ihm vorbei zu der im Schatten liegenden Bank, auf der man Anillia hatte Platz nehmen lassen. Die Frau, die ihr Kind verloren hatte, berührte ihre Hüfte mit der Hand, ganz langsam. Ohne daß es ihr bewußt gewesen wäre, bedeutete die Geste offenbar: *Bist du aus meinem Leib gekommen?*

Anillia hob den Kopf. Die Kapuze fiel zurück, und das von dunklem Haar umrahmte bleiche Gesicht mit den dunklen Augen darin wurde sichtbar.

Die Herrin von Crel brach in Tränen aus. Sie streckte die Arme nach dem Mädchen auf der Bank aus.

»Verflucht noch mal«, sagte Tarosar. »*Herrgott!*«

Anillia war aufgestanden. Sie durchquerte die Halle

und stieg die Treppe hoch, bis sie vor der schluchzenden Frau stand. Die Frau starrte sie an und berührte ihr Gesicht, ihr Haar, ihre Schultern.

»Bist du es?« sagte die Frau.

»Herrin«, sagte Anillia leise, »ich kann mich nur noch daran erinnern, im Wald gewesen zu sein. Vielleicht hat man Euch dies schon gesagt. An die Bäume und dann an die Kapelle. An sonst nichts.«

Die Herrin von Crel streichelte über Anillias Stirn und ihr Haar.

»Du bist weggelaufen«, sagte sie. »Es schneite. Ich war mit deinem zweiten Bruder schwanger. Mir war übel. Als mir etwas auffiel, war es schon zu spät. Man hat nach dir gesucht. Es war ungezogen von dir, wegzulaufen. Ich hatte dir von den Wölfen und den weißen Bären und dem bösen Wintergott erzählt, der im Wald lebt.«

Der Mann, der hinter ihr die Treppe heruntergekommen war, trennte die Frauen voneinander und legte der Herrin von Crel seine Hand auf den Arm. Sie erstarrte und verstummte.

»Geh auf dein Zimmer«, sagte der Mann. Sein Tonfall war weder freundlich noch unfreundlich. »Das mußt du mir überlassen, Frau. Du weißt, daß du voreingenommen bist.«

»Ja, Herr.« Sie trat beiseite. Als wäre sie erblindet, sah sie das Mädchen nicht mehr. Der Herr von Crel schaute eine der Dienstmägde an. »Eine Dosis Schwarzer Mohn«, sagte er.

Die Frau nickte. Die Herrin gab einen leisen, betrübten Laut von sich, ohne Einwände zu erheben. Sie entfernten sich über die Treppe.

Crel wandte sich um und blickte über Anillias Kopf hinweg.

Jetzt beeilte sich Tarosar, und Gden folgte ihm auf den Fersen.

Anillia wurde von ihnen mitgerissen, im Kielwasser

des Vaters der Crel mitgespült, eine Galerie entlang und in ein Zimmer, in dem zwischen zwei steinernen Hunden ein Kaminfeuer brannte. Der Raum war von den Flammen hell erleuchtet.

Tarosar schob Anillia ganz bis an den Kamin vor.

Crel baute sich vor ihr auf und betrachtete sie schweigend.

Er hatte ein grobgeschnittenes Gesicht, seine Gesichtszüge waren aufgedunsen, das Weiß der Augen matt, die Pupillen stumpf.

Dann wandte Crel sich seinen Söhnen zu. Sie berichteten ihm, was sie von dem Mädchen und den Frauen aus der Kapelle erfahren hatten. (Gden sprach stockend, Tarosar prahlte.)

Der rote und gelbe Feuerschein überstrahlte die banale und nüchterne Szenerie mit falscher Freundlichkeit.

Als die beiden Söhne geendet hatten, schickte Crel sie hinaus.

Diesmal sah er nicht das Mädchen an, sondern schaute ins Feuer, auf einen Wandbehang, einen Becher auf dem Tisch.

»Du erinnerst mich an sie, als sie noch jung war. Der Priester meint, ich solle ihr ihren Willen lassen, und der Priester ist wichtig. Du bist ungefähr im richtigen Alter. Vielleicht hast du den Namen von irgendwelchen Bauern aufgeschnappt. Wenn du lügst, solltest du dich besser in acht nehmen. Sei der Familie eine Tochter, dann geht es vielleicht glimpflich für dich ab. Erwarte *wenig*. Wer du auch sein magst, mir bedeutest du nicht viel. Sie meinten, du wärst noch Jungfrau. Stimmt das?«

»Ja.«

»Meine Frau ist launisch. Versuche sie glücklich zu machen. Vielleicht bekommt sie noch einen Jungen. Du kannst jetzt gehen. Auf dem Gang ist ein Mädchen, das sich um dich kümmern wird.«

Als sie zur Tür ging, sprach er ihren Namen sehr hart und mit anderer Betonung aus. Sie blickte sich um.

»Das war ihr Kosename für das Kind, das sie verloren hat«, sagte der Herr von Crel. »Sagt er dir etwas?«

»Wenn Ihr es wünscht.«

»Du bist gerissen und kalt«, sagte er. »Hast du keine Angst?«

»Ich erinnere mich an nichts, wovor ich Angst haben müßte.«

»Du wirst zweifellos noch eine Menge Dinge kennenlernen, vor denen du dich fürchten wirst.«

»Ja«, sagte sie wieder.

Draußen war Frühling, später dann Sommer. Regen, Wärme und schließlich große Hitze lasteten auf dem Haus in Khish.

Die Herrin von Crel fror, und man machte für sie Feuer, und im Zimmer war es glühendheiß. Dann auf einmal bekam sie Fieber und wurde von panischer Angst erfaßt, man goß Wasser auf das Feuer und riß sämtliche Fenster auf. Der große Raum mit seinen Glasfenstern, jedes mit einer kleinen rubinroten Scheibe versehen, dem Himmelbett, den in Schachteln aufbewahrten getrockneten Kräutern und den kleinen Heiligen- und Christusfiguren war gewöhnlich voller Frauen. Es roch nach Tinkturen und Medizin, nach weiblichem Fleisch und Haar. Die Männer des Hauses mieden es, obwohl man sie hin und wieder mit knallenden Stiefeln und in Begleitung von Hunden daran vorbeigehen hörte. Manchmal ging die Herrin auf den verschachtelten Korridoren des Hauses spazieren. Die fensterlosen Korridore waren dunkel und düster und rochen muffig, als hätte sie der Sommer in Gärung versetzt.

Ansonsten gab es noch eine kleine Kammer, die dem Mädchen vorbehalten war. Hier schlief sie, wenn die Herrin allein zu sein wünschte. Das Mädchen hielt sich nicht oft in der Kammer auf. Anfangs wollte die Herrin von Crel sie Tag und Nacht um sich haben. Des Nachts schlief Anillia auf Kissen in der Nähe des Betts. Tagsüber las sie aus einem Buch voller geistloser Geschichten vor. Bei Tag wie bei Nacht hörte sie zu, wie die Schwangere sich über die ewiggleichen Ängste und Enttäuschungen ausließ. Sie war unfähig, irgendeinen Schmerz oder ein Unglück zu überwinden, und mißtraute jedem Vergnügen. Schon bald sagte sie zu dem Mädchen: »Kannst du mich lieben, Nilya? Nein, das ist unmöglich. Wenn du nur wüßtest, wie sehr ich mir gewünscht habe, dich zu finden. Aber ich kann nicht erwarten, daß du an mir hängst.« Manchmal überhäufte die Herrin Anillia mit Liebkosungen, Komplimenten, Geschenken, Dankesbekundungen. Die Herrin verlangte von Anillia nicht, daß diese sie *Mutter* nannte. Anillia – Nilya – mußte sie mit *Herrin* anreden, genau wie die Dienstboten.

Man hätte meinen können, es würde ewig so weitergehen.

Die Dienstboten der Herrin, zumal ihre Lieblingsmägde, haßten Nilya. Sie war ihre Rivalin – offenkundig eine Intrigantin – und würde ihnen möglicherweise eines Tages übergeordnet werden. Aus diesem Grund taten sie ihr nichts zuleide und hielten ihre Zungen und Augen im Zaum.

Nilyas Geduld und Gleichmut waren bewundernswürdig und verstärkten den Eindruck, sie intrigiere. Woran sollte es sonst liegen, daß ihr die unablässigen Klagen der Herrin, die endlose Abfolge ihrer Krankheiten und ihre Kleinlichkeit nicht auf die Nerven gingen? Nilya war eine Hochstaplerin, und zwar eine kluge. Sie war eine Schlange; am besten nahm man sich vor ihr in acht.

»Sie hat keine Seele«, sagte die jüngste Magd bei Sonnenaufgang, als sie mit einer anderen Bediensteten gerade den Kräutertrank für ihre Herrin zubereitete. »Vielleicht ist sie ein Dämon.«

»Nein, sie kann die Heiligenfiguren anfassen.«

»Wenn der Priester kommt, wird er sie sich vornehmen.«

Die Bediensteten wußten nicht so recht, was sie von dem Priester, der in lockerer Verbindung mit einer Kirche in Khish stand, eigentlich halten sollten. Eines Tages hatte er die Herrin besucht, anstelle des älteren mürrischen Geistlichen, der gerne Bußen verhängte. Der ältere Priester war verhaßt und gefürchtet und wurde insgeheim verspottet. Über den neuen Priester spottete niemand.

Als Anillia – Nilya – dem Haushalt zwei Monate angehörte, kam der neue Priester zu Besuch.

Er sprach unten kurz mit dem Hausherrn und den beiden Söhnen von Crel. Es bestand eine Verbindung zwischen dem Hause Crel und der Kirchenbehörde von Khish, doch man hatte ihnen zu verstehen gegeben, daß dieser Priester von woanders herstamme, wahrscheinlich aus der Stadt Chirkess. Er wies den angebotenen Wein zurück und trank nur Wasser. Bei jedem anderen hätte dies einen schweren Affront bedeutet. Der ältere Geistliche hatte niemals etwas ausgeschlagen; er war ein Quälgeist, der erwartete, daß man ihm ein gutes Essen vorsetzte. Andererseits wußte man bei ihm, woran man war. Der neue Priester hatte Crels Frau die Information des älteren unersättlichen Priesters, dessen Stelle er eingenommen hatte, wie eine göttliche Offenbarung überbracht, worauf diese sogleich ein lautes Geschrei erhob, flennte und greinte. Der neue Priester, angetan mit einem schlichten schwarzen Gewand und einem Hanfstrick um die schwertdünne Hüfte, hatte bedeutungsvoll hinzugefügt: »Es ist Gottes Gebot, den Schwachen beizustehen. Eurer Frau bricht das Herz. Und wenn sich nun herausstellt, daß das Mädchen Eures ist, wie könnt Ihr es dann zurückweisen?«

Der neue Priester, obschon von niederer Stellung, genoß den vollen Schutz der Kirche und wurde beschirmt von ihrem unsichtbaren und undurchdringlichen Baldachin der Macht. Crel sandte seine Söhne in den Wald.

Nachdem er mit den männlichen Hausbewohnern kühle Höflichkeiten ausgetauscht hatte, stieg der Priester zu den Frauengemächern hoch, in die sich die Männer nur selten hineintrauten.

Sein Erscheinen versetzte die Frauen in Aufregung, was nicht nur seinem Geschlecht zuzuschreiben war.

Sämtliche Frauen in diesem Raum, der einer Gebärmutter glich, starrten ihn an. Die Mägde hatten sich versteckt. Die Herrin sprühte plötzlich vor Leben und Freundlichkeit, ihr Wehklagen hatte dem aufrichtigen Wunsch zu gefallen Platz gemacht. Das Mädchen, das inzwischen Nilya genannt wurde, starrte den Geistlichen ebenfalls an. Ihr Blick war ruhig und fest, weder forschend noch ausweichend. Er schien sie nicht zu bemerken. Er setzte sich vor der Herrin auf einen Stuhl, den man ihm brachte, dem lodernden und unangemessenen Feuer gegenüber anscheinend unempfindlich. Natürlich trug er keinen Schmuck, hatte dafür aber außergewöhnliche Augen.

Mit tröstenden, aufmunternden Worten sprach er über die Pflichten einer Frau, die hier in vorbildlicher Weise erfüllt würden. Die Herrin entspannte sich beim Zuhören. Er hatte eine so wundervolle Stimme, seine Worte waren Balsam für ihre Seele. In diesen Minuten war sie erfüllt vom Bewußtsein ihres eigenen Werts und scherte sich nicht um die Beurteilung anderer.

Dann entstand eine kurze Pause. Und die Herrin sagte halb im Scherz: »Habt Ihr schon gesehen, wer hier ist, Ehrwürden?«

Er wandte sich um und blickte das Mädchen an, das Nilya genannt wurde.

»Ist sie das?« sagte der Priester.

Niemand hatte erwartet, daß er überrascht sein oder unverhohlenes Interesse bekunden würde.

»Sie ist ein richtiger Schatz«, sagte die Herrin von Crel. »Wo ich ihr doch so zu schaffen mache. Sie ist ein wahrer Engel.« Und unausweichlich fiel sie wieder in ihren alten Tonfall zurück, da sie ihre Sehnsucht und ihr Verlangen nach Gegenseitigkeit nicht zu unterdrücken vermochte. Denn die Herrin von Crel gab zuviel und verlangte zuwenig, das war ihr Fluch, der sie soweit gebracht hatte.

Der Priester ließ seine schwarzen Juwelenaugen einen Moment lang auf dem verlorenen Kind verweilen. Dann sagte er, an die Herrin gewandt: »Und ist ihr inzwischen wieder eingefallen, was ihr widerfahren ist?«

»Nein, das arme Kind. Sie spricht nie darüber.«

»Vielleicht meint Gott es nur gut mit ihr«, sagte der Priester. »Sein Wirken entzieht sich menschlichem Begreifen.«

Bevor er ging, segnete er sie alle. Von seiner Ausstrahlung gefesselt, schlug Nilya nicht die Augen nieder.

Anschließend tauschten die Frauen allerlei Tratsch über den Priester aus – die Herrin ließ sie eine Zeitlang gewähren –, doch Anillia hielt den Blick auf die Stickerei gesenkt, welche die Herrin ihr gegeben hatte (»Sie arbeitet besser als ihr alle!«). Anillias Augen, die denen ihrer jungen Mutter gleichen mochten, wiesen keinerlei Ähnlichkeit auf mit den braunen Kieselaugen ihrer Brüder oder den verdorbenen, stumpfen Augen des Vaters. Von allen Augen ringsum glichen Anillias Augen allein denen des Priesters aus Chirkess.

2. Kapitel

Seit fast sieben Jahren war Anillia jetzt schon Dienstmagd und Tochter im Hause Crel.

Ihre Stellung war nicht schlechter als die vieler Mädchen, die in einer Familie aufgewachsen waren, dem Vater und den männlichen Geschwistern untergeordnet, eng mit ihrer Mutter verbunden. Und dennoch war Anillia anders als diese Mädchen. Sie war das Kukkucksei, das man dem Kuckuck zurückgegeben hatte.

In der Messingtruhe des Sommers jenes ersten Jahrs kam Crels Frau nieder. Einen Tag und eine Nacht lang hallten ihre Schreie durchs Haus. Crel ging seinen Geschäften nach, und die Söhne befanden sich auf der Jagd; Gden hatte vor Entsetzen gerötete Augen.

Die Frauen rannten geschäftig umher, und Nilya mit ihnen. Kurz vor Sonnenaufgang, nachdem sie mitangesehen hatten, wie sich die Herrin in ein kreischendes, keuchendes, unbeseeltes Tier verwandelt hatte, beobachtete Nilya zusammen mit ein paar anderen Auserwählten, wie sie wie ein Kadaver barst, während aus den scharlachroten Tiefen ihres Leibes ein schreckliches Wesen hervorgepreßt wurde.

Das Kind war ein Mädchen, und darum für das Haus mehr oder weniger nutzlos. Sie hatten sich soviel Mühe mit der Frau gegeben, und jetzt dies. Als sie wieder zu Kräften kam – denn trotz ihrer zahlreichen chronischen Krankheiten war die Herrin von Crel recht zäh –, besann sie sich wieder auf ihre Schuldgefühle und ihren sklavischen Groll. Sie stillte das Kind nicht, liebkoste es jedoch, wenn man es gefüttert und gewaschen hatte. Eine Bindung, der Nabelschnur gleich, die aus dem Innern der Frau hervorgekommen war, schien Mutter und Kind aneinanderzubinden, beide hilflose Opfer, die in ihrem Winkel gemeinsam schmollten.

Damit war die andere Idylle offenbar beendet. *Dieses* Kind war nicht verloren. Sie hatte es empfangen, ausgetragen, seinetwegen gelitten und es unter Schmerzen zur Welt gebracht, für jedermann sichtbar und von allen bezeugt. Außerdem war es ebenfalls ein Mädchen. Der Wunsch, es *Anillia* zu taufen, muß übermächtig gewesen sein. Statt dessen gab der Vater seinem traurigen Sprößling den Namen einer Heiligen: Plina.

Als Plina heranwuchs, schien sie Nilya durch ihr Geschrei und das Ausmaß ihrer Bedürfnisse aus dem Raum zu drängen. Die Mägde waren froh darüber und unterstützten diese Entwicklung. Sie ließen Bemerkungen darüber fallen, daß das Kind weine, wenn Nilya in der Nähe sei.

Nilya wurde in ihre Kammer verbannt, in der es ein schmales Bett gab, einen Hocker, einen Wasserkrug, eine Schüssel und ein schmales, glasloses Fenster, nur mit einer Lade davor für die kalte Jahreszeit.

Der Winter kam und ging wieder, und andere Winter, Frühlinge und Sommer folgten. Eines Tages, als Crel eine Stunde bei seiner Frau verbracht hatte, sagte sie zu ihm: »Dieses Mädchen – es hat etwas an sich, das mir nicht gefällt. Seine Augen …« »Der Priester meint, es sei alles in Ordnung mit ihr«, erwiderte Crel. Die Herrin gab nach, leidgeprüft, gequält; sie hatte es sich in ihren Leiden behaglich eingerichtet. Doch nun war es geschehen. Die Mutter hatte Zweifel an der Tochter bekundet.

Nilya erwies sich auch weiterhin als tüchtig bei der Bewältigung ihrer Pflichten, sie war gehorsam, bescheiden und gelegentlich sogar von Nutzen, denn die Ausbildung, welche die Frauen aus der Kapelle ihr angeblich hatten angedeihen lassen, machte sie zu einem besseren Gelehrten als ihren Vater. Außerdem bestanden Heiratsaussichten für sie, denn obgleich sie keine

Schönheit war, übte sie doch einen gewissen Reiz auf Männer aus, und Crels Arzt hatte ihre Jungfräulichkeit bestätigt. Als offiziell anerkanntes Kind mochte sie für Crel durchaus Gewinn abwerfen.

Denn der dunkle Priester, der Crel dazu überredet hatte, sie aufzunehmen, war längst verschwunden. Jetzt kümmerte sich wieder der andere Geistliche aus Khish um die geistigen Belange der Frauen.

Wenn die Zeit auch nur selten Wunden heilt, so vermengt sie doch alte Angewohnheiten mit neuen.

Plina wurde zu einem dicken und faulen Schmarotzer, der sich an seine Mutter klammerte und zum neuen Mittelpunkt des gebärmutterartigen Zimmers wurde, und Nilya wanderte im Haus umher, als hätte sie schon immer dazugehört, wie die Teppiche an den Wänden und die Lampen, deren Schein nur mit Mühe bis auf die Korridore vordrang.

»Sie ist älter, als ihm lieb sein wird. Andererseits altern Stadtfrauen nicht so rasch. Sie leben bequemer. Man wird sie untersuchen müssen, ihr Jungfernhäutchen muß unversehrt sein.«

»Ihr wollt doch wohl nicht frech werden?« fragte Crel erzürnt.

»Keineswegs«, entgegnete der Heiratsvermittler liebenswürdig. »Ich bin ein Mann des Waldes. Ungehobelt. Und ich spreche im Namen eines edlen Hauses.«

»Kleine Waldadlige«, sagte Crel. »Barbaren.«

Doch es war dumm, allzusehr auf seine Würde zu pochen, denn die Tatsache, daß er den Mann in sein Haus eingelassen hatte und mit ihm über diese Angelegenheiten sprach, besagte schon alles.

»Nun ja, Herr«, murmelte der Vermittler, der den Wein nicht zurückgewiesen hatte, »er akzeptiert das Mädchen als Eure Tochter, wohingegen ein anderer Adliger Nachforschungen anstellen könnte.«

»Anillia ist meine Tochter.«

»Was ihn betrifft, so hatte er Mühe, die Erlaubnis für eine zweite Heirat zu bekommen. Seine erste Frau starb unter Umständen, die von der Kirche mißbilligt wurden. Es gab allerlei Gerede. Selbstverständlich unbegründet. Er ist so ungeduldig wie ein Junge, sieht sich um und sucht nach der vollkommenen Frau. Auf eine Mitgift legt er keinen besonderen Wert – vielmehr bietet er Euch, wie ich bereits sagte, wertvolle Brautgeschenke an. Pferde. Außerdem einen Anteil an den Einkünften aus seinen Ländereien.«

»Ich weiß nicht«, sagte Crel. »Wie kommt er eigentlich dazu, zu glauben, ich würde mich so einfach von meiner Tochter trennen und sie in die Wildnis schicken?«

»Liebe«, sagte der Vermittler weinerlich. »Er hat sich in ihr Bild verliebt.«

Offenbar hatte ihm der Vermittler das Mädchen als ein Wunderkind von hoher Herkunft geschildert, das mit den oberen Familien von Khish und der Kirche in Verbindung stand. Für Crel war sie ein Mittel, etwas Unerwünschtes loszuwerden und einen Profit zu machen; wovor ein anderes Haus zurückgeschreckt wäre, dazu war die Burg bereit. Der Vermittler würde von beiden Seiten profitieren.

Nilya wurde auf die übliche Weise untersucht. Das alte Weib tastete sie ab, die anwesenden Frauen schauten zu, und dann wurde verkündet: Sie ist eine Jungfrau und gesund. Obwohl schon beinahe zwanzig, hatte sie den Körper eines Mädchens. Sie versprach ihrem zukünftigen Ehemann Spaß und gesunde Kinder.

Auch ihre Gelehrsamkeit wurde gewürdigt. Nach einem ausgiebigen Mahl fragte sie der Geistliche über Religion aus und meinte anschließend, sie sei fromm, er könne keine Fehler entdecken, obwohl er ihr unter vier Augen drei Bußen auferlegt hatte.

Also war sie makellos.

Die Herrin, ihre ehemalige Mutter, kam hinzu und sprach mit Nilya über ihre Aussteuertruhe und die Kleider, die sie mitnehmen solle. Sie durfte sogar ein paar Schmuckstücke behalten, alte Geschenke. Die zweite Tochter, Plina, machte ein finsteres Gesicht und zupfte am Hemd ihrer Mutter. Die Herrin war ruhiger geworden. Nilya hatte sie nie geliebt, aber Plina war ihre Verbündete, ihre Vertraute, sie wuchsen wie eine Person, wurden gemeinsam dicker und kräftiger.

»Hat man dir den Namen deines Gatten genannt und dir gesagt, aus welcher Familie er kommt?«

»Nein, Herrin.«

»Man könnte meinen, du legtest gar keinen Wert darauf, es zu erfahren.«

Nilya war gefaßt. Sie hatte sich nicht verändert. Ihre vollendete Geduld war lediglich ein wenig erstarrt, wie von Eis umschlossen.

Der Name des Gemahls lautete Kolris, Herr der Rabenburg von Korhlen. Es war eine alte Familie, stolz und mächtig. Der Herr von Crel hatte es gut gemeint mit der jungen Frau, die sie sieben Jahre lang wie ihr eigen Fleisch und Blut bei sich beherbergt hatten.

»Wir vermählen dich mit Korhlen als unsere eigene Tochter. Ich hoffe, daß du dich auch als solche betrachtest. Diesem Herrn Gegenteiliges zu sagen, wäre gefährlich.«

Alles deutete darauf hin, daß Kolris Vre Korhlen in kürze kommen werde, um seine Braut in Augenschein zu nehmen. (Eine primitive Sitte, die Braut sehen zu wollen, bevor man den Vertrag unterschrieb.) Nilya sollte die Ratschläge der Frauen beherzigen.

Sie hatten sie aus dem Wald geholt, und nun warfen sie sie wieder in das tiefe Meer der Bäume.

Plina schnitt Nilya ein Gesicht, beschirmt von ihrer Mutter Hand.

Der Burgherr Vre Korhlen erschien mit seinen Männern, seinen Pferden und einem Rudel Hunde. Das Haus Crel, das nichts anderes erwartet hatte, schreckte zurück vor seiner Grobheit und seinem Ungestüm.

Sie speisten geräuschvoll am Tisch in der Halle, so wie sie waren, Wesen des Kampfes und des Morasts. Die Soldaten, die den Vre begleiteten, trugen zerbeulte Rüstungen mit grellbunten Verzierungen, die sie sich extra für den Ausflug angesteckt hatten. Die Edelleute waren kaum besser gekleidet. Der Vre hingegen trug einen goldenen Kragen und mehrere auffällige Ringe. Sie stanken von der langen Reise, einer wie der andere, machten sich jedoch nicht die Mühe, den Dreck abzuwaschen. Von Schlamm und Kot bespritzt und schweißgetränkt, so ließen sie sich zum Festmahl nieder und rülpsten und ließen die Knochen knacken und riefen nach mehr Wein, ganz wie bei sich zu Hause.

Sie trug ein weißes Leinenkleid, das sie am Ausschnitt und am Saum eigenhändig mit Blumen und Früchten bestickt hatte, dazu Armreifen aus farbiger Emaille. Das Haar hatte man ihr ausgekämmt und lose über die Schultern gebreitet. Sie hatte rosafarbene Seidenschuhe an, die ihr die Herrin von Crel nach den ersten zwei Monaten geschenkt hatte – ihre Füße waren schlank geblieben. Sie sah nicht aus wie zweiundzwanzig, eher wie sechzehn oder höchstens siebzehn, eine ernste, schlanke Maid. Man hatte ihr gesagt, sie solle die Augen niederschlagen. Im Wald wären die Frauen aus Notwendigkeit bescheiden.

Darum blickte sie zu Boden, als er eintrat, erhitzt vom Wein, ein Bär aus dem Wald.

In der Ecke paßten zwei Mägde auf, eine ältere und eine jüngere. Sie beäugten Korhlen unter gesenkten Lidern hervor, voller Verachtung für seine Plumpheit, gehörig eingeschüchtert von seinem großspurigen Auftreten. Eine Frau war immer die Unterlegene. Ihr Los war von Gott gewollt.

Anillias Bräutigam trat geradewegs vor sie hin und atmete ihr ins Gesicht. Nach einer Weile gab er einen Laut von sich. »Aah«, machte er. Es war ein Zeichen von Zufriedenheit. Dann sagte er: »Sieh mich an, Mädchen. Du sollst mich ansehen, hab ich gesagt.«

Und so blickte sie auf. Er hatte helle Haut, rote Lippen, einen schwarzen Bart. Doch all das sah sie nicht, auch nicht seine Gesichtszüge. Anillia nahm seine männliche Erscheinung als Ganzes wahr. Den Stoff, aus dem er gemacht war.

»Nilya«, sagte er unbeholfen. »Im Wald wirst du meine Frau sein. Mein Weib. Du wirst mir Söhne schenken.«

Nilya sagte: »Ja, Herr. Ich werde Euch einen Sohn schenken.«

Und er war mit ihr zufrieden, mit der weißen Dame, die ihm rückhaltlos ein solches Versprechen gab.

Obwohl er betrunken war, schien es ihm, als sei sie irgendwie von ihm beeindruckt. Sie entflammte ihn. Er konnte nicht länger warten. Aber er mußte, wenigstens bis zum Sommer. So gingen die Stadtleute mit derlei Dingen um.

Aber mit ihr hatte er Glück gehabt. Nach der ersten Frau, diesem verrückten Miststück ... endlich eine Entschädigung.

»Nilya«, wiederholte er, ihren Namen lautlos mit den Lippen formend.

Die Nacht in der Stadt war nicht so unruhig oder bedrückend wie die Nacht im Wald. Die Kapelle war von lebendigem Holz umstanden gewesen; das tote Holz von Khish, ein beengtes Dickicht von Häusern und Hütten, erzeugte mehr Geräusche und weniger Atmosphäre. Dann auf einmal, in dem Monat vor der geplanten Reise, erwachte Anillia vom langgezogenen Schrei einer Eule, dem Quaken von Sommerfröschen, dem papierenen Rascheln von Blättern und Kiefernnadeln.

Der Mond stand tief im glaslosen Fensterschlitz, gelb und aufgedunsen. Es fiel genügend Licht in die Kammer. Der Raum war so, wie er immer gewesen war, beengt und düster, unverändert. Am Fuß des Bettes aber stand der Priester in seinem schlichten schwarzen Gewand.

Anillia träumte nie. Im Lauf der Jahre hatte sie überhaupt erst angefangen zu denken. Zu Anfang hatte sie andere Menschen nachgeahmt, geleitet von einem unbestimmten Instinkt, der dem Vakuum entsprang, das sie ausmachte. Eine Art von Wissen lag ihren Reaktionen zugrunde, doch dieses war ebenso abstrakt wie allgegenwärtig. Dadurch, daß sie das Menschsein mechanisch erlernte, war sie auch inwendig menschenähnlicher geworden. Aber sie träumte noch immer nicht und glaubte darum auch nicht, daß sie jetzt träumte.

»Anillia«, sagte er, »steh auf.«

Sie schlief, wie man es für richtig befand, in einem dünnen Nachthemd. Das Nachthemd verhüllte ihren Körper nur notdürftig, doch sie versuchte weder, sich seiner Anordnung zu widersetzen, noch sich vor seinem forschenden Blick zu bedecken. Und er betrachtete sie eingehend. In seinem Blick lag kein Verlangen, überhaupt nichts Körperliches. Seine schwarzen Augen blickten sie unbefangen an. Als er sie vor sieben Jahren in der Kammer der Herrin aufgesucht hatte, war er achtundzwanzig oder dreißig gewesen, und seitdem war er nicht älter geworden. Oder *jünger*.

Er sagte: »Erkennst du mich wieder?«

»Ja«, antwortete Anillia.

»Wer bin ich?«

»Ich weiß nicht, wer Ihr seid«, sagte sie.

»Du weißt so wenig«, sagte er. »Du wurdest im Alter von fünfzehn Jahren aus dem Nichts erschaffen.«

Die ganze Zeit, während er sprach, vernahm Anillia

die Blätter des Waldes, dann das Rauschen der Kiefern, das wie die Gezeiten des Meeres war, das sie nie gesehen hatte.

Er sagte: »Der Geistliche und die Frauen aus der Kapelle gaben dir die Bibel zu lesen. Erinnerst du dich noch? In der Bibel heißt es: *Und Gott der Herr ließ einen tiefen Schlaf fallen auf den Menschen, und er schlief ein. Und er nahm eine seiner Rippen und schloß die Stelle mit Fleisch. Und Gott der Herr baute ein Weib aus der Rippe, die er von dem Menschen nahm, und brachte sie zu ihm. Da sprach der Mensch: Das ist doch Bein von meinem Bein und Fleisch von meinem Fleisch.*«

Anillia sah dem Priester in die Augen und nickte.

»Dich«, sagte der Priester, »habe ich aus meinem Körper gemacht, du bist Fleisch von meinem Fleisch, Bein von meinem Bein. Das ist es, was ich vermag. Glaubst du mir?«

»Oh«, sagte sie, »ja.«

Hinter ihm hatte sich der Raum auf einen Waldweg hin geöffnet. Dort war ebenfalls Nacht, Schichten von Dunkelheit bedeckten die blasse schwarze Membran des Himmels.

»Ich habe dich so erschaffen, wie du bist, Anillia. Fünfzehn Jahre alt. Deine Jugend, deine Haut, jedes einzelne Haar. Ich gab dir ein schlagendes Herz und einen verschlossenen Schoß und ein Gehirn hinter deinen sehenden Augen und hörenden Ohren und sprechenden Lippen, zusammen mit zahlreichen darin gespeicherten Fertigkeiten, damit du als eine Sterbliche durchgehen würdest. Du bist mein Werkzeug, Anillia. Du mußt tun, was ich nicht vermag und was ich nicht *tun will.*«

»Ich weiß. Ich habe es immer schon gewußt«, sagte sie.

»Fürchtest du dich davor?« fragte er.

»Noch nicht.«

Am Ende des Waldwegs stand ein höherer Baum, gewaltig groß und von einer düsteren Glut erfüllt.

Obgleich weit entfernt, war er doch deutlich zu erkennen, und die brennenden Früchte, die daran hingen, tauchten allmählich daraus hervor wie der Mond aus einer Wolke. Etwas wand sich in dem Baum. Eine riesige Schlange. Aber sie hatte die Brüste und Arme einer Frau und den Kopf einer Katze, von dem loses Haar herabfiel. Ihre Katzenaugen waren grau und kalt. Sie pflückte mit ihren Frauenhänden eine Frucht vom Baum und verzehrte sie. Sie pflückte eine weitere Frucht und hielt sie Anillia hin, die sich jetzt, ohne sich bewegt zu haben, vor dem Basaltstamm des Baumes befand. Als sie in den Apfel biß, spritzte Blut daraus hervor. Das Blut verteilte sich in der Luft. Anillia berührte es nicht. Ein Tropfen hatte sich auf dem schwarzen Gewand des Priesters niedergelassen, auf seiner Brust, im Zentrum des schwarzen Kreuzes, das er trug.

Das scharlachrote Blutauge starrte sie an.

Anillia, die bis jetzt nur einen Anflug menschlicher Furcht verspürt hatte, fühlte auf einmal ohne jede Vorwarnung das Gewicht der Verzweiflung auf sich lasten. Sie hatte keinen Namen dafür. Sie erkannte sie unwillkürlich wieder, so wie sie diesen Magier wiedererkannt hatte, der sie aus seinem geistigen Fleisch erschaffen hatte.

»Wenn ich die Aufgabe, die Ihr mir zugedacht habt, vollendet habe, werdet Ihr mich auslöschen.«

»Wenn mein Plan durch dich vollendet ist, wirst du Ruhe finden.«

»Den Tod.«

»Der Tod bedeutet dir nichts«, sagte er. »Du bist ungeboren, unbelebt, seelenlos.«

»Ich trage ein Stück von Eurer Seele in mir«, sagte sie, »ein Stück von Eurem Leben.«

»Für eine kurze Zeit.«

Sie befanden sich im Wald, unter dem Baum, auf dem die Katzen-Schlangen-Frau in die blutenden Äpfel des ewigen Lebens biß. Obwohl er vor ihr stand, war er doch nicht anwesend. Weder im magischen Wald noch in ihrer Kammer in Khish. Er war meilenweit entfernt, in einem Felsenriff am Rande eines ausgedehnten Wassers. Er hatte alles veranlaßt, daß sie lebte und daß man sie aufgenommen hatte, ihre Heirat mit diesem Mann, der nach dem wirklichen Leben stank und der in ihrem unheimlichen Leib ein männliches Kind zeugen würde, halb Mensch und halb Dämon: den Sohn, den *er* mit seinen Lenden nicht zustande brachte.

Auf seiner Brust krümmte sich das schwarze Kruzifix. Es war ein Insekt, das mit einem rubinroten Blutstropfen an ihm festgenagelt war, ein weiterer Hinweis auf das, was er war oder sein könnte.

Auf die Verzweiflung folgte der Haß. Sie hatte schon andere in geringem Maße hassen sehen. Ihr Haß war unermeßlich. Sie wußte, daß er ihn in ihr sah, für ihn war sie so durchsichtig wie Kristall. Er machte sich nichts daraus. Sie war sein Werkzeug. Sie konnte machen, was sie wollte, sie mußte seinem Willen gehorchen. Als einziger Ausweg bliebe ihr nur der Tod. Und sie wollte nicht sterben. Sie war Ton in seinen Händen.

»Verratet mir Euren Namen«, sagte Anillia. Es war die menschlichste Frage, die sie je gestellt hatte. Abergläubisch und wißbegierig.

Der Geist hinter den eisigschwarzen Nächten seiner Augen sagte ihr, er habe viele Namen und keinen. Doch er sprach auch zu ihr, und seine Stimme sagte: »Man nennt mich Anjelen.«

»Wie einen Engel«, sagte sie.

»Ich bin Priester«, sagte er. »Der Name wurde mir von meinem Orden gegeben.«

Der Baum verblaßte und verschwand.

Der Mond leuchtete durch das Gitterwerk der Kiefern, zwischen ihren Zweigen und Stämmen hindurch.

Anjelen, der Zauberpriester, ergriff Anillias Hand. Im Zeigefinger verspürte sie ein kaltes Brennen. Eine

Schwiele erschien darauf und verwandelte sich in einen silbernen Ring, verschlungen wie die Schlange im Baum. Sie war immer noch formbar; er konnte mir ihr machen, was er wollte.

»Mir bleibt keine andere Wahl«, sagte sie. »Ihr kennt kein Erbarmen. Ich kann Euch nicht entkommen.«

Er ließ ihre Hand herabfallen, und immer noch funkelte der Ring an ihrem Finger und blieb hart und *wirklich*.

»Dein Wille gehört mir«, sagte er. »Wie könnte es auch anders sein?«

Und dann zog sich alles, der Wald, der Himmel, sein Leib, zusammen, floß ineinander und in das übriggebliebene schwarze Kreuz auf seiner Brust. Der flammende rote Stern erlosch.

Eine große, schwarze Motte flatterte am Mond vorbei, der durch Anillias Fenster schien. Sie flog hinaus in die Nacht.

Der Mond ging allmählich unter und ließ Anillias karge Kammer in Dunkelheit zurück.

In den letzten Tagen vor ihrer Reise zur Rabenburg begannen in Nilyas Haar graue Strähnen zu sprießen, wie Winterkräuter in einem Garten.

Nur gut, daß dies nicht früher passiert war. Ein solches Zeichen des Alterns oder der Schwäche hätte dem barbarischen Edelmann bestimmt nicht gefallen.

3. Kapitel

An ihrem Hochzeitstag trug Nilya ein safrangelbes Kleid und einen weißen, mit roten und grünen Bändern geschmückten Schleier, dazu gelbe Blumen, die man im Garten von Korhlen für sie gepflückt hatte. Ihre Mägde, die sie ankleideten, bemühten sich nach Kräften; ihre Gesichter waren angespannt und ihre Augen von der Reise und vom Weinen entzündet. Crel hatte sie Nilya als Teil ihrer Mitgift überlassen. Die beiden Mädchen hatten die Stadt Khish, in der ihre Familien und Freunde zurückgeblieben waren, und das Stadtleben, an dem sie hingen, nicht verlassen wollen. Die eine hatte ihre Herrin lange und lautstark angefleht, sie nicht fortzuschicken. Die Herrin war hart geblieben, hatte geseufzt, das Schicksal der Mädchen beklagt und sie anschließend streng entlassen. Seltsamerweise fürchteten sich die Mägde auch vor Nilya. Darum machten sie ihr auch keinen Ärger, um sich für ihr Los schadlos zu halten. Trotzdem waren sie die Bitterkeit in Person.

Die Reise zur steinernen Burg von Korhlen, behindert von Gepäck und eskortiert von Crels Wache, hatte fast einen Monat gedauert. Als sie sich erst einmal auf Korhlens Boden befanden, war eine Abordnung von Korhlens Garnison erschienen, um der Braut Geleit zu geben. Bei Sonnenuntergang erblickte sie erstmals ihr zukünftiges Zuhause, den stumpfen Turm, die vorgelagerten Nebengebäude und das Dorf. (Crels Männer zeigten sich von Korhlens Gasthof wenig beeindruckt.)

In dieser Nacht lag Nilya in einer kleinen Kammer über den verwinkelten, aus Holz erbauten Frauengemächern – ein Hochzeitsbrauch. Andeutungsweise sah und roch sie, was Korhlen war, Rauch und Pfirsichbäume, Hunde, Ziegen, Schweine, weite Felder und morastige Abwasserkanäle. In einer Weide unterhalb ihres Fensters entdeckte sie in der Abenddämmerung zwei kleine Puppen, eine männliche und eine weibliche, die nebeneinander hingen, an den Hüften mit einem Faden zusammengebunden. Als Nilya am nächsten Tag aufstand, um sich trauen zu lassen, waren die Puppen verschwunden.

Sie wurde in der Burgkapelle mit Kolris Vre Korhlen vermählt, von einem jungen, dicken, etwas einfältigen Priester, der geweihten Wein verspritzte. In der Kapelle drängten sich Korhlens Edelleute und ein paar Abgesandte des Hauses Crel. Nilyas Gemahl war so, wie sie ihn kennengelernt hatte, lebhaft, gutgelaunt vom Wein und strahlend vor Zuversicht.

Nach der Feier begann im Tafelsaal das tagelange Gelage. Unter dem purpurfarbenen, rostroten und grünen Rabenbanner saß Nilya neben ihrem Gemahl an der hohen Tafel. Hunde und Bedienstete rannten im Raum umher. Es gab Sklaven mit Halsringen aus Bronze und vernarbten, leeren Gesichtern.

Kolris drängte seiner Braut das Essen auf, er nötigte sie zuzugreifen. Unter der Tischplatte streichelte er ein-, zweimal ihren Oberschenkel. Für die Gegend und die geltenden Sitten war er nicht grob, sondern verhielt sich durchaus anständig. Nilyas Mägde waren mehrmals betätschelt worden. Es war eben eine Hochzeit, phallisch und freizügig.

Am heißen Nachmittag führte er sie hinaus auf den Hof. Die großen Tore waren weit geöffnet, und dahinter erstreckten sich die Felder in ihrem sommerlichen Grün bis an das Dickicht des Waldes. Kolris Vre Korhlen zerrte seine Frau zu einer grob gezimmerten Plattform. Die Bauern und Dorfbewohner seiner Besitzungen, die Feldsklaven und Aufseher, die alle zum Hochzeitstag frei bekommen hatten, standen bereit, die neue Herrin zu begaffen. Als er sie ihnen gezeigt hatte, führte der

Vre seine Braut zurück in die Burg und hinauf ins Schlafzimmer.

Ein Sklave war erschienen, um ihn zu entkleiden, und war wieder fortgeschickt worden. Nilyas Mägde, an städtische Hochzeiten gewöhnt und bereits in ihrem Stolz verletzt, waren ihnen bis zur Tür gefolgt, bloß um angeschrien und fortgeschickt zu werden.

Jetzt waren sie allein, Gemahl und Gemahlin, Herr und Herrin. Mann und Frau.

In einem Zug leerte er den Kelch aus dickem, goldgerändertem Glas.

»Nilya, weißt du noch«, sagte er, »wie du mir in der Stadt gelobt hast, einen Sohn zu schenken?«

»Ja, Herr«, sagte sie.

»Aber auf das Kindermachen«, sagte er, »auf das Kindermachen habe ich mich gefreut. Glaubst du mir das, Mädchen?«

Nilya schlug die Augen nieder. In ihr schäumte eine Art Meer. Er sollte, durfte es nicht merken. Niemand, am wenigsten dieses Menschentier, würde ihr helfen.

Er versuchte nicht, sie gemächlich zu entkleiden; als sich das Kleid als widerspenstig erwies, zerrte er daran, dann trat er zurück. »Zieh das aus.«

Sie trat hinter den Wandschirm, denn sie hatte gelernt, daß dies von einer Frau in ihrer Stellung erwartet wurde. Sie legte das Kleid ab, den Schleier, zog Strümpfe und Schuhe aus und trat in ihrem mit Stickereien verzierten Hochzeitshemd hinter dem Schirm hervor.

Er näherte sich ihr beschwingten Schritts. Seine Hitze entstammte dem glühendheißen Tag, der im westwärts blickenden Fenster summte. Er vergrub seinen Kopf an ihrem Hals und betastete ihre Brüste. Als er den Kopf wieder hob, verengten sich seine Augen. »Was hast du da im Haar?«

»Was meint Ihr, Herr?«

»Diese Streifen … da … und da.«

Sie begriff, daß er die grauen Strähnen meinte, die sie seit der Nacht bekommen hatte, als ihr Anjelen erschienen war.

Sie schüttelte leicht den Kopf.

Finster sagte er: »Dein Haar wird alt. Aber der Rest von dir ist jung.«

Dann hob er ihr Hemd hoch und packte sie im Zentrum ihres Leibes, zwischen den Beinen.

»Nilya«, wiederholte er mehrmals hintereinander. Er begann seinen eigenen Hochzeitsputz abzulegen. Dann: »Los, mach schon, Mädchen. Faß mich an.« Er führte ihre Hände, zeigte ihr, wo und wie sie ihn berühren sollte.

Seine kurze, an der Spitze abgerundete Rute war hart und tiefrot, der Hodensack geschwollen. Sie fand ihn ebenso häßlich wie den stumpfen, wulstigen Turm, häßlich und fremd. Sein Körper überwältigte sie, seine Stärke und seine Beschaffenheit, seine vermischten Gerüche, denn er hatte sich vor der Hochzeit, die ihm alle Rechte auf sie einräumte, nur oberflächlich gewaschen.

Er stieß sie lachend zum Bett, dessen Vorhänge aufgezogen waren. Sie fielen auf das Laken. Er drückte sie nieder. Er fuhr mit seinen Zähnen über ihre Brustwarzen. Gleichzeitig in ihrer Menschlichkeit und Weiblichkeit verletzt, fühlte sie einen Schrei in ihrer Kehle aufsteigen. Es war, als ob er sie quälte. Sie hatte gewußt und selbst *erlebt*, daß die Erfüllung ihrer Bestimmung – die Geburt eines Kindes – Erniedrigung und furchtbare Schmerzen mit sich brachte. Den vorausgehenden Akt hatte sie sich jedoch niemals ausgemalt. Anjelen hatte ihr das Wissen darum vorenthalten, und ihre Erfahrungen, die Untersuchungen eingeschlossen, hatten sie nicht genügend darauf vorbereitet.

Nilya wehrte sich, jedoch nicht mit ihrem Körper. Sie stieß ihn sogar dann noch von sich, als sie vor ihm niedersank und ihre Schenkel spreizte, damit er in sie eindringen konnte. Es tat furchtbar weh, sie meinte zu zerspringen. Er grinste wieder und sagte: »Tapfer, tapfer«, dann stieß er in sie und bohrte einen Kanal aus blankem Feuer in sie hinein. Und darin verkeilt, sagte er ihr, wie sie sich anfühle, wie saftig und köstlich eng sie sei. Und er zwängte sich ganz in sie hinein, und mit jedem scharfen Stoß stöhnte er vor Vergnügen, als sei es ihr Schmerz, der ihm Lust bereitete. Dies alles beobachtete sie, während sie hilflos unter ihm lag. Gleich würde der Samen aus ihm hervorspritzen. Ihr Schoß, dafür geschaffen, diesen Samen aufzunehmen, würde keimen inmitten der Qual. In diesem Moment würde Anjelens Kind ins Leben treten. *Aus alledem.*

Nilya wehrte sich, stumm, ohne einen Gedanken an Vergeltung oder Widerspruch. Ihr Leib, zu schön für die Augen irgendeines Mannes, zu wirklich, um wirklich zu sein, wurde eine einzige Zurückweisung. Durch einen Willensakt erschaffen, durchdrangen die Überreste dieses Willens nun ihr ganzes Wesen und verteidigten ihr *Ich*.

Der Mann, Anjelens zweites Werkzeug, war zum Höhepunkt gelangt. Er gab Laute von sich. Er krümmte sich und stieß machtvoll in sie hinein.

Insgeheim hatte sie um ihre Bestimmung gewußt. Dies hatte sie Vre Korhlen offenbart, als sie geantwortet hatte: *Ja, einen Sohn.*

Doch jetzt war ihr Körper anderer Meinung. Ihre Haut, ihr ungebärdiges Haar, ihr Schweiß, ihre Hitze, ihr schmerzender Schoß, jedes einzelne Atom und jede einzelne Zelle sagte: *Nein. Nein.*

Der Samen des Mannes, der sie mit seiner Lebenskraft und in Erfüllung seiner Aufgabe deckte, traf auf Stein.

Mißgelaunt in seiner Niederlage beugte er sich über sie. Sie hatte seine Erwartungen nicht erfüllt. Sie war kalt, ungeschickt, ein totes Kaninchen. Die grauen Strähnen hätten ihm eine Warnung sein sollen. Blut und Samen befleckten das Laken. Die alten Weiber würden dies als Bestätigung nehmen. Sie aber …

Er sah ihr in die Augen. Sie waren wie aus hartem, poliertem Holz. Sie hatte ihn zum Narren gehalten. Er wußte es. Er stupste sie spielerisch, drohend an. »Beim nächstenmal wird es dir besser gefallen«, sagte er. »Aber du mußt dich anstrengen.«

Er bot ihr Wein an, und sie trank. Er würde sie betrunken machen. Es würde eine lange Nacht werden. Bis zum Morgen würde sie besser sein.

Sie lag auf den Kissen und dem geröteten Laken, ein bleicher Leib, der nein sagte, mit verschlossenem Schoß und stummem Mund und hölzernen Augen.

Die Herrin von Korhlen hatte ihr eigenes Zimmer, das weiter unten im Turm gelegen war. Das Fenster ging nach Osten hinaus, wo die Sonne über den buckligen Wolken des Waldes aufging. Hier waren die Gegenstände verstaut, die Nilyas frühere Besitzer im Hause Crel ihr geschenkt hatten, zusammen mit den Sachen, die ihr neuer Besitzer, der Burgherr, ihr gegeben hatte. Unter den neuen Geschenken war ein Glasspiegel. (Die Mägde aus Khish bestaunten ihn verdrießlich.)

Das Bett hatte grüne Vorhänge. Hin und wieder legte Nilya sich an den langen Sommertagen schlafen. Nachts lag sie nur selten im Bett. Wie im Hause Crel wurde sie zum Dienst ins Schlafzimmer ihres Besitzers gerufen.

Unterhalb der Burg lag ein umfriedeter Obstgarten. Ab und zu ging Nilya hinunter, setzte sich auf einen Hocker unter einen Baum und stickte, während die beiden Mägde müßig in der Nähe saßen, Blumenketten flochten und manchmal Tränen über das entschwundene Khish vergossen.

An jedem siebten Tag sowie an den Feiertagen suchte Korhlen die Kapelle auf, um das heilige Sakrament zu empfangen. Seine Frau begleitete ihn, außerdem die Edelleute der Burg, die Kämmerer, der Garnisonshauptmann und der Wundarzt. Hin und wieder mußte

Nilya in die Kapelle beichten gehen. Offenbar machte sie den Priester nervös, jedenfalls verhielt er sich ihr gegenüber merkwürdig. Wie er eine solche Stellung erlangt hatte, blieb im dunkeln; vielleicht war ihm der Wald aufs Gemüt geschlagen. Wenn Nilya beichtete, hielt sie sich an Dinge, die die Herrin von Crel ihr anvertraut hatte und vor denen die alten Weiber aus der Kapelle sie gewarnt hatten. So hatte es Nilya stets gehalten. Die Sünden, die sie beichtete, paßte sie dem beschränkten Begriffsvermögen des Geistlichen an – Stolz und Faulheit. Das Ganze wurde zu einem feststehenden Ritual, und hinterher erlegte er ihr eine leichte Buße auf. Schon bald begann er sich in Nilyas Gegenwart wohlzufühlen und erzählte vom Wald, den breiten Alleen, den Gewölben, alles zu Gottes Ruhm erbaut, eine lebende Kathedrale. Manche Bäume wären so hoch, daß sie bis in den Himmel ragten. Im Garten Eden, im Paradies, habe es auch einen solchen Wald gegeben, und darin habe der Baum des Lebens oder der Erkenntnis gestanden, bewacht von der Schlange. Bis dahin hatte ihm Nilya geduldig zugehört. Jetzt schien sie auf einmal durch seine traurigen, verschwommenen Augen hindurch in jene anderen, schwarzen Augen zu blicken, die sie ständig beobachteten, aus einem Schatten auf der Treppe hervor, durch eine milchige Glasscheibe, vielleicht auch immerzu durch die Augen derer, die nicht so weit zu sehen vermochten. Von da an hielt sie dem Priester gegenüber mehr auf Abstand.

Sie lebte nicht. Aber sie hielt durch. Ein Tag war wie der andere, und während sie den einen Tag durchmaß, erblickte sie an seinem Horizont bereits den nächsten, der diesem bis aufs Haar glich. Die Tage unterschieden sich nur in Kleinigkeiten. Sie war eine Sonnenuhr, über die wieder und wieder das Licht der Sonne, die Dunkelheit des Mondes dahingingen.

Allabendlich speiste sie mit ihrem Gemahl im Tafelsaal, unter den Bannern und den rauchgeschwärzten

Deckenbalken. Als sie einen Monat in Korhlen war, hörte er auf, den Saal mit ihr zusammen zu verlassen. Für gewöhnlich sagte er ihr, er werde in ein, zwei Stunden auf seinem Zimmer sein. Einmal stand sie auf, und sämtliche Frauen beeilten sich, den Saal zu verlassen, worauf dieser zu einer Räuberhöhle wurde. Anschließend erscholl daraus dröhnender Lärm, der über die umliegenden Plätze der Festung schallte, Sklaven eilten durch die Gänge, um frisches Bier und Wein herbeizuschaffen, und bisweilen übergab sich ein Edelmann am Fuße der Treppe, wo die steinernen Raben vor sich hin starrten.

Im Sommer ging der Vre häufig für zwei oder drei Tage auf die Jagd und blieb über Nacht weg. Dann nahm Nilya ihren Platz im Tafelsaal, links von seinem Platz, nicht ein. Einmal verschwand der Vre mit vielen seiner Männer und der Hälfte der Soldaten aus der Garnison. Mit einer Burg in zwanzig Meilen Entfernung war eine Fehde aufgeflackert. Diese Angelegenheit wurde jedoch bald beigelegt, und sämtliche Männer kehrten nach Hause zurück.

Als Nilya nach diesem Streifzug zum Bett ihres Mannes bestellt wurde, fand sie ihn vollständig bekleidet vor, das Gesicht vom Wein und vor Zorn gerötet.

»Nun, Nilya«, sagte er. »Wie geht es dir?«

Sie stand stumm vor ihm und rührte sich nicht. Mit Worten und mit Gesten ging sie zumeist sparsam um; dies hatte er gleich zu Anfang mit einigem Abscheu gemerkt.

»Ich meine«, sagte er, »ist schon etwas drin?« Und er deutete auf ihren flachen Bauch.

So als habe er lediglich aus Höflichkeit gefragt, antwortete Nilya: »Nein, Herr.«

»*Nein?* Aber was hast du mir dann in deiner verfluchten Stadt versprochen? Einen Sohn, hast du gesagt. Einen *Jungen.*«

»Ich bin nicht schwanger«, sagte sie. »Es tut mir leid, Herr.«

Er spürte etwas, ein Ding aus Stein oder Eisen. Es ragte wie eine hohe Mauer vor ihm auf. Früher hatte er es nur erahnt.

»Als ich dich genommen habe«, brüllte er, »dachte ich, die ganze Mühe würde sich lohnen. Aber du bist wie wäßrige Milch. Du bist wie alter Teig. Ohne die Mädchen draußen im Wald hätte ich vergessen, was eine richtige Frau ist. Wenn ich an solchen Unsinn glaubte, würde ich sagen, du hast mich verhext. Mit irgendeinem Frauenzauber. Ab sofort wirst du dich bessern. Ich will einen Erben, Nilya. Wenn du schon keine Frau sein kannst, dann werd wenigstens schwanger. Denk dir dafür einen Zauber aus.«

Angst flackerte in ihrem Gesicht auf. Das freute ihn. Vielleicht weckte es sie auf.

Sie aber sagte: »Ich werde tun, was ich kann. Alles andere liegt in Gottes Hand.«

Sie glaubte nicht an Gott. Er hatte sie nie danach gefragt, denn für ihn existierte Gott, meistens unbeachtet, notfalls bestochen, eine zu gewaltige Macht, als daß man ernsthaft versuchen könnte, sie zu ergründen. Gott zu verehren, das bedeutete, verzehrt zu werden; sollten sich die Priester damit befassen. Und dennoch existierte Gott. Vre Korhlen vermochte sich nicht vorzustellen, daß diese Frau anders denken könnte. Und indem sie sich auf Gott berief, hatte sie Gott zwischen ihn und seine Rechte gestellt. Vre Korhlen wollte sie schlagen, doch Gott fiel ihm in den Arm.

»Leg dich hin«, sagte der Burgherr. »Mach die Beine auseinander.«

Er nahm sie brutal, so oft er konnte. Sie ließ alles teilnahmslos über sich ergehen, sogar seine Gewalttätigkeiten.

Die Mauer zwischen ihnen blieb bestehen, und als er gegen Morgen erwachte und sie abermals nahm, packte er ihr bleiches Gesicht und knurrte sie an: »Was machst du, Miststück, was ist es?«

Nilya aber, hin- und hergeworfen von seiner Lust, das Gesicht zu dem einer alten Frau zusammengepreßt, gab keine Antwort.

Sie war sein Fluch. Er hatte sie gewollt und verdient, und nun richtete sie ihn zugrunde.

»Einen Jungen«, sagte er, als sie sich vom Bett erhob. »Vergiß das nicht.«

Sie wußte, er würde müde werden. Er würde nachgeben. Der andere aber nicht. Dieser Mann war ein schwacher Gegner. Den anderen wirksam zu bekämpfen war unmöglich. Irgendwann mußte sie schwanger werden; ihr Körper, den er erschaffen hatte, würde sich fügsam unterwerfen. Warum wehrte sie sich dann?

Nilya wußte es nicht. Sie war ein Mensch geworden, dachte sie, allein durch die Tatsache, daß sie existierte und am Leben blieb. Das Menschsein wuchs in ihr heran anstelle des Kindes, das zu bekommen sie sich weigerte. Jetzt war sie ihr eigenes Kind, ihre eigene Erfindung. Widerspenstig und eigensinnig.

Auf der Treppe leuchtete ihr die Sklavin zu ihrer Kammer. Die beiden Mägde aus Khish schliefen im Anbau. Ein schillernd blaues Band lag hinter dem Wald, wie ein Meer des Himmels.

Die Burg und das Dorf hielten Winterschlaf. Die Feste im Tafelsaal waren lärmender geworden; die Burgsoldaten vergnügten sich im Gasthof. Jenseits der Mauern pickten schwarze Krähen im Schnee, Wiesel huschten umher, und Wölfe durchstreiften in Rudeln den Wald.

Kolris Vre Korhlen nahm seine Frau während der Winterzeit selten zu sich ins Bett. Ein paarmal schlug er sie, aber niemals fest.

An einem verschneiten Morgen entdeckte Nilya im Obstgarten eine Sklavin und zwei kleine Mädchen, beide etwa zwei Jahre alt, die dort spielten, während ihnen von der Kälte die Nase lief. Als die Sklavin sie überreden wollte, zum Frauenhaus zurückzugehen, liefen die Mädchen weg. Als sie gefangen wurden, kratzten sie. Nilya hatte von ihren Mägden einige Klatschgeschichten aufgeschnappt. Die erste Frau des Burgherrn sei wirr im Kopf gewesen und habe vor ihrem Tod zwei schwachsinnige Albinomädchen zur Welt gebracht.

In der abgeschlossenen Welt der Burg wirkten sie wie Fremdkörper. Nilya beachtete sie nicht.

Im Frühjahr wurde auf dem Hof ein junger Sklave ausgepeitscht. Als eine der Mägde nach dem Auspeitschen Nilya in ihrem Zimmer kämmte, erzählte sie ihr, welche Gerüchte ihr zu Ohren gekommen waren.

»Wußtet Ihr schon, Herrin, daß hier im Frühjahr ein Mann umgebracht wurde? Man hat ihn auf einem schwarzen Stein den Waldgöttern geopfert.«

Der Ton der Magd war durchtrieben und vorwurfsvoll, als hätte Nilya ihre tugendhafte Seele dadurch, daß sie sie hierhergeschleppt hatte, in ein heidnisches Nest verbannt.

Nilya sagte: »Wer hat dir das gesagt? Glaubst du das wirklich?«

»In der Küche spricht man darüber.«

»Dann mußt du die Küche eben meiden«, sagte Nilya im Tonfall der Herrin von Crel.

Die Magd rümpfte die Nase. »Bei diesen Hinterwäldlern ist alles möglich.«

Nilya sagte: »Ich muß euch beide nach Khish zurückschicken.«

Das Mädchen erbleichte und biß sich auf die Unterlippe.

»Habe ich Euch erzürnt, Herrin?«

»Ich habe *dich* erzürnt«, sagte Nilya und lächelte ihr kühles, stilles Lächeln.

Sie wollte die widerborstigen Mägde nicht um sich haben, mußte ihnen aber eine Mitgift geben, wenn sie ihnen Schande ersparen wollte. Obwohl sie sich nichts aus ihnen machte, wollte Nilya ihnen nicht weh tun. Tagelang weinten sie über diese neuerliche Zurückweisung. Nilya suchte die beiden wertvollsten Schmuckstücke aus, die Crel ihr mitgegeben hatte, und schenkte sie den beiden Mägden. Gegen Ende des Frühlings würden fahrende Händler kommen und über die Straße von Korhlen nach Khish weiterreisen. Einer solchen Karawane konnten sich die Mägde anschließen.

»Aber es kann alles mögliche passieren – Räuber, die groben Männer auf der Reise ...«

Nilya blinzelte träge.

»Ihr müßt eben tun, was ihr könnt«, sagte sie.

Ihr Urteil war ebenso grausam wie gerecht.

Die Mägde gingen weinend davon, und ihre Trauer verwandelte sich wieder in Groll und Haß, doch ehe es Sommer wurde, waren sie verschwunden.

Nilya behalf sich fortan mit einer Frau aus der Burg, einer Sklavin mit einem nichtssagenden, früh gealterten Sklavengesicht, die, wie Nilya auch, vom Leben nichts mehr erwartete und nichts verlangte.

Und ein Jahr war wie das andere; während sie es durchmaß, erblickte sie an seinem Horizont bereits das nächste Jahr, das sich durch nichts vom vorherigen unterschied. Und dennoch waren die Jahre nicht gleich. Bei aller Ähnlichkeit brachten sie auch Veränderungen mit sich. Sie fühlte, wie sich der Mann von ihr abwandte, wie sie sich verhärtete. Ihr Schoß war wie ein Apfel aus Obsidian. Aber wie alle verhärteten Dinge war sie stark. Sie hatte eine gewisse Stärke in sich, die nicht von Anjelen herrührte. Ein paarmal hatte sie von Anjelen geträumt – denn inzwischen träumte sie. Aber es waren bloß Träume, nichts als Unsinn.

Im dritten Jahr ihres Aufenthalts in der Burg Korhlen kam es zu einer Fehde mit der Eulenburg. In weiter Ferne sah sie ein Feuer im Wald, eine Rauchsäule, die zum Mond emporstieg.

Und im Frühjahr, das wußte sie, hatte man bei einem Stein im Wald jemanden geopfert.

Nachts verwandelte sich der Tafelsaal häufig in ein Tollhaus. Die Männer fielen raufend über die Tische. Der Vre suchte sich eine Dienstmagd aus und nahm sie mit ins Bett.

Einmal im Monat rief er seine Frau zum Dienst. Sie kam und legte sich hin; er streichelte sie und rieb sich selbst, bis er eine Erektion hatte, denn inzwischen war sie ihm so zuwider, daß ihr Anblick seine Begierde nicht mehr zu wecken vermochte. Dann nahm er sie, wobei er an andere Frauen dachte, und ergoß sich in sie, als wollte er etwas loswerden. Eine Sklavin brachte sie anschließend zu ihrem Zimmer hinunter.

Nilya war sich inzwischen bewußt, daß sie ihn verletzt hatte. Kolris Vre Korhlen war ein solcher Rohling, dickhäutig bis zur Geistlosigkeit, daß ihr nie der Gedanke gekommen war, ihre Unnachgiebigkeit könnte ihn verschleißen. Sie hatte nie gedacht, daß er Illusionen hegen könnte. Seine unangemessenen und gestelzten Worte hatte er nicht aus Höflichkeit gesagt, sondern wirklich so gemeint. Sie blickte ihn verwundert an. Sie empfand kein Bedauern über ihr eigenes Elend, vermochte kein Mitgefühl zu empfinden. Sie war kein Mensch.

Das Geschenk wurde ihr im vierten Jahr als Gemahlin des Vres überbracht.

Reisende brachten es mit, mit Armreifen, Ringen, Glöckchen und Lumpen bekleidetes fahrendes Volk. Jemand hatte für den Transport in Khish bezahlt. Das Geschenk schien vom Hause Crel zu kommen, doch so war es nicht. Als man es ausgepackt hatte, kam ein sehr kostbarer Stuhl zum Vorschein, aus dunklem, mit Schnitzereien verziertem Holz.

Auf der Rückseite der Lehne, umrahmt von verschlungenen Blättern, Früchten und Stengeln, war die Versuchung im Paradies eingeschnitzt, der Baum, die Schlange und Eva, ausgeführt in winzigen, erlesenen Details.

Man stellte den Stuhl in ihr Zimmer.

Kolris kam ihn sich ansehen.

»Du mußt einen Brief schreiben und dich bedanken. Teile deinem Vater mit, daß du hier mit deinem Mann glücklich bist.« Und als sie keine Antwort gab, sagte er: »Zum Donnerwetter noch mal, wenn ich nicht schon mit der ersten reingefallen wäre, dann könnte ich dich wegen deiner Unfruchtbarkeit verstoßen.« Sie wußte, daß er von seiner ersten, verrückten Frau sprach, die ihm die beiden kleinen Albinomädchen mit den roten Augen geschenkt hatte.

Mit leichtem, unnachgiebigem Bedauern sagte sie: »Es tut mir leid, Herr, wenn ich Euch verstimmt habe.«

Er knallte die Tür hinter sich zu und ließ sie mit Anjelens Geschenk allein.

In der Nacht, als die Sterne im Fenster standen und trunkenes Gebrüll aus dem Tafelsaal erscholl, nahm Nilya auf dem Stuhl Platz. Der silberne Ring (den sie wie Korhlens Ehering niemals abzunehmen versucht hatte) brannte an ihrem Finger, und aus den Armlehnen sprossen Triebe und Zweige, die sich um ihren Leib schlangen.

Sie konnte sich nicht mehr bewegen, und gleichzeitig wuchs der Stuhl, der Baum, aus dem er entstanden war, weiter und drängte empor, bis er an die Decke stieß, breitete sich aus, bis das Zimmer mit Dickicht ausgefüllt war.

Sie befand sich im Wald. Und mit ihr darin gefangen, inmitten des Baums, waren die schwarzen Marder und Eichhörnchen und die bleigrauen Wölfe mit ihren stechenden grünen Augen und ein weißer Fuchs, der den Kopf wie eine Schlange bewegte.

Anjelen kam aus dem Sternenhimmel hervor, von dort, wo zuvor das Fenster gewesen sein mochte. Seine Kleidung und sein Leib waren wie aus Elfenbein, und auf seiner Brust war die schwarze, vom rubinroten Nagel durchbohrte Motte, doch jetzt war der Nagel eine leuchtende Rose aus Blut, deren Licht das Fell der Tiere im Wald sprenkelte.

»Anillia«, sagte er.

»Was gibt es?« fragte sie.

»Ich habe dich mit einer bestimmten Absicht erschaffen.«

»Warum?« fragte sie. »Warum?«

»Alles, was ist«, sagte er, »muß sich fortpflanzen.«

»Selbst Eure Dämonenrasse«, sagte sie. »Sucht Euch eine Frau.«

»Du hast genug gelernt«, sagte er. »Jetzt kannst du eine der ihren werden, für kurze Zeit. Geh zu deinem Mann.«

Sie hatte gewußt, daß sie ihm niemals würde widerstehen können. Sie versuchte es gar nicht erst. Als sie sich entspannte, fielen die Zweige des Stuhls von ihr ab. Vor ihr lag ein Weg, dessen Stufen durch den Wald emporführten, unter einem von Sternen gekreuzigten Himmel. Mit ihr zusammen entkam der Fuchs. Er sprang davon wie ein weißer Fisch in einem schwarzen Meer.

Nilya stieg die Stufen hoch. Die Bäume teilten sich, und sie gelangte zu einer Tür. Die Tür schien aus Eisen zu bestehen und war von einer Eisschicht bedeckt, doch es war die Tür zur Schlafkammer des Vres. Würde er nicht gerade mit irgendeiner Küchenschlampe zugange sein? Nein, dann hätte Anjelen sie nicht zu ihm geschickt.

Während sie noch vor der Tür verharrte, fiel der Schatten des Engels darauf. Die mächtigen Flügel waren ausgebreitet, sein Leib wie ein Dorn gekrümmt. Und der rote Edelstein, die Rose aus Blut, brannte mitten auf seiner Brust.

Die Tür wurde durchsichtig, und dahinter erblickte sie Vre Korhlen auf seinem Bett, betrunken, nackt und allein. Den Becher mit dem Wein hatte er umgestoßen.

Als sie in die Schlafkammer trat, verflüchtigte sich der Wald, wie ein Wind, der die Treppe hinunterwehte.

Die normale Umgebung der Burg war wiederhergestellt, der stickige Raum, in dem sie entjungfert worden war und ihren Dienst versah, das massige Bett mit den festgebundenen Vorhängen und dem Mann auf dem Laken.

Als sie sich über ihn beugte, schlug er die Augen auf.

»Nilya.«

»Mein Gebieter.«

Als er sich aufsetzte, fiel der leere Becher klirrend zu Boden.

»Was willst du?« fragte er.

»Ich bin da«, sagte sie.

»Nilya«, wiederholte er, »meine Nilya.«

Er griff nach ihr und umfaßte sie wie eben noch der Baum, doch er war warm und aus Fleisch, nicht aus Holz. Er legte den Kopf auf ihren Bauch und murmelte in einem fort vor sich hin.

Als er sie zu sich hinunterzog, sträubte sie sich nicht, sie legte sich zu ihm, und als er sich auf sie wälzte, umarmte sie ihn. Während er in sie hineinstieß, empfand sie nichts, aber sie liebkoste ihn, flüsterte seinen Namen. Weit, weit weg spürte und hörte sie seine kurze Ekstase, die ihn auf ihrem Leib niederstreckte, wo er wie eine leere Hülse liegenblieb.

Als er zum Ende kam, fing *es* an. In ihrem Innern war ein Schimmer, ein blasser Blitz inmitten ihres Waldes. Ein dünner Strahl hatte sie durchdrungen. Ein winziges Teilchen ließ sich in ihr nieder, wie eine Motte in einem abgelegenen Raum. In der dunkelsten Nacht der Schimmer des Lebens, insektenhaft und blutsaugerisch. Jetzt war es zu spät.

Ihr Gemahl umklammerte sie im Schlaf.

Anillia konzentrierte sich allein auf das Kind, das in ihr dunkles Inneres eingedrungen war. Bald darauf nahm sie das winzige Leuchten nicht mehr wahr. Jetzt hatte es sich in ihr verankert. Es war eins mit ihr geworden. So mühelos wie der Tod.

4. Kapitel

SIE GING LANGSAM AUF IHN ZU, und als sie ihm nahe genug war, sagte sie ohne Einleitung: »Ich bin schwanger.« »Bist du das?« sagte er. Er betrachtete sie. Sie hatte ihr dichtes, dunkles Haar zu drei Zöpfen geflochten und eine gelbe Schürze umgebunden. Ihre Hüfte wirkte nicht fülliger als an dem Nachmittag, als er sie zuletzt genommen hatte. »Es ist von dir«, sagte sie. »Ach, wirklich?« Er grinste, legte die Axt weg. Er hatte sie entjungfert und fand es einleuchtend, daß sie die Wahrheit sagte. Jedenfalls war sie das erste Mädchen, das von ihm schwanger geworden war. Davor hatte er etwas Angst gehabt. »Ich nehme an, du willst heiraten«, sagte er. Daraufhin lächelte sie und zupfte an ihrer Schürze. Wer ein Kind zeugte, mußte auch heiraten, so war es Sitte. Er konnte an der Hütte seines Vaters einen zusätzlichen Raum anbauen, und noch vor dem Monatsende würde er mit seiner Braut vor dem Baumgott stehen; der nächste Priester war meilenweit entfernt. Anschließend würde sie für ihn kochen und ihm Kinder gebären. Um sie herum dampfte und raschelte der Wald in der Hitze des Sommermorgens. Die Tiefe des Waldes war wie ein dunkler, grüner Schoß, der vor Leben wimmelte, der selbst *lebendig* war. »Leg dich hin«, sagte er. Sie liebten sich auf der feuchten, warmen Erde und brachten die Frösche am Tümpel mit ihren Schreien zum Verstummen.

Zu verschiedenen Jahreszeiten wurde der Baumgott mit Bildern und Knochen behängt. (Marra hatte dort einen Mäuseschädel aufgehängt.) Als sie, geschmückt mit einer Blumenkrone, mit Voif davorstand, war sie erfüllt von ehrfürchtiger Scheu. Zitternd gelobte sie ihm ewige Treue, und die weisen Frauen aus dem Dorf spritzten Milch und Blut auf den Stamm, und die Dörfler lachten und applaudierten. Marra hatte sich schon immer vor dem Baumgott gefürchtet. Das war auch recht so, aber heute, am Abend ihres Hochzeitstags, schien er meilenweit emporzuragen, und all seine geschwärzten Schädel – die Männer waren am Stamm hochgeklettert, um einige von ihnen anzubringen –, die lächelnden Schafe und die Girlanden der Schlangenskelette fingen das Licht der Fackeln auf, zwinkerten ihr zu und grinsten höhnisch.

Die Prozession schlängelte sich zum Dorf zurück, die einzige Ortschaft, die Marra je erblickt hatte. In der neuen und splittrigen Kammer hinter der Hütte von Voifs Vater angelangt, entzündete sie für den Heiland an der Wand eine braune Kerze. Der Christus war ebenfalls aus Holz gemacht.

Als Voif vom Fest heimkehrte, war er zu betrunken, um mit seiner Frau irgend etwas anfangen zu können. Als er schnarchend und furzend neben ihr lag, wurde ihr klar, daß sie ihn nicht besonders mochte. Aber wen hätte sie sonst nehmen sollen? Sie hatte sich ihm hingegeben, hatte in seiner Lust geschwelgt und hatte von seinem Samen einen dicken Bauch bekommen. Außerdem war sie froh, aus der Hütte ihrer Mutter heraus zu sein, wo sie für fünf Brüder hatte schuften müssen. Ein Mann war ein Fortschritt. Außerdem gehörte er ihr.

Als sie so dalag, dachte sie an den Beischlaf, der zu alledem geführt hatte. Sie wußte noch genau, wann es gewesen war. Ein feuriger Funke hatte sie durchbohrt, und ihre Lust war so stark gewesen, daß sie sich hinterher kaum noch rühren konnte.

Und im Wald quakten die Frösche am Weiher.

Marra war mit sämtlichen Geräuschen des Waldes vertraut. Sie fragte sich, wie ihr Kind wohl sein würde, ob es etwas Besonderes werden würde. In Gedanken sprach sie ein Gebet zu Gott. Und dann beschwor sie halblaut jene andere Macht, das Wesen aus dem Wald. An diese Dualität war sie ebenso gewöhnt wie alle anderen Dorfbewohner. Gegen Morgen warf sie Essensreste ins Feuer, damit die Sonne wieder aufging; sie besaß eine kleine Heiligenfigur, die sie vor zwei Jahren von Fahrenden eingetauscht hatte. Auf der Erde war Platz für alle Mächte und darum auch in ihrem Herzen.

Als sie im vierten Monat schwanger war, geschah das Furchtbare.

Gegen Morgen, der Mond war schon untergegangen, wurde sie von ihrer Fruchtblase geweckt, die gegen ihre Blase drückte. Marra hatte sich inzwischen daran gewöhnt. Anstatt den Nachttopf zu benutzen, trat sie leise auf den umzäunten Hinterhof hinaus. Abgeschirmt von einem Stapel Holzscheite und der schütteren Kiefer kauerte sie sich auf der Frauenseite hin und erleichterte ihre Blase.

Es war eine sehr ruhige Nacht, Sterne standen über der Dorflichtung, und die Kiefernwipfel, die ringsum in den Himmel ragten, schimmerten kaum wahrnehmbar wie Messer. Marra hielt jedenfalls die Augen offen, denn es war Spätherbst, und vielleicht streiften ja Wölfe umher.

Obgleich sie von ihren Großmüttern unheimliche Geschichten erzählt bekommen hatte und selbst in vielen Begebenheiten übernatürliche Vorzeichen zu erkennen meinte, obwohl sie insgeheim an das verborgene andere Leben des Waldes glaubte, hatte Marra dennoch noch nie, kein einziges Mal in ihrem ganzen Leben, etwas erblickt, dessen entsetzliche Fremdartigkeit das Fundament ihrer Existenz erschüttert hätte. Nun sah sie es.

Hinter dem Zaun, dort, wo die Dorfstraße in den Wald hineinführte, war etwas. Als sie eben dorthin geblickt hatte, war es noch nicht dagewesen. Es war nicht zwischen den Bäumen hervorgekommen, sondern aus ihnen hervorgewachsen. Vor dem Hintergrund der schwarzen Kiefernstämme leuchtete es heller als der untergegangene Mond.

Zunächst vermochte Marra sich vor lauter Angst nicht aus der Hocke zu erheben. Dann, als sie ihre tauben Beine irgendwie gestreckt und sich aufgerichtet hatte, erstarrte sie wieder und vermochte sich gerade noch aufrecht zu halten, einen Schrei im Hals, der nicht herauswollte. Denn das weiße, glühende Etwas schwebte auf sie zu. Die Bewegung hatte nichts Tierhaftes an sich. *Es schwebte.*

Auf diese Weise kam es bis kurz vor den Zaun. Währenddessen nahm es Gestalt an, und durch einen Schleier der Angst hindurch erblickte Marra eine Frauengestalt in einem Umhang und mit losem Haar, und obwohl sie weiß loderte, sah man dahinter die Umrisse der Bäume, den Waldweg, den Boden.

Ihr Gesicht war eine unheimliche, ausdruckslose Maske. Sie wirkte nicht bösartig, die Lider waren kaum angehoben. Als sie die verschwommene Hand hob, teilte sich der Umhang. In ihrem Bauch war eine zweite geisterhafte Gestalt, die sich langsam ringelte, wie eine kalte Schlange. Dies war offenbar der Embryo.

Marra brachte ein leises, klägliches Stöhnen zustande. Mit ihrer fühllosen Hand versuchte sie erst ein Zeichen der Abwehr und dann das Kreuz zu schlagen.

Die weiße Frau schwebte vor ihr und beobachtete sie vielleicht, vielleicht auch nicht. Dann wandte das sich ringelnde Embryo sein Gesicht Marra zu. Es war das unfertige Gesicht eines Ungeborenen, und dennoch war es ein Gesicht, mit zwei flüssigen Gruben anstelle der Augen und einem schwarzen Schlitz anstelle des Mundes. Voller Haß und Entsetzen blickte es auf Marras Bauch.

Der Schrei entwich Marras Kehle, und ihr Blut schien zu kochen. Als sie wieder hinsah, war der weiße

Dämon verschwunden, wenngleich noch einen Moment lang eine Art Rauch umherwirbelte. Dann kamen die Männer nach draußen gerannt.

Niemand zweifelte an Marras Bericht. Sie drängten sie vom Wald weg und in ihre Hütte. Tage- und nächtelang waren die alten Weiber mit der Herstellung von Talismanen beschäftigt. Sie behängten Marra mit Amuletten. Man erzählte sich die alten Geschichten. Es war bekannt, daß die Waldteufel auf Menschenkinder eifersüchtig waren.

Bald darauf wurde das schreckliche Ereignis der allgemein hingenommenen Dorfgeschichte einverleibt.

Nur Marra fühlte es noch wie einen Eissplitter in ihrem Leib stecken.

Von nun an betete sie regelmäßig zu Gott und zu Christus. Nachts ging sie nicht mehr aus der Hütte, wenn sie Wasser lassen mußte.

Sie hatte seltsame Träume. Vielleicht beeinflußte die Schwangerschaft, die ihr ihre eigene Sterblichkeit ins Bewußtsein rückte, ihre Träume, in denen sie gleichzeitig Akteurin und Zuschauerin war. Beim Aufwachen versuchte Nilya sie zu ergründen. Sie befragte das stumme Wesen in ihrem Inneren.

Im Traumwald waren die Bäume riesenhafte Schlangen aus glänzendem Basalt. Rosen wuchsen darin, die der Wind zu loderndem Feuer entfachte.

In einem Wintertraum ging sie über eine von gewaltigen Eichen gesäumte Allee, und in ihren schneeverstopften Ohren vernahm sie das Geheul von darin eingeschlossenen Männern, die geopfert werden sollten und die in den Bäumen verbluteten, während diese ihre Stimmen annahmen.

Es war ein lebhaftes Kind. Es bewegte sich in ihrem Leib, doch es trat nicht, wie die Frauen im Hause Crel es von Ungeborenen berichtet hatten, sondern es schien eher zu schlagen und zu flattern, als besäße es Flügel …

Während ihr Bauch anschwoll, magerte sie immer mehr ab. Sie fragte sich, ob sie bei der Geburt oder kurz danach sterben würde.

In ihren Träumen waren im Wald Frauen. Sie schien etwas bei ihnen zu suchen und wanderte unter den Sternen zwischen ihren Hütten umher. Angefangen hatte es mit einem unsinnigen Traum, mit einem Paar, das sie zwischen den Kiefern hindurch dabei beobachtet hatte, wie es sich an einem Tümpel liebte. Auch das Kind in ihr hatte sich bewegt, obwohl es damals erst einen Monat alt gewesen war. Das Mädchen auf dem Erdboden, das im Schatten kaum zu sehen war, hatte vor Lust geschrien. Das Kind in ihrem Bauch schien an ihr zu zupfen. Von einer plötzlichen Übelkeit erfaßt, war die Träumerin erwacht.

In ihren Träumen galt eine andere Zeit. Was war ihr Kind – *sein* Kind? Träumte sie die Träume des Kindes?

Im fünften Monat beobachtete sie ein schwangeres Bauernmädchen auf dem Hof einer Hütte. Dieser Traum war vollkommen wirr und erschreckend. Es war kein Traum. Sie wußte, daß sie gereist war, fast wie bei ihrer allerersten Reise, doch diesmal hatte sie ihren Körper verlassen. Genau wie *er*, wie Anjelen.

Voifs Frau bereitete an der Kochstelle, wo ein Laib Brot in der heißen Asche buk, das Abendessen. An diesem Nachmittag gegen Ende des Winters war es bereits dunkel, der Himmel war bedeckt, und der Schnee, der vor drei Monaten gefallen war, hatte sich wie eine weiße Mauer an das Dorf herangearbeitet. Das Leben war um diese Zeit nicht leicht, wenn es das überhaupt jemals war. Das Feuer zischte boshaft, wenn aus dem Rauchabzug feuchte Flocken hineinfielen.

Voif lag schnarchend auf dem Bett. Inzwischen hatte sich herausgestellt, daß er ein Faulpelz war. Die Männer aus dem Dorf hatten ihm vorgeworfen, er leiste seinen Beitrag nicht. Und in seinen eigenen vier Wänden tat er natürlich überhaupt nichts. Wenn sie Feuerholz brauchte, mußte sie ihn anflehen, welches zu holen. Oder hätte sie es vielleicht selbst holen sollen, jetzt, wo sie im achten Monat schwanger war? Ihr anfängliches Unwohlsein hatte sich ganz allmählich verstärkt, bis sie sich so daran gewöhnt hatte, daß sie kaum noch an ihren Zustand dachte.

Sie rührte die Suppe um, hielt plötzlich inne, als sie einen stechenden Schmerz verspürte, und richtete sich unbeholfen auf. Mit tropfendem Schöpflöffel stand sie ungläubig da, bis der Schmerz ein zweitesmal an ihren Eingeweiden zerrte. Dann schrie sie auf und ließ den Löffel fallen.

Sie rief nach ihrem Mann. Vor lauter Schmerzen konnte sie weder atmen noch sich bewegen. Endlich hörte er sie und schlurfte grummelnd davon, um die Frauen zu holen, seine Mutter und die alten Weiber.

Marra kauerte sich auf den Boden. Vor lauter Schmerz nach Luft ringend, starrte sie auf den Christus an der Wand und flehte ihn um Hilfe an.

Es war so furchtbar. Bestimmt hatte noch nie eine Frau eine so schmerzhafte Geburt erlebt. Es war, als würden ihre Lenden beiseite gedrückt und ihr Fleisch zerrissen. Die Knochen würden ihr im Leibe brechen.

Marra schrie gellend auf und fiel hin, und ein Schwall von Blut und Wasser ergoß sich aus ihrem Leib, während Christus ungerührt zuschaute. Sie hätte dem Baumgott etwas anderes opfern sollen. Sie hätte öfter beten sollen. Der Dämon, der ihr erschienen war, hatte ihr das angetan.

Die Hütte füllte sich mit Frauen, die gedämpfte Laute von sich gaben, ähnlich dem Muhen von Rindern. Eine trat hinter sie und nahm Marras Kopf in den Schoß, eine andere spreizte dem Mädchen die Beine, bis sie meinte, die Gelenke müßten brechen. »Nein«, wimmerte Marra, als ließe es sich jetzt noch aufhalten.

Das kleine Tier in ihrem Bauch kam schnell heraus,

etwa dreißig Tage vor der Zeit. Es zwängte sich durch den Schlauch in ihrem Leib aus dem verwüsteten Schoß hervor, der aufgeplatzt war wie eine fleischige Rose.

Von dem Ort, zu dem sie sich geflüchtet hatte, hörte Marra sich schreien. Auch damals, als dieses Wesen in sie eingedrungen war, hatte sie geschrien.

In der Nacht schneite es. Die Flammen wurden blau und neigten sich, und die Hütte füllte sich mit beißendem Rauch. Der Brotlaib war schwarz verkohlt.

Marra blickte in das harte, verstörte Gesicht ihrer Mutter.

»Es ist ein Junge. Du hast deinem Mann einen Sohn geschenkt.«

Die Frauen beglückwünschten sie.

Sie fühlte sich gereinigt, als hätte sich in ihr eine Fehde abgespielt, die jetzt beigelegt war.

Man legte ihr das Kind in die Arme.

»Da. Laß ihn trinken. Voif hat dir einen Jungen gemacht. Stille ihn, Marra.« (Voifs Mutter, mit stolzgeschwellter Brust.)

Marra entblößte ihre schweren, prallvollen Brüste, und aus dem sich windenden Bündel stieß der Kopf hervor, der sie so lieblos gestoßen und zerrissen hatte.

Irgend etwas stimmte nicht mit dem Kind. Marra starrte es an, als es ihre Brust umklammerte. Die Milch schoß heraus, ein scharfer, süßer, anderer Schmerz.

Der kleine Vampir saugte und leckte, die Augen vor der Welt zusammengekniffen, ohne wissen zu wollen, was er tat. Wie häßlich er war. Ein teuflisches Wesen. Noch nie hatte sie einen so seltsamen Säugling gesehen.

Sie wandte den Blick von ihm ab und beobachtete statt dessen, wie der Schnee durch den Rauchabzug hereinkam, während sie der Dämon molk.

»Das Kind ist ein Wechselbalg.«

Es war zu Anfang des Sommers. Die Frauen am glasgrünen Teich hoben die Köpfe von der Wäsche, die sie auf den Steinen wuschen. Wer hatte da gesprochen? Es kam nicht darauf an. Die Stimme hatte nur das ausgesprochen, was alle dachten.

»Hast du gesehen, wie häßlich er ist?«

»Die arme Sau versucht es im Umhängetuch zu verstecken.«

»Es sieht aus wie ein alter Mann. Und es ist mißgebildet.«

»Der Kopf ist zu groß. Wie bei einem Trottel, aber noch schlimmer.«

»Sie hat einen Dämon gesehen.«

»Die Baumgeister haben ihr Kind geholt, und *das* haben sie ihr dafür gegeben.«

»Sie hat keine Opfergaben dargebracht.«

»Psst. Die Bäume hören zu.«

Sie begannen bei der Arbeit zu singen, uralte Lieder aus dem Wald.

Im Wald, im Wald, im Wald,
Dort häng den Knochen auf,
Und geize mit dem Blut.
Die wilde Rose schwankt,
Und seufzend geht der Wind.
Alles, was lebt, muß sterben.

Der eintönige Gesang drang bis zu Marra, die in der Hütte saß, neben sich die unerledigte Arbeit, das ungekochte Mittagsmahl.

Sie starrte das fünf Monate alte Kind an, den Wechselbalg, sein schauerliches Gesicht und die ausgebrannten Augen. Er hatte einen Buckel. Die Haut wirkte bereits verschrumpelt, wie bei einem Apfel, den man zu lange hatte liegen lassen. Er bewegte sich kaum. In ihrer Verzweiflung hatte sie ihn nach einem Heiligen benannt; der Name war ihr eingefallen wie von Gott gesandt. Voif jedoch hatte den Namen sogleich verfälscht und ihn damit der Macht beraubt, zu segnen oder zu erretten.

Marra weinte nicht. Sie zupfte an ihrer Schürze, immer wieder, als wäre dies eine wichtige Arbeit, die unbedingt getan werden mußte.

Das war nicht ihr Kind. Es war nicht ihre Schuld.

Als sie ihn sah, diesen Fremdling, den sie unter furchtbaren Schmerzen geboren hatte, der aus ihrem Leib hervorgekommen war und das Licht der Welt erblickt hatte, da erkannte sie ihn als einen anderen Fremdling wieder, dem sie vor langer, langer Zeit begegnet war, in einer anderen Welt.

Gehört das auch zu dem Plan des Priesters? Aber was macht das schon, wo ich doch sterben werde?

Aber sie wollte nicht sterben. Sie wollte hierbleiben, zusammen mit diesem einen, der aus ihrem Leib entsprungen war.

Anfangs glaubte sie, Anjelen wolle sie unbegreiflicherweise verschonen. Doch allmählich gelangte sie zu der Überzeugung, daß sie selbst stark genug geworden sei, um sich zumindest in dieser Beziehung von ihm zu lösen. Sie hatte gemeint, sie werde anschließend verschrumpeln wie die Zwiebel, der die Blume entsprossen war. Sie war jetzt überflüssig. Aber von der Blume entbunden, hatte sie überlebt. Nur gewisse Schmerzen und Erschöpfungszustände machten ihr noch zu schaffen – das war nach einer so beschwerlichen Geburt auch nicht anders zu erwarten. Das sagten jedenfalls die Frauen aus der Burg und die Frau, die das Kind stillte. Sie hatte gemerkt, daß sie keine Milch hatte. Die hatte er ihr ohne Not vorenthalten…

Da waren die Augenblicke, die sie mit dem Mann verbracht hatte. Natürlich bedeuteten sie ihr nichts, und schon bald gelangte er zu dem Schluß, er habe einen Fehler gemacht. Anschließend mied er sie noch mehr als vorher. Aber das Kind war ein Junge, der

Erbe, den er gewollt hatte und von dem er meinte, sie habe ihn ihm versprochen. Er betrachtete sie einmal voller Haß, dann wieder mit einem konfusen Verlangen, ohne zu wissen, woran er mit sich war. Mit ihr kannte er sich schon gar nicht aus.

Das Kind lag warm in ihrem Arm. Sie sprach mit ihm. Sie dachte an die Herrin von Crel und an Plina und wie sie zusammen zugenommen hatten. Die Vorstellung, das gleiche Phänomen könnte jetzt bei ihr zu beobachten sein, belustigte sie, oder jedenfalls beinahe.

»Mechail«, sagte sie, und der Junge schaute sie an, mit weit aufgerissenen Augen, die bereits eindunkelten und ein kühles, winterliches Grau annahmen. Als Winterkind hatte sie ihn nach dem Heiligen auf dem Lettner in der Kapelle benannt, jedoch nicht in der Absicht, ihn vor Anjelen, dem sogenannten Engel, zu beschützen. Der Name würde ihn vor gar nichts schützen. Sie hatte keine Ahnung, was einmal aus ihm werden würde.

Der Burgherr hatte ihr bei dem Namen freie Hand gelassen. Der Junge würde ihm noch früh genug zufallen.

Wie lange würde sie noch leben und bei ihm sein können? Ein Jahr, einen Monat oder nur noch ein paar Tage?

»Nein, ich laß dich nicht allein.«

Das leuchtende Smaragdgrün des Sommers mündete in das bernsteinfarbene Zwielicht des Herbstes. Dann kehrte das Dunkel wieder.

Wieviel Zeit würde ihr noch bleiben?

»Solange du mich brauchst«, sagte sie zu dem schlafenden Jungen, »solange ich gesund bin«, und zu ihrer Überraschung benetzten ihre menschlichen Tränen die Decke, in die er gehüllt war. Er wachte nicht auf.

5. Kapitel

DIE SCHWERBELADENE SKLAVIN blieb stehen, als vor ihr im Gebüsch plötzlich zwei weiße Wesen auftauchten. Es waren die verdorbenen Töchter des Burgherrn, beide etwa zehn Jahre alt. Die ungekämmten Strähnen ihres langen, weißen Haars verfingen sich in den Zweigen. Aus den weißen Fuchsgesichtern, die einander glichen wie ein Ei dem anderen, lugten Augen hervor, die ebenso blaß wie die Lippen waren.

»Verschwindet«, sagte die alte Sklavin.

Das eine blasse Mädchen blickte das andere an.

»Was hat sie gesagt?«

»Rrrr«, machte die andere. »Wuuu.«

Sie lachten hinterhältig.

Die Sklavin schaute auf den Sohn ihres Herrn hinunter.

Normalerweise war er ein ruhiges Kind. Seine Mutter kränkelte. Der neue Wundarzt konnte ihr trotz seiner städtischen Ausbildung nicht helfen. An manchen Tagen stand sie gar nicht erst auf, und heute war ein solcher Tag. Darum brachte die Sklavin das Kind in den Garten hinunter.

Die Bäume waren sämtlicher Früchte entkleidet. Fallobst lag zusammen mit dem abgefallenen Laub zerquetscht im Gras. Der Obstgarten war golden, doch schon bald würde er kahl werden und später dann weiß, wie die ganze Welt.

Die Schneemädchen, die der ersten rechtmäßigen Ehe des Burgherrn entstammten, traten auf den Weg heraus.

»Das ist der Sohn der Hexe«, sagte das eine.

Die Sklavin zerrte an der Hand des Jungen und wollte umkehren. Aber seine Neugier war geweckt, und er wollte nicht gehorchen. Er war erst drei Jahre alt. Die Sklavin wollte es vermeiden, ihn hochzuheben, denn dann hätte er sie womöglich getreten oder geschlagen, und sie durfte ihm doch kein Haar krümmen, nicht einmal zu ihrem eigenen Schutz.

»Komm, spiel mit uns«, sagte das andere Mädchen, das auch das erste hätte sein können.

Jetzt zerrte Mechail an ihrer Hand. Er wollte zu den Mädchen.

»Nein, Mechi«, sagte die Sklavin, indem sie die im Dorf gebräuchliche Koseform seines Namens aussprach. Ihr war aufgefallen, daß er seltsamerweise darauf reagierte. Im Moment schien er nicht gehorchen zu wollen. »Will aber«, sagte er. »Nein«, sagte sie, »deine Mutter wartet auf dich.« »Nicht.« So leicht ließ er sich nichts vormachen. Die Zeiten, in denen seine Mutter für ihn nicht erreichbar war, machten ihn argwöhnisch, denn ihre Krankheit verstand er nicht. Heute morgen hatte er nicht zu ihr hineingehen dürfen. Er war trotzig, wie ein zurückgewiesener Liebhaber.

»Du mußt ihm seinen Willen lassen«, sagte das erste bleiche Mädchen zur Sklavin.

»Nicht, wenn ihr ihm weh tut«, entgegnete die Sklavin.

Die Sonne schien über die Mauer, die sanfte, verblassende Sonne des Herbstes. Die Wärme tat ihrem Rücken gut. Sie wollte keinen Streit.

Mechail riß sich los und rannte den blassen Schwestern nach, die kichernd davonhuschten.

Der Sohn des Burgherrn hatte schon lange Beine; eines Tages würde ein hochgewachsener, stattlicher Mann aus ihm werden... Die Sklavin beobachtete ihn voller Unbehagen; eigentlich hätte sie das nicht zulassen dürfen, wußte jedoch nicht, wie sie es verhindern sollte. Mechail schlängelte sich im Gefolge der Schwestern zwischen den Bäumen hindurch. Sie hatten seine Hände in ihre blassen Pfoten genommen.

Die Sklavin stapfte ihnen in einiger Entfernung hinterher.

Die Kinder schlüpften in eine Art Baumhöhle, wo sie nur noch ihre hellen Haare und das Rotgelb vom Gewand des kleinen Jungen sah, wie Fische in einem Teich.

Schrilles Gelächter drang aus der Höhle. Dann herrschte Stille.

Die Sklavin seufzte. Bestimmt spielten sie jetzt das uralte Spiel. Die Mädchen höben ihre Röcke, zeigten ihr kahles Geschlecht her und drängten den Jungen, dessen Männlichkeit erst andeutungsweise entwickelt war, sich seinerseits zu entblößen. Die alte Sklavin, die Wache stand, wurde von undeutlichen, nur ganz verschwommen ausgeprägten Erinnerungen an ihr eigenes sexuelles Erwachen abgelenkt, ohne daß ihr der damalige Anlaß noch einfallen wollte. Es war keine animalische Regung, die sie veranlaßte, ihr geistiges Auge von der Szene im Obstgarten abzuwenden, vielmehr die Erinnerung an die endlose Plackerei, die von solch kleinen Vorfällen unterbrochen wurde. Ihr kam es so vor, als lebte sie schon tausend Jahre. Würde es denn niemals aufhören? Sie sehnte sich nach dem Ende – und fürchtete sich davor. Obwohl sie zu Christus betete, akzeptierte sie kaum etwas von den Lehren der Kirche. Nur der Heiland selbst leuchtete ihr ein, denn Er war der Baumgott der Wälder, der Hopfen und die Weinrebe, die man abgerissen und mit Füßen getreten hatte, damit das Blut zu Bier und Wein würde, Er war der abgestorbene Winterzweig, der im Frühjahr zu neuem Leben erwachte.

Auf einmal ertönte aus der Baumhöhle lautes Geschrei. Die beiden Albinomädchen sprangen heraus. (Das eine schwenkte die Arme.) Sie rannten weg, schreiend wie verletzte Vögel.

Der Junge kam langsam aus dem Schatten hervor. Er wirkte äußerlich unversehrt. Seine Kleidung war sauber.

Er konnte seine Schwestern unmöglich erschreckt haben; er war ein braves Kind. Aber sie waren sowieso verrückt.

»Mechi«, sagte die Sklavin, »das war ungezogen von dir, daß du weggelaufen bist.«

»Kannst mich nicht festhalten«, sagte er.

»Komm jetzt«, sagte sie. Sie nahm ihn bei der Hand. Seine Hand war heiß und trocken.

Er ließ sich von ihr führen; sein Gewicht drückte schwer aufs Gras und auf ihre Hand. Er wirkte müde und niedergeschlagen.

Sie führte ihn über den Küchenhof, wo es frische Milch gab, doch er wollte keine. Das Blut war ihm ins bleiche Gesicht geschossen. Hatte er vielleicht Fieber? Er war anfällig für Krankheiten, als eiferte er der Herrin nach.

Als sie dort standen und sie ihm die Ziegen zeigte, für die er sich normalerweise interessierte, näherte sich einer der Haussklaven: der junge Boroi.

»Die Herrin möchte, daß er auf ihr Zimmer kommt.«

Mechail reagierte nicht auf die Neuigkeit, ging aber folgsam mit der Sklavin mit, in den Turm hinein und die steinernen Treppenstufen hoch, als wäre es ihm gleich, wohin sie gingen.

Das Zimmer der Herrin Nilya war unaufgeräumt, denn sie hielt sich häufig darin auf und mochte keine Unruhe um sich haben. (Es hieß, sie habe das Lager ihres Mannes seit mehr als zwei Jahren nicht mehr aufgesucht. In den Garten hinunterzugehen erschöpfte sie. Nur selten speiste sie im Tafelsaal.) Die meiste Zeit verbrachte sie in diesem möblierten Gefängnis. Trotzdem gab es außer den fleckigen und fadenscheinigen Betttüchern, dem ungefegten Boden und der spinnwebverhangenen Decke noch ein paar kostbare Dinge darin. Einen mit Schnitzereien verzierten Stuhl, der aus einer Stadt stammte, und einen Glasspiegel, den man ihr zur Hochzeit geschenkt hatte. (Es war nicht ratsam, in den

Spiegel hineinzuschauen, er saugte einem die Seele aus.) Bisweilen schien sich *ihre* Seele allerdings verflüchtigt zu haben. Sie lag mit geschlossenen Augen auf dem Bett, das dunkle und weiße Elsternhaar auf den Kissen ausgebreitet, die Hände ausgestreckt, als hätten sie keine Kraft mehr, unter die Decke zu kriechen. Ihre Krankheit füllte das Zimmer aus, und dennoch roch man sie nicht, was eigenartig war. Sie blutete zu oft aus dem Schoß. Es hätte ein Geruch da sein müssen, ein Geruch nach Krankheit und Verzweiflung.

Das Kind stand neben seiner Kinderfrau und wollte seine Mutter nicht ansehen. Die Sklavin überlegte mühsam: Hatte er vielleicht etwas Böses getan – aber was? Die Herrin wußte seltsamerweise davon – aber woher? Sie war eine Hexe. Sie hatte etwas an sich, das nichts zu tun hatte mit dem zerbrechlichen Wesen auf dem Bett.

»Laß mich mit ihm allein«, sagte sie jetzt, und die Sklavin ließ die Hand des Jungen und ihre Verantwortung für dessen Leben fahren, wandte sich um und ging hinaus.

»Mechail.«

Sie hatte die Augen jetzt geöffnet, sie waren sehr dunkel und umwölkt. Sah sie ihn? So schien es jedenfalls. Er wollte sie noch immer nicht ansehen. Er musterte einen Wandteppich, auf dem der Wald abgebildet war, mit Vögeln in den Bäumen und vielen Tieren auf dem Erdboden, aber der Teppich war matt geworden und ausgeblichen.

»Mechail, du mußt zu mir kommen, hierher.«

Er näherte sich ihr widerwillig, wobei er ständig stehenblieb, um Dinge zu betrachten, die er bereits hundertmal gesehen hatte.

Anillia hingegen lag da, als sähe sie ihn zum erstenmal.

Heute ging es ihr sehr schlecht. Sie wußte dies, nicht weil der gewohnte, unerbittliche Schmerz immer wieder anschwoll und sie mit Stichen und Zuckungen peinigte oder weil sie nahezu pausenlos blutete. Es war ein Tag, der den Vorgeschmack des Todes in sich barg, die Sehnsucht, nachzugeben und allem ein Ende zu machen. So lange schon klammerte sie sich an die Felswand, gemartert und gepeinigt, brennend von der Qual ihres Überlebenskampfes. Und jetzt lockerte sich ihr Griff allmählich. Sie begann die Schönheit des Todes wahrzunehmen.

Allein das Kind war der Grund, daß sie sich festklammerte. Seit mehr als drei Jahren hielt sie sich nun schon am Leben, nicht um ihrem Schöpfer zu spotten, sondern weil sie angefangen hatte zu lieben. Das Kind war ihre Liebe, ihre einzige Liebe. Sie durfte ihren Sohn nicht verlassen. Andere hielten ihn für tugendhaft und ernst. Aber er war verflucht. Das war ihr inzwischen klargeworden.

Die Träume waren Warnungen gewesen. Zunächst hatte sie sie als Symbole oder, wenn sie meinte, darin umhergereist zu sein, als tatsächliche Begebenheiten mißdeutet. Das Kind, das ja zunächst noch nicht laufen oder sprechen konnte, war doch bestimmt nicht fähig, seinen Körper zu verlassen und so weit umherzuschweifen? Sie war seiner flüchtigen Erscheinung durch die endlosen Wälder ihrer Einbildung oder der Wirklichkeit gefolgt. Das Ziel des schlafenden Jungen hatte sie nicht genau zu bestimmen vermocht. Tatsächlich schlief sie häufig nur und wurde abgehängt. Sie hatte ihm behutsame, ausweichende Fragen gestellt. Aus seinem Verhalten und seinen Antworten schloß sie, daß er sich nicht genau erinnerte und wirklich nicht wußte, was er tat. Sie hatte ihn gefragt, ob er jemals geträumt habe, er könne fliegen. Ja, hatte er gesagt, wie die Vögel, die über dem Turm schwebten, aber er sei leichter als sie, und dann wären da noch die Bäume. Einmal habe er Wölfe über den Erdboden laufen sehen. Einmal habe er seine Mutter hinter sich entdeckt und sei umgekehrt, um mit ihr zu spielen, aber sie sei verschwunden und er sei aufgewacht, und nur die Sklavin sei bei ihm gewesen.

Er war zu jung, um den Priester aufsuchen zu müssen. Darüber war sie froh. Er war zu jung, um viel Zeit mit seinem Vater, dem Vre, zu verbringen – darüber war sie ebenfalls froh.

Intuitiv schien Mechail zu ahnen, daß Kolris Vre Korhlen nicht sein wirklicher Vater war und daß er ihm nichts bedeutete. Mechail fürchtete sich vor ihm. Wenn er an Festtagen in den Tafelsaal gebracht wurde, verschränkte er die Arme vor der Brust, damit er seinen Vater nicht berühren mußte. (Dafür gab der Vre ihr die Schuld.)

Kein klärendes Wort war zwischen Mutter und Kind gewechselt worden. Es hätte nichts genützt.

Obwohl sie sich selbst darüber im Ungewissen war, vermutete sie, daß die Zeit kommen werde, da Anjelen, falls er noch immer diesen Namen führte, in Mechails Leben treten und Anspruch auf ihn erheben werde. Aber kam es darauf überhaupt an? Anjelens Wunsch, sich neu zu erschaffen, hatte leidenschaftslos gewirkt.

Sie hatte in einem kupferfarbenen Nebel aus Schmerz gedöst, als sie im Geiste ihren Sohn zusammen mit den bleichen Zwillingen im Obstgarten gewahrte. Ein übernatürliches, flackerndens Leuchten hüllte sie ein.

»Die kleinen Mädchen sind deine Schwestern«, sagte Nilya nun zu ihrem Sohn.

Er fragte sie nicht, woher sie Bescheid wisse. Er war sich ihres unheimlichen Scharfblicks in bezug auf seine Person bewußt. Anscheinend hatte ihn das nie beunruhigt.

Doch als er sprach, stotterte er, was er nur dann tat, wenn er nervös war oder sich erschreckt hatte.

»Sie ... haben Mäuseaugen.«

Er war am Bett angelangt. Nilya berührte seine Schulter. Er zuckte zusammen. Er war erhitzt, und sein

Gesicht war wie ein Stück Papier, hinter dem etwas brannte.

»Du hast mir weh getan … weh getan«, stammelte er, ohne daß er versucht hätte, sich ihr zu entziehen.

»Womit«, fragte sie, »hast du deine Schwestern erschreckt?«

»Die eine … eine … eine«, sagte er, »hat mir ihre Brust gezeigt. Da waren Höcker drauf. Dann hat sie gesagt, zeig mir deine Rute.«

Offenbar hatte er gewußt, was damit gemeint war. Er starrte beharrlich zu Boden. Dann sagte er: »Ich habe gesagt, ich würde ihnen was anderes zeigen. Ich zeig ihnen etwas, das ich im Wald gesehen hab.«

»Was war das?«

»Ein Ding.«

»Erzähl mir, was es war.«

»Mama …«, platzte er heraus. So durfte er sie eigentlich nicht anreden. Der Vre hatte ihn nach seinem dritten Geburtstag angeschrien, er solle gefälligst ein Mann sein und *Mutter* zu ihr sagen.

»Mechail, du mußt es mir erzählen.«

»Ich war das. Mich hab ich gesehen. Ich war da.«

Sie sagte: »Du mußt es deiner Mutter zeigen, jetzt gleich.«

»Kann nicht.«

Die beiden Mädchen hatten ihn auf geheimnisvolle Weise herausgefordert. Sie waren hellseherisch veranlagt, verfügten vielleicht über übernatürliche Kräfte.

Aber das, was ihn zu all diesen erschreckenden Wundern befähigte, war *er* ganz allein.

»Wer bist du im Wald?« fragte sie.

Plötzlich duckte er sich, beugte sich vor, krümmte den Rücken, verzerrte das Gesicht. Sei es aufgrund einer psychischen Verwandlung oder als Ergebnis kindlicher Nachahmung, auf einmal stand ein anderes Kind vor ihr, mit einem Buckel und einem alten Gesicht. Ein Zwerg.

Das Herz hämmerte gegen ihre Brust wie die Brecher eines Meeres, das sie nie geschaut hatte. Der Schmerz hielt sie in seinen Klauen gepackt. Sie sah ihn meilenweit von sich entfernt, ihren Sohn, sie sprach zu ihm mit leiser, klarer Stimme.

»Du hast dich in dieses Wesen verwandelt?«

»Ja, Mama. Aber es ist ich.«

»Das ist es nicht. Wie kommst du darauf, daß es du wäre?«

»Ich habe es zu mir gemacht.«

»Wie?«

»Weiß nicht«, sagte der Junge und wurde wieder zu einem Kind, das zitterte und dessen graue Augen weiß aus einem erhitzten, wilden, tierhaften Gesicht hervorleuchteten, dem Gesicht eines Wolfs oder einer Katze. »Es ist in mir drin«, sagte das entsetzte Kind, »und ich sehe, wie der Schatten die Wand hochgeht ...«

Nilya rang mit ihrem Körper, damit sie den weiten Weg der Schmerzen bis zu ihm zurücklegen konnte, damit sie verstehen konnte, was er sagte.

»Er haßt mich«, sagte das Kind. Etwas in ihm hatte sich gelockert. Es stampfte auf den Boden und schrie und verspritzte Tränen und Speichel. »Mechail *haßt mich*! Will nicht sein wie er, will nicht! Nicht so! Nicht so!« Und dann, und dann sah sie, wie er schmolz und sich verwandelte wie eine Kerze, an der die Flamme herunterleckt. Auf einmal, nur für einen Augenblick, sah sie Marras Wechselbalg.

Nilya fühlte, wie ein Blutschwall aus ihr hervorschoß. Sie stieg von ihrem Körper empor und schwebte einen Moment lang im Raum, in dem sich das schreiende Kind umherwarf und gegen die Wände und Bettpfosten schlug.

Ihren letzten Gedanken, der von tödlicher Klarheit war, nahm sie mit in die Bewußtlosigkeit. *Er hat dasselbe getan wie Anjelen. Aus eigener Kraft hat er ein anderes Wesen erschaffen.*

Mehrere Wochen lang war sie krank, und auch dem Kind ging es schlecht. Sie lagen in getrennten Zimmern, wo sie von Frauen unterschiedlich gepflegt wurden.

Wieder einmal schaffte es ihr Körper, sich selbst zu heilen und seine Lebenskraft vorübergehend wiederzuerlangen. Sie erhob sich von ihrem Krankenlager, als könnte sie diesmal genesen.

Auch der Junge überwand sein Fieber und war wieder so brav und ernst wie zuvor.

Der Herbst wurde rot und brannte aus.

Es gab Streit mit der Wolfsburg. Kolris Vre Korhlen unternahm einen Streifzug mit der Hälfte seiner Soldaten und blieb fast einen Monat lang weg.

Das Rot wurde zu Holzkohle. Der Wald wurde zu Eisen.

Die Albinomädchen saßen auf ihrem Bett, in ihrem Zimmer im Frauenhaus der Rabenburg. Es wurde früh dunkel, und der Mond war aufgegangen, eine Sichel von der Farbe ihrer Augen, eingelassen in einen röteren Himmel. Das Bett war mit Kissen und besonderen Spielzeugen überhäuft – Steine mit Gesichtern, Federbündel –, während die Zibetkatze am Balken hing. Alles lauschte. Das Zimmer hielt den Atem an. Manchmal wimmerte eine der Schwestern. Dann hieß die andere sie schweigen.

Sie hatten die Läden geschlossen und den Sonnenuntergang ausgesperrt.

Vielleicht würde es heute kommen.

Die Sklavinnen brachten ihnen ein- oder zweimal täglich zu essen und räumten hin und wieder auf, aber Korhlens Töchter waren unberechenbar, und am besten ließ man sie in Ruhe. Ihr Vater wollte nichts von ihnen wissen; falls sie überhaupt noch lebten.

Darum konnten sie niemandem davon erzählen. Sie waren gar nicht erst auf die Idee gekommen. Wie in allen anderen Dingen auch, trösteten sie sich darüber so gut es ging hinweg.

Draußen vor den Läden war es jetzt dunkel. Die Schwester, die auf den Namen Charina getauft war, hatte drei Kerzen angezündet, mit übertriebener Vorsicht, wie man es ihr beigebracht hatte. All die komplizierten und schrecklichen, der Nacht entstammenden Dämonen, die seit dem ersten Lebensjahr ihre kranke Vorstellungswelt bevölkerten, mußten mit den Kerzen in Schach gehalten werden, bis die Sonne wieder aufging.

Vielleicht kam es heute nicht …

Ein schwereloses Tappen und Flattern setzte ein, zwischen der Dunkelheit und den Fensterläden.

Die Schwestern klammerten sich aneinander. Der zweite Zwilling (der wie eine Katze Pussi genannt wurde) vergrub seinen Kopf an der Brust seiner Schwester und in ihrem Haar. Während irgendein teuflisches Wesen, auf unheimliche Art von ihnen angezogen und von der Gestalt einer Fledermaus oder eines kleinen Vogels, an den Leisten der Fensterlade herumflatterte.

Charina verbarg ihren Kopf nicht und sah nicht weg. Dies geschah jede Nacht fünf-, sechsmal, und allmählich erwachte ihre Neugier. Obwohl sie sich noch immer fürchtete, hätte sie die Lade doch gern einen Spaltbreit geöffnet und nachgesehen. Wie in einem alten Märchen könnte sie den Dämon vielleicht dazu überreden, sich auf ihren Finger zu setzen und von ihrem Blut zu kosten, worauf er ihr eine Belohnung anbieten würde. Wäre dies den Versuch nicht wert gewesen?

Aber Pussi versteckte sich und wimmerte. Charina blieb an ihrem Platz. Der Besuch dauerte nie lange, darum währte auch die Versuchung nur kurz.

Einige der Sklaven, die zu allen Tages- und Nachtzeiten in der Burg und den Nebengebäuden umhereilten, hatten einen Schatten gesehen. Sie hatten ihn auf dem Küchenhof gesehen und auf dem Weg, der zur Kapelle führte, in der Nähe des Frauengartens. Sie hatten ihn in den Zweigen der unbelaubten Obstbäume gesehen, auf einer kahlen Weide und auf einem Balkon des Frauenhauses. Die Sklaven vermerkten es teilnahmslos und gingen weiter. Manche, die aufgrund ihrer Herkunft Bescheid wußten, fertigten sich planlos Amulette. Denn wozu sollten sie sich auch schützen – sie konnten über ihr Leben nicht verfügen, sondern waren Eigentum des Fürsten.

Zwei Dienstboten aus der Burg hatten den Schatten gesehen. In einem Keller, auf einer Treppe. Sie machten sich keine Gedanken darüber. Es war der Reflex einer Kerze gewesen oder eine Spinnwebe.

Grau und durchscheinend, mit etwas leuchtend Rotem darin, das kurz aufgeblitzt war, dann war es gleich wieder verschwunden, wie eine Sinnestäuschung, wenn man müde war.

Die Nacht war so finster, sie brachte Farben und Formen hervor.

Nilyas Körper, trotz seiner trügerischen und flüchtigen Stärke vom Blutverlust geschwächt, spiegelte ihren Augen häufig irgendwelche Trugbilder vor. Im Dunkeln tanzten Flammen durch ihr Gesichtsfeld.

Sie stand am Fenster, und unter ihr lagen die trüben Lichter des umliegenden Dorfes Korhlen und weiter weg die Mauer des Waldes, und der Mond stand bereits hoch am Himmel.

Sie ließ das Kind inzwischen häufig allein. So bereitete sie sich auf das Grab vor. Sie hatte sogar allmählich aufgehört, es zu lieben. Es hatte einfach keinen Sinn.

Statt dessen hatte sie törichterweise angefangen, sich nach ihren Anfängen zurückzusehnen, nach ihrer kurzen Jugend in der abgelegenen Waldkapelle, bei den alten Mägden. Sie wollte dorthin zurückkehren. Sie wollte ihren fünfzehnjährigen, jungfräulichen Körper wiederhaben, der ihr keine Schmerzen bereitet und nur geblutet hatte, wenn er sollte, der schwarzes Haar gehabt und sich nicht gefürchtet hatte.

Sie hatte gelernt, sich zu fürchten und zu weinen, so wie sie gelernt hatte zu lieben. Diese schrecklichen Dinge waren miteinander verknüpft, sich fürchten, lieben und weinen.

Ihre trügerische Stärke ließ sie sich auch vor dem Tod fürchten. Aber das würde sich geben. Am Ende würde sie froh sein, wenn es soweit war.

Nilya ging zum Kamin zurück, der ihr scheinbar Wärme und Behaglichkeit versprach. Und hörte etwas hinter ihrem Rücken, an der Lade, die sie geschlossen hatte, ein Pochen und Rascheln wie von einem verirrten Vogel.

Als erstes blickte sie zum Stuhl. Doch der war unschuldig. Keine Zweige, weder kahle noch belaubte, sprossen daraus hervor. Die Schlange zischte nicht, der Apfel blutete nicht.

»Geh weg«, sagte sie. Sie umspannte ihren Hals mit ihren knochigen Händen. Das dort draußen war nicht Anjelen. Er hatte keine Veranlassung, hier zu sein.

Dann hörte das Flügelschlagen auf. Dort, wo der Feuerschein auf den Wandteppich fiel, sah sie, wie der Schatten rasch Gestalt annahm, wie ein blasser Fleck. Er pulsierte, das war alles. Er hätte sogar ein Rauchwölkchen sein können. Die Rubinaugen waren jedoch wirklich. Sie glitzerten.

Er vermochte Wände zu durchdringen oder sich im Raum zu manifestieren. Er brauchte nicht an eine Fensterlade zu klopfen und um Einlaß zu bitten. Wahrscheinlich wurde er sich seiner Fähigkeiten erst dann bewußt, wenn er sie ausprobiert hatte.

»Ich habe nichts für dich«, sagte sie. »Was immer du willst. Du mußt weggehen. Laß die Burg in Ruhe und den Wald auch. Du brauchst nur zu warten.«

Die riesige, noch immer durchscheinende Motte flog zur Stuhllehne hinab. Sie klappte die Flügel zusammen. Die geflügelte Insektengestalt mit ihren Fühlern ähnelte dem Teufel.

Nilya bückte sich zum Kamin hinab. Auf einmal spürte sie wieder ihre Schwäche, die stets im Hintergrund wartete. Mit einem brennenden Holzscheit in der Hand näherte sie sich der Motte. Sie schien ihr keine Beachtung zu schenken. Dann, als sie die Flamme in ihren langgestreckten Leib hineinstieß, verschwand sie.

Sie fühlte sich zu erschöpft, um sich zu fragen, was geschehen war. Sie ließ das Holzscheit in den Kamin fallen und setzte sich aufs Bett, legte sich hin und sehnte sich danach, wieder das Mädchen in der Waldkapelle zu sein, das noch nichts gewußt hatte, das alles gewußt hatte.

Es hatte geschneit, und der Wald war ein Land des weißen Mondes. Der Fluß war nicht zugefroren, er war breit und die Strömung heftig. Das Boot wurde sanft vorwärtsgetragen; sie brauchte nichts zu tun, auch das Schneemädchen nicht, das vor ihr im Bug saß.

Nilya fühlte sich auf wunderbare Weise befreit. Ihr Körper war jung. Wenn sie an sich hinuntersah, erblickte sie auf ihrem Kleid einen Saum aus Füchsen und Weintrauben, die Stickereien der Magd Urzi.

Im kristallinen Licht des Winternachmittags wirkte der bleiche Zwilling – welcher es war, vermochte Nilya nicht zu sagen – wie ein Gespenst.

Die riesigen Geweihe von Zedern und Eichen säumten den Fluß. Dahinter kamen die Kiefern, Hügel auf Hügel, eingebettet in Galaxien von schwarzgeränderten Schnee.

Das Boot schwamm weiter, und dort war eine Lücke zwischen den Bäumen, und hier wuchsen Rosen auf elfenbeinernen Stengeln, so rot wie Herzblut, die einzige echte Farbe an diesem gläsernen Tag. Der Wind aber wehte wie der Eisumhang des Wintergottes, vor dem die Herrin von Crel ihre umherstreifende Tochter einmal gewarnt hatte. Der Wind wehte, und die Rosen neigten sich und flogen in den Himmel auf, und aus jeder erhob sich wie ein scharlachroter Vogel das rote Blüteninnere und flatterte davon. Es fiel auf den weißen Schnee und färbte ihn, zerfaserte zu Strähnen und Locken und ergoß sich in den Fluß. Der Fluß war rot.

»Sieh mal, das Blut«, sagte das Albinomädchen.

Das Boot fuhr weiter, durch Blut und Wasser hindurch, und am Ufer standen die ausgebluteten Rosen, verdorrtes Papier im abflauenden Wind.

Dann hob das Albinomädchen die Hände und fing eine Motte auf, mit Flügeln aus Feuer und Dunkelheit.

»Hat sie dich verbrannt?« fragte das Albinomädchen.

Hinter Anillias Ohr, in ihrem Schädel, sagte Anjelen: »Der erste Wein wird männlich sein. Ein Opfer seiner Wut. Oder jemand, der im Wald getötet wird.«

Und wenn es nun von einer Frau wäre, sagte Anillia, *hätten wir dich dann betrogen?*

Sie bekam keine Antwort.

Das Mädchen lachte. Seine Hände waren leer. Dann hielt es auf einmal einen Apfel, so rot wie die Rosen der ausgebluteten Ufer.

Anillia sah wieder zum Himmel auf, hielt Ausschau nach der Motte, die von dem Feuer brannte, mit dem sie sie durchbohrt hatte. Sie hatte gemeint, in ihrem Leib glühe ein Rubin, die Flamme, die sie ihr in ihrer Angst gegeben hatte, ihr Liebestod. Denn dies *war* Liebe, dieser Verlust, diese Stille.

Ich träume, träume stumm, in einem Bett aus Stein, mein Schoß ist verletzt, und unter mir tut sich die Erde auf.

Ich werde in der Burg aufwachen, in einer verschneiten Winternacht.

Aber wenn ich tot bin, gibt es kein Erwachen.

Der Junge saß am glaslosen Fenster, und hinter den bemalten Läden rieselte der Schnee, so daß die Burg langsam in die Nacht emporzusteigen schien, ohne jemals anzukommen. Ansonsten war alles wie immer. Der wohlbekannte quadratische Raum, der Kamin, in dem Kiefernscheite zu Asche verglühten und manchmal Funken sprühten. Die alte Frau war mit Flickarbeiten beschäftigt. Ein paar Spielsachen waren auf dem Boden verstreut, ein hölzerner Bär, ein Haufen Perlen, die man umherrollen konnte... Der Junge saß auf dem Fenstersims, die alte Frau hatte ihn dort hinaufgehoben. Hin und wieder ermahnte sie ihn, er solle nicht versuchen, von allein herunterzukommen. Er durfte nicht fallen. Er wußte sehr gut, was das bedeutete. Dabei hätte er sich verletzen können.

Die Vorhänge des kleinen Bettchens waren zurückgezogen, auch dann, wenn er schlief, damit seine Aufpasserin ihn ständig im Auge behalten konnte.

Plötzlich ging die Tür auf. Die Magd seiner Mutter trat hindurch. »Die Herrin Nilya«, meldete sie überflüssigerweise. Mechail versuchte trotzdem nicht, von dem Sims hinunterzuspringen. Er wartete. Die Sklavin hatte ihm gesagt, seine Mutter sei krank. Zwölf Monate waren vergangen, seit er sie zum letztenmal gesehen hatte, vielleicht auch mehr. Des Nachts (wenn die Sklavin meinte, er schliefe) hatte er lautlos geweint, damit sie nichts merkte. Halbwegs war er davon überzeugt, seine Mutter habe sich statt für ihn für die Krankheit entschieden, sei mit ihr fortgegangen und habe ihn zurückgelassen. Eines Nachts träumte er, daß sie ihn schlug, was sie niemals getan hatte. Er hatte gemeint, er befände sich im Wald und sei verkrüppelt und häßlich und werde gehaßt. Er wußte nicht, wer dies war, und dennoch war er es selbst, Mechail, genannt Mechi. Sein Vater trat in ein Zimmer, dessen Wände aus Baumstämmen gefügt waren. Sein Vater war nicht mehr der Vre. Er stieß Mechi um. Eine Frau mit einer Schürze schluchzte, und eine zweite schrie etwas im Eingang. Doch es war Nilya, die mit einer brennenden Fackel in der Hand durchs Zimmer rannte. Sie versengte ihn über dem Herzen. Ein glühender Nagel bohrte sich in seinen Leib. Als er erwachte, behielt er seinen Kummer für sich und weinte ins Kissen, während die Sklavin am Kamin schlief.

Jetzt trat Mechails Mutter ins Zimmer. Sie war weiß gekleidet, und mit ihrem kalten, ernsten Gesicht und den schwarzen Augen wirkte sie überhaupt nicht mehr weiblich, sondern eher wie ein männlicher Heiliger aus dem Buch, das sein Vater ihm einmal gezeigt hatte. (Das Buch, in dem der schreckliche Teufel abgebildet war, der die Augen der Verdammten fraß.)

»Warum stehen die Läden offen?« fragte Nilya tonlos.

»Er wollte den Schnee sehen«, antwortete die alte Frau. Sie schwankte zwischen Teilnahmslosigkeit und Unterwürfigkeit.

Nilya entgegnete nur: »Mach sie zu. Dann kannst du dich für eine halbe Stunde zurückziehen.«

Die Sklavin ging zum Fenster, stellte den Hocker unter den Sims und half dem Jungen mit fester Hand beim Hinuntersteigen. Als nächstes schloß sie die Läden und steckte wie gewöhnlich ein wollenes Tuch dazwischen, damit es nicht zog. Dann ließ sie Mutter und Sohn allein.

Der Junge stand auf dem Boden und betrachtete den Saum von Nilyas Kleid.

»Ich habe dich lange nicht mehr gesehen«, sagte sie.

»Ja.«

»Kannst du dir denken, warum ich gekommen bin?«

Das Kind wartete wieder. Schließlich fragte es: »Warum?«

»Weil ich dich bald verlassen muß.«

Ohne aufzusehen sagte Mechail: »Schickt er dich weg?«

»Keineswegs«, sagte sie, denn er hatte ihren Gatten gemeint. »Ich werde sterben.«

Sie glaubte, er habe sie nicht verstanden, dennoch brach er in Tränen aus, beherrschte sich aber und blieb wie ein kleiner Fels vor ihr stehen, allein mit seinem übergroßen Schmerz.

In Wirklichkeit hatte sie nie aufgehört, ihn zu lieben.

Sie dachte daran zurück, wie sie ihn gehalten, ihn tröstend an ihre trockene Brust gedrückt hatte, wie er angefangen hatte zu laufen und sich mit ihr zu unterhalten. Aber schon damals hatte der Fluch auf ihm gelegen.

Sie trat vor und nahm seine Hand, die er ihr widerstandslos überließ. Sie führte ihn zum Kamin und setzte sich auf den Hocker der Sklavin. Er sah in ihre Augen auf und wieder weg. Die Zeit war ebenso unbeständig wie Schnee, der an einem Frühlingstag tauen und sich in Matsch verwandeln konnte. Sie mußte sich sputen.

»Erzähl mir von deinen Träumen, Mechail.«

Plötzlich sah er ihr offen ins Gesicht. Seine Augen waren hart von geronnenem Schmerz.

»Du hast mich gehaßt.«

Früher einmal hatte er phantasiert, er hasse sich selbst oder das Wesen, das man aus ihm gemacht hatte. Hatte er das vergessen? Wußte er überhaupt, wer er war und was alles in ihm steckte? Sie selbst, die sein Wesen, das in gewisser Weise auch ihres war (die Seite von ihr, die sie Anjelen verdankte), undeutlich erfaßte, spürte, daß das Kind zwar über das vollständige Wissen verfügte, daß dieses jedoch durch einen Schleier der Ahnungslosigkeit vor seinem Herzen und seinem Verstand verborgen war.

»Warum sagst du, ich hätte dich gehaßt?«

»Du hast mit dem Feuer nach mir geschlagen.«

Sie sammelte sich und unterdrückte ihren Wunsch, ihn an sich zu ziehen und das Dunkel mit ihrer Liebe zu zerstreuen. Dieses Dunkel ließ sich nicht zerstreuen.

»Und das hast du geträumt?«

»Ja.«

»Und was war dann?«

»Ich bin aufgewacht.«

»Aber wenn ich nach dir geschlagen habe, dann konnte ich doch unmöglich wissen, daß du es warst.«

Beinahe schuldbewußt sagte er: »Es war im Wald. Ich war der andere. Er hat einen ganz krummen Rücken, und sie hassen ihn auch.«

Ihr war so kalt. Sie wollte ihn in die Arme schließen und ihn in den lodernden Kamin stoßen. Beides zugleich.

»Mechail, fliegst du noch in deinen Träumen, wie ein Vogel?«

»Das tue ich nicht mehr.«

»Bestimmt tust du das. Wie eine Amsel. Und du klopfst an mein Fenster, um mich aufzuwecken.«

Er blickte sie von der Seite mißtrauisch an.

»Das war ich nicht«, sagte er.

Sie sagte: »Wer war es dann, Mechail?«

Er senkte die Augen. Er nahm eine Falte ihres Kleids zwischen die Finger. Nach reiflicher Überlegung sagte er: »Wenn ich einmal groß bin, was wird dann aus mir werden?«

»Du bist der Sohn des Vres und sein Erbe«, sagte sie gefühllos, um zu sehen, wie er reagieren würde. »Man wird dich auf deine Aufgaben vorbereiten. Eines Tages wirst du der Burgherr sein.«

Er hielt die Stoffalte geduldig fest. Er sagte: »Nein, aber was sonst noch?«

»Deines Vaters Sohn.«

Er schüttelte sich abwehrend, womit er ausdrückte, daß Nilya ihn belog, ihn nach Erwachsenenart abspeiste. Ihm fehlten die Worte, um sie unter Druck zu setzen, und auch sie suchte nach Worten, denen er nicht würde ausweichen können. Sie legte die Hände auf seinen Arm. Leise fragte sie ihn: »Hier fliegt eine große Motte herum. Hast du sie gesehen?«

»Einen Schatten«, sagte er, »an der Wand.« Er hatte die Augen niedergeschlagen. Er *wußte Bescheid* – und wußte doch *nichts*.

Sie dachte: *Nicht mehr lange, dann bin ich tot. Was macht es schon? Anjelen hat ihn in seiner Gewalt.*

»Mechail«, sagte sie.

Sie zog ihn an sich. Er preßte sich an ihren Leib, als wollte er in ihn hineinschlüpfen, fort aus der fremden Welt.

Nach einer Weile sagte er: »Wenn du stirbst, kommst du dann wieder?«

»Nein, Mechail.«

Sie stellte sich die unermeßliche Stille und Leere vor, in die sie zurückkehren würde, den Schoß des Vergessens, abgeschieden von der fremden Welt.

Ihr kam es so vor, als sähe er ihn mit ihrem inneren Auge. Seine Fragen verstummten, da sie sich als ebenso unzulänglich erwiesen hatten wie die ihren.

Ein Krachen hallte durch die Burg, wie von rutschendem Schnee oder berstendem Eis.

Nilya schrak aus dem Halbschlaf hoch. Sie saß auf dem Holzstuhl, bekleidet mit einem Umhang, das Haar gelöst. Vielleicht hatte sie auf etwas gewartet. War es jetzt soweit?

Sie stand auf. Im Kamin war nur noch Asche, und die Kerzen waren niedergebrannt und flackerten.

Solch einen Laut hatte sie noch nie vernommen, jedenfalls nicht im steinernen Gehäuse der Burg Korhlen. Hatte sie ihn nur geträumt? Aber ihre wirren Träume hatten sich verflüchtigt. Der Nachhall dieses Lautes hielt jedoch an. Er schien überhaupt keine natürliche Ursache gehabt zu haben.

Kurz darauf vernahm sie lautes Rufen und Bewegung im Haus und im Freien.

Sie dachte an einen Überfall, an die Feinde von Korhlen …

Sie wußte, daß es nichts von alledem war.

Nilya machte ein paar Schritte. Sie kam sich eigentümlich groß und schwerelos vor, an ihren Körper gefesselt und gleichzeitig davon losgelöst. Es gab keinen Schmerz, keine Krankheit mehr. Das Fleisch, das ihre Hinfälligkeit gleichzeitig umschlossen und sie hervorgerufen hatte, war auf einmal so fern. Ihr Tod mußte unmittelbar bevorstehen, irgendwo im Zimmer schweben. Aber es war nicht ihr Tod, dem die Rufe in der Burg galten.

Sie machte keine Anstalten, mehr in Erfahrung zu bringen. Es war, als hätte man es ihr bereits gesagt und es wäre bloß noch nicht in ihr Bewußtsein vorgedrungen. Als sich der Tür eilige Schritte näherten, war es wie eine Wiederholung.

Auf ihre Aufforderung hin trat die Magd ein. Sie diente Nilya schon seit einigen Jahren, leblos, korrekt. Jetzt zeigte ihr Gesicht echte Regung. »Herrin, ach, Herrin.«

»Was gibt es?«

»Ein Tier ist durch das Fenster hereingekommen – es hat Euren Sohn im Schlaf angefallen.«

Nilya hörte ihr zu.

Die Frau sagte: »Der zweite Kämmerer hat mich zu Euch geschickt.«

Nilya wurde bewußt, daß sie zu dem Zimmer hinuntergehen mußte, in dem ihr Sohn schlief, in dem Holzbett mit dem Raben der Korhlen auf den Vorhängen. Es fiel ihr nicht ein, sich nach dem Hergang des Angriffs oder nach dem Tier zu erkundigen oder zu fragen, ob das Kind lebte. Das alles wußte sie bereits, schon seit Monaten … Dennoch bewegte sie sich, als stünde sie unter Schock. Das würde man von ihr erwarten.

Und dann, als sie dort eintraf, war das Zimmer leer. Ein gepanzerter Wachposten stand davor und musterte sie mit unsicherem Blick, ließ sie aber durch.

Auf dem Boden lag ein Lappen. Damit waren die Fensterläden zugestopft worden. Jetzt waren sie angelehnt. Zwischen dem Lappen und dem Bett, das ein wenig unordentlich wirkte, als habe jemand hastig die Decke abgeschüttelt, war ein kleines Muster aus hellrotem Blut, das nur am Rand, wo vielleicht ein Soldatenstiefel hineingetreten war, etwas gestört war.

Im Kamin brannte ein munteres Feuer. Die Spielsachen hatte man schon zu einem früheren Zeitpunkt in einem Schrank verstaut.

Zwischen den angelehnten Fensterläden war das Stückchen Nacht so schwarz wie gefrorenes Glas.

Nilya sah sich um. Was würde eine Menschenfrau in einem solchen Augenblick tun? Schreien oder sich auf den Boden werfen – nein, sie mußte ihren Mann, den Vre, suchen und Aufklärung von ihm verlangen, vor Publikum schreien …

Der Spalt aus glasiger Nacht zerrte an ihr. Als sie sich davon abwandte, erblickte sie in der Tür einen Haufen Sklaven, die augenblicklich wie Rauch davonwirbelten und sich verflüchtigten.

Diese Kreaturen wußten ebenso Bescheid wie sie. Die Burg war voller *Wissen.*

Auf der Treppe starrte sie ein anderer Soldat an.

Wie eine Metze, die den Burgherrn besuchen wollte, geleitete er sie wieder in den Turm hinauf und zur Schlafkammer ihres Gemahls. Und dieser Raum war ebenfalls leer.

»Wo ist er?«

»Der Vre ist bei seinen Männern. Aber er hat den Hauptmann losgeschickt und ein paar Soldaten aus der Garnison …«

Er wollte sie nicht auf männliches Territorium geleiten.

»Mein Sohn«, sagte sie.

»Ja, Herrin.«

Sie ertappte sich dabei, daß sie wieder vor einem

Fenster stand, diesmal vor einem verglasten, aber dennoch war es ausgefüllt mit Nacht. Ihr Fehler – die Schwärze und das Weiß gewannen Gewalt über sie.

Der Mond schwebte über dem Schnee, er wirkte zu groß, als stürze er auf die Erde nieder.

Der Soldat stahl sich davon. Er würde ihr sowieso nur ein Märchen von einem wilden Tier aufgebunden haben, das durch die Laden eingedrungen sei. Ein in die Enge getriebener Sklave würde vielleicht von einem Dämon plappern.

Es war sinnlos, wenn sie nicht wenigstens in Erfahrung brachte, was geschehen war.

Das selbständige und lebendige Wesen, das ihr Sohn war, war aus ihm heraus entstanden, um ihn umzubringen. Wie sie hatte auch er instinktiv rebelliert. Ein Mord, der ein Selbstmord war. Hatte er Erfolg gehabt? Bei der Vorstellung, er könnte verletzt oder tot sein, empfand sie nichts. Etwas zerrte an ihr, zog sie durch das Fenster in den Mondschein hinaus, in dem sie vor der runden und blinden weißen Scheibe das Gespenst der Motte erblickte, mit Augen, die wie Blutstropfen waren.

Ihr Körper stand wie eine Marmorstatue vor dem Fenster, und sie bewegte sich durch den Korridor der Nacht, folgte dem Flugwesen, das Mechail war, die Seele seiner Seele, während sie hinter und unter sich undeutlich die Rufe der wilden Jagd vernahm, den Hauptmann des Vres und seine Männer, die zwischen den blitzenden Schwertern der Kiefern einen Alptraum verfolgten, eine Ausgeburt der Hölle.

Teilweise war sie sich bewußt, daß ihr Gemahl, der Burgherr, ins Zimmer getreten war. Sie grüßte ihn nicht. In barschem Ton sprach er von der unvorstellbaren Wahrheit, auf nichts als Mutmaßungen gestützt: ein Tier, irgendein Schurke, die Lügen der Sklaven. Und als er wieder hinausging, blieb sie nachtumfangen am Fenster zurück.

Als er nach zwei Stunden abermals eintrat, stand sie

immer noch dort. Die Gemahlin des Vres, die Herrin Nilya.

Wenn sich an ihr etwas bewegt hatte, eine Hand oder die Augen, so fiel es ihm nicht auf. Sie sah noch genauso aus wie bei seinem Weggang, ein Wesen der Schneenacht.

»Setz dich hin«, sagte er brutal und laut, »oder geh zu Bett. Was nützt es, wenn du steif wie in der Kirche dastehst?« Mit jedem Satz hob er die Stimme ein bißchen mehr, um sie zum Zuhören zu zwingen. Sie war seine große Enttäuschung. Sie war seine zu reifem Alter erblühte Jugend, der Gegenstand seiner gescheiterten Hoffnungen. Seine Sehnsucht nach einem Sohn hatte sich in dem Jungen erfüllt, der so verschieden von ihm war, in *ihrem* Sohn. Aber dieses Weibsstück war nicht zu seinem Kind gegangen, das halbtot im Zimmer des Wundarztes lag, bedeckt mit unzulänglichen Verbänden. Ein Miststück war sie, ein richtiges *Miststück.* »Hast du ihn dir überhaupt angesehen?« brüllte er sie an. »Antworte mir, Nilya.«

»Nein«, sagte sie. »Ich kann ihm nicht helfen.«

Es war zwecklos, ihre Stimme war einen Wald weit entfernt.

Er trank Wein in seinem kalten Haus. Und ließ sein versteinertes Weib vor der Wand der Nacht stehen.

Und in ihrem Leib war eine schläfrige Verwunderung: *Wie habe ich bloß mit ihm geredet, ich bin doch hier ...*

Hier, wohin Mechails unbedarfte Seele gegangen war, in diesem Tal am Rande des Waldes.

Der Mond war untergegangen oder hatte sich verfinstert. Im Licht der Sterne bahnte sie sich einen Weg zwischen den Bäumen hindurch. Der Boden fiel ab. Im Schnee entdeckte sie eine Hundefährte (oder stammte sie von einem Wolf?), sie *spürte* den Schnee, als liefe sie mit bloßen Füßen, aber er war nur kalt. Sie empfand keinen Schmerz. Sie schwebte unter den Sternen, zwischen Himmel und Erde. Sie vergaß, warum sie ins Tal gekommen war. Das Wesen, das sie führte, war verschwunden. Sie brauchte einfach nur zu existieren. Es tat gut, zu leben. Jung und gesund zu sein, über den Schnee zu laufen …

Ich habe mich wieder in ein junges Mädchen verwandelt.

Sie berührte ihr langes, loses Haar und zog sich eine Strähne ins Gesicht. Kein Weiß darin, keine Strähnen des Alters, der Furcht oder der Krankheit.

Sie war wieder Anillia, neugeboren bewegte sie sich durch den Wald auf die Kapelle zu.

Nein. Sie träumte.

Dann traten die Bäume auseinander, und vor ihr lag die Kapelle, ein steinerner Sarg.

Die Freude, der Schock der Freude, ließ sie zurückfahren.

Ihr Körper nahm sie auf. Sie hing darin wie in einem am Fensterrahmen der Burg Korhlen senkrecht aufgestellten Sarg. Gleichzeitig befand sie sich aber immer noch im Tal. Meilenweit entfernt spürte sie sich selbst, sah sich beinahe, eine winzige Gestalt auf dem Schnee.

Das war unnatürlich. Eine Mutter mußte zu ihrem Kind gehen.

Sie zwang den eingesargten, schmerzenden Körper, sich zu bewegen, trieb ihn aus der Kammer des Vres hinaus und durch die Burg, bis zu dem Ort, wo Kolris' Worten zufolge ihr Sohn bewußtlos lag.

Sie sah den verängstigten und unfähigen Wundarzt, der sich hinter seinen städtischen Manieren versteckte.

Und sie hörte, wie sie sich flüsternd bemühte, die richtigen Gemeinplätze hervorzubringen.

Doch etwas lenkte sie fortwährend ab, etwas, das sich von ihrem inneren Ich abspulte wie Garn von einer Spindel. Das Gefühl war angenehm. Sie sehnte sich danach, mit ihm fortzugehen, zurück zu der Anillia im Wald.

Der Narr, der der Wundarzt war, behauptete, Mechail sei ein gesunder Junge.

»Keineswegs. Als Säugling war er oft krank. Meine Schuld. Und jetzt dies ...« Das Schuldgefühl einer fürsorglichen Mutter. Ihr Körper drückte jedoch etwas ganz anderes aus. »Laßt meinen Sohn nicht leiden.« *Töte ihn, töte ihn, du Ungeheuer, der du ihn zu einer Karikatur des Lebens zusammenflicken willst, wo er doch nichts weiter gewollt hat, als zu sterben ...*

Um Anjelen zu verspotten.

Aber der Wundarzt hatte Angst. Er würde den Jungen zusammenflicken und dann weglaufen.

Jetzt fragte er sie, ob sie ihren bewußtlosen Sohn sehen wolle.

»Ich habe ihm schon genug Schmerzen zugefügt.« (Das hätte sie nicht sagen sollen. Aber dieser Narr würde es nicht verstehen.) »Ich werde nicht zu ihm gehen.«

Sie schwebte aus der Kammer. Ihr eingesargter Nilya-Körper hatte sich zu Nebel verdünnt.

Sie hätte hineingehen und das Kind erwürgen sollen. Mechail hatte seinen Tod gewollt. Aber sie wollte sich Mechails Kreuz nicht aufbürden.

Durch eine sich ständig verändernde Formlosigkeit hindurch gelangte sie zu ihrem Zimmer. *Leg dich aufs Bett; sie werden glauben, du wärst ohnmächtig geworden oder eingeschlafen.*

Sie schloß die Augen und verließ gleich wieder ihren Körper, stürmte durch die Mauern und am abgespulten Faden der Kraft entlang zurück und fand sich wieder, die Anillia, die langsam durch den Schnee auf die Kapelle zuging ...

Deren Tür eine Schattentür war. Sie näherte sich ihr durch eine dem Schatten ganz ähnliche Dunkelheit. Über dem Dach stand der Morgenstern.

Es war nicht die Kapelle der alten Frauen. Sie war leer und ausgeplündert. Die Augen der Heiligen auf dem Lettner aus Obsidian waren alle herausgerissen.

Sie schritt durch die Kapelle.

Über dem Altar, hinter dem Lettner, war ein Fenster,

ein gähnender Abgrund aus fahl werdender Schwärze, umrahmt von einem Flechtwerk aus Rosen und Dornen. Über dem Altar hing ein Kruzifix mit einem eisernen Christus. Es schien aus der Dunkelheit heraus Gestalt anzunehmen, und darüber war eine Lampe. In der Schale hätte eine Flamme brennen sollen, um die Anwesenheit Gottes kundzutun. In dem Moment, als sie dies dachte, flackerte in der Lampe ein Flämmchen auf, so gelb wie eine Frühlingsblume.

Ah, dachte sie, *es ist ja bloß ein Traum.*

Gleich sollte sie erkennen, daß es kein Traum war.

Sie stand da im gebleichten, gräulichen Gewand einer Nonne, das die Mägde ihr bei ihrer Ankunft gegeben hatten, und ihr schwarzes Haar floß ihr über den Hals und die Schultern. Sie begriff, was sie getan hatte. Bis hierher hatten Krankheit, Sehnsucht, Zorn und Liebe sie gebracht. Das gleiche hatten Anjelen und Mechail getan. Aus der astralen Substanz ihrer Seele oder aus einem körperlichen, jedoch nicht fleischlichen Element hatte sie Fleisch geformt. Sie hatte Anillia neu erschaffen. Eine bittere Freude erfüllte sie.

Und dann, es dämmerte schon, stieg die Motte aus dem Dunkel empor und umkreiste die brennende Lampe.

Wie Anillia es bei dem Albinomädchen gesehen hatte, hob sie die Hand und lockte die Motte.

Sie kam zu ihr geflogen, wich den Fingern aus und verhedderte sich in ihrem Haar, wie es das Kind häufig beim Spiel getan hatte.

Eine solche Liebe. Die kaum spürbare Berührung der papierenen Flügel an ihrem Hals bewirkte, daß ihre Gefühle sie überwältigten.

Mechail …

»Lebe. Lebe und verleugne ihn.«

Dann trat der Soldat über die Schwelle der Kapelle. Der Jäger.

Sie war erstarrt, aber die Schmetterlingspuppe des

Wissens entfaltete sich in ihrem neu geformten Geist. Der Gedanke war erschreckend, himmlisch, spaßig und maßlos, wie ihn sich nur ein Wesen ausdenken konnte, das aus dem Chaos geboren war. Ob es eher ein Spaß war als ein Plan, eher ein Wagnis als Auflehnung, hatte nichts zu bedeuten. Es könnte klappen.

Darum bot sie dem Soldaten ihren halblauten Aufschrei dar, dem neunundzwanzigjährigen Garnisonshauptmann ihres Gemahls, Carg Vrost, der sich mit gebrochener Hand und halb wahnsinnig aus dem nächtlichen Schrecken ins nächtliche Chaos verirrt hatte.

»*Helft* mir.«

Er sah sehr jung aus, der Hauptmann, und alt zugleich. Der Schmerz – die gebrochene Hand – hatte sein Gesicht über den Wangenknochen gestrafft.

»Wenn Gott hier zugegen ist, dann wird Er über uns wachen. Verhaltet Euch ganz still, Frau.«

Als er auf sie zukam, schreckte sie zurück. Es war allzu leicht gewesen – wie war es möglich, daß sie leibhaftig vor ihm stand? Er würde herausfinden, daß sie ein Trugbild war, ebenso wie das Wesen, das zu ihr geflogen war, um sie zu schützen – aber das konnte er natürlich nicht zerstören. Sie zwang sich zu der vom Soldaten geforderten Reglosigkeit und ließ aus dem Strudel der Gefühle in ihrem Innern helle Tränen herabfließen, wurde zu dem, als was sie ihm erschien.

Als er ihr Haar mit der verletzten Hand packte, schrie er laut auf. In dem Moment, als das Schwert herabfiel, begriff Anillia, daß sie wirklich war. Die Klinge streifte ihren Kopf und ließ eine oberflächliche, eigentümliche Wunde zurück, die ihre ganze Kraft beanspruchte. Sie brach zusammen.

Auch die in einem Gewirr abgeschnittenen Haars gefangene Motte fiel flatternd zu Boden. Der Soldat versuchte sie zu zertreten. Die Motte flog auf, über den Lettner hinweg und auf das Fenster zu, in dem die kalte Sonne aufging.

Mechail, Anjelens Kind, wußte, was von ihm erwartet wurde. Durch den Lettner hindurch sah sie, wie die schlagenden Flügel in die Flamme der Lampe eindrangen. Und dann ergoß sich etwas aus der Schale.

Es war das Ebenbild des gemarterten Christus am Altar, ein gekreuzigter Mann mit ausgebreiteten Armen, die Brust von einem einzelnen scharlachroten Nagel durchbohrt.

Mechail teilte ihr mit: *Ich wurde erschaffen, um zu leben. Ich werde leben, um dies zu sein.*

Sie schloß die Augen und blieb reglos liegen, bis die eisige Sonne über sie hinwegkroch und Carg Vrost neben ihr niederkniete und sie nach einem Lebenszeichen abtastete.

Sie gestattete es ihm, sie wiederzubeleben.

»Es wird hell«, sagte er. »Wir sind in Sicherheit. Sie ist tot.«

Über seiner Schulter schwebten funkelnde Stäubchen in der Luft. Es hätten die geistigen Atome ihres Sohnes sein können.

Carg Vrost ließ die verletzte Hand am Boden liegen, als habe er sie bereits abgehackt. Er stützte sich auf den Ellbogen auf und schob seine rechte Hand in ihr Gewand.

»Apfelbrüste«, sagte er. Die Hitze seines Verlangens sickerte durch seine Rüstung, seine Haut, in Anillias Körper, die jung war und gesund, eine Frucht, die darauf wartete, gepflückt zu werden.

Sie dachte an das Zwergenkind, das im Wald gezeugt worden war.

Die funkelnden Stäubchen sanken auf sie herab.

Sie umarmte den Soldaten. (Einen Wald entfernt krümmte sich das erschöpfte Gefäß auf dem Bett in der Burg Korhlen beim Versuch, sich zu wehren.) Die neuerschaffene Jungfrau in der Kapelle umklammerte Carg Vrost mit Armen und Beinen und öffnete sich wie ein duftendes, blumengeschmücktes Grab.

6. Kapitel

In den letzten Monaten ihres Lebens verbrachte die Kranke die meiste Zeit mit ihrem Sohn. Dies stand im Widerspruch zu ihrem früheren Verhalten. Andererseits war das Kind jetzt verkrüppelt. Es hieß, es sei von einem Hund angefallen worden. Es galt als sicher, daß es entstellt bleiben würde. In der Burg liefen Gerüchte um, dem Winterwind gleich, der über die Mauern hinwegheulte und das Gebälk erzittern ließ. Die Gerüchte hatten wie der Wind ihre eigene Sprache.

Das Kind war sehr krank gewesen. Fast wäre es gestorben. Wie so oft in der Vergangenheit, entsprach die Entwicklung der Frau der des Kindes. Sie waren wie zwei Teilstücke eines größeren Ganzen.

Dann humpelte Mechail in seiner neuen, falschen Gestalt aus dem Verlies der Zerstörung hervor. Mit der weinerlichen Duldsamkeit eines Kindes, das den Schmerz als etwas Äußerliches betrachtet, das in seinen Körper eindringt, ohne ihm anzugehören, fand er sich mit dem Unabänderlichen ab und begann sich in der oberen Welt der Erwachsenen zu bewegen oder saß blaß und fleischlos wie ein Winterzweig und ebenso verkrümmt herum. Und sie glich einem welken Blatt. Was das verletzte Kind ertrug, überstieg ihre Kräfte.

In der verbleibenden Zeit, welche die Krankheit ihr noch ließ, wurde sie wieder jung, und wenn sie schlief, was sie häufig tat, oder blicklos, wie in Trance, dasaß, wurde ihr Gesicht zu einem blassen, ovalen Ziegel, aus dem nur die dunklen Augen hervorstachen. Im Gegensatz zu ihr wirkte das Kind alt. Ihr Alter hatte sich angeglichen, als eilte sie zurück und er nach vorn, einem endgültigen Treffpunkt entgegen.

Es kam selten vor, daß sie sich umarmten oder auch nur berührten. Ihre Körper waren ihnen nicht mehr viel wert, und sie wollten die Überreste nicht miteinander teilen, nur die Seele, die sich unter der Haut geformt hatte, diese Emanation des Herzens und des Geistes, der es gegeben ist, auf Unsterblichkeit zu hoffen, die aber vielleicht nur eine Chiffre darstellt für etwas anderes, das schwerer zu fassen ist.

Nilya stellte fest, daß Mechail jegliche Selbsterkenntnis aus seinem Geist gelöscht hatte. Er war geläutert aus dem Todesfluß aufgetaucht, nichts weiter als ein kleiner Junge, ein Krüppel. Was er sich selbst angetan hatte oder hatte antun wollen, war mit der Tat ausgelöscht worden.

So wie die Stimme der Burg nicht die Wahrheit über das Geschehene sagte, so tat es auch Mechail nicht, nicht einmal im Traum.

Als der Frühling zurückkehrte, bearbeitete der Soldat nach bestem Vermögen den Boden beim Hütteneingang, mit einer Hand. Im Erdreich hatten ein paar Gemüsepflanzen überlebt, und als er die Hütte repariert hatte, machte er sich daran, ihren Erhalt zu sichern.

Als es wärmer und die Tage länger wurden, beobachtete ihn das Mädchen vom Eingang aus. Sie war ihm keine große Hilfe.

Ihre Kopfverletzung war verheilt, und das Haar war darübergewachsen. Innerlich jedoch war der Schlag nicht folgenlos geblieben. Sie kuschelte sich vertrauensvoll an ihn, wie ein Kind. Sie schlief über längere Zeiträume hinweg, ohne daß er sie aufzuwecken vermochte… Dann ging ihr Atem so flach, als wäre er nichts weiter als ein Reflex – während sich das Leben aus ihr zurückgezogen hatte. Sie war *unbeseelt*. Und manchmal schrie sie und schlug sich selbst, wie eine defekte Aufziehpuppe. Außerdem war sie schwanger.

Als er einen Tag und eine Nacht in der Kapelle verbracht und sich an Holzstücken gewärmt hatte, die er auf dem heiligen Boden verbrannte, war er jagen gegangen und hatte diesen Ort entdeckt. Er brachte sie hierher. Fortan nannte er sie Jascha, nach einem Mädchen, das er einmal in einem Bordell in der Nähe von Khish kennengelernt hatte. Dies tat er nicht, um das Mädchen aus der Kapelle zu beleidigen, sondern um etwas Verläßliches, Wirkliches zu haben.

Eigentlich hatte Carg Vrost vorgehabt, im Frühling aufzubrechen und die Burg Korhlen zu suchen. Bis dahin wäre der Stummel, der nach der Amputation der verletzten Hand übriggeblieben war, verheilt. Und wenn er das Mädchen mit einem dicken Bauch zurücklassen mußte, dann würde er es eben tun. Aber dann wurde es Frühling, und Carg Vrost sparte sich die Mühe. Er kannte sich in dieser Gegend des Waldes nicht aus, auch bei seinen Streifzügen entdeckte er keinen Hinweis darauf, wo er sich befand. Korhlen zu Fuß und allein zu erreichen, wäre beschwerlich. Außerdem tat ihm das Mädchen leid. Er fand nie heraus, wer sie einmal gewesen war. Was hatte er ihr außer ihrer Jungfräulichkeit und ihrem Verstand noch geraubt? Sein Arm verursachte ihm heftige Schmerzen. Er kochte Wurzeln in einem alten Eisentopf, den er in der Hütte gefunden hatte, und machte sich Breiumschläge. Manche Tage waren verfinstert von Zorn und Verzweiflung. Aus all diesen Gründen ging er nicht fort. Und auch noch aus einem anderen Grund. Nicht nur das Mädchen, auch er war von den Ereignissen in Mitleidenschaft gezogen worden. Als wären sie gebrannt vom Feuer oder von Aussatz befallen. Sie waren gezeichnet, abgeschnitten von der Gemeinschaft der Menschen. Wenn er an sein früheres Leben dachte, kam es ihm so vor, als erinnerte er sich an das Leben eines anderen. Wenn er sich vorstellte, es wiederaufzunehmen, beobachtete er sich voll Verwunderung und Unglauben, was Furcht sehr nahekam.

In einem überwachsenen Teil des Frauengartens saß die Gemahlin des Vres auf ihrem mit Schnitzereien verzierten Stuhl. Man hatte sie darauf hinuntergetragen und unter den reifenden Mahlstrom der Pfirsichbäume gesetzt. Der Junge spielte selbstvergessen in der Nähe und ließ einen Spielzeugbären umherspazieren. Er konnte nur eine Hand gebrauchen, und seine zerfahrenen, manchmal wütenden und überraschten Bewegungen erinnerten sie an den Soldaten Vrost und dessen Gartenarbeit.

Der Sommer hatte den Garten mit Blumen und Vögeln geschmückt. Vom Burggebäude drangen nur leise Arbeitsgeräusche herüber. Der Vre war wieder einmal auf der Jagd.

Hier war es wie im Wald, im sanfteren und freundlicheren Inneren des Waldes. Sie brauchte sich nur ein wenig treiben zu lassen, und schon war sie dort. Aber sie war inzwischen so schwach, der Übergang wurde ihr allmählich zu anstrengend. Wenn sie ihre Schöpfung bewohnte, das verrückte und schwangere Mädchen aus der Kapelle, fühlte Nilya sich inzwischen fiebrig und krank. In letzter Zeit zog sie es vor, den Körper von Anillia-Jascha wie an Fäden zu lenken, während sie über ihr schwebte und ihre Arme und Beine ruckartig bewegte. (Die meisten Funktionen ahmte Jascha unbewußt aus dem Gedächtnis nach. Auf die gleiche Weise bekundete sie Zuneigung oder atmete.) Ein paarmal hatte sie das Mädchen dem Soldaten angeboten, aber er wollte keine Wollust, keine Zuneigung. Er war ebenfalls ziemlich durcheinander. Während Mechail kraftlos mit dem Bären spielte, manipulierte Nilya ihre beiden Spielzeuge, das menschliche und das nichtmenschliche, die sie sich im Wald zugelegt hatte.

Das Kind in Anillia-Jaschas Bauch würde zu Anfang des kommenden Winters zur Welt kommen. Nilya vermochte nicht zu erkennen, was es war, nicht einmal, ob es lebte. Es könnte ein Ungeheuer werden, ein schlimmeres als der Zwerg, ein viel schlimmeres Ungeheuer als Mechail. Das Kind war aus Carg Vrosts Samen entstanden, innerhalb der dämonischen Substanz, aus der das verrückte Mädchen bestand. Aber das Kind war auch Mechails Kind, geformt aus den psychischen Stäubchen seines Wesens. Ein inzestuöses und unmögliches Gemisch. Aber Nilya machte sich keine Gedanken deswegen. Es war ihr egal.

Sie wollte jetzt schlafen. Sie wollte frei von beiden sein, von Anillia und Nilya. Sie wollte frei von Mechail und dem Band seiner Liebe sein, das schmerzhaft mit den Sehnen ihres Geistes verknotet war. Sie wollte sich allen Dingen entziehen wie eine gelöschte Flamme. Sie wollte endlich *Ruhe* haben.

Der Junge sah auf.

Einer der Sklaven näherte sich durch das Gras und die Blumen, während die Sonne seinen Halsring vergoldete. Nilya hatte den Mann schon einmal gesehen; er diente im Haus. Sein Gesicht versteinerte allmählich und verwandelte sich in eine organische Masse.

Auf seiner ausgestreckten Hand lag ein kleiner Gegenstand von hellroter Farbe – der Sklave Boroi brachte seiner Herrin unsinnigerweise eine Rose.

Nilya ruhte auf ihrem Stuhl, in ihrem tragbaren Wald, und sah ihn mit ihren alten, eingesunkenen Augen näher kommen. Auch das Kind schaute ihm abwesend zu.

Im Garten war es still geworden. Kein Laut drang herein. Sie schienen in einer sonnigen Emaillewelt eingeschlossen zu sein.

Boroi kniete nieder. Er sah Nilya nicht mehr an. Er war vielleicht noch fünf Schritte von ihr entfernt, nah genug, daß sie nun den Geruch seiner Gabe wahrnahm. Es war keine Rose, sondern das blutige Herz eines Tieres, das aus Anlaß der bevorstehenden Rückkehr des Fürsten für das Abendessen geschlachtet worden war.

Blut sickerte zwischen Borois Finger hindurch und tropfte auf den Blumenteppich zu seinen Füßen.

»Was tust du da?« fragte Nilya. Ihre Stimme war die einer anderen Frau. Sie hörte sich zu, ihrer sinnlosen Frage.

Boroi verneigte sich vor ihr, erhob sich und ging fort. Das Rosenherz nahm er mit. Im Gras war noch Blut, die weißen und gelben Blumen waren rot gefärbt.

Er hatte ihr oder dem Kind ein Opfer dargebracht; in Wirklichkeit aber ganz jemand anderem. Das Blut war für Anjelen bestimmt gewesen. Sie spürten Anjelen, sie nahmen ihn wahr. Und wenn er hierhergekommen wäre, wie er es eines Tages tun würde, dann hätten sie womöglich gar nichts getan und ihn einfach nur als Menschen behandelt.

Über ihr im Baum klimperte etwas, eine kleine Puppe aus Knochen, die im Wind schwang.

Der Priester litt neuerdings unter Anfällen. Er wälzte sich auf dem Altar, hatte Schaum vor dem Mund und benäßte sich. Er würde sie bald verlassen; man würde ihnen einen neuen Priester als Ersatz schicken. Nilya fragte sich, ob dieser Priester Anjelen sein würde, mit dem schlichten Gewand, dem alterslosen Gesicht, den kalten Händen und den Winteraugen.

»Mechail!« rief Nilya kraftlos.

Ihr Sohn kam zu ihr, den Spielzeugbären an sich gedrückt. Das Mitleiderregende seiner Zwangslage nagte an ihr wie ein Raubvogel.

Sie schloß ihn in die Arme und dachte: *Bald bin ich aus alledem heraus.*

In einer eiskalten Nacht zog Carg Vrost sein Kind aus einem schreienden und glühendheißen Körper in eine Welt aus weißem Glas heraus.

Währenddessen war er sich der Anwesenheit der Frau, die losgelöst von den Schmerzen der Geburt über ihm schwebte und den Körper des Mädchens veranlaßte, sich hin und her zu werfen, zu zucken, zu bersten und zu bluten, nicht bewußt.

Bald darauf wurde der Körper von seiner Qual erlöst und blieb wie ein ausgeweideter Balg liegen. Auch das Geisterwesen verflüchtigte sich.

Vrost blieb allein zurück, zusammen mit der neuesten Schöpfung einer unheimlichen Macht, einem wimmernden Mädchen.

Im Sommer hatte er ein Dorf entdeckt und von dort eine Ziege bekommen. Als er die Nabelschnur abgeschnitten und das Kind mit rauher Sorgfalt gesäubert hatte, fütterte er den unglücklichen Mund mit Milch, ohne die toten, trockenen Brüste auf der Matratze weiter zu beachten.

In diesem Moment sah ihm seine Tochter tatsächlich ähnlich. Ihre Augen waren grünlich.

Sie sollte denselben Namen tragen; die Anstrengung, sich einen neuen auszudenken, war ihm zuviel.

Angesichts des Kindes empfand er nichts weiter als Verwunderung, und selbst diese wurde von Trägheit gemäßigt.

Später begrub er das verrückte Mädchen und steckte anschließend sein Schwert ins Grab, anstelle eines Kreuzes und weil es sowieso zu nichts mehr taugte.

Die Frau des Vres starb vor Anbruch des Morgens. Seit über einem Monat war sie bettlägerig gewesen, und so mancher wunderte sich, warum sie nicht schon eher verschieden war.

Dem Jungen enthielt man die Kunde vor.

Im Frühjahr würde sich der neue Priester seiner annehmen, ihn die Gebote Gottes lehren und den Glauben an Christus.

Der Vre wirkte gesund und munter. Vielleicht hatte er schon ein Auge auf jemanden geworfen.

Man trug ihren Leichnam durch die Kälte zur Gruft der Korhlen. Sie war weiß gekleidet und trug eine Halskette, die einmal dem Hause Crel gehört hatte. Den silbernen Ring hatte man ihr nach dem Tod abgenommen. (Ein schwieriges Unterfangen, da er sich so tief ins Fleisch eingegraben hatte, daß er dort festgewachsen schien.)

Das Sterben war ihr leichtgefallen. Sie hatte ihre körperliche Hülle schon so oft verlassen, daß sie inzwischen Übung darin hatte. Sie glitt aus ihrem Körper und schwebte über sich selbst oder über etwas, das sie einmal gewesen war und nun nicht mehr wiedererkannte.

Sie hatte sich danach gesehnt, endlich Frieden zu finden, aber soweit war es noch nicht.

Die hohen Mauern der Burg, die ihren Körper eingepfercht hatten, bedrängten nun ihre Seele auf andere Weise. Die Befestigungen lähmten ihren Geist.

Lebende Sterbliche kamen und gingen, wie heiße, zähe Winde. Die Steine waren wie Messerklingen. Nichts war ihr mehr vertraut. Sie war gefangen. Und dann gab das Gebäude nach und spaltete sich …

Das, was einmal Anillia und Nilya gewesen war, schritt durch den Schlund des Waldes.

Über ihr loderten die gewaltigen Freudenfeuer der Sterne, und Nacht füllte die Hohlräume zwischen den Kiefernstämmen aus, wie schwärzestes Blut.

Die Burg war verschwommen gewesen. Die Umrisse des Waldes waren scharf gezeichnet.

Sie wußte, sie war unsichtbar. Sie wußte, sie war gestorben.

Allein inmitten der riesigen Bäume, schaute sie sich nach ihrem Leichnam um, dem Schatten der Gruft, in der man sie beisetzen würde. Sie stellte sich vor, daß ihr Fleisch wie Schnee oder graue Blätter abfallen und sich die Knochen dunkel färben würden.

Sie wollte nicht den Wald. Sie sehnte sich nach der Leere.

Hatte sie sich dazu verurteilt, niemals zur Ruhe kommen und niemals rasten zu dürfen, war sie jetzt endgültig zu einem Dasein als Gespenst verdammt?

Nilya oder das, was sie jetzt war, erinnerte sich an ihre Anfänge. An die Kapelle der Mägde Gottes und an das Tor, das sie durchschritten hatte, noch nicht so weit verfestigt, daß Holz oder Steine sie hätten aufhalten können – obwohl sie den Riegel zurückgeschoben hatte, nachdem sich ihr Skelett verhärtet hatte. Sie hatte sich auf den Hof gelegt.

Sie legte sich an der Flanke des Waldes nieder, auf einer Schneewehe über einem Skelett von Wurzeln. Sie lag dort, wo den ganzen Herbst über ein Bach vorbeigeplätschert war. Auf den Kissen des Winters streckte sie sich aus, als wollte sie schlafen.

Aber sie war nur eine flüchtige Erscheinung.

Es war, als schlösse sie die Augen und bereitete sich vor auf den Schlaf. Vor ihr erstreckte sich eine wundervolle Leere, Balsam für ihre Seele. Sie überließ sich ihr wie dem sanften Meer.

Sie schlief ein.

Und hörte auf zu sein.

7. Kapitel

ALS DER BAUM AUS DEM WALD heraustanzte, rissen die Frauen und Mädchen, die sich auf der Morgenseite der Lichtung versammelt hatten, die Schürzen hoch und rannten schreiend zu den Hütten zurück.

Voif, der Holzfäller, schaute vom Eingang seiner Hütte aus zu, die Axt in Händen, zum Zuschlagen bereit. Nicht weit von ihm hatten sein Vater und sein Bruder eine ähnliche Haltung eingenommen. Die ganze Straße entlang warteten die männlichen Dorfbewohner in der Eingängen ihrer Blockhäuser, während der fürchterliche Baum näher kam. Die Frauen hingegen verstreuten sich rufend und schreiend im Dorf, um sich zu verstecken.

Auch die Kinder hatten sich versteckt. Voif hoffte, daß seine verfluchte Frau so vernünftig gewesen war, das Ding, das aus ihrem Bauch hervorgekommen war, in Sicherheit zu bringen. Sechs Jahre Leben steckten in dem Ding, das zwar einen Namen hatte, in Wirklichkeit aber nichts weiter als eine Plage war.

Der Baum tänzelte näher und schüttelte seine Mähne aus Blättern und Moos, die schuppige Rinde, mit der er gepanzert war.

Wie jedesmal war es ein furchtbarer Anblick, der tief im Urgestein des Geistes verwurzelte Ängste auslöste. Dies war die Absicht dabei, ein Teil seines Zwecks. Schließlich waren die Ursprünge fast so alt wie die Angst selbst.

Der Baum glich einer Kiefer, war aber mit anderen Bäumen des Herbstwaldes vermischt, mit der Lärche, der Zeder und der Birke, der verkrüppelten Eiche und der ausladenden Erle. Und mit dem Unterholz des Waldes, den Farnen und Ranken, dem Efeu, den Pilzen und Flechten. Dies alles tropfte und bebte, klammerte sich fest, baumelte, schwang hin und her, und aus den Blättern und den Trieben ragten die kahlen Äste wie Klauen hervor und haschten nach allem und jedem. Ganz oben im Baum schwankten die festgebundenen toten Krähen und Rattenknochen, und daran befestigt waren Kränze aus Blumen und bunten Stoffbändern, die Ringe und Perlen. Der Baum stellte die Gesamtheit des Waldes dar und war behängt mit den Opfergaben der Menschentiere, die darin lebten.

Die Dörfler fällten Bäume. Davon lebten sie. Sie brauchten Baumstämme für die Hütten und zum Heizen, und manchmal tauschten sie sie auch gegen andere Dinge ein. Sie ernteten den Wald ab, die Beeren, Nüsse und Früchte, Pilze und Trüffel, die Heilkräuter, das Schilf für die Schlafstatt und die Körbe, die Blätter zum Färben und für heilende Tränke, die Wurzeln fürs Bier. Die Tiere des Waldes erlegten und verspeisten sie. Sie raubten Eier aus Nestern und Baumhöhlen. Und wenn sie ein paar Ziegen besaßen und ein, zwei Schafe, ließen sie sie auf dem Rücken des Waldes weiden, wo sie sein grünes Haar fraßen, das Gras genannt wurde. Ihr gesamter Besitz stammte aus dem Wald. Sie machten sogar Schmuckstücke aus seinen Adern, seinen Gliedern und den Kiefernzapfen, seinen ungeborenen Kindern. Für dies alles mußten sie ihm etwas zurückgeben.

Der Baum kam mit lautem Getöse und peitschenden Zweigen über die Straße gestapft.

Er war kaum höher als sechs Fuß.

Männer stürzten aus den Eingängen hervor, rannten zum Baum und umringten ihn. Der Baum verharrte mit bebenden Zweigen. Der faule und unbeliebte Voif sprang als erster vor. Er schlug mit der Breitseite der Axt nach dem Baum. Ein dumpfes Geräusch ertönte, und der Baum schrie.

Ein anderer Mann schlug den Baum, und wieder einer. Abermals dröhnte es, und die Zweige schlugen aus und erbebten, Glöckchen und Knochen klangen. Der Baum schrie auf. Er hatte drei Stimmen.

Im Osten schien die Sonne durch eine Lücke zwischen den Kiefern, eine lange Nadel aus Licht, welche die Einzelheiten der unbefestigten Dorfstraße scharf hervortreten ließ. In ihren Strahlen gefangen, entzündeten sich die herbstroten Blätter des Baums. Flüssiges Feuer sickerte aus dem Boden. Der Baum blutete.

Voif und die übrigen Männer traten zurück. Der Baum schwankte und schlurfte auf drei Paar gestiefelten Füßen, die jetzt sichtbar waren, von dannen.

Mechi hatte bis jetzt von der hohlen Kiefer neben dem Familienhof aus zugeschaut. Seine Mutter hatte ihn bei Sonnenaufgang dort abgesetzt, ihn vorbeugend geohrfeigt und ihm eingeschärft, dort zu bleiben. Im vergangenen Jahr war sie ebenso verfahren; davor hatte man ihn zusammen mit anderen kleineren Kindern bei einem der alten Weiber in der Hütte untergebracht. (Dort wurde Mechi von den anderen Kindern gequält, aber daran war nichts Ungewöhnliches, sie erlegten ihm Strafen auf, sooft sie konnten.)

Mechi sah, wie sein Vater Voif den schrecklichen Baum schlug, der wie ein kranker und böser Wolf ins Dorf getappt war. Mechi begriff ebensowenig wie letztes Jahr, was es mit dem Baum auf sich hatte. Das Ereignis, das man offenbar weder ihm noch irgendwem sonst erklärt hatte, war für ihn eine Erfahrung von einzigartiger Widerwärtigkeit. Diesmal wurden seine Verwirrung und sein Entsetzen durch das Moment der Wiederholung noch gesteigert.

Für das Zwergenkind, das inzwischen etwa sechs Jahre alt war, gab es sowieso keinen ruhenden, verläßlichen Pol. Es war schwer, ein Leben durcheinanderzubringen, das bis dahin lediglich aus einer Abfolge von traumatischen Erfahrungen bestanden hatte. Er nahm jeden Stoß und jeden Schlag, jede Schramme, jede sinnlose Ungerechtigkeit unterschiedslos hin, wenn auch nicht ohne Schmerzen, so doch sicherlich ohne darüber nachzudenken. Er machte niemandem Vorwürfe. Er fühlte sich nicht schuldig. Er dachte nicht, er existierte einfach.

Der Baum hatte die Dorfstraße verlassen und umkreiste nun die Hütten, nach links herum, wobei er eine Blutspur hinter sich herzog. Die Männer folgten ihm und riefen hin und wieder, bewegten sich aber recht langsam.

Als Mechi sie aus den Augen verlor, ertönte von unten eine Art Scharren. Er sah zum Eingang hinunter, zu dem breiten gelben Spalt im Kiefernstamm, wo sich verdorrte Blätter und allerlei Unrat angesammelt hatten. Dort stand noch ein anderes Kind, ein richtiges Kind mit einem kleinen, hübschen, von rosafarbener Haut bedeckten Kopf und einem normalen Kinderkörper. Wegen seines dunklen, lockigen Haars hatte man diesem Kind den Spitznamen *Wuschel* gegeben. Es wurde gemunkelt, Wuschel sei der uneheliche Sohn Voifs, gezeugt mit einem Mädchen aus dem Dorf, das mit seiner Gunst nicht geizte, andererseits konnte es auch das uneheliche Kind eines jungen Mannes sein, der im Winter verschwunden war, ein beliebtes und nützliches Mitglied der Dorfgemeinschaft, das auf die Jagd gegangen war und mitgeholfen hatte, die Kochtöpfe zu füllen. Voif hing trotzdem an dem Jungen, worin ihn die flatterhafte Mutter nicht entmutigte, denn es kam ihr gelegen. Voif sah in dem Jungen den Beweis, daß er ein gesundes Kind zu zeugen imstande war, denn das Stigma des Wechselbalgs hatte ihn in seiner Ehre verletzt; er gab ihm für alles die Schuld, für seine Unfähigkeit, hart zu arbeiten, für seinen Mangel an Freunden, für die Griesgrämigkeit seiner Frau.

Wuschel, der vier Jahre alt war und eigentlich in der Hütte eines alten Weibes hätte eingesperrt sein müssen, war weggelaufen. Er hatte das Erscheinen und die vielleicht ungewollte Verwundung des Baumes mitangesehen.

Jetzt lockte er Mechi.

Mechi saß oben in der Kiefer und beobachtete das jüngere Kind. Noch niemand hatte Mechi jemals eine Freundlichkeit erwiesen oder seine Nähe gesucht. Wuschel machte da keine Ausnahme. Wenn er Mechi bei sich haben wollte, dann führte er bestimmt Böses im Schilde.

Wuschel lächelte und winkte.

Mechi saß einfach nur da und glotzte ihn an, ohne sich zu rühren.

Bald darauf schnitt Wuschel ihm eine Grimasse und spuckte in den Baum, so wie er es seine Eltern in der Nähe des Zwerges hatte tun sehen. Dann watschelte er davon, das rosafarbene und normale Kind, in die Richtung, welche die Männer und der tobende, blutende Baum eingeschlagen hatten.

Als der Baum das Dorf umkreist hatte, stapfte er in den Wald zurück. Dort, nicht weit vom Weiher, wurde er getötet, von den Äxten der Männer gefällt. Ein Schwall von Blut schoß heraus, die Zweige peitschten durch die Luft, er fiel ächzend und laut schreiend um, und die drei Stiefelpaare wurden eingezogen, bis nur noch ein wirrer Haufen von zersplitterten Zweigen, Moos, sterbendem Laub und rotem Blut übrig war.

Die Waldleute betrachteten ihr Werk. Sie waren sich nie ganz sicher, ob sie genug getan hatten. Diese Einstellung beruhte auf widersprüchlichen Regungen wie abergläubischem Respekt, Verwirrung, Ehrfurcht, Ungeduld. Im Dorf gab es niemanden mehr, der sie im Vollzug des Ritus hätte unterweisen können. Jedes Jahr mußte der Baum getötet, mußten die drei vom Los bestimmten Männer in ihrem Panzer aus gehärtetem Leder und Holz grün und blau geschlagen werden, bis die an ihnen befestigten Blasen voller Wieselblut zerrissen und ihren Inhalt ergossen. Es war ein Blutopfer für die Erde, eine Versöhnungsgeste an den Wald, das Symbol sowohl des Baumfällens als auch das eines Menschenopfers. Vor hundert Jahren hatten sie noch richtig getötet, waren aber inzwischen nicht mehr willens, einen der ihren zu opfern.

Voif, der noch nie das Pech gehabt hatte, vom Los dazu bestimmt worden zu sein, in dem Baumgebilde zu leiden, wischte seine unterbeschäftigte Axt am Herbstgras ab.

Die Männer im Baum stöhnten und fluchten, durften aber noch immer nicht aufstehen und sich um ihre Verletzungen kümmern.

»Nun denn«, sagte Voifs Vater, »es ist vollbracht. Hoffen wir, daß wir alles richtig gemacht haben.«

Die Männer bekundeten halblaut ihre Zustimmung.

Sie hinterlegten ihre Äxte in dem Versteck am Weiher, von wo die Frauen sie bald zurückholen würden, und gingen in Gedanken versunken und ohne miteinander zu sprechen zur Schenke. Dort würde man für ihr Kommen bereits gerüstet sein. Wenn sie erst einmal ein paar Becher von dem bitteren Saft intus hatten, würden sie auftauen. Sie würden nach ihren Fallen sehen, was nach dem Töten eines Baums für gewöhnlich in eine Reihe von Spielen mündete, als müßten sie sich dafür schadlos halten. Bei Einbruch der Dunkelheit wären sie dann bereit, zu essen und sich schlafen zu legen. Morgen wäre alles vorbei, und es bliebe ihnen nur ein dicker Kopf, der ihnen ihre Welt vorübergehend verleiden und sie vor ihnen verschleiern würde.

Alles andere war Sache der Frauen. Sie würden die Überreste des Baumes wegräumen und den Sündenböcken gestatten, herauszukommen, worauf sie sie von neuem mit Besen und Schöpflöffeln schlagen und anschließend fortjagen würden. (Später würden auch sie nach Möglichkeit die Waldschenke aufsuchen und sich das, was die Männer übriggelassen hatten, zu Gemüte führen.) Die Frauen würden die zerfetzten Überreste des Baumes vergraben und über dem Holz und dem Blut ihre Zauberformeln sprechen.

Als die Männer sich zu ihrer verdienten Belohnung fortschlichen, tappte hinter ihnen eine kleine Gestalt durch den Farn. Sie machten sich nicht die Mühe, sich umzuschauen.

»Was geht mich das an? Es ist dein Gör.«

Marra, die schmutzige Schürze noch immer vom Blut des Baumes befleckt, ihr Haar ein schwarzes und muffiges Nest, stand im Eingang zu ihrer Hütte. Vor lauter Sorgen war sie dick geworden, sie schwabbelte in ihren dreckigen Kleidern, und aus ihrem eingefallenen Gesicht blickten runzlige Augen hervor, die so trocken wie Rosinen waren.

Die andere, die hübsche, dralle Schlampe Yula, schnappte nach Luft und war ganz außer sich. Sie hatte sich einen Beerenzweig ins Haar geflochten. Sie wrang ihre saubere Schürze in Händen.

»Du bist schuld, du Hexe. Du hast etwas gemacht.«

»Was soll ich denn gemacht haben?«

»Weiß der Himmel. Mit diesem Wesen im Haus.«

Marra richtete sich auf wie eine angeschwollene Schlange. Ihre saftlosen Augen funkelten matt.

Die Nachbarsfrauen schauten ihnen interessiert zu, und das alte Weib – aus deren verräucherter, lauter Hütte Wuschel weggelaufen war – saugte an seinen zwei Paar Zähnen, froh darüber, daß jemand anders den Kopf hinhalten mußte.

»Du hättest auf deinen Bastard besser aufpassen sollen«, sagte Marra. »Aber es dürfte dir wohl keine große Mühe machen, dir einen neuen zu besorgen.«

»Du haßt jedes normale Kind. Jedes Kind, das ein *Kind* ist.«

»Du sprichst zu schnell, du Hure, du Schlampe!«

»Hattest du Angst, dein Alter hätte mit mir Wuschel gemacht, während *dich* der Teufel geritten hat?«

Marra kam wie ein rollendes Faß aus ihrer Hütte hervor. Die Faust hatte sie erhoben, so wie Voif, wenn er sie schlug.

Yula wich zurück. Sie mochte ihr Gesicht, auch wenn sie es bislang nur im Wasser und in Männeraugen gespiegelt gesehen hatte.

»Rühr mich nicht an, du Sau. Was hast du mit meinem Jungen gemacht? Na los, sag schon!«

Die anderen Frauen schauten genußvoll zu. Obwohl sie Yula nicht sonderlich mochten, war Marra längst zum Gespött der Allgemeinheit geworden, und man ging ihr aus dem Weg. Ihre Mutter war tot. Ihr Mann war ein Tunichtgut. Ihr Sohn war ein Monstrum.

»Sag uns jetzt, was du mit ihm gemacht hast«, meinte eine der Frauen. »Wo steckt Wuschel?«

Marra, die Faust hoch erhoben, fühlte sich in die Enge getrieben.

»Ich habe nichts mit ihm zu schaffen.«

»Zu sehr damit beschäftigt, dein reizendes Kindchen zu hätscheln«, meinte Yula gehässig.

Marra wollte sie schlagen, aber die anderen Frauen waren inzwischen näher gekommen und fielen über sie her, zerrten sie weg. Sie brüllte vor Enttäuschung. Und durch den Eingang sah man in ihrer unaufgeräumten, schmuddeligen Wohnung auf einmal das Zwergenwesen, das sich hinter einem Korb zu verstecken suchte.

»Seht mal«, sagte das alte Weib. »Da ist er ja.«

»Der *Wechselbalg*«, flüsterten die Frauen.

Yula sagte: »Er ist ihr Fluch. Und jetzt will sie mir weh tun.« Zur Überraschung aller stieß sie plötzlich einen entsetzlichen Schrei aus. »Wuschel! Der Teufel hat ihn geholt!«

Und Marras Schwiegermutter murmelte: »Sie hat Unglück über Voif gebracht. Sie ist schuld.« Worte, die entschuldigend und ablenkend gemeint waren und die sie auch früher schon gebraucht hatte, allerdings noch nicht in Marras Gegenwart.

Marra hatte aufgehört, sich gegen ihre Nachbarinnen zur Wehr zu setzen. Wie die Männer, die den Baum hatten spielen müssen, war sie übel zugerichtet und zerschrammt. Dieser Tag war stets voller Gewalttätigkeit, so als verlangte das unvollendete Ritual nach einer Entschädigung. Im vergangenen Jahr war sie von einem Stein getroffen worden. Sie hatte nicht gesehen, wer ihn geworfen hatte. Vielleicht war er für Mechi gedacht gewesen, der über ihr in der hohlen Kiefer gesessen hatte.

Die Frauen, die Marra von Kindesbeinen an kannte, umstanden sie und funkelten sie drohend an. Hinter ihr, in der Hütte, kroch der teuflische Wechselbalg umher, der Fluch ihres Lebens. Ohne Vorwarnung, vom Omen der jetzt schon sechs Jahre währenden Hölle auf Erden einmal abgesehen, fiel etwas von Marra ab und ließ sie schutzlos zurück.

Sie sank auf die Knie nieder und barg das Gesicht in den Händen. Unter dieser Maske hervor begann sie zu keifen.

»Ja! Er ist vom Teufel! Ein Wechselbalg! Er hat mir nur Unglück gebracht. Tötet ihn! Nehmt ihn mir weg!«

Die Fallen waren – leer. Neben einer Falle zeugte der Fußabdruck, den ein Hase im weichen Boden zurückgelassen hatte, von einem knappen Entkommen.

Träge vom Bier kehrten die Männer ins Dorf zurück, zu einem Abendessen aus Schwarzbrot und Bohnenbrei.

Die Sonne, die ein blasser Krokus im Osten gewesen war, stand nun tief zwischen den Bäumen im Westen und zeigte ein kränkliches Schweinchenrosa. Frost lag in der Luft, der Salzatem des Winters.

Der Qualm aus den Abzugslöchern der Hütten befleckte den Himmel über der Lichtung. Eine tiefe Stille lag über dem Dorf, die eigentlich vom Klappern von

Tellern und Schüsseln, dem Schaben eines Schöpflöffels im Kessel, vielleicht dem Lied einer Frau, die den Tag verabschiedete oder ihren gereizten Sprößling in den Schlaf sang, hätte durchbrochen sein sollen.

An diesem Abend war die Aura des Dorfes jedoch zerbrechlich wie ein Stück Eis, das leicht bersten konnte. Man durfte nicht darin umhergehen, ohne daß etwas geschah.

Das Trinken, das die Männer in mancher Hinsicht abstumpfte, hatte einen Teil der Sinne auch geschärft, so daß sie allesamt stutzten und den Ort anstarrten wie Tiere, die noch nie eine menschliche Siedlung gesehen hatten. Eine Überraschung hatten sie bereits erlebt und waren sich nicht sicher, ob ihnen eine zweite gelegen kam.

»Was ist denn hier los?« sagte einer. »Diese faulen Schlampen sollten eigentlich fleißig sein.«

Aber sie *waren* fleißig gewesen – dies war der Grund für die lastende Stille.

Als die Männer ins Dorf stapften, kamen auch die Frauen zum Vorschein. Sie kamen aus Marras scheußlicher Hütte hervor, sie kamen vom Hof und aus dem Haus von Voifs Vater. Sie drängten auf die Straße mit dem blinden Blick, den sie manchmal, wenn auch nur selten, annahmen, der äußere Ausdruck einer unversöhnlichen Stimmung, über die sie nicht hinwegkamen.

Die Männer betrachteten sie mißtrauisch.

Dann trat Voifs Mutter vor, und hinter ihr stand Yula, was ungewöhnlich war.

»Ihr Junge, Wuschel, ist verschwunden.«

Yula hatte geweint, aber auch sie hatte den ausdruckslosen Blick, er hatte ihre Panik verschleiert.

Die betrunkenen Holzfäller lachten. (Sie hofften, daß es nur das war, zweifelten aber zugleich daran.) Voif erschien und zeigte ihnen Yulas Kind, das er in seinen Umhang gewickelt hatte. »Der kleine Racker ist uns nachgelaufen. Wollte ein Mann unter Männern sein.«

Yula zuckte zusammen und trat vor, nicht schnell genug, so als wäre sie gerade erst aufgewacht. Sie war noch immer nahezu blind und weilte in dem Reich, in dem das Wiederfinden des Kindes keine Bedeutung hatte.

Jedenfalls packte Voifs Mutter Yula beim Arm. »Sprich, Sohn«, sagte sie zu Voif. »Du hältst den Jungen, als wäre er dein eigener – darüber wollen wir nicht reden. Aber was ist mit dem anderen?«

Voifs Gesicht färbte sich rot im Licht der untergehenden Sonne, dann erbleichte er und biß die Zähne zusammen.

»Worauf willst du hinaus, Mutter?«

»Du hast Marra geschwängert. Aber als das Kind zur Welt kam, war es nicht normal.«

Zum zweitenmal an diesem Tag schwankte Voif auf dem Weg, beklommen und streitlustig, und nun starrten ihn die Männer an, und die Frauen fixierten ihn mit ihrem blicklosen Blick.

»Es heißt«, sagte Voifs Mutter, »er sei ein Wechselbalg. Dämonen hätten den gesunden Jungen verschwinden lassen und dir dafür diesen … Trottel dagelassen.«

Sie redete so, als wäre diese Vermutung noch nie geäußert worden, und die Frauen nickten und erschauerten, als hörten sie es jetzt zum erstenmal.

Auch Voif schien verblüfft.

Und die Männer warteten, so wie sie auf den Baum gewartet hatten.

»Hör zu, Voif«, sagte Voifs Mutter, »sie ist dir eine schlechte Frau gewesen, deine Marra. Als sie ihr gesundes Kind verlor, wurde sie auf eine schlimme Probe gestellt. Sie schwört, der Geist, der sie in Schrecken versetzt hat, habe erklärt, daß es so kommen werde. Sie würde in die Wiege hineinschauen und *das* darin finden.«

»Welcher Geist?« fragte Voif. Vor allem brauchte er

jemandem, der ihm erklärte, was hier überhaupt vorging. Marra vermochte er unter den Frauen nicht zu entdecken.

Die Frauen antworteten jedoch nicht. Sie waren fest entschlossen, keinen Widerspruch zu dulden. Nun ergriff eines der alten Weiber das Wort. Sie krächzte: »Deine Marra hat gemeint, man solle es töten. Bring es in den Wald und schneid ihm die Kehle durch. Die Bäume trinken nämlich das Blut. Das ist das Beste.«

Als sie gesprochen hatte, entstand wieder ein lastendes Schweigen. Es war ebenso dicht wie die zunehmende Kälte.

Als es Gestalt angenommen hatte, kam Marra aus der Hütte hervor und führte das Kind, den Dämon, den Wechselbalg, an einem Seil heraus, das sie ihm um die Hüfte gebunden hatte.

Als sie vor ihrem Mann stand, funkelte sie ihn mit dem gleichen Blick an, den alle Frauen hatten, und selbst er sah, daß sie ihre Familie wiedergefunden hatte, ihren sicheren Platz im Stamm.

»Voif, bring es zum Baumgott. Bring es ihm dar. Opfere es.«

»Nein«, sagte Voif.

Er schaute zu dem Zwerg. Körperlich war er unversehrt, er blutete (noch) nicht, ließ nur den großen Kopf hängen. Seine groteske Erscheinung und seine Hilflosigkeit stießen ihn ab. Er hatte ihn häufig weggestoßen. Der Junge hatte keinen Verstand und spürte nichts …

(In seinen Armen, erhitzt und benommen vom Bier, das ihm die Männer eingeflößt hatten, schnurrte der brave, großmäulige Wuschel. Voifs Säuferaugen wurden feucht von Tränen. *Das hier* war sein Sohn. Also weg mit dem anderen.)

Die Frauen waren wie Krähen auf einem Baum, unter dem etwas starb.

Die Männer scharrten mit den Füßen. Einer rülpste verhalten.

»Das mache ich nicht«, sagte Voif, Yulas Sohn an sich drückend. »Ich bringe ihn nicht um. Wenn er ein Dämon ist – dann bringt sie das vielleicht gegen uns auf.« Er legte eine Pause ein, um Kraft zu schöpfen. »Genau wie beim Baum«, sagte er schließlich. »Machen wir's mit ihm genauso. Jeder Mann ein Schlag, wenn er mag. Ihr Weiber führt das große Wort, ihr macht es ebenso. Dann jagen wir ihn fort. Soll ihn der Wald wiederhaben. Soll der für ihn sorgen, wenn er mag. Wenn nicht, wird er bald sterben, so Gott will. *Mechi!*« brüllte Voif.

Als sein Name fiel, sah der Zwerg auf. In den Augen des Zwergs lag jedoch kein Begreifen. Sie waren gebrannte Steine. Der Wechselbalg hatte aufgesehen, weil er sich den Klang seines Namens gemerkt hatte, wie ein Hund.

Zunächst war es nicht schlimmer und nicht seltsamer als bei früheren Gelegenheiten. Rauhe, unverständliche Worte, der düstere Käfig der Gesichter, aus denen unerbittliche Augen hervorglotzten. Auch der Strick war ihm nicht unbekannt. Seine Mutter hatte auch schon früher Stricke benutzt, um ihn im Hof anzubinden, wenn sie ihn nicht um sich haben wollte. Obwohl sie ihn nie in der Kiefer festgebunden hatte, vielleicht deshalb, weil sie sich insgeheim wünschte, er würde weglaufen.

Dann, als die Erwachsenen über ihn herfielen, empfand er trotz aller Vorahnungen ein einzigartiges und ganz ungewöhnliches Entsetzen. Seine Mutter hatte ihn grausam gekniffen und geohrfeigt, sein Vater hatte ihn geschlagen. Mechi hatte all das ertragen. Außerdem hatten ihn die Kinder angegriffen, wann immer sie ihn in die Enge treiben konnten – die Schrammen, die er davon zurückbehielt, wurden dem rauhen ›Spiel‹ zugeschrieben, als ob er jemals mit irgend jemandem ›gespielt‹ hätte. Mechi überlebte die spielerischen Angriffe.

Das Dorf stieß wie mit Schwingen und Schnäbeln auf ihn herab. Alles war schemenhaft verschwommen. Die untergehende Sonne wurde ausgelöscht. Die Hiebe, Stöße und Schläge kamen erst vereinzelt, dann prasselten sie auf ihn ein. Mechi stieß ein hohes Kreischen aus, ein Laut, der nicht im entferntesten menschlich, geschweige denn kindlich war. Er taumelte unter dem Angriff, stürzte und krümmte sich zusammen, um sich zu schützen, geleitet von einem Instinkt, der belanglos war für das, als was er erschaffen war.

Der Strick, der sich in dem Durcheinander wieder und wieder um seinen Leib gewunden hatte, quetschte ihm schließlich die Luft ab, worauf er lang hingestreckt wie leblos liegenblieb.

Inzwischen hatte die Abenddämmerung den Wald erreicht und verhärtete seine dunkle Seele. Im Zwielicht brachten die Männer Mechi, den Wechselbalg, fort und schnitten ihm unter dem Baumgott in Arme und Füße, damit dessen Wurzeln Blut zu trinken bekämen. Dafür würde der Baumgott entweder sie oder das Zwergenkind beschützen, was immer er für das Beste hielt.

In finsterster Nacht warf einer von ihnen – nicht Voif, denn er hatte Rückenschmerzen bekommen, war zurückgeblieben und abgehängt worden – den Wechselbalg ins wilde Herz des Waldes, worauf er zwischen schwarzen Rinnsalen und elfenbeinernen Säulen, den gewaltigen Bären der Kiefern und unter der Sternenglut davontaumelte und das Kind seinem Schicksal überließ.

Mechi merkte davon nichts. Teilweise gelähmt, von Schlägen wund und voller Blutergüsse, lag er unter den langen Traufen, und der Frost bedeckte ihn mit einem Mantel aus Silberstaub, vergoldete seine Lider, und dort, wo er noch blutete, formte er erlesene Blütenblätter aus farbigem Glas.

Bestimmt hatte man ihm die Geschichten, die Legenden des Waldes nie erzählt; hatte er sie vielleicht irgendwann aufgeschnappt?

Man erzählte sich nicht nur Geschichten von Geistern und Dämonen, Verführern und Pechbringern, sondern auch von übernatürlichen Führern und Helfern. Vielleicht ebenso alt wie die ersten Schößlinge des Waldes mochte auch die Sage von dem verwaisten oder verlassenen Kind sein, das allein inmitten des Waldes überlebte, das von Drosseln mit kupfernen Brüsten genährt, von Distelwolle gewärmt und vom Wiesel und der Schnecke in die Freiheit geführt wurde.

Die Welt war jedoch kalt und dunkel, aller gastlichen Vögel und hilfsbereiten Tiere bar.

Mechi kam zu sich oder erwachte wieder zum Leben und sandte einen dünnen, miauenden Laut zu dem allumfassenden Nichts aus. Und aus dem gewaltigen Gebäude der Nacht antwortete zufällig eine heisere Stimme – wild und nichtmenschlich, ein Fuchs wahrscheinlich oder einer seiner nahen Verwandten.

Das war alles.

Welchen Beweis für das gefühllose Desinteresse aller Dinge hätte er noch gebraucht, der sechsjährige Zwerg?

Lange, lange Zeit, nachdem er die Augen vor Erschöpfung und Schmerzen wieder geschlossen hatte – eine Art von qualvoller Gleichgültigkeit, Desinteresse als Reaktion auf Desinteresse – machte sich die Außenwelt wieder bemerkbar, als bleiches Licht durch seine Lider sickerte.

Er schlug die Augen wieder auf und blinzelte vor apathischer Furcht. Was konnte es anderes sein als ein Feind?

Eine Frau aus weißem Feuer schritt durch den Wald, und sie flackerte wie eine Kerze.

Selbst Mechi kam das seltsam vor. Er starrte sie an, zu elend, um ihr viel Beachtung zu schenken. Seine Augen richteten sich ganz von selbst auf die Erscheinung. Sein benommener, ungeübter Geist sann über sie nach.

Sie war ein Gespenst. Etwas in der Art. Die Lider in dem flammenden, bleichen, von Dunkelheit durchsetzten Gesicht waren geschlossen. Beim Gehen streckte sie die Hände ein wenig vor – eine langhaarige Gespensterfrau in weiblicher Kleidung und mit Brüsten. Sie wirkte wie das schlafwandelnde Gespenst einer toten Träumerin.

Dort, wo man Mechi hingeworfen hatte, blieb die Schlafwandlerin stehen, inmitten der runzligen Adern der Kiefern.

Sie wandte den Kopf auf dem verschwommenen Schaft des Halses halb herum, das Haar hatte sie zu einem Zopf geflochten, und es rutschte weg. Sie war überall weiß. Sie leuchtete, erhellte aber nichts. Und durch ihre Hände hindurch sah man die verdorrten Blätter und Kiefernnadeln.

Sie konnte ihn nicht sehen, denn ihre Lider waren noch immer gesenkt, doch als sie den Kopf abwandte, war es, als lockte sie ihn.

Wuschel hatte Mechi gelockt, um ihn zu ärgern. Seine Mutter hatte sich zu ihm herabgeneigt, ihn gelockt und ihm den Strick umgebunden. Der Mann, der in ihrer Hütte lebte und Voif genannt wurde, hatte ihn gelockt, und das Dorf war über ihn hergefallen.

Doch etwas an der Feuerfrau kam Mechi bekannt vor. Es war ein seltsames und unerklärliches Wiedererkennen. Und als sie fortging, mit schwebenden Schritten, die kaum die schwarze Erde berührten, fühlte er sich magnetisch von ihr angezogen.

Und so stemmte sich das Zwergenkind mühsam aus seiner Grube hoch und folgte ihr.

In dieser Nacht war es vorzeitig Winter geworden.

Der Wintergott blies seinen silberfarbenen Atem wie Rauch zwischen den Kiefern hindurch. Der Panzer der Kälte war dabei, sich selbst zu schmieden. Er ließ die

Blätter verdorren und verwandelte die Tümpel in Glas. Vögel fielen tot von den Zweigen.

Durch all dies humpelte Mechi seiner gespenstischen Führerin hinterher. Schwach und wund und seinerseits bereits vom eisigen Todeskuß berührt, blieb er hinter ihr.

Während sich der Wald in Diamant verwandelte, wankte Mechi weiter, aus der Zeit gefallen, jetzt, da die Zeit zum Stillstand gekommen war.

Gegen Morgen erhob sich ein seltsames Säuseln im Wald; es regte sich das Leben, das die Nacht überlebt hatte und nun der wiederkehrenden Sonne entgegenstrebte.

Als die Dunkelheit ergraute, verblaßte die Frau aus weißem Feuer, bis sie nur noch ein Schimmer in den Augen war.

Am Ufer eines schmalen Bächleins verschwand sie einfach, löste sich wie beiläufig auf.

Mechi stand dort, wo die zu Kristall gewordenen Zweige in den undurchsichtigen Spiegel aus Eis hineintauchten. Nicht lange, und er setzte sich nieder und legte seinen großen, alten Kopf auf seine kleinen gebeugten, verkrüppelten Knie.

Er verspürte eine abgrundtiefe Traurigkeit, die ihm unbekannt sein mochte, so tief und gewaltig war sie. Er trauerte nicht nur um seinen Tod, sondern auch um den der Natur.

Dann ging die Sonne auf, und ein paar Rosen aus Licht liebkosten den Bach, der nach etwa einer halben Stunde Risse bekam. Tränen aus grünlichem Beryll sickerten daraus hervor.

Bald darauf näherte sich dem Bach das Mädchen mit seinem Krug. Es trug ein braunes, mit schwarzen und scharlachroten Perlen besticktes Kopftuch und eine Halskette mit zehn Katzenschädeln daran. Diese faszinierenden Gegenstände sah Mechi nicht. Er war erstarrt zusammengebrochen. Die Frau hingegen bemerkte ihn, als sie sich vorbeugte, um das restliche Eis auf dem Bach zu zerschlagen. Entsprechend ihrem Glauben hielt sie ihn für etwas Besonderes, für einen von Gott Gezeichneten. Sie hob ihn hoch und weckte ihn, indem sie ihm ein wenig warme Milch in den Mund spritzte und sanft seine Schläfen massierte. Ihr Tun erstaunte Mechi, doch er nahm es ebenso hin wie die Boshaftigkeit und Niedertracht der anderen.

8. Kapitel

GLEICH NACHDEM ER DEN LEICHNAM seines Herrn aufgebahrt hatte, wurde der Sklave in den Gasthof des Burgherrn geschickt. Die Arbeit dort war erwartungsgemäß schmutziger und schwerer als seine bisherige Tätigkeit, die darin bestanden hatte, dem Erben Mechail aufzuwarten. Andererseits wurde er jetzt weniger streng beaufsichtigt, und die Wahrscheinlichkeit, ausgepeitscht zu werden, war geringer geworden. Der Gasthof war heruntergekommen und der Aufseher ständig betrunken. Jenseits der Burgmauern war Korhlen überhaupt ein elender Ort. Die Dienstboten und die Dorfbewohner führten sich im Gasthof auf wie die Schweine, oder aber die Soldaten aus der Garnison platzten herein. Hin und wieder übernachteten dort notgedrungen Gruppen von Soldaten oder fahrende Händler. Boroi hielt sich erst seit wenigen Stunden im Gasthof auf, als im Licht der sinkenden Sonne ein abgerissener Fremder durch die Tür trat. Sein Pony hatte er achtlos angeleint, und nach seinem Aussehen zu schließen erwartete er vom Gasthof nicht mehr, als dieser zu sein vorgab. Im Halbdunkel unter den niedrigen, geschwärzten Deckenbalken setzte er sich an einen Tisch. Boroi wurde aufgetragen, ihn zu bedienen. Der Fremde bekam kaltes, fettes Fleisch, Brot und Bier vorgesetzt, und Boroi steckte die Münzen für die Truhe des Burgherrn ein.

Als er gegessen hatte, legte sich der Fremde, ein Kleinwarenhändler, auf die Bank, schob sich ein Strohkissen unter den Kopf und begann zu schnarchen. Wenn abends die Dorfbewohner kämen, hatte er gemeint, werde er seine Waren hervorholen. Als sich der Aufseher in seiner ledernen Schürze mit dem Bierkrug, der längst in seiner Hand festgewachsen war, zu ihm hinübergeneigt und redselig vom Tod des Erben – von Feinden umgebracht – und der trübseligen Stimmung erzählt hatte, die in der Burg und im Dorf herrsche, hatte der Händler kaum zugehört. All sein Geschwätz über den verwachsenen Rücken des toten Erben, den Ehrgeiz des unehelichen Sohnes, die beiden früheren Ehefrauen (von denen die eine verrückt gewesen sei und die andere eine Hexe, die den Wald unsicher gemacht habe) und die noch lebende Frau, eine Schlampe, das der Aufseher gern noch losgeworden wäre, blieb im Ansatz stecken. Der Nachmittag mündete in einen blattgoldenen Sonnenuntergang, die tintige Dunkelheit kroch langsam wie Wasser aus dem Wald, und der Schläfer schnarchte auf seiner Bank. Dann kamen ein paar Männer aus dem Dorf herein. Einer schrie, sie wollten auf das Wohl des Erben trinken, was eine Ausrede war. Ein Krug knallte auf den Tisch, worauf sich der Händler aufrichtete, sich die Augen rieb, gähnte, sich streckte und die Beine auf den Boden schwang.

Seine Waren waren nichts Besonderes, stammten aber aus einer Stadt, was ihren Wert erhöhte. Er tätigte ein paar Geschäfte, dann bestellte er sich einen Krug Bier.

Die schwarze Tinte der Nacht füllte den Gasthof aus. Boroi und ein Mädchen gingen herum, um die Kerzen und die beiden Fackeln neben der Tür anzuzünden.

Draußen heulten die Hunde auf den Feldern und verstummten wieder. Das Gespräch wandte sich bösen Vorzeichen und dem unheilvollen Abend zu. (In der Burg würde man jetzt die Totenwache halten.) Der Aufseher gesellte sich dazu, legte die Beine hoch und schloß sich den munteren Zechern an. Die unbeaufsichtigten Sklaven verwandelten sich in seelenlose Automaten. Nur das Mädchen, das die Essensreste der Sonne vorgeworfen hatte, ging hinaus, um etwas ins Gebüsch zu hängen. Ohne es gesehen zu haben, wußte

Boroi, was es war; eine aus Lumpen gefertigte Männerfigur mit einem Dorn in der Brust.

»Die zweite, seine Mutter, war eine seltsame Frau, keine Frage. Bis zu ihrem Tod sah sie wie ein Mädchen aus, dabei war sie grau wie der Winter. Der Junge wurde immer gleichzeitig mit ihr krank. Als er klein war, hat ein geflügelter Dämon von seinem Blut getrunken. Das hat ihn verdreht gemacht, an Körper und Geist. Kein guter Erbe. Ich möchte wetten, *das* war kein Zufall. Esnias ...« Der Mann spuckte auf die Binsen. »Die Burg Esnias hätte es niemals gewagt, sich mit den Raben anzulegen.«

»Halt den Mund«, murmelte der Aufseher.

Als wollte er seine Worte abschwächen, fügte der Dörfler rasch hinzu: »Vielleicht kam etwas aus dem Wald, das seinen Buckel haben wollte, und hat ihn umgebracht.«

»Im Wald ist alles möglich.«

Der Aufseher schlug auf den Tisch und verlangte Bedienung. Sein Krug war leer.

Boroi brachte volle Krüge an den Tisch. Mit denselben Händen, mit denen er heute Mechails Leichnam gewaschen und bekleidet hatte, stellte er das Bier für die Dörfler, den Aufseher und den Händler ab. Sie bildeten einen dichtgedrängten dunklen Kreis, von dem das Licht ausgesperrt war; sie beugten sich in die Dunkelheit vor wie zu einer Lampe.

Der Händler war jetzt betrunken, desgleichen der Aufseher. Er sah mit hämischer Lustigkeit zu Boroi auf, ohne den Sklaven überhaupt zu bemerken.

»Ich werde euch eine Geschichte aus dem Wald erzählen«, sagte der Händler. Er zeigte in die Richtung der Kochstelle und damit auf Boroi, den er noch immer nicht bemerkte. »Mach die Brühe warm. Ich hab Hunger.« Als Boroi hinüberging, um das Essen anzurichten, hörte er, wie der Händler mit seiner Geschichte begann.

»Das ist nicht erfunden. Ich hab's mit eigenen Augen

gesehen. Ich war da, versteht ihr? Ich war dabei. Vierzehn oder fünfzehn Jahre ist es jetzt her. Ich kam gerade von Khish. Ich machte damals einem Mädchen aus einem Dorf weiter im Norden den Hof, etwas abseits von meinem Weg. Es ging auf den Winter zu. Ich reiste mit zehn anderen zusammen und wollte einen ordentlichen Gasthof oder ein Dorf erreichen, bevor es zu schneien anfing. Ihr kennt diese Angst. Als wäre ein Rudel Wolfshunde hinter einem her.«

Die Dörfler brummten zustimmend. Das kannten sie aus eigener Erfahrung. Die weite Schneelandschaft, die Gefahr, sich allzu tief im Wald zu verirren, in dem der weiße Tod auf leisen Sohlen nahte.

Boroi rührte den Suppenkessel über dem Feuer um.

»Wir wußten nicht mehr, wo wir waren. Unser Führer hatte die Orientierung verloren. Dann auf einmal sagt er: Ach, da drüben liegt ein Dorf. Gar nicht weit, nur ein Katzensprung, damit sind wir aus dem Ärger raus.«

Seit mehreren Nächten hatten sie schweren Frost gehabt. Sie hatten einen Hasen und ein Eichhörnchen gefunden, beide erfroren.

Es wurde dunkel und begann wieder zu frieren. Es war sehr kalt, und sie hatten keinen Unterschlupf gefunden. Sie lagerten im Wald, machten ein großes Feuer und verständigten sich darauf, abwechselnd nach Wölfen, Schnee und möglichen Feinden Ausschau zu halten.

Der Händler wurde jäh aufgeweckt. *»Horch mal«*, sagte der Wächter.

Es hatte etwas Erschreckendes, so gewaltsam und außer der Reihe aus dem Tiefschlaf gerissen zu werden, in eisiger Dunkelheit zu sich zu kommen, über sich die Baumwipfel und den Sternenhimmel, und die bange Aufforderung zu vernehmen, man solle *horchen*, was alles mögliche bedeuten konnte.

Der Händler lag da, über sich das sinnlose Sternengefunkel, und aus dem unaufhörlichen Seufzen und Knacken des Eiswaldes kam der Schrei.

»Mein Gott«, sagte der Wächter.

»Das ist ein Fuchs«, meinte hoffnungsvoll der Händler, der Städter, der gerade genug gelernt hatte, um dem Aufpasser widersprechen zu können. »Hört sich an, als würde eine Frau umgebracht.«

»Ich weiß, wie sich ein Fuchs anhört. Das ist kein Fuchs.«

Das Schreien ging weiter. Es ging weiter und weiter und hörte auf. Und fing wieder an.

Die anderen acht Männer saßen rund ums Feuer. Sie wechselten abgehackte Sätze, den Teufel betreffend. Das Schreien kam näher.

Alle Mann waren auf den Beinen und hielten entweder ein Messer oder ein brennendes Stück Holz in der Hand, als ein Wesen aus dem Wald hervorgelaufen kam.

Der Händler im Gasthof nahm einen Schluck aus seinem Krug. Er sah kurz auf, um sich zu vergewissern, daß der unbemerkte Sklave die Suppe umrührte.

»Nun«, sagte der Händler in dem dunklen Kreis, »es war eine Frau. Mehr nicht. Eine Dorfschlampe in mittleren Jahren. Häßlich und zerlumpt. Viel zu dünn angezogen für das Wetter. Aber dick war sie, wirklich gut genährt. Wir hielten sie für übergeschnappt, und das war sie auch, das war sie. Als sie uns sah, fiel sie auf die Knie nieder und fing an zu beten. Sie betete nicht zu Christus. Nein. Ihr wißt, was ich meine. Sie betete zum Gott des Waldes.«

Die Dörfler bewegten sich unbehaglich, hoben ihre Gesichter und Ellbogen wieder ins Licht und tranken.

Bald darauf kam die Verrückte ans Feuer, und anscheinend wunderte sie sich über dessen Wärme. Ihre Finger schwärzten sich; das Frosttier hatte sie gebissen.

Man bot ihr warmes Bier an, und sie nippte daran.

Anschließend deutete sie immer wieder in den Wald, mit lockenden, flehenden Gesten, ohne sie anzufassen.

»Was ist da?« fragten sie.

Sie fuchtelte wie außer sich herum.

»Kommt«, sagte sie.

»Wohin?«

»Kommt, kommt, kommt!«

»Es könnte eine Finte sein. Räuber.«

»Warten wir, bis es tagt«, sagte jemand.

Die Frau weinte, machte den Mund weit auf und begann wieder mit ihrem Geheul. Und jetzt schlug sie nach den Sternen, als wollte sie sie herunterreißen.

Ein Teil der Männer blieb zurück. Vier von ihnen begleiteten die Verrückte, darunter der Händler aus Khish.

»Sie tat mir leid«, sagte er zu den Männern im Gasthof. »Die anderen drei glaubten, es könnte vielleicht etwas für sie dabei herausspringen, Geld oder ein paar Habseligkeiten.« Er sah zu Boroi, dem Sklaven, und schrie: »Bring mir die Suppe!«

Während Boroi die dampfende Schüssel brachte, erzählte der Händler von einem langen Marsch durch die eisige Kälte, vom ersten trüben Morgenlicht und einem Dorf hinter einem zugefrorenen Tümpel.

»Ich dachte, es läge am Licht, daß das Dorf so merkwürdig aussah.«

Denn das Dorf war grau und glänzte. Es schimmerte und leuchtete matt, genau wie der Teich. Die Strohdächer bestanden aus Metallspänen. Die Mauern, die Zäune, die Misthaufen – alles merkwürdig verdickt und farblos. Auch über den Dächern hing etwas Seltsames. Es war eine Rauchwolke, aber sie veränderte weder ihre Form noch ihre Position und sah aus wie schmutzige Sahne.

Sie gingen näher heran, während ihnen die Frau mit wedelnden Armen voraushüpfte, ein verwirrter Vogel.

Das Dorf bestand nicht aus Eis, wie es zunächst den

Anschein gehabt hatte. Vielmehr war es so dick mit Eis überkrustet, daß es aussah wie ein Sandkörnchen in einem grauen Diamanten. Man konnte Teile der Hütten ausmachen, die Fensterschlitze und Türen, die Regenfässer und Holzstapel, aber all das befand sich tief *darinnen,* wie Fische in einem zugefrorenen Bach. Spülwasser war beim Ausschütten gefroren und ragte steif in die Luft. Der Erdboden war eine einzige Eisscholle, und einer nach dem anderen rutschte darauf aus und rappelte sich wieder hoch, ohne daß er an einem solchen Ort zu fluchen gewagt hätte.

Als sie die Dorfmitte erreicht hatten, blieb die Frau stehen und sah sie an. Sie fror zu sehr, um zu zittern, obwohl sie hin und wieder mit den Zähnen klapperte. Klar und deutlich sagte sie: »Das war die Strafe. Wir haben es verstoßen, und seinesgleichen haben uns verhext.«

Die Männer bekreuzigten sich.

Die Frau begann wirr zu reden. Sie erzählte von einem Kind, von einem Dämon oder einem Gespenst. Dann schrie sie auf und schlug sich auf den Bauch, und der Schlag hallte im vereisten Dorf wider, und die Männer sahen sich entsetzt um. Einer stahl sich davon, zurück zum Lager im Wald. Zwei Männer und der Händler blieben. Bald würde es hell werden. Dann wären sie in Sicherheit.

Nach einer Weile sprach die Frau zusammenhängend weiter.

»Was ich jetzt sage«, meinte der Händler, »waren ihre eigenen Worte. Ob ihr's nun glaubt oder nicht. Ihr kennt den Wald.« Die Dörfler nickten. Boroi setzte sich an der Kochstelle auf den Boden und wartete auf weitere Anweisungen. Die Sklavin hockte im Eingang und hörte vielleicht ebenfalls zu.

Die Frau meinte, dies sei ihr Heimatdorf, und gegen Mittag, als die Sonne senkrecht über ihnen stand, sei es sehr kalt geworden. Sie hätten Feuer gemacht, sie hätten die Kinder von der Straße hereingeholt und die Türen vor dem Winter und vor einander verschlossen.

Aber es war so kalt, so kalt. Sie kauerten sich vor die Feuerstellen, aber die Flammen spendeten keine Wärme. Sie erwärmten Bier und tranken es, aber das heiße Bier war wie ein Schluck Eis. Es verbrannte ihre Kehlen vor *Kälte*.

»Kalt«, sagte die Frau. »Kalt, kalt.«

Sie fürchteten sich. Es wollte ihnen nicht warm werden. Sie stopften Lumpen zwischen die Läden und in die Türritzen. Sie wuchteten halbe Baumstämme in die Feuerstellen, und die Flammen loderten empor, und hier und da fing ein Dach Feuer, aber die Feuer gingen aus und erloschen vor Kälte.

»Er hatte mich verlassen«, sagte sie. »Er war drüben bei ihr. Spielte mit dem Bengel mit dem krausen Haar. Wollte dem Kind wohl auf seine feige Art den tapferen Mann vorspielen. Vielleicht ist es ja sogar *seins*.«

Sie selbst war ins Freie gegangen. Sie stand in der schneidenden Kälte auf der Straße und wußte, das war nun die Strafe, und flüchten konnte sie nicht. In sämtlichen Hütten wurde geächzt und gebetet. Nur aus Yulas Hütte vernahm man Kinderlachen, denn ihr Mann warf den Jungen in die Luft und fing ihn wieder auf. Der Mann lachte, ein lautes, unwirkliches Lachen. Yula indes kauerte am Feuer, über den kochenden, gefrierenden Kessel gebeugt, und opferte den Walddämonen, schnitt sich in die Finger und ließ das Blut ins Wasser tropfen.

Die Verrückte stand vor Yulas Hütte. Sie blickte durch einen Türspalt hinein. Yula hatte die Öffnung mit ihrer besten Schürze verstopft, aber die Frau konnte durch den Stoff, der den Raum lediglich gelblich färbte, hindurchsehen.

Indessen war sich die Verrückte bewußt, daß nur noch sehr wenige Dinge von Bedeutung waren. Trotzdem empfand sie Todesangst, denn sie fühlte, daß ein riesiges, lautloses, fließendes Wesen über sie kam, wie ein mächtiger Wind. Es neigte die Wipfel der Bäume und trieb die Luft vor sich her. Wo es vorbeikam, grub es Furchen in die Erde und machte dennoch kein Geräusch. Sie wollte weglaufen, aber es war sinnlos zu flüchten. Statt dessen preßte sie ihr Auge an Yulas Tür. Denn so würde sie im Moment des Schreckens Yulas Schicksal ebenso wie ihr eigenes erfahren.

Der Mann warf das Kind in die Luft.

Das Kind quietschte. Sein Gesicht war durchfroren und zeigte das blasseste Gelb im ganzen gelbgetönten Raum. Voif lachte. Yula schnitt sich in einen weiteren Finger, und ihr gelbrotes Blut zischte in den kalten Flammen.

Und dann kam der gewaltige Wind des Nichts aus dem Wald hervor.

Der Körper der Verrückten hatte losspringen wollen, um vor der Strafe zu flüchten, aber sie klammerte sich an die Bohlen und spürte, wie ihre Seite von Taubheit erfaßt wurde, wie von einem Schlag, der ihr das Gehör raubte, als habe man ihr einen Stöpsel ins linke Ohr getrieben, und der ihr linkes Auge trübte. Aber sie hatte ja noch das rechte Auge, um in die Kammer hineinzuspähen. In diesem Moment wurde die Schürze weiß – und gleichzeitig schrumpfte sie ein und zerbröselte in die Hütte hinein. Mit ihrem einen Auge sah sie immer noch genug, und zwar dies: Yula hob die Arme und öffnete den Mund, um zu schreien, und sie wurde grau, selbst ihr Haar und ihr Rock. Und auch Voif war grau geworden, und plötzlich fiel ihm ein schlechter Vorderzahn aus und blieb im Boden stecken. Das Kind jedoch, das Wuschel genannt wurde, schwebte in der Luft. In dem Moment, als der strafende Wind des Nichts zu wehen angefangen hatte, war es in die Luft aufgestiegen. Dort blieb es hängen, ein graues Eiskind mit weit geöffnetem Mund, weißen Marmoraugen und Locken aus grauem Granit ...

Daraufhin war die Frau weggelaufen, obwohl sie wußte, daß sie dies weder durfte noch konnte. Und das Entsetzen trieb sie an, und darum rannte sie, taumelnd und nach Luft schnappend und halbblind, und das Eis in ihrem lauwarmen Blut schien zu zerbrechen und zu zersplittern. Und sie ließ das Dorf hinter sich und rannte in den Wald, und dort, wo der Sturm der Strafe aufhörte, brach sie zusammen.

Es dauerte lange, bis sie wieder zu sich kam. Die Sonne ging unter, und der Himmel und die Bäume waren rot und schwarz und rot. Mit dem linken Auge sah sie die Schatten, ihre linke Seite zitterte unter der Haut und dem Fleisch, begleitet von einem Knistern wie von bebenden Eiszapfen. Sie blickte zum Dorf zurück.

Es bestand nicht aus Eis, sondern aus Blut. Die sinkende Sonne tauchte es in die Farbe des Feuers und des Lebens.

Doch dann ging die Sonne unter, und das Dorf war Eiseskälte und Glas und Tod.

Die Verrückte stand auf und rannte weiter. Später begann sie zu schreien.

Als sie ihre Erzählung beendet hatte, lag der zarte Hauch des Sonnenaufgangs über dem Dorf. Der Händler und die verbliebenen Männer blickten zu den wulstigen Eishütten. Keiner von ihnen verspürte den Wunsch, Nachforschungen anzustellen und ihre Geschichte entweder zu bestätigen oder zu widerlegen.

Die Frau ließ immer noch nicht locker. Sie nötigte sie, ihr zu einem Haus am Dorfrand zu folgen, das wahrscheinlich Yula gehörte. Und irgendwie veranlaßte sie die Frau – mit ihrer Verzweiflung, ihrer Verbindung zum Übernatürlichen –, durch das Loch in der Tür zu blicken. Alles war so, wie die Frau es geschildert hatte.

»Ich sah als letzter hinein«, sagte der Händler, »nicht weil ich gezögert hätte, wißt ihr, sondern weil ich halt wartete, bis ich an der Reihe war. Als ich mich vorbeugte, um durch die Tür zu spähen, ging gerade die Sonne auf. Ich spürte ihre Wärme an meiner linken Seite, wo die Frau den Schlag des Eises gespürt hatte.«

Der Anblick, der sich ihm bot, entsprach der Schilderung der Verrückten. Drei versteinerte Gestalten, gefangen vom Eis und von der Zeit. Denn zwischen den erstarrten Armen des Mannes mit dem aufgerissenen Mund und dem durchhängenden Dach schwebte ein marmornes Kind, als hinge es an einem unsichtbaren Faden.

»Nichts hat es da gehalten, aber es *schwebte* tatsächlich. Ein drei oder vier Jahre alter Junge, mit lockigem Haar und den weißen Augen eines blinden Hundes.«

Anscheinend waren sie tot. Wie hätte es auch anders sein können?

So benommen er war, schickte sich der Händler dennoch zum Gehen an. Als er von den Bohlen zurücktrat, wirbelte jedoch ein Lichtfünkchen an seiner Wange vorbei. Es war ein Reflex der Sonne, der von einer metallenen Spange, einem Messer oder einem Knopf abgeprallt war. Er drang dort ein, wo sein Auge hindurchgeblickt hatte, durch den Spalt in der Tür.

Es ertönte ein lautes, scharfes Klicken.

Es kam aus der Hütte.

»Seht mal!« schrie einer der Männer, »die Sonne läßt die Häuser schmelzen!«

Der Händler sah nicht hin. Er drückte sich wieder an die Tür und spähte durch die Öffnung. Und erblickte, was er insgeheim erwartet hatte.

Der zusammengekrümmte, erstarrte Körper des schwebenden Jungen erbebte. Das Licht, eine weißgoldene Nadel, hatte ihn ins Herz getroffen. Das Licht hatte sich ins Eis gebohrt, das nun in der runden, dunklen Wunde schmolz. Während der Händler zuschaute, hörte das Beben und Schmelzen auf. Das marmorne Kind fiel herab. Es schlug auf dem Boden auf. Es zersprang. Wie ein gläserner Kelch. Und aus den Bruchstücken, den zerschmetterten Händen und dem Kopf, dem geborstenen Rumpf und den Löckchen kam das purpurfarbene Blut hervor, das in der Kälte dampfte.

Der Händler trank die Brühe aus der Schüssel. Als er fertig war, hob er den Blick zu den Gesichtern der Dörfler, die er mit seiner Erzählung unterhalten hatte. Sie sahen ihn an mit dem ernsten Blick von Menschen, die sich in ihren geheimen Ängsten ertappt fühlen, nickten ihm aber zu.

»Ob ihr's nun glaubt oder nicht«, sagte er. Er sah, daß sie ihm glaubten. »Ich träume immer noch davon. Wir brachen rasch auf, ohne noch einen Blick auf die anderen Hütten zu werfen, von denen das geschmolzene Eis in Strömen herunterlief. Die Frau nahmen wir ins nächste Dorf mit und ließen sie dort. Sie sprach nicht mehr und gab auch sonst keinen Mucks von sich. Sie sah nicht gut und hatte mehrere Finger verloren.«

Der Aufseher drehte sich um und brüllte durch die Stille: »Bier her!«

Boroi stand auf.

Als der Morgen blaute, hallten die Schreie durch das Frühlingsgewölbe der Welt. Sie hatten ihren Ursprung in der Burg, obwohl sie wanderten. Als sie verstummten, begann ein Grauen ganz eigener Art.

Als Boroi, dem man aufgetragen hatte, die Nachttöpfe zu leeren, Kraus Gebrüll und dessen Hilfeschreie vernahm, eilte er zu den Gemächern der Korhlen hinauf. Jedoch nicht, um ihm zu helfen. Außerdem wäre er sowieso zu spät gekommen.

Aber als er im gespenstischen Licht des Morgensterns neben dem Gartenweg auf dem Hof stand, erblickte er Mechail Korhlen, den toten Erben, der sich vom Totenlager erhoben hatte und umherwandelte. Und Mechail, Borois ehemaliger Herr, schritt an ihm vorbei wie der Gott des Waldes, und auf dem Weg unter den Bäumen gab ihm seine bleiche Schwester ihr

Blut zu trinken, bevor er über die Mauer sprang und verschwand.

Vor Kraus Beisetzung schickte man Sklaven mit duftenden Kräutern zur Gruft der Korhlen. Der Gestank ließ sich nicht zerstreuen, doch das störte Boroi, den Nachttopfträger, bei seinem Eintreten nicht. Eigentlich hatte er in der Gruft nichts verloren, aber dort, wo so viele andere Sklaven ein- und ausgegangen waren, hielt ihn niemand auf. Es war Nachmittag, der Aufseher vom Gasthof schlief… Auch Krau schlief in der Kapelle, anstelle des anderen, der verschwunden war.

Im Gasthof gab es Ratten, und Boroi hätte eine fangen können. Das würde vielleicht ausgereicht haben. Aber der Instinkt, der ihn gedanken- und willenlos leitete, befahl ihm etwas anderes.

Sie war nicht schwer zu finden. Sie lag dort auf dem steinernen Sockel und war unter den Spinnweben nicht zu verkennen. Ihre Gebeine waren im Lauf der Jahre eingedunkelt, die Haarsträhnen waren verblaßt und abgefallen. Aber die Halskette der Crel perlte noch über ihre Halswirbel, so mitleidsvoll wie Wasser. Außerdem war etwas Besonderes an ihrer Totenhaltung. Boroi, der sich dessen weder bewußt war noch innerlich darauf reagierte, nahm es dennoch wahr. Ihre Haltung war die einer Schlafenden. Um sie herum lagen die anderen, die Herren von Korhlen und deren Frauen. Ganz in der Nähe war der Knochenhaufen seiner ersten Frau. So tot sah sie aus, so *gestorben,* daß selbst ein so unsensibler Mensch wie Boroi dessen sicher sein konnte. Kolris Vre Korhlens erste Gemahlin hatte ihre Ruhe gefunden.

Aber mit der Herrin Nilya verhielt es sich anders.

Vielleicht wäre Boroi auch dann hergekommen, wenn die Gruft aus Anlaß von Mechails Beisetzung geöffnet worden wäre. Oder jemand anders hätte sich an Borois Stelle darum gekümmert.

Der Duft der am Boden ausgestreuten Kräuter hob

sich scharf ab vom Modergeruch des verfallenden Elfenbeins und der fleischlichen Überreste.

Mit einem Küchenmesser aus dem Gasthof brachte sich Boroi einen flachen Schnitt am Oberarm bei, hoch genug, um nicht bemerkt zu werden, und oberhalb des schlimmsten Drecks. Das Blut ließ er auf Nilyas Gebeine tropfen. Die Knochen saugten das Blut rasch auf, als wären sie ausgetrocknet und durstig. Nur ein einzelner Spritzer, der versehentlich auf den Steinboden fiel, blieb flüssig und funkelte wie ein Rubin.

Boroi trat zurück, verband sich den Arm und ließ den Ärmel herunter. Er leckte sein Blut vom Messer ab. Dann steckte er das Messer weg und verließ unverzüglich die Gruft.

Als er gegangen war, ließ sich eine ausgehungerte Spinne, die das Blut gerochen hatte, an einem Silberfaden auf Nilyas braunes Skelett hinunter und begann sich einzuspinnen.

Einige Zeit später, als man Boroi vom Gasthof abkommandiert hatte, um den untoten Mechail im Wald zu jagen, kam es zu einer phantastischen und erschreckenden Begebenheit, die mit dem Magister Anjelen zu tun hatte. Der Sommerwald erstarrte in winterlicher Kälte, und aus einem zugefrorenen Tümpel brachen Wolfsdämonen hervor, die die Jäger in die Flucht schlugen. Soldaten und Sklaven zerstreuten sich unterschiedslos in alle vier Winde, und die meisten verschwanden, denn für gewöhnlich verschluckte der Wald Wesen und Menschen, worin er dem Meere glich.

Auch Boroi verirrte sich, das heißt, er geriet aus dem Bannkreis der Macht des Vres.

Mit seinem bronzenen Halsring lief Boroi durch den Wald, ohne einer Menschenseele zu begegnen, ohne verfolgt zu werden, so wild wie nur irgendein Tier und ebenso gedankenlos. Es war Sommer, das Land gefüllt wie eine Speisekammer und ebenso wohnlich wie ein Zelt.

9. Kapitel

MAN MUSSTE NICHT UNBEDINGT SCHÖN SEIN, um das Gewerbe der Hurerei auszuüben. Die meisten Frauen und Jünglinge, die in der Stadt ihrer Arbeit nachgingen, sahen durchaus gewöhnlich aus, abgesehen davon, daß sie in dem Maße, wie die Tätigkeit ihren Tribut einforderte, runzlig wurden oder das fette, matschige Aussehen faulender Früchte annahmen. Das Mädchen, das hin und wieder am Rande des Marktplatzes auftauchte, an den Kais und auf den schmalen Gassen, die zum Friedhof bei der Kathedrale führten, erregte darum bisweilen Aufsehen. Sie trug ihr Haar zu drei Zöpfen geflochten, von denen zwei unmittelbar an den Schläfen begannen und bis zu den Schulterblättern reichten; der dritte und mittlere Zopf, der dickste von allen, reichte ihr bis zu den Knien. Ihre Haut war weiß und glatt, und ihre Augen waren dunkel und glänzend wie die einer Heiligenmaske. Sie war weder dick noch mager. Ihr Körper war der einer gutgenährten vierzehn- oder fünfzehnjährigen Jungfer vom Lande.

Ihre körperlichen Reize wurden durch ihr geheimnisvolles Kommen und Gehen noch verstärkt. Häufig erschien sie weder bei Tag noch bei Nacht. Dann wieder sah man sie am Morgen, am Nachmittag, am Abend und um Mitternacht und folgte ihr vielleicht. Da waren die, welche ihr Anträge gemacht hatten; von sich aus sprach sie niemandem an. Stets war sie willig, so schien es jedenfalls. Aber wer kannte schon jemanden, der mit ihr gegangen war und erzählen konnte, wie sie war und wieviel sie verlangte?

Am seltsamsten aber war das Gerücht, das besagte, sie gehe ihrer Tätigkeit in einem schmalen Haus auf dem

Gotteshügel nach, das der Kirche gehörte. Vor einiger Zeit hatte dort ein Soldat mit seiner Bediensteten gewohnt, oder vielleicht war sie auch die Magd eines Priesters gewesen – was *sie* getan hatten, danach hatte kein Hahn gekräht. Ein Schiff Gottes war auf dem Fluß erschienen, und der Soldat und das Mädchen waren mit ihrem Herrn, dem Magister, fortgegangen. Man glaubte, das Haus sei anschließend verschlossen worden. Statt dessen verkehrte seitdem die Prostituierte darin.

Der Abt tätschelte seinen kahlen Schädel, liebkoste die seidige Haut und schnupperte an einer Parfümkugel. Die Neuigkeit, die ihm der Händler überbracht hatte, bereitete ihm Unbehagen. Der Sommer ging zur Neige, aber heute war es sehr heiß, und erst vor kurzem hatte er mit einem anstrengenden Mann zu tun gehabt, einem Meister seines Ordens, hier in diesem Raum. Der Abt hatte etwas Falsches gesagt, weil er sich davor gefürchtet hatte, einen Fehler zu machen. Er fürchtete sich noch immer, jedesmal wenn ein Bote oder ein Gesandter der Kirche aus einer anderen Stadt eintraf …

Das Kloster an der Küste, das die Gottesritter beherbergte, war eine Macht, die meistens im verborgenen wirkte, in der Stadt aber allgegenwärtig war. Es hieß, das Kloster unterstütze gleichermaßen weltliche wie kirchliche Einrichtungen, und zweifellos tat es dies auch, wenngleich nicht einmal der Abt Kenntnis davon hatte. In der Stadt und in deren Umkreis gehörten dem Kloster bekanntermaßen an die hundert Liegenschaften, darunter mehrere Straßen samt Wohnhäusern, von denen einige reisenden Beamten, Vertretern des Militärs, Spionen und anderen Bediensteten der Heiligen Kirche vorbehalten waren.

Es war noch nicht lange her, da hatte der gefährliche und lästige Gast des Abtes seinen Wachhauptmann in einem Haus auf dem Gotteshügel untergebracht. Jetzt wohnte dort anscheinend eine Hure.

Draußen ertönte eine Glocke.

»Herein!« rief der Abt und hörte auf, seinen Schädel zu streicheln.

Ein gewöhnlicher Priester trat ein und verneigte sich, ein Novize, der für eine mittelgroße Stadt oder ein größeres Dorf vorgesehen war – der notwendige Überschuß des Priesterseminars einer Kathedrale.

»Ich habe eine unangenehme Aufgabe für Euch.«

Der Novize zeigte keinerlei Regung. Das war zu erwarten gewesen. Die niederen Ränge erhielten hier nicht nur Unterweisungen, sie wurden auch von ihren Repetitoren und Vorbetern regelmäßig mit Besorgungen betraut. Der Abt schilderte das Problem mit dem kircheneigenen Haus und der Hure.

»Ich muß Euch bitten, das Haus zu beobachten. Ein weltlicher Beamter ist hier fehl am Platz. Ein solcher Mann könnte in Versuchung kommen oder sich bestechen lassen. Wie man Euch gelehrt hat, kümmert sich die Kirche um ihre eigenen Angelegenheiten. Wenn Ihr Euch kundig gemacht habt, kommt wieder zu mir. Dann wird unser militärischer Arm die notwendigen Maßnahmen ergreifen. Bis dahin müßt Ihr Euren Studien nachgehen, so gut Ihr könnt. Für die Dauer dieses Auftrags seid Ihr aller Bußen oder Maßregelungen entbunden, die Ihr Euch zugezogen haben mögt.«

Zunächst war der Novize nicht unzufrieden über den Auftrag. Er war von Natur aus träge, und seit ihn seine Familie mit zwölf Jahren zum Priester bestimmt hatte, waren ihm die mit seiner Berufung einhergehenden Pflichten selbst wie eine endlose Buße vorgekommen.

Er drückte sich oder schwindelte, wo er nur konnte, und wenn beides unmöglich war, erledigte er seine Aufgaben gewissenhaft, so daß sich viele von ihm hatten täuschen lassen und ihn für fleißig und arbeitsam hielten. Denn er war ebenso machtgierig wie faul und strebte nach dem bißchen Macht, das ihm die Kirche geben konnte. Als er sich einmal fleischlich versündigte, hatte er sich hinterher große Mühe gegeben, und anscheinend hielt man ihn nun für über alle Anfechtungen erhaben. Tatsächlich reizte ihn sein Auftrag. Er hoffte, er werde ein paar Dinge zu sehen bekommen, obwohl er zu klug war, um seinerseits tätig werden zu wollen. Wie auch immer, nachdem er einen Tag und einen Teil der Nacht vor dem schmalen Haus Wache gestanden und gewartet hatte, verdüsterte sich die Stimmung des Novizen, und er wurde unzufrieden. Es geschah nämlich nichts. Niemand kam heraus oder ging hinein. Nicht einmal die häßlichsten oder tugendhaftesten Damen näherten sich diesem Ort.

Er hatte beschlossen, in der Straße keine Erkundigungen einzuholen, denn ihm war klargeworden, daß die Informationen des Abtes auf Berichten aus der Gegend beruhten. Außerdem war es unter der Würde der Kirche, herumzulaufen und derartige Fragen zu stellen. Statt dessen trat er seine Nachtwache in einem Haus auf der anderen Straßenseite an, wo sich ein ältlicher Kirchenbediensteter seiner annahm. Einmal ging der Novize hinaus, spazierte durch die Nachbarschaft und betrachtete das schmale Haus aus größerer Nähe.

Ein hoher Baum überschattete die Rückseite des Hauses, wo auch ein kleiner Garten oder Hof zu liegen schien. In der Nachmittagshitze sahen die Blätter des Baumes aus, als bestünden sie aus getriebener dunkelgrüner Bronze, und wenn ein Windhauch hineinfuhr, zischten und raschelten sie wie ein Nest voller Schlangen.

Am zweiten Tag stand der Novize spät auf, obwohl er dem Bediensteten gegenüber Gegenteiliges angedeutet hatte. Den Vormittag verdöste er vor den angelehnten Fensterläden. Den Nachmittag ebenfalls. Am Abend, als ihm Linseneintopf und Wein serviert wurden, zeigte er Anzeichen ungewöhnlicher Wachsamkeit.

»Hast du etwas gesehen, mein Freund?« fragte der Novize den Bediensteten, um sicherzugehen.

»Ich sehe nicht mehr gut, Bruder. Ich kann nur eine Armeslänge weit sehen.«

»Dann paß auf, was du in den Eintopf tust«, scherzte der Novize.

Offenbar hörte der Diener auch schlecht, denn er lachte nicht.

Kurz nach dem flammendroten Sonnenuntergang, der die Stadt in eine Hölle verwandelte, wurde ein Fenster des schmalen Hauses hell.

Der Novize glotzte hinüber. Ihm wurde klar, daß ihm der unzüchtige Akt aufgrund seiner Unachtsamkeit offenbar entgangen war. Kurzerhand legte er sich eine Geschichte zurecht, wie er ihre Ankunft bei Sonnenuntergang zwar bemerkt, im rötlichen Zwielicht aber nichts habe erkennen können.

Das Licht war blaß und kraftlos, vielleicht stammte es von einer einzelnen minderwertigen Kerze. Dann verschwand es und tauchte gleich darauf an einem zweiten, tiefer gelegenen Fensterschlitz auf. Es verschwand erneut, und dann öffnete sich die Haustür.

Inzwischen lag die Gasse im Dunkel, abgesehen von zwei Paar Fackeln, die dank der Großzügigkeit der Heiligen Kirche am vorderen und hinteren Ende angebracht waren. Als der Eingang aufleuchtete, war es, als erblicke er eine Erscheinung.

Einen Moment lang meinte der Beobachter, nicht der Eingang leuchte, sondern das Mädchen. Ihr Gesicht und ihre Kleidung waren so weiß, daß ausgerechnet sie von einem jungfräulichen Heiligenschein umhüllt schien. Dann dunkelte sie ein und war nur noch eine Frauengestalt in einem gewöhnlichen pastellfarbenen Sommerkleid, die in einem Hauseingang stand.

Die Tür schloß sich, und die Frau entfernte sich über die Straße. Sie ging langsam, schritt aber gleichmäßig aus.

Der Novize eilte die Treppe hinunter, wobei er beinahe den Bediensteten umgerannt hätte, der unten gerade über den Korridor kam. (»Aus dem Weg, du altes Ekel!«)

Auf der Straße stellte der Novize mit Erleichterung fest, daß das Mädchen noch nicht verschwunden war. Mit ihrem langsamen Schlendern war sie gerade erst bis zu den Fackeln am Ende der Gasse gelangt. Er folgte ihr in angemessenem Abstand, ohne sich allzusehr zu beeilen, damit sie nicht merkte, daß sie verfolgt wurde.

Offenbar war die Hure unterwegs zu den Kais, zum breiten Fluß, bei Nacht keine zuträgliche Gegend. Da er sein Priestergewand trug, tröstete sich der Novize mit dem Gedanken, daß nur sehr selten jemand die Hand gegen die Kirche zu erheben wagte. Er mußte auf Gott vertrauen. Der Novize, der auf niemandem vertraute und bestimmt nicht auf Gott, den grausamen und schrecklichen Himmelsfürsten, der sich wie jeder Herr nur durch Schmeicheleien erweichen ließ, folgte seiner Beute zwischen den hochaufragenden Fassaden der Häuser durch die Gassen, sprang über Abwassergräben hinweg, duckte sich im hellen Fackelschein und wartete auf eine Gelegenheit, einen Blick auf das Gesicht der Frau werfen zu können.

Als die ersten Tavernen auftauchten und es belebter wurde, meinte er, sie werde sich jeden Moment einen Kunden angeln. Aber obwohl sich haufenweise Betrunkene und Raufbolde nach ihr umdrehten und sie betrachteten, berührte sie niemand, und nur sehr wenige sprachen sie an. Sie selbst schien sie nicht zu bemerken. (Er schlich vorbei.)

Auf wen hatte sie es abgesehen? Vielleicht auf die Schiffer von den Flußkähnen oder auf die Händler vom Markt. Was machte es schon, daß sie nach Fisch und Pech stanken, wenn ihnen das Geld nur locker in der Tasche saß?

Aber die Hure schlenderte weiter – ihm kam es jetzt eher so vor, als schlenderte sie, anstatt daß sie ging, so als bummelte sie suchend durch einen Garten oder Wald – und schwenkte allmählich vom Fluß zur Oberstadt ab, der marmornen Insel mit ihren unterirdischen Kanälen, der Kathedrale und den Steinhäusern.

Unter einem Torbogen, an der Statue des Heiligen Eda, des Schmieds, fand die Hure einen Freier, und als sie mit ihrem Opfer aus dem Dunkel ins Licht der Fackel trat, die dort brannte, erblickte der Novize endlich ihr Gesicht. Es übertraf seine kühnsten Erwartungen. Sie war jung, nicht älter als fünfzehn und noch unverdorben. Ihre Haut war weiß wie das Innere eines Apfels, ihr Mund fein geschnitten, aber die Augen waren dunkel und irgendwie seltsam. Obwohl er sie schön fand, hielt es der Novize für möglich, daß sie geistig beschränkt war. Denn sie sah aus wie eine Schwester aus der Doma der Kathedrale. Sie sah aus, als wäre sie noch nie mit einem Mann mitgegangen und hätte sich allein Christus zu Füßen gelegt, mit einer weißen Rose in der Hand und unbeflecktem, geschlechtslosem Schoß.

Der Mann war ein wohlhabender Niemand, der Sohn irgendeines Ladenbesitzers, der auf Frauenfang war. Offenbar schätzte er sich glücklich und versuchte, das Mädchen in einen nahegelegenen Gasthof hineinzubugsieren.

Da ergriff die Hure das Wort, und der Novize auf seinem Beobachtungsposten hörte sie. »Nein, ich habe ein Haus. Kommt mit zu mir. Dort wird es für Euch netter sein.«

»Ein Haus, wie? Na, du machst mir wirklich Spaß. Aber ich habe mir noch nie viel daraus gemacht, es an einer modrigen Wand zu treiben. Denk dran, keine Spielchen. Ich habe einen Dolch im Gürtel stecken.«

»Das ist gut«, sagte sie. Ihre Stimme war wohltönend und sanft und dennoch von kristallener Klarheit.

Der Tagedieb hörte eine doppelte Bedeutung heraus und lachte in sich hinein. Er umschlang erst ihre Schulter und dann ihre Hüfte, ihre Brust. Er war entflammt, und der Novize, inzwischen selbst erregt und gespannt auf ihre Mätzchen, die er zumindest würde belauschen können, folgte ihnen, wobei er bedauerte, daß sich der Rückweg so lange hinzog.

Der Tagedieb beklagte sich unterwegs mehrmals darüber. »Wo führst du mich hin? Keine Spielchen, habe ich gesagt.«

»Mein Haus liegt dort drüben.«

»Auf dem Gotteshügel? Das soll wohl ein Scherz sein.«

Aber natürlich war es kein Scherz, und der Narr wunderte sich ausgiebig darüber. Für alle Fälle hatte er seinen Dolch – den aus dem Gürtel – bereits gezogen, aber das Mädchen führte ihn zur Haustür, öffnete sie, und sie traten ein.

Mittlerweile war es Mitternacht geworden. Im marmornen Turm der Kathedrale schlug eine Glocke.

Plötzlich stieß der Novize einen gottlosen Fluch hervor. Er vernahm noch etwas anderes und wußte sogleich, was es war. Ein dumpfes Trommeln, das Winseln von Flöten und das Klimpern von Scheiben, die mit Nägeln angeschlagen wurden, ein an- und abschwellendes Dröhnen, dann ein plötzlicher schriller Schrei. Außerdem näherte sich ein Licht, ein Dutzend lodernder Fackeln, und in ihrem Schein das lärmende, heulende Etwas mit der Holzkiste in der Mitte: ein Leichenzug auf dem Weg zum Friedhof. War erst einmal ein Fleckchen Erde auf heiligem Boden erworben, auf dem Friedhof der Kathedrale, dann nahmen die Begräbnisse auf niemanden mehr Rücksicht. Der Ritus wurde vollzogen, wann immer ein Priester aufzutreiben war – mittags, morgens oder des Nachts, wenn der Mond untergegangen war.

Der Novize drückte sich in den Eingang zum Haus

der Hure. Er hatte gehofft, der Akt werde auf dieser Seite des Hauses vollzogen, wo er ihn durch eines der tiefer gelegenen Fenster hätte beobachten können. Jetzt würde er durch den Trauerlärm hindurch nichts hören. Außerdem würde man ihn im Licht womöglich entdecken…

Etwas veranlaßte den Novizen, in diesem entscheidenden Augenblick gegen die Tür zu drücken. Die Annahme, er könne ins Haus gelangen, war dumm und unvernünftig. Aber die Tür bewegte sich. Sie gab nach und ließ sich öffnen. Vor ihm lag die Diele und eine Holztreppe. Der Boden war mit muffigen alten Binsen bedeckt, die nach dem Auszug der früheren Bewohner nicht mehr gekehrt worden waren. In der Luft lagen ein schwacher Fischgeruch und das scharfe Aroma des Haars und der Haut der Geschlechter, die sich hier vereinigt hatten.

Alle möglichen Gedanken schossen dem Novizen durch den Kopf. Der Lärm des näher kommenden Leichenzugs würde die leisen Geräusche überdecken, die er beim Eindringen in das Haus machen würde. Wenn die Frau und ihr Freier bereits zugange waren, würde er einen Blick auf sie werfen und sich wieder verdrücken, ehe der Mann sie verließ. Sollte er bemerkt werden, konnte er sich immer noch auf seinen Status als Priester berufen. Der wohlhabende Müßiggänger würde zweifellos in Panik das Weite suchen und ihm vielleicht sogar ein beachtliches Bestechungsgeld anbieten, denn die Entweihung kirchlichen Eigentums stellte ein ernstes Vergehen dar. Von oben vernahm der Novize die lüsterne Stimme des Mannes. Dann war der Leichenzug am Haus angelangt.

Der Novize lief auf Zehenspitzen die Treppe hoch, und als er den Absatz erreicht hatte, erblickte er über sich einen Teil des von Kerzen erhellten Raums auf der linken Seite des Hauses. Darin befand sich das Bett. Das Glück war ihm hold.

Auf dem Bett lag das Mädchen, flach wie eine Statue. Der Mann hatte seinen Umhang und die Stiefel ausgezogen und war gerade damit beschäftigt, aus seiner Bundhose zu schlüpfen und seine zweite Waffe hervorzuholen. Er stand gegenüber der Tür, jedoch seitlich gewandt, als wolle er es dem Beobachter besonders leicht machen. Der Mann spielte mit sich. An die Hure gewandt sagte er: »Zieh dein Kleid aus. Mach schon. Ich werde dich gut bezahlen, wenn du was taugst.«

Das Mädchen stand auf und zog sich wortlos das Kleid über den Kopf. Sie trug kein Unterhemd; allein das Haar bedeckte noch ihre Blöße, und das auch nur am Rücken.

Der Beobachter schluckte einen Speichelklumpen hinunter und überlegte, ob er es wagen sollte, Hand an sein Glied zu legen, das ihm hart wie Stein gegen den Bauch drückte. (Der Leichenzug hatte inzwischen das Haus passiert.)

Sie war jung und makellos, weiß wie Milch, mit perlmuttfarbenen Brüsten, mit Rosenknospen anstelle der Warzen. Ihr pelziges Geschlecht jedoch, die Erfindung des Teufels, war schwarz wie Kohle, ein Tier, das darauf wartete, mit seinem gottlosen Mund zu verzehren und zu verschlingen.

»Ja, ja«, flüsterte der Mann aus der Oberstadt, »so hab ich's gern. Ich werde dich gut bezahlen.« Er stieß sie wieder aufs Bett und rutschte über sie, kniete dort und leckte ihre Brüste. Und dann hielt er ihr seinen Penis vors Gesicht und meinte, sie solle daran lutschen. Auf seltsame, schlangenhafte Art tat sie wie geheißen, so als kostete sie von einer unbekannten Speise. Ihre Augen waren weit geöffnet und so leer wie Spiegel. Der Zuschauer fand, sie sähen abstoßend aus, und er überlegte, ob es dem Mann wohl genauso erging. Doch schon bald wurde der Penis von ihren forschenden Lippen zurückgezogen. Die Hure zog ihre weißen Beine an und spreizte sie in geübter Manier, die im Widerspruch zu ihrer ganzen sonstigen Erscheinung stand. Ihr Freier drang in sie ein und begann zu stoßen und zu tanzen, wobei er sich auf Hände und Ellbogen stützte und ihre Brüste anstarrte. (Der Novize ahmte die stoßende Bewegung mit der Hand nach, dabei immer schneller werdend. Es war jetzt ein Wettkampf, und er mußte gewinnen und als erster fertig werden.)

Aber der Mann war jung und kräftig, und er genoß sein Tun. Er hörte mittendrin auf, hielt sich zurück, brummend und keuchend. Und schließlich sagte er mit belegter Stimme: »Beweg dich mit mir zusammen, zeig mir, daß du mich gern hast…« Und die Hure schlang die Arme um ihn und wand sich unter ihm, mit ihren Zöpfen, die über das Bett rollten, und ihren cremefarbenen Beinen – und der Novize verspritzte seinen heißen Samen, auf der Treppe erschauernd und sich auf die Lippen beißend, damit er sich nicht verriet. Auch der Freier vermochte sich nicht länger zu beherrschen. Er ergoß sich mit einem markerschütternden Schrei, der die Deckenbalken erbeben ließ.

»Du bist reizend, wirklich reizend«, sagte der Freier. »Ich… ich gebe dir Gold. Eine Goldmünze, und wir machen es noch einmal…«

Als sich der Novize die Hände säuberlich am Taschentuch abgewischt hatte, machte er Anstalten, die Treppe wieder hinunterzusteigen und sich zu entfernen, denn er hatte gehabt, was er wollte.

Doch dann sagte die Hure etwas, und er erstarrte.

»Kein Gold. Gebt mir ein wenig Blut.«

»*Was?*«fragte der Mann auf dem Bett.

Und draußen dachte der Novize: *Was?*

»Nur ganz wenig«, sagte das Mädchen einschmeichelnd, wie ein Kind. »Ihr könnt Euch mit Eurem eigenen Messer schneiden. In die Schüssel dort. Nur ein paar Tropfen.«

»Du bist verrückt«, sagte der Freier und wich vor ihr zurück. »Wofür willst du das… *Blut* denn haben?«

»Ich brauche Eure Kraft«, sagte das Mädchen.

»Du bist verrückt. Du bist keine Hure. Um Himmels willen, wer bist du?«

Das Mädchen, das unter ihm lag, sagte sanft und klar und unbeeindruckt von seinem entsetzten, wütenden Gesicht und seinem riesigen, bebenden Körper: »Ich weiß nicht. Ich erinnere mich an eine Kapelle und an Frauen. Aber damals war ich noch Jungfrau.«

»Du verrückte Schlampe!« Der Mann riß sich von ihr los und wich zur Tür zurück. »Bist du eine Hexe?«

Das Mädchen antwortete nicht.

Der Novize auf der Treppe, der wie gebannt zuschaute, besann sich auf die Kunstgriffe seines Gewerbes und sandte ein Stoßgebet gen Himmel. Eine Hexe? Sie war bestimmt ein Dämon, nicht mehr und nicht weniger. Ein Geschöpf des Teufels. Man mußte sie ergreifen, verhören, exorzieren, verbrennen. Aber er allein vermochte nichts auszurichten. Er würde die ganze Macht der Kirche brauchen, um damit fertigzuwerden.

»Gebt mir ein wenig Blut.«

Die Wiederholung war erschreckend.

»Hier … nimm diese Münze … sie gehört dir …«

»Ich will kein Gold. Ich will Euer Blut. Dann könnt Ihr mich noch einmal nehmen.«

»Dich nehmen? Da sei Gott vor.« Ihr Freier bekreuzigte sich nun. Die Vampirin ließ sich von seiner laienhaften Geste offenbar nicht beeindrucken. Sie lag ruhig da, wandte den Kopf und sah ihn an mit ihren unirdischen schwarzen Augen.

»Ihr müßt«, sagte sie. »Tut es jetzt gleich.«

Und dann geschah etwas, das den Novizen zu Tode erschreckte und ihm jäh klarmachte, daß er wirklich ein Geschöpf des Teufels vor sich hatte. Die Frau stand nicht einfach auf – kurzzeitig wurde sie zu einem blassen, ölig-dicken, gesichts- und körperlosen Talgstrang, der sich zusammenrollte, sich aufrichtete und wieder Gestalt annahm. Und dann stand *sie* wieder vor dem großen Tagedieb aus der Oberstadt, und ihre neugeformten Augen waren die eines Engels der Hölle, und hinter ihr regten sich riesige unsichtbare Schwingen. *»Tut es.«*

Winselnd und zitternd wie ein elender Sklave gehorchte der Mann und entzog sich den Blicken des Novizen. Das Messer verrichtete sein Werk im verborgenen.

Ohne Vorwarnung kam der Mann Hals über Kopf aus dem Zimmer gestürzt, barfuß, seine Habseligkeiten an sich gedrückt, und prallte auf den erschreckten Novizen. Und wohl weil er meinte, den leibhaftigen Teufel vor sich zu haben, rannte der Mann schreiend die Treppe hinunter, fiel hin, rappelte sich wieder hoch und lief auf die Straße. Etwas war dem Beobachter auf die Wange gespritzt. Es war ein Blutstropfen.

Von Entsetzen geschüttelt, wankte der Novize hinter dem ersten Flüchtigen die Treppe hinunter. Er wollte nicht mit einem Vampir alleinbleiben. Er hatte ihren Kopf über den Boden rutschen sehen und meinte gehört zu haben, wie sie das Blut aus der verborgenen Schüssel getrunken hatte. Das reichte.

Auf der Straße angelangt, rannte er ebenfalls davon – nicht zum gegenüberliegenden Haus, sondern in Richtung der Kathedrale. Im Augenblick wünschte er sich nichts sehnlicher, als dort zu sein und die Sünde der Masturbation zu beichten, ganz gleich, wie schwer die Strafe ausfallen mochte. Das Böse hatte ihn besudelt. Er war in Gefahr.

Die sieben in Schwarz, Scharlachrot und Gold gekleideten Kathedralenwächter galoppierten mit funkelnder Rüstung die Straße entlang, auf ihren Umhängen ein Zaun von schwarzen Kreuzen. Den ganzen Weg über wich man ihnen furchtsam aus, starrte sie an, zeigte auf sie. Offenbar hatten sie einen Auftrag zu erledigen. Der Hauptmann hatte sein Schwert gezogen, ein Symbol der Gewalt. Die drei schwarzgekleideten Priester, die etwas gemächlicheren Schritts hinterhergeritten kamen, wirkten unheilschwanger wie Krähen. Einer hielt einen schwarzen Kasten fest, der mit einer silbernen Kette verschlossen war. Darin mochte ein Exemplar der Heiligen Schrift sein.

Als sie an dem schmalen Haus auf dem Gotteshügel angelangt waren, kam die wilde Jagd klirrend zum Stehen.

Die Soldaten schritten zur Tür und schlugen mit den Fäusten dagegen.

Niemand öffnete. Die Tür blieb fest verschlossen, die Fensterläden blieben zu.

Bald darauf sahen die zahlreichen Zuschauer, wie die Tür aufgesperrt wurde – das Haus war Eigentum der Kirche, darum waren die Schlüssel verfügbar. Die Soldaten traten als erste ein und machten einen Höllenlärm, als sie durch die Räume und über die Treppe nach oben stürmten, wobei sie gegen alle möglichen Sachen schlugen oder sie umwarfen. Die Fensterläden wurden aufgeklappt. Nun sah man, wie die Wächter durch die kleinen Räume im Obergeschoß irrten. Vorbeiparadierendes Rot und Schwarz und glitzernder Stahl.

Dann erschien der Hauptmann im Eingang.

»Hochwürden«, sagte er zu den Priestern, »sie ist nicht da. Keine Spur von ihr.«

Daraufhin traten die Priester ein, und fünf Soldaten kamen heraus, um auf der Straße bei den Pferden Wache zu halten, doch einer von ihnen trampelte mit dem Hauptmann wieder ins Haus, den Kasten mit der Bibel im Arm.

Bald darauf verbreitete sich der Geruch von Weihrauch, und man vernahm leises Singen, ein Glöckchen wurde geläutet, und überall im Haus wurden Kräuter verbrannt. Es war ein Exorzismus.

Nach einer Weile wurden die Läden wieder zugeklappt. Die Priester und die Soldaten kamen heraus und schlossen hinter sich die Tür, die anschließend vernagelt und mit einem roten Siegel versehen wurde, auf dem die Kuppel der Kathedrale prangte.

Die Priester und die Wächter ritten davon. Der Hauptmann hatte sein Schwert wieder in die Scheide gesteckt, doch das hatte nicht viel zu bedeuten.

An jenem Abend war der Sonnenuntergang nicht rot, sondern wurde von bleiernen Wolken verfinstert, Vorboten eines Sommergewitters. In der grauen Stirn des Himmels pochten Zornesadern.

Einige Leute meinten, sie hätten die Hure gesehen, ein Mädchen in einem weißen oder hellen Kleid, das zu unterschiedlichen Tages- und Nachtzeiten erschienen sei. Mehr als einmal sei sie in Begleitung gewesen. Ein paar Leute behaupteten, sie hätten anschließend Männer aus dem Haus stürzen sehen, von plötzlichen Schuldgefühlen überwältigt. Andere seien ganz normal fortgeschlendert.

Auch heute wieder waren Zuschauer anwesend. Sie hatten gespürt, daß sie kommen werde, so wie das Reh den Tümpel aufsucht, an dem der Jäger auf der Lauer liegt. Natürlich würde sie die Tür verbarrikadiert und mit dem Siegel der Heiligen Kirche verschlossen vorfinden. Wenn sie weglief, mochte sie vielleicht entwischen. Das kam darauf an. Die Augen Gottes waren überall.

Die Hure war in Begleitung. Sie war die jagende Katze, nicht das harmlose Reh. Sie war die Schlange, die sich im Baum wand, sie war Eva, die ihre Apfelbrüste darbot, und bald wäre sie selbst der verhängnisvolle Apfel, des Mannes Sündenfall.

Er war ein Arbeiter, mit Steinstaub bedeckt.

Sie gelangten zur Tür. In der tiefen Dunkelheit schien er nichts Ungewöhnliches zu bemerken, und sie legte ihre Hände auf die Tür und tat etwas... Ein Brett krachte, dann ein zweites. Die Tür schwang auf.

Als das Paar im Haus verschwunden war, konnten die Zuschauer, die nicht über die Tollkühnheit eines Priesters verfügten, nur noch abwarten.

Wie vielen Männern sie sich hingegeben hatte, hätte sie nicht sagen können. Da die Flüchtigkeit ihres Körpers ihrem unregelmäßigen Erscheinen in der Stadt entsprach, war ihre Erinnerung lückenhaft. Sie hatte sich zu dem Haus, wie zu anderen Orten auch, hingezogen gefühlt. Sich Fragen zu stellen, lag ihr nicht, sie dachte nicht nach. Sie hatte nur flüchtige Erinnerungen – an eine Kapelle, als sie noch Jungfrau gewesen war, desgleichen daran, wie sie sich einem Mann oder mehreren hingegeben hatte, gesichtslose Gespenster, die ihr gesagt hatten, was sie tun sollte. Sie hatte keine Gefühle. Sie wechselte so rasch zwischen der körperlichen und der geistigen Dimension hin und her, daß sie noch keine Zeit gehabt hatte, sich darauf einzustellen.

Zweimal hatten sich ihre Straßenbekanntschaften nach ihrem Namen erkundigt. Jäh entfaltete sich daraufhin vor ihr die Erinnerung, eher ein Versehen denn ein Zeichen von Genesung. Sie gab *Anya* als ihren Namen an.

Der Steinmetz interessierte sich nicht für Namen. Sie stiegen zu dem Raum mit dem Bett hoch, legten sich aufs Laken und kopulierten. Er verlangte nichts Ungewöhnliches und brauchte nicht lange.

Dann bot er ihr Bezahlung an. Nicht viel; sie hatten vorher keinen Preis vereinbart.

Wie es ihm der Novize hätte im voraus sagen können, verlangte es *Anya* nach einen ganz besonderen Lohn.

»Gebt mir ein wenig Blut.«

Der Steinmetz richtete sich auf. »Blut? Warum das?«

»Weil du stark bist.«

»Das stimmt, ich bin stark. Das findest du also auch, wie?«

Manche erschraken über ihr Verlangen, andere hingegen erregte es von neuem.

Der Steinmetz willigte lediglich ein, denn die Bezahlung erschien ihm gering. Jetzt würde er sich von dem Geld noch betrinken können.

Er trat zu der Holzschüssel vor dem Fenster, schnitt sich leicht und ließ einen dünnen roten Strahl hineinfließen. Dann ging er.

Anya trank das Blut. Es bedeutete ihr nichts, es sättigte sie nicht und hatte nichts Verlockendes, erfüllte sie weder mit Hoffnung noch mit Verlangen, verschaffte ihr weder Ekstasen noch Erkenntnisse. Sie fühlte sich dazu gedrängt, so wie sie sich zum Haus hingezogen gefühlt hatte oder wie es sie drängte, sich körperlich zu manifestieren. Vielmehr empfand sie eine Art Ekel, darum schüttelte sie den Kopf, und die schweren Zöpfe flogen und klatschten ihr auf den Rücken.

Draußen auf der Straße war der Steinmetz ungesehen und unbemerkt von drei stummen Wächtern der Kathedrale festgenommen worden. Sie führten den verängstigten Mann zum Verhör ab.

Anya in ihrem Zimmer tat überhaupt nichts. Vielleicht wäre sie dem Leben ebenso wieder entglitten, wie sie hineingeglitten war. Oder vielleicht war sie auch gerade im Begriff, die Kerzen zu löschen, die sie nachts brennen ließ und die sie von ferne an eine Flamme in einem Altarlämpchen erinnerten. Auf einmal ertönten jedoch im Innern des Hauses laute und bedrohliche Schritte – zwei ungeduldige Soldaten der Kirche wollten die Hure mit einer Fackel holen.

Sie traten in das Zimmer mit dem Bett. Und da war sie und setzte gerade die belastende scharlachrote Schüssel ab; sie hatte sehr langsam getrunken und vielleicht sogar vergessen, was sie überhaupt hatte tun wollen.

»Du mußt mit uns kommen.«

Anya starrte sie an.

Dann kam sie zur Tür, so ruhig, daß die Soldaten sie passieren ließen. Sie sahen es jemandem an, wenn er sich mit seinem Schicksal abgefunden hatte. Sie ließen sie als erste die schmale Treppe hinuntersteigen. Als die Frau um die Ecke gebogen war, hörten die Soldaten die Schüssel herunterfallen. Sie stürzten ihr nach, aber die Hure war weg. Sie war einfach verschwunden.

Der eine durchsuchte noch einmal das ganze Haus, während der andere auf die Straße eilte. »Ist sie hier?«

Zwei ihrer Kameraden traten aus ihrem Versteck hervor und schüttelten verwirrt die Köpfe.

Im Schein der Fackel erblickten sie auf der Schwelle einen einzelnen, mit feuchtem Blut markierten schlanken Fußabdruck.

Daraufhin runzelten sie die Stirn und bekreuzigten sich.

Ein weiterer lärmender Leichenzug näherte sich über die Straße. Die Soldaten blickten verständnislos auf den blutigen Fußabdruck, dann sahen sie sich erst gegenseitig an und dann den Mann, der in diesem Moment herauskam und meinte, die Hure sei nicht mehr im Haus. Und ohne etwas zu hören, lauschten sie auf das Wehgeschrei und eine Stimme, die inmitten des Trauergesangs hinreißend schön sang.

»Eine Hexe«, meinte der Soldat, der das Haus durchsucht hatte. Jetzt stand es also fest.

Der Leichenzug hatte sie eingefangen wie ein Spinnennetz. Es war durchaus denkbar, daß die Neugier – das *Leben* hatte sie neugierig gemacht, sie kehrte unweigerlich immer wieder zu ihm zurück – sie zum Verweilen bewogen hatte. Oder irgendein Element der Leichenzüge und Beerdigungen. Oder ihr Entschwinden hatte sie verwirrt. Sie war geflohen, ohne sich zu fürchten, aus einer plötzlichen Regung heraus.

In dem bemalten und mit Schnitzereien verzierten Holzsarg lag der Leichnam einer Frau. Anya konnte sie sehen. Eine Frau, die im Kindbett gestorben war – auch dies sah Anya, ohne weiter darüber nachzudenken.

In der Stadt hätte man den Leichenzug als mittelprächtig eingestuft. Vorneweg schritt der Priester mit einem langstieligen silbernen Kreuz. Ein Knabe schwang ein Rauchfaß. Der grellbunte Sarg war mit Blumen, Beeren, Blättern und zwei aufrecht stehenden blondhaarigen Trauerengeln geschmückt. Fünf schwarzgekleidete Musikanten bearbeiteten Zimbeln und Trommeln und machten mit ihren zwei Flöten einen Höllenlärm. Sie gingen ganz hinten, noch hinter den Fackelträgern und den Trauernden, die aufgrund ihrer dunklen Kleidung und ihrer gedrückten Mienen nicht voneinander zu unterscheiden waren.

Anya rematerialisierte im Rücken der weiblichen Sänger und stellte fest, daß sie in das Trauerlied mit eingestimmt hatte – das sie nicht kannte und dessen Melodie sie mühelos folgte, ohne auf die Worte zu achten.

Während sie eine Absicht aus dem Material formte, das gerade zur Hand war, drang ihr ein verschwommener Erinnerungsrest ins Bewußtsein. Mit dem Trauerzug dahinschreitend, merkte sie sogleich, daß sie sich irgendwo anders befand. Gleichzeitig spürte sie ganz deutlich die Anweisungen ihres anderen Ichs. Dies verwirrte sie jedoch nicht. Währenddessen dachte sie – sie dachte tatsächlich, so wie ein menschliches Wesen denkt, im Gegensatz zu ihren früheren Empfindungen, die etwas ganz anderes als Gedanken gewesen waren –, daß sie schon einmal auf einer Straße gesungen habe, auf einem Markt, unter einem schmalen Haus. Sie war unvermittelt zum Leben erwacht und hatte die Stimme erhoben wie ein Vogel, der bei Sonnenaufgang erwachte. Sie hatte einen Lobgesang angestimmt. Er bedeutete eine Art von Triumph. Ihr Gesang war wunderschön gewesen, vergleichbar dem einer ausgebildeten Sängerin bei Hofe. Dennoch war es eine widersinnige Fertigkeit. Eine Fertigkeit, die vielleicht gar nicht ihre eigene war, sondern die sie von jemand anderem geerbt hatte. Außerdem war es eine unmögliche Fertigkeit. Manchmal hatte sie nicht einmal eine Zunge, eine Kehle oder einen Mund gehabt, um ihren Gesang hervorzubringen. Auch jetzt fehlte ihr dies alles, denn diese Manifestation war äußerst sparsam.

Die Sängerinnen, die den Abschluß der Prozession bildeten, professionelle Klageweiber, die es gewohnt waren, zu jubeln oder zu kreischen, je nachdem, wofür man sie bezahlte, nahmen die dritte Stimme zunächst gar nicht wahr. Wie gewöhnlich waren sie von dem Weihrauch, den sie inhalierten, ein wenig benommen, eine angenehme Begleiterscheinung ihrer Arbeit. Die Droge erleichterte ihren Vortrag und machte sie zudem anfällig für Halluzinationen. Was diese betraf, waren sie stets geteilter Meinung und schwankten zwischen Unglauben und abergläubischer Hinnahme.

Als die eine Frau merkte, daß jemand hinter ihnen ging und sang, schaute sie sich um und erblickte im flackernden orangen Schein der Fackeln eine Gestalt in einem Umhang, die sie zu jedem anderen Zeitpunkt vor Schreck hätte erstarren lassen. Aber die Frau bekreuzigte sich nur, und als sie bemerkte, daß sich ihre Mitsängerin ebenfalls umdrehen wollte, berührte sie deren Arm und schüttelte den Kopf. Die zweite Frau gehorchte, drehte sich nicht um und bekreuzigte sich auf die gleiche Art. Sie gingen weiter, singend und standhaft, nur in ihren Augen lag ein wahnsinniges Glitzern. Selbst diejenige, die sich nicht umgedreht hatte, wußte, was ihre Schwester ihr hatte mitteilen wollen. Hinter ihnen schritt der Tod, der leibhaftig erschienen war, um dem Begräbnis beizuwohnen.

Der Friedhof der Kathedrale lag in einer Mulde auf der Kuppe des Hügels und war von einer Mauer aus Granit umgeben. Nachts wurden die vier Tore bewacht, denn viele Gräber waren verschwenderisch geschmückt. Über dem Tor, durch das der Leichenzug eintrat, ragte ein riesiges Granitkreuz mit einem Eisenschwert auf, das von einem weißen Wolfsschädel gekrönt wurde. Das Wahrzeichen war uralt und symbolisierte die Stärke des Gesetzes, das überall in der Stadt auf kirchlichem Boden wirksam war. Außerdem deutete es eine Verbindung zu den Gottesrittern an. Vielleicht lebten noch ein oder zwei Leute, die über die wahre Natur dieser Kriegerpriester Bescheid wußten. Sie waren geheimnisumwittert und wurden folglich ebenso gefürchtet wie die Engel und die herzlosen, fanatischen Heiligen, deren Namen sie führten. Der Wolf war jedenfalls ihr Wahrzeichen. Und es war allgemein bekannt, daß der Friedhof nachts von Halbwölfen bewacht wurde, die man mit den wildesten Hunden gekreuzt hatte.

Als sie das Tor durchschritten hatten, lag der Weg deutlich sichtbar vor ihnen, denn er war von lodernden Fackeln erhellt. Von den so bezeichneten Wegen hielten sich die wilden Wolfshunde fern; darauf hatte man sie abgerichtet. Der Rest des Friedhofs war jedoch in Dunkelheit gehüllt, wie ein steinerner schwarzer Totenwald, durch den hier und da eine Wolfsseele streifte; bisweilen sah man auf den Totengassen ausdruckslose gelbe Augen aufleuchten, vernahm man Fußgetrappel oder in Vollmondnächten ein Heulen.

Der Leichenzug schlängelte sich über den vorgezeichneten Weg zu dem bereits ausgehobenen klaffenden Grab. (Zwei Totengräber standen bereit, das Grab nach Beendigung der Begräbnisfeier wieder zuzuschaufeln.) Einer der weiblichen Trauergäste begann zu weinen, und die Klageweiber brachen ihr Lied ab und stießen statt dessen schrille Schmerzensschreie aus.

Der Tod folgte ihnen nicht länger. Seltsamerweise hatte er trotz seines Erscheinens darauf verzichtet, dem Begräbnis beizuwohnen. Es war ein heiliger Ort; vielleicht hatte der Tod Respekt davor gehabt.

Tatsächlich hatte sich der Tod in die umliegende Dunkelheit entfernt. Vielleicht hatten ihn die Ähnlichkeit mit einem Wald oder die Grabsteine angezogen.

Die Stimme des Priesters, der über dem bemalten Sarg die letzten Worte sprach, versank hinter den Reihen der schwarzen Erhebungen mit den gewaltigen Kruzifixen und den riesigen geflügelten Wesen auf ihren Dächern.

Sie – der Tod – kam an einer steinernen Urne vorbei, in der ein Feuer gebrannt hatte.

Von der Begräbnisfeier drang kein Laut mehr herüber.

Das, was von Anya-Anillia anwesend war, stand auf einer hohen Erhebung, unter dem Gewitterhimmel der Nacht, der ohne Regen war, sogar ohne den Regen der Sterne, denn diese waren in den Wolken und im Atem der Stadt verborgen, in ihren Dünsten und Seufzern.

Sie schaute hinunter, über die geraden Wege und die aus der Nacht hervortretenden Gebilde hinweg. (Der Schein des Leichenzugs war noch in einer halben Meile Entfernung zu sehen, wie erstickte Glut.)

Sie vernahm ein leises Knistern, als würden abgefallene Blätter über die Böschung hinter ihrem Rücken geweht, und als sie den Kopf wandte, erblickte sie ein Kreuz, das sie überragte und auf dem ein Tier mit kaltleuchtenden Augen hockte, das sich unter buckligen, verdrehten Flügeln niederbeugte. Ein Engel mit einem Wolfskopf, der sie regungslos betrachtete, mit Schwingen aus seinem eigenen dünnen Nackenhaar, mit den Vorderfüßen die Querstrebe umklammernd. Vor Anillia aber lag eine offene Grube unter dem nächtlichen Himmel. Dies war eines der Geheimnisse des Kathedralenfriedhofs.

Selbst die Ärmsten der Armen konnten hier für einen Spottpreis ein Grab erwerben. Wenn man ihnen nicht zugestand, den Ort zu kennzeichnen, so überraschte sie dies nicht. Wenn die letzten Worte gesprochen waren, sahen sie die Erde auf den zerbrechlichen Sarg niederrieseln. Hingegen sahen sie nicht, wie die Erde bei Einbruch der Dunkelheit wieder abgekratzt und der Sargdeckel, wenn man dies für erforderlich hielt, abgehoben wurde. Von den Leichen der Ärmsten nährten sich die Wolfshunde. Sie wußten es nicht besser, und es machte ihnen nichts aus. Später wurden die Überbleibsel notfalls wieder verscharrt.

Unter ihr in der Grube schimmerte ein bleicher Körper, der Leichnam eines jungen Mannes, dessen schwarzes Haar auf die Erde floß, gekleidet und gekämmt von jemandem, der ihn geliebt und nicht gewußt hatte, daß ihm *dies* bevorstand.

Anillia – oder das, was Anillia war – blickte starr auf die schmausenden Wölfe, die Myriaden blinkender Augen, den Wolfsengel auf dem Kreuz. Hinter ihr verharrten zwei weitere Hunde.

Jeder, der das unbeleuchtete Gelände betrat, wußte, was ihn erwartete. Mehrere Grabräuber waren dabei umgekommen. Anillia aber hing weiter ihren Erinnerungen nach.

Das Gesicht des Leichnams, seine Hände und Füße waren bereits abgenagt. Dennoch erinnerte er sie an einen Mann, der an einem Fluß gelegen hatte, dessen bleichen Körper sie gewaschen und mit ihrem Haar getrocknet hatte. Er war nicht tot gewesen, er hatte geschlafen. Sein Gesicht erkannte sie wieder, obwohl sie es in Wirklichkeit noch nie gesehen hatte. Sie liebkoste seine Haut und wurde von Liebespfeilen durchbohrt, ein unaussprechlicher Schmerz. Sie nahm seinen Kopf und gab ihm die Brust, und er trank von ihr.

Einer der Wolfshunde, der ebenso ungeduldig war wie zuvor die Wächter am Haus, sprang die verhüllte Frau von hinten an. Sie stürzte nicht. Das Tier war es, das ausglitt, das Gleichgewicht verlor und lächerlich verrenkt zu Boden stürzte. Es war nicht genug von ihr da, als daß er sich an ihr festhalten konnte. Außerdem war sie zu stark.

Sie selbst hatte kein Fleisch, oder nur ganz wenig. Man hatte sie für den Tod gehalten, und dies tat nun auch der Wolf, der sich plötzlich duckte und winselnd auf dem Bauch davonkroch, während ihn ein zweiter Wolfshund nachahmte, von seiner Furcht angesteckt oder die Gestalt auf neue Art wahrnehmend. Sogar der Wolfsengel auf dem Kreuz stürzte in die Dunkelheit davon und rannte zwischen den Grabstätten entlang zur Grube, um mit seinesgleichen vom wirklichen Tod zu kosten.

Der trügerische Umhang fiel von Anillia ab. Sie war ein gelbbraunes Skelett, mit makellosen Augen, die so schwarz waren wie die Nacht, und nachtschwarzem Haar, das zu drei Zöpfen geflochten war, und auf ihrem Brustkasten waren zwei Brüste, blasse Blumen, die aus einem unsichtbaren Herzen hervorgewachsen waren.

Der letzte Wolfshund, der Schwächling und Kleinste des Rudels, kam zu ihr und rieb sich an ihren Gebeinen. Er stellte sich auf die Hinterbeine, lehnte sich an das harte Nichts ihres Unkörpers und leckte begierig und sanft die Milchblumen ihrer Brüste.

In der Grube gingen die anderen Wolfshunde, als wären sie verlegen, ihrer angestammten Tätigkeit nach, indem sie das Fleisch des Leichnams in Stücke rissen.

Der Wolfshund fiel auf die Erde nieder. Es war nichts Aufrechtes mehr da, auf das er sich hätte stützen. Er schnupperte an der Erde, auf der sie tatsächlich oder nur scheinbar gestanden hatte.

Drüben auf dem Friedhof war die wohlhabende Begräbnisfeier inzwischen zu Ende gegangen. Als sie das Grab zugeschaufelt hatten, löschten die Totengräber die Fackeln und eilten zum sicheren Tor.

10. Kapitel

Sie hatten die Braunen, in ein grünes Gewand gekleideten und blumenumkränzten Knochen auf dem Boden der Zelle liegengelassen. Die Tür war mit einer Kette verschlossen. Man würde mit dem Raum einen Exorzismus durchführen und die Knochen unter Anleitung des Primas rückhaltlos beseitigen müssen – diese Anleitung war ihnen bis zu dem Tag, da Jascha als Hexe verbrannt werden sollte, noch nicht angeboten worden. Die Knochen waren wahrscheinlich Eigentum des Magisters Anjelen. Warum das Mädchen sie verwahrt hatte, war unbekannt.

Am Strand ereignete sich bei der Verbrennung ein schreckliches Wunder. Mit flammenversengtem Haar, ansonsten jedoch unversehrt, erhob sich die Dämonin vom Scheiterhaufen. Die Frauen der Doma stoben in namenlosem Entsetzen auseinander.

Es ereignete sich ein weiteres Wunder.

Der Primas ließ die Oberin rufen und traf sich mit ihr unterhalb des Klosters in einem Zelt aus schwarzem Tuch. Der Winterwind wehte vom Meer her, sie tranken Glühwein. Er begegnete ihr mit Respekt, so daß alle ihre Unzulänglichkeiten, die wie ein Akazienzweig in ihr Blüten trieben, ob ihrer Würde und ihres Selbstwertgefühls erstarkten. Sie versprach sich hundertmal die Rute, weil der Vater sie lobte und ins Vertrauen zog. Nach außen hin brachte sie das Gespräch ruhig hinter sich. Sie beichtete ihre Vergehen nicht.

Alle diese Dinge, diese schrecklichen, okkulten Dinge waren tatsächlich das Werk des Teufels. Und darum war das, was sich vom Scheiterhaufen erhoben hatte, eine Erscheinung, eindeutig vom Teufel gesandt – und nicht das Mädchen selbst, das in den Flammen umgekommen war. Also hatte der Teufel versucht, ihren Glauben auf die Probe zu stellen. Damit mußte sie sich abfinden. Ihre große Frömmigkeit hatte Ihn herausgefordert.

Anschließend geleitete sie der Primas, der Herrscher über diese mächtige und dunkle Welt am Rande des Wassers, zum Scheiterhaufen und deutete auf ein paar übriggebliebene Knöchelchen, die völlig verkohlt waren. Die Oberin zweifelte nicht und trat nicht näher heran, um sich zu vergewissern. Da sie selbst in den Wissenschaften unbewandert war, fehlte es ihr am nötigen Wissen, um zu erkennen, daß dies nicht die Knochen einer Frau waren, sondern die eines Vogels, der erst kürzlich verbrannt worden war.

Damit war die Aufregung vorbei. Die Oberin kehrte zur Doma zurück, rief ihre Schar dunkler Hennen zusammen, berichtete ihnen von dem neuen Wunder und schickte sie weg, um zu beten, denn hierin mußten sie doppelt wachsam sein; sie hatten den Widersacher Gottes mehr erzürnt als gewöhnlich.

Anschließend züchtigte sich die Oberin so lange, bis ihr Leib von blutigen Striemen bedeckt war. Bis der Schmerz das Bild von Jascha auslöschte, die sich wie ein Feuerengel aus den Flammen erhoben hatte, schaumiges Feuer vor dem Mund, mit Augen grüner als das Meer.

Die übrigen Knochen, die glatten braunen Knochen in dem grünen Kleid, ließ man hinter der verschlossenen Tür der Zelle auf dem Hof der unreinen Frauen liegen. Waren sie nicht harmlos, jetzt, da Jaschas Hexerei ein Ende hatte? Und würde man sie nicht ebenfalls dem Magister Anjelen übergeben müssen?

Anillia hatte nicht in einer Gruft, in einem Sarg oder einer Kiste geschlafen, sondern im Innern des Gitterwerks ihres eigenen Skeletts. Dieser Schlaf währte nahezu achtzehn Jahre lang. Es war ein tiefer Schlaf, der Träume gebar. Aus einigen dieser Träume tauchte sie sichtbar hervor, als Gespenst. Und später dann in einer fleischlichen Hülle, die, wenn sie auch nicht allen Ansprüchen an einen Körper genügte, doch zur geschlechtlichen Vereinigung taugte und Blut zu trinken vermochte. Die körperlichen Projektionen ihrer Träume konnten auch mit einer Handbewegung Kerzen entzünden und verrammelte Türen öffnen – genauer gesagt: mittels ihres Willens.

Ein Wille hatte Anillia erschaffen. Jetzt war sie Wille *geworden.*

Dieser Wille war es, der sie zurücktrieb, über den Fluß bis ans Meer, wo man ihre Gebeine zur Ruhe gebettet hatte. Und hier legte sich Anillias Wille nieder und weckte etwas, das einem anderen Willen entstammte und das ebenfalls in Träumen erschien, das Türen durchschreiten, sich verdichten und bekleiden konnte – mittels Willenskraft. Jascha diente ihrer Mutter, gedankenlos, mit der Schlauheit des Instinkts.

Als Jascha sich verselbständigt hatte, träumte Anillia sich selbst ins Leben.

Dies war kein materialisierter Geist, kein Phantom oder Pseudokörper mehr. Dies war das Fleisch der ersten Schöpfung, das sie nun für sich nacherschaffen hatte, als das Mädchen in der zweiten, der verfallenen Kapelle, Jaschas Mutter. Aber seine Fasern waren nun zäher und so geschmeidig wie ein häufig bewegter Muskel.

Es begann, wenn es nur jemand mitangesehen hätte, mit einer Wolke, welche die Knochen im Grab wie Nebel oder Blütenstaub umhüllte. Das Skelett wurde weiß und fügte sich mit langsamen, lautlosen Bewegungen zusammen. Dann wurde die Nebelwolke undurchsichtig. Sie formte eine wallende Landschaft, den trockenen Teich des Nabels, der wie eine Muschel geformt war, die verborgenen feuchten Tümpel der Augen. Haare sprossen daraus hervor wie tröpfelndes Wasser. Sie waren schwarz wie ehedem, desgleichen die Augen. Das Kopfhaar reichte aus, drei Zöpfe daraus zu formen. Mit anderen Worten: Jaschas Haar, mit Anillias Augen gesehen, so wie es sich der Stadt dargeboten hatte. Ansonsten war der Körper wie eine Blume, jung und makellos, eine Augenweide, von der alle Spuren der Verletzungen, der geschlechtlichen Lust, der Schwangerschaften, der Krankheit und des Todes getilgt waren.

Als alles fertig war, stieg Anillias erdumschlossene Seele aus dem Anderssein empor, in dem sie geruht hatte, und kehrte wie eine Königin in ihren Palast zurück. Sie füllte den Körper aus, so wie der Körper das grüne Kleid ausgefüllt hatte. Er öffnete die Augen und sah, während der lebendige Verstand daraus hervorleuchtete, das Herz schlug und die Lungen zum erstenmal einatmeten, ausatmeten und wie selbstverständlich wieder ein.

Die Blumenkränze, die sowieso sterben mußten, warf sie weg – *sie* hatten Jaschas Geschmack entsprochen. Den silbernen Ring, der vor allem anderen entstanden war, eine genau Kopie des Ringes, den ihr Herr zuletzt aus ihr hatte hervorwachsen lassen, behielt sie. Desgleichen die Halskette der Crel, die man in der Burg als wertlos betrachtet hatte.

Die Schläferin erhob sich, weder steif noch benommen nach dem langen Schlummer.

Anillia erinnerte sich an alles. Aber da war noch mehr. Nicht nur ihr eigenes Leben, ihre Leben. Denn Anillia wußte, was Jascha wußte, im Schlaf hatte sie gesehen, was Jascha gesehen hatte. Ebenso klar und deutlich, wie sich Anillia Borois Blutopfer entsann, erinnerte sie sich auch an die Reise über die Hügel und die von Flüssen durchzogenen Ebenen hinweg und an die Fahrt mit dem Schiff bis zum Rand der Welt. Ihre Gebeine hatten in der Truhe geklappert, in die Anjelen sie hatte hineinwerfen lassen – auch das wußte sie noch –, Trophäen, die er aus der Gruft im Wald an sich genommen hatte, vielleicht um sie den anderen Schädeln hinzuzufügen, den Utensilien eines Magiers. Das alles hatte sie gesehen, während sie im Schlaf durch Jaschas Augen geblickt hatte. Und nun, da sie vollständig wach geworden war, fiel es ihr wieder ein. Anillia erinnerte sich an alles. Als wäre es erst gestern gewesen.

Allein die Liebe hatte sie in der Welt festgehalten. Die Liebe hatte sie zurückkehren lassen. Der Name der Liebe war Mechail.

Mechail war kein Leichnam, an dem die Wölfe nagten. Sie wußte, daß er wieder auftauchen würde. Sie hatte sein Gesicht gesehen, seine Nacktheit als Mann, so wie sie ihn als Kind gesehen hatte, doch diesmal sah sie ihn unmittelbar durch Jaschas Augen.

Außerdem wußte sie einiges, was Jascha nicht wußte. Oder was Jascha wußte, ohne sich dessen bewußt zu sein.

Anillia kannte die Stunde von Mechails Tod, sie wußte, daß er vom Tod wiederauferstanden war.

Es war angenehm, wieder gesund und lebendig zu sein.

Zwischen ihnen aber stand der schwarze und weiße Baum Anjelen, mit seinen Ästen, die Schwerter waren, und seinem Herzen, das wie ein Wolfsschädel war.

Anillia erinnerte sich an rotes Blut.

Die Frau war das Gefäß, der Apfel, die Leidenschaft wie die Sünde. Anjelen war das sterile Schwert, der aufgerichtete Phallus, der tötete.

Anillia erinnerte sich an Anjelen.

Sie empfand auch Haß. Dessen Name war Anjelen.

Anillia hatte genug geschlafen. Sie war nicht mehr müde.

Sie wandte sich zur Zellentür und rüttelte daran, und draußen sprang die silberne Kette, die erst kürzlich gesegnet und mit einem Hexenbann belegt worden war, entzwei und fiel klirrend zu Boden.

In der hohen Mauer, die in die Finsternis aufragte und zum Himmel wurde, gab es ein kleines Tor. Auf dem Meer zeigte sich ein schmaler Streifen Licht. Davor die schweigende Doma, die langgestreckte Küste und im Westen die dichtgedrängten Berge. Ein paar Sterne. Nur das Geräusch des Ozeans.

Die Gestalt, welche die Doma mühelos verlassen hatte, kratzte im Schatten der gewaltigen Klostermauer am kleineren Eingangstor.

Der Pförtner schlief. Im Schlaf hörte er das Kratzen. Man hatte ihm keinen Besucher angekündigt. Er wachte nicht auf.

Aber das Kratzgeräusch setzte sich in seinem Kopf fest. Er öffnete einen Spaltbreit die Augen und blickte umher. Die Kerzen waren erloschen, und ringsumher war nichts als Nacht. Abgesehen von dem Kratzen.

»Was gibt es? Wer ist da?«

»Ich komme im Auftrag des Magisters«, tönte eine sanfte Stimme aus der augenlosen Finsternis.

»Welches Magisters?«

»Anjelen.«

Der Türhüter sammelte sich. Die Stimme war nicht männlich, nicht einmal die eines Knaben. Es war eine Frauenstimme. Eine Schwester konnte es nicht sein. Dann vielleicht eine Dienstmagd, die ihre Anweisungen falsch verstanden hatte?

»Verschwinde, du Schlampe. Einer der Männer soll sich darum kümmern.«

»Nein. Ich komme im Auftrag des Magisters Anjelen. Wagst du es, mich auszusperren?«

»Keine Frau darf hier eintreten …«

»Die Entscheidung liegt bei dir«, sagte die Frauenstimme.

Der Türhüter war benommen vom Schlaf. Er hatte einen schweren Kopf. Er nahm den Schlüssel, schloß das Tor auf und entriegelte es. In der Hierarchie des

Klosters und der Kirche war er ein Nichts, ein Öffner von Türen. Hin und wieder nahm er sich eine Frau und beichtete nur einen Teil seiner Sünden. Vor Jahren hatte es ein Dorfmädchen gegeben, das mit seiner Familie über das Gebirge herübergekommen war, um mit der Doma Handel zu treiben. Auch mit ihm hatte sie im Schutze des Felsens gehandelt. Damals war es nichts Ungewöhnliches für ihn gewesen, einer Frauengestalt zu gestatten, das Tor zu verdunkeln.

Sie war nichts weiter als ein Schatten. Er versuchte sie vom Dunkel zu unterscheiden.

»Was gibt es?«

»Legt Eure Hände zusammen und reicht sie mir«, sagte sie neckisch. Dies erregte ihn. Er hörte sich auflachen und tat wie geheißen, und im nächsten Moment beugte sie sich vor, als wolle sie seine Finger küssen. Als er das Messer spürte und sah, hatte es bereits tief in seine beiden Handgelenke geschnitten. Ehe er begriffen hatte, was vor sich ging, spritzte Blut heraus und lief ihm über die Handflächen. Und die Frau trank daraus wie aus einer Schale.

Das Messer stammte aus der Küche der Doma. Sie hatte es an sich genommen. Als er die Lippen öffnete und um Hilfe rufen wollte, legte sie ihre sanften Finger darauf. In ihrer Berührung lag eine solche Kraft, daß er nicht einmal ein Wimmern hervorbrachte. Er sank auf die Knie nieder, und sie entkleidete ihn, zog ihm das Gewand ebenso geschickt über den Kopf und die erschlaffenden Arme, wie sie in der Stadt am Fluß ihre irrealen Hurenkleider ausgezogen hatte. Noch ehe sie damit fertig war, wurde er ohnmächtig. Sie schloß das Tor, sperrte zu, legte den Riegel vor, hängte den Schlüssel auf und betrat, angetan mit der Kutte des Priesters, das Christerium. Wenn noch nie eine Frau bis hierher vorgedrungen war, dann hätte sie eigentlich etwas spüren müssen von der Atmosphäre der Macht und der männlichen Vorherrschaft. Aber sie merkte nichts davon, hörte nur das Stimmengesumm aus der Kirche über dem Meer, den ersten Frühgottesdienst.

Hoch oben in der Südmauer des Klosters saß der, über den gelästert worden war, reglos auf seinem mit Schnitzereien verzierten Stuhl und wälzte düstere Gedanken in seinem verhärteten Geist. Körperlich in seinem Zimmer anwesend, in diesem einzigartigen Raum mit seinen cremefarbenen und giftgrünen Fenstergläsern, inmitten der Tische voller Totenschädel, Kristallkugeln, Zauberstäbe und Präzisionsinstrumente, war Anjelen, das präziseste aller Werkzeuge, mit Dingen beschäftigt, die in weiterer Ferne lagen als das, was unter seinen Fenstern geschah.

Er meditierte. So hätte es für jemanden, der eingetreten wäre und ihn erblickt hätte, jedenfalls ausgesehen. (Die Tür war niemals verschlossen. Wer, außer Mechail, hätte es auch gewagt, ungebeten einzutreten?)

Die Perlen des Rosenkranzes hielt Anjelen in den langen Fingern. Das Kruzifix mit dem blutenden Christus stand vor seinem Gesicht. Das Kreuz auf Anjelens Brust hob und senkte sich kaum wahrnehmbar im Rhythmus seines Atems.

Er weilte woanders. Wie ein Tröpfchen Nichts in der Luft schaute er zu, wie es den beiden Wesen erging, die sich ihm entzogen hatten.

Das war es, womit Anjelen beschäftigt war.

Die weiße Sonne stieg empor, und das graue Tier brütete über dem Meer.

Vom Kloster drangen die üblichen Geräusche herauf, Gebete und Arbeitslärm.

An der Doma war nichts Auffälliges zu bemerken. Die unreinen alten Weiber waren vom Hof entfernt worden und würden mit ihren tränenden Augen nicht bemerken, daß die Ketten zerrissen waren.

Das Meer kehrte zum schwarzen Strand zurück und leckte über die Steine Gottes.

Am späten Vormittag entdeckte ein Novize, der allein über einen der höhergelegenen Wege spazierte, einen Handwerker, der zu einer Gruppe von Arbeitern gehörte, die Gebäude an der Nordmauer reparierten. Der Handwerker lag unter einem steinernen Wasserspeier, der einen Löwen mit Schlangenmähne darstellte. Er hatte versucht, vom Wasser zu trinken, das aus dem bemoosten Maul des Löwen entsprang, und war dabei hingefallen. Der Mann blutete aus einem Riß am Handgelenk, den er sich wahrscheinlich versehentlich mit einem seiner Werkzeuge zugezogen hatte. Er war geistig verwirrt und sprach vom Teufel, darum hörte der junge Priester nicht genau hin, denn er fürchtete sich.

Am frühen Nachmittag fand ein Ordensbruder einen seiner Kameraden, der in der Nähe des Priestersaals offenbar in Ohnmacht gefallen war. Die Handgelenke des Mannes waren zerschnitten. Sein Zustand war kritisch, und er plapperte wirres Zeug von einer Frau. Als potentieller Selbstmörder wurde er mit Vorsicht behandelt.

In der Zwischenzeit hatte sich niemand dem unteren Westtor genähert.

Als es Abend wurde und die Berge die weiße Sonne verschluckten, meinten manche, sie hätten in diesem oder jenem Winkel ein Gespenst vorbeihuschen gesehen. Einer wurde ein Opfer der Wollust, nachdem er an einem mit einer Kapuze verhüllten Jüngling in einem zu großen Gewand vorbeikommen war; er erlegte sich eine Buße auf.

Als das Licht allmählich entschwand, färbte sich der Himmel gelb. Das Meer verfinsterte sich. Am Himmel kreisten schwarze Möwen.

In der Dunkelheit des Kreuzgangs bei der Kirche ließ ein rotgegürteter Priester den Rosenkranz sinken, als er einen mit einer Kapuze verhüllten Mann näher kommen sah.

Der Priester merkte sogleich, daß die Gestalt kein

Angehöriger des Klosters war, sondern ein Fremder, von dem eine tödliche Gefahr ausging. Dann trat das bleiche Gesicht einer jungen Frau wie der Mond aus einer Wolke hervor.

»Psst«, machte sie. Und ehe er ihren Befehl mißachten konnte, deutete sie auf den hohen Turm, das Vorderteil des Kirchentiers. »Bringt mich dort hinein.«

»Frau«, sagte er, »fort mit dir.«

»Ich bin schon immer hier«, sagte sie. »Ich gehöre zu Anjelen.«

Der Priester wurde von Furcht und Verwirrung erfaßt. Soviel Ungesagtes schwang in ihren Worten mit.

Über dem wie ein Wald in tiefe Dunkelheit gehüllten Hof leuchtete der quadratische Himmelsausschnitt. Die Frau hatte ihn bei der Hand genommen. Wie kühl sie war. »Ihr müßt tun, was ich Euch sage«, meinte sie.

Wie es schien, zwang ihn sein Respekt vor dem Magister, ihr zu gehorchen, doch insgeheim wußte er, daß sie es war, die ihn dazu zwang.

Die Kirchturmglocke begann zu läuten. Es war die Stunde der Abendgebete.

Er geleitete sie über die Schwelle, und die Kirche war bereits erleuchtet und strömte über von Wohlgerüchen, und das große Fenster, das den Triumph über die Hölle darstellte, hatte sich in Weinreben und Obsidian verwandelt, und seine Bedeutung war verblaßt.

Sie folgte ihm, und während sie ihm folgte, zwang sie ihn, sie zu führen. Er stellte fest, daß er zum Altar ging, der heute in ein purpurnes Tuch gehüllt war, mit goldenen Fransen und bestickt mit riesigen Perlen, welche die Tränen Gottes waren. Der Heiland hing meilenweit über ihnen an seinem Kreuz, von Diamanten verwundet, gekrönt mit Rubinen aus Rosen und Blut. Das glaslose Fenster war von Dämmerung erfüllt.

»Bringt mir die Hostie!« verlangte die Frau von dem Priester. »Euer heiliges Brot.«

»Du bist verrückt …«

»Und du mußt tun, was ich gesagt habe.«

Sie war hinter ihm, und während sie sprach, spürte er plötzlich, wie ihm zwei stumpfe Ahlen schmerzhaft in den Arm eindrangen. Er drehte sich nach Luft schnappend um und sah sie vor sich, ein grüngekleidetes Wesen, das den Kopf gesenkt hatte wie eine Schlange. Sie hatte ihn so fest gebissen, daß die Haut zerrissen und die Ader durchtrennt war. Das eigene Blut rann ihm an der Hand hinunter, und sie, sie leckte sich die Lippen.

Die Erkenntnis, daß er es mit dem Teufel zu tun hatte, erfüllte ihn mit Entsetzen. Nein, er gäbe ihr die Hostie nicht.

Sie ergriff wieder das Wort. Er konnte nicht anders, er mußte ihr zuhören.

»Den Leib deines fleischgewordenen Gottes«, sagte sie. »Weiß und süß. *Gib* ihn mir.«

Ehe er sich's versah, hatte er die Hände auf die versteckte Tür gelegt. Die verbotene Handlung war wie Wollust. Ihm schwirrte der Kopf, und bevor sie entschwebte, reichte er ihr noch einmal sein Handgelenk.

Ein offener Turm hoch oben auf der Mauer zog die Seemöwen an, die über die blauen Himmelspfützen herangeweht wurden. Den ganzen Tag lang hielten sie nach Eßbarem Ausschau, tauchten ins Meer, um Fische herauszuholen, und stöberten an den Felswänden nach Insekten und Flechten. Im Lauf der Zeit waren sie grausam und kannibalistisch geworden, sie töteten und fraßen sich gegenseitig und verschlangen die Eier aus unbewachten Nestern. Manchmal fanden Brocken aus dem Abfall des Klosters oder der Doma ihren Weg zu ihnen, und ein paarmal in fünfzig Jahren hatten Priester sie aus einer sentimentalen Anwandlung heraus gefüttert und sie Gottes arme Kreaturen genannt, diese Dämonen der Lüfte mit ihren tödlichen Schnäbeln.

Der Himmel war von einer seltsamen bräunlich-silbernen Farbe, und aus dieser Höhe sah das Wasser genauso aus, nur dunkler und von Schaumkronen entstellt. Die schwarzen Möwen umschwärmten die schwarze Silhouette des Türmchens und seine offenen Seiten, sie kreisten und stießen darauf hinab.

Eine Frauengestalt stand dort, mit erhobenen Armen. In den Händen hielt sie weiße Oblaten, und die schwarzen Seemöwen schnappten sie ihr aus den Fingern, schwenkten kreischend ab und stießen abermals hinunter, und manchmal warf sie ihre Almosen in die Luft, und die Möwen fingen sie im Flug, und das weiße Fleisch des Heilands wanderte in ihre Schlünde, abgesehen von einer Handvoll Krümel, die vom Wind fortgeweht wurden.

Eine dunkle Wolke erhob sich aus dem Meer. Wie die Flut und die Möwen hatte sie sich der Felsenplattform genähert, der Insel, auf der das Christerium stand. Nur das Türmchen ragte noch daraus ins Licht empor.

Das Futter war ausgeteilt. Die Möwen zogen noch immer ihre Kreise, die sie nur zögernd erweiterten, damit ihnen auch ja nichts entging.

Eine Möwe war größer als der Rest. Sie stieg nicht auf, sondern sank tiefer herab. Das Himmelsgewölbe wich noch weiter zurück …

Ein Rauschen von Flügeln, wie tosender Sturm. Der Himmel verfinsterte sich, leuchtete dann wieder auf, und in der östlichen Öffnung des Turms ließ sich etwas nieder.

Es entstammte der Bibel, der Dimension der Vergangenheit, dem Mythos, dem Traum.

Ein schmales schwarzes Schwert, das wie der Körper eines Mannes in einem wallenden Gewand war, zwei mächtige Schwingen, rabenschwarz oder blau, die den Oberkörper und das Gesicht fächerförmig umrahmten. Das bleiche Gesicht und die bleichen Hände hoben sich scharf von der Schwärze ab, und auf jeder Handfläche lag eine flammende Rose. Der Engel.

Das Mädchen im Turm schaute den männlichen Engel an, der Gott war, Pflichtgefühl, Keuschheit, Disziplin. Sie war eine Frau, war Chaos, Unordnung, Aufruhr.

Die Frau und der Engel schauten sich an, mit gleichen Augen.

Sie sagte: »Erinnerst du dich noch an mich? Du hast mich für einen bestimmten Zweck erschaffen. Gefällt dir, was du dir erschaffen hast?«

»Du bist hier«, sagte der Engel. Er hatte keine Flügel mehr und schwebte einfach nur neben ihr, ein schwarzgewandeter Priester mit einer dünnen roten Schnur um die Hüfte und einem Rubin in einem Kruzifix auf der Brust. Seine Augen waren immer noch die ihren.

»Mechail«, sagte sie.

»*Nicht* hier«, sagte er.

»Mein Sohn«, sagte sie.

Er entgegnete: »Meiner.«

»Und ich bin deine Tochter.«

»Geformt aus einer Rippe meines Geistes«, sagte er.

»Es gibt mehrere wie uns.«

»Ich kenne euch alle mit Namen«, sagte er.

Sie sagte: »Meinen Sohn, Mechi den Zwerg, den mein Sohn kraft seines Willens mit einer Menschenfrau im Wald gezeugt hat. Jascha, die ich in einem anderen Körper kraft meines Willens erschaffen habe, aus dem Samen eines menschlichen Mannes.«

»Du vermagst eine Menge Dinge zu tun, Anillia«, sagte er, »an denen ich mich nie versucht habe. Du vermagst Kerzen zu entzünden und Türen zu öffnen. Das ist *Magie*.« Er sprach jetzt voller Verachtung, mit der Stimme eines Mannes. »Du und er, ihr habt vieles getan, das ich mir erspart hätte.«

»Und wir werden noch mehr tun.«

»Nein, Anillia«, sagte er, »du solltest jetzt ruhen. Ich habe dich von Korhlen hierhergebracht, damit du Frieden findest.«

Anillia sagte: »Ich habe das Blut des Christeriums getrunken, das Blut deiner keuschen Priester, von denen einige erschauerten und mit dem Blut, das ich trank, ihren Samen ergossen.«

»Sie bedeuten mir nichts«, sagte er. »Sie sind Abschaum.«

»Mechail«, sagte sie, »hat das Blut einer Frau getrunken ...«

»Aber das erste Blut, das Mechail trank, war von einem Mann. Von ihm selbst.«

Anillia wandte den Kopf. Vor dem Hintergrund der finsteren Nacht, die jetzt den ganzen Himmel einnahm, schien sie zu brennen wie eine weiße Flamme, während er die Finsternis war.

»Leg dich schlafen«, sagte er. »Leg dich schlafen, Anillia.«

»Was immer du willst«, sagte sie, »ich werde es dir wegnehmen. Du sollst es nicht haben. Dann werde ich schlafen.«

Auf einmal erlosch das dunkle Licht, das Anjelen war.

Anillia schwebte als weißer Schemen vor dem Hintergrund der Schwärze, dann löste auch sie sich auf.

Nach ihrem Verschwinden war es, als sei die Nacht so angefüllt mit unsichtbaren Geistern wie noch keine zuvor.